KÖNIGSBLUT – LIED DER WÜSTE

Das Buch

Was zählt die Liebe, wenn der Tod sie doch zu trennen vermag?
Was zählt das Glück, wenn es nicht ewig währt?
Das dritte Jahr in Tennenbode beginnt und Selma will gemeinsam mit ihren Freunden die Suche nach den Insignien der Macht fortsetzen. Ihr Ziel, die Macht der Patrizier zu brechen und ihre Liebe zu Adam legal zu machen, scheint in greifbare Nähe zu rücken. Die Wahl des neuen Primus steht an und die Zeichen in der Vereinten Magischen Union stehen endlich auf Veränderung. Baltasar ist als Feind enttarnt und die Schwarze Garde macht sich auf die Suche nach den verschwundenen Mädchen.
Aber schon bald geschehen merkwürdige Dinge. Die Seidenpiranhas brechen aus und ein Erdbeben erschüttert Schönefelde.
Ist das alles nur Zufall oder hat es eine tiefere Bedeutung?
Doch bevor Selma den Dingen auf den Grund gehen kann, geschieht ein unfassbares Unglück und plötzlich ist nichts mehr, wie es war. Der Tod ist nach Schönefelde gekommen und ein Wettlauf gegen die Zeit beginnt.

Die Autorin

Karola Löwenstein wurde 1979 in Deutschland geboren, wo sie auch heute noch mit ihrer Familie lebt. Bevor sie mit dem Schreiben von Romanen begann, veröffentlichte sie erfolgreich Kurzgeschichten und Gedichte.
Mehr über Karola Löwenstein und ihre Bücher erfahrt ihr auf ihrer Facebook-Seite:
www.facebook.com/KarolaLoewenstein

KÖNIGSBLUT

LIED DER WÜSTE

FANTASY ROMAN

KAROLA LÖWENSTEIN

Die Handlung und die handelnden Personen dieses Romans sind frei erfunden. Jede Ähnlichkeit mit toten o-der lebenden Personen ist nicht beabsichtigt und wäre rein zufällig.

Lektorat: TextCare (www.textcare.de)
Cover:© Coka - Fotolia.com, © Galyna Andrushko - Fotolia.com

ISBN-13: 978-1511744225
ISBN-10: 1511744227

INHALT

Seidenpiranhas ... 9
Ein echter Held ... 32
Das Erdbeben ... 53
Bagger ... 90
Eigenes Heim ... 116
Finsternis ... 138
Belara ... 167
Der Zusammenbruch ... 191
Parelsus' Geschichte ... 216
Skara im Visier ... 245
Fortschritte ... 259
Drohungen ... 283
Die Wut der Zwerge ... 300
Clamartin ... 325
Valentinstag ... 343
Wahrheiten ... 366
Respekt ... 392
Vinnla ... 410
Schlechte Nachrichten ... 427
Das Lied der Wüste ... 441
Entscheidungen ... 458
Dunkelheit ... 475
Das Erwachen ... 495
Bauarbeiten ... 509
Epilog ... 517
Wie geht es weiter? ... 521
Danksagung ... 523
IMPRESSUM ... 524

Reigen der Finsternis

Schwer sind die Glieder,
müde vom Gehen.
Wund ist die Seele,
vom hilflosen Flehen.
Müde der Geist,
vom endlosen Leid.
Das in mir tobt,
vom Beginn an der Zeit.
Schatten umtanzen
mein Herz mit Geschick.
Kommen immer näher,
bis ich erstick.
Friede sucht mein müdes Sein,
Totenreich, hol mich heim.

- Aus dem Zyklus „Endzeit“ von
Konstantin Kronworth, Dichter und Künstler -

Seidenpiranhas

Sanft strich der Wind durch die Buchen vor meinem Zimmer. Das Wogen der Blätter erinnerte mich an die gekräuselte Oberfläche des Wolfsees, wenn der Sturm sie im Herbst zu hohen Wellen aufpeitschte.

Das Rascheln, das durch die weit geöffneten Fenster drang, war mehr ein sanftes Säuseln, denn ein Rauschen. Fast so, als wenn der warme Sommerwind mir eine Botschaft senden wollte. Doch ich ließ mich nicht auf die Geschichten ein, die der Wind zu erzählen hatte, sondern sah wieder auf das Buch, das vor mir lag.

„Es muss ein Latorios-Drache gewesen sein", sagte ich nachdenklich und strich mit den Fingern über die Zeichnung. Ich erinnerte mich nur undeutlich an das Aussehen des Drachens, doch seine ungewöhnliche Größe war unverwechselbar. Laut diesem Nachschlagewerk gab es keinen anderen Drachen, der so groß war, und das bestätigte meinen Verdacht.

„Unwahrscheinlich", sagte Liana. „Ja, er hatte spitze Zacken auf dem Rücken und rot leuchtende Augen und vielleicht war sein Biss auch tödlich. Aber dennoch gilt diese Drachenart seit einer Ewigkeit als ausgestorben." Sie lag auf meinem Bett, spielte mit einer Strähne ihrer blondgelockten Haare und hatte die Füße gegen die Wand gelehnt. „Vergiss den Drachen doch endlich. Es gibt Dringenderes, worauf wir uns konzentrieren müssen. Baltasar ist verschwunden, und so wie ich Dulcia kenne, hat sie das, was sie tut, ordentlich erledigt. Der Typ ist tot. Wir müssen uns jetzt auf die Lebenden konzentrieren und das bedeutet, dass wir uns auf die Suche nach den verschwundenen Mädchen begeben sollten."

„Wir haben schon einmal vermutet, dass er tot ist, und das war ein großer Irrtum", sagte ich, ohne von der Zeichnung aufzusehen. Es war dunkel in der Antarktis gewesen, als der schwarze Drache Baltasars leblosen Körper weggeschleppt hatte. Doch selbst dieses schemenhafte Bild hatte mich nicht mehr losgelassen, nachdem wir wieder zurückgekehrt waren. Vielleicht lag es an meiner Begeisterung für diese Tiere oder einfach daran, dass ich nicht wirklich glauben konnte, dass Baltasar besiegt sein sollte. „Außerdem hat der Admiral es sich zu seiner dringlichsten Aufgabe gemacht, die verschwundenen Mädchen zu finden, jetzt, wo jeder in der Vereinten Magischen Union weiß, wer hinter den Entführungen steckt. Wir mussten sogar unseren Urlaub auf Kileandros abbrechen, weil der Admiral alle Kräfte mobilisiert hat und weltumspannend jeden Ort unter die Lupe nehmen lässt, an dem die Morlems jemals aufgetaucht sind. Das, was die Schwarze Garde da leistet, Liana, das könnten wir zu zweit oder selbst zu fünft niemals schaffen. Auch Adam und seine Brüder sind mit dabei, und du weißt genauso gut wie ich, dass sie wirklich gut darin sind, Geheimnisse aufzustöbern."

„Da habe ich so meine Zweifel", sagte Liana entschlossen. „Sie haben jahrelang nichts davon gemerkt, dass sie von ihrem eigenen Befehlshaber an der Nase herumgeführt worden sind. Mein Vertrauen in den Admiral hat seine Grenzen."

„Wenn ich nur wüsste, welche Insignie der Macht meine Familie gehütet hat", entgegnete ich, um die aufkeimende Diskussion gleich im Ansatz zu beenden. Dieses Gespräch hatten wir in der letzten Woche schon ein paar Mal geführt und wir einigten uns ohnehin nicht darüber, ob der Admiral das Rätsel um den Aufenthaltsort der Mädchen lösen würde oder nicht.

„Wenn es jemand weiß, dann deine Großmutter?" Der ungeduldige Klang in Lianas Stimme war nicht zu überhören. Doch ich konnte nicht darauf eingehen. Auch wenn ich selbst lieber heute als morgen aufgebrochen wäre, um eines der vielen Dinge zu erledigen, die auf meiner langen Liste standen.

„Sie sagt, sie weiß von nichts, und dieses Mal glaube ich ihr das auch. Sie scheint wirklich endlich auf meiner Seite zu stehen und mich mit allen Kräften zu unterstützen. Es gibt keinen Grund für sie, mich anzulügen. Außerdem scheint es in meiner Familie Tradition zu sein, dass man sich gegenseitig vor Gefahren schützen möchte, indem man denen, die man liebt, Informationen einfach vorenthält. Mein Großvater hat ja genau dasselbe mit meiner Großmutter gemacht. Er wusste genau über die Insignien der Macht Bescheid und hat ja auch einige der Verstecke gekannt."

„Da wäre ich mir gar nicht so sicher", warf Liana ein. „Die Großeltern deiner Großeltern waren diejenigen, die an der Entscheidung beteiligt waren, dass die Monarchie abgeschafft wird. Sie haben ihre Insignie der Macht an das Senatorenhaus herausgegeben und sie haben sie vom Primus wieder zurückbekommen und in ihr Versteck zurückgebracht. Aber dass dein Großvater wusste, dass es die Insignien gibt und um welche es sich bei deiner Familie handelt, heißt noch lange nicht, dass deine Ur-Ur-Großmutter ihm auch verraten hat, wo sie das gute Stück versteckt hat. Er scheint ja nicht einmal gewusst zu haben, wo die Insignie seiner eigenen Familie versteckt worden ist."

„Vielleicht hat sie es ihm doch verraten", sagte ich beharrlich. „Ich denke, sie wollte ihre eigene Enkelin mit Unwissenheit schützen und hat deswegen meinem Großvater das Versteck verraten, damit er im Notfall die Insignie nutzen kann. Sie hatte doch sicher das Wohl ihrer Familie im Auge und die Insignie kann das Schicksal unserer Familie beeinflussen. Denn dass es sich um sehr machtvolle Dinge handelt, da sind wir uns doch einig, oder?"

„Kann sein, aber da dein Großvater tot ist und deine Ur-Ur-Großmutter auch, wirst du keine Chance haben, noch einmal mit ihnen zu sprechen. Und daher wird dieses Geheimnis wohl ungelüftet bleiben."

„Es sei denn, mein Großvater hat irgendwo einen Hinweis hinterlassen. Ich kann mir nicht vorstellen, dass er der Einzige gewesen sein soll, der davon wusste. Du weißt, dass große

Zauber zu Papier gebracht werden müssen, damit sie nicht verloren gehen", sagte ich.

„Daran halten sich doch nur noch ein paar traditionsverliebte Patrizier, und dass es eine Suche nach der Nadel im Heuhaufen ist, das ist dir schon klar?"

Ich nickte langsam. Der entmutigende Gedanke war mir natürlich auch schon gekommen.

„Was sagt denn deine Großmutter dazu?"

„Meine Großmutter sagt, dass meine Ur-Ur-Großmutter eine resolute Frau war, die meinte, was sie sagte, und deswegen glaubt sie nicht daran, dass sie meinen Großvater in irgendetwas eingeweiht haben soll. Sie glaubt eher daran, dass er zufällig über irgendetwas gestolpert ist, genauso wie sie zufällig von Eleonora Donna etwas über die Insignien der Macht erfahren hat."

„Also, lass die Sache ruhen, es scheint eine aussichtslose Spur zu sein." Liana drehte sich mit einem Ruck auf den Bauch und ich spürte ihren erwartungsvollen Blick auf mir ruhen. „Willst du nicht lieber deine Geschwister suchen?"

„Liana", seufzte ich und sah von dem Buch auf meinem Schreibtisch auf. „Ich würde sofort losgehen, um meine Geschwister zu suchen, doch ich habe keine Ahnung, wo ich damit beginnen soll. Meine Eltern haben Lydia und Leandro so gut vor Baltasar versteckt, dass wirklich niemand eine Ahnung hat, wo die beiden sind. Vermutlich leben sie unter falschen Namen irgendwo auf der Welt und haben nicht einmal den Hauch einer Ahnung, dass sie Magier sind und aus einer skandalträchtigen Familie stammen."

„Das klingt, als ob du keine Lust hast, sie überhaupt zu finden."

Ich zögerte kurz. „Vielleicht ist mir der Gedanke gekommen, dass sie im Moment sicherer sind. So sehr ich sie in die Arme schließen möchte, so will ich ihr Leben nicht in Gefahr bringen. Wenn Baltasar noch lebt, dann hat er an den beiden genauso viel Interesse wie ich. Denn seine Suche nach einem magischen Partner ist noch längst nicht abgeschlossen, und ich kann nicht ausschließen, dass Lydia oder Leandro dafür infrage kommen. Ich will nicht daran schuld sein, meine eigenen Geschwister an ihn auszuliefern."

„Baltasar ist tot", wiederholte Liana fest entschlossen.

„Das glaube ich erst, wenn ich an seinem Grab stehe, und selbst dann habe ich vermutlich noch Zweifel, ob es nicht ein Trick von ihm ist, um mich hereinzulegen. Ich bin schuld daran, dass die Akasha-Chronik zerstört ist, und auch den Gral der Patrizier habe ich auf dem Gewissen. Er hat allen Grund, mich zu töten, und er wird es tun, wenn er die Gelegenheit dazu bekommt. Noch eine Insignie der Macht wird er sich nicht entgehen lassen."

Ich sah Liana ernst an und dieses Mal beharrte sie nicht darauf, dass Baltasar nicht mehr unter uns weilte. Ihr war klar, dass, sollte er tatsächlich noch am Leben sein, seine Wut so grenzenlos sein würde, dass es ihm nicht reichen würde, mich nur dann zu töten, wenn ich ihm zufällig in die Quere kam. Ich hatte seinen Plan, der magischen Welt seine Herrschaft aufzuzwingen, empfindlich gestört, und damit hatte ich mich zu seinem Feind gemacht, und nicht nur ich. Auch meine Freunde waren an diesem Kampf beteiligt gewesen, und damit war auch ihr Schicksal besiegelt.

„Er muss tot sein", sagte Liana stockend.

Ich stand auf und ging zu ihr hinüber.

„Das hoffe ich", sagte ich leise, ließ mich neben sie nieder und nahm ihre Hand.

Liana atmete flach ein und aus, als wenn ihr irgendetwas die Luft abschnüren würde. „Ich komme nicht so richtig damit klar, wenn ich daran denke, dass er noch irgendwo da draußen ist und nur darauf wartet, dass einer von uns aus der Deckung kommt, damit er uns töten kann. Er hat Cecilia getötet. Und Adam, Dulcia und dich hätte er auch beinahe umgebracht. Und auch wenn Anakin nicht mein bester Freund war und ich nicht gut finde, was er mit dir gemacht hat: Weder er noch sein Vater haben den Tod verdient."

„Ich weiß, was du meinst", entgegnete ich matt und strich ihr wieder und wieder sanft über den Rücken, bis sich ihre Atmung allmählich beruhigte. Ich kannte dieses Gefühl des Erstickens nur zu gut. Doch im Gegensatz zu Liana hatte ich jemanden, mit dem ich es teilen konnte, und das machte vieles leichter.

„Solange wir nichts Gegenteiliges erfahren, ist es vermutlich wirklich besser, anzunehmen, dass er tot ist", sagte ich schließlich.

„Ich weiß selbst, dass es eine Lüge ist", entgegnete Liana leise. „Aber mit dieser Lüge kann ich im Moment weiterleben, ohne verrückt zu werden. Die Wahrheit ist nicht zu ertragen."

„Du hast recht. Wir haben dafür gekämpft zu leben, und genau das sollten wir auch tun", sagte ich lächelnd. „Wie läuft es mit Paul?"

Ein Lächeln huschte über Lianas Gesicht. Wie ein Sonnenstrahl zauberte er einen samtenen Schimmer auf ihre Lippen und Wangen. „Ich habe mich in den letzten Monaten zurückgehalten, zum einen, weil die Eheabsichtserklärung immer im Raum geschwebt ist und ich keine Ahnung hatte, wie ich das Paul erklären soll, und zum anderen, weil ich wirklich Zeit brauchte, um damit klarzukommen, dass ich eine Schwester habe, an die ich mich lange nicht erinnern konnte. Aber diese Zeit ist vorbei, ich bin jetzt im Reinen mit mir und weiß, wie ich zu alldem stehe, und deswegen habe ich mich Hals über Kopf wieder in die Beziehung mit Paul gestürzt."

„Freut mich. Ist es besser geworden mit deinen Eltern?", fragte ich.

„Ehrlich gesagt, nicht." Liana zuckte mit den Schultern. „Nachdem nun auch öffentlich über die entführten Mädchen gesprochen und nach ihnen gesucht wird, hatte ich die Hoffnung, dass meine Eltern einlenken. Ich habe ihnen gesagt, dass ich mich selbst auf die Suche nach Mira machen möchte." Liana zögerte und ich ahnte schon, dass Lianas Eltern wenig begeistert von ihrem Vorhaben gewesen waren.

„Reden sie wenigstens mit dir darüber?“

„Nein, sie gehen mir aus dem Weg, und dem Thema ohnehin. Es ist, als ob sie den Schmerz wegdenken wollen und sich krampfhaft an ihren Alltag klammern, um ja nicht darüber reden und nachdenken zu müssen.“ Liana schloss kurz die Augen und holte tief Luft.

„Sie haben Angst, dich auch noch zu verlieren“, sagte ich leise.

„Deine Großmutter hat es auch geschafft, diese Angst zu überwinden. Sie unterstützt dich inzwischen.“

Ich musste lächeln. „Du weißt, dass es ein sehr langer Weg dahin war. Meine Großmutter hat sogar Schönefelde verlassen und mir ihre Unterstützung verweigert, in der Hoffnung, dass ich meine aberwitzigen Pläne aufgebe.“

„Ja“, sagte Liana gedehnt. „Das macht mir wenig Hoffnung.“

„Sie werden sich schon wieder beruhigen“, erwiderte ich tröstend. „Gib ihnen noch ein wenig Zeit, sich daran zu gewöhnen, dass ihre Tochter jetzt erwachsen ist und ihren eigenen Kopf hat.“

„Das werde ich“, erwiderte Liana und stand auf. „Etwas anderes bleibt mir auch nicht übrig. Ich mache mich jetzt auf den Weg in die WG, Paul kommt gleich und wir wollen noch einmal an den Wolfsee zum Schwimmen fahren. Möchtest du mitkommen?“

„Als drittes Rad am Wagen?“ Ich schlug das Buch zu und stand ebenfalls auf. „Nein, danke. Ich schaue noch einmal bei Herrn Lilienstein vorbei. Mal sehen, ob er etwas Neues herausgefunden hat. Wir können bis zum Marktplatz zusammen gehen.“

„Hat sich deine Großmutter damit abgefunden, dass du mit Cornell Lilienstein verkehrst?“ Liana betonte den Namen genauso scharf, wie es meine Großmutter immer tat, und ich musste grinsen.

„Das muss sie, da sie mir immer noch keine plausible Erklärung geliefert hat, was sie denn genau für ein Problem mit ihm hat.“ Ich schloss die Fenster und folgte Liana in den Flur. Dann traten wir in den strahlenden Sonnenschein eines heißen Augusttages hinaus. Mein Geburtstag war schon vorüber, der Monat neigte sich dem Ende zu und Schönefelde war noch immer im heißen Griff der üblichen Sommerflaute. Die meisten Einwohner waren im Urlaub, selbst die Schönefelder Stube hatte geschlossen, und eine träge Ruhe lag über der Stadt. Über dem Garten meiner Großmutter lag ein gemütliches Summen, während Bienen und Hummeln gemächlich über das spätsommerliche Blumenmeer flogen.

„Wann kommt Adam eigentlich wieder?“, fragte Liana und blinzelte in den Sonnenschein, während wir den Gartenweg entlangliefen und in die Steingasse traten.

„Ich weiß es nicht genau“, sagte ich und zögerte. Über zwei Jahre waren wir schon ein Paar, und man könnte meinen, dass die Verliebtheit der ersten Wochen abgeklungen sein müsste. Doch dem war nicht so. Das warme Gefühl der Liebe pochte unentwegt stark in meinem Herz. Noch immer kam mir jeder Tag ohne Adam dunkler und länger vor. Er fehlte mir und ich wartete sehnsüchtig auf jede Nachricht von ihm. Doch ich wusste auch, dass er erst zurückkehren würde, wenn er etwas gefunden hatte. „Ich rechne nicht allzu bald mit ihm“, sagte ich. „Der Admiral hat klargemacht, dass er seine Leute nicht mit leeren Händen zurückkommen lassen will. Er ist wild entschlossen, Baltasar aufzustöbern und die Mädchen wieder nach Hause zu bringen.“

Ich sah Liana kurz an, als wir die Steingasse verließen und in die von Kastanien beschattete Allee einbogen, die sich im Halbkreis um das Massiv wand, auf dessen Spitze die Universität Tennenbode lag. Sie hatte die Hände zu Fäusten geballt.

„Ich weiß, dass es schwer ist, nur abzuwarten, aber im Moment ist es das Beste. Du weißt, dass Adam und seine Brüder ihr Bestes geben.“

Liana nickte zaghaft und ihre Schultern entspannten sich ein wenig.

„Hast du dich schon für eine Spezialisierung entschieden?“, fragte ich und warf einen Blick nach oben. „Bald geht es wieder los.“

„Nein“, seufzte sie. „Das Feuer mag ich zwar am liebsten, aber meine Noten sind deswegen nicht besser. Ich bin in allen Fächern gleich schlecht.“

„Quatsch“, erwiderte ich. „Du bist in allen gleich gut.“

„Du hast gut reden, du wirst dich für Wasser entscheiden. Deine Leistungen sind hervorragend. Da brauchst du gar nicht lange überlegen, aber ich werde meine Entscheidung wohl davon abhängig machen, mit welchem Professor ich am besten auskomme, denn mit ihm werde ich in den nächsten zwei Jahren viel zusammenarbeiten, und da fällt der Nöll schon einmal aus.“

Ich lachte. „Ja, sein Kurs wird vermutlich nicht voll werden.“

„Garantiert. Wir haben ja Zeit, um das zu entscheiden, und ich zerbreche mir jetzt noch nicht den Kopf darüber. Sehen wir uns heute Abend?“ Liana stand an der Haustür, die zu ihrer Wohnung im ersten Stock des Fachwerkhauses führte, in dessen Erdgeschoss Lianas Großmutter ihren Lebensmittelladen betrieb. Es war nicht viel los heute. Unter den bunt gestreiften Markisen lockten die Auslagen nur wenige Kunden an.

„Vielleicht komme ich noch einmal vorbei“, sagte ich. „Viel Spaß mit Paul.“

„Den werde ich haben“, grinste Liana, bevor sie in dem Hausflur verschwand.

Lächelnd wandte ich mich ab und schlenderte über den Marktplatz zu Herrn Liliensteins Buchhandlung. Ich stieg die wenigen Stufen zur Eingangstür hinauf und betrat den angenehm kühlen Raum. Ein kleines Glöckchen schellte hell, als ich die Tür wieder hinter mir schloss.“

„Komm hoch, Selma“, hörte ich Herrn Liliensteins Stimme

aus dem oberen Geschoss.

„In Ordnung“, rief ich und schlüpfte unter der Absperrung hindurch, die den Weg zum oberen Geschoss versperrte. Sonst war Herr Lilienstein doch so vorsichtig? Scheinbar ahnte er neuerdings, wer die Buchhandlung betreten hatte. Nachdenklich stieg ich die schmale Treppe nach oben.

Hier, in den oberen Räumen, verwahrte Cornell Lilienstein die magische Literatur und dort saß er jetzt auch an dem großen Tisch, der über und über mit geöffneten Büchern, Folianten und Notizen bedeckt war.

„Haben Sie keine Sorge, dass Fremde Sie überraschen?“, fragte ich und trat näher.

Er sah auf und blickte mich verständnislos an. „Selma, es ist Sommerpause. Heute kauft niemand mehr ein Buch. Die lagen alle am See oder sind aus der Stadt geflüchtet. Du bist die Einzige, die sich an so einem Tag in meine Buchhandlung verirren würde.“

„Stimmt auch wieder.“ Ich ließ mich ihm gegenüber in einen Stuhl sinken und betrachtete das Durcheinander auf dem Tisch. In einem Stapel Bücher erkannte ich das Märchenbuch meiner Mutter, das ich Herrn Lilienstein überlassen hatte, damit er vielleicht herausfand, was die Worte meiner Mutter zu bedeuten hatten, die sie mit dünnem Stift auf die letzte Seite geschrieben hatte. Es kam mir klein vor, als ich es so verloren zwischen dicken Büchern über Drachen, der Familiengeschichte der Königsfamilien, einem Wörterbuch der alten Sprache und allerlei losem Papier liegen sah. Ich zog es hervor und las die wenigen Worte noch einmal: „Die Geschichte ist hier nicht zu Ende.“

„Haben Sie etwas herausgefunden?“, fragte ich vorsichtig, nachdem sich Herr Lilienstein wieder in einen Artikel vertieft hatte, von dem ich ihn scheinbar abgelenkt hatte.

„Mmh“, sagte er, und seine Augen huschten über die Zeilen. Dann sah er auf. „Ehrlich gesagt, habe ich das Buch jetzt von oben bis unten durchsucht und auf verborgene Zauber getestet, aber ich finde rein gar nichts. Die Geschichte ist hier definitiv zu Ende. Ich kannte die Stärke der magischen Kräfte deiner Mutter und ich kann dir versichern, dass ich ihre Zauber auf jeden Fall durchbrechen könnte. Zumindest hätte ich einen verborgenen Zauber gefunden, wenn er da gewesen wäre."

„Das ist schade", sagte ich und versuchte meine Enttäuschung zu verbergen. Schließlich legte ich das Märchenbuch wieder auf dem Tisch ab.

„Es tut mir leid, Selma, ich hätte dir gern weitergeholfen", sagte Herr Lilienstein, und ich hörte das ernst gemeinte Mitgefühl in seiner Stimme.

„Ich weiß", erwiderte ich. Ich wollte diese Spur einfach nicht aufgeben, denn es war eine der letzten Verbindungen, die ich zu meiner Mutter hatte. Es war schwer gewesen, sie in der Antarktis zurückzulassen, und es war auch schwer gewesen, zu akzeptieren, dass sie tatsächlich tot war und auch die letzte Hoffnung gestorben war, dass ich sie noch einmal wiedersehen konnte.

„Dafür habe ich etwas anderes herausgefunden, was dich sehr interessieren wird." Er warf einen Blick auf das Buch von Mantao, das ich jetzt ebenfalls unter einem Papierstapel erkannte. Wehmütig betrachtete ich es, denn aus diesen Seiten hatte ich so viel über die magischen Kräfte gelernt, dass ich ohne diese Lektüre vermutlich nicht mehr am Leben wäre. „Du hast mich doch gefragt, warum du Baltasar nicht besiegen konntest."

„Ja", bestätigte ich und sah Herrn Lilienstein erwartungsvoll an.

„Im Buch von Mantao habe ich inzwischen die Erklärung gefunden, warum er mit einem normalen Schwert nicht zu verletzen war und auch Feuerbälle ihm nichts anhaben konnten. Es liegt daran, dass er so stark mit den Elementen verbunden ist, dass sie ihm keinen Schaden zufügen können."

„Deswegen ist ihm also mit Metall und auch mit Feuerbällen nicht beizukommen?", fragte ich.

„Zumindest nicht mit normalem Metall, und aus solchem muss das Schwert gewesen sein, das du in der Hand hattest. Mit den Waffen der Zwerge hättest du sicher mehr erreicht. Solange sein Geist so stark ist, ist auch sein Körper unverletzbar. Man kann ihn nur dann besiegen, wenn man diesen Selbstschutzmechanismus seines Geistes überwindet. Doch in Baltasars Geist einzudringen, erscheint mir beinahe unmöglich."

„Hätte ich damals doch nur nach einem Schwert der Schwarzen Garde gegriffen und nicht nach der nächstliegenden Waffe aus einfachem Metall", seufzte ich.

„Ja, mit diesen Waffen hättest du ihm vermutlich schaden können. Sie können ja schließlich auch die Schutzbarrieren der Morlems überwinden. Allerdings denke ich, dass Dulcia und Cecilia genau das erreicht haben. Als magisches Paar waren sie scheinbar stark genug, um seine Abwehr zu überwinden."

„Das ist eine logische Erklärung", sagte ich. „Ich danke Ihnen für die Mühe, die Sie sich gemacht haben. Haben Sie vielleicht noch andere Neuigkeiten erfahren?"

Herr Lilienstein erhob sich und trat an das Fenster. „Nun ja", sagte er sichtlich gut gelaunt. „Wir haben unsere Ziele erreicht. Die Schwarze Garde sucht die verschollenen Mädchen. Baltasar ist bloßgestellt, Willibald Werner entmachtet und im November stehen die Neuwahlen an. Und ich bin wirklich guter Dinge, dass die Wahl dieses Mal zugunsten eines vernünftigen Kandidaten ausfallen wird."

„Haben Sie sich aufstellen lassen?", fragte ich erwartungsvoll.

Herr Lilienstein lächelte mich verschmitzt an. „Ehrlich gesagt habe ich meine Bewerbung eingereicht. Ich habe zwar keine Erfahrung mit politischen Ämtern, aber nachdem jetzt so ein frühlingsfrischer Wind durch die Amtsstuben des Senatorenhauses weht, habe ich mich ein wenig von der Euphorie anstecken lassen. Ich glaube an einen Neubeginn, und nachdem der ‚Korona Chronikle' so empört über den erpressbaren

Primus gewesen ist, habe ich die Hoffnung, dass sich die Stimmung in der Vereinten Magischen Union endgültig ändert."

„Das hoffe ich auch", erwiderte ich. „Und wenn Sie kandidieren und ich wählen dürfte, würde ich Ihnen auch meine Stimme geben. Ich wusste gar nicht, dass Sie Patrizier sind. Warum haben Sie nicht schon längst eine große Karriere im Senatorenhaus gemacht?" Ich sah ihn an.

„Weißt du, Selma", sagte Herr Lilienstein schmunzelnd. „Nicht jeder hat den Ehrgeiz, sich in dieser Gesellschaft einen Namen zu machen. Meine Leidenschaft galt immer den Büchern, und damit war ich zufrieden. Aber die Entwicklungen der letzten Zeit machen mir Hoffnung, dass sich endlich etwas ändert, und ich habe jetzt das Gefühl, dass es sich lohnt, etwas Mühe in diese Neuentwicklung zu investieren."

„Falls Sie Primus werden, erwarte ich, dass Sie das Wahlrecht überarbeiten und auch den Plebejern erlauben, wählen zu gehen. Ach was!" Ich winkte ab. „Am besten schaffen Sie gleich die Trennung von Patriziern und Plebejern ab."

Herr Lilienstein lachte. „Das werde ich, versprochen."

„Haben Sie schon ein Wahlprogramm?"

„Einen ersten Entwurf habe ich schon ausgearbeitet." Herr Lilienstein kam zum Tisch zurück und begann in den Papieren zu suchen. Schließlich zog er einen eng beschriebenen Bogen hervor und hielt ihn mir hin. „Aber bevor ich mich an die genaue Ausarbeitung meiner Thesen machen kann, muss erst einmal das Senatorenhaus meine Bewerbung prüfen, und dann befasse ich mich mit den Themen, mit denen ich die Massen begeistern werde."

Ich ließ meinen Blick über seine Stichpunkte gleiten. „Na ja, erst einmal müssen Sie die Patrizier begeistern, denn von denen müssen Sie gewählt werden. Ich bin mir nicht sicher, ob Sie sie mit Themen wie Entbürokratisierung und dem Konsolidieren des öffentlichen Haushaltes mobilisieren werden. Vielleicht, wenn Sie es verständlicher verpacken. Sie brauchen ein paar knackige Wahlversprechen, um Sympathien zu bekommen. Schließlich starten Sie als Außenseiter."

Herr Lilienstein betrachtete mich eine Weile nachdenklich. „Du hast recht. Ich gehe das Ganze wieder einmal viel zu kopflastig an", meinte er schließlich.

„Es ist nicht schlecht, wenn alles gut bedacht ist", sagte ich schnell. „Aber bei einer Wahl geht es ja meist darum, wer öffentlich am besten dasteht und das meiste Vertrauen gewinnen kann."

„Das erfordert Menschenkenntnis", sagte Herr Lilienstein entschlossen. „Ich werde mich wohl noch einmal mit Konstantin Kronworth in Verbindung setzen. Wenn jemand die Massen begeistern kann, dann ja wohl er."

„Das ist eine gute Idee. Die Leute lieben ihn mehr denn je. Was macht er eigentlich im Moment? Ich habe nichts Neues von ihm gelesen."

„Genau kann ich es dir nicht sagen. Unser kleiner Rat hat sich mangels Zwecklosigkeit nicht mehr getroffen. Wir stehen nur noch gelegentlich in Kontakt, aber soweit ich weiß, hat sich Konstantin zurückgezogen, weil er an einem neuen Werk arbeitet. Er sucht wohl die Einsamkeit, um sich selbst besonders nah zu sein."

„Lorenz wird begeistert sein, dass bald etwas Neues von ihm erscheint", erwiderte ich. „Haben Sie etwas von Parelsus gehört?"

„Nein, das letzte Mal haben wir im Juli miteinander gesprochen und seitdem sitzt er in seinem Labor und tüftelt an einer neuen Idee." Herr Lilienstein nahm wieder mir gegenüber Platz und begann die Papiere auf seinem Tisch zu ordentlichen Haufen zu sortieren.

„So wie immer also", erwiderte ich, und Herr Lilienstein lächelte. Dann veränderte sich seine Miene plötzlich und er sah mich ernst an. „Hat deine Großmutter etwas von Baltasar gehört?"

„Nein", erwiderte ich. „Sie hört sich oft in Vinnla nach Gerüchten um, aber er scheint nirgendwo aufgetaucht zu sein."

„Vielleicht ist er tatsächlich tot", sagte Herr Lilienstein leise und sah mich prüfend an.

„Das glaube ich nicht", erwiderte ich. „Er ist von diesem Latorios-Drachen gerettet worden. Er scheint mächtige Verbündete zu haben."

„Das kann kein Latorios-Drachen gewesen sein. Das ist unmöglich", sagte Herr Lilienstein sofort und strich sich über das graue, streng gescheitelte Haar. „So wie du ihn beschrieben hast, ähnelt er mehr einem asiatischen Feuerdrachen."

„Das habe ich auch erst geglaubt, aber der Drache, den ich gesehen habe, war um ein Vielfaches größer, als ein asiatischer Feuerdrache werden kann."

„Möglich, dass es sich um ein besonders großes Exemplar gehandelt hat", erwiderte Herr Lilienstein.

„Vielleicht", erwiderte ich verunsichert. Es war dunkel gewesen und meine Erinnerungen verwischten immer mehr, je mehr Zeit verstrich.

Ich wollte gerade fragen, ob Herr Lilienstein noch weitere Quellen kannte, in denen der Latorios-Drachen beschrieben sein könnte, als ich die panische Stimme von Liana in meinem Kopf hörte: *„Selma, komm so schnell zum Wolfsee, wie du kannst. Im Wasser sind irgendwelche Monster. Hier ist Panik ausgebrochen."*

Der angstvolle Klang ihrer Stimme sorgte augenblicklich dafür, dass sich sämtliche Härchen in meinem Nacken aufstellten.

„Bring dich und Paul in Sicherheit", antwortete ich. *„Ich komme."*

„Ich muss los", sagte ich zu Herrn Lilienstein gewandt und sprang auf. „Ein Notfall." Ohne ein weiteres Wort zu verlieren, hastete ich die Treppen hinab und rannte auf den Marktplatz hinaus. Wärme schlug mir entgegen, während ich kurz überlegte zu fliegen. Doch das Risiko, von Herrn Trudig entdeckt zu werden und meinen frisch erworbenen Flugschein wieder zu verlieren, war mir zu hoch. Also rannte ich los, so schnell mich meine Beine tragen konnten.

Als ich das Südtor passierte, kamen mir schon die ersten Fahrzeuge entgegen. Die Panik im Blick der Autofahrer sorgte dafür, dass mir schlagartig flau im Magen wurde. Etwas stimmte hier absolut nicht. Ich rannte weiter die von Wald umgebene Ausfahrtsstraße entlang, und als ich endlich in den Parkplatz einbog, hörte ich die ersten Schreie. Es waren Laute des ungläubigen Entsetzens, die ich vernahm, und eine weitere Welle Menschen kam mir entgegen, die hastig zu den Autos und Fahrrädern strömte. Zum Teil in Badesachen und mit notdürftig zusammengeklaubten Taschen rannten sie davon, stießen sich gegenseitig an und ich musste mich mühsam gegen den Strom hindurchkämpfen und aufpassen, dass ich nicht zu Boden gerissen wurde. Eine Gänsehaut lief mir den Rücken hinab, als ich schnell durchdachte, was die Menschen in solche Panik versetzt haben konnte.

„Verlassen Sie das Gelände ruhig und geordnet!“, hörte ich eine laute Stimme von der linken Seite, und ich erkannte sie sofort. Es war Gregor König, der die Badegäste evakuierte. Also musste irgendetwas aus Akkanka geflohen sein, was in seinen Aufgabenbereich fiel. Während ich durch eine Gruppe junger Ahornbäume hindurch zu Gregor König rannte, hoffte ich inständig, dass es nicht der Feuerschwanzpython war, denn vor ihm hatte ich einen gehörigen Respekt.

„Brauchen Sie Hilfe?“, fragte ich im selben Atemzug, in dem ich vor Gregor König keuchend zum Stehen kam. Er hatte sein langes, blondes Haar zu einem Zopf gebunden und trug wie immer seine Lederhose und Lederweste.

„Selma“, sagte er erschrocken, als ob er so gar nicht mit mir gerechnet hätte.

„Was ist passiert?“, fragte ich.

„Die Seidenpiranhas sind entwischt“, erwiderte Gregor König knapp und tonlos. Der Schock über die Flucht der angriffslustigen Tiere, die sonst im Fluss von Akkanka ihr Unwesen trieben, war ihm ins Gesicht geschrieben. „Ich habe keine Ahnung, wie das passieren konnte.“

„Gibt es eine Verbindung zwischen den Gewässern?“, fragte ich und half Gregor König, eine Gruppe Jugendlicher aufzuscheuchen, die den Ernst der Gefahr scheinbar nicht erkannt hatten.

„Natürlich gibt es die“, sagte Gregor König, als wir wieder allein waren. „Aber es gibt auch magische Barrieren, die kein Geschöpf überwinden kann, ohne den passenden Zauber zu kennen, und es wäre mir neu, dass Seidenpiranhas sprechen können.“

„Wo sind sie jetzt?“, fragte ich und ließ meinen Blick über den Wolfsee schweifen, der malerisch glatt dalag. Die wenigen Wolken spiegelten sich im Wasser und die feinsandigen Ufer leuchteten hell im Sonnenschein.

Gregor König winkte ein Grüppchen Schüler in die richtige Richtung. „Sie schwimmen im Uferbereich herum und lauern auf Beute. Es gab einen Schwerverletzten.“ Er holte zischend Luft, während ich erschrocken die Augen aufriss.

„Um Himmels willen“, sagte ich.

„Deine Großmutter war sofort hier und hat ihn schon abtransportiert. Um die Seidenpiranhas kümmere ich mich gleich, sobald alle Leute hier verschwunden sind. Die Schwarze Garde ist auch informiert und hilft mir, sie wieder einzufangen. Besser, du gehst jetzt auch, Selma. Du weißt, wie unberechenbar diese Biester sind, und selbst ein angehender Fünftsemester sollte ihnen nicht zu nahe kommen.“ Mit diesen Worten schob mich Gregor König Richtung Parkplatz davon und eilte dann in die andere Richtung, um eine Familie mit Kleinkindern vom Uferrand wegzulotsen.

Ich ließ meinen Blick erneut über den Wolfsee schweifen. Der See lag immer noch spiegelglatt und ruhig da, als wenn nichts Ungewöhnliches oder gar Gefährliches darin schwimmen würde. Es fehlten eigentlich nur noch ein paar Enten, die gemütlich über den See glitten, um die idyllische Stimmung zu unterstreichen. Doch ich ließ mich von dem Anblick nicht täuschen. Ich kannte die Seidenpiranhas gut genug. Im Gegensatz zu den kleinen Piranhas, die im Amazonasgebiet verbreitet waren und dort gelegentlich Menschen bissen, waren die Seidenpiranhas von ganz anderer Größe. Stattliche Exemplar konnten gut einen Meter lang werden und ihre angriffslustige Natur war nicht nur eine von Abenteurern aufgebauschte Geschichte, sondern eine täglich in Akkanka zu beobachtende Realität. Nicht nur einmal war ich ihren massiven Kiefern mit den spitzen Zähnen bei einem Sturz von den Drachen nur knapp entkommen. Eine direkte Konfrontation wäre mir auch schlecht bekommen, da der Biss des Seidenpiranhas seine Opfer sofort lähmte und eine Flucht unmöglich machte. Man konnte dabei zusehen, wie man genüsslich von dem hungrigen Schwarm verspeist wurde, ohne dass man auch nur einen Finger heben konnte, um sich dagegen zu wehren.

Gregor König hatte die aggressiven Fische schon oft verflucht, aber es gehörte zu seinen Aufgaben, auch den gefährlichen magischen Tierarten in Akkanka Asyl zu gewähren. Nicht auszudenken, was passieren würde, wenn diese Fischart anfing, in den Flüssen der Welt ihr Unwesen zu treiben.

Während ich noch darüber nachdachte, dass die regenbogenfarbenen Schuppen der Seidenpiranhas so gar nicht zu dem Naturell der Tiere passte, sah ich hinter einem Busch zwei der Jugendlichen hervorstürmen, die ich gerade mit Gregor König zum Parkplatz gelotst hatte. Offenbar waren sie mit der Verbannung vom Wolfsee nicht einverstanden und wollten die Gelegenheit nutzen, sich allein in die Fluten zu stürzen.

Ich sah mich nach Gregor König um, aber ich hörte seine Stimme weit entfernt vom Parkplatz. Er schien in einen Streit mit einem Mann geraten zu sein, dessen dunkle und tiefe Stimme auf ein massiges Äußeres schließen ließ und der Gregor König gerade ankündigte, dass er ihm eine aufs Maul geben würde, wenn er ihn und seine Kumpels nicht sofort an den See lassen würde.

Gregor König konnte nicht so schnell dort weg, und auch sonst war keine Menschenseele mehr am See. Ich musste etwas tun. Die beiden Jugendlichen waren schnell und liefen schon spritzend und kichernd in die Fluten. Ich überlegte nicht lang, zog meine Sandalen aus und trat in das knietiefe Wasser. Der Wolfsee war das größte Gewässer, in dem ich bisher versucht hatte, etwas auszurichten. Etwa einen Kilometer lang lag er idyllisch eingefasst von einem Kieferwäldchen. Seine tiefste Stelle lag bei 54 Metern, und damit hatte ich eine ganze Menge Wasser vor mir.

Mittlerweile hatten sich die beiden Jugendlichen kopfüber in das Wasser gestürzt und ich hörte plötzlich ein feines elektrisches Summen. Die Seidenpiranhas hatten sie entdeckt und riefen sich gegenseitig zur Jagd herbei. Ich kannte das Geräusch genau, denn ich hatte es oft genug in Akkanka gehört, sobald sich jemand dem Fluss näherte, den die angriffslustigen Raubfische bewohnten.

Ich schloss die Augen, holte tief Luft und konzentrierte mich einen Moment auf meine Atmung. Dann ließ ich mich auf das feine Summen des Wassers ein, spürte seine Kühle, Stille und Tiefe in mir widerhallen.

Als die Melodie des Wassers in mir anschwoll und ich mich ausreichend auf die Größe des Sees konzentriert hatte, hob ich die Hände und ließ sie dann langsam in einem großen Bogen sinken.

Das feine Knirschen drang zu mir hindurch und die Kälte breitete sich schlagartig in mir aus. Ein hoher Schrei hallte zu mir und ich riss die Augen wieder auf.

Es hatte funktioniert. Der See war gefroren. Nur die beiden Jugendlichen steckten bis zu den Hüften im Eis fest und schrien empört und schockiert zugleich, als ob sie in einem Horrorfilm gelandet waren. Mit weit aufgerissenen Augen starrten sie abwechselnd zu mir und zu dem Eis, in dem sie gefangen waren.

Gemächlich befreite ich meine Füße aus dem Eis, zog meine Sandalen wieder an und lief dann über die zugefrorene Fläche zu den beiden hinüber. Sie visierten mich an, als ob ich ein

Marsmännchen wäre, und ich konnte es ihnen nicht verübeln. Wenigstens hatten sie aufgehört zu schreien. Was soeben passiert war, hätten sie sich in ihren kühnsten Träumen niemals vorstellen können. Doch das war immerhin noch besser, als von ein Meter langen, aggressiv veranlagten Raubfischen in Fetzen gerissen zu werden.

Gleich würden sie sich ohnehin nicht mehr daran erinnern können. Adam und ich hatten den Urlaub auf Kileandros nicht nur mit Faulenzen verbracht. Nachdem ich miterlebt hatte, wie Torin Erinnerungen verändert hatte, und ich diese Fähigkeit im vergangenen Studienjahr mehr als nötig gebraucht hätte, um Skara von dem Plan abzubringen, Adam zu ihrem Mann zu machen, hatte ich Adam genötigt, mir ein paar Grundlagen beizubringen. Nachdem ich das Gelernte mit den Beschreibungen zur Überwindung der geistigen Barriere aus dem Buch von Mantao vertieft hatte, war ich bereit, zumindest die Erinnerungen von nichtmagischen Bürgern zu verändern. Magiern und erst recht ausgebildeten Magiern war ich noch längst nicht gewachsen, aber jeder fing ja mal klein an.

„Ganz ruhig“, sagte ich, als ich bei den beiden Jugendlichen angelangt war. Es waren zwei Jungen, nicht älter als vierzehn, der eine mit dunklem Haar und der andere mit rotem Haar und Sommersprossen auf der Nase. „Ich helfe euch da raus.“

„Hast du ...?“, bibberte der Dunkelhaarige erschrocken und starrte mit weit aufgerissenen Augen auf das Eis um ihn herum. Zugegebenermaßen war ein komplett durchgefrorener Wolfsee während einer Hitzewelle Ende August durchaus ungewöhnlich, aber glücklicherweise konnte er sich nicht so weit umdrehen, dass er kurz hinter sich etwas sah, was bei Weitem ungewöhnlicher war als Eis im Hochsommer. Die weit aufgerissenen Mäuler von etwa zwanzig Seidenpiranhas waren nur einen knappen Meter von seinem Rücken entfernt und das Eis schien ihnen nichts auszumachen. Denn sie zuckten hungrig mit ihren regenbogenfarbenen Flossen und visierten mit den Augen ihre Beute an, die kurz vor ihren Mäulern zappelte und dennoch unerreichbar fern war.

„Es gab technische Problem mit einer unterirdischen Leitung“, sagte ich und packte ihn an einer Hand, während ich mit der anderen ganz unauffällig um ihn herum das Eis auftaute und die hoffnungsvoll blinzelnden Seidenpiranhas im Auge behielt. Während ich ihn schließlich aus dem Wasser zog, sah ich ihm tief in die Augen und fixierte ohne Mühe seinen Blick. Durch den Schreck war er ohnehin zu durcheinander, um zu verstehen, was ich gerade tat. Mühelos überwand ich seine Barriere und tauchte in seine Erinnerungen ein. Ich löschte einfach den Moment, in dem er mit seinem Freund beschlossen hatte, noch einmal zum See zurückzulaufen, und hoffte, dass er den Bruch nicht mitbekam. Dann lotste ich ihn ans Ufer und befahl ihm, zum Parkplatz zu gehen, ohne sich noch einmal umzudrehen. Mit seinem dunkelhaarigen Freund tat ich das Gleiche und hoffte, dass ich es gut genug erledigt hatte und den beiden nicht irgendwann auffiel, dass sie eine schwarze Stelle im Gedächtnis hatten. Während die beiden schweigsam davonliefen und hoffentlich erst auf dem Parkplatz wieder zu Sinnen kommen würden, wandte ich mich dem Wolfsee zu. Ich musste ihn schnell wieder auftauen, bevor die Schwarze Garde eintreffen würde und jemandem auffiel, dass ich etwas getan hatte, wozu ich gar nicht in der Lage sein sollte.

Ich schloss die Augen, atmete tief durch und hob die Hände.

„Warte“, sagte plötzlich eine tiefe Stimme hinter mir.

Ich ließ die Hände sinken und drehte mich langsam um. Gregor König stand hinter mir und starrte den Wolfsee beinahe ebenso ungläubig an wie die beiden Jungs, die ich gerade aus dem Eis befreit hatte.

„Danke“, sagte Gregor König seltsam gestelzt.

„Wofür?“, fragte ich. Hatte er mich etwa beobachtet? Ein kaltes Gefühl kroch in meinen Bauch.

Gregor Königs Stimme klang leise und zitterte etwas bei den ersten Worten. „Du hast den beiden Knirpsen das Leben gerettet. Ich wäre nicht rechtzeitig da gewesen. Das hätte mir vermutlich das Genick gebrochen, zumindest wäre ich meinen Job in Akkanka los gewesen."

„Kein Problem", sagte ich leise. „Sie haben mir mehr als einmal aus der Patsche geholfen." Ich wusste genau, wie viel ihm die Arbeit in der unterirdischen Stadt bedeutete. Nicht auszudenken, wie es mit den Drachen weitergehen würde, wenn Gregor König nicht mehr da war.

„Deine Mutter wäre stolz auf dich", sagte er.

Ich lächelte, dann drehte ich mich wieder um und war schon im Begriff, den See wieder aufzutauen, als mir Gregor König die Hand auf die Schulter legte.

„Ich habe zwar keine Ahnung, wie du es geschafft hast, den gesamten Wolfsee einzufrieren, denn ehrlich gesagt würde das sogar mich an die Grenzen des Machbaren bringen, aber es wäre gut, wenn du es so lässt. Die Seidenpiranhas werden sich nicht freiwillig fangen lassen, aber so ...", er warf den eingefrorenen Fischen einen schnellen Blick zu, „... können wir sie relativ unkompliziert wieder abtransportieren, und die Angelegenheit wäre schnell vom Tisch."

„Gut. Wenn Sie der Schwarzen Garde glaubhaft verkaufen, dass das Ihre Idee war und ich auch mit der Umsetzung nichts zu tun habe", sagte ich. „Es ist nicht gut, wenn die Tochter von Catherina von Nordenach schon vor dem Semesterbeginn ins Gerede kommt."

„Kein Problem", sagte Gregor König schnell. „So wie das letzte Semester geendet hat, muss das neue nicht unbedingt anfangen."

Ich sah kurz zu Boden. Das chaotische Ende des Drachenrennens war mir noch gut in Erinnerung und zu dem Tumult, der ausgebrochen war, hatte ich einen nicht unwesentlichen Beitrag geleistet. „Brauchen Sie Hilfe, um die Biester wieder nach Akkanka zu bringen?", fragte ich und warf einen Blick auf den See.

„Die Schwarze Garde ist gleich da und hilft beim Abtransport. Sie kommen mit einem Laster, damit wir alle wegbekommen. Der Flugweg ist zu auffällig und fliegende Fische braucht Schönefelde selbst in der Sommerflaute nicht unbedingt."

„Gut, dann verschwinde ich wieder, bevor mich hier jemand sieht." Ich wandte mich einem Waldweg zu, über den ich relativ unauffällig zum Südtor kam. Von dort aus konnte ich am Eichenhain vorbei nach Hause laufen, ohne dass ich der Schwarzen Garde in die Quere kam.

„Wie geht es Aurora?", fragte ich, halb zum Gehen gewandt.

„Komm doch morgen einfach in Akkanka vorbei", sagte Gregor König. „Das Heilige Ei steht kurz vor dem Bruch."

„Davon steht aber nichts im ‚Korona Chronikle', oder habe ich da etwas überlesen?"

„Nein", grinste Gregor König. „Die Reporter habe ich auf Oktober vertröstet, damit sie mir nicht auf die Pelle rücken. Das Ausbrüten eines Dracheneis kann sich schon eine Weile hinziehen, aber Aurora ist nervös. Es kann jeden Augenblick passieren, aber behalte das für dich. Kein Wort zur Presse, denn denen traue ich ohnehin nicht mehr über den Weg, seitdem klar ist, dass sie sich dem Willen von Baltasar gebeugt haben, anstatt dafür zu sorgen, dass ordentlich über alle wichtigen Ereignisse berichtet wird."

„Das hat mich nicht wirklich überrascht", sagte ich leise. „Der ‚Korona Chronikle' ist doch nur ein Sprachrohr des Senatorenhauses. Ich glaube, von dort brauchen Sie keine ernsthafte Berichterstattung erwarten."

In diesem Moment hörte ich auf dem Parkplatz das Brummen eines schweren Fahrzeuges, gefolgt von schweren Stiefeln und dem Brüllen einiger Befehle. „Bis morgen", flüsterte ich schnell, winkte Gregor König noch einmal zu und verschwand im dichten Wald.

Ein echter Held

Am nächsten Morgen stand ich zeitig auf. Ich hatte tief und fest geschlafen und konnte es kaum erwarten, die Drachen endlich wiederzusehen. Auf dem Weg nach Akkanka wollte ich noch einmal bei Herrn Lilienstein vorbeigehen. Bei meinem überstürzten Aufbruch am Vortag hatte ich ganz vergessen, das Märchenbuch meiner Mutter wieder mitzunehmen und Herrn Lilienstein nach der Liste der Reliquien zu fragen, die er für mich anfertigen wollte. Im vergangenen Jahr hatte er sich für sein fotografisches Gedächtnis gerühmt und gesagt, er würde sich noch heute an den Wortlaut der Kataloge des Senatorenhauses erinnern. In ihnen waren alle Reliquien verzeichnet, die die Königsfamilien im Zuge der Umwandlung der Monarchie in eine Demokratie an das Senatorenhaus übergeben hatten. Und auf dieser Liste standen die Insignien der Macht, versteckt zwischen allerlei Wertgegenständen. Auch wenn die Liste sicher lang war, schränkte sie unsere Suche schon einmal ein und würde eine große Hilfe sein, vorausgesetzt, Herr Lilienstein hatte wirklich das phänomenale Gedächtnis, von dem er gesprochen hatte. Nachdenklich zog ich mich an und ging in die Küche hinüber. Ich schaltete die Kaffeemaschine ein, und während sie glucksend und zischend ihr Werk tat, holte ich die Zeitungen herein. Dann strich ich beide glatt und starrte im selben Moment überrascht die Schlagzeile des „Korona Chronikle“ an.

Gregor König rettet Unschuldige

Am gestrigen Tag kam es in Schönefelde zu einem katastrophalen Zwischenfall, der beinahe viele Leben gekostet hätte und nur durch das mutige Eingreifen unseres Helden Gregor König abgewendet werden konnte. Ohne ihn hätten wir heute zahlreiche Todesopfer beklagen müssen und dafür kann ihm die magische Gemeinschaft nicht genug danken.

Nun zu den Fakten:

Am gestrigen Donnerstag gegen 15 Uhr gelang den in Akkanka beheimateten Seidenpiranhas die Flucht aus der Unterwelt. Über einen unterirdischen Abfluss gelangten sie bis zum Wolfsee, einem kleinen See zwischen Schönefelde und Burgenfelde.

Dort angelangt, griffen die aggressiven Raubfische sofort die Badegäste an. Der Wolfsee war an diesem Sommertag stark besucht und ein Badegast wurde schwer verletzt. Wie uns Georgette von Nordenach noch kurz vor Redaktionsschluss mitteilte, schwebt er inzwischen nicht mehr in Lebensgefahr und kann die Stube der Heilerin schon heute wieder verlassen.

Gregor König, verantwortlicher Leiter der Stadt Akkanka, wurde sofort gerufen. Er evakuierte den See und vereiste ihn dann komplett, sodass die Seidenpiranhas von der Schwarzen Garde ohne weitere Probleme abtransportiert und wieder nach Akkanka gebracht werden konnten. Dort werden sie vorerst in einer separaten Höhle und einem separaten Becken gehalten, bis geklärt ist, weshalb ihnen die Flucht gelingen konnte. Nur durch das mutige und fachlich hoch anspruchsvolle Eingreifen von Gregor König konnten viele Leben gerettet werden.

Er wird zu Recht als Held gefeiert. Der Schönefelder Bürgermeister Helmut Neufried bedankte sich persönlich bei Gregor König und wird ihn für das Ehrenkreuz der Stadt Schönefelde vorschlagen, das alljährlich an den Held oder die Heldin des Jahres überreicht wird.

Offen bleibt die Frage, wie die Seidenpiranhas entkommen konnten, und darüber wird nun viel spekuliert. Helmut Neufried vermutete in einem Interview, dass den intelligenten Räubern die Flucht durch einen bisher unentdeckten Kanal gelingen konnte. Er schloss nicht aus, dass die Zwerge daran beteiligt sein könnten, die auch rund um Akkanka Gänge und Höhlen graben.

Die Schwarze Garde hat die Aufklärung der Angelegenheit übernommen. Die Stellungnahme des Admirals zum Tagesthema lesen Sie auf Seite 3.

Gregor König stand gestern zu keinem Interview bereit, doch nach all der Aufregung gönnen wir dem Helden von Schönefelde die Ruhepause. Denn er rettet nicht nur mutig Leben, sondern betreut auch rund um die Uhr das Heilige Ei, dessen Schlüpftermin nicht mehr weit sein kann. Schon seit Monaten fiebern die Drachenfans der Vereinten Magischen Union dem neuen Mitglied der Drachenfamilie entgegen. Namensfavorit sind zurzeit im Übrigen Gregorian und Maximiliane. Einen Gastkommentar des Chefredakteurs der *Drachenwelt* lesen Sie auf Seite 5.

Ich überflog noch Seite drei und stellte dabei fest, dass die Reporter des „Korona Chronikle“ ganz klar einen Teil der Schuld dem Admiral in die Schuhe schoben, der beinahe die gesamte Schwarze Garde aus Schönefelde abgezogen hatte. Auch wenn der Admiral tapfer dagegen argumentierte und klarmachte, dass auch die Anwesenheit der kompletten Schwarzen Garde in der Stadt diesen Vorfall nicht verhindert hätte, war die unterschwellige Meinung der Reporter klar aus dem Schlusswort herauszulesen: „Auch auf die Frage, ob die weltweite Suche nach Helander Baltasar und den verschollenen Mädchen bisher Ergebnisse gebracht hatte, konnte der Admiral unseren Lesern keine befriedigende Antwort geben. Es bleibt abzuwarten, ob er der Doppelbelastung gewachsen ist, die er im Moment trägt. Nicht nur die Koordination der Einsätze der Schwarzen Garde liegt in den Händen des Admirals, sondern er bildet auch den Vorsitz der Übergangsregierung. Zweifelsohne war es richtig von ihm gewesen, seine Befugnisse zu nutzen und Willibald Werner seiner Ämter zu entheben, nachdem sich herausgestellt hatte, dass er offenbar erpresst worden war. Aber dennoch steht die Frage im Raum, ob der Admiral mit diesen vielen verantwortungsvollen Aufgaben auf Dauer nicht überfordert ist und es besser gewesen wäre, den vorübergehenden Vorsitz der Vereinten Magischen Union an jemand anderen zu übertragen, der für diese Aufgabe besser geeignet wäre. Wir alle fiebern der Wahl entgegen, schon allein, damit wieder stabile Verhältnisse in der Vereinten Magischen Union herrschen."

Seufzend schob ich den „Korona Chronikle" zur Seite und warf einen Blick auf den „Schönefelder Kurier".

Der berichtete, dass am gestrigen Tag der Wolfsee evakuiert werden musste, da aus dem Terrarium eines Exotenfans ein Kaiman ausgebrochen war und das Tier aus der Gattung der Alligatoren gefährlich wäre.

Mithilfe von Tierstimmenimitatoren und Fleischködern habe die örtliche Polizei das Tier am selben Tag wieder einfangen können und das Baden im Wolfsee wäre wieder gefahrlos möglich.

Ich ließ die Zeitung sinken und sah nachdenklich in den Garten hinaus, wo die Pflaumen reif und prall an den Zweigen hingen und die Sommerstauden in voller Blüte standen. Gregor König würde ganz und gar nicht davon begeistert sein, dass er nun von der Presse als Held gefeiert wurde. Ich konnte mir seinen gequälten Gesichtsausdruck gut vorstellen, wenn ihm eine Feierstunde drohte, bei der er in einem Anzug erscheinen sollte.

Doch er würde es überstehen müssen. Was mir viel mehr Sorgen bereitete, war die Art und Weise, wie abwertend der „Korona Chronikle" über den Admiral und seinen Einsatz für die Vereinte Magische Union sprach, und auch, wie es die Seidenpiranhas geschafft hatten, aus Akkanka zu fliehen. Irgendetwas ging da nicht mit rechten Dingen zu. Ich musste dringend mit Adam darüber sprechen. Gerade als ich ihm eine Nachricht schicken wollte, hörte ich das Klacken des Türschlosses, und meine Großmutter kam herein.

„Guten Morgen, Selma", sagte sie müde.

„Guten Morgen“, erwiderte ich und bot ihr meinen Platz an. „Setz dich, ich mache dir einen Kaffee. Hast du wieder die ganze Nacht durchgearbeitet?“

„Danke, das ist nett“, seufzte sie und ließ sich nieder. „Flavius Gonden hatte wirklich Glück. Der Biss hat ihn sofort gelähmt, aber seine Freunde haben die Gefahr schnell erkannt und ihn sofort aus dem Wasser gezogen und Hilfe gerufen.“

„Flavius war der Schwerverletzte?“, sagte ich erschrocken. Obwohl ich nicht viel mit ihm zu tun hatte, kannte ich ihn schon mein Leben lang und sah ihn während des Semesters täglich, weil wir zusammen studierten.

„Ja“, sagte meine Großmutter und nahm den Kaffee, den ich ihr eingeschenkt hatte. „Frau Gonden war außer sich. Sie ist nicht mehr die Jüngste, und dass ihr einziger Enkel schwer verletzt wurde, und das hier, quasi vor der Haustür, macht ihr ziemlich zu schaffen.“

„Wo sind Flavius‘ Eltern?“

„Sie sind auf dem Weg nach Schönefelde und müssten heute eintreffen. Sie arbeiten als Botschafter des Senatorenhauses in Südamerika. Aber Flavius hat das Ganze gut überstanden. Ich konnte ihm gleich das Gegengift verabreichen und die Fleischwunde heilen. Er wird noch ein paar Tage Schmerzen haben und eine unschöne Narbe davontragen, aber er hat den Angriff überlebt, und das ist das Wichtigste.“

„Seit wann hast du eine Stube, in der du Kranke behandelst?“, fragte ich und zeigte auf den „Korona Chronikle“.

In den Augen meiner Großmutter sah ich ein zorniges Funkeln. „Ich bitte Helmut Neufried schon seit Jahren darum, dass ich mir im Rathaus ein paar Zimmer einrichten kann, um Kranke zu behandeln und eine Sprechstunde abzuhalten. Aber erst als ihm die Reporter des ‚Korona Chronikle’ auf die Pelle gerückt sind und gefragt haben, wo im Rathaus sie denn meine Räumlichkeiten finden können, ist ihm plötzlich aufgefallen, dass er das schon längst hätte tun sollen. Im Rathaus stehen mehr als genug Zimmer leer und allein mit dem Stadtrat kann er die Räume nicht füllen."

„Also hast du jetzt deine erste offizielle Praxis?", fragte ich erfreut.

„Genau so ist es, und falls es Helmut Neufried einfällt, dass das nur vorübergehend sein sollte, werde ich ihm einfach mit den Reportern drohen. Das scheint zu wirken."

„Vielleicht hat er ja auch seine Kandidatur für das Amt des Primus eingereicht und achtet auf seine Außenwirkung?", sagte ich nachdenklich.

„Möglich", sagte meine Großmutter nachdenklich. „Das würde zumindest sein Verhalten erklären." Sie sah mich eine Weile nachdenklich an, während ich mir mein Müsli aus dem Schrank holte und eine Portion in eine geblümte Schüssel gab. „Was meinst du mit ‚auch'? Kennst du noch jemanden, der kandidieren möchte?"

Ich goss Milch in mein Müsli und setzte mich meiner Großmutter gegenüber. „Ja, Herr Lilienstein hat mir gestern erzählt, dass er seine Kandidatur eingereicht hat. Er hofft, dass die Zeichen in der Vereinten Magischen Union endlich auf Veränderung stehen, und will sich einbringen."

„Tatsächlich!", sagte meine Großmutter abwertend, doch ich ging nicht auf ihren Tonfall ein.

„Du kannst ihm endlich vergeben, er hat uns immer nur helfen wollen", sagte ich. „Du warst es schließlich, die ihm das Manuskript von Mantao gegeben hat."

„Ja, er sollte es sicher verwahren, damit ich es nicht im Haus habe und Catherina es aus Versehen in die Hände bekommt. Cornell hat mich hintergangen. Es war nie die Rede davon, dass er sich in unsere Angelegenheiten einmischt und es hinter meinem Rücken Catherina überlässt. Du siehst, wo das hingeführt hat. Es hat Baltasar mächtiger gemacht."

„Ja, das stimmt allerdings", gab ich zu. „Wie hast du es überhaupt geschafft, das Buch von Mantao zu finden? Ich kann mir nicht vorstellen, dass es frei zugänglich war."

Meine Großmutter schwieg und sah nachdenklich in ihren

Kaffee.

„Das ist eine komplizierte Sache“, sagte sie schließlich.

Ich seufzte. Es hätte mich auch gewundert, wenn irgendetwas einfach gewesen wäre.

„Erzähl mir doch einfach davon“, bat ich.

„Nein.“ Meine Großmutter sah mich ruhig und entschlossen an. „Das halte ich für keine gute Idee.“

„Ich dachte, über diesen Punkt sind wir hinweg“, erwiderte ich stirnrunzelnd.

„Das ist eine andere Sache“, tat meine Großmutter die Angelegenheit ab. „Aber ich habe gute Nachrichten für dich.“

„Und welche?“, fragte ich, immer noch verstimmt, weil meine Großmutter mir etwas vorenthalten wollte, von dem sie dachte, ich wäre noch nicht bereit dafür.

„Die Druiden von Themallin haben sich heute Morgen überraschend bei mir gemeldet“, erwiderte sie mit einem Lächeln auf den Lippen. „Sie haben endlich zugestimmt, dass ich dich zur Geistläuferin ausbilden darf.“

„Wirklich?“, sagte ich erstaunt.

„Ja, heute Morgen haben sie ihre Erlaubnis erteilt.“

„Woher kommt denn der Sinneswandel?“, fragte ich zwischen zwei Löffeln Müsli. „Noch letzte Woche haben sie es entschieden abgelehnt, eine Ausnahme zu machen.“

„Nun ja“, sagte meine Großmutter gedehnt. „Die aktuellen Ereignisse spielen da eine wichtige Rolle. Ich habe gestern Abend erneut eine Anfrage gestellt und deine charakterliche Reife betont. Du hast deine Kräfte verantwortungsvoll genutzt, zwei unbeteiligten Jugendlichen das Leben gerettet, dem Hüter von Akkanka den Ruhm dafür überlassen und hast dich bescheiden im Hintergrund gehalten, und das alles aus eigenem Antrieb.“

Vor Überraschung verschluckte ich mich an meinem Müsli und begann zu husten. „Woher weißt du das schon wieder?“, krächzte ich, als ich wieder Luft bekam.

„Du hältst mich manchmal für erstaunlich ahnungslos“,

sagte meine Großmutter schmunzelnd.

„Das liegt vermutlich daran", erwiderte ich, „dass du mir manchmal den Eindruck vermittelt hast, dass du nichts von dem, was um dich herum passiert, mitbekommen hast."

„Dem ist nicht so, außerdem weiß ich sehr genau, dass Gregor König die Drachen vielleicht sehr gut im Griff hat, aber garantiert nicht dazu imstande ist, den gesamten Wolfsee einzufrieren. Und da Cornell bei der Hitze keinen Fuß vor die Tür setzt, bist du im Moment die Einzige in der Stadt, die zu so etwas fähig ist, außer mir natürlich. Es würde mich nicht wundern, wenn das Senatorenhaus Gregor König in der nächsten Zeit unter Beobachtung hält, weil er ungewöhnlich starke magische Fähigkeiten gezeigt hat, die bis jetzt nicht erkannt worden sind. Du musst sehr aufpassen, bald findet der Test zur Feststellung der Befähigung zum fünften Element statt."

„Richtig", sagte ich nachdenklich. „Es werden alle getestet, nicht wahr?"

„Ja, vorrangig geht es darum, dass bereits am Anfang eurer Spezialisierung das Ausbildungsziel klar ist."

„Außerdem will das Senatorenhaus wissen, wer die Kandidaten der nächsten Generation sind, die es mit einer Gehirnwäsche beglücken kann. Scheide ich als Plebejer nichts aus diesem Rennen aus?"

„In diesem Fall nicht, das Senatorenhaus weiß genau, dass die magischen Kräfte und Fähigkeiten keinen Halt vor den Standesunterschieden machen und es auch außerordentlich begabte Plebejer gibt, die auf irgendeine Art gefährlich werden können." Meine Großmutter trank einen Schluck ihres Kaffees. „Jedenfalls können wir mit deiner Ausbildung zum Geistläufer loslegen, sobald du möchtest."

„Hatte meine Mutter eigentlich eine Neigung zum fünften Element?", fragte ich.

„Nein." Meine Großmutter stellte ihre Tasse ab. „Manchmal wäre es mir lieber gewesen, sie hätte diese Neigung gehabt, um sich gegen ihre Angreifer besser wehren zu können."

„Aber du hast diese Neigung?“

Meine Großmutter nickte langsam. „Ich weiß, worauf du hinauswillst, Selma, und wenn du es wissen willst, dann bin ich mir mittlerweile sicher, dass du diese Begabung hast, ebenso wie ich und meine Großmutter.“

„Tatsächlich?“, fragte ich. „Doch in Tennenbode werde ich niemals eine wirklich umfassende Ausbildung erhalten.“

„Nachdem du das Buch von Mantao gelesen hast, weißt du sicher, was du von der Ausbildung in Tennenbode zu halten hast. Es ist eine solide Grundlagenausbildung, die auch dir nicht schaden wird. Im Gegenteil, es gibt noch viele Dinge, mit denen du dich nicht beschäftigt hast und die einiges Fingerspitzengefühl erfordern. Der Kampf ist nicht das, worauf du dich allein konzentrieren solltest, genauso wenig, wie du eines der Elemente vernachlässigen solltest. Du erreichst nur große Stärke, wenn alles in Balance ist. Allerdings stimme ich an dieser Stelle mit meinen Vorfahren darin überein, dass nicht jeder Magier so weit ausgebildet werden sollte, eine Kampfmaschine zu sein, die den ganzen Planeten zerstören könnte. Es gibt Magier, die besonders begabt sind und denen die Magie leicht fällt, so wie ein anderer eine Neigung zum Tennis oder zum Fußballspiel hat. Diese können es erlernen, das fünfte Element zu beherrschen, und schaffen es dann bald, Flammentiere oder Erdgeschöpfe zum Leben zu erwecken. Dabei entstehen auch nützliche und schöne Dinge.“

„Mmh“, sagte ich nachdenklich und rührte gedankenverloren in meinem Müsli. „Das klingt logisch.“

„Natürlich tut es das“, sagte meine Großmutter und stand auf.

„Wann willst du mir davon erzählen, wie du das Buch von Mantao gefunden hast?“, sagte ich, bevor sie das Zimmer verlassen konnte.

Meine Großmutter hielt inne, nachdem sie ihre Tasse in die Spüle gestellt hatte, so als ob sie darüber nachdachte, ob sie sich darauf einlassen konnte, mir jetzt eine Zeit zu nennen, in der sie mich für reif genug hielt.

„Das ist wirklich eine komplizierte Geschichte“, sagte sie.

„Das hast du schon einmal gesagt, aber da ich moralisch so gereift bin, denke ich, dass ich auch bereit bin für komplizierte Geschichten. Du erinnerst dich vielleicht daran, dass wir vor einigen Tagen meinen zwanzigsten Geburtstag gefeiert haben.“

„Natürlich“, sagte meine Großmutter, als ob ihr das entfallen war. Schließlich nahm sie wieder mir gegenüber Platz.

„Selma“, sagte sie ernst. „Ich werde dir die Geschichte irgendwann erzählen, wie ich davon erfahren habe, wo es versteckt lag, aber nicht heute.“

„Dann erzähle mir wenigstens, wie du darauf gekommen bist, danach zu suchen. Wie hast du von seiner Existenz erfahren?“

„Also gut.“ Meine Großmutter seufzte. „Es fing alles schon vor sehr langer Zeit an. Schon während meiner Ausbildung in Tennenbode hat mich der Verdacht beschlichen, dass wir nur einen Teil dessen gelehrt bekommen, was wir tatsächlich können. Eine Zeitlang gab es auch bei uns Probleme mit der Außenfassade von Tennenbode und ich habe neugierig die Schlachtenszenen studiert. Die Helden, die dort gezeigt wurden, habe ich allerdings in keinem geschichtlichen Lehrbuch gefunden, und das hat mich gewundert. Einige Reliefs hatten es mir besonders angetan. Da kämpfte ein Mann gegen ein Monster aus Flammen, er versuchte, seine Frau und seine Kinder zu schützen. Das Bild ist mir nie wieder aus dem Kopf gegangen. Ich wollte wissen, ob die Szene wahr ist, und ich wollte wissen, warum er so mächtige Zauber beschwören konnte. All das, was man auf dem Relief herauslesen konnte, war, dass diese Magier über weitaus mehr Kraft verfügten, als wir es offenbar konnten.“

„Verständlich“, sagte ich. „Doch das passte vermutlich nicht mit der Geschichte zusammen, die man auf Tennenbode lehrt.“

„Genau, das hat mich auch gewundert. Die Geschichtsschreibung der Vereinten Magischen Union hat im Wesentlichen mit deren Gründung begonnen. Es ist, als ob die Magier erst ab dem Gründungstag beschlossen haben, ihre Geschichte niederzuschreiben. Davor kann man nur die Geschichte der nichtmagischen Bürger studieren. Das hat mich neugierig und misstrauisch gemacht. Ich habe angefangen, die Professoren nach den Szenen zu befragen, aber sie gaben mir immer die gleiche Antwort, und zwar, dass die Originalfassade eine künstlerisch freie Arbeit sei und keine geschichtliche Bedeutung hätte und dass es eben keine Aufzeichnungen aus der Zeit vor der Gründung der Vereinten Magischen Union gäbe."

„Aber das hast du nicht geglaubt", sagte ich.

„Nein, das habe ich nicht. Mir erschienen die Bilder immer noch wie eine vergangene Geschichte, an die sich niemand mehr erinnern möchte. So oft sich die Gelegenheit ergab, studierte ich die Reliefs. Und dann habe ich begonnen, einen der Feuerzauber nachzuahmen. Lange Zeit erreichte ich nichts und zweifelte auch oft. Aber dann irgendwann nach vielen Monaten gelang es mir, einen Feuerkreis von unvorstellbaren Ausmaßen zu erschaffen. In Tennenbode waren unsere Feuerkreise nie breiter als einen Meter gewesen und plötzlich hatte ich im Garten ein Feuerrad, das gute zehn Meter breit war."

„Wow", sagte ich beeindruckt.

„Ja." Meine Großmutter nickte. „An diesem Tag habe ich begriffen, dass auf dem Relief unsere Vergangenheit geschrieben steht. Die großen Kämpfer, deren Namen dort verewigt sind, mussten wirklich gelebt haben."

„Und dann?", fragte ich erwartungsvoll.

„Dann habe ich die Sache erst einmal auf sich beruhen lassen", sagte meine Großmutter. „Nach dem Abschluss in Tennenbode habe ich den Beruf der Heilerin erlernt, ich habe deinen Großvater geheiratet. Es gab anderes, worüber wir uns sorgten, die Abschaffung der Monarchie, meine Schwangerschaft. Es war alles ungewiss und trotzdem aufregend und wir waren voller Hoffnung auf bessere Zeiten." Meine Großmutter schwieg einen Moment, als ob sie Kraft sammelte. „Dann verschwand dein Großvater und ich musste mich um deine Mutter kümmern. Ich hatte keine Zeit, um mir Gedanken um unnütze Dinge zu machen. Als deine Mutter drei Jahre alt war, habe ich den alten Familiensitz unserer Familie verkauft und wir sind in dieses Haus in der Steingasse gezogen. Alles Vergangene ließ ich hinter mir. Als Catherina in die Schule kam, habe ich die Ausbildung zur Geistläuferin begonnen, und das hat mich sehr erfüllt. Es hat mir Frieden gegeben und Kraft."

„Und dann?", fragte ich, wohlwissend, dass auch diese friedliche Zeit bald zu Ende gegangen war.

„Dann hat deine Mutter beschlossen, sich die Vereinte Magische Union zum Feind zu machen." Das Gesicht meiner Großmutter verfinsterte sich.

„Es war doch nicht ihre Schuld", sagte ich. „Du weißt, dass Baltasar sie zu seiner magischen Partnerin machen wollte. Er hat sie bedrängt und in die Enge getrieben."

„Ja", sagte meine Großmutter stockend. „Ich weiß, dass er sie bedrängt hat und dass ihm auf legalem Wege nicht beizukommen war. Schließlich stand das Recht ja auf seiner Seite. Deswegen habe ich mich auf die Suche nach etwas gemacht, das deiner Mutter helfen konnte, gegen Baltasar und gegen die Vereinte Magische Union anzukommen, die ihr mit der Verbannung in den Haebram drohte. Und da ist mir die Sache mit den Reliefs wieder eingefallen. Ich wollte Catherina unbesiegbar machen, genauso wie es der Mann auf den Bildern gewesen war. Er hieß Erinn und er hat das Flammenmonster bekämpft und seine Familie beschützt."

„Erinn", sagte ich langsam.

„Ich habe schließlich davon erfahren, wo das Buch versteckt liegt", übersprang meine Großmutter einen wichtigen Teil der Geschichte. „Und ich habe mich voller Hoffnung auf den Weg gemacht, um das Buch von Mantao aus seinem Versteck zu befreien. Es lag in einer alten Höhle in Akkanka, versteckt von einem Zauber, und ich weiß genau, dass ich sofort damit begonnen habe, es zu lesen. Die beschriebenen Kampftechniken waren genau das, wonach ich gesucht hatte. Ich machte mich auf den Weg nach Hause und dort begann ich noch einmal in aller Ruhe zu lesen. Doch meine Euphorie wurde schnell getrübt, als mir klar wurde, dass das, was dort beschrieben wurde, der Höhepunkt einer langjährigen Ausbildung war und nicht binnen kürzester Zeit mittels eines schnellen Zaubers erreicht werden konnte.“

„Und dann hast du entschieden, ihr das Buch nicht zu geben“, sagte ich leise.

„Nein, ganz so war es nicht. Kurz nachdem ich das Buch von Mantao gelesen hatte, kam sie zu mir. Sie hatte den Entschluss gefasst, ihre Existenz als Catherina von Nordenach in der Vereinten Magischen Union auszulöschen und weit weg zu ziehen von der magischen Gemeinde. Sie wollte gemeinsam mit deinem Vater und euch Kindern irgendwo untertauchen und ein Leben als nichtmagische Bürger führen. In diesem Moment habe ich entschieden, dass es besser ist, sie bei diesem Plan zu unterstützen, anstatt sie mit dem Buch von Mantao auf einen ungewissen und gefährlichen Weg zu führen. Ich habe das Buch an Cornell übergeben, damit Catherina nicht aus Versehen darüber stolpert, und habe begonnen, mit ihr gemeinsam ihre Flucht vorzubereiten. Lydia und Leandro wollte sie zu Freunden bringen und dich in meiner Obhut lassen. Dann wollte sie mit Toni vorgehen und euch nachholen, sobald alles vorbereitet ist. Ich hatte neue Ausweise besorgt und alle sonstigen Papiere, die man als nichtmagischer Bürger braucht, Zeugnisse, Lebensläufe, Bescheinigungen über eine Berufsausbildung. Wir hatten alles geplant. Nur hatte ich nicht bedacht, dass Cornell hinter meinem Rücken Catherina das Buch von Mantao zugesteckt hatte und deine Mutter beschlossen hatte, auf dem Weg in ein neues Leben einen Zwischenstopp in der Antarktis einzulegen, um Baltasar aus der Welt zu schaffen. Ich wusste nichts von dem fingierten Flugzeugabsturz und dachte, sie wären tatsächlich dabei gestorben.“ Meine

Großmutter schluckte und sah betroffen zu Boden. Ich nahm ihre Hand und drückte sie.

„Es tut mir leid, dass ich dir jemals Vorwürfe deswegen gemacht habe“, sagte ich sanft. Aus der Perspektive meiner Großmutter betrachtet hatte Herr Lilienstein tatsächlich das Leben meiner Mutter in Gefahr gebracht. „Aber du darfst nicht vergessen, dass Baltasar niemals aufgegeben hätte. Er hätte sie gefunden und sie irgendwie gezwungen, seine magische Partnerin zu werden.“

„Vielleicht“, sagte meine Großmutter und stand auf. „Wir werden nie erfahren, was passiert wäre.“ Sie trat an das Fenster und sah in den Garten hinaus. „Aber wir werden dafür sorgen, dass so etwas nicht noch einmal passiert.“ Sie wandte sich mir zu und lächelte mich aufmunternd an. „Und deswegen beginnen wir bald mit deiner Ausbildung zum Geistläufer.“

„Was hältst du davon, wenn wir gleich beginnen“, sagte ich. Die Geschichte, die meine Großmutter mir erzählt hatte, hatte mich nachdenklich gemacht.

„Mmh.“ Meine Großmutter schien kurz darüber nachzudenken. „Warum nicht“, sagte sie schließlich. „Der Kaffee hält mich noch eine Weile wach. Komm!“ Sie ging voran in ihr Atelier und ich folgte ihr in den Raum, in dem sie ihre Kräuter sammelte und verwahrte. Durch die bunten, bleiverglasten Fenster schien die Morgensonne und tauchte den Raum in ein magisches Licht.

Meine Großmutter nahm in ihrem Sessel Platz und zeigte auf den Platz gegenüber. Ich ließ mich nieder und sah sie erwartungsvoll an.

„Die Magie, die wir beherrschen, lebt davon, wie stark unser Geist ist“, sagte sie bedächtig. Sie nahm meine Hand und schloss kurz die Augen. Ich spürte, wie um mich herum der Raum in Bewegung zu geraten schien. Ein weißer Nebel wirbelte um mich herum und ich wusste, dass wir in der Traumwelt waren. Schon einige Male hatte mich ein Magier hierhin mitgenommen. Ich sah meine Großmutter an, deren lichthelle

Gestalt in der Traumwelt eine andere war. Sie erschien mir jünger und kräftiger, als sie es eben noch gewesen war. „Vinnla ist ein machtvoller Ort, doch mit Macht muss man umgehen können“, sagte sie bedächtig. „Es erfordert Weisheit und Stärke, und die erlangt man nur durch Erfahrung und harte Arbeit, durch Erfolge und Misserfolge.“ Der weiße Nebel verflog und ich fand mich im Atelier meiner Großmutter wieder. „Um Vinnla zu betreten, musst du sehr konzentriert sein. Am Anfang wird es dir am leichtesten gelingen, wenn du schläfst und träumst und in dem Traum begreifst, wo du bist, und die Kontrolle über den Traum erlangst.“

„Das klingt ziemlich kompliziert“, erwiderte ich.

„Das ist es eigentlich nicht“, sagte meine Großmutter. „Es hat auch viel mit Willenskraft zu tun, und die hast du ja zur Genüge.“ Sie schmunzelte vergnügt. „Woran es dir fehlt, ist die Übung im Fokussieren deiner Gedanken und Kräfte, und damit beginnen wir deine Ausbildung.“

„Mit was genau beginnen wir?“, fragte ich.

„Mit Atem- und Konzentrationsübungen“, sagte meine Großmutter. „Ich habe dich gerade mit nach Vinnla genommen und dorthin sollst du allein gelangen. Fokussiere dein Ziel und konzentriere dich darauf. Du musst in der Lage sein, dich selbst dorthin zu begeben.“

„Das kann ja nicht so schwer sein“, sagte ich motiviert. Ich schloss die Augen und atmete ein paar Mal tief ein und aus, dann stellte ich mir das Bild von Vinnla vor und wartete. Doch nichts geschah, kein Nebel wallte auf und auch das Atelier verschwand nicht, wie ich nach kurzem Blinzeln feststellte.

„Es wird Monate dauern“, sagte meine Großmutter schmunzelnd. „Wenn nicht sogar Jahre, bis du Vinnla das erste Mal allein betreten wirst. Und deswegen beginnen wir jetzt ganz von vorn. Schließe die Augen und versuche an nichts zu denken und dann atmest du tief ein und aus.“

Ich seufzte kurz, doch dann versuchte ich mich zu entspannen und meine Ungeduld abzuschütteln. Ich schloss die

Augen und atmete tief ein.

Am Nachmittag machte ich mich auf den Weg nach Akkanka, froh, etwas Aktives tun zu können. Den ganzen Vormittag hatte ich geduldig Atemübungen durchgeführt und mich dabei in Gelassenheit geübt. Doch so einfach war das nicht. Das Gespräch mit meiner Großmutter lag mir immer noch schwer im Magen und geisterte mir seit dem Morgen immer wieder in meinem Kopf herum, was meine Konzentrationsfähigkeit erheblich gestört hatte, sodass wir die erste Lehrstunde zur Mittagszeit schließlich beendet hatten.

Mit schnellen Schritten lief ich durch die Kastanienallee und bog auf den Marktplatz ein. Erst jetzt wurde mir wirklich bewusst, wie lang die Ausbildung zum Geistläufer dauern und wie viel Kraft und Zeit sie erfordern würde.

Nachdenklich schritt ich die Stufen zur Buchhandlung hinauf und drückte die Klinke hinab. Die Tür war verschlossen und ich warf einen neugierigen Blick in die abgedunkelte Buchhandlung. Es war ungewöhnlich, dass Herr Lilienstein nicht hier war, aber nach unserem gestrigen Gespräch war er vermutlich aufgebrochen, um Konstantin Kronworth einen Besuch abzustatten.

Ich setzte meinen Weg über den Marktplatz fort und lief bis zum großen Parkplatz am Massiv. Dann machte ich mich auf den Weg hinab nach Akkanka. Selbst hier schienen die meisten Bewohner verreist zu sein. Im Wald begegnete mir niemand. Erst auf dem kleinen Marktplatz von Akkanka traf ich die Frau aus dem Obst- und Gemüseladen, die mich grüßte und mir von ihrem Urlaub auf den Ginning-Inseln erzählte. Ich unterhielt mich kurz mit ihr und ging dann weiter, als mir in einer kleinen Gasse Dulcia entgegenkam. Mit ihren kurzen, mausgrauen Haaren und ihrer schmalen Gestalt wirkte sie unscheinbar und schüchtern. Doch ich wusste genau, dass das ein falscher Eindruck war, denn in ihr steckte eine starke Persönlichkeit und unendlich viel Kraft.

„Dulcia, na so eine Überraschung“, begrüßte ich sie. „Schaust du bei deinen Mietern nach dem Rechten?“

„Hallo, Selma.“ Sie lächelte mich strahlend an und schien sichtlich erfreut, mich zu sehen. „Ehrlich gesagt bin ich auf dem Weg zum Einkaufen nach Schönefelde.“

Ich zögerte kurz und sah Dulcia prüfend an. „Also bist du tatsächlich nach Akkanka gezogen“, sagte ich schließlich.

„Das bin ich, und es war eine gute Entscheidung“, erwiderte sie. „Ich habe jetzt mit vielen Dingen abgeschlossen, und das tut gut. Auch wenn die letzten Wochen wirklich hart waren. Die Beerdigung von Cecilia hat alles noch einmal aufgewühlt. Ich musste ihr Zimmer ausräumen und allerlei Bürokratisches erledigen.“

„Es tut mir leid, dass alles so gekommen ist“, sagte ich bedrückt.

„Es war doch allein Baltasars Schuld“, sagte Dulcia entschlossen. „Und ich war mir mit Cecilia einig, dass wir ihn aus dem Weg schaffen wollen, und das haben wir ja schließlich auch getan. Ich bin stolz auf das, was Cecilia da geleistet hat.“

„Du hast recht“, sagte ich. „Wie geht es deiner Mutter?“

„Sie hat die Knollenbeeren bekommen und alles vergessen. Es war die richtige Entscheidung“, sagte Dulcia. „Aber ich habe es zu Hause nicht mehr ausgehalten. Jetzt, wo meine Großmutter und Cecilia tot sind, konnte ich nicht länger dort bleiben. Meine Mutter hat als Sekretärin bei Helmut Neufried angefangen und ist jetzt zufrieden mit sich und mit ihrem Leben. Deine Großmutter hat sie dort regelmäßig im Auge und zu Hause passt mein Vater auf. Ich kann mich jetzt ruhigen Gewissens auf mich konzentrieren. In Akkanka geht es mir gut, da habe ich endlich Abstand.“

„Es freut mich, dass du gut mit allem klarkommst“, sagte ich.

„Ja, aber es bleibt bei dem, was ich gesagt habe.“ Dulcia legte mir vertraulich den Arm um die Schultern.

„Ich weiß, Dulcia“, sagte ich ernst und sah ihr in die Augen.

„Sobald ich beschließe, mein Leben wieder in größtmögliche Gefahr zu bringen, bist du mit von der Partie."

Dulcia nickte zufrieden. „Ganz genau, hast du schon wieder etwas geplant?"

„Im Moment noch nichts Konkretes", erwiderte ich und sah mich um. Es waren zwar kaum Magier in den engen Gassen zwischen den zweistöckigen, gemütlichen Häusern unterwegs, aber man konnte nie wissen, wer einem gerade zuhörte. Das hatte ich mittlerweile gelernt. „Sobald ich einen Hinweis habe, setzen wir uns zusammen. Auf dein Wissen kann ich gar nicht mehr verzichten."

„Danke, Selma", sagte Dulcia. „Das bedeutet mir viel. Was machst du eigentlich in Akkanka?"

„Ich bin auf dem Weg zu den Drachen. Gregor König wartet sicher schon auf mich." Ich sah zu der kleinen Anhöhe hinauf, wo die Drachenhöhlen in die Felsenwand eingelassen waren.

„Dann halte ich dich gar nicht länger auf. Wir sehen uns hoffentlich bald wieder."

„Bestimmt." Ich winkte Dulcia zum Abschied und ging weiter. Sie hatte den Verlust ihrer Schwester besser verkraftet, als ich erwartet hatte. Schließlich war sie es gewesen, die sich permanent um Cecilia gekümmert hatte. Doch es beruhigte mich, dass sie gut klarkam, denn noch immer fühlte ich mich für sie verantwortlich. Ich verdankte Dulcia mein Leben und auch das von Adam. Wäre sie nicht gewesen und hätte gemeinsam mit ihrer Schwester Cecilia Baltasar einen vernichtenden Feuerstrahl entgegengeschleudert, würde ich heute nicht mehr leben.

Die letzten Meter lief ich im Laufschritt. Gregor König wartete tatsächlich schon in den Drachenhöhlen auf mich.

„Da bist du ja endlich, Selma", sagte er ungeduldig und wischte sich die Hände an seiner Lederhose ab, nachdem er gerade die Wassertröge der Drachen aufgefüllt hatte. „Das Ei hat schon Risse und es kann jede Sekunde so weit sein."

„Ich komme schon“, erwiderte ich. „Ich habe gerade Dulcia getroffen und ein paar Worte mit ihr gewechselt.“

Gregor König sah zu Boden. „Schlimme Sache“, sagte er schließlich. „Dulcia hält sich wirklich tapfer.“

„Das tut sie“, erwiderte ich. „Wie geht es Ihnen eigentlich, so als Held von Schönefelde?“, fragte ich grinsend.

Gregor Königs Gesichtsausdruck änderte sich drastisch. „Hör mir bloß auf damit!“, sagte er grollend. „Da war ich heilfroh, dass dieses Jahr die Ballsaison ins Wasser gefallen ist und ich meine Ruhe hier in Akkanka habe.“

„Die Ballsaison fällt ins Wasser?“, fragte ich. Lorenz würde bitter enttäuscht sein.

„Ja, viele Patrizier sind in der Schwarzen Garde, und die ist im Moment komplett im Einsatz. Der Admiral hat sogar die Reserven mobilisiert. Deswegen gibt es keine Bälle, es fehlen einfach zu viele Gäste. Alles war friedlich, und nun das. Ein Held! Und dabei habe ich die Heldentat nicht einmal selbst vollbracht.“

„Das behalten Sie aber schön für sich“, sagte ich.

„Muss ich wohl. Mir graut es jetzt schon vor einer Preisverleihung und all dem unnützen Getue. Gestern standen die ganzen Reporter vor der Tür, aber ich habe sie weggeschickt und gesagt, dass Aurora Ruhe braucht. Dann sind sie wieder abgezogen und haben sich ein anderes Opfer gesucht, das sie interviewen können.“

„Ja, den Admiral, und an ihm haben sie kein gutes Haar gelassen“, sagte ich schnell.

„Ich weiß ja nicht, was die erwarten, aber was soll er denn sonst tun? Er kann die Sache mit den Mädchen doch nicht unter den Tisch kehren, weil die Herren und Damen ihre Ballsaison feiern wollen. Unglaublich!“ Gregor König holte gerade Luft, um weiter über die unverschämten Reporter zu sprechen, als ein hoher Schrei ertönte.

„Das Ei ist gebrochen“, sagte Gregor König tonlos und wurde augenblicklich blass. „Komm!“ Er lief in Windeseile in die Drachenhöhle und dann durch einen schmalen Tunnel an der rechten Seite, der in eine kleine, separate Höhle führte. Dort war Aurora schon eine Weile allein untergebracht. Ein kleiner Lichtball erhellte die etwa einhundert Meter lange, fast kreisförmige Höhle, in deren Mitte Aurora ein Nest aus Kohlenstaub gegraben hatte. Um dieses Nest lief sie im Moment aufgeregt herum und diese Aufregung konnte nur bedeuten, dass ich gerade noch im richtigen Moment gekommen war, um das große Ereignis mitzuerleben.

Als Aurora uns bemerkte, stieß sie ein warnendes Knurren aus.

„Es ist tatsächlich so weit", flüsterte Gregor König entzückt und ließ sich von Auroras angriffslustiger Miene nicht abschrecken. Ungeachtet ihres permanenten Grollens trat er einen Schritt nach vorn, um einen Blick in das Nest zu werfen. „Die Schale ist gebrochen", sagte er aufgeregt, während Aurora mit der Schnauze gegen das Ei stieß, um die Schale endlich abzustreifen.

Und dann geschah es. Unter dem sanften Stupsen von Aurora löste sich die Schale und ein kleiner, feuchter Kopf schob sich aus dem Ei empor und schaute mit klugen, großen Diamantaugen in die Höhle hinaus. Ich war sofort verliebt. Das war mir augenblicklich klar. Das kleine Geschöpf bewegte sich vorsichtig und gab ein sanftes und hohes Fiepen von sich und ich musste mich bremsen, nicht hinzugehen und es zu streicheln. Die zartgrünen Schuppen schimmerten feucht, als Aurora die Reste der Eischalen aus dem Nest stieß und der kleine Drache vorsichtig versuchte, auf die wackeligen Beinchen zu kommen. Sein großer Kopf schien noch viel zu schwer zu sein, doch nach einigen Versuchen schaffte er es aufzustehen und schien dabei selbst ganz erstaunt zu sein, was er da vollbracht hatte. Ich spürte, wie mir Tränen der Rührung in den Augen standen und mich gleichzeitig ein beschwingtes Gefühl ergriff.

Doch nicht nur mir ging es so. Ich sah deutlich, dass Gregor König neben mir mit denselben Gedanken und Gefühlen kämpfte.

„Unglaublich“, murmelte er immer wieder begeistert.

Nach einer Weile schien der kleine Drache müde zu werden und ließ sich wieder in den Kohlenstaub sinken.

Aurora stieß ein sanftes Knurren aus und ließ sich im Nest nieder. Dann rollte sie sich wie eine schützende Barriere um das Drachenbaby und nahm uns die Sicht.

„Hast du den flachen Höcker am Hinterkopf gesehen? Es ist ein Mädchen“, sagte Gregor König und schniefte eine Träne der Rührung weg.

„Ja“, erwiderte ich leise, um Aurora und das Drachenbaby nicht zu stören. „Also wird es eine Maximiliane?“

„Nein“, erwiderte Gregor König sofort. „Ich möchte sie gern Cecilia nennen.“

Ich zögerte kurz und spürte die Tränen schon wieder in meine Augen steigen. „Das ist eine gute Idee“, sagte ich leise und ernst. „Dulcia wird sich freuen.“

„Ja, und jetzt gehe ich auf das neue Drachenbaby anstoßen und morgen werde ich die frohe Kunde an die Reporter weitertragen und geduldig tausend Interviews geben.“

„Wie das ein echter Held eben tut“, sagte ich schmunzelnd und verließ mit Gregor König die Drachenhöhlen.

Das Erdbeben

Die Nacht zog schon herauf, als ich am Abend in den Garten trat und zum Pavillon ging. Wärme lag noch in der Luft, doch ich genoss die schwülen Temperaturen. Ich wusste, dass es die letzten heißen Tage waren, bevor der Sommer endgültig zu Ende gehen und der Herbst Einzug halten würde und mit ihm die Kälte und die Dunkelheit kamen. Mit meinen Gedanken war ich noch immer in den Drachenhöhlen und beim Anblick der kleinen Cecilia, die heute geschlüpft war.

Den Rest des Nachmittags hatte ich in Lianas WG verbracht und ihr geholfen, noch ein paar Regale aufzubauen, während uns Paul dabei unablässig erzählte, worauf er sich in seinem Hauptstudium in Grünenthal konzentrieren wollte. Wir hatten keine unbeobachtete Sekunde mehr und ich kam nicht dazu, Liana vom Bruch des Heiligen Eis zu erzählen und davon, dass Dulcia nun endgültig nach Akkanka gezogen war. Doch wohl oder übel hatte ich unser Gespräch auf einen anderen Tag verschieben müssen, denn sobald die Regale standen, hatte uns Paul in die Küche beordert, wo er uns unter fachkundiger Anleitung eine Gemüsequiche zubereiten ließ.

Irgendwann hatte ich vergessen, dass ich mit Liana über etwas Wichtiges sprechen wollte, und hatte einfach nur noch die unbeschwerte Zeit mit meinen Freunden genossen. Wir hatten gegessen und gelacht und Erinnerungen an unsere Schulzeit ausgetauscht.

Ich ließ mich im Pavillon nieder und entzündete die alte Öllampe mit einem Gedanken. Auch wenn der Abend lustig gewesen war, war mir klar, dass es so nicht ewig weitergehen konnte. Ich konnte und wollte nicht ständig einen Großteil unserer Gesprächsthemen ausklammern und Paul jedes Mal anlügen, wenn das Gespräch auf unsere Ausbildung kam. Meine Kreativität bezüglich „Verwaltungstechnischer Theorie", dem offiziellen Fach, das wir in Tennenbode studierten, war mittlerweile auch erschöpft und Paul hatte schon einmal angemerkt, dass es diesen Studiengang wohl nur hier in Tennenbode gab, denn sonst hatte er diese Fachrichtung nirgendwo finden können.

Ständig mussten Liana und ich aufpassen, dass wir uns nicht versprachen und irgendetwas verrieten, das wir nicht verraten durften. Ich seufzte und konnte die Wehmut nicht unterdrücken, die jedes Mal in mir aufstieg, wenn ich daran dachte, in welch engem Regelwerk ich gefangen war. Doch im Moment hatte ich die begründete Hoffnung, dass sich alles bald ändern würde. Die Wahlen würden einen Neuanfang bedeuten und ich setzte viel Hoffnung in den Admiral und die Schwarze Garde, die die verschwundenen Mädchen bald aufstöbern würden. Ein warmes Gefühl durchströmte mich.

Moment mal! Ja, der Gedanke war voller Hoffnung und er bremste im Moment meine Eile, mit Hochdruck selbst aktiv zu werden, aber dass er ein solch warmes Kribbeln in meinem Bauch auslösen konnte, war doch ungewöhnlich. In dem Moment, in dem ich begriff, woher das starke Gefühl kam, das warm durch mein Herz floss und sich ganz und gar in mir auszubreiten begann, fiel ein schwarzer Schatten vom Himmel und landete leise neben mir im Gras.

„Adam", flüsterte ich überrascht, sprang auf und fiel ihm um den Hals, bevor er auch nur ein Wort sagen konnte.

Er holte tief Luft und vergrub sein Gesicht in meinen Haaren, während er mich fest an sich drückte. „Wie habe ich es nur einen Tag ohne dich ausgehalten?", flüsterte er, und mein Herz machte einen Sprung.

„Ich bin so froh, dass du wieder da bist", erwiderte ich, doch da lagen seine Lippen schon auf meinen und er küsste mich stürmisch und ungeduldig.

Seine Anwesenheit brachte eine lebendige Wärme in mein Herz, löste ein süßes Beben aus, das durch meinen Körper wanderte, während seine Hände meine Taille fest umfassten und mich enger an ihn zogen.

„Wie geht es dir?", fragte er und strich mir sanft eine Strähne meines Haares aus der Stirn.

„Jetzt, wo du da bist, viel besser", sagte ich. „Ich wäre gern mit dir auf die Suche gegangen."

„Das hätte mir auch viel besser gefallen, obwohl ich den Gedanken beruhigend fand, dass du hier in Schönefelde warst." Er lachte leise. „Du hast mir sehr gefehlt." Er küsste mich erneut, länger, intensiver, und strich meinen Rücken hinab, während ich alle Eindrücke wahrnahm; das lebendige und kraftvolle Schlagen seines Herzens, die Wärme seiner Haut, seinen festen, starken Körper und den stürmischen und ungeduldigen Kuss seiner Lippen. Es war ein vollkommener Moment, einer von der Sorte, die eigentlich ewig dauern müssten.

Doch nach einer Weile wurden Adams Küsse ruhiger und er löste sich von mir.

„Hast du die Kampftechniken geübt, die wir besprochen hatten?", fragte er.

„Wollen wir das nicht später besprechen?", fragte ich und seufzte. Ich war noch nicht bereit, den Moment vorüberziehen zu lassen.

„Einverstanden", seufzte Adam. Er zog mich an sich, um mich erneut zu küssen, sanft und voller Gefühl, sodass mir schwindelig wurde.

„Mehr davon!", bat ich grinsend und atemlos zugleich, als er sich wieder von mir löste. Doch dann fiel mir etwas ein. „Warum bist du wieder zurück? Habt ihr etwas erreicht?"

„Wollen wir das nicht später besprechen?" Adam grinste mich belustigt an, doch dann lehnte er sich an den Pavillon, ohne mich aus seiner Umarmung zu entlassen.

„Vielleicht", erwiderte ich keck, und Adam lächelte, dann wurde sein Blick ernster.

„Leider haben wir nichts erreicht", begann er zu erzählen. „Obwohl wir ein paar gute Spuren hatten. Aber ein großer Teil von uns musste die Suche abbrechen. Der Admiral hat mich nach Hause geschickt." Ich hörte deutlich die Verärgerung in seiner Stimme.

„Warum das denn?", fragte ich.

„Die Senatoren sind der Meinung, dass der Admiral den Schutz von Schönefelde vernachlässigt hat, und nur deswegen konnten die Seidenpiranhas aus Akkanka fliehen. Sie sind sich inzwischen einig, dass die Zwerge dafür verantwortlich sind, und sagen, dass sie sich nie so weit vorgewagt hätten, wenn die Schwarze Garde regelmäßig in Akkanka anwesend gewesen wäre."

„Das kann ich nicht glauben", sagte ich empört. „Was hätten ein paar durch Akkanka spazierende Krieger der Schwarzen Garde daran ändern können?"

„Ich bin auch der Meinung, dass es nicht viel geändert hätte, aber das sehen die Senatoren ganz anders. Der Admiral musste sich dem Druck beugen und einen Teil der Schwarzen Garde von der Suche nach Baltasar und den verschwundenen Mädchen abziehen. Ich bin jetzt vorerst hier in Schönefelde stationiert."

„Es kann schon sein, dass die Zwerge etwas damit zu tun haben", sagte ich nachdenklich. „Doch ich glaube kaum, dass sie mit Vorsatz Zerstörung anrichten wollten. Es ist ihnen vermutlich ziemlich egal, was wir machen, solange die Magier sie in Ruhe lassen. Aber so sehr ich mich freue, dass du wieder da bist, Adam, die Mädchen müssen gefunden werden, und ich dachte bisher, diese Aufgabe ist beim Admiral in den allerbesten Händen."

„Ich weiß", erwiderte Adam sichtlich zerknirscht und nahm meine Hand fest in seine. „Ich befürchte, der Admiral hat die Macht der Senatoren und die Stimmungsmache im ‚Korona Chronikle' unterschätzt. Die Anteilnahme und die Empörung der ersten Tage sind verflogen und nun kehrt eben wieder der Alltag ein. Der Schock ist verblasst und nun geht es um den Wahlkampf und darum, wer demnächst die mächtigste Stelle in der Vereinten Magischen Union einnimmt. Ohne Bälle können die Patrizier im Sommer keine Lobbyarbeit betreiben und Großzügigkeiten spendieren."

„Das steckt also wirklich dahinter", sagte ich bitter, und Adam nickte langsam.

„Warte erst einmal ab, was passiert, sobald der ‚Korona Chronikle' endlich die offizielle Liste der Kandidaten veröffentlicht. Wie ich gehört habe, haben sich viele bekannte Namen für diese Position beworben."

„Ja", sagte ich. „Selbst Herr Lilienstein hat eine Bewerbung eingereicht und er macht sich Hoffnung, wirklich etwas verändern zu können."

„Ich will ihm da nichts ausreden", sagte Adam und streichelte sanft mit seinem Daumen über meinen Handrücken. „Aber er sollte eine prall gefüllte Geldbörse mitbringen, um bei den Patriziern Eindruck zu schinden. Sie sind es gewohnt, dass um ihre Stimme mit großzügigen Mitteln gebuhlt wird."

„Herr Lilienstein wird keine Chance haben", sagte ich enttäuscht.

„Ach, Selma", seufzte Adam und lehnte seinen Kopf tröstend an meinen.

„Es wäre zu schön gewesen, wenn es so einfach wäre, nicht wahr?", sagte ich dumpf und spürte, wie mir die Enttäuschung die Tränen in die Augen trieb.

„Selma, ich würde alles für dich tun, aber es war immer klar, dass es nicht so leicht werden würde. Du weißt, was uns die Sybillen prophezeit haben."

„Ich weiß", seufzte ich. „Wir haben uns für den steinigen und gefährlichen Weg entschieden, aber etwas anderes kann ich mit mir selbst nicht vereinbaren. Außerdem ist mir jede Sekunde mit dir all das wert." Ich zögerte kurz und einen Moment lang sahen wir uns still in die Augen. „Denkst du, der Admiral wird die Suche nach den Mädchen noch lange fortsetzen können?"

Jetzt war es Adam, der seufzte, und ich ahnte schon die

Antwort. „Ehrlich gesagt, glaube ich nicht daran. Sobald das Senatorenhaus die Liste mit den genehmigten Kandidaten für das Amt des Primus freigegeben hat und sie veröffentlicht wird, ist der Startschuss für den Wahlkampf gefallen. Dann wird die Schwarze Garde vor Ort gebraucht, um die ganzen Wahlkampfveranstaltungen abzusichern, und die wird es geben, da kannst du dir sicher sein."

„Die Wahl findet schon Anfang November statt, nicht wahr?", sagte ich nachdenklich. „Das heißt, dass uns zwei Monate Wahlkampf bevorstehen, bevor der Admiral auch nur einen Gedanken daran verschwenden wird, die Suche nach den verschwundenen Mädchen voranzutreiben."

Adam nickte. „Ganz genau, und es bedeutet auch, dass den Kandidaten nur wenige Wochen Zeit bleiben, um die Wähler von sich zu überzeugen."

„Und da bis jetzt niemand die Mädchen gefunden hat, kann das Thema auch niemand für den Wahlkampf ausschlachten", sagte ich nachdenklich und lehnte meinen Kopf an das kühle Leder seiner Jacke.

„Richtig, und da unter den Kandidaten sicher auch einige der Senatoren sein werden, ist es besser, das Thema komplett von der Tagesordnung zu verbannen. Keiner der Kandidaten will es sich auf die Fahne schreiben, diese Mammutaufgabe zu lösen. Wenn er scheitert, was nicht unwahrscheinlich ist, dann ist sein politischer Absturz vorprogrammiert, und das Risiko geht niemand ein." Adam strich sanft mit der Hand über mein Haar.

„Selbst Herr Lilienstein wäre sicher vorsichtig damit, seinen Wählern zu versprechen, dass er die Mädchen wieder heil zu ihren Familien zurückbringt."

„Niemand kann so etwas versprechen", sagte Adam leise.

„Also glaubst selbst du nicht mehr daran, dass sie der Admiral finden wird." Ich sah zu ihm auf und das Blau seiner Augen lenkte mich kurz von unserem Gespräch ab.

„Selma", seufzte Adam. „Ich war jetzt drei Wochen unterwegs. Wir haben angefangen, alle Orte abzusuchen, an denen die Morlems gesichtet wurden. Der Admiral ist der Meinung, dass diese Orte auf das Versteck hinweisen könnten. Man braucht viel Zeit und Personal, um alle Orte wirkungsvoll zu observieren. Man muss Informationen sammeln und Spuren suchen und daraus ergibt sich dann eine Fährte.“

„Oder man hat Glück“, sagte ich schnell.

„Meinetwegen.“ Adam schmunzelte. „Oder man hat eben das große Glück und findet einen Hinweis, der die Suche einschränkt. Ramon und Lennox waren in Amerika unterwegs und ich habe mit Torin und ein paar anderen Belara unter die Lupe genommen. Eine andere Sektion war in Spanien und der Admiral selbst war wohl in Griechenland und hat sich den abgebrannten Tempel vorgenommen und die Villa, in der Baltasar und wir aufeinandergetroffen sind.“ Adams Stimme hatte sich ein wenig gesenkt und auch ich musste schlucken. „Aber ohne viele Leute wird die Suche nichts bringen.“

„Aber wir können die Suche auch nicht ruhen lassen, bis die Wahl vorüber ist und der nächste Primus vielleicht weitersucht.“

„Das denke ich auch“, sagte Adam.

„Wir könnten zumindest nach Hinweisen Ausschau halten, die die Suche etwas einschränken. Wo liegt eigentlich Belara?“, fragte ich neugierig.

„Belara liegt in Afrika“, sagte Adam und strich mir wieder sanft über das Haar.

„Dulcia hat alle Drachen aus dem afrikanischen Team“, fiel mir ein.

„Belara hat kein Drachenrennteam mehr, schon lange nicht mehr. Dulcia hat Drachen aus dem südafrikanischen Team. Das ist etwas ganz anderes. Die Siedlung in Südafrika ist vergleichbar mit Schönefelde, sie haben dort ein eigenes Drachenrennteam, eine Universität und überhaupt ein funktionierendes gesellschaftliches Leben. Eigentlich ist sogar viel mehr los als in Schönefelde. Es ist eine moderne, lebenslustige Stadt, aber

Belara ist das definitiv nicht. Es ist eine verschlafene Wüstenstadt, die nur von Sand umgeben ist, irgendwo mitten in der Sahara, wo sich keine vernünftige Seele freiwillig hinwagt. Dort leben viele Aussteiger und Künstler, und alle lieben die Ruhe. Es herrscht eine gespenstische Stille in der Stadt, tagsüber ist es unerträglich heiß und nachts friert man fürchterlich und die ganze Zeit weht ein unsäglicher Wind und der Sand klebt einem überall."

„Kling nicht sehr verlockend", sagte ich.

„Das ist es auch nicht und vor allem habe ich keine Ahnung, weswegen die Morlems dort gewesen sein sollen. Es leben nicht mehr viele Magier in der Stadt. Es war einmal eine florierende Siedlung, aber die meisten sind weitergezogen nach Südafrika. Wir haben gründlich alle Gassen und Häuser durchsucht und auch die Umgebung unter die Lupe genommen. Die Einwohner haben uns stillschweigend geduldet, aber du hast ihnen angemerkt, dass unsere Anwesenheit sie in ihrer Eintönigkeit ziemlich gestört hat. Der einzig anständige Kerl war der Bürgermeister. Er war selbst früher in der Schwarzen Garde und hat versucht uns zu helfen, wo es ging. Aber selbst wenn wir noch länger dort geblieben wären, glaube ich nicht, dass wir noch etwas gefunden hätten."

„Das klingt nicht sehr ermutigend", erwiderte ich nachdenklich und löste mich aus Adams Umarmung. Dann sah ich in den Sternenhimmel hinauf. „Wenn ich nur wüsste, warum die Morlems all diese Orte aufgesucht haben."

„Sie waren auch am Eingang zu Themallin, aber ich grübele jetzt schon die ganze Zeit, was sie an all diesen Orten wollten." Adam zog mich fester in seine Umarmung. „Wir müssen die Mädchen finden, das sind wir Liana und auch Dulcia schuldig, und wenn der Admiral uns nicht mehr helfen kann, dann müssen wir es selbst übernehmen. Cecilia hat ihr Leben gegeben, um uns zu retten, und dieses Opfer darf nicht sinnlos gewesen sein. Allein für sie müssen wir weiterkämpfen."

„Ich weiß", sagte ich entschlossen. „Und ich bin froh, dass

du es genauso siehst. Mit dir auf meiner Seite und meiner Großmutter, die uns unterstützt, haben wir hoffentlich eine Chance."

„Einen anderen Gedanken dürfen wir nicht zulassen", sagte Adam eindringlich. Der orangfarbene Schimmer der kleinen Öllampe lag auf seiner Wange und ich strich zart darüber.

„Gut", sagte ich entschieden. „Dann sollten wir die Sache noch einmal von vorn anfangen. Wir müssen uns die Erkenntnisse zunutze machen, die der Admiral bis jetzt gesammelt hat."

„Stimmt", sagte Adam und schmiegte seine Wange an meine Hand. „Und wir müssen Helander Baltasar noch viel besser kennenlernen, um ihn zu verstehen. Was treibt ihn an? Was sind seine Stärken, und viel wichtiger, was sind seine Schwächen? Wie ist sein Leben bis jetzt verlaufen? Wenn wir all das wissen, dann können wir vielleicht schlussfolgern, welche Stelle auf der Welt Baltasar gewählt hat, um so viele Mädchen zu verstecken."

„Da sie für ihn arbeiten, muss auch irgendetwas bei dieser Arbeit herauskommen, und bei so vielen fleißigen Händen muss es eine ganze Menge sein", sagte ich nachdenklich, doch Adams körperliche Anwesenheit und seine zarten Liebkosungen lenkten mich immer weiter von dem ab, worüber ich nachdenken wollte.

„Das heißt, wir werden uns erst einmal auf die Suche nach Informationen machen müssen." Seine Lippen kitzelten sanft meine Stirn.

„Das haben wir doch schon einmal getan", sagte ich und schloss die Augen, um das sanfte Gefühl seiner Küsse zu genießen. „Du weißt, dass wir uns im letzten Jahr schon einmal mit allen Königsfamilien beschäftigt haben, um herauszufinden, welche Insignien der Macht diese Familien besitzen."

„Dann werden wir diese Informationen eben noch einmal unter einem anderen Gesichtspunkt durcharbeiten müssen", sagte Adam. „Wie ist die finanzielle Lage der Familie Baltasar?

Wie haben sie bisher ihren Lebensunterhalt bestritten?"

„Ja", sagte ich und versuchte mir alles zu merken. „Aber zusätzlich sollten wir uns noch eine andere Sicht der Dinge verschaffen, und zwar die von jemandem, der Helander Baltasar persönlich gekannt hat. Wir müssen ein paar Zeitzeugen auftreiben, die Baltasar kennengelernt haben, bevor er zu einem machthungrigen Menschen geworden ist, vielleicht jemand aus seiner Zeit in Tennenbode. Deine Eltern müssten doch im selben Alter sein. Frag sie doch einfach nach ihm."

„Gute Idee", sagte Adam steif, und ich hörte einen Klang in seiner Stimme, der mir sagte, dass da irgendetwas mit seinen Eltern war. „Deine Großmutter könnten wir fragen, und wie steht es mit Parelsus oder Herrn Lilienstein? Sie hatten doch alle Kontakt mit ihm."

„Gute Idee, mit meiner Großmutter werde ich noch einmal reden und auch mit Herrn Lilienstein werde ich sprechen. Er wollte mir ohnehin eine Liste erstellen mit den Antiquitäten, die die Königsfamilien dem Senatorenhaus überlassen haben."

„Weiß er von den Insignien der Macht?", fragte Adam, und seine Hände strichen jetzt sanft über meine Hüften.

„Er weiß, dass es magische Gegenstände gibt, die ungewöhnliche Kräfte haben", erwiderte ich abgelenkt von seiner Berührung. „Aber ich glaube, die Bedeutung der Insignien der Macht kennt er nicht, zumindest hat er mir gegenüber nichts darüber erwähnt."

„Vielleicht sollten wir ihn ins Vertrauen ziehen", gab Adam zu bedenken, ohne seine drängender werdende Berührung zu unterbrechen.

„Darüber habe ich auch schon nachgedacht", sagte ich und hörte deutlich meinen schneller werdenden Atem.

„Dann werden wir uns gleich morgen an die Arbeit machen, übrigens ist es sehr ehrenvoll von dir, den Wolfsee einzufrieren und ein paar lebensmüde Jugendliche zu retten, und dann auch noch Gregor König den ganzen Ruhm zu überlassen." Adam grinste mich spitzbübisch an.

„Weiß denn jeder, dass ich das war?“, fragte ich lächelnd.

„Torin und ich haben es uns denken können.“

„Ja“, sagte ich seufzend. „Ich habe es getan, aber nicht wegen dem Ruhm. Ich konnte die beiden doch nicht als Futter der Seidenpiranhas enden lassen. Aber ein Gutes hatte die Sache dennoch für mich. Die Druiden von Themallin haben zugestimmt, dass meine Großmutter mich endlich zum Geistläufer ausbilden darf, und wir haben bereits damit begonnen.“

„Das sind gute Nachrichten“, sagte Adam, und dann sah ich ein hungriges Blitzen in seinen Augen. „Und jetzt haben wir genug über politische Angelegenheiten geredet“, knurrte er und schlang seine Arme fester um meine Taille. Ein süßer Schauer wanderte von meinem Bauch aus über meinen ganzen Körper hinweg und ich fragte mich wieder einmal, wie ich auch nur eine Minute ohne ihn überstanden hatte. „Denn jetzt“, sagte er vielversprechend, und ein dunkler, verlockender Klang lag in seiner Stimme, „werden wir unser Wiedersehen gebührend feiern.“

Ich kicherte, als er mich mit einem Schwung in seine Arme nahm und zum Haus zurücktrug.

Der Morgen kam viel zu früh, und nachdem ich drei Wochen auf Adam hatte verzichten müssen, hatten wir jede Minute der vergangenen Nacht intensiv genutzt. Doch die Nachricht, dass der Admiral die Suche nach den Mädchen abbrechen musste, beunruhigte mich so sehr, dass ich nach einem ausgiebigen Frühstück am nächsten Morgen damit begann, die Unterlagen zusammenzusuchen, die ich mit Liana, Lorenz und Shirley im vergangenen Jahr gesammelt hatte. Damals waren wir auf der Suche nach magischen Gegenständen gewesen. Doch dieses Mal wollten wir alles unter anderen Gesichtspunkten lesen.

„Das dauert ewig“, sagte Adam missmutig, als wir den Vormittag lesend, blätternd und Papiere sortierend in meinem Zimmer verbracht hatten und der Berg an Unterlagen nur unwesentlich kleiner geworden war.

„Dann sollten wir uns Hilfe holen“, sagte ich und stieg über einen Stapel Papier. „Liana wollte zwar noch ein paar verliebte Tage mit Paul verbringen, aber sie macht garantiert mit, und auch Dulcia brennt darauf, zu helfen.“

„Einverstanden“, sagte Adam seufzend, und ich nahm Kontakt mit Liana auf.

Kurz darauf hatten wir alle Unterlagen eingepackt und sie in Lianas WG geschafft, wo auch schon Dulcia auf uns wartete und erst einmal mit der ihr eigenen Gründlichkeit System in unser Recherchematerial brachte.

Am Nachmittag des dritten Tages hatten wir uns einen kompletten Überblick über Helander Baltasars Lebenslauf verschafft.

„Es gibt nichts Seltsames“, sagte Liana. Nachdem sie erfahren hatte, dass der Admiral langsam, aber sicher die Suche nach den verlorenen Mädchen einstellen musste, hatte sie sich mit Feuereifer in die Arbeit gestürzt. Sie hatte sogar Paul weggeschickt unter dem Vorwand, dass wir eine Semesterarbeit vorbereiten mussten. Jetzt saß sie mit vor Eifer geröteten Wangen unter dem sperrangelweit geöffneten Fenster, durch das die kühle Luft hereindrang, und notierte die wichtigsten Eckpunkte von Baltasars Leben in einer Übersicht.

„Nichts Ungewöhnliches. Er hat die örtliche Schule besucht und dann in Tennenbode seine Ausbildung gemacht. Er hatte Freunde und ist niemals aufgefallen. Als Magier war er scheinbar nicht talentierter gewesen als andere. Er hat zwar eine Neigung zum fünften Element, aber er hat das fünfte Jahr in Tennenbode nicht als Jahrgangsbester abgeschlossen, denn die Jahrgangsbeste war Frau Professor Espendorm.“

„Interessant“, meinte Dulcia. „Doch ich rechne uns wenig Chancen aus, dass Frau Professor Espendorm unsere neugierigen Fragen über Helander Baltasar geduldig beantwortet.“

„Richtig“, erwiderte ich. „Da glaube ich eher daran, dass

Herr Lilienstein uns weiterhelfen könnte, etwas zu erfahren, was man nicht in öffentlich zugänglichen Unterlagen findet. Er hat gemeinsam mit meiner Großmutter und Alke Baltasar studiert. Es ist sicher interessant zu erfahren, was für ein Mensch Baltasars Mutter gewesen ist, und auch das Schicksal seiner Schwester Sedonie könnten wir noch einmal beleuchten."

„Das hilft uns im Moment nicht weiter", meinte Adam. Er saß an Lianas Schreibtisch und sah nachdenklich aus dem Fenster. „Herr Lilienstein ist immer noch unterwegs und deine Nachrichten beantwortet er auch nicht. Und im ‚Korona Chronikle' steht auch nichts Neues oder Interessantes."

Ich schmunzelte. „Na ja, der ‚Korona Chronikle' ist im Moment damit beschäftigt, jeden Schritt und Ton, den die kleine Cecilia von sich gibt, zu dokumentieren und zu bewerten und die Leistung von Gregor König als unserem Helden herauszustellen."

„Na ja", sagte Dulcia seufzend und stieg über ein paar Unterlagen, die auf dem Boden ausgebreitet lagen. „Wenn die Reporter nichts schreiben würden, würden wir ja gar nichts von dem Drachenbaby erfahren. Die Zeitungsleute belagern regelrecht die Drachenhöhlen. Da kommt man nur noch mit einem Presseausweis rein und für normale Besucher sind die Drachenhöhlen komplett gesperrt worden."

„Ich weiß", seufzte ich bedauernd. „Ich konnte die kleine Cecilia erst zwei Mal sehen, selbst mich hat Gregor König nicht mehr reingelassen, weil ihm alles zu viel geworden ist. Seine Laune ist kurz vor dem Explodieren."

„Das ist sie", bestätigte Dulcia. „Aber es ist ein Ende in Sicht. Heute Morgen hat er angekündigt, dass er die Reporter zum Semesterbeginn rausschmeißt. Hast du etwas gefunden?" Sie sah zu Liana hinab, die eifrig etwas auf ihren Notizblock schrieb.

„Also, in Spanien müssen die Morlems gewesen sein, weil die Familie Baltasar dort ein Haus hat, genauso wie in Griechenland", sagte sie nachdenklich.

„Und was hat sie zu der Niederlassung deiner Eltern nach Amerika verschlagen?“, fragte ich an Adam gewandt.

„Vielleicht hat er alle Königsfamilien auf gut Glück beobachten lassen, in der Hoffnung, irgendwann einmal würden sie den Morlems durch einen Zufall Zugang zu ihren Häusern gewähren. Doch eigentlich nutzt ihm das wenig, denn die Insignien der Macht hat scheinbar keiner in seinem eigenen Haus versteckt.“

„Das stimmt“, sagte Liana. „Obwohl die königliche Herkunft schon eine Verbindung herstellt. In Themallin war deine Großmutter, und sie war eine von Nordenach. In der Antarktis, wo die Familie Arpadi gelebt hat, scheint er selbst gewesen zu sein. Der Rest aller Verbliebenen der Königsfamilien lebt in Schönefelde, und Schönefelde haben die Morlems beinahe permanent heimgesucht. Die Linie der von Nordenach und der von Neckelsheim endet bei Selma und ihren Geschwistern, bleiben noch die Torrel-Brüder und die Familie Baltasar selbst. Die Baltasars haben Häuser in Spanien, Griechenland und in Berlin, wo Helander Baltasar immer gewohnt hat, wenn er seinen Amtsgeschäften als Senator nachgegangen ist.“

„Das Haus meiner Eltern scheinen sie ja auch beobachtet zu haben“, sagte Adam. „Das spricht für diese Theorie.“

„Apropos“, sagte ich. „Konntest du mit deinen Eltern sprechen?“

Adam sah mich mit einem seltsamen Blick an und ich konnte mir keinen rechten Reim darauf machen.

„Was ist passiert?“, fragte ich besorgt.

„Meine Eltern haben Schönefelde verlassen“, sagte er schließlich.

„Warum so plötzlich?“, fragte ich verdutzt. „Sicher kommen sie bald wieder. Sie wollen doch bestimmt das ganze Spektakel rund um die Wahlkampfphase nicht verpassen. Morgen wird der ‚Korona Chronikle’ die Liste der Kandidaten bekannt geben.“

„Meine Eltern haben angekündigt, dass sie nicht planen,

allzu bald wieder zurückzukommen. Genau genommen haben sie angekündigt, kein einziges Wort mehr mit mir zu sprechen." Er sah mich mit einem stolzen Blick an und mir wurde schlagartig klar, was Adam getan hatte.

„Du hast ihnen gesagt, dass wir immer noch zusammen sind, oder?", fragte ich düster.

„Ich habe gesagt, dass ich kein lebenslanges Geheimnis aus der Sache machen werde", sagte Adam mit einem strengen Klang in der Stimme. Er stand auf und ich sah hinauf zu seinen breiten Schultern. Natürlich wollte er sich nicht verstecken, es lag ihm nicht, Geheimnisse im Dunkeln zu wahren, er wollte stolz, frei und mit erhobenem Haupt zu dem stehen, was er tat.

„Wir wollten doch den Ausgang der Wahl abwarten", sagte ich und nahm seine Hand in meine. „Erst wenn wir sicher sein können, dass uns die Rahmenbedingungen in der Vereinten Magischen Union keinen Strich mehr durch die Rechnung machen, können wir wirklich ungefährdet öffentlich zueinanderstehen. Die Sache mit der Eheabsichtserklärung ist doch erst wenige Monate her", erinnerte ich Adam.

„Ich respektiere deinen Wunsch, die Öffentlichkeit rauszuhalten, und im Moment gehe ich da auch mit dir. Ich hatte nicht vor, dein und mein Leben unnötig zu gefährden, und die zwei Monate bis zur Wahl kann ich ohne Probleme abwarten, um abschätzen zu können, wie sich das politische Klima entwickeln wird. Aber hier ging es um meine Familie, um meine Eltern, die mir immer sagen, dass sie mich lieben und mich in allem unterstützen, was ich tue."

„Deine Mutter liebt dich auch. Doch das muss nicht bedeuten, dass sie mich liebt. Das ist dir doch klar?", sagte ich. Ich konnte mich noch gut daran erinnern, welche Position sie mir gegenüber eingenommen hatte. „Es geht allein um uns, und nur das zählt."

„Ich wollte ihr die Gelegenheit geben, ihre Meinung zu ändern und mir entgegenzukommen", sagte Adam. „Aber es scheint mir so, dass sie gern getrennte Wege gehen möchte."

„Gib deiner Mutter noch ein wenig Zeit und auch Abstand. Vielleicht schafft sie es ja irgendwann, zu akzeptieren, dass es mich an deiner Seite gibt."

„Ich befürchte eher, sie hofft, dass ich meine Meinung noch einmal ändern werde", sagte Adam.

„Jedenfalls hat dir deine Mutter keine Auskunft mehr darüber gegeben, was Baltasar für ein Mensch gewesen ist", sagte Liana und beendete damit unsere Diskussion.

„Genau", erwiderte Adam. „Meine Eltern scheiden also als Quellen aus, aber wir finden sicher noch ein paar andere Leute, die die Baltasars gekannt haben."

Mit einem Mal wurde die Zimmertür aufgerissen und Shirley stand im Türrahmen.

„Hallo", sagte sie grinsend. „Schmiedet ihr schon wieder Pläne? Ich bin dafür, Skara, der kleinen Giftnatter, endlich die Zähne zu ziehen."

Erstaunt sah ich Shirley an. Sie wirkte verändert, aber dieses Mal lag es nicht an ihren Haaren, die sie immer noch schwarz färbte, und auch nicht an der dunklen Kleidung und den festen Stiefeln. Sie lächelte und strahlte eine so ansteckende Zufriedenheit aus, dass ich sie einen Moment verdutzt ansah.

„Shirley", rief Liana, die die Überraschung eher überwunden hatte als ich, und nahm sie in den Arm. „Was machst du hier? Du wolltest doch erst in zwei Wochen wieder hier sein."

„Lennox hat mich zu einer spontanen Party eingeladen und da habe ich mich auf den Weg gemacht." Shirley warf ihren schweren Rucksack in eine Ecke.

„Party?", fragte ich erstaunt und sah Adam fragend an. „Die legendäre Party der Torrels?"

„Genau die", sagte Adam. „In dem Moment, in dem meine Eltern heute Morgen abgereist sind, haben Ramon und Lennox mit den Vorbereitungen begonnen. Ich habe darauf gewettet, dass sie es nicht rechtzeitig bis heute Abend schaffen, eine Party auf die Beine zu stellen, aber so wie es aussieht, liegen sie gut im Rennen."

„Du warst doch eben noch in Asien unterwegs?", fragte Liana erstaunt. „Hast du eine Tür gefunden, um so schnell nach Schönefelde zurückzukommen?"

„Also ..." Shirley sah angestrengt aus dem Fenster. „Genau genommen ist mir das Geld ausgegangen." Sie zuckte mit den Schultern. „Tja, ohne spendable Eltern ist eben irgendwann mal Ebbe in der Reisekasse. Deshalb hatte ich mich ohnehin schon auf den Heimweg gemacht. Kim Görner hat sich auch bei mir gemeldet und gemeint, dass er die Schönefelder Stube morgen wieder aufmachen möchte und mich dringend als Servicekraft braucht."

„Er rechnet wohl damit, dass die nominierten Kandidaten morgen den Auftakt ihrer Wahlwerbetour feiern", sagte ich.

„Er hat es etwas anders ausgedrückt", sagte Shirley kichernd, und ich konnte mir schon vorstellen, dass Kim Görner harte Worte für den ganzen bevorstehenden Wahlzirkus gefunden hatte.

„Also gehen wir heute Abend noch auf eine Party", sagte Liana gut gelaunt und sah Adam erwartungsvoll an.

„Es sieht so aus", sagte er.

In diesem Moment hörte ich eine klare Stimme in meinem Kopf:

„Hast du heute Abend nichts vor? Dann sei dabei bei der Legende aller Partys. Ab 20 Uhr bei den Torrel-Brüdern. Bitte achte darauf, dass es eine magische Party ist, und denke an § 1!"

Ich sah eine Feuersalve vor meinem inneren Auge, die langsam die Form eines Drachen annahm und in deren Mitte ich die Wegbeschreibung zum Haus der Torrels erkannte.

„Deine Brüder organisieren nicht einfach nur eine kleine Party", sagte ich erstaunt und blickte in das überraschte Gesicht von Adam. „Das klingt eher so, als ob sie das Verschwinden deiner Eltern mit Pauken und Trompeten feiern werden."

„Damit habe ich wirklich nicht gerechnet", sagte Adam. Das Erstaunen war noch immer nicht aus seiner Stimme gewichen. „Ich habe mit Chips und ein paar Kisten Bier gerechnet, wenn ich ehrlich bin, aber scheinbar hat sie der Ehrgeiz gepackt.“

„Warum auch immer sie sich zu solchen Höchstleistungen aufschwingen. Mir ist es recht.“ Shirley schlenderte in die Küche hinüber und warf einen Blick in den Kühlschrank. „Denn ihr habt hier auch nichts mehr zu essen, und wie gesagt, meine Kasse ist leer. Ich hoffe, Kim gibt mir morgen einen Vorschuss, damit ich bis zum Semesterstart durchhalte.“

„Hast du mit deinen Eltern gesprochen?“, fragte ich.

„Kein einziges Wort, und wie ich schon von unten gehört habe“, sie zeigte auf die weit geöffneten Fenster, „dann ist Adam jetzt an demselben Punkt angelangt wie ich, nur dass deine Eltern netterweise einfach die Stadt verlassen und euch das Anwesen überlassen haben, während ich mich jetzt eben allein durchschlage.“

Während Liana hektisch begann, die Fenster zu schließen, dachte ich über Shirleys Worte nach. Auch wenn sie sicher bitter gemeint waren, so klangen sie ganz und gar nicht danach. Im Gegenteil, Shirley hatte voller Stolz gesprochen und sie strahlte es auch mit jeder Geste aus.

„Und ich finde, das machst du wirklich gut“, sagte ich.

„Das sehe ich auch so“, sagte sie. „Allerdings müsste mir vielleicht einer von euch etwas zum Anziehen borgen. Ich habe alles Verwertbare unterwegs verkauft.“

„Klar“, sagte Liana und zeigte auf ihren Schrank. „Nimm dir einfach, was du brauchst.“

„Ich sehe schon“, sagte Adam und stand auf, „heute kommen wir nicht mehr weiter.“

„Nein“, sagte ich grinsend und begann die Papiere einzusammeln, die wir auf dem Boden verteilt hatten. „Sieht ganz so aus, als ob wir uns jetzt auf eine Party vorbereiten müssen.“

Adam kam zu mir und nahm mich in den Arm, dann küsste er mich so sanft, zärtlich und lang, als ob wir ganz allein auf der Welt wären. Und in diesem Moment kam es mir auch so vor. „Ich gehe noch eine Stunde mit Torin in den geheimen Garten und trainiere", sagte er schließlich mit einem Lächeln, das meine Knie noch wackeliger machte. „Wir sehen uns dann auf der Party. Komm nicht zu spät."

„In Ordnung", sagte ich mit bebender Stimme und wandte mich Liana und Shirley zu, die uns schon glucksend beobachtet hatten.

Die Dunkelheit war schon hereingebrochen, als wir uns auf den Weg zum Haus der Torrels machten. Es war Anfang September und die Nächte waren mittlerweile empfindlich kühl geworden. Ich trug ein schwarzes, kurzes Kleid, halbhohe Stiefel und darüber eine dünne Jacke. Doch das war eindeutig zu wenig, wie ich zitternd feststellte. Auch wenn die Tage noch sommerlich warm waren, so war der Sommer endgültig vorüber und ich dachte mit Wehmut an die warmen Nächte zurück. Bald würde es die ersten Fröste geben und ich müsste die Sommersachen endgültig im Schrank verstauen.

„Ich finde es schrecklich, dass ich Paul jedes Mal anlügen muss", sagte Liana, während wir die Hauptstraße am Massiv entlangliefen, die langsam in einen Wanderweg überging. „Ich hätte ihn so gerne mitgenommen."

„Du kennst die Konsequenz, wenn du § 1 verletzt", sagte ich und zog meine Jacke enger um die Schultern. „Aber selbst wenn du es Paul sagst und es niemand herausfindet und Paul es tatsächlich schafft, niemandem davon zu erzählen, so weißt du immer noch nicht, wie er damit umgehen wird, dass du anders bist."

„Anders", sagte Liana nachdenklich. „Darüber habe ich noch gar nicht nachgedacht."

„Für ihn bist du so eine Art Alien", sagte Shirley. „Ich glaube, Paul fällt erst einmal ganz gediegen in Ohnmacht, falls er davon erfahren sollte."

„Er darf aber niemals davon erfahren", sagte Liana schnell und voller Angst. „Wer weiß, was das Senatorenhaus mit ihm anstellen wird.“

Shirley zuckte die Achseln. „Sie werden ihn schon nicht teeren und federn, wahrscheinlich kriegt er ein paar neue Erinnerungen verpasst und vergisst, dass er dich jemals im Leben getroffen hat. Für dich hat es schlimmere Konsequenzen.“

„Shirley“, sagte ich erschrocken, als ich Lianas Miene sah. Sie schien auf einmal blass zu sein, ihr Gesicht leuchtete in der Dunkelheit bleich wie ein Geist.

„Ist doch so, oder habe ich das mit dem § 1 falsch verstanden?“, sagte Shirley achselzuckend.

„Schon gut, Selma“, sagte Liana gequält. „Sie hat ja recht, die Sommerferien waren so schön, da habe ich mich hinreißen lassen, das zu vergessen, aber das darf ich nicht. Ich muss wachsam bleiben und Paul eben auf Abstand halten.“ Sie wandte sich mir zu und nahm meinen Arm. „Morgen setzen wir uns wieder an die Arbeit. Es reicht nicht, die Mädchen zu finden. Wir müssen auch die Insignien der Macht aufstöbern, für dich und mich, für Paul und Adam, und natürlich auch für Lorenz.“

„Für mich auch“, sagte Shirley. „Oder glaubst du, mich macht die Lage glücklich?“

„Wir sind dabei, Selma“, sagte Liana und warf Shirley einen verschwörerischen Blick zu.

„Morgen geht es weiter“, sagte ich. „Aber jetzt werden wir erst einmal sehen, was für eine Party Lennox und Ramon auf die Beine gestellt haben.“ Die Party war mir eigentlich egal, aber ich kannte Liana, und die Panik tat ihr nicht gut. Wir mussten die Sache logisch angehen und durften uns nicht von negativen Gedanken leiten lassen und unüberlegt vorgehen. Wie sie schon richtig bemerkt hatte, war es das Wichtigste, dass unentdeckt blieb, was wir taten.

„Da vorne ist Licht“, sagte ich verwundert. „Das Haus der Torrels ist doch noch einen Kilometer entfernt?“

Als wir näher kamen, sahen wir, dass am Wegesrand ein paar Leute standen und rundherum ein paar Fackeln in der

Erde steckten, die ungewöhnlich hell brannten.

Besonders auffallend war ein Mann, der die anderen mühelos überragte, er war so breit wie hoch. Misstrauisch beobachtete ich die Gruppe, jederzeit bereit, mich zu verteidigen. Doch sie schienen nichts Böses im Sinn zu haben.

Als wir kurz vor ihnen standen, sah ich im Schein der Fackeln auf dem glatt geschorenen Schädel des gigantischen Manns einen Drachen, dessen weit aufgerissenes Maul bis zu den Schläfen reichte.

„Hektor?", sagte ich erstaunt, denn in diesem Moment hatte ich den Mann erkannt, der bereits vor zwei Jahren Türsteher bei der Party der Torrels gewesen war. „Warum steht ihr hier im Wald?", fragte ich erstaunt.

„Erst eure Namen!", sagte er streng. Nachdem er auf einer Liste nachgesehen hatte, dass wir alle zu Recht hier waren und auch keine nichtmagischen Bürger einschmuggeln wollten, wandte er sich mir zu. „Sicherheitskontrolle", sagte er dann, als ob das Wort selbsterklärend wäre.

„Sicherheitskontrolle?", fragte ich erstaunt. „Hier ist überall Wald, wenn einer hundert Meter weiter zwischen den Bäumen entlangschleicht, merkt ihr doch nichts davon."

„Oh, doch", grinste mich Hektor mit einem überlegenen Lächeln an, nahm einen Stein vom Wegesrand und warf ihn in den Wald. In dem Moment, in dem der Stein Hektors Hand verlassen hatte und über den Weg hinüberflog, begann er blau zu leuchten, und er leuchtete immer noch, als er im Wald liegen blieb.

„Nicht schlecht", sagte ich beeindruckt, und in diesem Moment kam es mir seltsam vor, dass Lennox und Ramon das alles allein auf die Beine gestellt haben sollten. „Kommt", sagte ich an Liana und Shirley gewandt.

„Das ist aber sehr beeindruckend", sagte Liana, als wir das hell erleuchtete Haus der Torrels durch die Bäume hindurch erkennen konnten und der dezente Bass einer Großdiskothek uns entgegenbrummte. Schon von Weitem sahen wir das Gebäude in einem hellblauen Schimmer erstrahlen. „Adam hat seine Brüder wirklich unterschätzt, wenn er glaubt, sie stellen nicht mehr auf die Beine, als ein Paar Kisten Bier und ein paar Tüten Chips in den Partykeller zu stellen."

„Ich habe da so eine Idee", sagte ich und lief zügig weiter, während wir uns der Eingangstür näherten. Das blaue Schimmern änderte sich jetzt und ging in ein smaragdgrünes Glühen über. Vor dem Gebäude war eine Schneise aus orangfarbenen Lichtbällen aufgebaut, die direkt zur Eingangstür führte, neben der zwei weitere schrankbreite Männer postiert waren, die Hektor erstaunlich glichen. Wir folgten dem zart schimmernden Weg und betraten erwartungsvoll das Haus der Torrels.

„Herzlich willkommen", sagte eine fröhliche Stimme, als wir in die Eingangshalle traten. Erst auf den zweiten Blick erkannte ich, wer hier vor mir stand. In einen mattweißen Anzug gekleidet stand Lorenz Silver vor uns, die Haare mit Gel angelegt, auf den Lippen ein hinreißendes Lächeln.

„Lorenz", rief ich überrascht und fiel ihm um den Hals. „Ich habe mir doch gleich gedacht, dass das Lennox und Ramon nicht allein auf die Beine gestellt haben. Diese Party trägt deine Handschrift."

„Und an diese Party wird man sich auch noch lange erinnern können. Es ist opulent, es ist luxuriös und stilsicher", sagte Lorenz selbstbewusst wie immer und zeigte stolz hinter sich. Die große Eingangshalle war zu einer Tanzfläche umfunktioniert worden, die allerdings erst spärlich genutzt wurde. An der Rückseite der Eingangshalle war eine Bar aufgebaut worden, an der es sich Ramon und Lennox bequem gemacht hatten. Die beiden winkten uns zu, als sie uns erkannten, doch sie wurden recht schnell von den beiden Mädchen abgelenkt, die sich an ihre Arme gehängt hatten.

„Bei den beiden hat sich nichts geändert", sagte ich grinsend und wandte mich dann Lorenz zu. „Hast du das eigentlich alles allein auf die Beine gestellt?" Der gut gefüllte Raum kam mir fremd vor. Es dauerte einen Moment, bis ich erkannte, dass das an dem komplizierten Lichtkonzept lag. Überall im Raum schwebten Lichtbälle, die in kleinen Gruppen arrangiert waren und immer wieder ihre Farbe wechselten, sich zu Formationen zusammenschlossen und in neue Bilder übergingen. Sie schienen dabei den Rhythmus der Musik aufzunehmen und pulsierten im Takt der Bässe.

„Süße", sagte Lorenz mit einem siegessicheren Lächeln auf den Lippen. „Mein Team und ich sind bekannt dafür, dass wir rauschende Feste auch innerhalb kürzester Zeit organisieren können. Das ist quasi unser Markenzeichen und die Leute sind begeistert, das kann ich dir sagen. Du siehst übrigens anbetungswürdig aus", sagte er und musterte mich von unten bis oben, dann blieb sein Blick an meiner Frisur hängen. „Mmh", meinte er prüfend. „Es wird Zeit, dass ich wieder nach Schönefelde komme. Dein Haar schreit regelrecht nach mehr Pflege und einem neuen Schnitt, Honey. Du brauchst mich dringend."

„Unbedingt", sagte ich lachend.

„Erzähl mir von deinem Team", sagte Liana gespannt und sah sich um.

„Nichts lieber als das. Er ist eine Augenweide." Lorenz schnurrte regelrecht und zeigte zu einem schlanken Mann hinüber, der einen schlichten, aber zeitlos eleganten Anzug trug. Sein hellblondes Haar war zu einer wilden Frisur gestylt und bildete einen angenehmen Kontrast zu seiner akkuraten Kleidung. Im Moment stand er neben Lennox, der ihm mit offenkundiger Dankbarkeit die Hand schüttelte.

„Das ist Etienne", sagte er. „Er ist der Neffe von Konstantin Kronworth und der Schöpfer dieser wirklich fantastischen Lichtzauber."

„Lorenz", sagte Shirley und sah sich um. „Ich bin beeindruckt. Du hast die Sommerferien gut genutzt."

„Du doch auch", grinste Lorenz. „Danke, dass du mich immer auf dem Laufenden gehalten hast. Die Reise hat dir gutgetan, besonders die letzten Wochen. Ich bin stolz auf dich, dass du diesen Meditations-Workshop durchgezogen hast."

„Meditation?", fragte Liana gespannt.

Shirley sah Lorenz verunsichert an.

„Du kannst es ihnen ruhig sagen, sie haben sicher schon gemerkt, dass du dich verändert hast", sagte er aufmunternd.

„Ja", sagte ich. „Man sieht dir an, dass du zufrieden mit dir bist, Shirley, und ich bin stolz auf dich, egal, wie auch immer du diesen Zustand erreicht hast."

„Danke, Selma", sagte Shirley leise, dann straffte sie ihre Schultern. „Also, ich habe die letzten zwei Wochen bei einem Meditations-Workshop verbracht und das war wirklich hart, aber ich denke, ich habe jetzt mit vielem abgeschlossen."

„Und wie!", sagte Lorenz begeistert. „Ich bin bei dir, Süße." Er legte seine Hand auf Shirleys Schulter und lächelte sie strahlend an.

In diesem Moment schwebte ein smaragdgrüner Drache an mir vorbei.

„Du hast ernst gemacht mit der Idee als Eventmanager", sagte ich beeindruckt. „Wie hast du das so schnell geschafft?"

Lorenz zog uns zur Bar und der Barkeeper kam sofort, um uns nach unseren Wünschen zu fragen. Über der Bar schwebten zarte Gebilde aus Schneeflocken, die der Barkeeper immer wieder davonscheuchte, woraufhin sie sich in einen Löwen verwandelten und den Barkeeper tonlos anfauchten.

„Also", sagte Lorenz gedehnt und betrachtete lächelnd das Spiel der beleidigten Schneeflocken, die jetzt in den Nachbarraum schwebten und dabei einem der Lichtdrachen zu nah kamen, was einen erneuten tonlosen Streit auslöste. „Ein Freund in Berlin hat mich gebeten, seine Geburtstagsparty zu organisieren, und zwar mit ein bisschen mehr Pepp, und da habe ich mir halt ein paar Gedanken gemacht, was man so mit diesen Kräften anfangen kann." Er hob die Hände und ließ einen Lichtball erscheinen, den er von einer Hand in die andere warf, während uns der Barkeeper die Getränke zuschob. „Und so kam eines zum anderen. Am nächsten Wochenende wollte der Nächste auch so eine Party. Also genau genommen wollte er, dass ich noch eins drauflege, und dann hat sich das wie ein Lauffeuer in der Stadt herumgesprochen. Dann kam ein Auftrag von einem Patrizier, und die Sache ist so richtig explodiert. Die Bälle sind ja diesen Sommer alle ausgefallen und deswegen haben die Patrizier privat gefeiert und jeder wollte eine bessere Sommerparty als der andere, und da bin ich ins Spiel gekommen. Die letzten zwei Wochen habe ich fast rund um die Uhr gearbeitet."

„Habt ihr das alles zu zweit gemacht?", fragte ich, während ein purpurnes Lichtrad an mir vorbeischwebte und sich alsbald in eine weiße Taube verwandelte. Das kleine, durchscheinende Geschöpf schlug in Zeitlupe mit den Flügeln, während ein sanfter Titel anklang und eine Menge Pärchen auf die Tanzfläche lockte.

„Klar", sagte Lorenz und ließ den Lichtball zwischen seinen Handflächen verschwinden. „Wir haben die Arbeit aufgeteilt. Ich entwickle die Ideen hinter den Konzepten und organisiere alles und Etienne kümmert sich um die Umsetzung, sobald es meine Möglichkeiten übersteigt. Da gibt es einiges zu beachten. Magische Veranstaltungen mit mehr als zwanzig Personen müssen beim Senatorenhaus angemeldet werden. Schutzzauber müssen angebracht werden und Security muss gebucht werden. Es dreht sich alles um § 1. Dann müssen die Einladungen verteilt und das Catering muss organsiert werden. Etienne hat auch die gewebten Wortzauber für uns entwickelt, mit denen ich meine Ideen überhaupt umsetzen konnte. Die Idee mit dem Lichtbann rund um das Haus ist auch von ihm."

„Beeindruckend", sagte ich.

„Ja", erwiderte Lorenz weich. „Etienne ist phänomenal und einzigartig. Ein echter Künstler." Lorenz seufzte verzückt und warf Etienne denselben Blick zu, den Adam sonst immer abbekam. „Nur die Bürokratie nervt. Diese ganzen Vorschriften sind anstrengend. Aber ohne diese Vorsichtsmaßnahmen hätten wir eine magische Party in der Größenordnung gar nicht veranstalten dürfen."

In diesem Moment strömte eine Gruppe von beinahe dreißig Mädchen in die Eingangshalle.

„Ramon hatte alle Mädchen aus dem ersten Semester eingeladen", sagte Lorenz und sprang auf. „Hallo, ihr Süßen", rief er gedehnt. „Ihr seht phänomenal aus." Dann begrüßte er sie der Reihe nach, bewunderte jedes Outfit ausführlich und begann sie so in die Räume zu lotsen, dass kein Stau entstand.

„Ramon lässt nichts anbrennen", sagte ich seufzend und sah zu, wie er aufgesprungen war. Er hatte kurze braune Haare, die genauso dunkelbraun schimmerten wie seine Augen. Er trug ein dunkles Hemd und Jeans und die vielen Mädchen hatten auch bemerkt, dass er darunter einen muskulösen Körper versteckte, genauso wie alle Torrel-Brüder. Seufzend hängten sich etliche an ihn und schienen jedes Wort aufzusaugen, das seine Lippen verließ. Ich spitzte die Ohren, weil ich meinte, dass er etwas Spannendes zu erzählen haben musste, so begeistert, wie die Augen vieler Mädchen aufleuchteten. Doch ich vernahm nur ein paar Gesprächsfetzen, in denen er darüber schwärmte, wie unglaublich schnell seine neue Maschine war. Selbst Lennox meinte, jetzt wäre aber mal gut mit dem Technikkram, die Ladys würden sicher eine Führung durch den Garten mehr genießen. Er stand auf und begleitete Ramon. Lennox war ein wenig größer und schmaler als Ramon, der immer einen kräftigen und gedrungenen Eindruck machte. Lennox' Haare und Augen waren ebenso braun wie die von Ramon, nur trug er sein Haar etwas länger und es lockte sich leicht, so wie es die Haare von Adam taten.

Ich sah Lennox und Ramon hinterher, die in Begleitung vieler weiblicher Gäste in den Garten liefen, dann blickte ich zurück zur Eingangstür und erstarrte. Dort stand ein Mädchen und sah so verloren aus, dass ich augenblicklich Mitleid mit ihr verspürte. Sie war ein zartes Geschöpf mit durchscheinend blasser Haut und schwarzen Haaren. Sie trug ein weißes Kleid, das hoch geschlossen war, sah sich scheu um und wirkte dabei ziemlich verloren. Sie erinnerte mich daran, wie ich das erste Mal nichtsahnend in dieses Haus gestolpert war, und ich konnte das Gefühl der Desorientiertheit gut nachempfinden.

Ich nickte ihr freundlich zu und sie erwiderte meine Geste mit einem scheuen Lächeln, dann ging sie in den Nebenraum.

„Waren wir auch einmal so jung?“, sagte ich.

„Ich glaube schon“, sagte Liana lachend. „Nun rede nicht so, als ob du schon dreißig wärst. Es ist gerade einmal zwei Jahre her, als du genauso hier hereingestolpert bist, obwohl die Kleine wirklich sehr unbedarft und jung wirkte.“

„Das wird sich bald ändern“, sagte Shirley. „Spätestens wenn sie Skara und ihren Freundinnen über den Weg läuft.“

„Das ist wahr“, sagte ich seufzend.

„Schmiedet ihr schon wieder Schlachtpläne?“, fragte eine dunkle Stimme plötzlich hinter uns.

„Adam“, sagte ich und drehte mich um. Da ich den Eingang im Auge gehabt hatte, musste er gemeinsam mit Torin von oben gekommen sein, wo die Zimmer der Brüder lagen. Auch wenn Torin mit seinen blonden Haaren und dem spitzbübischen Grinsen nicht schlecht aussah, hingen meine Augen nur an Adam, seinem dunklen Haar und seinen nachtblauen Augen. Ein süßes Ziehen durchströmte mich, verheißend und verlockend, lebendig und verzehrend. Doch ich blieb ruhig, denn im Moment waren wir in der Öffentlichkeit, und hier durften wir uns keinen Fehltritt erlauben, auch wenn mich die vertraute Atmosphäre des Hauses der Torrels dazu verleitete.

„Keine Schlachtpläne“, sagte Shirley. „Wir haben nur gerade ein paar der neuen Erstsemester getroffen und uns gefragt, ob wir tatsächlich auch mal so jung und unerfahren waren.“

„Ich befürchte, doch“, sagte Adam und warf mir einen kurzen und intensiven Blick zu, der mich nur allzu gut daran erinnerte, wie mich Adam in sein Zimmer geführt und das erste Mal geküsst hatte.

„Das kann ich mir nicht vorstellen“, sagte Torin und sah Shirley lange und prüfend an.

„Ist was?“, sagte sie. „Zwei Jahre sind eine lange Zeit und können einen Menschen sehr verändern.“

„Ja“, sagte Torin, und ich sah die Frage auf seinen Lippen brennen, was Shirley damit meinte. Vermutlich brachte er die Shirley, die blond und angetrunken vor zwei Jahren hier getanzt hatte, nicht mit dem Mädchen in Einklang, das jetzt vor ihm stand.

„Ich schau mal nach Lorenz“, sagte Shirley, bevor Torin sie weiter aushorchen konnte, und stand auf. Während Shirley in den Nebenraum ging und Liana sich ihr anschloss, lehnte sich Torin zu mir.

„Was weißt du so über Shirley?“, fragte er.

„Viel“, sagte ich grinsend und zwinkerte Adam zu.

„Komm, Torin“, sagte er und zog seinen Bruder mit sich. „Wir sollten mal nachsehen, ob noch genug Getränke da sind.“ Ich sah den beiden kurz nach, dann folgte ich Liana.

„Ich glaube, Torin interessiert sich für dich“, sagte ich lächelnd zu Shirley, als ich sie im Nebenraum eingeholt hatte.

„Mag sein“, sagte sie und zuckte die Achseln. „Aber du weißt, dass ich keine Lust mehr auf die High Society habe. Ich bin gerade meine Eltern und diesen ganzen Ballast losgeworden, da werde ich mich schön von einer Familie fernhalten, die im Wichtigkeits-Ranking der Vereinten Magischen Union ganz weit oben steht.“

„Ja, klar“, sagte ich. Shirleys Beweggründe konnte ich durchaus nachvollziehen.

„Torin ist sicher in Ordnung“, fuhr Shirley fort. „Aber sieh dir mal bitte seine Brüder an.“ Sie zeigte durch eines der hohen Fenster auf Lennox und Ramon, die im Garten gerade ein Wetttrinken zu veranstalten schienen, um die sie umringenden Mädchen zu beeindrucken. „Und vergiss auch nicht seine kampflustige Mutter. Ich würde ihr niemals die Genugtuung geben, dass es nach der gescheiterten Eheabsichtserklärung etwas mit uns werden könnte. Du hast hoffentlich nicht vergessen, dass meine und Torins Eltern mich quasi schon an ihn versprochen hatten. Ich werde ihnen die Genugtuung nicht gönnen, dass dieser Plan aufgegangen ist. Selbst wenn zwischen Torin und mir die größte Liebe aller Zeiten ausbrechen sollte, dürfen wir schon aus Prinzip nicht zusammen sein."

„Das verstehe ich völlig", sagte ich ernst. Ich konnte mich noch gut daran erinnern, wie sehr es Shirley aus der Bahn geworfen hatte, dass ihre Eltern mit Torins Eltern diesen Kuhhandel abgeschlossen hatten.

„Gut", sagte Shirley nickend. „Außerdem habe ich im Moment keine Lust auf eine komplizierte Beziehung. Ich will mich jetzt auf mich konzentrieren und auf das Studium. Außerdem ...", sie senkte ihre Stimme ein wenig, „möchte ich zuerst das zu Ende bringen, was wir angefangen haben, und du weißt selbst, dass wir noch einen langen Weg vor uns haben. Drei von fünf sind noch offen."

„Das vergesse ich keine Sekunde lang", sagte ich ernst.

„Was gibt es denn zu tuscheln?", fragte Lorenz in diesem Moment und schob seinen Kopf zwischen meinen und den von Shirley.

„Ich rede Selma nur gerade aus, mich mit Torin zu verkuppeln", sagte Shirley.

„Warum?", fragte Lorenz. „Den blonden Recken würde ich auch nicht verschmähen. Ein bisschen Spaß hast du dir wirklich verdient."

„Den Spaß hole ich mir woanders", sagte Shirley seufzend. „Wie steht es mit deinem Märchenprinzen? Hat er sich endlich blicken lassen?"

„Nein." Lorenz verzog schmollend die Lippen. „Aber ehrlich gesagt wäre ich in den letzten Wochen auch einfach an ihm vorbeigehetzt, so viel wie ich zu tun hatte. Er hätte schon laut ‚Hier!' schreien müssen, damit ich ihn bemerke, und das tun die wenigsten Märchenprinzen. Leider." Er seufzte. „Das hier ist meine letzte große Party und dann gönne ich mir noch ein paar Tage Ruhe, bevor das Semester startet. Mal sehen, ob sich noch ein kleiner Urlaubsflirt für mich ergibt. Ich dachte, ihr nehmt mich in eurer WG auf, bis es in Tennenbode wieder losgeht."

„Kein Problem", sagte Liana, die die ganze Zeit interessiert zugehört hatte. „Dann können wir dich auch gleich auf den aktuellen Stand bringen."

„Ah", sagte Lorenz gedehnt und mit einem wohligen Seufzen in der Stimme. Dann zwinkerte er uns verschwörerisch zu. „Ich kann es kaum erwarten, wieder zu ermitteln. Aber ein paar Tage will ich noch ausspannen, sonst hat mich der Burn-out fest im Griff."

„Burn-out?", fragte Liana mit hochgezogenen Augenbrauen. „Ich muss meine Schwester finden", erwiderte sie. „Und wenn die Schwarze Garde jetzt lieber die Wahlveranstaltungen der High Society betreut, anstatt etwas wirklich Wichtiges zu tun, dann muss ich es eben selbst übernehmen."

„Wir werden das übernehmen", sagte Shirley sofort und mit einem ernsten Klang in der Stimme. „Du bist nicht allein."

„Natürlich bist du nicht allein, Süße." Lorenz warf Liana einen entschlossenen Blick zu. „Sherlock Holmes meldet sich morgen wieder zum Dienst." Er drückte Lianas Hand ganz fest. „Aber wenigstens morgen muss ich ausschlafen. Lennox hat noch Go-go-Girls bestellt und den Abbau muss ich heute Nacht auch noch beaufsichtigen."

„Schlaf dich aus, Lorenz", sagte ich. „Dann komme ich morgen Mittag vorbei und wir machen gemeinsam weiter. Dulcia ist morgen bestimmt auch wieder mit dabei."

„Wo steckt sie überhaupt?" Lorenz sah sich suchend um.

„Sie hatte keine Lust auf Party", sagte Shirley. „Und ich kann es ihr auch nicht verübeln."

„Aber wir dürfen auch nicht zulassen, dass sie sich verkriecht", sagte Lorenz besorgt.

„Das werden wir nicht", sagte ich. „Aber ich denke, sie braucht auch noch ein wenig Zeit, um das alles zu verarbeiten. Sie hat schließlich ihre Zwillingsschwester verloren und ich staune ohnehin, wie gut sie mit der Situation klarkommt."

Während Lorenz, Liana und Shirley nachdenklich nickten, spürte ich, dass Adam wieder in den Raum getreten war, und ein Lächeln schlich sich ganz automatisch auf meine Lippen. Ganz unauffällig wandte ich mich zu ihm um und beobachtete ihn jetzt ganz in Ruhe, wie er mit Torin sprach. Er trug eine schwarze Hose und ein schwarzes Hemd, was ihm wie immer außergewöhnlich gut stand. Er bewegte sich kraftvoll und geschmeidig und wirkte dabei wie ein Panther auf seinem Streifzug. Obwohl ich ihn nicht so anstarren sollte, konnte ich meinen Blick nicht von ihm wenden. Doch das fiel nicht weiter auf, da viele Mädchen bemerkt hatten, dass Adam den Raum betreten hatte. Ich war nur eine von vielen, die ihn bewundernd ansah.

„Du siehst verführerisch aus in diesem Kleid", hörte ich seine dunkle Stimme in meinem Kopf, und mir wurde schlagartig warm. *„Das ist nicht fair, wenn ich dich den ganzen Abend nicht berühren darf."*

Ich kicherte und Lorenz sah mich verwirrt an, bis ihm auffiel, dass Adam auf der anderen Seite des Raumes stand und uns beobachtete.

„Der dunkle Recke ist da", schnurrte er. „Meinst du, er hat es sich während des Sommers anders überlegt und gibt mir eine Chance?"

„Ach, Lorenz", sagte ich lächelnd. „Ich befürchte, da hat sich nichts geändert."

Lorenz verzog das Gesicht zu einem Schmollen. „Wenn er irgendwann begreift, welch gute Partie ihm da entgangen ist, wird es zu spät sein."

„Versucht Lorenz wieder, dir einzureden, dass er die bessere Wahl für mich wäre?", vernahm ich Adams Seufzen und nickte grinsend. *„Rede es ihm aus"*, fuhr Adam fort. *„Du bist die einzige und die beste Wahl für mich und ich werde dafür kämpfen, dass ich dich nächstes Jahr auf diese Tanzfläche führen darf, und zwar ohne dass wir am nächsten Tag Besuch vom Senatorenhaus bekommen."*

„Wir kämpfen gemeinsam", erwiderte ich entschlossen.

„Du wirst beobachtet", sagte Adam mit einem Mal, und Sorge schwang in seiner Stimme mit.

„Von wem?"

„Von dieser Studentin aus dem ersten Semester, die aussieht wie ein Kind."

Ganz unauffällig begann ich mich im Raum umzusehen, während Lorenz loshastete, weil sich im Garten die Lichtspiele hoffnungslos ineinander verkeilt hatten. Ich hörte Liana und Shirley zu, die sich über die anstehenden Spezialisierungen unterhielten, und schließlich entdeckte ich das dunkelhaarige Mädchen in dem weißen Kleid, das unsicher durch den Raum schlenderte und mich dabei tatsächlich betrachtete.

„Sie ist neu hier und kennt niemanden", entgegnete ich Adam, während ich mich wieder Shirley zuwandte und versuchte so auszusehen, als ob ich ihr zuhörte. *„Ich habe ihr vorhin zugelächelt. Vielleicht will sie einfach nur Kontakt knüpfen und traut sich nicht so richtig."*

„Kann sein", entgegnete Adam. *„Aber seit Anakin bin ich etwas vorsichtig mit neuen Bekanntschaften. Man weiß nie, vor welchem Ungeheuer man steht."*

„Mag sein", erwiderte ich. *„Aber sie ist ein zartes, kleines Mädchen, das ich mit einer Hand umschubsen kann. Notfalls wehre ich mich gegen sie."*

Ich warf Adam einen kurzen Blick zu und sah, wie er gerade etwas erwidern wollte. Doch er kam nicht mehr dazu, etwas zu sagen, denn genau in diesem Moment erbebte die Erde.

Es dauerte eine Sekunde, bis ich begriff, was gerade passierte. Erst dachte ich, dass die Musik gewechselt hatte und die Bässe so vibrierten. Doch Musik allein hätte diesen Effekt nicht ausgelöst. Der Boden vibrierte immer stärker und die Möbel begannen zu wackeln. Ein lautes Summen und Dröhnen erklang und schließlich fiel eine gläserne Vitrine um und zerschellte mit einem lauten Krachen in tausend Scherben.

Während bis dahin alle erstarrt waren und versuchten zu begreifen, was soeben passiert war, brach jetzt Panik aus. Die lockere Partystimmung war mit einem Schlag verflogen.

„Raus!“, brüllte jemand, und einige Mädchen begannen panisch zu kreischen.

„Nimm Shirley und Liana und verlasse das Gebäude“, sagte Adam nachdrücklich. *„Ich bringe Lorenz und den Rest der Leute mit Torin raus.“*

Ich nickte und schob Liana und Shirley, die mir bereitwillig folgten, zum Ausgang. Wir quetschten und schoben uns zu den Ausgängen, während ein neues Beben das Gebäude erzittern ließ. Die Schreie wurden lauter und ich sah noch einmal zurück.

Hinter uns drängten die Partygäste zu den Ausgängen, und in dem Tumult aus Gesichtern, panischen Augen und zerstörter Inneneinrichtung erkannte ich kaum das ehrenvolle Haus der Torrels wieder. Mit einem Mal hielt ich inne, denn ich sah etwas Weißes am Boden, und mir wurde schlagartig kalt.

Das elfengleiche Mädchen war in der Masse zu Boden gerissen worden. Sie hatte noch keine ausgebildeten Kräfte und konnte sich nicht wehren. Ich musste schnell handeln. Mit einem Blick vergewisserte ich mich, dass Liana und Shirley unbeschadet aus dem Gebäude gelangen würden, dann drehte ich mich um und kämpfte mich entgegen der Menge zurück.

„Stopp!“, schrie ich, doch meine Worte gingen im panischen Schreien und Brüllen unter. Nur mühsam kämpfte ich mich gegen den Strom zurück in den Raum. Gelegentlich verlor ich den weißen Stoff aus den Augen, doch mit verzweifelter Kraft kämpfte ich mich weiter vor. Magische Kräfte wollte ich nicht anwenden. Die Gefahr, jemanden zu verletzen, wäre in dem Gedränge zu hoch gewesen.

„Verlasst langsam das Haus“, hörte ich Lennox von draußen brüllen, und tatsächlich schienen seine Worte Ordnung in die Menge zu bringen. „Keine Panik!“ Der Strom von Partygästen nahm nicht ab, auch aus den oberen Geschossen schienen immer wieder Magier nachzuströmen. Doch sie gingen jetzt langsamer und ich konnte ein paar Meter gut machen.

Kurz bevor ich angekommen war, erbebte die Erde noch heftiger als vorher. Das ganze Gebäude knirschte bedenklich, ein Kronleuchter fiel mit einem gewaltigen Klirren zu Boden und laut kreischend stürzten alle los. Ich hechtete vorwärts und schließlich erreichte ich den weißen Stoff.

Ich hoffte noch, mich geirrt zu haben, doch es war tatsächlich das schwarzhaarige Mädchen, das hier am Boden lag. Scheinbar war sie ohnmächtig geworden, während immer wieder Leute über sie stiegen oder auf sie traten.

Schnell sah ich mich um. Weder mit Feuer noch Wind konnte ich in der Enge etwas ausrichten, ohne dass andere zu Schaden kamen. In diesem Moment sah ich ein in sich verkeiltes Schneeflockengebilde vorbeischweben und streckte die Hand aus. Es zuckte kurz, folgte dann meinem Befehl und flog zu mir. Ich warf mich neben das Mädchen auf den Boden und spannte gleichzeitig eine stabile Kuppel aus Eis über uns beiden auf. Sie war so eng, dass ich mich nicht bewegen konnte, doch zu mehr hatte es mit den wenigen Schneeflocken nicht gereicht. Ich versuchte noch aus der Luft Feuchtigkeit zu ziehen, um den Panzer über uns zu verstärken, doch er schien stabil genug zu sein. Fluchend und schimpfend stolperten und rutschten die Leute über die Eisfläche. Während es langsam ruhiger wurde, wandte ich mich dem Mädchen zu. Es atmete flach und wirkte noch zerbrechlicher als vorhin. Ihre Pupillen zuckten hinter den Augen und ich wollte sie gerade berühren, um irgendwie Kontakt zu ihr aufzunehmen, als sie schwach die Augen wieder aufschlug.

„Bin ich tot?“, fragte sie mit dünner Stimme.

„Nein!“, sagte ich besorgt. „Tut dir etwas weh?“

Sie zuckte erschrocken zusammen, als ein paar Stiefel über uns hinwegtraten. Doch die Kuppel hielt den Schritten stand.

„Mein Kopf tut weh, und mein Rücken“, sagte sie. „Aber ich glaube, es ist nichts gebrochen. Ich fühle mich nur irgendwie so, als ob ich in einen Mixer geraten bin.“

„Das trifft es ziemlich gut. Ich bin Selma“, stellte ich mich bei der Gelegenheit vor.

„Mein Name ist Nuria“, sagte das Mädchen. „Nuria García Pérez. Ich bin erst seit ein paar Tagen in Tennenbode.“

„Nett, dich kennenzulernen“, sagte ich, doch meine letzten Silben gingen in einem weiteren Donnern unter, als die Erde erneut erbebte und neben uns ein Schrank zu Boden fiel. Dem Krachen nach zu urteilen, musste er voller Porzellan gewesen sein.

„Okay“, sagte ich und sah mich um. „Wir müssen raus hier, bevor alles zusammenbricht. Ich werde jetzt gleich die Kuppel öffnen und dann gehen wir los.“

Nuria presste die Lippen aufeinander und dann nickte sie. Ich wartete ab, bis ein weiteres Grüppchen an uns vorbeigerannt war, dann hob ich die Hand und öffnete die Kuppel. Ich sprang sofort auf die Füße und stellte mich schützend vor Nuria, damit sie nicht wieder umgeworfen werden konnte. Ich sah, dass es ihr Schmerzen bereitete, aufzustehen, doch sie sagte kein Wort, sondern erhob sich langsam und ließ sich von mir aus dem Haus führen.

„Selma“, rief Adam besorgt, als ich auf den Rasen trat. „Da bist du ja. Ich dachte, du bist schon längst hier draußen.“

„Ich habe Nuria geholfen“, sagte ich und führte sie zu einer Bank, wo sie Platz nahm. „Sie wäre sonst in der Menge umgekommen.“

„Wirklich?“, sagte Torin besorgt, der sofort neben uns stand. „Lennox!“, schrie er. „Komm hierher. Wir haben eine Verletzte.“

Dann wandte er sich wieder mir zu. „Danke, Selma. Wie immer lebensmüde, aber erfolgreich. Deine Großmutter ist gleich hier.“

„Was ist überhaupt passiert?“, fragte ich, als Lennox da war und Nuria untersuchte. „Ich habe noch nie erlebt, dass es in Schönefelde ein Erdbeben gegeben hat.“

„Das war kein Erdbeben“, sagte Lennox düster. „Irgendetwas ist hier mächtig schiefgelaufen.“ Er krempelte sich die

Ärmel hoch und verwundert stellte ich fest, dass seine Arme über und über mit Tattoos von Drachen übersät waren. Das war mir noch nie aufgefallen.

„So, Mädchen“, sagte er an Nuria gewandt. „Du hast Prellungen am Hinterkopf, am Rücken und du wirst morgen über und über mit blauen Flecken übersät sein, aber es ist nichts gebrochen. Du hast Glück gehabt.“ Er stand wieder auf und wandte sich Adam zu. „Schaff die ganzen Mädchen hier weg. Geordneter Abzug der Erstsemester bis zum Rathaus, dort übergibst du sie an Frau Professor Espendorm. Sie übernimmt ab dort.“ Er winkte Ramon zu sich. „Du gehst zurück ins Haus und untersuchst jeden Winkel. Georgette von Nordenach trifft gleich ein und übernimmt die Verletzten. Selma, am besten gehst du deiner Großmutter zur Hand. Sie wird Hilfe brauchen.“

Ich nickte ganz selbstverständlich, denn Lennox strahlte eine so wohlorganisierte Ruhe aus, dass ich das erste Mal ernsthaft wahrnahm, dass er auch wirklich der Älteste der Torrel-Brüder war.

Während Adam losging und die Erstsemester zusammenrief und Ramon ins Haus zurückstürmte, winkte Lennox Torin herbei. „Lös die Party auf und sorge dafür, dass alle hier vom Gelände verschwinden. Ich habe Lorenz Silver Bescheid gegeben, dass er sofort abbauen soll, sobald das Gebäude evakuiert ist und Ramon grünes Licht gibt.“

„Weißt du, was passiert ist?“, fragte ich mit einem panischen Klang in der Stimme. Die Situation kam mir immer kurioser vor. „Hat der Admiral eine Vermutung? Ihr steht doch miteinander in Kontakt.“

„Der Admiral ist nicht vor Ort“, sagte Lennox düster. „Er hat keine Ahnung, was hier passiert ist, und ich habe so ein ungutes Gefühl, dass das ein echtes Problem werden wird.“

Ich sah Lennox schockiert an und langsam begriff ich, dass die Abwesenheit des Admirals während dieses neuerlichen Unglücks gar nicht gut war. Ein mulmiges Gefühl überkam mich.

Wie ferngesteuert nickte ich und lief zu meiner Großmutter hinüber, die soeben angekommen war.

Und dann kam ich nicht mehr dazu, über irgendetwas nachzudenken, sondern befolgte stumpf die Anweisungen meiner Großmutter und behandelte Wunden, heilte kleine Abschürfungen und versuchte die Panik und Angst zu lindern, die mich umgaben.

Bagger

„Die Zwerge sollen also der Vereinten Magischen Union den Krieg erklärt haben?“, sagte ich und ließ den „Korona Chronikle“ sinken. „Das sind doch nur Spekulationen. Und seit wann ist Ladislav Ende der große Retter der Stunde?“

Meine Großmutter rieb sich müde die Augen. „Es ist nicht auszuschließen, dass die Zwerge einen Streit angezettelt haben“, sagte sie. Wir hatten die gesamte Nacht in ihren Räumen im Rathaus verbracht und hatten in den frühen Morgenstunden den letzten Patienten entlassen können. Die Nacht war kurz gewesen, doch ich hatte ohnehin nicht ruhig schlafen können, ohne zu wissen, was in den vergangenen Stunden passiert war. „Zeig mal her!“

Ich reichte ihr die Zeitung, und während meine Großmutter las, versuchte ich ein weiteres erfolgloses Mal, Adam zu erreichen. Er und seine Brüder waren nach der Evakuierung des Anwesens der Torrels sofort zu einer Notfallsitzung der Schwarzen Garde einberufen worden und das schien sich länger hinzuziehen. Aber nach dieser Schlagzeile war mir natürlich klar, warum.

„Denkst du tatsächlich, dass es möglich wäre?“, fragte ich und versuchte ruhig zu bleiben. Die Ankündigung eines bevorstehenden Krieges hatte ein kaltes Zittern in meinen Fingern ausgelöst. „Es gibt doch Verträge, die das Zusammenleben mit den Zwergen regeln.“

„Mag sein, aber die Zwerge sind ein streitlustiges Volk, das darfst du nicht vergessen. Aber dieser Artikel ist auch sehr missverständlich. Es gibt keine offizielle Kriegserklärung. Lediglich Ladislav Ende hat sich geäußert, dass er den Vorfall am Wolfsee und auch das Erdbeben in Schönefelde als Kriegserklärung der Zwerge versteht, da nur sie die Kräfte und Möglichkeiten besitzen, so einen Schaden anzurichten. Von den Zwergen gab es nie eine offizielle Stellungnahme. Und Ladislav Ende hat sofort großzügige Mittel bereitgestellt, um die Aufräumarbeiten in Gang zu bringen, das reicht schon aus, um ein Held zu werden. Das weißt du selbst gut genug."

Ich nickte langsam. „Und was passiert jetzt?", fragte ich.

„Ich befürchte, es wird wirklich zu Auseinandersetzungen kommen. Die Zwerge werden eine solche Provokation nicht einfach akzeptieren, egal ob sie tatsächlich etwas mit der Sache zu tun haben oder nicht."

„Das klingt nicht gut", sagte ich düster.

„Zumindest nicht, wenn der Wahlkampf ansteht", sagte meine Großmutter und legte mir den „Korona Chronikle" aufgeschlagen auf den Tisch.

„Die Liste der Kandidaten", sagte ich und vertiefte mich darin. „Die Hälfte der Senatoren hat sich auf das Amt beworben", sagte ich erstaunt.

„Natürlich", erwiderte meine Großmutter. „Da der Wechsel unerwartet kam, hat es keine Zeit gegeben, dass sich ein oder zwei Nachfolger langsam etablieren konnten. Jetzt wittern alle ihre Chancen."

„Herr Lilienstein wurde aufgestellt", sagte ich erleichtert, als ich seinen Namen endlich entdeckt hatte.

„Mag sein", entgegnete meine Großmutter. „Doch er hat keine Chancen."

„Sag das nicht, er ist hoffentlich gerade unterwegs, um sich mit Konstantin Kronworth zu verbünden und die Massen zu mobilisieren. Er hat keine große Chance, aber eine Chance hat er, und ich werde ihm helfen, diese Chance zu nutzen." Ich war mir sicher, dass es da draußen ein paar Patrizier geben musste, die bereit waren, einen Systemwechsel zu vollziehen.

„Warte erst einmal ab, wie sich die Lage mit den Zwergen entwickeln wird", sagte meine Großmutter. „Wenn ein Krieg ausbricht, interessiert sich vermutlich keiner mehr für die Wahl."

„Vermutlich“, sagte ich, und ein kleines Beben kroch meinen Arm hinauf. Diese Entwicklungen gefielen mir gar nicht. Jemand musste herausfinden, wer wirklich hinter dem Ausbruch der Seidenpiranhas und dem gestrigen Erdbeben steckte. Das waren zu viele Zufälle auf einmal. „Ich mache mich mal auf den Weg zu Liana.“

„Tu das“, sagte meine Großmutter und erhob sich. „Ich muss auch noch einmal bei Frau Gonden vorbeisehen. Bis später.“

„Ja, bis später“, sagte ich und sah ihr noch einen Moment nach, wie sie ihre Jacke überzog und mir noch einmal zulächelte, als sie das Haus verließ. Sie schien endlich und uneingeschränkt akzeptiert zu haben, dass ich erwachsen war und meine eigenen Entscheidungen traf und auch mit den Risiken leben musste, die ich dabei einging. Sie ließ sich nicht einmal dazu hinreißen, mich zu ermahnen, vorsichtig zu sein. Daran war vor einem Jahr noch nicht zu denken gewesen. Ich war guter Dinge, dass sie mich bald auch in die letzten Geheimnisse einweihen würde, die sie noch für sich behielt. Zum Beispiel, woher sie von dem Buch von Mantao erfahren hatte.

Langsam ging ich in mein Zimmer, um noch ein paar Notizen einzupacken, und versuchte dabei noch einmal Adam zu erreichen. Was war nur los bei der Schwarzen Garde? Sie mussten auf die Angelegenheit mit den Zwergen reagieren, das war natürlich klar, aber scheinbar zog sich die Entscheidung endlos hin.

Wenig später machte ich mich auf den Weg und musste dabei feststellen, dass der Sommer endgültig vorüber war. Der Himmel hing voller grauer Wolken und ein kühler Wind fuhr die Kastanienallee entlang. Die Blätter der Bäume begannen sich gelb zu färben und das erste Laub lag schon auf den Wegen. Fröstelnd zog ich meine Jacke fester um meine Schultern und beeilte mich, zum Haus der Goldmanns zu kommen. Ich klingelte unten und Liana ließ mich ein. Als ich die Treppe in den ersten Stock hinaufhastete, wurde mir langsam wieder warm.

„Habt ihr die Zeitung schon gelesen?“, fragte ich laut, als ich in den großen Flur trat und meine Jacke auszog. „Es gibt eine haarsträubende Erklärung für das Erdbeben.“

„Was denn, Süße“, rief mir Lorenz aus dem Bad entgegen. „Sag bloß, ein Lindwurm kriecht unter Schönefelde rum.“

„Schön wäre es“, entgegnete ich laut. „Einer der Senatoren macht die Zwerge für das Erdbeben verantwortlich und wertet das als Kriegserklärung gegenüber der Vereinten Magischen Union.“

„Wie bitte?“ Shirley hatte die Tür zu ihrem Zimmer aufgerissen und starrte mich mit großen Augen an.

„Du hast richtig gehört“, sagte ich. „Aber es gibt auch eine gute Nachricht. Die Liste der Kandidaten, die für das Amt des Primus kandidieren, wurde veröffentlicht und Herr Lilienstein hat es geschafft, aufgestellt zu werden.“ Ich zog den „Korona Chronikle“ aus der Tasche und faltete ihn auseinander.

„Krieg?“, hörte ich Lianas Stimme aus der Küche.

„Ja“, sagte ich, ging zu ihr und breitete die Zeitung auf dem Küchentisch aus. „Aber es gibt keine Kriegserklärung. Der ‚Korona Chronikle’ hat diese Schlagzeile auf der Grundlage der Meinung eines Senators in die Welt gesetzt.“

„Vielleicht hat er einen Insider bei den Zwergen“, sagte Liana und überflog den Artikel.

„Das wäre möglich“, sagte ich nachdenklich. Sicher hatten die Senatoren ihre Quellen, um an Informationen zu kommen.

„Beruhigt euch mal wieder“, sagte Shirley, die zu uns getreten war. „Es ist nur die Meinung eines Senators und nicht die der gesamten Vereinten Magischen Union. Und die Zwerge erfahren nur davon, wenn sie überhaupt diese Zeitung lesen.“

„Stimmt auch wieder“, entgegnete ich. „Solange nicht aufgeklärt ist, ob tatsächlich die Zwerge an der Angelegenheit eine Schuld tragen, wird sicher niemand Krieg führen.“

„Das hoffe ich“, sagte Lorenz, der in einen Bademantel gehüllt und mit nassen Haaren in die Küche kam. „Nicht auszudenken, was passiert, wenn sich das weiter hochschaukelt.“

„Im Moment müssen wir erst einmal abwarten, wie der Admiral reagiert. Er hat schließlich im Moment die Führung der Vereinten Magischen Union übernommen“, sagte ich nachdenklich. „Obwohl es sicher hilfreich wäre, wenn man die wahre Ursache herausfinden könnte.“ Im Moment gab es nur wenige Magier in der Stadt, die in der Lage waren, Kräfte in diesem Ausmaß zu entfesseln, und das waren Adam, Torin, Herr Lilienstein, meine Großmutter und ich. Auch Baltasar war dazu mit Sicherheit in der Lage, doch dazu hätte er vor Ort sein müssen. Aber die Erde hatte nur in Schönefelde gebebt und durch den Bannzauber meiner Großmutter konnte er unmöglich bis in die Stadt vorgedrungen sein.

„Es wäre gut, wenn man wüsste, was dahintersteckt“, sagte Liana. „Aber im Moment gibt es keinen Hinweis.“

„Es könnte ein Magier gewesen sein“, sagte ich. „Oder jemand oder etwas, das wir gar nicht kennen.“

„Du machst mir Angst“, sagte Liana besorgt.

„Jetzt bleibt mal ganz ruhig“, sagte Shirley. „Das wird sich schon aufklären.“

„Vielleicht war es doch ein Lindwurm“, sagte Lorenz grinsend, dann erstarrte er plötzlich. „Oh, nein“, sagte er gequält.

„Was ist los?“, frage ich.

„Das war Etienne“, seufzte Lorenz. „Nichts ist mit Ausruhen und nichts mit Detektivarbeiten, um einen Zwergenkrieg zu verhindern. Ich soll für heute Abend in Akkanka eine Wahlwerbeveranstaltung für Ladislav Ende organisieren.“

„Ich denke, ihr wolltet pausieren.“ Shirley hob unmutig die Augenbrauen in die Höhe.

„Schon, aber die Pressetante von Ladislav Ende hat Druck gemacht und so hat Etienne zugesagt, bevor sie unsere kleine aufstrebende Eventagentur wieder einstampft.“ Er warf einen gehetzten Blick auf die Uhr. „Ich muss sofort los. Ich habe nur sechs Stunden Zeit, um bis heute Abend ein Wunder zu vollbringen.“

„Viel Glück“, sagte Shirley, doch Lorenz war schon im Eilschritt davongestürmt.

„Na schön“, sagte Liana. „Dann machen wir uns eben allein ans Werk und suchen weiter nach meiner Schwester.“

„Ich kann leider nicht“, sagte Shirley bedauernd. „Kim macht heute die Schönefelder Stube wieder auf. Einer der Senatoren will heute dort seine Nominierung feiern, ganz bürgernah, wie er sagt, aber ich glaube, er musste auf die Schönefelder Stube ausweichen, weil der Marktplatz von Akkanka ja ganz offensichtlich schon von Ladislav Ende blockiert wird. Jedenfalls soll ich gleich kommen und bei den Vorbereitungen helfen. Ich würde dich wirklich gern unterstützen, Liana, aber ich brauche das Geld dringend.“

„Schon gut“, sagte Liana und sah mich erwartungsvoll an.

Ich wollte schon ausholen und ihr sagen, dass sie auf mich zählen konnte, auch wenn es mich reizte, zuerst herauszufinden, wer das Erdbeben und den Ausbruch der Seidenpiranhas verursacht hatte. Doch genau in diesem Moment vernahm ich eine Stimme in meinem Kopf.

„Selma“, sagte Adam ernst. *„Komm in die Tongasse Nr. 13, wir müssen reden.“*

Mit einem Seufzer holte ich Luft. „Das war Adam“, sagte ich. „Er will mit mir reden, und zwar in der Tongasse. Das heißt, es gibt irgendetwas sehr Brisantes zu erzählen oder er befürchtet den nächsten Weltuntergang.“

„Schon klar“, sagte Liana. „Dann mache ich mich mit Dulcia an die Arbeit.“

„Was ist mit Paul?“, fragte ich. „Triff dich doch noch einmal mit ihm, bevor das Semester wieder anfängt.“

„Ich habe jetzt keine Ruhe dafür“, sagte Liana. „Seit ich weiß, dass der Admiral die Mädchen nicht weiter suchen wird, kann ich an nichts anderes denken, als dass meine Schwester irgendwo gefangen gehalten wird und sich niemand darum kümmert, sie zu befreien.“

Ich ging zu Liana und nahm sie in den Arm. „Ich helfe dir,

sobald ich kann, aber ich befürchte, die Sache mit dem Erdbeben ist noch nicht ausgestanden."

„Ich weiß", murmelte Liana in meiner Umarmung. „Geh jetzt zu Adam. Du weißt, dass Geduld nicht unbedingt zu seinen Stärken gehört."

„Ich bin sicher bald zurück und Dulcia kommt ja auch gleich vorbei", sagte ich zum Abschied und machte mich auf den Weg.

Schönefelde war für einen Sonntag, an dem auch noch die Geschäfte allesamt geschlossen hatten, erstaunlich belebt. Viele Spaziergänger säumten den kleinen Marktplatz, an dem die Fachwerkhäuser hübsch aneinandergedrängt standen und eine gemütliche Atmosphäre schufen. Doch die Leute standen nicht nur herum, sie unterhielten sich an den Straßenecken aufgeregt miteinander. Immer wieder sah ich den „Korona Chronikle" in den Händen hervorblitzen, dessen Schlagzeile des Tages ungläubig diskutiert wurde. Sobald ich mich diesen kleinen Grüppchen näherte, verstummten die Gespräche sofort, bis ich vorbeigegangen war. Dann gewann das Flüstern wieder an Stärke. Selbst auf dem Parkplatz vor dem Massiv erspähte ich eine größere Gruppe Menschen, die sich vor dem Eingang drängte und augenscheinlich nach Akkanka wollte.

Zügig bog ich in die Ziegelstraße ein und von dort in die Tongasse. Die baufälligen Häuser der historisch wertvollen Gasse standen verlassen wie eh und je und zu meiner Erleichterung hatte sich in die Sackgasse niemand hineingewagt. Das war gut zu verstehen, denn das Erdbeben schien einigen der Häuser nicht gutgetan zu haben. Bei einem war das Dach eingestürzt und bei einem anderen stand eine Außenmauer gefährlich schief. Ich lief die enge Straße hinab, bis sie sich zu einem kleinen Platz aufspannte, in deren Mitte ein knotiger Lindenbaum stand, der ein dichtes Gewirr aus grünen Blättern trug und nicht annähernd so aussah, als ob der Herbst schon im Herannahen war.

Das Haus Nr. 13 schien dem Erdbeben getrotzt zu haben,

sein Zustand hatte sich glücklicherweise nicht verschlechtert. Vorsichtig drückte ich die Tür des ehemals ansehnlichen Gebäudes hinab und trat in das alte Haus.

„Da bist du ja endlich“, sagte Adam, der hinter der Tür schon ungeduldig auf mich gewartet haben musste. Ohne ein weiteres Wort zu verschwenden, nahm er meine Hand und zog mich in das obere Geschoss hinauf. Hinter einem zerschlissenen Wandteppich verbarg sich eine kunstvoll mit Herzen verzierte Tür, zu der Adam jetzt den ebenfalls mit einem verschlungenen Herzen verzierten Schlüssel hervorholte und die Tür aufschloss.

Ein helles Leuchten drang aus der Tür hervor und gemeinsam mit Adam schritt ich hinein.

Als mein Fuß in weichem Moos versank und mein Schritt ein feines Klingen auslöste, atmete ich wohlig ein. In der Luft lag das warme Glühen eines Spätsommertages und der schwere Duft von Rosen. Es war angenehm warm und ich fühlte mich sicher und geborgen.

„Flüchten wir vor etwas oder möchtest du einfach nur ein wenig Zeit mit mir verbringen, ohne dass uns jemand beobachtet?“, fragte ich lächelnd und lehnte mich an Adam.

Er küsste zart meine Stirn und nahm mich in den Arm. „Ich möchte immer Zeit mit dir verbringen, aber jetzt möchte ich auch in Ruhe mit dir reden“, sagte er und schlang beide Arme um mich, als ob er mich vor einer diffusen und schwer einzuschätzenden Gefahr bewahren wollte. „Hast du schon die Zeitung gelesen und kennst die neuesten Entwicklungen?“

„Ja“, sagte ich, und meine leichte Stimmung verflog und machte einem bitteren Ernst Platz. Ich löste mich aus Adams Umarmung, um den Ausdruck in seinem Gesicht besser lesen zu können. „Was sagt der Admiral zu der Angelegenheit?“

„Er ist nicht begeistert. Er trifft sich gerade mit einer Delegation des Zwergenkönigs und versucht herauszufinden, ob sie etwas mit dem Erdbeben zu tun haben oder nicht“, sagte Adam, während er meine Hand nahm und mich zu einer großen Blumenwiese zog, die eben noch nicht da gewesen war. Der Geheime Garten spürte unseren Wunsch nach Ruhe und Frieden. Das Klingen unserer Schritte verhallte leiser und von der Ferne drang nur das leise Murmeln eines Bächleins an meine Ohren. „Es ist schon möglich. Sie sind ein streitlustiges Volk. Das darf man nicht vergessen."

Mir wurde kalt. „Meinst du, die Zwerge wollen tatsächlich einen Krieg führen?"

„Ich würde es nicht ausschließen." Adam nickte und blieb inmitten des Blumenmeeres stehen, als ob er überlegte, wie er das Gespräch weiterführen konnte.

„Was ist noch passiert?", fragte ich.

Adam zögerte kurz. „Ladislav Ende hat beantragt, die Wahl vorzuziehen. Er hat einen Misstrauensantrag gegenüber dem Admiral gestellt."

„Wie bitte?", fragte ich und konnte die Empörung in meiner Stimme nicht verbergen. „Warum tut er das?"

„Er sorgt sich um die Sicherheit", sagte Adam tonlos. „Zumindest ist das die offizielle Erklärung."

„Aber der Admiral tut doch sein Bestes", sagte ich und konnte kaum glauben, wie ungerecht das alles war. „Er sollte für seinen Einsatz belohnt und nicht auch noch dafür bestraft werden."

„Ich weiß." Adam seufzte. „Die Kriegsgerüchte verunsichern die Magier, alle wünschen sich schnell wieder stabile Verhältnisse. Aber es ist schon seltsam, dass Ladislav Ende so plötzlich soziales Engagement zeigt."

„Du meinst, er benutzt den Vorfall für die Wahl?", fragte ich ungläubig.

„Na ja", sagte Adam. „Es kam mir schon seltsam vor, dass er sofort zur Stelle war und auf dem Marktplatz heißen Tee und Decken verteilt hat."

„Meinst du, er wusste von dem Erdbeben?", fragte ich düster.

„Ich habe keine Ahnung", sagte Adam eindringlich. „Aber

das ist nicht das, wofür wir uns eingesetzt haben."

„Nein", sagte ich. „Aber Herr Lilienstein ist vermutlich der Einzige, der tatsächlich etwas verändern würde, aber er hat keine Chance gegen die Senatoren."

„Ich weiß", erwiderte Adam. „Aber ich hatte da einen Gedanken und darüber möchte ich mit dir reden. Versprich mir, dass du nicht gleich nein sagst, sondern dass du in Ruhe darüber nachdenkst."

„In Ordnung", sagte ich gedehnt und fragte mich, was Adam sich ausgedacht hatte.

„Wir müssen die Suche nach den Insignien der Macht schnell fortsetzen", sagte er entschlossen.

„Das werden wir", erwiderte ich. „Aber was hat das mit den Wahlen zu tun?"

„Viel", sagte Adam. „Mir ist der Gedanke gekommen, dass wir die Insignien der Macht nicht zerstören sollten. Wir könnten sie benutzen, um schneller unser Ziel zu erreichen."

„Adam", sagte ich heiser. Meinte er das ernst? Ich betrachtete den entschiedenen Ausdruck auf seinem Gesicht. Seine Augen blitzten dunkel und seine fest aufeinandergepressten Lippen zeigten mir deutlich seine Entschlossenheit. „Die Akasha-Chronik hat ganz klar gesagt, dass wir die Insignien der Macht zerstören müssen, um die Macht der Patrizier zu brechen."

„Das können wir ja tun, sobald wir eine Änderung in die Wege geleitet haben, aber ist es nicht absolut dumm, diese machtvollen Gegenstände zu zerstören, anstatt sie zu benutzen, um unsere Ziele viel eher zu erreichen?" Er sah mich an, als ob ich die Antwort auf diese Frage längst kennen sollte. „Stell dir vor, du könntest Herrn Lilienstein jetzt den Gral der Patrizier geben, dann würde er garantiert, auf welchem geheimnisvollen Weg auch immer, die Wahl gewinnen."

„Das stimmt", erwiderte ich gedehnt. „Aber du weißt nicht, was der Gral der Patrizier mit ihm gemacht hätte. Vielleicht hätte er ihn verändert und er wäre hungrig nach Macht geworden, so wie es die Arpadis waren.“

„Er hätte ihn ja nur so lange behalten müssen, um in diese Position zu kommen, und dann wäre immer noch genug Zeit gewesen, den Gral zu zerstören.“

„Ich weiß nicht“, sagte ich unentschlossen.

„Denk zumindest darüber nach, ob uns die nächste Insignie, die wir aufstöbern, etwas nutzen könnte, bevor wir sie zerstören.“ Adam sah mich ernst an, während um uns ein träger, warmer Wind zu wehen begann. „Einverstanden?“

„Das steht ohnehin erst zur Debatte, wenn wir ein Stück weiter sind“, erwiderte ich ausweichend und sah Adam nachdenklich an.

„Das war keine Antwort“, sagte er eindringlich.

„Es gibt auch keine einfache Antwort auf diese Frage. Alle Insignien sind wertvolle Gegenstände, die nützlich sein können. Aber in ihrer Summe sorgen sie dafür, dass die Patrizier an der Macht bleiben. Selbst jetzt, nachdem so viel offengelegt ist, passiert es schon wieder, dass ein Patrizier nach oben gelangen wird, der vermutlich nichts ändern wird.“ Ich strich Adam eine widerspenstige Strähne seines Haares aus der Stirn.

„Ich weiß“, erwiderte er seufzend. „Es gibt noch etwas, worüber ich mit dir reden wollte. Der Gedanke spukt mir schon eine Weile durch den Kopf.“

Ich sah Adam tief in die Augen und versuchte seinen Gedanken zu erahnen.

„Meinst du vielleicht, dass du und ich, nun ja, dass wir vielleicht ein magisches Paar sein könnten?“, sagte ich.

Er lächelte. „Der Gedanke ist mir auch schon gekommen, allerdings können wir das erst herausfinden, wenn wir das Ritual durchführen, und dazu bräuchten wir einen Geistläufer, der uns hilft.“ Ich runzelte nachdenklich die Stirn.

„Deine Großmutter würde sich bestimmt dazu bereit erklären oder du könntest es selbst tun, sobald du in der Lage dazu wärst“, schlug Adam vor. „Es würde unsere Chancen zumindest erheblich verbessern.“

„Das würde es", erwiderte ich. „Ehrlich gesagt, würde ich es auch gern selbst ausprobieren."

„Vielleicht ist auch dein Bruder oder deine Schwester dein magischer Partner und wir wissen es nur nicht", sagte Adam plötzlich, und ich zuckte zusammen.

„Wie kommst du darauf?", sagte ich zögernd.

„Ich komme darauf, weil deine anfängliche Euphorie bei der Suche nach deinen Geschwistern sehr nachgelassen hat", sagte Adam, und ich fühlte mich durchschaut.

„Nun ja", sagte ich gedehnt und wusste genau, dass ich ihm jetzt nicht ausweichen konnte. „Ich bin mir mittlerweile nicht mehr so sicher, ob es gut ist, sie in all das hineinzuziehen, jetzt, wo Baltasar weg ist und selbst er nicht einmal den Hauch einer Ahnung hatte, wo sie sein könnten. Vielleicht leben sie friedlich als nichtmagische Personen irgendwo in einem kleinen Ort und sind glücklich."

„Ich weiß, es ist schon zwei Jahre her, Selma", sagte Adam eindringlich und mit einem leichten Lächeln auf den Lippen. „Aber ich erinnere mich noch gut an eine sehr ungeduldige, sehr unbedarfte und abenteuerlustige Achtzehnjährige, die sehr, sehr wütend darüber war, dass sie niemand darüber informiert hat, dass in ihr magische Kräfte schlummern und sie Teil einer ganzen Welt ist. Meinst du nicht, dass es Lydia und Leandro ähnlich gehen könnte?"

Ich sah Adam lange an, während die verschiedensten Gefühle in mir tobten. Ich liebte meine Geschwister, obwohl ich sie nicht einmal kannte, und ich wollte sie vor all dem hier beschützen.

„Willst du ihnen wirklich ihre Familie vorenthalten?", fuhr Adam mit einem eindringlichen Ton in der Stimme fort. „Ihre Großmutter, ihre Schwester, den Heldenmut ihrer Eltern, und sollen sie stattdessen ein Leben ohne ihre eigene Geschichte führen?"

„Natürlich nicht", sagte ich nachdenklich. „Nur im Moment ist die Lage kritisch."

„Du klingst wie deine Großmutter damals“, sagte Adam mit einem Lächeln auf den Lippen. Er wusste genau, wie er mich umstimmen konnte.

„Das ist nicht wahr“, erwiderte ich dennoch.

„Vielleicht entpuppen sich deine Geschwister auch als wertvolle Verstärkung in unserem kleinen rebellischen Team und du weißt, wir können Hilfe gut gebrauchen.“

„Ja“, sagte ich einsilbig.

„Was bedeutet dieses Ja?“ Adam nahm meine Hand.

„Es bedeutet, dass ich dir recht gebe, aber ich möchte einfach nicht schuld daran sein, dass ihnen ein Unheil geschieht.“ Ich spürte, wie meine Stimme brach.

„Selma“, sagte Adam weich und nahm auf einem Stein Platz, der soeben erschienen war. Dann zog er mich auf seinen Schoß und legte den Arm um mich. „Sie sind erwachsen und du solltest ihnen zumindest die Entscheidung selbst überlassen, ob sie all das möchten oder nicht.“

„Mmh“, sagte ich zögernd und roch den Duft von Flieder und Pfingstrosen in der Luft. Der Geheime Garten wollte mich sanft stimmen und es funktionierte. „Ich werde die Augen offen halten“, sagte ich.

„Mehr wollte ich nicht“, sagte Adam.

„Gibt es noch mehr, was du mit mir besprechen wolltest?“, fragte ich leise und lehnte meine Wange an seine.

„Ich glaube, wir haben jetzt genug geredet“, meinte Adam seufzend. „Dieses Erdbeben hat uns den gestrigen Abend gänzlich verdorben und dabei sahst du so atemberaubend schön aus.“

„Du wolltest gern mit mir tanzen“, sagte ich, und plötzlich erklang aus dem Nirgendwo eine leise Melodie.

Adam lachte und das Lachen fuhr mir unter die Haut, lockte die Schmetterlinge in meinen Bauch und ließ mich alle Sorgen vergessen. Er zog mich auf die Beine und wiegte sich langsam im Takt der Melodie mit mir.

„Ich wünsche mir, dass wir ein magisches Paar sind“, sagte

ich.

„Ich weiß", erwiderte Adam. „Es wäre perfekt, obwohl sich mit dir ohnehin schon alles perfekt anfühlt."

Ich nickte gerührt und lehnte mich an Adams Brust, während die Musik uns immer weiter und weiter trug.

Am nächsten Morgen brachen wir zeitig auf. Die kleine Auszeit im Geheimen Garten kam mir vor wie eine verbotene Frucht, sie war süß und verboten, denn eigentlich gab es genug Chaos um uns herum, um das wir uns eigentlich kümmern müssten. Ein zarter Streifen Dämmerung lag über den Dächern, als wir nacheinander das alte Haus in der Tongasse verließen. Ich ging zu Fuß, während Adam in die Luft gestiegen war, um noch pünktlich zur nächsten Krisensitzung der Schwarzen Garde zu erscheinen.

Seufzend bog ich in die Ziegelstraße ein und blieb sofort erschrocken stehen. Es dauerte eine Sekunde, bis ich das Bild begriffen hatte. Eine Gruppe von fünf Baggern und Tiefladern bog gerade von der anderen Seite in die Ziegelstraße ein und verursachte einen Höllenlärm. Ich presste mich an eine Hauswand, als sie näher kamen, damit mich keines der schweren Fahrzeuge erwischen konnte. Doch als das erste Fahrzeug der Kolonne den Blinker setzte und in die Tongasse einbiegen wollte, schrie ich empört auf.

„Was machen Sie denn da?", rief ich, obwohl es doch ganz offensichtlich war, dass die Bauarbeiter gekommen waren, um die baufälligen Häuser in der Tongasse abzureißen. Die Fahrzeuge setzten ihre Fahrt unbeirrt fort. Natürlich hörten mich die Männer in dem Höllenlärm nicht. Kurzentschlossen stürmte ich los und stellte mich dem ersten Bagger in die Quere. Der Geheime Garten durfte nicht zerstört werden, das war der einzige Gedanke, der in meinem Kopf noch zu existieren schien.

Als ich mitten auf der Straße stand und der Bagger auf mich zuhielt, wurde mir doch mulmig zumute und ich bereitete mich gedanklich darauf vor, notfalls davonzufliegen. Der Baggerfahrer starrte mich feindselig an und schien hinter seiner Frontscheibe etliche wilde Beschimpfungen auszustoßen. Doch die Scheibe war dick und der Krach zu stark, als dass ich hören konnte, als was er mich bezeichnete.

Schließlich verebbte das Brummen der Maschinen und der Bagger hielt kurz vor mir an.

„Mach dich aus dem Weg!“, schrie der Baggerfahrer, schon während er ausstieg und mit einem gefährlichen Grunzen auf mich zukam.

Vor zwei Jahren hätte ich schreiend die Flucht ergriffen, doch mittlerweile beeindruckte mich das nicht mehr. Noch während er auf mich zulief, sah ich ihm unverwandt in die Augen. Ich spürte eine kleine Barriere, aber sie war schwach. Ich hatte keinen Magier vor mir, sondern einen ganz normalen Menschen.

„Was machen Sie hier?“, fragte ich höflich und ohne den Blickkontakt zu unterbrechen, und schon konnte ich seinen Gedanken folgen. Er war wütend, weil ihm sein Chef kurzfristig diese Sache mit der Tongasse aufgebrummt hatte, und das auch noch am Montagmorgen. Ich versuchte den Zorn aus seinen Gedanken zu vertreiben, wischte ihn weg wie eine dunkle Wolke.

„Wir reißen ein, was nicht mehr zu retten ist“, brummte er etwas ruhiger. „Und dann wird alles neu aufgebaut. Irgendjemand hat richtig Geld in die Hand genommen.“

„Wissen Sie, wer der Auftraggeber ist?“, fragte ich und wartete, ob ein Name aus seinem Gedächtnis aufstieg.

„Nein, und das ist mir auch egal, und jetzt mach dich besser aus dem Weg. Ich will anfangen, der Tag wird ohnehin lang. In sechs Wochen soll alles fertig sein und das wird eh schon ein Ding der Unmöglichkeit.“ Er log mich nicht an und er trug auch keine Schuld an der Sache. Ich verankerte den Gedanken in seinem Kopf, dass die Tongasse Nr. 13 nicht in seinen Aufgabenbereich fiel und er das Gebäude ignorieren sollte. Das würde das Gebäude langfristig nicht retten, aber zumindest heute würde es mir etwas Vorsprung verschaffen.

„In Ordnung“, sagte ich und trat beiseite. Dann informierte ich Adam über das, was gerade passiert war.

„Wir können doch die Tongasse Nr. 13 nicht aufgeben“, schloss ich meine Erzählung, während ich die Ziegelstraße entlanglief.

„Auf keinen Fall“, entgegnete Adam, und ich spürte den unterdrückten Zorn in seiner Stimme. Er schätzte den Geheimen Garten über alle Maßen, und das nicht nur, weil er hier ungestört mit Torin und mir trainieren konnte, sondern auch, weil ich genau wusste, dass es Adam ungemein beruhigte, dass es den Geheimen Garten überhaupt gab und wir ein Versteck in unserer Nähe hatte, das uns eine Flucht zu jeder Zeit möglich machte.

„Ich werde mich sofort mit Miro in Verbindung setzen. Er ist schließlich der Eigentümer des Hauses und so etwas darf nicht über seinen Kopf hinweg entschieden werden. Ich melde mich, sobald ich Neuigkeiten habe.“

Ich nickte und machte ich mich im Eilschritt auf den Weg nach Hause. Der „Schönefelder Kurier“ wusste sicher über diese Angelegenheit Bescheid, und wenn nicht er, dann meine Großmutter, schließlich war sie im Stadtrat, und ich konnte mich noch gut an die seit Jahren anhaltende Diskussion darüber erinnern, dass dieses historische Kleinod von Schönefelde unbedingt vor dem Verfall gerettet werden musste. Doch warum jetzt und das so plötzlich? Normalerweise gab es wochen- oder gar monatelange Debatten im Voraus, wenn über solch wichtige Projekte entschieden werden sollte. Das Stadtbild spielte eine Rolle, Baugenehmigungen mussten eingeholt werden und auch der Denkmalschutz hatte hier einiges mitzureden. Es kam mir absolut unmöglich vor, dass das alles innerhalb einer Nacht erledigt worden sein sollte.

Moment mal! Ich verlangsamte meinen Schritt und blieb schließlich genau vor der Buchhandlung von Herrn Lilienstein stehen und starte mit leerem Blick das Kopfsteinpflaster an.

Ich war versucht, mir mit der Hand gegen die Stirn zu schlagen, als mir nur eine Person einfiel, die dieses Projekt so plötzlich in die Hand genommen haben konnte, und das war Ladislav Ende. Natürlich, er half uneigennützig den Opfern der Katastrophe und spendete dann eine nicht unerhebliche Menge für den Wiederaufbau, ganz zu schweigen von seinem löblichen Einsatz für die alte Bausubstanz von Schönefelde.

„Selma", rief jemand und unterbrach mein unheilvolles Grübeln. Ich fuhr herum und sah Herrn Lilienstein in der geöffneten Ladentür stehen. „Geht es dir gut?"

„Nein", sagte ich ehrlich und schüttelte den Kopf.

„Komm rein!", sagte Herr Lilienstein besorgt. „Ich koche uns einen Kaffee."

„Ja", sagte ich zögernd. „Das ist eine gute Idee." Ich rang mit mir, während ich die Stufen hinaufstieg. Ladislav Endes Drang, den ersten Platz in der Vereinten Magischen Union einzunehmen, war mir unheimlich.

Herr Lilienstein schloss hinter mir die Buchhandlung wieder ab und ich folgte ihm schweigend in das Obergeschoss, wo ich an dem großen Tisch Platz nahm. Während Herr Lilienstein in einem kleinen Nebenraum zugange war, um Kaffee zu kochen, ließ ich meinen Blick über den Tisch gleiten. Dort hatte Herr Lilienstein seine Arbeitsunterlagen wieder großzügig und in einem völligen Durcheinander ausgebreitet und schien schon seit einer Weile in die Arbeit vertieft gewesen zu sein. Zwischen all dem Durcheinander sah ich die heutige Ausgabe des „Korona Chronikle" liegen. Ich griff danach und überflog die heutigen Schlagzeilen:

Ladislav Ende liefert phänomenalen Wahlkampfauftakt

Darüber war ein Bild von ihm, wie der schlanke, grauhaarige Senator in einem schwarzen Anzug umringt von seinen Anhängern auf dem Marktplatz von Akkanka stand und über ihm ein brennender Schriftzug leuchtete, der den neuen Primus ankündigte. Ganz schwach im Hintergrund erkannte ich Lorenz mit gehetztem Blick.

Die nächste Schlagzeile auf der ersten Seite drehte sich auch um Ladislav Ende:

Angehender Primus im 24-Stunden-Einsatz bei der Evakuierung der Erdbebenopfer

Der „Korona Chronikle“ schien den Ausgang der Wahl schon vorherzuahnen, stellte ich an dieser Stelle seufzend fest. Unter dem Artikel, der den heldenhaften Einsatz von Ladislav Ende lobte, war er auf dem Marktplatz von Schönefelde zu sehen, wo er, bürgernah in Jeans und Sweater, staubbedeckten Passanten Decken reichte.

„Haben Sie schon von dem Erdbeben gehört?“, fragte ich, als Herr Lilienstein zwei Tassen an den Tisch balancierte und mir gegenüber Platz nahm. Ich hielt den „Korona Chronikle“ hoch.

„Und ob“, sagte er düster. „Aber ich bin mir nicht sicher, was ich davon halten soll. Die Zwerge sind streitlustig und es wäre nicht auszuschließen, dass sie irgendetwas erzürnt hat. Es wäre nicht das erste Mal, dass sie die Erde beben lassen. Aber dass Ladislav Ende sich zu so einer Äußerung hinreißen lässt, ohne stichhaltige Beweise, das geht gar nicht.“

„Genau“, sagte ich, froh, dass Herr Lilienstein meinen Eindruck teilte.

„Ich rechne es ihm hoch an, dass er so einen Einsatz gezeigt hat.“ Herr Lilienstein zeigte auf das Bild des barmherzigen Herrn Ende.

„Warten Sie mal ab“, sagte ich. „Ich glaube, ich kenne schon die Schlagzeile für morgen.“

„Tatsächlich?“

„Ich war gerade in der Tongasse und dort ist soeben ein großer Trupp Bauarbeiter angerückt, der die Gebäude sanieren wird. Ich bin mir ziemlich sicher, dass Ladislav Ende bald neuen Wohnraum für die Erdbebenopfer schaffen wird, und warum nicht die Straße in Schönefelde sanieren, die schon seit Jahren gerettet werden soll?“

„Die Tongasse?“, fragte Herr Lilienstein und seufzte. „Natürlich, ein historisches Kleinod aus dem Jahr 1750. Bürgermeister Helmut Neufried kämpft schon seit Jahren darum, dass die Gasse saniert wird."

„Ich weiß", sagte ich kraftlos und warf Herrn Lilienstein einen vorsichtigen Blick zu.

„Du musst es nicht extra sagen", seufzte er schließlich. „Ich habe keine Chancen gegen Ladislav Ende. Der ‚Korona Chronikle' liebt ihn, er hat genug Geld, um all das zu finanzieren. Was soll der nette Buchhändler aus Schönefelde da schon ausrichten?"

„Waren Sie bei Konstantin Kronworth?", fragte ich.

„Ja, und es war eine Katastrophe", sagte Herr Lilienstein, und ich hörte deutlich die Enttäuschung in seiner Stimme.

„Warum denn das?", fragte ich erschrocken.

„Konstantin hat die Sache mit dem Publikationsverbot noch nicht überwunden. Er ist eine sensible Person, und nachdem der Kampf vorerst gewonnen und die erste Euphorie verflogen war, ist er sozusagen in ein schwarzes Loch gefallen. Er sitzt tagaus, tagein in der Villa del Mare, schaut aufs Meer und schreibt die depressivsten Gedichte, die ich je gelesen habe. Das ist seine neue Veröffentlichung." Er kramte in den Unterlagen auf seinem Tisch und reichte mir einen schmalen Gedichtband mit dem Titel „Endzeit".

Ich schlug ihn auf und überflog das erste Gedicht mit dem Titel „Reigen der Finsternis".

„Oje", sagte ich, als ich die düsteren Zeilen gelesen hatte. „Er hat Todessehnsucht."

„Genau in dieser Stimmung befindet er sich und er ist noch nicht bereit, aufzutauchen und sich wieder aktiv am Leben in der Öffentlichkeit zu beteiligen. Ich hoffe, dass er halbwegs Erfolg mit den Gedichten haben wird und dass ihn die Liebe seiner Fans wieder zum Leben erweckt. Es wäre vielleicht nicht schlecht, wenn Lorenz Silver mal bei ihm vorbeischaut und ihm ein paar tröstende Worte zuspricht."

„Ich werde es Lorenz sagen, das macht er sicher gern", entgegnete ich.

„Jedenfalls kann ich nicht auf Konstantin zählen, und da meine Wahlkampfkasse nicht wirklich gut gefüllt ist, werde ich meine Kandidatur wieder zurückziehen."

„Das müssen Sie nicht", sagte ich. „Vielleicht haben Sie doch eine Chance, wenn auch nur eine kleine."

„Meinst du?", fragte Herr Lilienstein lächelnd.

„Ich bin mir sicher", erwiderte ich. „Es reicht doch schon, dass die Wähler wissen, dass es auch Alternativen gibt. Damit haben Sie zumindest schon ein Zeichen gesetzt."

„Stimmt auch wieder", lächelte Herr Lilienstein.

„Erinnern Sie sich noch an die Liste, um die ich Sie gebeten hatte?", sagte ich zögernd.

„Die Liste aus dem internen Katalog, natürlich." Er kramte in einem Stapel Papiere und zog fünf eng beschriebene Blätter hervor. „Hier, ich habe sie fertig geschrieben, während ich in Italien war und darauf gewartet habe, dass Konstantin Kronworth aus seiner Depression auftaucht. Das Märchenbuch gebe ich dir auch zurück. Wie gesagt, magische Rätsel sind darin nicht verborgen."

Ich nahm die Liste und legte das Märchenbuch vor mich hin, das Herr Lilienstein aus einem Stapel auf der anderen Seite des Tisches zog.

„Also, sicher haben Sie sich schon gefragt, warum ich diese Liste unbedingt haben wollte." Ich ließ meinen Blick schnell darübergleiten.

„Ja, das habe ich allerdings", sagte Herr Lilienstein und nippte an seinem Kaffee, während er mir einen erwartungsvollen Blick zuwarf.

„Ich bin schon seit einer Weile auf der Suche nach magischen Gegenständen", erwiderte ich und sah Herr Lilienstein durchdringend an. Er beugte sich zu mir und wartete gespannt darauf, dass ich weitersprach.

Ich holte tief Luft, und dann begann ich zu erzählen, von meiner Begegnung mit Baltasar, meinen Gesprächen mit Eleonora Donna und Parelsus und meinem Besuch bei der Akasha-

Chronik. Ich fuhr mit den Ereignissen aus dem vergangenen Jahr fort, der Suche nach dem Gral der Patrizier und der Macht, die er besaß. Als ich an der Stelle angekommen war, an der ich den Gral dem Schneegnom übergeben hatte, der ihn mit sich nahm, zuckte Herr Lilienstein ganz gefesselt zusammen und murmelte immer wieder: „Unfassbar".

„Und deswegen suche ich jetzt weitere Insignien der Macht", schloss ich meine Geschichte und zeigte auf die Liste, die jetzt vor mir lag. „Und da Sie viel mehr über diese Dinge wissen als ich, dachte ich, Sie könnten uns dabei unterstützen. Die Chancen, die Insignien der Macht zu finden, stehen im Moment besser als die Chance, die Wahl zum Primus zu gewinnen."

Herr Lilienstein sagte nichts, als ich geendet hatte und ihn erwartungsvoll ansah. Er stand auf und ging zum Fenster, wo der Sonnenaufgang den Himmel mittlerweile purpur färbte.

„Ich habe so etwas immer vermutet", sagte er. „Aber mir hat das verbindende Element gefehlt." Er drehte sich um und sah mich an. „Die Insignien der Macht, natürlich."

„Wissen Sie doch davon?", fragte ich.

„Nein", sagte Herr Lilienstein. Dann kam er zügig zum Tisch zurück. „Du hättest mir schon eher davon erzählen sollen", sagte er. „Dann hätte ich dir besser helfen können. Die Arpadis sind tot." Er schüttelte den Kopf, als ob er es kaum glauben konnte. „Und Helander Baltasar strebt die große Weltherrschaft an. Das ist skandalös, als ob es nicht ausreicht, dass er die vielen Mädchen entführt hat."

„Ich weiß, das klingt ziemlich verrückt, aber es ist leider wahr. Wir sind auf der Suche und wir sind den Insignien schon ziemlich nah." Ich zeigte auf die Liste und beschönigte die Tatsachen ein wenig. Auf dieser Liste standen mindestens hundert Antiquitäten, und welche drei davon die verbliebenen Insignien der Macht waren, musste ich erst einmal herausfinden. „Als die Monarchie abgeschafft wurde, kamen die Insignien der Macht in Bewegung. Sie wurden dem Senatorenhaus übergeben, und nachdem Thomas Arpadi versucht hatte, sie zu stehlen, wurden sie wieder an die Königsfamilien zurückgegeben. In dieser Zeit müssen sie irgendwo auf diesen Listen aufgetaucht sein, allerdings weiß ich nicht, ob die Akasha-Chronik auch so benannt wurde. Das macht die Sache natürlich noch viel komplizierter. Das muss gewesen sein, als Sie etwa zwanzig Jahre alt waren. Ich wollte Sie bitten, mir mehr aus dieser Zeit zu erzählen. Sie kannten doch Baltasars Eltern. Vielleicht finden wir dort noch einen nützlichen Hinweis, der uns weiterhelfen kann."

„Natürlich kannte ich Alke Baltasar", sagte Herr Lilienstein. „Aber nicht nur das, wir waren auch durchaus befreundet."

„Wirklich?", fragte ich erstaunt. „Ich weiß nicht viel über diese Zeit und meine Großmutter erzählt nicht gern davon und allzu oft möchte ich sie auch nicht drängen, in die Vergangenheit zurückzukehren. Es war eine sehr schwere Zeit für sie."

„Verständlich", seufzte er. „Also gut, ich erzähle dir, woran ich mich erinnere." Er fuhr sich durch das Haar, als ob er einen Punkt suchte, an dem er anfangen konnte. „Als ich zwanzig Jahre alt war, hatte ich gerade das dritte Jahr in Tennenbode begonnen. Es war genau das Jahr, als nach langer Krankheit Bernadette von Neckelsheim starb. Sie war eine gütige und weise Königin und hatte unser Land lange regiert, aber sie hatte ein brisantes Erbe hinterlassen. Nach ihrem Tod sollte nicht automatisch die nächste Königin gekrönt werden, sondern es sollten die ersten Wahlen veranstaltet werden. Bernadette von Neckelsheim wusste, dass es der richtige Weg war, die Monarchie hinter sich zu lassen. Die Schere zwischen der Welt der magischen und der nichtmagischen Bürger war schon zu weit geöffnet. Da gesetzlich vorgesehen war, dass alle Magier in einer nichtmagischen Umgebung aufwachsen und eine ganz normale Schulausbildung erhalten sollten, war ihr klar, dass der Wechsel in eine Monarchie zu schwer werden würde, und deswegen plante sie, die beiden Gesellschaften aneinander anzugleichen."

„Sie war wirklich weitsichtig“, sagte ich. „Es wäre nur gut gewesen, wenn sie noch ein wenig weiter gedacht hätte.“

„Ja“, sagte Herr Lilienstein. „Da war sie vermutlich ein wenig zu optimistisch und ging davon aus, dass die einmal eingeschlagene Richtung auf jeden Fall weiterverfolgt werden würde und auch die Trennung in Plebejer und Patrizier irgendwann abgeschafft wird. Diese Aufbruchstimmung damals war wirklich ansteckend. Man hatte das Gefühl, man war Teil einer großen und wichtigen Veränderung und dass alles immer nur besser werden könnte.“

„Nicht alle wollten eine Veränderung“, gab ich zu bedenken. „Die Baltasars und die Arpadis waren dagegen.“

„Richtig, aber das hat die Öffentlichkeit nie erfahren. Aber in Tennenbode hatte ich ja Kontakt zu einer Vertreterin der Königsblutlinien. Alke Baltasar war ja immer hofiert worden und nun gehörte sie plötzlich zur breiten Masse der Patrizier. Das gefiel ihr überhaupt nicht. Eine Weile hat sie sich wirklich seltsam benommen.“

„Wie denn?“, fragte ich gespannt.

„Sie wollte nicht recht glauben, dass es wirklich ernst gemeint war mit der Demokratie. Als die Wahl stattfand, hat sie diese auch eher wie eine vorübergehende Episode betrachtet. Wir waren im selben Jahrgang und ihre Ignoranz gegenüber der Wirklichkeit war beängstigend. Sie studierte weiter, bereitete sich aber dennoch auf die Amtsgeschäfte vor, wie es bei Vertretern der Königsblutlinien üblich gewesen war. Sie wurde zunehmend zum Gespött ihrer Kommilitonen, aber sie ließ auch nicht mit sich reden. Es dauerte eine ganze Weile, bis sie sich endlich mit der Situation abfand, aber befreundet waren wir dann schon lange nicht mehr.“

„Sie waren wirklich mit Alke Baltasar befreundet?“

„Es war keine feste und innige Freundschaft“, wiegelte Herr Lilienstein sofort ab. „Wir haben uns keine Herzensgeheimnisse verraten, aber wir waren damals ein loser Freundeskreis und haben viel miteinander unternommen.“

„Wer gehörte denn noch zu Ihrem losen Freundeskreis?“, fragte ich neugierig.

„Deine Großmutter und Edgar natürlich, die beiden waren das absolute Traumpaar unseres Jahrgangs.“

„Wirklich?“, fragte ich leise, und sofort stand mir der Verlust meiner Großmutter bitter vor Augen.

„Ja“, sagte Herr Lilienstein. „Außerdem gehörte Thomas Arpadi noch dazu, doch nachdem mir seine Rolle in dem Ganzen klar geworden ist, bedauere ich zutiefst, dass ich jemals Kontakt zu ihm hatte.“

„Er hat alle getäuscht“, sagte ich. „Selbst mein Großvater hat ihm bis zum Schluss vertraut, und das war sein Verhängnis.“

„Ja, natürlich. Das wirft einen dunklen Schatten auf eine Zeit, die ich als sehr unbeschwert in Erinnerung habe. Parelsus gehörte ebenso zu unserer kleinen Gruppe. Er war der beste Drabellum-Spieler, den ich kenne.“

„Parelsus und meine Großmutter waren einmal befreundet?“

„Das waren sie“, erwiderte Herr Lilienstein nickend. „Und wir haben unsere Zeit und unsere Privilegien wirklich genossen. Wir haben Bälle besucht und Teegesellschaften abgehalten. Es war eine schöne Zeit.“

„Das glaube ich“, erwiderte ich, als ich sah, wie versonnen Herr Lilienstein in diese längst vergangene Zeit abgetaucht war. „Moment mal“, sagte ich plötzlich. „Sie waren mit Parelsus befreundet und haben gemeinsam Bälle besucht?“

„Ja“, sagte Herr Lilienstein und sah mich fragend an.

„Aber Parelsus ist Plebejer und der Besuch der Bälle war schon immer nur der Oberschicht vorbehalten.“

„Ach, das meinst du“, sagte Herr Lilienstein. „Parelsus war tatsächlich Patrizier, zumindest während der Zeit unseres Studiums. Was passiert ist, weiß ich leider bis heute nicht, und du kannst dir vorstellen, dass Parelsus auch nicht darüber spricht, warum ihm der Status aberkannt wurde. Nach unserem Abschluss heiratete Georgette deinen Großvater Edgar und nahm eine Stelle im Haus der Druiden an."

„Das Haus der Druiden?", fragte ich erstaunt, denn der Begriff war mir neu.

„Ja, die Druiden waren immer die Ratgeber der Königinnen gewesen und hatten ein eigenes Haus in Akkanka. Man ging ganz selbstverständlich davon aus, dass auch der Primus sie zu Rate ziehen würde. Doch das war ein Irrtum, der Primus beratschlagte sich mit den Senatoren und die Druiden zogen sich nach einigen Jahren immer weiter aus Akkanka zurück."

„Und was geschah mit Alke Baltasar?", fragte ich.

„Wir verloren uns eine Weile aus den Augen." Herr Lilienstein schien zu überlegen, wo er die Geschichte fortsetzen konnte. „Ich weiß gar nicht, was genau sie in der Zeit getan hat. Aber damals haben mich auch andere Dinge beschäftigt. Nicht lange nachdem die Demokratie eingeführt worden war, gab es einen Angriff auf den amtierenden Primus Karl Zander und seine zehn Senatoren. Ich erinnere mich noch gut daran, dass die Schwarze Garde unter Hochdruck ermittelt hat."

„Und wer war der Täter?", fragte ich gespannt.

„Das kann ich dir gar nicht genau sagen, denn plötzlich, von einem Tag auf den anderen, hat niemand mehr über die Angelegenheit gesprochen."

„Dann hatte es vermutlich etwas mit Thomas Arpadi und seinem Versuch, die Insignien der Macht zu stehlen, zu tun", sagte ich. „Karl Zander konnte für die Sicherheit der Insignien der Macht nicht mehr garantieren und hat sie wieder zurück in die Obhut der Familien gegeben, die sie bis dahin über viele Jahrhunderte sicher verwahrt hatten. Sicherlich steckt Thomas Arpadi auch hinter dem Angriff und das hat man der Öffentlichkeit verheimlicht."

„Vermutlich." Herr Lilienstein nickte bedächtig. „Jedenfalls hat Alke Baltasar einige Zeit später geheiratet und Kinder bekommen. Es war ruhig um sie geworden, sie hat sich ganz der Familie gewidmet, und seitdem habe ich auch nicht mehr mit ihr gesprochen.“

„Verständlich“, sagte ich. „Danke, dass Sie mir davon erzählt haben.“

„Danke, dass du mir von den Insignien der Macht berichtet hast“, sagte Herr Lilienstein lächelnd. „Ein hochinteressantes Thema. Vielleicht sollte ich das hier noch einmal durcharbeiten.“ Er nahm die Liste, die ich noch in den Händen hielt, und betrachtete sie wie ein kompliziertes Rätsel. „Wäre doch gelacht, wenn wir das nicht rauskriegen.“

„Danke“, sagte ich und sah Herrn Lilienstein mit einem warmen Blick an. Ich wusste, dass ich mit ihm einen wichtigen Verbündeten gewonnen hatte, und Verbündete konnten wir im Moment wirklich gut gebrauchen.

Eigenes Heim

Die letzten Tage bis zum Beginn des Semesters vergingen schnell. Adam war unentwegt mit der Schwarzen Garde beschäftigt, die sich tatsächlich auf einen eventuellen Krieg mit den Zwergen vorzubereiten schien, und ich hatte Gregor König geholfen, die Drachenhöhlen wieder in Ordnung zu bringen, nachdem er die Reporter endgültig aus Akkanka verbannt hatte. Die kleine Cecilia wuchs mir jeden Tag mehr ans Herz. Inzwischen war sie schon recht mobil und tobte den ganzen Tag in ihrer kleinen Höhle herum. Sie hatte sogar schon das erste Mal ihre Flügel aufgespannt und war sehr zutraulich geworden. Doch nicht nur ich war verliebt, auch die gesamte Vereinte Magische Union hatte Cecilia zu ihrem neuen Maskottchen gekürt. Gregor König schickte jeden Tag neue Fotos an die Redaktion des „Korona Chronikle“, damit die Öffentlichkeit an ihrer Entwicklung teilhaben konnte.

Als ich den Burghof betrat und Tennenbode wiedersah, überkam mich ein leichtes Gefühl. Der Himmel spannte sich blau über uns auf, und obwohl noch die Dunkelheit der Nacht darin lag, wusste ich, dass dieser Tag Sonnenschein bringen würde.

„Und schon hat uns der Alltag wieder“, seufzte Liana und hob ihre beiden Koffer über die letzte Stufe.

„Du kannst dir gar nicht vorstellen, wie froh ich bin, dass ich wieder hier bin“, seufzte Lorenz müde.

„Es wird auch Zeit, dass du endlich mit dem Arbeiten aufhörst“, sagte Liana empört und hub an, zu wiederholen, dass Lorenz an seine Gesundheit denken sollte und er nicht jede Nacht durcharbeiten konnte, wenn er noch dreißig werden wollte.

„Ich weiß“, seufzte Lorenz immer wieder geduldig, während wir auf die Eingangstür zugingen. „Aber was sollte ich denn machen? Die Senatoren haben ja regelrecht angeordnet, dass ich die Partys ausrichten muss. Sie haben mich herumgereicht." Er hob die Hand mit einer theatralischen Geste gegen die Stirn und seufzte gequält. „Ich fühle mich benutzt, aber jetzt ist Schluss. Wenn mich wieder einer buchen will, werde ich Frau Professor Espendorm um Hilfe anflehen, und dann sollen sich die Herren Senatoren an ihr die Zähne ausbeißen."

„Du bist halt einfach gut", sagte ich. „Du hast eine Marktlücke gefunden. Was macht Etienne solange, bis du wieder Ferien hast?"

„Er will sich nach Büroräumen für unsere Agentur umsehen und ein paar kleine Aufträge allein machen. Er würde gern in Schönefelde bleiben und die Agentur hier aufbauen. Es gibt hier eine Menge Magier und die brauchen uns. Wenn es nicht so läuft, macht er etwas anderes. Er hat den Abschluss im fünften Element, im Prinzip kann er sich aussuchen, welchen Job er gerne haben möchte. Er hat Angebote aus dem Senatorenhaus und es gibt einige wissenschaftliche Institute, die bei ihm angefragt haben. Eine Berliner Werbeagentur hat auch Interesse angemeldet, die wollen jemanden, der einen Bereich für magische Werbung aufbaut, aber da ist er sicher überqualifiziert."

„Wow!", sagte ich. „Klingt, als ob es sich lohnt, den Abschluss im fünften Jahr zu machen."

„Das tut es", seufzte Liana. „Aber noch ein zusätzliches Jahr Vorlesungen und Seminare, Professoren und Stundenpläne. Ich glaube, da werde ich lieber Animateur auf den Ginning-Inseln. Mir reichen vier Jahre völlig aus und ich bin froh und glücklich, wenn ich meinen Abschluss habe."

„Du kannst ja deine Eignung zum Animateur schon zur Wahl testen, denn die wird tatsächlich vorgezogen, wegen der unsicheren politischen Situation", zitierte ich die heutige Schlagzeile des „Korona Chronikle".

„Aber nur um eine Woche", erwiderte Liana. „Das ist echt

ein Witz.“

„Es ist vor allem ein Witz, weil Adam gesagt hat, dass der Admiral und die Zwerge sich längst geeinigt haben, vorerst keinen Krieg zu führen“, erwiderte ich, während ich die Eingangstür öffnete. Ich sah kurz nach oben. Die Fassade von Tennenbode war unverändert. Die brutalen Schlachtenszenen hatten ihren Schrecken nicht verloren, und das, obwohl ich schon so oft daran vorbeigegangen war. Ich dachte daran, wie meine Großmutter schon vor den Szenen gestanden hatte, und fragte mich wieder einmal, wie sie es wohl geschafft hatte, das Buch von Mantao aufzustöbern. Vielleicht hatte sie einen Nachfahren von Erinn gefunden. Doch bei keiner unserer Übungsstunden hatte sie sich je wieder dazu geäußert. Vermutlich musste ich warten, bis sie bereit war, mir davon zu erzählen.

„Sag mal, Lorenz, hast du mal mit Konstantin Kronworth gesprochen?“, fragte ich, während wir in die große Eingangshalle traten.

„Nein, Süße“, stöhnte Lorenz gequält und schien sich eben gerade daran zu erinnern, dass ich ihn schon vor zwei Wochen um diesen Gefallen gebeten hatte. „Ich erledige das, sobald ich mal wenigstens fünf Stunden am Stück geschlafen habe. Habe ich schon gesagt, wie froh ich bin, dass ich wieder hier bin?“

„Ja“, seufzte Shirley. „Schon zehnmal, während wir die Treppe hinaufgestiegen sind, und mindestens genauso oft hast du erwähnt, wie sehr du dich auf dein eigenes Zimmer freust und darauf, dass du endlich nicht mehr auf der Couch schlafen musst, weil dein Rücken davon so wehtut.“

„Das tut er ja auch“, sagte Lorenz und hob eine Augenbraue.

„Mag ja sein“, entgegnete Shirley mit einem gereizten Unterton in der Stimme, der mich eiskalt an den Semesterstart im vergangenen Jahr erinnerte. „Aber du hast dich doch bei uns einquartiert, da beschwert man sich nicht. Wir sind doch kein Hotel.“

„Ich würde ja auch im Büro schlafen, wenn wir schon eins hätten, aber so schnell findet man hier in Schönefelde nichts Passendes", rechtfertigte sich Lorenz.

„Pah!", sagte Shirley empört.

„Kann es sein, dass du genauso erschöpft bist wie Lorenz?", fragte ich und betrachtete die Augenringe von Shirley, die sie wie einen verhungerten Vampir aussehen ließen.

„Möglich", knurrte sie. „Seitdem ich wieder in Schönefelde bin, habe ich Doppelschichten in der Schönefelder Stube geschoben. Kann sein, dass der Schlaf da etwas kurz gekommen ist, aber hey, wir sind jung, ich brauchte das Geld und schlafen kann ich, wenn ich tot bin." Mit diesen Worten bog Shirley nach rechts ab und steuerte auf die Treppen zu, die zum Wohnturm führten.

„Moment mal", rief eine helle Frauenstimme, und ich sah, wie aus dem Nichts Madame Villourie auf uns zueilte. Sie war eine kleine, rundliche Person, deren Haar im Licht der aufgehenden Sonne rot schimmerte. „Das Gepäck befördern wir ab sofort mit diesen Schwebetrolleys." Sie zeigte auf eine Schlange Trolleys, die unter der Treppe geparkt waren und sich meinem Blick bisher entzogen hatten. „Das Senatorenhaus hat die Schwebetrolleys großzügigerweise gestiftet und deshalb können Sie Ihr Gepäck jetzt ganz bequem befördern."

„Wie entgegenkommend." Ich sah kurz in Madam Villouries entschlossene Miene und überlegte kurz, ob es Sinn machte, mit ihr darüber zu diskutieren, dass wir schneller waren, wenn wir unsere zwei Koffer in die Hand nahmen und einfach zu Fuß nach oben liefen. Nein, entschied ich, vor ihr standen sogar die Professoren stramm, und das wollte etwas heißen.

Brav packten wir unsere Koffer auf die Trolleys und folgten den leise summenden Geräten die Treppe hinauf.

„Wahlwerbung in Tennenbode!", sagte ich, als ich bemerkte, dass die Wahlwerbemotive, die schon ständig in unseren Briefkasten flatterten und unablässig im „Korona Chronikle" abgedruckt wurden, sogar hier in Tennenbode ordentlich gerahmt an den Wänden im Treppenhaus hingen.

„Ich kann das Thema Wahl nicht mehr hören.“ Lorenz klang verzweifelt, während wir an Bildern von Ladislav Ende, Dominik Pfeiffer, Patrick Grützel und Cornell Lilienstein vorbeigingen. Die vier Kandidaten standen noch zur Wahl, zwei der Senatoren hatten im Laufe der vergangenen Woche ihre Kandidatur schon zurückgezogen, weil sie ihre Chancen vermutlich realistisch einschätzten und wussten, dass sie gegen einen Mann, der ganze Straßenzüge sanieren ließ, nicht ankamen. Sein heutiges Wahlversprechen war es, einen Teil der Verwaltung von Berlin wieder nach Schönefelde zurückzuverlegen, und damit hatte er die Herzen der Schönefelder Magier endgültig erobert.

„Nur noch drei Wochen“, sagte ich tröstend. „Dann ist es vorbei.“

„Genau“, sagte Liana entschlossen und trat in den Gemeinschaftsraum unseres Wohnturmes. Die bunten Sofas standen im Raum verteilt wie in einem netten Club und überall saßen und standen Studenten in lockeren Gruppen und unterhielten sich leise. Wir hatten noch eine halbe Stunde Zeit, bis uns Frau Professor Espendorm in der Eingangshalle erwarten würde, und ich hörte, wie Thomas Kekule und Flavius Gonden darüber spekulierten, was uns Frau Professor Espendorm für Neuigkeiten zu erzählen hatte, die sie nicht schon beim Frühstück hätte loswerden können. „Und dann erwarte ich, dass der Admiral sich wieder um wirklich wichtige Angelegenheiten kümmert und nicht nur um den Schutz der Herren Senatoren“, fuhr Liana fort.

„Soso“, sagte eine spöttische Stimme plötzlich von der Seite, und ich fuhr erschrocken herum. Ein dunkelhaariges Mädchen trat an uns heran, dessen eigentlich recht hübsche Züge durch eine unverhältnismäßig große Nase verunziert wurden.

„Skara“, sagte ich, ohne mir Mühe zu geben, den Hass in meiner Stimme zu unterdrücken. „Hat dich diesen Sommer nicht der Blitz erschlagen? Wirklich schade.“

„Keine Sorge“, sagte sie lächelnd. „Ich hatte keine Zeit für Spaziergänge, denn ich unterstütze meinen Vater beim Wahlkampf. Er war so nett und hat mir den Wunsch erfüllt, die Sanierung der Tongasse zu einem Wahlkampfprojekt zu machen.“ Sie sah mich gespannt an. „Nicht billig, aber damit gewinnt mein Vater die Wahl garantiert, und gleichzeitig, und das ist viel wichtiger als die Wahl, habe ich quasi euer Liebesversteck ausgeräuchert. Nicht mehr lange, und euer kleiner Freund wird einknicken. Mein Vater wird ihm schon noch ordentlich Druck machen. Er konnte mir noch nie einen Wunsch abschlagen.“

Fassungslos starrte ich Skara an und holte tief Luft, um nicht in Versuchung zu geraten, ihr einen Feuerball entgegenzuwerfen, um dem ein für allemal ein Ende zu bereiten. Man sah ihr die Freude über die gelungene Überraschung an, während mir vermutlich der Zorn ins Gesicht geschrieben stand.

Sie steckte also dahinter. Warum war mir nicht gleich der Gedanke gekommen. Sie hatte nicht vergessen, dass sie mich mit dem Wissen um die Tongasse Nr. 13 erpressen konnte, und der Grund dafür war ihr nur allzu klar, auch wenn sie nach wie vor keine Beweise zu haben schien. Vielleicht hoffte sie darauf, dass es reichen würde, wenn die Bauarbeiter das Gebäude einfach dem Erdboden gleichmachten.

Nein, sagte ich mir ganz ruhig, sie war es nicht wert, dass ich im Haebram landete, und außerdem war ohnehin noch nicht alles entschieden. Miro war nach wie vor Besitzer des Hauses in der Tongasse Nr. 13 und er dachte nicht daran, an Ladislav Ende zu verkaufen, der von der Stadt Schönefelde den ganzen Straßenzug für einen symbolischen Euro erworben hatte. Nur ein einziges Haus gehörte ihm nicht. Na ja, zumindest noch nicht, und ich würde alles dafür tun, dass das auch so blieb.

Meine Vernunft siegte, und ohne ein weiteres Wort zu sagen, drehte ich mich um und ließ Skara stehen.

„Diese Giftnatter“, sagte Shirley, als wir unsere Wohnetage

betreten hatten. Dann ging sie in ihr Zimmer, um ihren Koffer abzustellen, während sich die Schwebetrolleys automatisch auf den Weg zurück in die Eingangshalle machten.

„Und es wird nicht besser werden, wenn ihr Vater Primus wird“, seufzte ich. „Dann hebt sie endgültig ab.“

„Können wir wirklich nichts dagegen unternehmen?“, fragte Liana, und ihre blonden Locken hüpften aufgeregt.

„Nein“, sagte ich entschlossen, auch wenn ich versucht war, jetzt wieder nach unten zu gehen und Skara zu zeigen, dass auch ihr Geist vor mir nicht mehr sicher war. Die letzten beiden Wochen hatten meine Großmutter und ich dafür genutzt, an meiner geistigen Stärke und meiner Konzentrationsfähigkeit zu arbeiten, das war die Voraussetzung, um überhaupt in Vinnla etwas bewirken zu können. Ich war noch Welten von den Fähigkeiten entfernt, die Torin und Adam beherrschten, aber ich hatte deutliche Fortschritte gemacht und war mir sicher, dass ich in Skaras Geist eindringen und sie vergessen lassen konnte, dass sie mich überhaupt kannte. Doch das würde nicht unentdeckt bleiben und für reichlich Ärger sorgen, den ich im Moment nicht gebrauchen konnte. „Wir konzentrieren uns auf die Wurzel des Übels. Herr Lilienstein arbeitet ununterbrochen daran, den Weg der ganzen Antiquitäten nachzuvollziehen, die auf der Liste stehen. Nicht mehr lange, und er wird die Insignien der Macht so weit herausgesiebt haben, dass wir endlich wissen, wonach wir suchen müssen.“

„Schon gut“, sagte Liana. „Ich weiß, dass das mehr Sinn macht, aber sie regt mich einfach nur so unglaublich auf, und jetzt müssen wir sie wieder jeden Tag ertragen. Aber ich versuche nicht darüber nachzudenken, und während du die Insignien suchst und Drachendung wegkarrst, werde ich weiter mit Dulcia nach den Mädchen suchen.“

„Ich weiß, dass es schwierig ist, Liana“, sagte ich tröstend. „Aber stell dir vor, es würde endlich Wahlen geben, bei denen wir alle wählen gehen dürften. Dann hätte ein Kandidat wie Cornell Lilienstein auch eine Chance, weil er wirklich für Veränderungen steht. Seine Vorschläge zur Neuorganisation der Verwaltungsarbeit und seine Gedanken zur Innen- und Außenpolitik sind wirklich gut und sinnvoll. Dummerweise druckt der ‚Korona Chronikle' nicht eine einzige seiner Pressemitteilungen und auch zu dem Presseempfang, den er in der Schönefelder Stube veranstaltet hat, ist keiner der eingeladenen Journalisten erschienen. Er hat nicht einmal eine Chance, überhaupt wahrgenommen zu werden. Ladislav Ende liegt in den Prognosen ungeschlagen vorn."

„Schon gut", seufzte Liana. „Wir machen einfach weiter nach Plan."

„Genau." Ich warf einen Blick auf die Uhr. „Aber jetzt müssen wir erst einmal los."

„Ja", sagte Liana und schob ihre Koffer in ihr Zimmer. „Die offizielle Ansprache von Frau Professor Espendorm sollten wir nicht verpassen."

Ich trat an die Zimmertür von Lorenz und spähte hinein.

„Liana", flüsterte ich lächelnd und winkte sie zu mir. Lorenz lag wie erschlagen auf seinem Bett, das dunkle, gefranst geschnittene Haar lag wirr auf dem Kissen und er schnarchte leise.

„Na super", flüsterte Liana, nachdem sie über meine Schulter gespäht hatte. „Shirley ist auch eingepennt. Ich glaube, sie ist heute Morgen erst um sechs von ihrer letzten Schicht gekommen. Besser, wir lassen die beiden schlafen. Heute verpassen sie noch nichts Wichtiges. Für die Spezialisierung müssen wir uns ohnehin erst am Freitag entscheiden."

„Einverstanden", sagte ich und zog die Tür leise zu. Dann machten wir uns auf den Weg nach unten.

Während wir uns in den Strom der Studenten einreihten, die auf demselben Weg waren, drängte sich Dulcia plötzlich neben uns. Ich musste zweimal hinsehen, bis ich bemerkte, dass sie es war, so verändert kam sie mir vor. Sie hatte sich die Haare gefärbt, und zwar in ein dunkles und warmes Braun, und sie trug ein leichtes Make-up und wirkte nicht mehr so blass und unscheinbar, sondern lebendig und fröhlich.

„Da seid ihr ja endlich“, sagte sie lächelnd. „Wo stecken Shirley und Lorenz?“

„Die schlafen tief und fest“, sagte Liana. „Die müssen sich erst einmal von ihren Ferien erholen. Übrigens, cooler Look.“

„Oh, danke.“ Jetzt errötete Dulcia und ich erkannte ihr schüchternes Selbst kurz wieder. „Lorenz war so nett und hat mich umgestylt. Setzen wir unsere Drabellum-Abende dieses Semester wieder fort?“

„Unbedingt“, sagte Liana, und sie senkte ernst ihre Stimme. „Ich gönne mir zum Semesterauftakt einen neuen Satz Drachen und ich erwarte dich nächsten Montag pünktlich um acht Uhr in unserer Etage.“

„Ich werde da sein“, sagte Dulcia, mindestens genauso ernst. Dann lächelte sie wieder, während wir die Treppe aus der ersten Etage hinabstiegen. Ich sah über die Köpfe der Studenten hinweg, die sich schon unten versammelt hatten. Dann blieb mein Blick an vier großen Gestalten hängen, die am Fuße der Treppe standen. Ein warmes Gefühl überkam mich fast augenblicklich.

„Adam“, flüsterte ich heiser, als ich ihn erkannte. Er stand mit seinen Brüdern in ein Gespräch vertieft nicht weit von mir. Seine Haut war vom Sommer noch braun gebrannt und sein schwarzes Haar lockte sich leicht in seinem Nacken. Ich wäre gern zu ihm gegangen und hätte es aus seinem Gesicht gestrichen, doch unter den Blicken der vielen Studenten durfte ich mir das nicht erlauben.

Er debattierte hitzig mit Ramon, der sich immer wieder hektisch durch die kurzen, braunen Haare strich. Adams Züge waren im Vergleich zu Ramons viel zarter, doch neben Ramons breiter Statur und seinen kräftigen Gesichtszügen wirkte vermutlich jeder Mann schmal, selbst wenn er wie Adam stahlharte Muskeln unter seiner schwarzen Lederjacke verbarg.

Ich beobachtete die vier, auch Torin und Lennox mischten

sich jetzt in die Diskussion ein. Wir waren die Treppe schon halb hinabgestiegen, als Adam plötzlich innehielt und sich umwandte. Auch er spürte meine Nähe, als ob uns ein unsichtbares Band miteinander verband. Ein kleines Lächeln glitt über seine Lippen und mein Herz machte einen Sprung. Die Liebe zwischen uns war unvermindert stark, wir waren miteinander verbunden und manchmal glaubte ich, dass unsere Herzen im selben Takt schlugen, unsere Gedanken sich auch im Traum trafen und ich ohne ihn nur eine leere Hülle war.

„Hallo", sagte ich und konnte ein heiseres Kratzen in meiner Stimme nicht verbergen. Liana und Dulcia standen neben mir und auch Ramon, Torin und Lennox umringten uns. Wir konnten uns ganz unverfänglich gegenüberstehen, ohne dass es auffiel.

„Du hast mir heute Morgen gefehlt", hörte ich Adams Stimme in meinem Kopf, und sein warmer Blick traf mich ganz unverhofft.

„Du mir auch", entgegnete ich und versank ganz in dem tiefen Blau seiner Augen. *„Doch das Studium geht wieder los. Ich musste meine Sachen packen"*, fügte ich entschuldigend hinzu.

„Ich weiß", entgegnete Adam. *„Manchmal wünschte ich mir, ich könnte die Zeit für uns anhalten."*

Ich spürte, wie ich errötete. *„Das sieht nicht so aus, als ob du heute zu einer Vorlesung kommen wirst"*, sagte ich, bevor ich in Versuchung kam, Adam in meine Arme zu ziehen. *„Du trägst deine Ledermontur, und das tust du nur, wenn du im Dienst der Schwarzen Garde stehst."*

„Sehr aufmerksam beobachtet, und genau deswegen bin ich hier. Heute Morgen kam ein Befehl, dass einige Einrichtungen unter Schutz gestellt werden müssen. Uns wurde Tennenbode zugeteilt, damit ich mein Studium nicht völlig unterbrechen muss."

„Wie nett", entgegnete ich. *„Der Admiral hat doch sonst keine große Rücksicht auf deine akademische Ausbildung genommen."*

„Das stimmt", gab Adam zu. *„Während des Grundstudiums hat Frau Professor Espendorm alle Augen zugedrückt, aber die Spezialisie-*

rungen starten, und jetzt ist sie unbarmherzig, und selbst der Admiral scheint Respekt vor ihr zu haben. Zu den wichtigen Veranstaltungen muss ich anwesend sein, solange kein Notfall mich davon abhält."

„Gibt es einen Grund für die zusätzlichen Sicherheitsvorkehrungen?" Ich warf ihm einen besorgten Blick zu.

„Keinen offiziellen, aber der Admiral traut den Zwergen im Moment nicht ganz über den Weg. Er hat zwar die Wogen geglättet, aber so wirklich traut keiner dem anderen. Die Sache mit dem Erdbeben und den Kriegsdrohungen ist immer noch nicht geklärt, und da die Tochter von Senator Ende hier studiert, steht Tennenbode eben jetzt unter dem besonderen Schutz der Schwarzen Garde."

„Du bist hier, weil Skara beschützt werden muss?", fragte ich ungläubig. *„Wusstest du, dass sie es war, die ihrem Vater nahegelegt hat, die Tongasse zu sanieren?"*

„Tatsächlich", knurrte Adam. *„Ich bin immer noch stocksauer. Die ganze Gasse ist voller Bauarbeiter und ich habe keine Gelegenheit mehr, dort unbemerkt hineinzuschlüpfen. Außerdem sieht es nicht gut aus mit unserem Versteck."*

„Wie meinst du das?", fragte ich besorgt.

„Die Stadt hat den Druck auf Miro erhöht. Helmut Neufried hat ihm heute Morgen eine Frist von zwei Wochen gesetzt, um mit der Sanierung des Gebäudes zu beginnen, sonst wird er ihn enteignen."

„Wie bitte?" Ich musste mich beherrschen, meine Empörung nicht laut kundzutun. *„Ein Ultimatum?"*

„Du hast ganz richtig gehört", erwiderte Adam. *„Und Miro hat keine Chance, er ist Plebejer, Helmut Neufried ist Patrizier und sicher steht Ladislav Ende schon in den Startlöchern, um auch das letzte Gebäude in der Tongasse zu übernehmen."*

„Es gibt doch Gesetze, und an die müssen sich auch die Patrizier halten", erwiderte ich empört.

„Sicher weißt du noch, dass Theodor Duss den Vorsitz über den Gerichtshof hat, und rate mal, wer sein bester Freund ist, abgesehen von Helander Baltasar."

„Ladislav Ende natürlich", entgegnete ich matt. *„Wir müssen die Tongasse Nr. 13 retten."*

„Ich weiß, aber dafür brauchen wir Geld, und das nicht zu knapp. Miro ist chronisch pleite und auch ich habe nicht genug Geld dafür. Meine Eltern brauche ich nicht zu fragen.“

„Schon klar“, entgegnete ich. Adams Mutter wäre erst wieder gesprächsbereit, wenn Adam verkünden würde, dass er mich nie wiedersehen würde. *„Um ein ganzes Haus zu sanieren, reicht es bei mir auch nicht, und ich kenne auch niemanden, der so viel Geld hat.“*

„Miro hat klar gesagt, dass er das nicht ewig mitmacht, so sehr hängt er auch nicht an dem Geheimen Garten, dass er einen Rechtsstreit mit dem zukünftigen Primus in Kauf nimmt.“

„Miro gibt auf?“, fragte ich entsetzt.

„Ich habe ihn gebeten, mit dem Verkauf zu warten, und er hat eingewilligt, die zwei Wochen abzuwarten.“

„Wir haben also vierzehn Tage Zeit, um ein Wunder zu vollbringen?“

„Genau“, erwiderte Adam.

„Sag mal, Adam“, unterbrach uns Torin mit einem spöttischen Grinsen, dem unsere wortlose Unterhaltung natürlich nicht entgangen war. „Ich störe ungern, aber wir sollten jetzt zum Rundflug aufbrechen. Du kennst den Zeitplan. Ramon und Lennox bleiben hier und behalten die Ein- und Ausgänge im Auge.“

„Der beste Job seit Jahren“, sagte Ramon und sah sich lächelnd nach ein paar Studentinnen um. „Viel besser, als über irgendwelche Einöden zu fliegen und im Nirgendwo nach nicht vorhandenen Spuren Ausschau zu halten.“

„Du bist hier, um zu arbeiten“, erinnerte ihn Adam.

„Du doch auch“, fuhr ihn Ramon an, dann wandte er sich Dulcia zu. „Und wer ist diese hübsche junge Dame? Würdest du sie mir bitte vorstellen, Selma?“

Ich sah, wie Dulcia nicht nur errötete, sondern quasi zu glühen begann, während Ramon ihre Hand nahm und ihr einen leichten Kuss auf den Handrücken hauchte, ohne sie dabei aus den Augen zu lassen.

„Das ist Dulcia Donna“, sagte ich. „Ihr seid euch sicher

schon mal über den Weg gelaufen. Sie ist Cecilias Schwester. Sicher erinnerst du dich noch an die Geschichte."

„Natürlich", sagte Ramon erstaunlich ernst. „Mein Beileid, und dennoch freue ich mich sehr, dich kennenzulernen, Dulcia", sagte Ramon und zwinkerte ihr zu.

„Schluss jetzt!", unterbrach Lennox. „Jeder geht an seinen Posten."

„*Ich liebe dich.*" Adam zwinkerte mir zu.

„*Nicht so sehr, wie ich dich liebe*", entgegnete ich lächelnd und sah zu, wie die Torrel-Brüder sich auf den Weg machten.

„Das war unglaublich", sagte Dulcia stockend neben mir, während wir uns den anderen Studenten anschlossen. „Bis jetzt haben mich die Männer nicht einmal wahrgenommen, wenn ich direkt vor ihnen gestanden habe. Warum habe ich mir nicht schon viel eher die Haare färben lassen."

„Vergiss nicht, dass er ein Patrizier ist!", sagte Liana, die die Szene stirnrunzelnd beobachtet hatte. „Besser, du lässt die Finger von ihm."

Dulcia kicherte. „Ach, Liana, du bist ja optimistisch. Glaubst du ehrlich, dass sich Ramon Torrel morgen noch an mich erinnert?"

„Natürlich wird er das", sagte ich und hielt dann inne. Ich wollte Dulcias Selbstbewusstsein stärken, aber ich konnte sie nicht dazu ermutigen, etwas mit einem Patrizier anzufangen. „Ramon ist nicht der Einzige, der dich wahrnimmt", sagte ich schließlich. „Sieh mal! Flavius Gonden hat dich auch im Visier."

Ich zog sie in die andere Richtung, aber bevor wir ein paar Schritte weit gekommen waren, sah ich Frau Professor Espendorm auf dem Treppenabsatz erscheinen. Ihr grau meliertes Haar war wie immer in eine komplizierte Hochsteckfrisur geflochten, sie trug eines ihrer eleganten Kostüme und wirkte, trotzdem sie nicht allzu groß war, wie ein Fels in der Brandung.

„Guten Morgen", sagte sie ruhig und mit der ihr ganz eigenen, kühlen Stimme. „Schön, dass Sie wieder zu uns gefunden haben. Das dritte Studienjahr bringt für Sie einige Veränderungen mit sich. Machen Sie sich darauf gefasst, dass Sie jetzt auf die Grundlagen aufbauen müssen, die wir in den vergangenen zwei Jahren gelegt haben. Neu ist vor allem, dass Sie sich entsprechend Ihrer Neigung zu einem Element für eine Spezialisierung entscheiden werden, und gemäß dieser Neigung wird sich dann Ihr Stundenplan gestalten. Um Ihnen die Entscheidung zu erleichtern, werden die Professor mit Ihnen im Laufe dieser Woche Neigungstests durchführen, sodass Sie am Freitag die richtige Entscheidung treffen können. Das neue Studienjahr bringt allerdings auch allgemeine Veränderungen. Aus Sicherheitsgründen haben wir die alten Vorlesungssäle wieder in Betrieb nehmen müssen. Dort werden Ihnen die Professoren heute die verschiedenen Spezialisierungen vorstellen. Morgen starten dann die Neigungstests. Tragen Sie sich bitte bei den Professoren in die Listen ein. Und damit wünsche ich Ihnen einen informativen Tag. Professor Pfaff erwartet Sie in Saal 3." Mit diesen Worten nickte uns Frau Professor Espendorm zu und die Ersten begannen ihre Taschen zu schultern und sich in den Vorlesungsaal zu begeben. „Ach so", sagte Frau Professor Espendorm. „Eines bleibt aber beim Alten, ich erwarte Sie morgen früh um 6:30 Uhr im Burghof zum Lauftraining."

Ungeachtet des empörten Stöhnens schritt Frau Professor Espendorm lächelnd die Treppe hinauf, wo sie bald unserem Blick entschwand.

„Ich fasse es nicht", sagte ich.

„Ich auch nicht", erwiderte Liana. „Man könnte ja meinen, dass sie uns die morgendliche Qual endlich erlassen würde, aber nein, jetzt müssen wir uns wieder bei jedem Wind und Wetter da raus quälen."

„Das meinte ich nicht", erwiderte ich und warf einen Blick zu den vielen Türen, die zu den ehemaligen Vorlesungsräumen führten und die jetzt mit großen Schlössern versperrt waren.

„Die Vorlesungssäle werden wieder geöffnet?", fragte

Dulcia mit großen Augen. „Ich kann es gar nicht glauben. Was ist los mit Frau Professor Espendorm? Hat sie jetzt genug davon, sich an die verschwundenen Mädchen zu erinnern?“

„Es ist wegen Skara“, sagte ich leise, während wir uns den anderen anschlossen, die in Vorlesungssaal 3 strömten.

„Nicht alles dreht sich um Skara“, sagte Liana entrüstet.

„In diesem Fall schon, weil die Tochter des zukünftigen Primus hier studiert, muss sie natürlich geschützt werden. Die Entführung von Kassandra Werner steht sicher allen noch vor Augen. Und an viele verschiedene Orte zu reisen, ist viel zu gefährlich. Tennenbode lässt sich viel leichter bewachen, zumal über Schönefelde ohnehin die Bannzauber liegen, die es keiner unerwünschten Person erlauben wird, hier einzudringen, und die Zwerge gehören mittlerweile garantiert dazu.“

„Ist nicht wahr?“, sagte Liana blass.

„Fragst du dich nicht, warum Adam und seine Brüder plötzlich in Tennenbode sind, anstatt wie bisher die Wahlwerbeveranstaltungen abzusichern, und warum die Türen abgesperrt sind wie der Zugang zu einem Hochsicherheitstrakt?“ Ich sah Liana erwartungsvoll an, die jetzt den Zusammenhang begriff.

„Das ist nicht gut“, sagte sie unheilvoll.

„Ich weiß“, erwiderte ich, als wir in den Vorlesungsaal traten.

„Aber hast du ihr auch genau zugehört?“, sagte Liana plötzlich. „Frau Professor Espendorm hat deutlich gesagt, dass sie das nicht freiwillig getan hat.“

„Wirklich?“, fragte ich.

„Allerdings, sie hat gesagt, dass sie die Vorlesungssäle wieder in Betrieb nehmen musste. Also wird das Senatorenhaus sie dazu genötigt haben.“

„Stimmt“, sagte ich nachdenklich und rief mir die Worte von Frau Professor Espendorm wieder ins Gedächtnis. „Was da wohl dahintersteckt?“

Doch sogleich wurde meine Aufmerksamkeit von etwas

anderem in Anspruch genommen. „Wow!“, entfuhr es mir. Noch vor wenigen Monaten hatten wir in einem verlassenen und verstaubten Raum gehockt und Parelsus belauscht, um herauszufinden, wohin die verborgene Tür hinter den Wasserbecken führte. Doch es kam mir vor, als ob ich einen anderen Raum betreten hätte.

Der Vorlesungsaal war wieder auf Hochglanz gebracht worden. Der Staub war verschwunden und die Tische und Stühle glänzten frisch poliert. Das Einzige, was so war wie immer, waren die Namen der verschwundenen Mädchen, die zur Erinnerung in die Stuhllehnen gebrannt worden waren.

„Das ist makaber“, sagte Liana, als wir in der letzten Bank Platz nahmen.

„Was meinst du?“, fragte eine zarte Stimme vor mir, und ein paar dunkle Rehaugen sahen mich neugierig an, als ich mich auf den freien Stuhl sinken ließ.

„Nuria“, sagte ich erstaunt. Sie war so zierlich und schüchtern gewesen, dass ich sie für eine Studentin im ersten Semester gehalten hatte. Auch heute wirkte sie in dem weißen Rollkragenpullover und mit den hochgesteckten Haaren, als ob sie gerade erst ihr Abi gemacht hätte.

„Ihr kennt euch?“, fragte Dulcia, die sich neben Liana gesetzt hatte, und sah Nuria neugierig an.

„Wir haben uns auf der Party der Torrels kennengelernt“, sagte ich. „Wie geht es dir?“

„Gut“, erwiderte sie leise und senkte den Blick. „Es ist alles neu für mich und ich finde mich noch nicht so richtig zurecht, aber ich bin guter Hoffnung, dass ich mich bald gut orientieren werde.“

„Du bist schon im dritten Jahr“, sagte Dulcia. „Du hast doch sicher schon so einiges gelernt.“

„Das habe ich“, sagte Nuria. „Aber bisher hatte ich Privatunterricht und bin es nicht gewohnt, mit so vielen Magiern zu verkehren.“

„Kein Problem“, sagte ich. Ihre altmodische Schüchternheit

war wieder einmal typisch für die Art und Weise, wie die Patrizier ihre Töchter erzogen. Selbst ihre Sprache klang antiquiert und sie tat mir augenblicklich leid. „Die Party der Torrels ist auch wirklich anders abgelaufen als geplant. Das kann sehr verwirrend sein."

„Ja, ich hatte gehofft, ein paar Kontakte zu knüpfen, aber stattdessen hast du mein Leben retten müssen. Ich danke dir übrigens dafür. Ich stehe in deiner Schuld, Selma." Nurias Blick huschte schüchtern zu Boden.

„Das musst du nicht", sagte ich schnell. „Ich habe getan, was jeder an meiner Stelle getan hätte."

„Das ist nicht wahr", sagte Nuria leise und dennoch so ernst und mit Nachdruck, dass ich erstaunt innehielt. „Alle anderen sind an mir vorbeigerannt, haben mich zu Boden gerissen und sind auf mich getreten. Sie hätten nicht einmal bemerkt, wenn ich dort gestorben wäre."

„Gewöhn dich dran", sagte Liana grinsend. „Selma hat so ein dringendes Bedürfnis, jeden und alles zu retten."

„Stimmt", sagte ich lächelnd und hoffte damit, den Ernst in Nurias Stimme vertrieben zu haben. Ich wollte keine Dankbarkeit. Was ich getan hatte, war selbstverständlich gewesen.

Professor Pfaff unterbrach in diesem Moment unsere Unterhaltung und begann mit einer detaillierten Ausführung zu den Lernzielen und den Leistungsanforderungen, die uns in seiner Spezialisierung erwarteten. Nuria drehte sich um und ich lehnte mich zurück und lauschte gespannt Herrn Professor Pfaffs Vortrag.

Die erste Woche verging wie im Flug, während wir die einstündigen Tests bei den verschiedenen Professoren absolvierten, uns mit älteren Studenten austauschten und versuchten zu entscheiden, für welches Element wir besonders begabt waren. Die Tests und die Gespräche bestätigten mich in meinem Wunsch, mich für das Element Wasser zu entscheiden, doch Lorenz und Shirley fiel die Entscheidung schwer.

„Ich habe eine Begabung für Erde und für Luft“, sagte Lorenz nachdenklich, während er am Donnerstagabend an einem Tee nippend die Beine von sich streckte. Wir hatten es uns im Studierzimmer gemütlich gemacht und genossen den angenehmen Umstand, dass wir uns noch nicht mit Hausaufgaben und Übungen beschäftigen mussten. „Aber weder mit Professor Nöll noch mit Professor Poscher komme ich besonders gut klar. Ich würde auch lieber Wasser machen, ich glaube, bei Professor Pfaff gefällt es mir einfach besser.“

„Das denkst nicht nur du“, sagte ich und ließ mich neben Lorenz nieder. „Und deswegen nimmt Herr Professor Pfaff nur die Studenten in seiner Spezialisierung auf, die eine eindeutige Neigung für Wasser gezeigt haben.“

„So wie Adam und du“, sagte Lorenz. „Allerdings müsst ihr Skara ertragen und die anderen Zicken aus ihrer Clique.“

„Es war klar, dass Skara in die Spezialisierung geht, in die auch Adam geht, egal welche Neigung sie hat“, seufzte ich. Das Unheil ließ sich leider nicht mehr abwenden.

Lorenz musterte mich stirnrunzelnd. „Bei Liana hat sich auch eindeutig gezeigt, dass sie eine Begabung für Feuer hat, und sie kommt auch gut mit Professor Borgien aus. Shirley, Schätzchen, hilf mir!“, rief er gedehnt in Richtung ihres Zimmers. „Ich kann mich nicht entscheiden.“

„Ich komme ja schon“, beeilte sich Shirley und ließ sich neben uns auf das Sofa fallen. „Wir könnten eine Münze werfen.“

„Toller Vorschlag“, stöhnte Lorenz gequält. „Nein, das kann ich nicht dem Zufall überlassen. Wir könnten die Sybillen besuchen.“

„Und was ist, wenn sie dich wieder veralbern?“, sagte Shirley. „Dein Märchenprinz lässt immer noch auf sich warten.“

Lorenz knurrte etwas Undefinierbares und starrte aus dem Fenster, hinter dem die Nacht schon heraufgezogen war. Nicht einmal ein Stern war heute zu sehen.

„Selma könnte für dich eine Prophezeiung machen“, schlug

Liana vor. „Du machst doch jetzt die Ausbildung zum Geistläufer und du hast irgendwann einmal erwähnt, dass deine Großmutter die bessere Wahrsagerin ist.“

„Ich würde dir ja gern helfen“, sagte ich. „Aber so weit bin ich noch lange nicht. Diese Ausbildung dauert eine halbe Ewigkeit. Wir stehen gerade ganz am Anfang und das Einzige, was ich dir anbieten kann, sind ein paar veränderte Erinnerungen. Das kriege ich mittlerweile ganz gut hin. Aber um Prophezeiungen zu machen und irgendeine Stimmung aus der Traumwelt herauszulesen, muss ich erst mal nach Vinnla kommen.“

„Hast du es schon probiert?“, fragte Liana gespannt.

„So weit sind wir noch nicht“, seufzte ich. „Ich bin gestern Abend noch einmal zu meiner Großmutter nach Schönefelde gegangen, um eine weitere Übungsstunde mit ihr abzuhalten, aber wir sind immer noch bei Konzentrations- und Atemübungen, Meditationen und der Stärkung meiner mentalen Leistungsfähigkeit. Zumindest habe ich jetzt meine Kräfte hervorragend unter Kontrolle und lasse es nicht mehr plötzlich irgendwo schneien.“

„Meditation ist super“, sagte Shirley und nickte entschlossen.

„Hast du den Test für die Eignung zum fünften Element gemacht?“, fragte Lorenz und sah mich geradeheraus an.

„Ja, das habt ihr alle. Die Tests waren in den Eignungsprüfungen versteckt.“

„Aha“, sagte Shirley stirnrunzelnd.

„Falls sich bei einem von uns eine Eignung herausstellt, wird er innerhalb der nächsten vier Wochen angeschrieben“, sagte ich.

„Wenn das Senatorenhaus seine Genehmigung erteilt hat?“, fragte Liana.

„Genauso ist es“, erwiderte ich nachdenklich. Ich wollte besser noch nicht darüber nachdenken, was auf mich zukam, falls das Senatorenhaus tatsächlich diese Genehmigung erteilte.

Außerdem hatte ich mir Mühe gegeben, nicht allzu überragend zu sein, und solange nichts entschieden war, würde ich mir nicht unnötig den Kopf über das Thema zerbrechen.

„Also, Lorenz", sagte Shirley. „Entscheidest du oder soll ich?"

„Ich weiß nicht", jammerte Lorenz. „Nöll oder Poscher? Poscher oder Nöll? Das ist, als ob man sich zwischen Khaki und Oliv entscheiden müsste, es ist beides grässlich."

Kurz darauf erstarrte er und dann schien sein unentschlossener Gesichtsausdruck regelrecht einzufrieren.

„Alles klar?", fragte ich besorgt.

„Nein", sagte Lorenz blass.

„Was ist denn los?" Shirley klang genauso erschrocken, wie Lorenz aussah.

Lorenz schluckte. „Ich soll morgen in Akkanka wieder eine Wahlwerbeparty für Ladislav Ende ausrichten."

„Aber du studierst jetzt und hast keine Zeit", sagte Liana empört.

„Das hat Etienne wohl dem Senator auch ausrichten lassen, aber der hat die Summe verdoppelt und gesagt, dass er das mit Professor Espendorm klärt und er kein Nein akzeptiert. Etienne hat zugesagt. Was blieb ihm auch anderes übrig?"

„Das ist nicht in Ordnung!", sagte Shirley entschieden.

„Ich würde ihm gern eins auswischen", seufzte Lorenz. „Aber ich kann mich nicht gegen den Senator durchsetzen, ohne drakonische Strafen befürchten zu müssen. Außerdem solltest du dich gar nicht beschweren, Shirley. Am Wochenende schiebst du auch wieder Doppelschichten."

„Ich muss auch meine Miete bezahlen", sagte Shirley und verschränkte die Arme vor der Brust. „Und so gut wie Ladislav Ende kann Kim Görner leider nicht zahlen."

„Wie viel hast du denn bis jetzt verdient, Lorenz?", fragte ich. „Also nur, wenn du es mir sagen willst."

„Mehr, als ich ausgeben kann", seufzte Lorenz. „Und jetzt legt er ja noch mal eine ordentliche Summe drauf. Das war aber gar nicht so geplant und das ganze Geld nutzt mir auch herzlich wenig, wenn ich bald vor Erschöpfung sterben werde. Und die Entscheidung für die Spezialisierung macht es auch nicht leichter."

„Lorenz", sagte ich lächelnd und stand auf. „Ich mache dir einen Vorschlag, damit du wenigstens ein Problem los bist."

„Bitte! Immer raus damit, aber rede lieber schnell, ich muss heute Nacht noch das Konzept ausarbeiten und die Bestellungen machen." Lorenz erhob sich ebenfalls. „Das wird eine kurze Nacht, ihr Süßen. Ich beneide euch schon jetzt um euren erholsamen Schlaf."

„Ihr solltet zu Professor Poscher gehen, er ist zwar streng, aber gerecht. Das war Professor Nöll nie", schlug ich vor.

„Okay", sagte Lorenz gedehnt und dachte über meine Worte nach. „Das ist ein stichhaltiges Argument, dem ich spontan nichts entgegensetzen kann."

In diesem Moment stand Shirley auf und trat energisch auf Lorenz zu. „Und ich weiß, wie du Ladislav Ende einen Strich durch die Rechnung machen kannst."

„Tatsächlich?" Lorenz sah sie erstaunt an.

„Oh ja." Shirleys Augen funkelten angriffslustig. „Du weißt, dass er die Tongasse sanieren lässt, weil Skara Selma und Adam auseinanderbringen will", sagte Shirley. „Und du hast dich schon eine geraume Zeit beschwert, dass du ein eigenes Domizil in Schönefelde brauchst, mit einem eigenen, bequemen Bett versteht sich."

„Ja", sagte Lorenz nachdenklich, und dann hellte sich sein Gesichtsausdruck auf. „Wenn ich das Geld von Ladislav Ende nehme und die Tongasse Nr. 13 zum neuen Hauptquartier unserer kleinen Eventagentur mache, wird Skara vor Wut platzen. Und da sie gegen den weltbesten Eventmanager ihres Vaters nicht viel ausrichten kann, wird sie ihren Frust am Herrn Papa auslassen, so, wie das reiche, verwöhnte Mädchen eben tun, wenn sie ihren Willen nicht kriegen."

„Brillante Idee, Shirley", sagte ich anerkennend. „Skara hat ein unschlagbares Talent, ihre Mitmenschen zu terrorisieren, und bei ihrem Vater wird sie keine Ausnahme machen. Er hat der kleinen Prinzessin schließlich sogar den kostspieligen Wunsch mit der Tongasse erfüllt."

„Ich spreche da aus eigener Erfahrung", sagte Shirley blinzelnd, und ich staunte, wie sie so ruhig über die Vergangenheit reden konnte.

„Ich wollte mich ohnehin nach einer eigenen Bleibe umsehen", sagte Lorenz, der mittlerweile sichtlich begeistert aussah. „Es wird Zeit, dass ich auf eigenen Beinen stehe, und was ist da besser als ein kleines, gemütliches Häuschen in einer gepflegten und frisch renovierten historischen Gasse. Unten bekommt die Eventagentur ihre eigenen Büroräume und oben richte ich mein persönliches Reich ein. Nichts geht über ein eigenes Heim."

„Genau, und wenn deine Freunde zu Besuch kommen, ist das nichts Ungewöhnliches, und wir können jederzeit in den Geheimen Garten", sagte ich lächelnd.

„Einverstanden", sagte Lorenz. „Aber ich habe keine Ahnung von Bauarbeiten."

„Keine Sorge", sagte ich schnell. „Adam kennt sicher jemanden, der uns helfen kann. Ich werde ihm gleich Bescheid sagen."

Finsternis

Adam war nicht nur begeistert von der Idee, dass Lorenz das Haus in der Tongasse übernahm, er hatte auch sofort die Organisation der gesamten Arbeit übernommen.

Dass unser Plan funktioniert hatte und wir es nicht nur geschafft hatten, den Geheimen Garten zu retten, sondern zugleich auch Skaras Pläne zu durchkreuzen, sahen wir, als wir am folgenden Montag Skara wiedertrafen.

Als wir uns nach dem Frühstück auf den Weg nach Akkanka machten, wo uns Gregor König zu einer neuen Stunde Magische Fauna und Flora erwartete, versuchte uns Skara allein mit ihren Blicken zu Eis erstarren zu lassen.

„Gibt's ein Problem?", fragte Shirley schließlich mit einem gefährlichen Funkeln in den Augen, als wir den Wald von Akkanka durchquerten und beinahe auf dem Marktplatz angekommen waren. Dabei baute sie sich vor Skara auf, die gemeinsam mit ihren Freundinnen Alexa, Egonie und Dorina hinter uns gelaufen war und sich lautstark darüber beschwert hatte, dass sie trotz der Spezialisierungen immer noch jeden Vormittag Grundlagenunterricht mit dem Proletariat hatte. Auch wenn Shirleys Ausstrahlung sanfter war, seitdem sie von ihrer Weltreise zurückgekommen war, schien es ihr keine Probleme zu bereiten, in ihr aggressives und angriffslustiges Selbst zurückzuschlüpfen, das sie im vergangenen Jahr entwickelt hatte.

„Passt ja auf", fauchte Skara, und ihre mühsam aufrechterhaltene Beherrschung brach in sich zusammen. „Ihr vergesst, wer bald das Sagen im Land hat, und dann werden euch eure kleinen Spielchen schon noch vergehen."

Ich wollte schon einschreiten, doch Shirley zwinkerte nicht einmal erschrocken. Stattdessen verzog sich ihr Mund zu einem spöttischen Grinsen. „Und ich glaube, du vergisst, wie es der Tochter des letzten Primus ergangen ist, oder glaubst du etwa, Baltasar wird nicht wieder versuchen, an die Macht im Land zu gelangen? Es kommen gefährliche Zeiten auf dich zu.“ Ihre Stimme hatte einen dunklen, drohenden Klang angenommen, während sie aus dem Weg trat. Obwohl ich sah, wie Skara möglichst herablassend die Luft ausstieß und empört an uns vorbeimarschierte, hatte ich genau bemerkt, wie ihre Mundwinkel leicht zu beben begonnen hatten und nur allzu deutlich offenbarten, dass sie sich der Gefahr, in der sie schwebte, durchaus bewusst war.

„Sage ich doch“, schmunzelte Shirley schließlich, und wir liefen weiter. „Da hat der Herr Papa ein Machtwort gesprochen. Anders lässt sich ihre schlechte Laune nicht erklären.“

„Aber es ist absolut klar, dass sie bald etwas Neues aushecken wird, sobald ihr Vater Primus ist“, sagte Lorenz unheilvoll.

„Mag sein“, erwiderte Shirley achselzuckend. „Aber das ist ja nichts Neues.“

„Ja“, sagte ich seufzend. „Wenn wir Glück haben, wird sie einfach keine Zeit mehr haben, um sich mit uns zu beschäftigen.“

„Hoffen wir es“, seufzte Lorenz, als wir auf den Marktplatz von Akkanka traten. Gregor König wartete schon auf uns und auf seinen Lippen lag ein seliges Lächeln. Er begrüßte uns überschwänglich und unsere heutige Stunde füllte er ausschließlich mit Wissenswertem über Drachen, ihre Pflege und Ernährung. Er führte uns sogar zu Cecilia und präsentierte sie mit väterlichem Stolz. Als mich Cecilia in der Menge der Studenten erkannte, kam sie sofort zu mir gerannt und stupste liebevoll meine Hand an.

Gregor König hatte ungewöhnlich blendende Laune und machte ein Späßchen nach dem anderen. Cecilia entwickelte sich gut und er erzählte, dass sie in ein paar Wochen ihre ersten Flugversuche unternehmen würde und dann mit zu den anderen Drachen in die Drachenhöhlen umsiedeln konnte.

Als ich nach dem Ende des Unterrichts noch kurz blieb, um auch Ariel noch ein wenig zu streicheln, damit er sich nicht benachteiligt fühlte, fragte ich ihn, woher seine gute Stimmung kam.

„Sie haben vergessen, dass es mich gibt“, sagte er mit einem zufriedenen Lächeln. „Sie haben einfach vergessen, dass ich ein Held sein soll, und sogar ihr Interesse an Cecilia ist merklich gesunken. Sie sind zufrieden mit dem täglichen Bild, das ich schicke, und versuchen nicht ständig, sich in die Drachenhöhlen zu schleichen. Es müsste immer Wahlkampf sein.“ Dann schmunzelte er zufrieden in sich hinein und stürzte sich hochmotiviert in das Ausmisten der Ställe.

Sosehr ich mich freute, dass Gregor König endlich wieder seine Ruhe hatte, so konnte ich ihm diesbezüglich nicht zustimmen. Ich war froh, wenn der Wahlkampf endlich vorüber war.

Im Laufe der nächsten Woche wurden wir Plebejer bereits in Gruppen eingeteilt, um bei der Wahl den Großteil der organisatorischen Arbeit zu übernehmen, und ich hatte keine Zeit mehr, noch einmal bei den Drachen vorbeizusehen, da Listen erstellt, Hinweisschilder angebracht und Abläufe geprobt werden mussten. Der „Korona Chronikle“ veröffentlichte inzwischen jeden Tag die aktuellen Umfrageergebnisse und dort lag Ladislav Ende unverändert vorn.

Am nächsten Wochenende hatten Lorenz und ich etwas Zeit, da ausnahmsweise keine Party vorzubereiten war und Adam auf der Baustelle in der Tongasse nach dem Rechten sah. Daher beschlossen wir, Konstantin Kronworth endlich einen Besuch abzustatten. Er hatte viel für unsere Sache getan und sein Einsatz als Roter Rächer durfte nicht in einer Depression enden. Er hatte für seine Freiheit gekämpft, und dass er sie jetzt nicht nutzte, um der Öffentlichkeit seine ungeschminkte Meinung mitzuteilen, durfte einfach nicht sein.

Doch ich konnte auch nicht die winzige Hoffnung ausblenden, dass er vielleicht noch ein Wunder vollbringen und die Lage im Wahlkampf herumreißen konnte.

Als ich Konstantin Kronworth auf das Meer hinausblicken sah, war ich noch optimistisch, dass wir etwas erreichen konnten, doch mein Optimismus verflog schnell.

„Hallo“, begrüßte ich ihn und setzte mich zu ihm an den kleinen Tisch. „Wie geht es Ihnen?“

„Der Tag ist schwarz“, antwortete er. Dabei starrte er mit leerem Blick zum Horizont.

„Aha!“, erwiderte ich irritiert und sah Lorenz hilflos an.

„Schwarz ist die Farbe der Zukunft“, fuhr Konstantin Kronworth fort. „Wolken brauen sich unheilvoll in schattentiefer Nacht. Die Dunkelheit kommt, wie Ratten kriecht sie aus sumpfestiefen Löchern.“

„Um Himmels willen“, flüsterte ich erschrocken.

„Das wird schon wieder“, sagte Lorenz beruhigend und tätschelte seinen Arm, während er mit hochgezogenen Augenbrauen aus den Worten von Konstantin Kronworth schlau zu werden versuchte.

„So schwarz ist der Tag doch gar nicht“, versuchte ich Lorenz beizustehen.

„Genau“, sagte er. „Ihre Fans zählen auf Sie. ‚Endzeit' ist ein voller Erfolg geworden. Die Leute lieben Ihren Gedichtband und warten auf Ihre nächste Veröffentlichung.“

Ich sah Konstantin Kronworth erwartungsvoll an, aber scheinbar hatte er beschlossen, dass er für heute genug gesagt hatte. Denn er sah unverwandt auf das Meer hinaus und schien uns nicht einmal mehr zuzuhören.

Wir probierten noch eine Weile, mit ihm zu sprechen und ein Thema zu finden, auf das er reagierte, aber es half nichts. Konstantin Kronworth schwieg beharrlich und so mussten wir schließlich wieder unverrichteter Dinge gehen.

Die letzten zwei Wochen bis zur Wahl vergingen wie im Flug, was wohl auch daran lag, dass wir neben den Vorbereitungen für die Wahl immer mehr zu tun hatten. Meine Großmutter bestellte mich jeden zweiten Tag in die Steingasse, um meine Ausbildung zur Geistläuferin voranzutreiben, und außerdem hatte das Training für das Drachenrennteam wieder begonnen. Dienstag- und Donnerstagnachmittag erwartete uns ein hoch motivierter und blendend gelaunter Gregor König in Akkanka.

Neben den üblichen Vorlesungen und Seminaren brachte auch unsere Spezialisierung allerlei neue Arbeit mit sich. Entgegen meiner Erwartung, dass Professor Pfaff ein ruhiges Tempo anschlagen würde, schien er geradezu besessen davon zu sein, uns zu den Besten seines Faches zu machen. Und Grundlage dessen war seiner Meinung nach, dass wir uns erst einmal mit den Koryphäen der Wasserlehre und ihren Errungenschaften in Forschung und Wirtschaft beschäftigten.

Herr Professor Pfaff ließ uns jeden Montagmorgen aus einer kleinen Schale den Namen eines bekannten Wasserexperten ziehen und wir mussten bis zum Freitag einen Vortrag über sein Leben und Werk vorbereiten. Da das seiner Meinung nach an Arbeit noch nicht ausreichte, hatte er eine zusätzliche Schale eingeführt, aus der wir unsere wöchentliche Herausforderung zogen. Diese bestand aus einer Übung, die wir nach dem Vortrag absolvieren mussten. Wer alles zur Zufriedenheit von Professor Pfaff erledigt hatte, dem stand ein arbeitsfreies Wochenende bevor.

Doch die wenigsten hatten das Glück und mussten die Übungen auch am Wochenende wiederholen, damit sie am Montag die Aufgabe endlich loswurden. Denn Herr Professor Pfaff verzichtete erst auf die Wiederholungen, wenn alles zu seiner Zufriedenheit erledigt war.

Obwohl meine Kräfte stark waren und ich einen See gefrieren lassen konnte, nutzte mir das wenig, wie ich bald festgestellt hatte. Denn Herr Professor Pfaff verteilte ausschließlich Aufgaben, die unsere Geschicklichkeit herausforderten. Jede Woche mussten wir nun aus Eis filigrane Figuren formen, die er auf einer Zeichnung vorgab, zarte durchscheinende Schmetterlinge, winzige Schneeglöckchen oder kleine Vögel, die so naturgetreu waren, dass man fast glaubte, sie würden wegfliegen, wenn sie nicht zu Eis erstarrt wären.

Das Erschaffen der kleinen Kunststücke konnte ich zwar vorab üben, aber nicht vorbereiten. Erst unter den kritischen Augen von Herrn Professor Pfaff durfte die Aufgabe gelöst werden, und das gelang nicht jedem. Flavius Gonden scheiterte regelmäßig daran und unter seinen Händen entstanden oft nur grobe Formen, die jede Leichtigkeit vermissen ließen und Herrn Professor Pfaff ein unzufriedenes Grummeln entlockten, verbunden mit der Aufforderung, es in der nächsten Woche besser zu machen. Ende Oktober hatte er schon drei Übungen angesammelt, die er immer wieder vorführen musste und die nur unwesentlich besser wurden. Ich hatte ihm schon angeboten, mit ihm zu üben, so leid tat er mir, wenn es ihm wieder nicht gelang. Auch Skara und ihre Freundinnen schlugen sich mehr schlecht als recht durch den Unterricht und vermutlich bereuten sie inzwischen die Wahl ihres Faches, denn Adam war selten in der Vorlesung anzutreffen, und bei dem obrigkeitstreuen Professor Nöll hätten sie es vermutlich leichter gehabt.

Doch mir ging es nicht nur allein so, auch Liana stöhnte unter der Last der Arbeit, die sie von Herrn Professor Borgien aufgebrummt bekommen hatte. Er ging ähnlich vor wie Professor Pfaff und auch Liana musste jede Woche Vorträge und Übungen vorbereiten und saß oft bis mitten in der Nacht im Studierzimmer und recherchierte in MUS oder versuchte aus Flammen Figuren zu formen. Im Gegensatz zu den Naturobjekten, die Professor Pfaff bevorzugte, musste Liana architektonische Objekte mit Feuer detailgetreu nachbilden. In der ersten Woche war sie über einer Nachbildung des Eiffelturms verzweifelt, während sie in der folgenden Woche mit dem Schiefen Turm von Pisa gut zurechtkam.

Nur Lorenz und Shirley machten einen entspannten Eindruck, als wir am Donnerstag vor der Wahl im Studierzimmer saßen. Liana und ich hatten unsere umfangreichen Notizen schon zur Seite gelegt. Es war beinahe zehn Uhr und wir hatten den ganzen Nachmittag und den ganzen Abend an der Vorbereitung des morgigen Vortrags gesessen. Ich hatte am Montag Knut Klein gezogen und würde darüber sprechen, dass er den Wasserkreislauf in den Siebzigerjahren in Akkanka durch einen ausgefeilten gewobenen Wortzauber so grundlegend verbessert hatte, dass die Wasserqualität um ein Vielfaches gestiegen war. Sie hatte sich sogar so gravierend verbessert, dass die empfindlichen Seidenpiranhas endlich aus einem privaten Aquarium, wo sich ein Liebhaber der seltenen Rasse um die Tiere gekümmert hatte, endlich nach Akkanka umziehen konnten, wo sie bei Weitem mehr Platz hatten und sich aufgrund der verbesserten Lebensbedingungen auch endlich wieder vermehrten.

„Wo steckt nur Mira?“, sagte Liana nachdenklich und sah in den anhaltenden Dauerregen hinaus. Die Scheibe war über und über mit kleinen Tröpfchen bespritzt und mir graute schon vor dem morgendlichen Lauf über den aufgeweichten Boden. Wir hatten schon lange nicht mehr über die Suche nach den verschwundenen Mädchen gesprochen. Ich wusste, wie sehr es sie frustrierte, dass wir keine Zeit mehr gehabt hatten, um uns mit der Lösung dieser Frage zu beschäftigen. „Wir sind keinen Schritt weitergekommen. Ich dachte, ich könnte herausfinden, wie die Familie Baltasar ihr Geld verdient, aber es ist gibt nirgendwo eine Auskunft darüber, woher ihr erstaunlicher Reichtum stammt.“

„Du weißt, wie gern ich dir eine Antwort auf diese Fragen geben würde“, sagte ich leise. „Es ist auch noch immer nicht geklärt, wer für den Ausbruch der Seidenpiranhas und das Erdbeben in Schönefelde wirklich verantwortlich ist. Meine Großmutter versucht nach wie vor, in Vinnla etwas darüber herauszufinden.“

„Könnt ihr nicht in anderer Leute Träume eindringen und

etwas herausfinden?“, fragte Shirley.

„So einfach ist das nicht“, erwiderte ich. „Wir nähern uns nur langsam dem Moment, an dem wir überhaupt die Traumwelt betreten.“

„Das dauert ja ewig“, sagte Shirley.

„Es dauert Jahre und damit hat meine Großmutter nicht übertrieben“, erwiderte ich. „Außerdem ist es schon im wachen Zustand nicht so einfach, in den Geist eines anderen einzudringen, erst recht nicht in den Geist eines ausgebildeten Magiers. Das ist beinahe unmöglich, und im Traum erst recht.“

„Also müssen wir sie auf herkömmlichem Weg suchen“, sagte Lorenz.

„Ich überlege doch schon seit Wochen, wo sie sein können. Irgendetwas muss es mit den Morlems und ihrem Auftauchen zu tun haben. Ich vergleiche die Hinweise auf den verschiedenen Kontinenten miteinander, aber es ergibt keinen richtigen Sinn“, sagte Liana ungeduldig und sprang auf. „Doch ich kann nicht so einfach losgehen und auf gut Glück in jedes Mauseloch schauen. Selbst Dulcia hat keine Idee mehr.“

In diesem Moment öffnete sich die Tür und schwere Schritte erklangen.

„Adam“, sagte ich lächelnd.

„Hallo“, erwiderte er, und seine Stimme sorgte zuverlässig dafür, dass mir warm wurde. Ich wandte mich um. Adam war über und über mit einem feinen gelben Staub bedeckt. Er trug eine Jeans und einen Pullover, doch die Farbe seiner Kleidungsstücke war nicht mehr zu erkennen.

„Adam, ich mache das gern“, sagte Lorenz so wie jeden Abend zur Begrüßung. „Du musst dich nicht zu Tode arbeiten. Ich war ohnehin auf der Suche nach einem lauschigen Plätzchen für meine Eventagentur und da kam mir die Tongasse gerade recht. Außerdem möchte Etienne auch mal irgendetwas beitragen, aber du lässt ihn ja nicht einmal einen Hammer anfassen.“

„Ich möchte das für euch tun, das ist das Mindeste“, sagte

Adam, und Lorenz zuckte die Schultern. „Ich stehe in eurer Schuld."

„Meinetwegen, Schätzchen", seufzte er. „Umso eher können wir einziehen."

„Die Außenfassade ist heute fertig geworden und auch der Innenausbau geht gut voran. In einer Woche sollten wir fertig sein", sagte Adam.

„Super!", sagte Lorenz. „Wenn die nichtmagischen Handwerker endlich aus dem Haus sind, können wir uns ja mit dem Thema Inneneinrichtung beschäftigen. Ich habe schon eine super Idee für ein kuscheliges Licht- und Farbkonzept."

„Klingt gut. Ich gehe erst mal duschen." Adam nickte und verschwand im Bad.

„Hört er irgendwann auf damit?", fragte Lorenz in meine Richtung. „Ich kann seine Selbstkasteiung nicht mehr ertragen."

„Nein", sagte ich. „Den Umbau bringt er zu Ende. Er hätte den Geheimen Garten gern selbst gerettet und es wurmt ihn, dass er es nicht geschafft hat. Aber ich kann ihm das auch nicht ausreden. Erst wenn das Haus fertig ist und du eingezogen bist, wird er sich entspannen, und dann wird er noch eine ganze Weile ein schlechtes Gewissen haben, bis er sich damit abgefunden hat", schätzte ich die Sache ein.

„Das muss er nicht", sagte Lorenz. „Unser Plan ist aufgegangen. Skara hat anhaltend schlechte Laune und Ladislav Ende hält sich an die Vorgaben von Frau Professor Espendorm und bucht uns nur am Freitag- und Samstagabend."

„Du kennst ihn doch", sagte ich. „Wenn er sich einmal etwas in den Kopf gesetzt hat, wirst du ihn nicht davon abbringen."

„Was für ein Dickkopf", sagte Lorenz.

„Das ist er", sagte ich grinsend.

„Für deinen Ratschlag mit Professor Poscher bin ich dir übrigens wirklich dankbar. Wenn ich sehe, wie ihr unter eurem Arbeitspensum keucht, haben wir es wirklich gut getroffen."

Lorenz stand auf und ging zum Fenster.

„Allerdings", stimmte Shirley zu. „Professor Poscher sagt, es reicht, wenn wir in den Vorlesungen aufmerksam sind, er hält nicht viel von theoretischen Abhandlungen und dem Verharren in der Vergangenheit. Am wichtigsten sind die Seminare, und bei den Übungen ist er nach wie vor kompromisslos und lässt sie uns so lange wiederholen, bis wir sie beherrschen."

„Das klang aber letztes Jahr ganz anders", erwiderte ich. Ich erinnerte mich nur zu gut, wie viel Arbeit er uns aufgebrummt hatte.

„Wir sind auch nur ein paar Leute", sagte Lorenz und sah in die Dunkelheit hinaus. „Da kann er sich um jeden kümmern. Vielleicht hat er auch kapiert, dass er mit dem strengen Stil nicht ganz so beliebt ist. Er hat in seiner Spezialisierung schließlich nur acht Studenten abbekommen. Vermutlich hat ihm das die Augen geöffnet und er arbeitet an seinem Beliebtheitsgrad."

„Klingt gut", seufzte ich. „Bei Wasser sind wir zwanzig und auch bei Feuer sind es siebzehn Studenten. Nur beim Nöll soll nicht viel los sein."

„Vielleicht ist er deswegen immer noch unausstehlich", sagte Lorenz. „Doch es hat ihn scheinbar nicht davon abgehalten, dynamisch in den Stoff zu starten. Dulcia stöhnt auch ziemlich wegen der vielen Arbeit."

„Der hat doch immer schlechte Laune", entgegnete ich.

In diesem Moment öffnete Adam die Tür des Badezimmers. Sein Haar war noch nass und er trug frische Kleidung. Doch das nahm ich nur am Rande wahr, denn er sah mich mit einem brennenden Blick an. Er brauchte nichts zu sagen. Ich stand auf, nickte Lorenz zu und folgte dann Adam in sein Zimmer.

„Geht es dir gut?", fragte ich vorsichtig, während Adam sich neben mich auf das Bett sinken ließ.

„Ja", sagte er ruhig. „Ich bin mit den Fortschritten zufrieden.“

„Mit den Fortschritten in der Tongasse?“

„Genau“, erwiderte er lächelnd. „Entschuldige, ich bin müde und vermutlich kein guter Gesprächspartner mehr heute Abend. Außerdem dreht sich in meinem Kopf alles um die Tongasse und den Geheimen Garten. Rechtlich ist jetzt alles schnell über die Bühne gegangen. Lorenz ist offizieller Eigentümer und Bürgermeister Neufried ist absolut zufrieden mit dem Stadtbild.“ Er legte einen Arm um mich und zog mich mit sich auf sein Bett. „Ich glaube, es ist endlich geschafft, und ich bin bald wieder eine Sorge los.“

Eng umschlungen lagen wir nebeneinander und sahen uns für einen endlosen Moment tief in die Augen. Schmetterlinge flatterten zuverlässig in meinem Bauch und je länger ich Adam ansah, umso stärker und wärmer wurde das Glück in mir. Wir hatten immer geglaubt, unsere Liebe würde nicht ewig währen können, und viel zu oft hatten wir damit gerechnet, dass es vorbei sein würde. Und dennoch lagen wir hier und ich spürte Adams warmen Körper ganz nah an meinem.

„Worüber denkst du nach?“, fragte er und strich mit einem Finger an meiner Wange entlang. Seine dunkelblauen Augen blitzten neugierig und wach, obwohl sein Körper so schwer und müde dalag, wie es nach einem Tag harter körperlicher Arbeit zu erwarten war.

„Ich denke darüber nach, wie unglaublich froh ich darüber bin, dass wir immer noch hier sind. Wir beide zusammen“, sagte ich lächelnd und schmiegte mich fester an ihn.

„Das stimmt“, erwiderte Adam ernst. „Und jeder Tag mehr gibt mir die Hoffnung, dass wir dem ‚Für immer‘ wieder ein Stück näher gekommen sind. Ich habe in den letzten Wochen viel zu wenig Zeit für dich gehabt.“ Er küsste mich zart.

„Ich hatte auch viel zu wenig Zeit für dich“, erwiderte ich bedauernd.

„Sobald die Bauarbeiten in der Tongasse Nr. 13 abgeschlossen sind und wir wieder ungestört von Bauarbeitern an die Tür zum Geheimen Garten kommen, nehmen wir uns wieder Zeit, viel mehr Zeit. Das verspreche ich dir bei meinem Leben." Adam hob feierlich die Hand und grinste mich an.

„Mach keine Scherze mit so etwas", erwiderte ich erschrocken.

„Das war kein Scherz." Er sah mir tief in die Augen. „Das meine ich absolut ernst."

„Gut, Adam", sagte ich seufzend. „Ich werde dich an dein Versprechen erinnern, wenn der Admiral nach der Wahl eine neue Trainingsoffensive ausruft."

„Ich denke, dass wir erst einmal unsere Ruhe haben werden. Bis sich Ladislav Ende in die Amtsgeschäfte eingearbeitet hat, werden garantiert ein paar Monate ins Land gehen." Er gähnte herzhaft.

„Ich hoffe es, und dann haben wir endlich wieder mehr Zeit, um uns um unsere Angelegenheiten zu kümmern. Ich wollte dir noch etwas Wichtiges erzählen."

„Gern." Adams Stimme klang schwer.

„Während ich Listen für die Wahl erstellt habe, hatte ich einen Gedanken, wo ich die Suche nach meinen Geschwistern beginnen könnte", sagte ich. „Wenn ich genauere Informationen zu diesem Flugzeug finde, werde ich sicher auch eine Spur meiner Geschwister finden. Schließlich sollen sie darin gesessen haben, sie und zwei weitere Unbeteiligte, wie es der ‚Korona Chronikle' damals beschrieben hat. Da wir jetzt zweifelsfrei wissen, dass nur meine Mutter und mein Vater in der Antarktis angekommen sind, werden meine Geschwister sicher bei den Unbekannten sein."

„Richtig", sagte Adam und gähnte. „Aber deine Eltern werden deine Geschwister nicht irgendwelchen Fremden anvertraut haben."

„Das glaube ich auch nicht", entgegnete ich und erinnerte mich in diesem Moment an das warme Lächeln meiner Mutter. Sie hatte uns geliebt und sie hatte alles geopfert, um eine bessere Zukunft für sich und uns zu schaffen. Sicher hatte sie meine

Geschwister nur ihren allerengsten Freunden anvertraut, denn es mussten Magier gewesen sein, die um ihr Schicksal wussten. „Außerdem werde ich mich auf die Suche nach Zeitzeugen machen müssen“, sagte ich nachdenklich. Genauso wie ich wusste, dass Skara und Dorina miteinander befreundet waren, würde auch jemand wissen, mit wem meine Mutter befreundet gewesen war. „Vor meiner Großmutter hat meine Mutter alles Mögliche geheim gehalten, aber Parelsus hat sie vertraut, und er hat auch irgendwann mal davon gesprochen, dass sie bei ihren regelmäßigen öffentlichen Protesten irgendwann nur noch mit ihren engsten Freunden dagestanden hat. Sicher weiß er, wer das sein könnte.“

Ich erwartete eine zustimmende Antwort von Adam, doch ich vernahm nur noch seinen tiefen, regelmäßigen Atem. Mit einem Lächeln hauchte ich ihm einen zarten Kuss auf die Wange und zog die Decke über uns beide.

Der Tag der Wahl begann mit bestem Wetter. Eine schmale Mondsichel stand hoch am zartblauen, wolkenlosen Himmel, während die aufgehende Sonne die Kälte vertrieb. Die Nachtfröste hatten das Land mit einem zarten Hauch von Kristallen bedeckt. Als ich das Fenster meines Zimmers öffnete und die eiskalte Morgenluft hineinließ, holte ich tief Luft und hoffte, die friedliche Stimmung des Morgens würde den ganzen Tag anhalten. Ich schloss das Fenster wieder und sah zu meinem zerwühlten Bett zurück.

Adam war noch in der Dunkelheit aufgestanden. Die Schwarze Garde hatte heute viel zu tun. Im Prinzip tat sie dasselbe wie jeden Tag, nur dass die Rundflüge und Rundgänge in Tennenbode und Akkanka heute mit einem Vielfachen des üblichen Personaleinsatzes durchgeführt wurden, um die Wahl optimal abzusichern.

Diese Patrouillen rund um Tennenbode und in Akkanka wurden nach einem streng festgelegten Einsatzplan durchgeführt und nicht nur ich hatte das Zeitmanagement des Admirals schnell durchschaut. Es hatten sich immer genau dann erstaunlich viele Mädchen immer zufällig genau dann im Burghof aufgehalten, wenn die Torrel-Brüder ihren Wechsel vollzogen und die Wache an der Eingangstür mit dem Rundgang in Akkanka getauscht hatten. Egal ob Adam auf dem stündlichen Rundflug war oder in Akkanka auf dem Marktplatz nach dem Rechten sah, nicht nur ich wusste genau, wo er gerade war, sondern auch ein ganzes Dutzend Studentinnen. Jeder der Torrel-Brüder hatte mittlerweile einen kleinen Fanclub, der akribisch die Dienstpläne seines Idols studierte und immer zur rechten Zeit am rechten Ort war. Die vier zogen sich schon gegenseitig damit auf, auf wen die meisten Mädchen warteten.

Adam versuchte sich aus der Sache herauszuhalten und auch ich gab mir Mühe, nicht wahrzunehmen, dass Adam einen immer größer werdenden Fanclub hatte. Sogar Nuria hatte ich des Öfteren zwischen den Mädchen stehen sehen. Doch ich konnte es den Mädchen nicht einmal übel nehmen, schließlich war Adam nach wie vor offiziell ein Single. Dass wusste auch Skara, denn sogar sie spazierte gelegentlich und ganz zufällig mit ihren Freundinnen vorbei. Doch im Pulk der anderen Verehrerinnen auf Adam zu warten, hielt sie glücklicherweise für unter ihrer Würde. Ich war gespannt, wie sich ihr Verhalten nach der Wahl ändern würde. Schnell schüttelte ich mein Bett auf und machte mich dann auf den Weg nach unten in den Ostsaal.

Nach dem Frühstück sah ich Adam kurz, wie er in Begleitung von zehn Kameraden der Schwarzen Garde den Flugdienst gegen die Runde durch Akkanka wechselte. Er zwinkerte mir zu, während ich die Treppe mit Lorenz, Liana, Dulcia und Shirley hinaufstieg. Dann war er schon wieder verschwunden.

„Viel zu tun heute für die Schwarzen Recken“, sagte Lorenz schnalzend und warf den Männern in ihren Lederjacken und Lederhosen einen langen Blick nach.

„Ja“, sagte ich und blickte durch ein kleines Fenster in den

Burghof hinaus, wo Adam seine schwarzen Flügel aufgespannt hatte und gerade mit einem Sprung im Tunnel verschwand, der nach Akkanka führte. In diesem Moment verdunkelte sich der strahlend blaue Himmel und ich warf einen erstaunten Blick nach oben.

„Was ist denn jetzt los?“, fragte auch Liana erschrocken und drängte sich an das Fenster.

„Sie spannen die Wolkendecke auf“, sagte ich und beobachtete, wie das Licht vom Burghof verschwand.

„Noch mehr Sicherheitsmaßnahmen“, seufzte Shirley.

„Du musst dich gerade beschweren“, sagte Lorenz. „Jedes Mal, wenn ich in den letzten Tagen nach Schönefelde wollte, musste ich mich einer kompletten Leibesvisitation unterziehen, während du nur mit deinem Patrizierausweis wackeln musstest, und alle haben dich vorbeigelassen.“

„Kann ich da was dafür“, beschwerte sich Shirley, während wir die Treppen wieder hinaufstiegen. „Ich habe nicht darum gebeten, bevorzugt behandelt zu werden, außerdem ...“, sie grinste, „seit wann hast du etwas dagegen, von großen, starken Männern in Ledermontur einer Leibesvisitation unterzogen zu werden?“

„Ach du!“ Lorenz winkte grinsend ab.

„Richtest du heute wieder eine Party aus oder musst du mit uns Namen auf Endloslisten abhaken?“, fragte ich, während ich Lorenz‘ heutiges Outfit musterte, eine gewagte Mischung aus einer orangefarbenen Hose und einem blauen Hemd.

„Na, rate mal, Süße“, seufzte Lorenz theatralisch und zupfte sich das Haar ein wenig zurecht.

„Alles klar“, erwiderte ich. „Da Ladislav Ende mit dem Sieg rechnet, wird er ihn auch gebührend feiern wollen, vermutlich noch heute Nacht, und dafür braucht er den unersetzlichen und wunderbaren Lorenz Silver.“

„Exakt“, erwiderte Lorenz grinsend. „Das hätte ich nicht besser auf den Punkt bringen können. Und deswegen mache mich jetzt auch gleich auf den Weg nach Akkanka und bereite alles mit Etienne vor, bevor die Massen nach unten stürmen."

„Und ich", sagte Shirley, „flüchte in die Schönefelder Stube und hoffe, dass ich von dem ganzen Trubel nicht viel mitbekomme, während ich Gläser poliere und Servietten falte."

„Na, dann los", sagte Liana an mich gewandt. „Die ehrenvolle Aufgabe, die Patrizier zu begrüßen, bleibt dann wohl allein an uns hängen."

„Sieht so aus", erwiderte ich seufzend und eilte die Treppe nach oben.

Wenig später standen wir mit unseren Klemmbrettern im Burghof und begannen die ersten einfliegenden Patrizier zu begrüßen und ihre Namen auf der langen Liste abzuhaken. Nicht nur Liana und ich waren zu dieser Aufgabe eingeteilt worden, sondern auch Nuria, die angesichts der herannahenden Menge erschrocken und eingeschüchtert wirkte. Ich zwinkerte ihr ein paar Mal zu, doch ich konnte ihren angespannten und nervösen Zügen kein Lächeln entlocken.

Dabei fand ich, dass die Arbeit in den ersten Stunden noch in Ordnung war. Wir machten sogar unsere kleinen Späßchen mit den Patriziern. Doch nach und nach nahm die Menge der einfliegenden Magier immer weiter zu, während ein Gesicht nach dem anderen an mir vorbeiglitt. Die Namen merkte ich mir schon lange nicht mehr, sondern suchte sie nur schnell und hakte sie ab, während ich mein Sprüchlein aufsagte. Fast schon automatisch kamen die immer gleichen Worte aus meinem Mund: „Herzlich willkommen zur Wahl des Primus. Ihren Ausweis, bitte!", „Danke schön, bitte folgen Sie der Ausschilderung zum Wahllokal hier entlang!"

Am Nachmittag nahm die Zahl der Besucher noch einmal drastisch zu und ich verhaspelte mich mehrmals beim häufigen Wiederholen der höflichen Floskeln. Auch Liana, die in meiner Nähe stand, warf mir erschöpfte Blicke zu, als sich vor jeder von uns mindestens zwanzig Magier anstellten und sich lautstark über die schlechte Organisation beschwerten und dass es doch nicht sein könnte, dass man sie hier in der Kälte so lange warten ließ. Als ich kurz vor dem Ende der Wahl sah, wie Nuria plötzlich in Tränen ausbrach, als sie ein übergewichtiger Patrizier mit dickem Hals und Oberlippenbart anschrie, war ich kurz davor zu explodieren. Denn zum einen war das nicht unsere Organisation und zum anderen bekamen wir nicht einmal eine Entschädigung für diese Arbeit, sondern leisteten sie wie Leibeigene ohne Bezahlung, und ohne nach unserer Einwilligung gefragt worden zu sein.

Gleichzeitig fragte ich mich, was Nuria hier überhaupt zu suchen hatte. Ich hatte sie die ganze Zeit für eine Patrizierin gehalten, aber jetzt fiel mir auf, dass sie bei den Plebejern zum Dienst eingeteilt war und gar keine Patrizierin sein konnte. Umso schlimmer, dass sie nun auch noch angepöbelt wurde.

Genau in dem Moment, in dem ich noch mit mir rang, ob ich meiner Wut nachgeben durfte und es sich lohnte, die Zustände öffentlich anzuprangern oder besser nicht, landete Familie Ende am offiziellen Haltepunkt und alle eilten zu ihnen, um sie jubelnd zu begrüßen. Skaras Vater war schlank, allerdings war er nicht allzu groß. Selbst Skara schien ihn um ein paar Zentimeter zu überragen. Er hatte grau meliertes Haar und auffallend viele Falten. Er trug einen eng anliegenden, eleganten Anzug, der aussah, als ob er ihm von einem Imageberater aufgedrängt worden war, und schaute sofort mit einem gewinnenden Lächeln in die bereitstehenden Kameras und Fotoapparate. Skaras Mutter war füllig und trug ein geblümtes Kleid, das aufdringlich in der Menge leuchtete. Von ihr hatte Skara auch die eindrucksstarke Nase und die dunklen Haare geerbt, wie ich gerade noch feststellen konnte, bevor meine Aufmerksamkeit von etwas anderem in den Bann gezogen wurde. Eine Sekunde nach Familie Ende fielen zehn dunkle Schatten vom Himmel. Die Schwarze Garde war da, um den zukünftigen Primus und seine Familie zu beschützen.

Ich erkannte Adam und Torin, doch sie schienen ihre Umgebung nicht wahrzunehmen, sondern waren allein darauf konzentriert, die Menge von Ladislav Ende fernzuhalten. Der jedoch ließ sich Zeit und gab den Reportern ein Interview nach dem anderen.

Skara lächelte unterdessen in jede Kamera und beantwortete gestenreich die Fragen, die ihr gestellt wurden, während sie immer wieder Adam zulächelte, dem scheinbar inzwischen ihr persönlicher Schutz aufgetragen worden war. Natürlich, dämmerte es mir, vermutlich war das ihre nächste geniale Idee. Die Öffentlichkeit dafür einzuspannen, Adam an ihre Seite zu zwingen.

Ich hätte gern geseufzt, doch in diesem Moment war ein neuer Pulk Journalisten angekommen. Vermutlich waren sie von ihren Kollegen informiert worden. Ich sah kurz zu, wie Adam jetzt hart mit den Presseleuten kämpfte, um den Sicherheitsabstand zu verteidigen. Doch plötzlich fiel mein Blick auf Nuria. Sie hatte sich ein wenig zur Seite begeben und hockte auf dem Boden, die Arme hatte sie um ihre schmalen Knie geschlungen und die Stirn darauf abgelegt. Über ihren Rücken und ihre Beine breiteten sich ihre dunklen Haare wie ein schützender Umhang aus.

Das war vermutlich alles viel zu viel für sie. Ich wollte zu ihr gehen und sie etwas aufmuntern. Doch bevor ich so weit kam, verdunkelte sich mit einem Mal der Himmel.

Es war ohnehin schon düster durch die vielen Wolken, die Frau Professor Espendorm rund um das Massiv hatte entstehen lassen, um die Geschehnisse auf Tennenbode vor den Menschen in Schönefelde zu verstecken, doch die Dunkelheit, die sich jetzt ausbreitete, war anders. Es war so düster, als ob die Nacht hereingebrochen wäre.

Erschrocken sah ich mich um und bemerkte, dass alle um mich herum erstarrt waren und nach oben sahen. Eine bedrohliche Stille lag in der Luft und jagte mir einen kalten Schauer über den Rücken. Wie in einer Momentaufnahme war das Leben im Schreck erstarrt und ich wollte mich beinahe weigern, nach oben zu schauen, um zu erfahren, was genau all die Magier so geängstigt hatte.

Doch ich konnte mich nicht dagegen wehren. Wie in Zeitlupe hob ich den Kopf und sah einen großen, schwarzen Drachen lautlos über den Burghof segeln. Er war nicht mehr weit entfernt und man sah deutlich, wie riesig er war. Ariel würde neben ihm wie ein zierliches Jungtier wirken.

Augenblicklich entwich mir ein heiserer Schrei. Ich kannte diesen Drachen. Ich erkannte jedes Detail genau wieder, die spitzen Zacken auf seinem Rücken, die rot leuchtenden Augen und die schier unbegreifliche Größe des Tieres. Dieser Drache hatte vor einigen Monaten Baltasar aus der Antarktis geholt und jetzt hatte ihn Baltasar geschickt, um sein Werk zu vollenden.

Panisch stoben die Magier auseinander, stießen sich gegenseitig um, rappelten sich wieder auf und versuchten erneut aus der Nähe des Drachen zu fliehen. Einige spannten ihre Flügel auf und stürzten sich hinab in den Tunnel nach Akkanka, andere rannten in die gegensätzliche Richtung davon und versuchten in den Außenanlagen Schutz zu finden.

„Bring dich in Sicherheit“, hörte ich Adams Stimme in meinem Kopf. Doch wohin sollte ich? Der Drache schwebte jetzt in großen Kreisen über uns und wegzulaufen machte nicht viel Sinn. Meine einzige Chance gegen seinen vermutlich tödlichen Feuerstrahl war es, mich mit einem Schild aus Eis gegen ihn zu schützen.

Ich stand am Rand neben Nuria, die von all dem nichts mitzubekommen schien, und beobachtete, wie Adam und Torin gemeinsam mit zwei anderen Kameraden der Schwarzen Garde in die Luft schossen und sofort damit begannen, den Drachen mit Wurfgeschossen zu bombardieren. Doch sie schienen ihm nichts anhaben zu können, denn er setzte seinen langsamen, segelnden Flug unbeirrt fort. Sich gegenseitig Befehle zuschreiend schirmten die restlichen anwesenden Kameraden Ladislav Ende und seine Familie ab und lotsten sie hinab nach Akkanka.

Ich sah hinauf zu dem Drachen und stellte in diesem absolut unpassenden Moment fest, dass ich recht gehabt hatte. Es war ein Latorios-Drache, die Größe, das Aussehen, alles passte, und ich bemerkte auch, dass er einen klugen und konzentrierten Blick hatte.

Ich sah, wie seine Augen suchend über die Menge glitten, über die Kameraden der Schwarzen Garde, die den schreienden Ladislav Ende und die ebenfalls brüllende Skara und deren Mutter gerade die ersten Treppenstufen hinabzerrten, über die panisch durcheinanderrennenden Magier, denen klar war, dass sie nicht weglaufen konnten. Der Drache konnte jede Sekunde sein Maul öffnen und alle töten. Er visierte Ladislav Ende an und ein heiseres, lautes Brüllen entwich seiner Kehle. Der Ton war so hoch und schrill, dass ich vor Schmerz aufschrie. Doch nicht nur ich, auch die anderen Magier in meiner Nähe hielten sich mit schmerzverzerrten Gesichtern die Ohren zu. Nur Adam und seine Brüder hoch oben in der Luft ließen sich davon nicht beirren und griffen den Drachen unablässig an.

Dann schien er mit einem Mal die in der Luft schwebenden Kameraden der Schwarzen Garde wahrzunehmen und fauchte sie unmutig an. Mittlerweile war Ladislav Ende im Tunnel verschwunden.

Ich blickte wieder nach oben, wo Adam und Torin inzwischen riesige hochkonzentrierte Feuerbälle auf den Drachen einprasseln ließen, Feuerbälle von einer Stärke, die ich noch längst nicht entstehen lassen konnte. Doch dem Drachen schien selbst diese starke Magie nichts anhaben zu können. Die Feuerbälle prallten von ihm ab und auch Adam hielt kurz inne und schien zu überlegen, womit er dem Drachen etwas anhaben konnte.

Ich wollte schon meine Flügel hervorschnellen lassen und in die Luft hinaufschießen, um Adam und Torin zu helfen. In dem Durcheinander würde das sicher niemandem auffallen. Doch ich kam nicht dazu, denn plötzlich stieß der Drache wahllos mit seinem Kopf zu und schien die ihn wie Mücken quälenden Angreifer vertreiben zu wollen. In Sekundenbruchteilen schnellte sein Kopf vor und zielte auf Adam, der ihm am nächsten war, dann visierte er Torin an. Er versuchte auch ihn wegzustoßen, doch aus der Luft reißen konnte er ihn nicht. Dann, als ob er bemerkte, dass das nicht funktionieren würde, riss er sein riesiges Maul auf und spie eine Feuersalve hinab in den Burghof, mitten hinein in die Menge der panisch durcheinanderlaufenden Magier.

Das Schreien schwoll zu einem infernalischen Brüllen an.

Ich hörte meine eigenen angsterfüllten Rufe und sah, wie Adam in der Luft unablässig seine Angriffe fortsetzte. Das riesige Tier schien endlich davon beeindruckt, dass Adam und Torin nicht aufgaben. Der Drache schlug zweimal, dreimal kräftig mit den Flügeln und erhob sich wieder hoch in die Luft. Dann drehte er bei und war mit wenigen Flügelschlägen in den Wolken verschwunden.

Ich wollte schon losrennen und dabei helfen, die Verletzten zu versorgen, als ich sah, wie Adam langsam zu Boden glitt. Während Torin losrannte, blieb Adam stehen. Etwas stimmte nicht mit ihm, und zwar ganz und gar nicht.

Ich lief los und wollte nur noch zu ihm. Wie durch einen Tunnel sah ich seine eingesunkene Gestalt und nahm meine Umgebung nur verschwommen wahr. Im Augenwinkel bemerkte ich Liana, die hinter einem Mauervorsprung hervorkam und half, die Verletzten zu versorgen. Die Schreie ebbten nur langsam ab, während Helfer herbeiströmten und die Erstversorgung übernahmen. Ein paar Druiden fielen mir auf, die schon Heilpasten auf Verbrennungen aufbrachten. Dann stand ich endlich vor Adam.

„Was ist los mit dir?“, fragte ich heiser.

„Ich weiß es nicht“, erwiderte Adam rau und stockend. Seine Stimme klang fremd und schwach. Sein Gesicht war von Ruß überzogen und ich wusste, dass es der Ruß von verbrannter Kleidung und verbrannter Haut war, der da an ihm klebte. Bäche aus Schweiß rannen ihm die Stirn hinab, und als ich ihn genauer musterte, sah ich, dass sein Blick flackerte, als ob er Fieber hätte.

„Bist du verletzt?“, fragte ich erschrocken und nahm seine Hand. Es war mir in diesem Moment egal, dass uns jemand sehen konnte. Die Normalität war heute ohnehin auf den Kopf gestellt und jetzt war es die Sorge, die mein Herz schneller schlagen ließ. Adams Haut glühte, als ob er in Flammen stehen würde, und eine bodenlose Panik ergriff mich.

„Adam?“, fragte nun auch Torin, der inzwischen zu uns getreten war und dem mein erschrockener Ton nicht entgangen war.

Doch Adam sagte nichts mehr. Stattdessen sah er nach unten, als ob da plötzlich etwas wäre, was ihm bisher nicht aufgefallen war.

Verwundert folgte ich seinem Blick. In dem Leder seiner Hose waren zwei daumengroße Löcher, aus denen Blut sickerte.

„Hat dich der Drache gebissen?“, fragte ich heiser. Meine Stimme klang fremd, panisch und ohne Klang.

Adam nickte langsam, so als ob es ihm schwerfiel, diese einfache Bewegung auszuführen.

„Der Biss sieht nicht tief aus, ich rufe die Heilerin“, sagte Torin sofort.

„Torin“, flüsterte ich. „Das war ein Latorios-Drache.“

„Keine Ahnung, wie das Biest heißt, aber es sieht wirklich nicht schlimm aus, da hatten wir schon ganz andere Verletzungen.“ Er nickte Adam aufmunternd zu.

„Das ist egal“, schrie ich. Meine Stimme überschlug sich plötzlich, während ich Adams glühende Hand noch immer fest umklammerte. „Der Biss dieses Drachen ist tödlich.“

„Tödlich“, hauchte Torin eisig, und jetzt verschwand der lockere Ausdruck von seinem Gesicht. Er starrte Adam erschrocken an und sein Gesicht war plötzlich kreideweiß. „Das ist nicht möglich“, sagte er. Dann schrie er um Hilfe, laut und energisch, und ich hörte schnell die Schritte von schweren Stiefeln näherkommen.

Adam blickte auf und sah mir in die Augen, das dunkle Blau flackerte fiebrig. Es schien, als ob auch er nicht glauben konnte, was er gehört hatte. Die ganze Welt um uns herum schien plötzlich stillzustehen, während wir uns in die Augen sahen und spürten, dass der Unglaube der Gewissheit wich. Ich hörte nichts mehr von den umherstürzenden Magiern, ich fühlte nur Adams Nähe, seine Verzweiflung und meine Angst, die ihren kalten Griff immer fester um mein Herz legte. Der Moment dehnte sich endlos und Glück und Unglück lagen plötzlich eng beieinander.

Dann verflog der Augenblick wie Asche im Wind, leicht und schwarz zugleich.

Ich öffnete den Mund und wollte so viel sagen, dass ich ihn liebte, dass er bei mir bleiben musste, dass wir eine Lösung fanden, dass meine Großmutter sicher wusste, was zu tun war. Unsere Liebe musste auch diesen Moment überstehen.

So viele Gefahren hatten wir schon überstanden, so oft gedacht, dass es jetzt vorbei wäre. Aber es hatte immer einen Ausweg gegeben.

Doch dieses Mal geschah kein Wunder. Plötzlich spürte ich mit aller Gewalt, dass es zu spät war. Ich hielt Adams Hand und Tränen stiegen mir in die Augen, während das warme Gefühl seiner Nähe aus meinem Bauch schwand. Bevor ich auch nur einen Ton von mir geben konnte, bevor ich zugreifen und ihn in meine Arme ziehen konnte, erlosch Adams Blick und er sank zu Boden.

Torin rief gellend Adams Namen, doch ich vernahm den Ton nur dumpf wie durch Watte. Eine unbegreifliche Kälte hatte mich erfasst und lähmte mich. Mein Innerstes verkrampfte sich in unendlicher Qual, während ich jemanden schreien hörte und nur ganz langsam begriff, dass ich es selbst war, die da schrie, verzweifelt und panisch.

Ich wollte mich an Adam klammern und ihn retten, doch Torin stand plötzlich vor mir und umfasste meine Handgelenke mit festem Griff.

Ich sah ohnmächtig zu, wie die Kameraden der Schwarzen Garde Adam aufhoben. Der Name meiner Großmutter wurde gerufen. Ramon und Lennox waren plötzlich da und ich sah den Schock in ihren Gesichtern. Sie riefen laut, doch ich verstand kein Wort mehr, als ob ich meine eigene Sprache nicht mehr verstand. Ich wollte mich losreißen und helfen, ich musste bei Adam bleiben und ihn zu meiner Großmutter bringen. Sie musste ihn retten und zurückholen. Ich schrie und weinte, verzweifelt und ohnmächtig.

Doch Torins Griff hielt mich gefangen, und obwohl ich mich mit aller Kraft gegen ihn wehrte, ließ er mich nicht los.

Hilflos sah ich zu, wie Ramon Adam unter den Achseln packte und sich mit ihm in die Luft erhob. Dann schoss er durch die Wolkendecke hinab nach Schönefelde und verschwand aus meinem Blick.

Nachdem Adam verschwunden war, verließ mich meine Kraft und ich sackte wie betäubt in Torins Armen zusammen. Ich konnte nicht mehr gehen, nicht mehr atmen und nicht mehr leben. Meine Brust drückte und mein Herz schlug nur schmerzhaft und widerwillig.

Adam war weg. Der Gedanke brannte sich in meinen Kopf und mein Herz wie Säure, und doch begriff ich ihn nicht.

„Komm“, sagte Torin. „Steh auf, wir gehen hinunter nach Schönefelde.“

Ich sah ihn verwirrt an und seine nüchternen Worte waren wie ein Stock, an dem ich mich festhalten konnte. Obwohl es absolut sinnlos war, folgte ich seiner Anweisung und ließ mich von ihm auf meine Beine stellen. Dann lief ich hinter ihm durch das heillose Durcheinander auf dem Burghof zur Treppe, die hinab nach Schönefelde führte. Der Wind wehte die halbverbrannten Reste der Listen zwischen meinen Füßen hin und her. Die Druiden liefen eilends herum, in den Händen Schüsseln mit einer Paste aus Priselglöckchen, mit der man Verbrennungen heilen konnte. All das wusste ich, doch all das bedeutete nichts mehr.

Ich lief mit wackligen Beinen hinter Torin her, als ob das jetzt die einzig wichtige Aufgabe war, die ich zu erledigen hatte. Ich konzentrierte mich krampfhaft auf jede Treppenstufe und zählte sie beharrlich, um in meinem Kopf keinem anderen Gedanken Platz zu machen. Während wir über den Parkplatz liefen, zählte ich meine Schritte.

Als wir zum Marktplatz kamen, war es schon dunkel, hinter den Fenstern brannten Lichter und eine gemütliche Stimmung lag über dem Ort. Die Normalität empfand ich als obszön. Ein Drache hatte eben unendliches Leid verursacht und aus der Buchhandlung von Herrn Lilienstein leuchtete warmes Licht, als ob nichts passiert wäre. Es wollte mir einfach nicht in den Kopf, dass anderswo das Leben weitergehen sollte. Die ganze Welt musste doch im Schock erstarrt sein.

Torin sagte nichts, sondern betrat mit zusammengepressten Lippen das Rathaus. Die Behandlungsräume meiner Großmutter lagen im Erdgeschoss auf der Rückseite des Hauses. Wir liefen den breiten Flur entlang und unsere Schritte hallten laut.

Vor der Tür hielt Torin kurz inne und atmete tief durch. Leise und ernste Stimmen drangen uns entgegen und ich sah, wie sich Torin regelrecht zwingen musste, die Türklinke hinabzudrücken.

Ich sah als Erste meine Großmutter, als wir den Raum betraten.

„Selma!“ Sie fuhr mit ernster Miene herum. Und dann sah ich Adam. Leblos und mit fahler Gesichtsfarbe lag er auf einer Liege am Rande des Raumes. Um ihn herum standen mit einem fassungslosen Ausdruck auf den Gesichtern Ramon und Lennox.

„Wie geht es ihm?“, fragte Torin, und ich war froh, dass er es tat, denn ich bekam kein Wort heraus.

„Sein Körper lebt wieder“, sagte meine Großmutter ernst. „Ich konnte ihn zurückholen, doch ich weiß nicht, wie lange er durchhalten wird.“

„Was bedeutet das?“, fragte Torin.

„Das Drachengift ist hoch toxisch. Er war tot, aber ich konnte das Gift aus seinem Körper ziehen und die Verletzungen heilen.“

„Warum wacht er dann nicht auf?“, fragte Torin ungeduldig.

„Weil er tot war und es ein Teil von ihm auch noch ist“, sagte meine Großmutter eindringlich. „Seine Zeit ist abgelaufen und seine Seele ist im Totenreich. Sie war schon von seinem Körper getrennt und ist nicht in ihre Hülle zurückgekehrt. Es ist unmöglich, dass es jetzt noch passiert, und sein Körper wird ohne seine Seele nicht lange überleben können.“

„Im Totenreich?“, sagte Torin skeptisch, während die Worte meiner Großmutter in meinem Kopf widerhallten und ich meinen Blick nicht von Adam wenden konnte.

Langsam und ohne auf die anderen zu achten, ging ich zu ihm und nahm seine Hand. Sie war warm und ich sah, wie er atmete, wie sich sein Brustkorb hob und senkte. Er war nicht tot, ich konnte doch sehen, dass er lebte.

Sollte ich nie wieder ein Wort aus seinem Mund hören? Nie wieder das warme Kribbeln in meinem Bauch spüren, wenn er in meine Nähe kam. Ich achtete darauf und bemerkte, dass dieses Gefühl verloren war. Nichts regte sich in mir.

Ich war allein.

Der Gedanke war wie ein tiefes, dunkles Loch und mir war plötzlich so bitterlich kalt, dass ich anfing, unkontrolliert zu zittern.

„Adam“, sagte ich und vernahm den fremden, gebrochenen Klang meiner Stimme. Dann strich ich federleicht über seine Wange. Ich hoffte, ich flehte innerlich, dass er sich regte, doch die Sekunden strichen dahin und außer dem regelmäßigen Heben und Senken seines Brustkorbes veränderte sich nichts.

„Gibt es noch irgendeine Hoffnung?“, fragte ich meine Großmutter verzweifelt. Ich konnte mir nicht vorstellen, dass meine Großmutter nicht irgendetwas wusste, das Adam helfen konnte.

„Ich werde die Druiden morgen befragen, aber die Chancen stehen schlecht“, sagte sie bedauernd. „Einen Latorios-Drachen trifft man nicht alle Tage.“

„Kannst du ihn nicht zurückholen?“, fragte ich.

„Selma.“ Sie kam zu mir und zog mich in die Arme. „Wenn ich es könnte, würde ich das Wunder für dich vollbringen. Aber ich kann es nicht.“

„Was können wir dann tun?“, fragte ich, als ob es da noch etwas geben müsste.

„Ich befürchte, dass es nichts mehr zu tun gibt“, sagte meine Großmutter leise und bedauernd, so als ob sie jedes Wort verfluchte, das sie aussprechen musste. „Er ist jung und stark und sein Körper wird noch eine Weile leben, auch ohne seine Seele. Aber länger als ein halbes, vielleicht ein dreiviertel Jahr wird auch sein Körper nicht aushalten. Dann wird er sterben.“

Ramon fluchte und Lennox legte ihm seinen Arm um die Schulter. Nur Torin stand bewegungslos da und starrte Adam unverwandt an, als ob er nicht glauben konnte, dass sein Bruder für immer von uns gegangen sein sollte.

In diesem Moment wurde die Tür aufgerissen und Adams Mutter kam herein.

„Adam“, rief sie verzweifelt und drängte sich an sein Bett.

„Guten Abend, Frau Torrel“, sagte meine Großmutter höflich und trat neben sie. Dann erklärte sie ruhig, was passiert war, und ich durchlebte das Geschehen noch einmal, während sie von dem Drachenangriff erzählte, der wohl auf Ladislav Ende gerichtet sein musste, und wie Adam von dem Drachen gebissen worden war, als er seine Pflicht in der Schwarzen Garde erfüllt hatte. Sie erklärte auch, dass sie das Gift aus seinem Körper hatte entfernen und ihn wiederbeleben können. Dass dennoch alle Hilfe zu spät war, denn seine Seele hatte nicht in seinen Körper zurückgefunden, und die Chancen, dass das noch passierte, im Prinzip bei Null lagen, und dass sie nun entscheiden müsse, wie weiter vorgegangen werden sollte und wo und wie Adams Körper die letzten Monate verbringen sollte. Als meine Großmutter geendet hatte, hatte ich das Gefühl, meine Seele würde brennen.

„Lennox“, sagte Frau Torrel beherrscht und wandte sich an ihren ältesten Sohn. „Bring Adam nach Hause und lasse Elsa sein Zimmer herrichten, und sie soll nicht von seiner Seite weichen.“

Lennox sah mich fragend an.

„Nun mach schon“, sagte Ramon und warf seiner Mutter einen ängstlichen Blick zu.

„Tu es“, zischte Frau Torrel, die jetzt bemerkt hatte, wie Lennox zögernd in meine Richtung sah. „Sie hat kein Anrecht auf ihn. Sie hat gar kein Recht, sondern nur Schuld.“

„Selma hat mit der Sache nichts zu tun“, sagte Torin jetzt scharf. „Halte sie da raus. Es war Baltasars Drache.“

„Unsinn“, zischte sie. „Niemand hat ihn gesehen. Das sind alles nur Gerüchte.“

„Adam hat ihn gesehen und ein paar andere auch“, erwiderte Torin, während Lennox und Ramon Adam auf eine bewegliche Trage hoben. Noch immer hielt ich seine Hand, und ich wollte sie nicht loslassen.

„Wir gehen jetzt, lass ihn los und lass dich ja nicht in Adams Nähe blicken.“ Mit diesen Worten funkelte mich Frau Torrel böse an.

Doch es war nicht möglich, Adam gehen zu lassen. Wenn er weg war, dann gab es nichts mehr für mich, was den beißenden Schmerz fernhielt, der sich mir unbarmherzig näherte.

In diesem Moment ging alles sehr schnell. Frau Torrel hob die Hand und mit einer starken Böe riss sie mich von den Füßen. Adams Hand entglitt mir.

„Nein“, schrie ich verzweifelt, doch da waren Lennox und Ramon schon aus dem Raum gegangen.

„Es tut mir leid“, sagte Torin und nickte mir zu. Dann folgte er seiner Mutter und seinen Brüdern und ließ mich allein.

Weit entfernt spürte ich, wie meine Großmutter zu mir kam

und mir aufhalf.

Ich brauchte nicht mehr nachzudenken, der dumpfe Schmerz gewann an Stärke, durchflutete mein Herz und meinen Kopf und nahm mir alle Kraft.

Belara

Ich hatte geglaubt, dass der Schmerz mir das Leben nehmen würde, dass meine Brust sich nicht mehr heben und mein Herz nicht mehr schlagen könnte. Nie wieder. Das Leben und die Kraft waren aus mir gewichen und kein Atemzug ergab mehr einen Sinn.

Doch mein widerspenstiger Körper tat seinen Dienst, auch wenn ich mich in mein abgedunkeltes Zimmer in der Steingasse verkrochen hatte und keine Kraft mehr fand, aufzustehen oder etwas zu essen. Ich sprach mit niemandem, denn es gab nichts mehr zu sagen.

„Jetzt ist es aber genug“, sagte meine Großmutter energisch, als sie mein Zimmer betrat. Ich wusste nicht, welcher Tag heute war, und ich wusste auch nicht, ob es morgens oder abends war. Ich hatte jegliches Zeitgefühl verloren, genau genommen hatte ich jedes Gefühl für irgendeine Normalität verloren.

Sie ging zu den Fenstern, schob die Vorhänge beiseite und ließ das graue Licht eines trüben Tages hinein. „Du hast dich jetzt seit über zwei Wochen hier eingeschlossen. So geht es nicht weiter, Selma.“

„Lass mich“, sagte ich müde. Ich fand keinen Schlaf mehr und die allgegenwärtige Müdigkeit hatte mich in einen trägen Dämmerzustand versetzt, irgendwo zwischen Träumen und Wachen, zwischen da sein und nicht da sein. Sobald ich die Augen schloss, quälte mich der immer gleiche Albtraum von Adams Unfall und ließ mich erschrocken hochfahren und den Moment immer wieder erleben, wie in einer endlosen, qualvollen Zeitschleife.

„Nein, das werde ich nicht tun“, sagte meine Großmutter. „Ich sehe schon viel zu lange dabei zu, wie du dich selbst aufgibst. Du wirst jetzt aufstehen und etwas essen und dann wirst du dein Leben weiterleben, mit oder ohne Knollenbeeren."

„Knollenbeeren!" Ich fuhr empört im Bett hoch und sofort erfasste mich ein beißender Kopfschmerz und mir wurde schwindelig.

„Ja, Selma", sagte meine Großmutter energisch und zog meine Bettdecke weg. „Ich werde nicht zulassen, dass du hier im Dunkeln dahinsiechst. Damit änderst du absolut nichts."

„Ich weiß", erwiderte ich matt. „Aber ich werde keine Knollenbeeren nehmen und ihn einfach vergessen." Ich hatte die Liebe meines Lebens getroffen, meinen Seelenverwandten, und wir hatten das Glück ausgekostet. Es wäre ein Hochverrat, Adam zu vergessen und so zu tun, als ob all das nie passiert wäre, denn dann müsste ich auch all die wunderschönen und perfekten Momente vergessen, die wir erlebt hatten. Wieder brandete der Schmerz auf, als ich erneut begriff, dass alles vorbei war, für immer vorbei.

„Ich weiß, dass es schwer ist", sagte meine Großmutter eindringlich, aber entschieden. „Wenn es jemand weiß, dann ich. Aber du bist nicht gestorben und ich lasse nicht zu, dass du dich aufgibst. Tu es für mich." Sie sah mich bittend an und ich spürte, wie ich langsam nickte. Für mich selbst wäre ich nicht aufgestanden, aber für einen anderen konnte ich es tun. Meine Großmutter hatte zu viel Leid erlebt und ich wollte nicht daran schuld sein, dass noch ein weiteres hinzukam.

Langsam schob ich meine Beine über die Bettkante und erhob mich. Dann zog ich mich an und folgte meiner Großmutter langsam in die Küche.

Sie schmierte ein Marmeladenbrötchen für mich und stellte den Teller vor mich hin, während ich in das trostlose Novembergrau hinaussah, das so perfekt meine Stimmung unterstrich, dass es mir wie ein Hohn vorkam.

„Deine Freunde waren hier und wollten mit dir sprechen", sagte meine Großmutter und stellte eine Tasse Kaffee neben den Teller. „Ich habe ihnen gesagt, dass du krank bist."

„Warum sagst du ihnen nicht die Wahrheit?“, fragte ich und starrte weiter müde in den Garten.

„Das wirst du schon noch verstehen“, sagte meine Großmutter ausweichend. „Und jetzt iss etwas!“

Mechanisch griff ich nach dem Brötchen und biss hinein, ohne viel zu schmecken. Dann trank ich einen Schluck Kaffee. „Zufrieden?“, fragte ich.

„Fast“, erwiderte meine Großmutter. „Ich möchte, dass du nach Tennenbode zurückkehrst und dein Studium fortsetzt.“

„Nein“, sagte ich sofort und entschlossen. Es machte keinen Sinn mehr, dort hinzugehen. Ich wusste nicht mehr, wohin ich gehörte, denn welches Leben konnte ich jetzt noch führen? In mir war nichts mehr, was mich antrieb. Wollte ich weiter studieren und mich auf einen langweiligen Beruf in der magischen Welt vorbereiten? Nein, wofür sollte ich das tun? Genauso gut konnte ich mich von der magischen Welt abwenden, denn was nutzte denn die ganze Magie, wenn mir sein Leben dennoch durch die Finger geronnen war und nicht einmal meine Großmutter etwas hatte tun können, um ihn zu retten.

Nicht einmal ein Rachefeldzug gegen Baltasar erschien mir erstrebenswert. Ich sollte den Drachen hassen und ihn töten wollen. Doch nicht einmal das vermochte ich zu fühlen, geschweige denn zu tun. Was sollte ich auch gegen diesen Drachen ausrichten? Und selbst wenn ich ihn töten könnte, so änderte es doch nichts mehr. Es machte Adam nicht wieder lebendig.

„Selma“, sagte meine Großmutter seufzend, und ich sah die Sorge in ihren Augen. „Ich möchte dir helfen.“

„Ich möchte keine Knollenbeeren“, erwiderte ich müde.

Meine Großmutter sah mich lange und nachdenklich an. „Es gibt vielleicht noch eine andere Möglichkeit.“

„Eine andere Möglichkeit?“ Ich wandte mich ihr zu und der Ausdruck in ihrem Gesicht gefiel mir gar nicht.

„Ja, da gibt es noch eine Möglichkeit.“ Sie stand auf und verließ die Küche. Dann hörte ich sie in ihrem Atelier nach etwas suchen. Flaschen klirrten und schließlich kam sie wieder zurück in die Küche, in der Hand ein paar unscheinbare Früchte und eine Flasche gefüllt mit einer dunklen Flüssigkeit.

„Das soll mir helfen?“ Ich betrachtete die kleinen Früchte, die Kastanien ähnelten, mit argwöhnischem Blick. „Die standen in unserem Garten, hinten bei den Rosen, nicht wahr?“

„Genau, das sind Stachelfunkien, die Früchte können dich für wenige Momente in euphorische Stimmung versetzen“, sagte meine Großmutter.

„Ein paar Momente Euphorie werden mir wenig nutzen“, sagte ich matt.

„Ich weiß“, erwiderte meine Großmutter und hielt die Flasche hoch. „Deswegen ist das hier das Richtige für dich. Das ist die Essenz der Stachelfunkien. Eine hochkonzentrierte Lösung der Früchte. Und bei deiner aktuellen Gemütslage wird es gar nicht so weit kommen, dass du euphorisch wirst. So stark sind die Stachelfunkien nicht. Sie werden deine Laune nur etwas verbessern und dich in einen alltagstauglichen Zustand zurückversetzen. Die Essenz wirkt auch länger, ungefähr zwölf Stunden.“

„Ich will mich nicht betäuben“, erwiderte ich leise und betrachtete die Flasche misstrauisch.

„Es geht nicht darum, dich zu betäuben, es geht darum, dir den Schmerz halbwegs erträglich zu machen, damit du überhaupt zurück ins Leben findest. Es ist nur eine Übergangslösung für ein paar Wochen. Du kannst jeden Morgen neu entscheiden, ob du die Stachelfunkien brauchst.“

„Mmh“, sagte ich und hörte selbst, wie matt und leer meine Stimme klang.

„Probiere es einfach, die Wirkung verfliegt wieder.“ Meine Großmutter öffnete die Flasche und füllte einen Teelöffel mit der braunen Flüssigkeit. „Mund auf!“, sagte sie in einem Ton, der keinen Widerspruch duldete, und ich tat ihr den Gefallen und schluckte die bittere Flüssigkeit.

„Igitt.“ Es schüttelte mich etwas und mein Magen, der

schon lange keine Nahrung mehr bekommen hatte, zog sich schmerzhaft zusammen und mir wurde übel.

„Es soll wirken und nicht schmecken“, sagte meine Großmutter. „Eine kleine Nebenwirkung haben die Stachelfunkien allerdings.“

„Das sagst du erst jetzt“, meinte ich empört und stellte erstaunt fest, dass ich wieder empört sein konnte. Das war eine Gefühlsregung, die eine Abwechslung darstellte. Auch der Schmerz, der mich seit Adams Unfall quälte, war ein anderer, er war dumpfer geworden und stach nicht mehr spitz in mein Herz. Er fühlte sich an wie ein blauer Fleck, der langsam verheilte und nur schmerzte, wenn man mit den Fingern genau darauf drückte.

„Also, diese Nebenwirkung ist jetzt nicht dramatisch“, wiegelte meine Großmutter sofort ab. „Deine magischen Kräfte werden etwas abgeschwächt, und auch nur vorübergehend. Sobald die Wirkung nachlässt, kommen deine Kräfte auch wieder zurück. Mehr ist es nicht.“

„Interessant“, erwiderte ich, erstaunt darüber, dass es mich wirklich interessierte. „Ich glaube“, sagte ich langsam und sah in den späten Nachmittag hinaus, „ich muss mal vor die Tür. Ich war schon seit Ewigkeiten nicht mehr an der frischen Luft.“

„Gute Idee“, sagte meine Großmutter, und man sah ihr die Erleichterung über meine Worte deutlich an. „Ich bereite derweil das Abendessen vor.“

„Ja“, sagte ich nickend und immer noch erstaunt darüber, dass ich Lust verspürte, irgendetwas zu tun. Ich nahm meine Lederjacke und zog mir auch Handschuhe und eine Mütze an. Dann trat ich auf die Straße und lief langsam durch Schönefelde.

Als ich auf den Marktplatz trat, hatte sich ein dichter Nebel auf die Stadt herabgesenkt und ich tauchte dankbar hinein. Die feuchtkühle Luft legte sich auf meine Wangen und ich atmete tief ein, als ob ich selbst im Nebel verschwinden könnte. Alles um mich herum fühlte sich fremd an, aber das Gefühl war dennoch erträglich. Die Stachelfunkien hatten meinem Herz eine Schutzschicht verpasst. Ich erinnerte mich an alles ganz genau, aber der Schmerz war nur noch dumpf und raubte mir nicht mehr den Atem.

Ich bemerkte, dass ich zum Parkplatz am Massiv gelaufen war, und plötzlich wusste ich, wohin ich musste. Ich war schon dabei, meinen Ausweis zu suchen und ihn durch das Kontrollkästchen zu ziehen, doch eigentlich wollte ich nicht registriert werden. Besser, es wusste niemand, wo ich war. Ich sah mich um, dann spannte ich meine Flügel auf und flog hinauf zum Massiv. Ich musste zurück an die Stelle, wo es passiert war.

Der Sand knirschte leise, als ich sanft neben dem Tunnel nach Akkanka landete.

Alles sah aus wie immer hier oben. Die Bäume des kleinen Wäldchens raschelten leise voller Herbstlaub, als der aufkommende Nachtwind hindurchstrich. Die Reste der Wahl waren längst weggeräumt worden und morgen früh würden hier wieder Studenten pünktlich zum Morgenlauf in den Burghof strömen.

Ich versuchte mir vorzustellen, wie es wäre, wieder nach Tennenbode zu gehen, und nun merkte ich, dass die Wirkung der Stachelfunkien ihre Grenzen hatte. Der Schmerz in meiner Brust schwoll wieder an und ich wusste plötzlich, dass ich nicht hierbleiben konnte. Nichts davon würde ich ertragen können, weder Adams leeres Zimmer noch Adams leeren Stuhl beim Frühstück oder bei den Vorlesungen. Jeder Raum von Tennenbode erinnerte mich an ihn, selbst in Akkanka hatten wir gemeinsame Spuren hinterlassen. Wie sollte ich jemals wieder auf einem Drachen fliegen, ohne schmerzhaft daran erinnert zu werden, dass Adam von einem Drachen vergiftet worden war?

Ich hatte keine Ahnung, wo mein Weg mich hinführen würde, vielleicht sollte ich besser Schönefelde verlassen. Alles war besser, als hierzubleiben. Die Prophezeiung hatte sich erfüllt, ich hatte Wissen und Liebe bekommen und die Gefahr hatte sich schließlich nicht als leere Drohung erwiesen. Ich hatte immer gewusst, worauf ich mich einließ, aber ich war so dumm und blauäugig gewesen, dass ich eigentlich immer daran geglaubt hatte, dass ich entkommen würde.

Plötzlich hörte ich eine sanfte Stimme neben mir. „Es wird nicht besser, aber man lernt irgendwann, damit zu leben." Erschrocken fuhr ich herum und sah Nuria neben mir stehen, den sanften Blick voller Mitleid.

„Wie meinst du das?", fragte ich matt, und in diesem Moment gaben meine Knie nach und ich sank zu Boden.

Nuria hockte sich neben mich, während ich auf den Sand am Boden starrte. „Ich habe einen kleinen Sohn", sagte sie zögernd. Ich sah zu ihr auf und bemerkte den schmerzhaften Zug um ihre Lippen.

„Einen Sohn?", fragte ich verwundert. Was wollte sie hier in Tennenbode, wenn sie daheim einen Sohn hatte? Und was machte sie überhaupt hier?

„Ja", erwiderte Nuria langsam. „Mein Sohn ist vor zwei Jahren schwer erkrankt. Ein Unfall. Bisher hatte ich mit Magie nicht viel zu tun. Ich hätte niemals eine Uni besucht, doch es gab keine Heilung für ihn, und das konnte ich nicht akzeptieren."

„Lebt er noch?", fragte ich vorsichtig.

„Das kommt darauf an, wen du fragst", sagte Nuria und stand wieder auf. „Die Heiler meinen, er ist dem Tode näher als dem Leben. Doch ich glaube daran, dass ich ihn noch retten kann, solange noch ein Funken Leben in ihm ist. Meine Familie ist vermögend, weißt du, und kann es sich leisten, ihn aufwendig zu pflegen."

„Es tut mir leid für dich", sagte ich bedauernd.

„Das muss es nicht, das Schicksal hat dich ähnlich hart getroffen wie mich", erwiderte sie, und ich hörte einen vorsichtigen und tastenden Klang in ihrer Stimme.

„Was meinst du damit?", fragte ich.

„Du und Adam, mir schien, ihr seid durch Liebe verbunden gewesen.“

„Denkst du das?“, erwiderte ich.

„Ich weiß, dass solcherlei in der Vereinten Magischen Union verboten ist, aber ich will dich nicht richten.“

„Was willst du dann, Nuria?“, fragte ich und erhob mich wieder. Ich hatte im Moment keinen Nerv für ein spitzfindiges Gespräch rund um juristische Klippen.

„Du hast mein Leben gerettet und ich will dir helfen“, sagte sie und sah mich geradeheraus an. Sie wirkte plötzlich nicht mehr schüchtern, sondern entschlossen.

„Leider kann mir niemand helfen“, sagte ich tonlos. „Es gibt keine Heilung und viel Zeit bleibt nicht. In sechs Monaten wird auch Adams Körper sterben.“

„Man hat mir auch gesagt, dass es keine Heilung gibt. Weißt du, warum ich Magie studiere?“

„Ich nehme an, du möchtest deinen Sohn heilen und erhoffst dir, dass du hier lernst, wie das funktionieren könnte“, spekulierte ich.

„Nein“, sagte Nuria entschieden. „Ich weiß selbst, dass ich hier nichts lerne, was mir die Heilung meines Sohnes ermöglicht. Ich habe die besten Heiler kommen lassen, aber auch sie konnten Adrian nicht ins Leben zurückbringen. Aber ich bin auf der Suche nach etwas, das es vermag.“

„Du sprichst in Rätseln, Nuria, und im Moment steht mir nicht der Sinn nach Raten“, erwiderte ich.

„Das ist der Schock, der dich noch lähmt, aber warte nur, bald kommen der Schmerz und die Wut und dann der Wunsch nach Rache und Vergeltung. Ich habe alle diese Phasen durchlaufen. Doch am Ende siegte der Wunsch, meinen Sohn zu heilen. Ich habe es nicht akzeptiert, dass es trotz Magie Krankheiten geben soll, die unheilbar sind.“

„So scheint es aber zu sein“, erwiderte ich.

„Lange Zeit dachte man auch, die Vergiftung des Dämonischen Schattenefeus wäre unheilbar, bis jemand herausgefunden hat, dass man ihn mit der Asche des Kreuzkrautes heilen kann.“ Nuria sah mich herausfordernd an.

„Es scheint mir kein Zufall zu sein, dass du hier bist“, sagte ich langsam und betrachtete sie neugierig. Ich hatte Nuria für ein schüchternes Wesen gehalten, doch mir schien, dass dieses Verhalten nur ein Teil ihres Charakters war oder dass mich ihr Äußeres zu diesem Schluss verleitet hatte. Doch dem war nicht so, Nuria schien mir entschlossen und charakterstark zu sein. Sie hatte ein festes Ziel vor Augen und würde es mit aller Kraft verfolgen, denn zu verlieren hatte sie nichts mehr, genauso wenig wie ich.

„Ich habe gewusst, dass du wieder herkommen würdest, um Adam nah zu sein. Hier ist es passiert. Ich bin jeden Tag hierhergekommen und wollte dich treffen, denn ich will dir helfen. Außerdem brauche ich deine Hilfe.“

„Meine Hilfe wobei?“, fragte ich argwöhnisch.

„Ich bin auf die Spur eines Heilmittels gestoßen, das in aussichtslosen Fällen wie den unseren Heilung bringen könnte.“

„Ein Heilmittel?“, fragte ich, als ob sie mir von einem Wunderheiler erzählt hätte, der ihr versprochen hatte, nur mit dem Auflegen seiner Hände oder seinem magischen Blick jede Krankheit zu besiegen. „Wenn man verzweifelt ist, Nuria, dann glaubt man viel zu leicht an dieses Versprechen.“

„Es ist kein Schabernack“, sagte Nuria scharf. „Es ist ein gut verstecktes Geheimnis und ich bin ihm schon seit einer Weile haarscharf auf der Spur. Dieses Heilmittel kann meinen Sohn heilen und es kann auch Adam heilen. Ich komme allein nicht weiter, aber gemeinsam könnten wir es finden.“

„Nuria“, sagte ich seufzend.

Sie hob eine Hand und lächelte mich jetzt an. „Du musst es nicht jetzt entscheiden. Schlafe eine Nacht darüber und morgen kannst du mir immer noch sagen, dass du das alles für albernen Aberglauben hältst, oder ich erzähle dir morgen, was ich schon herausgefunden habe. Dann kannst du selbst urteilen, ob du die Sache ernst nimmst oder nicht.“ Nuria nickte mir zu. „Wenn du dich dafür interessierst, dann sehen wir uns morgen zum Frühstück im Ostsaal."

„Ich denke darüber nach", erwiderte ich zögernd.

„Gut, dann lasse ich dich jetzt allein." Damit wandte sie sich von mir ab und lief mit leisen Schritten zum Eingangstor hinüber.

Ich sah ihr nachdenklich nach und wusste nicht, was ich von der Sache halten sollte. War Nuria tatsächlich nur nach Tennenbode gekommen, weil sie die Suche nach einem Heilmittel für ihren kranken Sohn durchs Land trieb und sie hoffte, hier etwas zu finden?

Möglich wäre es, und da ich jetzt in einer ähnlichen Situation steckte wie sie, hoffte sie vielleicht, dass uns das verbinden würde und sie einen Partner für ihre Sache gefunden hatte. Wer sonst hätte Verständnis für die irrationale Suche nach etwas, das vielleicht Rettung versprach, oder die Tatsache, dass einen diese Suche und die Hoffnung darauf, etwas zu finden, am Leben hielt?

Ich hatte die Worte Nurias nicht ernst genommen. Das Urteil meiner Großmutter wog viel mehr, aber meine Großmutter hatte auch geglaubt, dass eine Vergiftung mit dem Dämonischen Schattenefeu unheilbar war, und in diesem Fall hatte sie sich geirrt. Vielleicht hatte sie sich auch jetzt geirrt. Auch die Druiden wussten damals nichts von der Wirkung des Kreuzkrautes.

Vielleicht gab es tatsächlich ein Heilmittel für diesen Fall? Nurias Worte begannen in meinem Kopf zu arbeiten oder vielleicht lag es auch an den Stachelfunkien, die meine positiven Gedanken stärkten, aber ich spürte, wie ich mich hoffnungsvoll daran zu klammern begann, dass es doch noch einen Ausweg geben könnte. Langsam ging ich zum Rand des Massivs, und noch während ich lief, war die Entscheidung im Prinzip gefallen.

Am nächsten Morgen kehrte ich offiziell nach Tennenbode

zurück. Ich fühlte mich fehl am Platz und es war falsch, hier zu sein, aber ich konnte das Gefühl ohne Probleme ignorieren, denn Nurias Worte hielten mich noch immer aufrecht. Als ich zum Frühstück ging, lag über der ganzen Burganlage eine dünne Schicht Schnee. Im Ostsaal herrschte ein munteres Summen, die ersten waren schon beim Frühstück und studierten den „Korona Chronikle" bei einer Tasse Kräutertee. Ich lief zwischen den voll besetzten Tischen hindurch und ließ mich auf unseren Stammplatz nieder. Ich hatte mich schon sehr zeitig nach Tennenbode geschlichen, im Gepäck die Essenz aus Stachelfunkien, die ich heute Morgen schon genommen hatte, nachdem die Wirkung im Laufe der Nacht nachgelassen hatte und der spitze Schmerz mich wieder vom Schlafen abgehalten hatte.

Lorenz hatte noch tief und fest geschlafen und Liana und Shirley hatten mich begrüßt und sich gefreut, dass ich endlich wieder da war. Es wunderte mich, dass sie kein einziges Wort über Adam gesagt hatten. Ich hätte zumindest erwartet, dass sie mich bedauert hätten. Doch so langsam beschlich mich der Verdacht, dass sie noch immer nichts darüber wussten.

Ein dumpfer Schmerz riss in meiner Brust, als ich zu dem Stuhl hinübersah, auf dem Adam immer gesessen hatte. Ich wusste, dass dieser Schmerz taub war und ohne die Stachelfunkien vermutlich unerträglich sein würde. Doch ich konnte jetzt reden, essen und schlafen. Ich funktionierte und ich war in der Lage, Adam vielleicht doch noch zu helfen.

Nuria ließ auf sich warten und ich zog eine Ausgabe des „Korona Chronikle" zu mir heran, um mir die Zeit zu vertreiben.

Auf der Titelseite wurde berichtet, wie Ladislav Ende sein Büro neu eingerichtet hatte, und ich fragte mich, ob es nichts Spannenderes über den neuen Primus zu erzählen gab.

Endlich kam Nuria herein.

„Und?", fragte sie, als sie sich auf den Platz neben mich setzte.

„Erzähl mir, was du bisher herausgefunden hast", sagte ich und sah ihr in die rehbraunen Augen.

„Bist du dabei?", fragte sie ernst. „Ich teile meine Geheimnisse nicht mit jedem. Entscheide dich dafür oder dagegen!"

Ich sah sie nachdenklich an. Natürlich hätte ich nichts anderes gesagt. Man musste vorsichtig sein, mit wem man Informationen austauschte, und diese Vorsicht sorgte dafür, dass ich Nuria umso ernster nahm.

„Ich bin dabei", sagte ich leise.

„Gut", erwiderte sie. „Dann komm mit."

Ich stand auf und folgte Nuria in die Eingangshalle hinaus. Von dort aus lief sie in den Burghof und überquerte ihn, bis wir in die Außenanlagen gelangten. Wir liefen tiefer in das kleine Wäldchen hinein, bis wir an den Rand des Massivs gelangten, wo einige Felsbrocken lagen, bevor die Wand steil abfiel.

„Hier sind wir ungestört", sagte Nuria, hob die Hände und ließ ein warmes Feuer zwischen uns entstehen.

Ich nickte und stellte mich davor. In der Eile hatte ich vergessen, meine Jacke mitzunehmen, und mittlerweile war es November und die Temperaturen waren unter den Gefrierpunkt gefallen. Es war kalt, und obwohl ich die Kälte ertragen hätte, war ich nun doch froh über das wärmende Feuer.

„Also", sagte ich. „Erzähl mir, was du weißt."

„Gern", sagte Nuria ernst. „Doch du musst mir versprechen, dass du mich unterstützen wirst. Du wirst dich nicht deinen dunklen Gefühlen des Verlustes überlassen und lethargisch werden, sondern du wirst kämpfen bis zum letzten Atemzug."

„Gut", sagte ich zögernd und überlegte kurz, dass ich das mithilfe der Stachelfunkien halbwegs in den Griff bekommen würde.

„Schwöre es!", sagte Nuria eindringlich.

„Ja, ich schwöre es", erwiderte ich erstaunt von Nurias Nachdrücklichkeit. „Nun erzähl endlich."

„Also", sagte Nuria und holte tief Luft. „Mein Sohn wurde bei einem Sturz so unglücklich verletzt, dass sein Gehirn schwer beschädigt wurde. Weder magische noch nichtmagische Heiler rechnen ihm Überlebenschancen aus. Im Moment wird er nur mit magischer Hilfe am Leben erhalten und die Heiler haben mir empfohlen, ihn in Frieden sterben zu lassen."

„Das tut mir leid", sagte ich.

„Es ist schrecklich und lange Zeit war ich wie erstarrt. Doch ich konnte den Verlust nicht akzeptieren, ohne alles probiert zu haben, was ihn retten könnte. Er ist alles, was ich habe, und es ist viel zu früh für ihn, zu gehen. Also habe ich angefangen, die Siedlungen der Magier zu bereisen und ihre Geschichten zu erforschen, und so bin ich schließlich über eine alte Legende gestolpert, die mich neugierig gemacht hat."

„Eine Legende?", fragte ich vorsichtig. Legenden waren oft nur Überlieferungen, an denen nicht mehr viel Wahrheit haften musste.

„Es geht um die Legende von Jericho", sagte Nuria langsam.

„Jericho?" Ich sah sie fragend an.

„Man sagt, dass Jericho die älteste Siedlung der Welt sein soll. Vielleicht kennst du die Rose von Jericho."

„Nein", sagte ich bedauernd. Ich kannte nichts von alledem.

„Es ist keine magische Pflanze. Die Rose von Jericho ist auch mehr ein Symbol als eine Wahrheit. Sie wird von den nichtmagischen Bürgern auch als Pflanze der Auferstehung bezeichnet. Sie vertrocknet, und benetzt man sie mit etwas Wasser, dann erblüht sie neu. Ein netter, kleiner Effekt. Erst hielt ich es für Unsinn, doch dann reiste ich nach Jericho und begann mich dort mit der Vergangenheit zu beschäftigen. Die Idee der Auferstehung musste zumindest den Kern einer Wahrheit verbergen. Und da stieß ich das erste Mal auf die Legende von Jericho. Die Rose ist ein blasses Abbild dieser Wahrheit, aber sie hat mich dorthin geführt."

„Auferstehung?", fragte ich ungläubig und zugleich fasziniert davon. „Erzähle mir diese Legende!"

„Ich habe sie von einem alten Mann erfahren, der viele Jahre seines Lebens geopfert hat, um das Heilmittel für seine Frau zu finden, und er konnte die Legende auswendig daherbeten, so oft hat er sie erzählt. Sie berichtet die Geschichte der Entstehung dieses Elixiers. Vor Tausenden von Jahren lebten die Drachen frei auf der Erde. Unter ihnen war eine besondere Gattung, die unsterblichen Drachen. Sie waren scheu und vorsichtig. Dennoch erfuhr ein Magier von ihnen und wurde neugierig. Jede ihrer Verletzungen heilte und sie alterten nicht. Er fing einen der Drachen und versuchte herauszufinden, wie er sich diese Eigenschaften zunutze machen konnte. Schnell bemerkte er, dass das Geheimnis der Drachen in ihrem Blut lag. Aber es hatte seine Grenzen. Die Drachen waren nicht unverletzbar, ihre Wunden heilten zwar schnell, aber man konnte sie dennoch töten, indem man ihnen das Herz herausriss oder den Kopf abschlug. Doch dem Magier wurde klar, dass er ein sehr langes Leben führen konnte, wenn er über diese Eigenschaften verfügen würde. So wuchs in ihm der Wunsch, ebenfalls unsterblich zu sein. Er jagte die Drachen unbarmherzig und ließ ihnen die Köpfe abschlagen, um an ihr Blut zu gelangen. Doch er brauchte viel Blut, um eine wirksame Essenz herzustellen. Das Blut eines jeden Drachen reduzierte er auf nur einen Tropfen und so sammelte er einen ganzen Flakon der wertvollen Substanz, bis die Drachen ausgerottet waren."

„Ausgerottet?"

„Ja, damals war man nicht zimperlich, wenn es um die eigenen Interessen ging", sagte Nuria.

„Das klingt vielversprechend", sagte ich, als Nuria geendet hatte. „Wer sagt, dass das Elixier nicht längst verbraucht ist."

„Niemand sagt das", erwiderte sie. „Die Legende sagt, dass das Elixier in den Händen dieser Familie blieb und nur dann ein Tropfen verwendet wurde, wenn es darum ging, das Leben eines der Söhne oder Töchter zu retten."

„Und diese Familiengeschichte hast du nachverfolgt", sagte ich erwartungsvoll, denn das wäre es, was ich getan hätte.

„Ganz genau, das habe ich getan. Die Familie hat Jericho schon vor langer Zeit mit den Ihrigen verlassen. Einige sind nach Europa gezogen und hier in Schönefelde gelandet und andere haben sich einer anderen Siedlung zugewendet, in der sie unter sich waren, und bei dieser Siedlung handelt es sich um Belara.“

„Belara?“, fragte ich überrascht. „Die Siedlung in der Wüste.“

„Du kennst sie, das ist gut“, sagte Nuria sofort.

„Ich habe von ihr gehört“, erwiderte ich. „Selbst war ich noch nicht dort.“

„Das macht nichts, ich weiß, dass du von hier wegmöchtest, weil dich hier alles an Adam erinnert, und deswegen brauche ich dich in Belara. Du sollst dort nach dem Elixier suchen. Ich kann nicht an allen Orten zugleich intensiv forschen.“

„Ja“, sagte ich. „Das klingt gut.“

„Du kannst nicht ganz verschwinden“, sagte Nuria eindringlich. „Den Schein der Normalität müssen wir dennoch wahren, aber neben den Vorlesungen ist genug Zeit, auch anderswo zu recherchieren. Ich verfolge weiter die Spur in Schönefelde und du wirst dich nach Belara begeben. Gemeinsam können wir dann auswerten, was wir gefunden haben. Im Moment arbeite ich im Stadtarchiv und wühle mich durch alte Unterlagen.“

„Einverstanden“, sagte ich. „Weißt du einen schnellen Weg nach Belara? Jeden Tag nach den Vorlesungen bis nach Afrika zu reisen, wird selbst mit Flügeln nicht möglich sein.“

„Auch dafür habe ich eine Lösung“, sagte Nuria, und ihre Augen blitzten entschlossen. „Ich habe lange nach familiären Verbindungen zwischen Belara und Schönefelde gesucht. Wenn es so eine Verbindung gibt, gibt es meist auch eine Tür, die beide verbindet. Die sind in der Regel illegal. Aber das kann uns ja egal sein, wir müssen nur an die Tür herankommen.“

„Das lässt sich sicher einrichten, ich kenne viele Leute in Schönefelde.“

„Gut, ich glaube, dass wir im Haus von Evelin Gonden eine Tür finden könnten", sagte Nuria.

„Frau Gonden soll eine Tür nach Belara haben?", fragte ich überrascht.

„Es ist eine Vermutung", erwiderte Nuria achselzuckend.

„Natürlich", erwiderte ich. „Aber es sollte kein Problem sein, das herauszufinden."

„Gut, Selma, das ist deine erste Aufgabe. Du musst diese Tür finden und den Zugang nach Belara. Wenn du dort bist, sage ich dir, wonach du suchen musst. Wir treffen uns morgen früh wieder hier und du erzählst mir, was du erreicht hast. Wir haben nicht viel Zeit. Du weißt, was auf dem Spiel steht."

„Alles." Ich nickte. „Was machst du, wenn du das Elixier hast?", fragte ich, als sich Nuria zum Gehen wandte.

„Es reicht mir ein einziger Tropfen, um meinen Sohn zu heilen, und sobald ich diesen Topfen habe, gehe ich heim und lebe mein Leben weiter." Sie lächelte sanft und ich konnte mir vorstellen, wie weit entfernt ein kleiner Junge in einem viel zu großen Bett lag, der dieselben dunklen Locken und dieselben dunklen Augen hatte wie seine Mutter, die die Welt auf den Kopf stellen wollte, um ihren Sohn zu retten.

Nurias Kraft gab mir Halt und ihre klaren Worte und Arbeitsanweisungen stützten mich. Es klang logisch, ich würde weiter studieren und meine Aufgaben erfüllen und den Rest meiner Zeit würde ich der Suche nach dem Elixier von Jericho widmen. An das dunkle Loch der Verzweiflung würde ich einfach keinen Gedanken mehr verschwenden und nach vorn sehen.

Ich folgte Nuria, die mit energischen Schritten zum Burghof zurückkehrte, und dann ging ich gemeinsam mit ihr zur Vorlesung von Frau Professor Hengstenberg.

„Wo warst du?", fragte Liana, als ich mich neben sie und Shirley setzte.

„Ich habe noch mit Nuria gesprochen", erwiderte ich. Schließlich war ich gerade mit ihr hereingekommen.

„Aha“, sagte Liana und sah nach vorn, wo Frau Professor Hengstenberg in den Raum gekommen war und um Ruhe bat.

Ich wartete wieder darauf, dass Liana mich auf die Sache mit Adam ansprechen würde, doch sie tat es nicht, sondern sah nach vorn und hörte jetzt Frau Professor Hengstenberg zu, die begonnen hatte, über die Vorbereitungen zur Umwandlung der Vereinten Magischen Union von einer Monarchie in eine Demokratie zu sprechen.

Niemand schien bemerkt zu haben, was wirklich passiert war, und ich stellte fest, dass mir dieser Zustand gefiel. Ich lehnte mich zurück und begann zu überlegen, wie ich noch heute in das Haus von Frau Gonden kam.

Nach dem Mittagessen wusste ich, wie ich es anstellen würde. Ich hatte Flavius Gonden in der Eingangshalle entdeckt, der sich mit Dulcia darüber unterhielt, dass er in Erwägung zog, das Hauptfach noch einmal zu wechseln, und ob Erde beim Nöll mehr zu empfehlen wäre. Er trug seine weißblonden Haare raspelkurz und wirkte mit seinen hellblauen Augen und den Sommersprossen immer etwas unbedarft.

„Hallo Flavius“, sagte ich und trat zu den beiden. „Willst du wirklich schon aufgeben?“

„Nicht jedem fällt es so leicht wie dir“, sagte er.

„Ach was, das kriegst du schon hin“, sagte ich aufmunternd. „Weißt du, ich habe überlegt, ob es dir helfen würde, wenn ich dir einfach etwas Nachhilfe gebe.“

„Garantiert“, sagte Flavius und sah mich überrascht an. Mit diesem Angebot hatte er augenscheinlich nicht gerechnet.

„Gut, dann komme ich heute Nachmittag gegen 16 Uhr bei euch in der Kieselgasse vorbei und wir gehen die Übungen durch, die du alle wiederholen musst.“

„In die Kieselgasse?“, fragte Flavius einen Moment verwundert. Ich zögerte. Natürlich wäre es einfacher, wenn wir uns hier in Tennenbode zusammensetzen würden, doch das half mir nicht weiter. Ich musste in das Haus in der Kieselgasse.

„Deine Großmutter macht doch noch diese leckeren Torten?“, sagte ich. „Ich bin verrückt danach.“

„Ach so“, sagte er wissend. Ich war wohl nicht die Erste, die eine Vorliebe für Frau Gondens Backkünste hatte. Dann lachte er. „Du kannst von mir aus zehn Torten haben, wenn du mir weiterhilfst. Ich sage meiner Großmutter Bescheid, dass wir vorbeikommen.“

„Danke“, sagte ich zufrieden und ging dann mit Flavius zur Vorlesung von Professor Pfaff.

Flavius hatte viel nachzuholen, das wurde mir klar, als ich während der Vorlesung sah, wie schwer es für ihn war, einen filigranen Schmetterling zu formen. Seine Tiere sahen immer noch grob aus und längst nicht so zart und durchscheinend, wie sich das Professor Pfaff vorstellte.

Die Schmetterlinge erließ er ihm schließlich, doch auf die restlichen Übungen bestand er zusätzlich zu dem Vortrag, den wir bis Freitag vorbereiten, und der Nachbildung eines Frosches, die wir diese Woche üben sollten.

Nachdem uns Professor Pfaff schließlich entlassen hatte, packte ich meine Sachen zusammen und machte mich dann in Ruhe auf den Weg nach Schönefelde. Ich ließ mir Zeit und lief gemächlich in die Kieselgasse. Dort blieb ich vor dem imposanten Gebäude stehen, in dem die Gondens wohnten. Ein großer und liebevoll gepflegter Garten umgab das zweistöckige, elegante Anwesen, das mit den Säulen, den Sandsteinfiguren und verspielten Treppen einen herrschaftlichen Eindruck machte.

Ich klingelte und Flavius öffnete mir mit strahlendem Gesicht.

„Schön, dass du da bist, Selma“, sagte er und ließ mich ein. „Meine Großeltern freuen sich schon sehr, dich mal wieder zu sehen. Meine Großmutter hat den ganzen Tag gebacken.“

„Ich kann es kaum erwarten“, sagte ich und folgte Flavius in einen der großen Salons, wo er schon begonnen hatte, einen Frosch zu formen. Ich ließ mich auf ein kleines, elegantes Sofa sinken und betrachtete den Klumpen, der entfernt mit einem Frosch Ähnlichkeit hatte. Dann begann ich Flavius zu erklären, wie er erst einmal mit ein paar Atemübungen seine Konzentration verbesserte und wie er schließlich die Vorlage in seinem Kopf visualisieren musste, bevor er überhaupt beginnen konnte, einen Frosch aus dem Wasser zu schaffen.

Wir kamen gut voran, während uns Frau Gonden mit verschiedenen Torten verpflegte und mir langsam, aber sich übel wurde. Flavius machte wirklich schnell Fortschritte, sodass er am frühen Abend tatsächlich seinen ersten formschönen Frosch produziert hatte.

„Sehr gut“, sagte ich. „Jetzt musst du nur noch bei den Details aufpassen.“ Ich zeigte auf das Bild eines Frosches, das auf dem Tisch vor uns lag. „Hier bei den Augen musst du noch etwas genauer werden und genauso kannst du das auch bei den anderen Tieren machen, egal ob Schmetterling oder Vogel.“

„Du hast keine Ahnung, wie dankbar ich dir bin“, sagte Flavius jetzt schon zum fünften Mal und starrte seinen Frosch voller Erstaunen an.

„Kein Problem“, erwiderte ich. „Deine Großeltern haben mich ja schon zum Abendessen eingeladen. Du kannst ja noch eine kleine Hausführung machen, bis es so weit ist. Etwas Zeit haben wir noch.“ Ich stand auf und sah Flavius erwartungsvoll an.

„Natürlich“, erwiderte er und begann mich durch das Erdgeschoss zu führen. Ich sah mich in jedem Zimmer um und versuchte, hinter jede Tür zu blicken, die ich sehen konnte. Doch weder im Erdgeschoss noch im zweiten Geschoss oder dem Dachboden fand ich eine Tür nach Afrika. Unter dem Vorwand meines ausgeprägten Interesses für Architektur bestand ich auch darauf, in den Keller zu steigen und mir das alte Gewölbe anzusehen.

Ich glaubte, dass wir der Sache hier schon viel nähergekommen waren, doch dummerweise waren einige der Türen verschlossen, und bevor Flavius einen Schlüssel holen konnte, rief uns seine Großmutter zum Abendessen und wir mussten die Besichtigung auf einen späteren Zeitpunkt verschieben.

„Es schmeckt hervorragend“, sagte ich, als wir bei Hackbraten und Bohnen saßen. „Vielen Dank für die Einladung.“

Frau Gonden lächelte mir zu und legte mir noch eine Scheibe Hackbraten auf den Teller. „Es ist wirklich nett von dir, dass du Flavius hilfst. Wir dachten wirklich, die Spezialisierung bei Professor Pfaff würde ihm liegen.“

„Kein Problem“, erwiderte ich. „Sie haben außerdem ein so wunderschönes Haus. Allein deswegen komme ich gern vorbei.“

„Du bist jederzeit bei uns willkommen“, sagte Frau Gonden. „Genauso wie deine Großmutter, sie ist auch oft hier bei uns.“

„Ja, und ich hoffe, dass die Behandlung gut anschlägt.“ Ich erinnerte mich, dass meine Großmutter erst vor Kurzem hier gewesen war und dass Frau Gonden oft Probleme mit ihrer Gesundheit hatte. Ich sah sie aufmerksam an, sie hatte ein rundes Gesicht, das durch die weißen, gelockten Haare auf ihrem Kopf noch fülliger wirkte. Die Vorliebe für Buttercremetorten sah man ihr deutlich an, nicht nur am Gesicht.

„Ja“, sagte sie gedehnt. „Es geht mir viel besser, ich verdanke deiner Großmutter wirklich sehr viel.“

„Wirklich?“, sagte Flavius in diesem Moment. „Wenn sie da ist, sitzt sie doch meist in diesem Zimmer hinten in der Küche und lässt sich stundenlang nicht blicken.“

„Flavius“, sagte Frau Gonden streng.

„Ist doch wahr“, erwiderte er.

„Nur weil du nie erfahren hast, worum es geht, musst du nicht unseren Gast beleidigen. Es tut mir leid, Selma.“ Frau Gonden schenkte mir ein entschuldigendes Lächeln.

„Schon okay“, sagte ich verwundert. „Genau genommen interessiert es mich auch, was meine Großmutter hier bei Ihnen tut.“

„Ich weiß es ehrlich gesagt nicht“, sagte Frau Gonden. „Ich

bin oft krank, das stimmt, und deine Großmutter ist eine große Hilfe, und deswegen schlage ich ihr schon seit vielen Jahren die Bitte nicht ab, in diesem Raum ein paar Stunden Zeit verbringen zu dürfen, aber was sie genau da macht, weiß ich nicht. Es ist nur ein kleiner Raum, eine Abstellkammer."

„Darf ich ihn sehen?", bat ich.

„Natürlich, wir sind ohnehin fertig mit dem Essen", sagte Frau Gonden und stand auf. Ich folgte ihr in die große Küche, an deren hinterem Ende tatsächlich eine Tür war. Während wir auf diese Tür zugingen, schloss ich kurz die Augen und konzentrierte mich. Falls es Magie geben sollte, würde ich sie eigentlich spüren, doch da war nichts. In diesem Moment fiel mir ein, dass meine magischen Fähigkeiten durch die Stachelfunkien reduziert waren und ich mich nicht mehr auf diese Wahrnehmung verlassen konnte.

Frau Gonden öffnete die Tür und ich sah erwartungsvoll hinein. Doch anstatt der Wüstenstadt, die ich dahinter vermutet hatte, blickte ich in einen kleinen Raum voller Regale, die mit verschiedensten Konserven gefüllt waren.

„Hier verbringt meine Großmutter Stunden?", fragte ich erstaunt, und betrachtete eine Reihe Gläser, gefüllt mit Hausmacherleberwurst.

„Ja", sagte Frau Gonden entschuldigend. Es schien ihr selbst unangenehm zu sein, dass sie mir das nicht erklären konnte.

„Vielleicht gibt es einen Zauber?", meinte ich nachdenklich.

„Ich habe sie nie einen Zauber sprechen hören, wenn sie hier hineingegangen ist", sagte Frau Gonden.

„Wirklich seltsam", sagte ich und warf dem Raum noch einen Blick zu. Irgendetwas musste hier versteckt sein und es war mir zuwider zu gehen, wo ich doch wusste, dass ich so kurz vor der Lösung stand.

„Ja, aber es wird einen Grund geben. Ich bin zwar neugierig, aber ich respektiere auch, wenn deine Großmutter nicht darüber sprechen will. Sie ist eine mächtige Heilerin und es gibt so viele Dinge, die sie tut, die ich nicht verstehe.“ Frau Gonden lächelte mir zu und begleitete mich wieder zurück in das Esszimmer, wo ich mich von Flavius verabschiedete. Ich wäre gern noch geblieben und hätte in Ruhe die Tür untersucht, doch die Höflichkeit gebot es jetzt eigentlich, meinen Besuch zu beenden.

Widerwillig ließ ich mich von Flavius zur Tür bringen und hatte schon den Türknauf in der Hand. Ich starrte den mit kleinen Drachen verzierten Knauf nachdenklich an und wollte die Tür schon hinter mir zuziehen, als ich plötzlich eine Idee hatte.

„Moment mal!“, sagte ich und drehte mich wieder um. Ich riss die Tür wieder auf. „Darf ich mal kurz“, sagte ich und drängte mich an Flavius vorbei zurück ins Haus. Ich rannte in die Küche, vorbei an der erstaunten Frau Gonden, die gerade die Töpfe in die Spülmaschine räumte, und auf das kleine Hinterzimmer zu. Ich nahm den Knauf in die Hand, öffnete die Tür und trat hinein. Dann schloss ich die Tür hinter mir und stand augenblicklich im Dunkeln.

Einen Moment lang verharrte ich enttäuscht, doch plötzlich leuchtete der ganze Raum golden und begann sich zu verändern. Die Regale verschwanden und statt ihrer erschienen lehmverkleidete Wände vor meinen Augen.

„Hah“, sagte ich siegessicher, und in diesem Moment war es wieder dunkel. Ich entzündete einen Lichtball und öffnete die Tür, vor der ich stand, ganz langsam. Ich hatte keine Ahnung, was mich dahinter erwartete, und konnte nur hoffen, dass ich wirklich in Belara gelandet war.

Doch gleichzeitig fragte ich mich, was meine Großmutter in dieser Stadt wollte. Sie hatte nie erwähnt, dass sie hier etwas zu tun hatte. Aber mir fiel jetzt ein, wie oft sie erwähnt hatte, dass sie Frau Gonden besuchen musste, und so langsam hatte ich meine Zweifel, dass es immer nur ein verstimmter Magen gewesen war, wegen dem meine Großmutter unbedingt hierher hatte kommen müssen.

Erwartungsvoll schob ich die Tür weiter auf und der Schein meines Lichtballes folgte mir. Ein weiterer lehmverkleideter Raum schloss sich an die kleine Kammer an, nur dass dieser mit Teppichen gemütlich eingerichtet war.

„Hallo“, sagte eine vorsichtige, weibliche Stimme. „Georgette?“

„Nicht erschrecken“, sagte ich behutsam. „Ich bin Selma Caspari, Georgette ist meine Großmutter. Entschuldigen Sie bitte, dass ich Sie störe.“ Ich lugte in den Raum und sah eine dunkelhaarige, etwa fünfzig Jahre alte Frau auf einem Stuhl in der Ecke sitzen. Ihre langen Haare hatte sie zu einem festen Zopf geflochten und ihre schlanken Beine hatte sie elegant übereinandergeschlagen. Auf ihrem Schoss saß eine erstaunlich große, sandfarbene Katze, die bei meinem plötzlichen Erscheinen aufschreckte und aus dem Fenster flüchtete. Die Frau schien aus dem Fenster gesehen zu haben, das sie jetzt schnell mit Fensterläden von innen verschloss, nachdem die Katze verschwunden war.

„Bin ich in Belara?“, fragte ich und sah sie erwartungsvoll an.

„Ja, Selma Caspari, das bist du“, sagte sie freundlich, und mir gefiel der warme Klang ihrer Stimme. „Georgette hat mir schon so viel von dir erzählt. Es kommt mir vor, als ob ich dich schon gut kennen würde, und dabei haben wir uns doch noch nie gesehen.“

„Und wer sind Sie?“, fragte ich und trat näher.

Die Frau spitzte nachdenklich die Lippen. „Ich weiß nicht, ob es eine gute Idee ist, wenn ich dir das so ganz ohne eine Erklärung sage.“

„Das klingt kompliziert“, erwiderte ich. „Sagen Sie es mir doch einfach und dann können Sie es mir immer noch erklären.“

„Also gut, da du einmal da bist.“ Sie seufzte und sah mich lange an. Sie schien zu überlegen, ob sie es wirklich tun sollte. Ich wollte sie schon erneut auffordern, mir einfach ihren Namen zu nennen. Wer konnte sie schon sein, dass es mich so wundern würde. Sie lächelte noch einmal, dann zuckte sie mit den Schultern und sagte: „Mein Name ist ... Sedonie ... Sedonie Baltasar.“

Der Zusammenbruch

Ich starrte die elegante, schlanke Frau vor mir wortlos an, während sich die Gedanken in meinem Kopf überschlugen.

Sedonie Baltasar war die Schwester von Helander Baltasar. Vor vielen Jahren war sie im Dienst des Tempels gewesen, der die Akasha-Chronik verwahrt hatte. Doch von dort war sie verstoßen worden und konnte der Mutter von Helander Baltasar nicht mehr verraten, wer Helanders nächste magische Partnerin sein würde. Daraufhin hatte er begonnen, wahllos Mädchen zu entführen, um durch Zufall seine nächste magische Partnerin zu finden. Wäre Sedonie nicht verstoßen worden, weil ihr Leib nicht so rein war, wie er sein sollte, dann wäre alles anders gekommen.

Ich wusste nicht, was ich sagen sollte, deswegen rutschte mir das Erste heraus, was mir in den Kopf kam: „Man kann in der Akasha-Chronik lesen, auch wenn der Leib nicht mehr rein ist. Diese Regel ist Quatsch."

Sedonie begann zu lachen. „Ich weiß", sagte sie und winkte mich zu sich. „Ich hatte nie Kontakt zu einem Mann. Doch die Heiligen Jungfrauen konnten schlecht der Öffentlichkeit sagen, dass sie mich ausgeschlossen haben, weil sie mitbekommen hatten, dass meine Mutter mich als Spitzel für ihre eigenen Zwecke benutzt hatte. Alke Baltasar ist eine angesehene Persönlichkeit in der Vereinten Magischen Union. Sie stammt aus einer Königsfamilie, so jemanden beleidigt man nicht öffentlich und stellt ihn gar bloß."

„Ja, natürlich, aber dafür wurden Sie bloßgestellt und von Ihrer eigenen Mutter verstoßen", warf ich ein.

„Nenn mich Sedonie", bat sie, dann wurde ihr Blick traurig. „Meine Mutter hat mich tatsächlich verstoßen, aber nur weil sie meinte, ich wäre sogar zu dumm, um ein paar einfache Informationen weiterzugeben, ohne dass es jemand mitbekommt."

„Es tut mir wirklich leid mit deiner Familie, Sedonie", sagte ich bedauernd.

„Um Himmels willen, nein", sagte Sedonie bestürzt. „Ich bin es, die sich bei dir für ihre Familie entschuldigen muss. All das Leid, das sie dir angetan haben, dir und deiner Mutter. Das kommt alles von der Familie Baltasar, von meiner Mutter und meinem Bruder. Manchmal wünschte ich, ich hätte mehr Mut gehabt, um mich gegen sie aufzulehnen und mich nicht nur ein Leben lang vor ihnen zu verstecken."

„Du versteckst dich in Belara vor deiner Familie?"

„Genau genommen versteckt mich deine Großmutter vor meiner eigenen Familie. Als ich den Tempel verlassen musste und meine Mutter mich nicht mehr aufgenommen hat, wusste ich nicht, wo ich hin sollte. Eleonora Donna war damals Dienstmädchen bei den Baltasars. Sie hat gesehen, wie ich vor der verschlossenen Haustür stand und nicht wusste, wo ich hingehen sollte. Da hatte sie Mitleid mit mir und hat mich zu deiner Großmutter geschickt. Deine Großmutter hat nicht gezögert und brachte mich hierher in Sicherheit. Doch meine Mutter wollte mich eigentlich nur demütigen und bestrafen. Sie hat nicht gedacht, dass sich jemand meiner erbarmen könnte. Sie forderte mich auf, nach Hause zurückzukehren, sonst hätte ich mein Leben verwirkt."

„Sie hat dir gedroht?", fragte ich erschrocken.

Sedonie nickte. „Sie wollte, dass ich zurückkehre und meinen Bruder in seinen politischen Ambitionen unterstütze und einen Mann heirate, den sie für mich ausgesucht hatte. Die Konstellation war günstig, um Helander einen schnellen politischen Aufstieg zu ermöglichen."

„Aber du wolltest nicht zurück", sagte ich.

„Nein", sagte Sedonie entschieden. „Ich konnte nicht zurückkehren und mich ihr wieder unterordnen, um ein Leben zu führen, in dem es nur darum geht, die von ihr vorgegebenen

Ziele zu erfüllen."

„Was für Ziele verfolgte denn deine Mutter?", fragte ich.

„Wusstest du, dass meine Mutter nach dem Tod von Bernadette von Neckelsheim die Krone hätte übernehmen sollen?"

„Ja", sagte ich. Herr Lilienstein hatte mir davon erzählt.

„Unter dieser Erwartungshaltung ist sie aufgewachsen", sagte Sedonie betrübt. „Seit ihrer Geburt war sie darauf vorbereitet worden, die nächste Königin der Vereinten Magischen Union zu sein. Sie wurde in Politik und Geschichte unterrichtet, sie lernte die Gesetze und die Strukturen der Verwaltung kennen. Jeder Gedanke, den sie je gedacht hatte, war darauf ausgerichtet, eine gute Königin zu sein."

„Und dann wurde alles ganz anders", sagte ich nachdenklich.

„Genau, dann hat Bernadette von Neckelsheim beschlossen, dass die Monarchie abgeschafft werden sollte. Das Lebenskonzept meiner Mutter fiel in sich zusammen. Doch sie gab nicht auf. Ihre Mission war und ist es, die Familie Baltasar an die Macht zu führen, und sie wird nicht aufgeben, bis sie dieses Ziel erreicht hat."

„Das ist der Grund für all das Leid?", fragte ich.

„Es tut mir leid, dass meine Mutter dir all das angetan hat."

„Es kommt mir immer mehr vor, als ob sie selbst auch nur ein Opfer ist", sagte ich.

„Nein", sagte Sedonie entschieden. „Das entschuldigt nicht das, was sie tut. Helander hätte sich dem Willen meiner Mutter nicht beugen müssen. Es hätte nie so weit kommen dürfen. Doch sie ist eine eindrucksvolle und starke Frau. Man schlägt ihr nicht einfach etwas ab, sie sorgt schon dafür, dass alle in ihrer Umgebung tun, was sie verlangt."

„Aber sie muss doch jetzt schon fast siebzig Jahre alt sein. Irgendwann geht auch ihre Zeit zu Ende", sagte ich.

„Ja, und bis dahin lebe ich in Belara unter dem Bannzauber, den deine Großmutter errichtet hat. Mein Bruder und meine

Mutter können die Stadt nicht betreten, und auch nicht die Morlems. Ich verdanke deiner Großmutter mein Leben."

Ich nickte langsam. Zumindest war Sedonies Anwesenheit eine Erklärung dafür, warum die Morlems hier in Belara gesichtet worden waren.

„Warum hat mir meine Großmutter nie von dir erzählt?", fragte ich.

Sedonie lächelte. „Ich weiß es nicht, aber sie wird ihre Gründe haben. Ich vertraue deiner Großmutter mein Leben an und hinterfrage nicht, warum sie dich in manche Geheimnisse nicht eingeweiht hat", sagte Sedonie. „Was treibt dich überhaupt hierher?"

„Ich war auf der Suche nach einem Zugang nach Belara", sagte ich gedehnt. „Ich habe von einem Heilmittel erfahren, das Adam noch retten könnte", sagte ich. „Das Elixier von Jericho. Es soll in Belara versteckt sein."

Sedonie musterte mich überrascht. Dann sah sie mich ernst an. „Ich weiß von Adams Unfall. Deine Großmutter und ich haben versucht, seine Seele zurückzuholen und sie wieder an seinen Körper zu binden, aber es war schon zu spät."

Ich zuckte schmerzhaft zusammen und schloss kurz die Augen. Der Stich hatte die schützende Hülle um mein Herz durchstoßen.

„Es tut mir leid", sagte Sedonie sofort betroffen.

„Kennst du die Legende von dem Elixier?", fragte ich und hielt mich an den Tatsachen fest. Ich durfte mich nicht von dem Schmerz ablenken lassen.

„Natürlich", sagte Sedonie beflissen. „Das tun viele. Selbst mein Bruder wollte das Elixier schon vor Jahren unbedingt in seinen Besitz bringen. Meine Mutter hat mich die Akasha-Chronik danach befragen lassen. Sie war besessen davon, alles in die Finger zu bekommen, was Helander irgendwie dabei helfen konnte, an die Macht zu kommen oder seine Macht zu stärken. Es soll in Belara sein, aber keiner weiß genau, wo. Es haben vor dir schon viele andere Magier danach gesucht und auch sie haben nichts gefunden. Selbst Helander hat es nicht aufstöbern können."

„Baltasar war hier und hat nach dem Elixier gesucht?", fragte ich erstaunt. Die Geschichte wurde ja immer interessanter.

„Ja, damals war ich noch im Tempel, und sobald ich meiner Mutter übermittelt hatte, dass das Elixier hier in Belara sein soll, hat er jeden Stein umgedreht. Mittlerweile glaube ich nicht mehr daran, dass es noch jemand findet. Vielleicht ist es in einer Mauer versteckt, in einer Höhle unter der Stadt und vielleicht klebt auch nur ein letzter Tropfen an einem Sandkorn und wird seit einer Ewigkeit durch die Wüste geweht."

„Ja, das kann sein", erwiderte ich nachdenklich, und in diesem Moment fiel mir ein, dass Frau Gonden gerade in ihrer Küche stand und sich mittlerweile sicher sorgte, weil ich spurlos verschwunden war.

„Ist diese Tür eigentlich sicher?", fragte ich Sedonie und ging zu dem kleinen Raum zurück.

„Deine Großmutter hat mir versichert, dass nur sie in der Lage sein würde, durch diese Tür zu gehen. Ich habe selbst einmal versucht hindurchzugelangen, aber es ist mir nicht möglich. Nur wenn sie mit mir in den Raum tritt, kann ich ihr folgen."

„Ich ähnle meiner Großmutter in vielen Dingen", sagte ich. „Ich muss jetzt wieder gehen, aber wenn es dir recht ist, würde ich bald wiederkommen. Ich weiß, dass die Wahrscheinlichkeit, das Elixier von Jericho zu finden, gering ist, aber es ist meine letzte Chance, Adams Schicksal noch zu wenden."

„Du bist jederzeit willkommen in meinem Haus", sagte Sedonie und nickte mir zu.

Ich trat in die kleine Kammer und schloss die Tür hinter mir. Nur wenige Sekunden stand ich in der Dunkelheit, dann leuchtete der kleine Raum golden und veränderte sich wieder. Einen Moment später starrte ich ein staubiges Glas eingelegter Johannisbeeren an.

Schnell trat ich aus der Vorratskammer und hoffte, dass

nicht allzu viel Zeit vergangen war. Die Küche von Frau Gonden war mittlerweile blitzblank. Sie selbst stand mit einer Tasse Tee in der Hand am Fenster und unterhielt sich leise mit meiner Großmutter.

Als ich die Tür mit einem leisen Knarren aufschob, fuhren die beiden herum, als ob sie schon auf mich gewartet hätten.

Frau Gonden kam zu mir geeilt. „Ist alles in Ordnung? Ich habe deine Großmutter gerufen, als du plötzlich spurlos verschwunden warst. Ich wusste nicht, ob du in Gefahr bist."

„Es geht mir gut", sagte ich zu Frau Gonden gewandt. „Entschuldigen Sie bitte, dass ich Ihnen Sorgen bereitet habe." Dann sah ich meine Großmutter erwartungsvoll an und irgendwie rechnete ich damit, dass sie mich rügen würde, weil ich mich wieder einmal in Gefahr begeben hatte. Ein Reflex aus alter Zeit.

Doch zu meiner Überraschung musterte sie mich nur prüfend, nickte schließlich und sagte. „Ja, ich konnte Frau Gonden auch beruhigen, dass dir hinter dieser Tür nichts passieren kann. Aber ich bin ohnehin gerade von einer Besorgung zurück und war auf dem Weg nach Hause. Da dachte ich, wir könnten ein Stück des Weges gemeinsam gehen."

„Gern", sagte ich, wohlwissend, dass das die höfliche Umschreibung für „Wir müssen reden" war. Ich verabschiedete mich noch einmal von Frau Gonden und verließ mit meiner Großmutter das Haus.

Als wir auf die Straße traten, hatte ein zarter Schneefall eingesetzt. Winzige, hauchzarte Flocken schwebten zu Boden und blieben in unseren Haaren hängen. Eine Weile liefen wir schweigend die Kieselgasse entlang und bogen dann in die Kastanienallee ein, die uns zum Marktplatz führte.

„Es gibt nur einen Grund, der dich nach Belara führen könnte", sagte meine Großmutter schließlich seufzend. „Du hast vom Elixier von Jericho gehört."

„Du wusstest davon?", fragte ich überrascht. „Wieso wissen so viele davon und niemand hat mir je davon erzählt?"

„Ich habe dir nichts davon erzählt, weil die Suche danach aussichtslos ist. Als die Baltasars angefangen haben, in Belara nach dem Elixier zu suchen, haben sie das in großem Stil getan. Das haben natürlich alle mitbekommen und es ist eine richtige Goldgräberstimmung ausgebrochen. Sehr viele Magier sind nach Belara gereist und haben ebenfalls ihr Glück versucht. Doch gefunden hat niemand etwas und die Akasha-Chronik hat sich auch nicht genauer festlegen wollen, wo sich das Elixier befindet, außer dass es in Belara ist. Es ist eine Legende geblieben, nicht mehr und nicht weniger. Ich wollte nicht, dass du Hoffnung wegen etwas schöpfst, was dich danach nur enttäuschen kann."

Ich schluckte und versuchte den Gedanken nicht weiterzudenken. Nuria war so überzeugt von dieser Sache, dass es mir falsch vorkam, daran zu zweifeln, selbst wenn meine Großmutter und Sedonie anders darüber dachten.

„Warum ist diese Tür in dem Haus der Gondens?", fragte ich. „Hast du sie dort angebracht?"

„Nein", sagte meine Großmutter und zögerte dann. „Die Tür existiert schon, seit ich denken kann."

„Seit du denken kannst?", fragte ich und versuchte zu verstehen, was sie damit meinte.

„Das Haus, in dem die Gondens wohnen, hat früher der Familie von Nordenach gehört", sagte meine Großmutter schließlich zögernd.

„Das ist der alte Familiensitz, aus dem du ausgezogen bist, als Catherina drei Jahre alt war?" Ich erinnerte mich daran, dass sie davon erzählt hatte.

„Ja", erwiderte meine Großmutter, und in diesem Moment schoss mir ein Gedanke durch den Kopf. Im alten Haus der Arpadis gab es auch eine Tür und diese Tür hatte nach Antarktika geführt, wo die Arpadis den Gral der Patrizier versteckt hatten.

Ich wollte schon den Mund öffnen und meinen Verdacht äußern, als ich innehielt. Meine Großmutter war meinen Gedanken gefolgt und ich hatte es nicht einmal bemerkt.

„Nein“, sagte sie lächelnd. „Ich habe keine Ahnung, wo die Insignie der Macht unserer Familie ist. Den Gedanken hatte ich auch schon. Ich weiß nicht einmal, um was für einen Gegenstand es sich handelt. Es ist nicht ausgeschlossen, dass sie in Belara ist, aber du kannst dir sicher sein, dass ich die Stadt schon durchsucht habe, und ich habe nichts gefunden.“

„Ich verstehe schon“, sagte ich nachdenklich. Wir waren inzwischen beim Marktplatz angelangt und blieben vor dem Haus von Frau Goldmann stehen.

„Hast du etwas von Adam gehört?“, fragte ich jetzt vorsichtig.

„Frau Torrel sagt, sein Zustand ist unverändert“, sagte meine Großmutter zögernd. „Unverändert schlecht, wie man in diesem Fall sagen muss. Die Druiden von Themallin sind jetzt da und werden sich den Fall morgen noch einmal ansehen und beratschlagen, ob sie noch etwas tun können.“

„Glaubst du, dass sie etwas tun können?“, fragte ich bitter.

Meine Großmutter sah mich lange an, und ich glaubte, sie würde vielleicht noch eine freundliche, ablenkende Phrase hervorholen, mit der sie mich trösten und mir die Wahrheit noch eine Weile vorenthalten konnte. Doch schließlich schüttelte sie langsam den Kopf. Wenigstens war sie endlich absolut ehrlich zu mir.

„Vielleicht ist die Sache mit dem Elixier von Jericho eine kleine dumme Hoffnung“, sagte ich. „Und vielleicht klammere ich mich gerade verzweifelt daran, aber mehr habe ich im Moment nicht, und das ist immer noch besser als nichts.“

Meine Großmutter nickte, dann nahm sie mich in den Arm und wir verabschiedeten uns voneinander.

Mit gemischten Gefühlen in der Brust machte ich mich langsam auf den Weg nach Tennenbode. Ich war froh darüber, dass ich den Zugang zu Belara tatsächlich gefunden hatte, und die Bekanntschaft mit Sedonie Baltasar stimmte mich ebenso froh, denn ich erhoffte mir noch viele wertvolle Informationen von ihr, und dennoch spürte ich den Schmerz in meinem Herz emporkriechen wie einen dunklen Schatten, der mich bald lähmen und mir wieder die Kraft rauben würde. Die Stachelfunkien verloren ihre Wirkung und es wurde Zeit, dass ich wieder einen Löffel nahm. Der Gedanke an baldige Erlösung gab mir die Kraft, die ich benötigte, um die dunklen Gefühle noch eine Weile von mir wegzuschieben und mit festen und energischen Schritten die Treppen nach oben zu steigen.

Als ich den Gemeinschaftsraum betrat, hielt ich erstaunt inne. Musik klang mir entgegen und der Raum war voller Studenten. Kleine Feuerdrachen flogen durch den Raum und Thomas Kekule stieß gerade mit Alexa an und beide begannen zu lachen. Ich hatte keine Lust auf eine Party, zumal mich der Verdacht beschlich, dass diese hier irgendetwas mit Lorenz zu tun haben musste. Diese Drachen trugen eindeutig seine Handschrift und bis jetzt war ich Lorenz, Liana und Shirley den ganzen Tag erfolgreich aus dem Weg gegangen, ohne kritische Frage beantworten zu müssen. Ich wusste nicht, warum ich mich scheute, mit ihnen darüber zu sprechen. Vielleicht war es einfacher, die Wahrheit auf Abstand zu halten und meine Gefühle unter Kontrolle zu bringen, wenn ich nicht mit ihrem Mitleid konfrontiert wurde. Ich konzentrierte mich allein auf den Gedanken an das Elixier von Jericho und darauf, dass oben die Flasche mit der Stachelfunkienessenz stand. Meine Kräfte kehrten zurück, ich spürte das magische Summen um mich herum, aber ich spürte auch den spitzen Schmerz in meinem Herz, der unvermindert stark war und sich wie ein stumpfes Messer in meine Eingeweide bohrte.

Ich atmete hektisch und suchte schnell nach dem kürzesten Weg, der mich die Treppen nach oben in mein Zimmer führte. Doch ich kam nicht weit, denn plötzlich stand Skara vor mir und neben ihr bauten sich Dorina und Egonie auf.

„Ich finde“, sagte Skara an Dorina gewandt, die groß und schlank neben ihr stand und elegant ihr langes, hellblondes

Haar in den Nacken warf, „dass sie mir endlich zum Sieg meines Vaters gratulieren sollte."

„Eigentlich schon", sagte Dorina lächelnd, während ich die vielen Pickel in ihrem Gesicht nicht anzustarren versuchte. Ich hatte geglaubt, dass sie eigentlich gelernt haben müsste, dass Skara kein guter Umgang für sie war.

„Ich finde auch, das gehört sich eigentlich so für eine Plebejerin", stimmte Egonie den beiden zu. Sie war ein dickes, braunhaariges Mädchen mit einer nasalen Stimme, das keine eigene Meinung zu haben schien.

„Schön, dass ihr euch da so einig seid", erwiderte ich und versuchte mich an Skara vorbeizudrängen. Ich hatte keine Lust auf einen Streit mit ihr.

„Moment mal, du Fußabtreter", erwiderte sie, und ich spürte, wie mir die Wut in den Kopf stieg. Adam hatte sie verteidigt, sie und ihr erbärmliches Leben. Als Lohn lag er leblos in einem Bett im Haus seiner Eltern, während Skara immer noch hier herumlief und Gift verspritzte.

Ich blieb stehen und holte tief Luft. Dann drehte ich mich um und sah Skara tief in die Augen. „Ja?", fragte ich, während ich an der Schwelle ihres Geistes stand und vorsichtig versuchte, in sie einzudringen.

Sie sah mich überrascht an, als ob sie ahnte, was ich vorhatte. Dann plötzlich verengte sie ihre Augen zu Schlitzen und wich meinem Blick aus. Sie wusste, was ich vorhatte. Scheinbar war sie geschult worden, um solche Angriffe zu vermeiden.

„Du solltest mir jetzt gratulieren, Selma", sagte sie schneidend.

„Wozu sollte ich dir gratulieren, Skara", erwiderte ich spöttisch. „Soweit ich weiß, ist dein Vater zum Primus gewählt worden, und nicht du."

„Tu es einfach!", sagte Skara und funkelte mich wütend an.

„Nein!", erwiderte ich laut. Ich hörte, wie die Gespräche um uns herum verstummten und sich alle Blicke auf Skara und mich richteten.

„Du wirst mir jetzt gratulieren, wenn du morgen noch in Tennenbode sein willst“, sagte sie drohend.

„Du drohst mir?“, fragte ich spöttisch. Vielleicht war ihr Vater der Primus, aber dass er für Skara einen Studenten von einer Uni werfen lassen konnte, glaubte ich nicht. Und selbst wenn, im Moment war das absolut egal.

„Ja, du hast versucht, die Tochter des Primus mental zu manipulieren, das ist strafbar.“ Sie sah mich herausfordernd an und ich spürte, wie mir die Röte in die Wangen stieg.

„Weißt du, was wirklich strafbar ist“, fragte ich laut, sodass es alle hören konnten. Ich wartete ihre Antwort nicht ab. „Wenn der Primus verschweigt, dass während der Wahl ein riesiger Drache seine Wähler angegriffen hat.“

„Das ist nicht wahr“, sagte Skara, doch in ihren Augen sah ich sehr wohl, dass sie sich an die Angst erinnerte, die sie in diesem Moment gehabt hatte.

„Ein Drache?“, fragte Dorina in diesem Moment ungläubig dazwischen.

„Es gab keinen Drachen“, sagte Skara entschlossen.

„Und so beginnt die Amtszeit von Ladislav Ende mit einer Lüge“, sagte ich deutlich. „Einer Lüge, die alle Journalisten brav niederschreiben mussten und die sich dein Vater vermutlich teuer erkauft hat. Warum nur wollte er den Angriff verschweigen?“, überlegte ich laut. „Wollte dein Vater nicht riskieren, dass die Wahl wiederholt werden musste? Hatte er Angst, dass sich einige doch noch für einen anderen Kandidaten entscheiden würden? Oder wollte er die Bürger nicht verunsichern, weil ein Drachenangriff bei einer Wahl ein schlechtes Omen für eine erfolgreiche Amtszeit sein würde? Wie hat er das überhaupt gemacht, dass die Wahl nicht abgebrochen wurde?“

„Es gab keinen Drachen“, wiederholte Skara nachdrücklich. „Es war eine ganz normale Wahl.“

„Du weißt, dass es Baltasars Drache war, der da geflogen kam?“, sagte ich.

Skara wurde blass.

„Das wusstest du nicht“, fuhr ich fort. „Du kennst das Schicksal von Kassandra Werner und den vielen Mädchen. Baltasar wird wiederkommen, und sosehr dein Vater auch lügen mag, dadurch verschwindet die Wahrheit nicht einfach.“

„Das ist nicht wahr“, zischte Skara. „Mein Vater ist kein Lügner.“

„Doch“, sagte ich laut. Die Wut ergriff mich immer mehr. „Oder hat dir dein Vater gesagt, dass der Drache Adam verletzt hat und dass er jetzt im Sterben liegt?“

Skaras Hautfarbe wechselte jetzt zu einem fahlen Weiß. Sie hatte keine Ahnung von der Sache, doch das stachelte meine Wut immer weiter an.

„Selbst dich belügt dein Vater. Adam wird sterben, Skara. Er wird nie wieder zurückkommen, sondern bald tot sein. Tot, weil er dich und deinen Vater beschützt hat. Ihr lebt und verbreitet Lügen, und er wird nie wieder einen Fuß nach Tennenbode setzen können. Und dafür soll er gestorben sein? Damit dein Vater sein Bedürfnis nach Macht befriedigen kann?“ Ich spürte, wie mir Tränen in den Augen standen, als ich das Unaussprechliche, das Unmögliche und Unbegreifliche in Worte fasste. „Wenn er wenigstens für eine große Sache gestorben wäre, etwas Edles und Reines. Aber für einen Lügner und seine selbstsüchtige Tochter sein Leben zu geben, hat er nicht verdient. Niemand verdient so einen Tod.“ Ich holte Luft und wischte mir ein paar Tränen von der Wange. „Und anstatt dass ihm wenigstens nach seinem Tod Dankbarkeit für sein Opfer entgegengebracht wird, wird sein Mut verleugnet und niemand erzählt seine Geschichte. Niemand erfährt, was er für dich getan hat, für dich und deinen Vater. Er ist für dich gestorben und du führst dich auf wie ein dummes und selbstsüchtiges Kind, das mit seinen Puppen Prinzessin spielt. Geh mir aus dem Weg, Skara!“

Skara starrte mich noch immer ungläubig an. „Das ist nicht wahr“, flüsterte sie.

„Es ist wahr“, sagte ich mit Nachdruck. „Du hast den Drachen selbst gesehen. Wunderst du dich gar nicht, wo Adam hin ist?“ Ich sah mich demonstrativ um. „Wundert sich überhaupt jemand, dass er schon seit einer Ewigkeit nicht mehr hier war. Hast du ihn nicht beim Frühstück vermisst oder bei den Vorlesungen? Vermutlich nicht. Du hast ja jetzt andere Sachen im Kopf. Aber ich sage es dir gern noch einmal: Er ist schon seit Wochen nicht mehr hier, weil er am Wahltag so schwer verletzt wurde, dass er nicht mehr wiederkommen wird. Er liegt im Sterben und dein Vater verschleiert diese Tatsache. Verstehst du es nicht? Er ist bald tot, tot, tot ....“ Ein Schluchzen erschütterte mich und ich spürte, wie meine Beine zu wanken begannen.

„Selma“, sagte eine besorgte Stimme. Lorenz stand plötzlich neben mir und stützte mich.

Ich lehnte mich an ihn und sah ihn mit tränenverhangenem Blick an: „Er ist bald tot“, flüsterte ich erstickt, und der Schmerz überrollte mich. „Verstehst du? Adam ist bald tot, er kommt nicht mehr wieder. Er kommt nie wieder zurück zu mir.“

Lorenz nickte, die Sorge lag in seinem Blick, genauso wie der Schreck, den meine Worte ausgelöst hatten. „Komm“, sagte er sanft und schob mich zur Treppe.

Skara versuchte nicht uns aufzuhalten, sie starrte mich immer noch ungläubig an, als ob sie auf die Aufklärung eines üblen Scherzes wartete.

„Wirklich ein Drache?“, fragte Dorina hinter mir.

„Ach, halt die Klappe“, schnauzte sie Skara an. Dann verstummten die Geräusche hinter mir und wir stiegen schweigend die Treppen hinauf, während unablässig Tränen aus meinen Augen strömten. „Er ist bald tot“, murmelte ich immer wieder erstickt von Tränen und geschüttelt von heftigen Schluchzern. Die Gefühle, die ich die ganze Zeit auf Abstand gehalten hatte, überrollten mich gerade gnadenlos, und auch der Gedanke an ein eventuell existierendes Heilmittel konnte mich nicht mehr trösten. Ich hatte gar nichts mehr im Griff. Adam würde sterben und ich konnte nichts dagegen tun. Er fehlte mir so sehr, dass ich nicht mehr atmen, nicht mehr reden und leben wollte.

Ich betrat unsere Etage und sah Dulcia, Liana und Shirley am Tisch sitzen, die in eine Partie Drabellum vertieft waren und erschrocken aufsahen, als sie bemerkten, in welchem Zustand ich mich befand.

Lorenz schob mich ins Zimmer und Shirley machte Platz, damit ich mich auf einen Sessel sinken lassen konnte.

„Was ist los?“, fragte Liana erschrocken.

„Adam liegt im Sterben“, sagte Lorenz mit grabeskalter Stimme, und seine Worte erklärten meinen Zustand wohl ausreichend.

„Aber ...“, stotterte Liana.

„Der Drache hat ihn gebissen“, schluchzte ich.

„Latorios-Drachen sind giftig“, sagte Dulcia tonlos. Sie hielt noch immer einen fauchenden Drachen in der Hand und schien nicht einmal zu bemerken, dass er sie immer wieder in die Finger biss.

„Meine Großmutter konnte seinen Körper retten, aber sie sagt, sein Geist ist im Totenreich und kommt nicht mehr zurück.“ Meine Stimme klang schwach und bebte, aber nachdem ich so lange nicht darüber hatte reden können, floss jetzt alles aus mir heraus. „Aber Nuria und ich wollen ihn retten, sie weiß von einem Heilmittel und ...“ Ein neues Schluchzen unterbrach mich.

„Besser, du legt dich erst mal hin“, sagte Lorenz hilflos. „Du bist ja total fertig.“

„Nein, das hilft nicht. Hol mir doch bitte die Stachelfunkienessenz von meinem Nachttisch.“

Lorenz schien sich zu wundern, doch er lief in mein Zimmer und kam mit der Flasche zurück. Hastig öffnete ich sie und nahm einen winzigen Schluck.

Es dauerte einen Moment, doch dann spürte ich sofort, wie

der Schmerz dumpfer wurde, langsam verebbte und auf ein erträgliches Maß schrumpfte.

„Das hilft dir?“, fragte Dulcia neugierig, und ich nickte schnell.

„Ja, es dämpft den Schmerz.“ Ich schloss kurz die Augen und atmete tief durch.

„Was war mit Nuria?“, fragte Liana.

„Sie hat eine Idee, wie ich Adam retten kann“, erwiderte ich und begann zu erzählen, was ich von Nuria erfahren hatte.

„Und du glaubst daran, dass es dieses Elixier wirklich gibt?“, fragte Liana, als ich geendet hatte.

„Ja, das tue ich“, erwiderte ich entschlossen.

„Ich weiß nicht“, entgegnete Liana.

„Ich habe keine andere Wahl“, erwiderte ich. Die Alternative wäre, dass mein Leben keinen Sinn mehr hatte, denn ohne Adam machte nichts mehr einen Sinn für mich.

„Ich will nur nicht, dass du dich auf eine sinnlose Suche begibst. Ist es nicht besser, weiter nach den Mädchen zu suchen oder die Insignien der Macht aufzustöbern?“, sagte Liana.

„Nun lass mal gut sein, Watson“, mischte sich Lorenz beschützend ein. „Das ist ein Schock, den wir alle erst einmal begreifen müssen. Es tut mir so leid, Selma.“ Er nahm meine Hand und ich spürte, dass mir die Tränen in die Augen stiegen. „Heute Abend kommen wir erst einmal zur Ruhe. Ich mache uns jetzt einen Tee und dann sehen wir erst einmal weiter.“

Lorenz nickte mir mitfühlend zu und ich spürte, dass mir seine Fürsorge jetzt guttat und mir schon wieder die Tränen in die Augen stiegen. Das würde eine schlimme Nacht werden, so viel war schon jetzt klar.

Am nächsten Morgen wurde ich durch streitende Stimmen geweckt. Eine energische Frauenstimme verlangte Einlass, während Lorenz geduldig wiederholte, dass Selma Ruhe brauchte und im Moment keine Aufregung vertrug.

Selma brauchte Ruhe? Ich fuhr erschrocken hoch.

„Nuria?“, fragte ich laut.

„Siehst du, sie will mich sprechen“, sagte die energische Stimme.

„Aber nur kurz“, erwiderte Lorenz.

„Glaub mir, sie will jetzt nicht rumliegen und krank sein, sie will etwas tun.“ Die Tür wurde aufgezogen und Nuria trat ein. „Ach, Selma“, sagte sie mitfühlend.

„Du musst nichts sagen.“ Ich winkte ab. „Ich habe gestern die Fassung verloren und Skara angeschrien.“

„Ich habe davon gehört“, sagte Nuria, als ob es sich schon an der ganzen Uni herumgesprochen hatte. „Ich kann dich verstehen, ich habe auch eine Weile die Einrichtungsgegenstände zerschlagen. Da gab es eine Zeit, wo ich wirklich sehr wütend war.“ Sie schmunzelte, und trotz der grotesken Situation, in der ich mich befand, musste ich lächeln. „Aber deswegen bin ich nicht hier. Wir wollten uns heute Morgen treffen und du wolltest mir berichten, ob du weitergekommen bist. Du warst nicht da und das, obwohl du mir versprochen hast, dich nicht hängen zu lassen.“

„Entschuldige“, sagte ich und richtete mich auf. Ich spürte, wie zerschlagen ich mich fühlte, meine Augen waren geschwollen vom vielen Weinen.

„Du hast es versprochen“, sagte Nuria ernst. „Denk an Adam und daran, dass er auf deine Hilfe angewiesen ist.“

Nachdenklich sah ich Nuria an. Sie hatte recht, wie hatte ich mich gestern nur so von Skara aus der Fassung bringen lassen können? Es war mir alles entglitten und es half Adam nicht weiter, wenn ich Skara anschrie und mich meiner Trauer hingab.

„Ich habe den Zugang gefunden“, sagte ich, während ich in eine frische Jeans schlüpfte und mir einen warmen Pullover überzog.

„Sehr gut“, sagte Nuria sichtlich erfreut davon, dass ich wieder bereit war, mich an der Suche nach dem Elixier von Jericho zu beteiligen. „Ich wusste, dass es dir gelingen würde.

Warst du in Belara?"

„Ja", sagte ich. „Woher wusstest du davon, dass es den Durchgang im Haus von Frau Gonden gab?"

„Das war nur eine Vermutung", sagte Nuria und zuckte mit den Schultern. „Ich habe mich eine halbe Ewigkeit durch das Stadtarchiv gearbeitet und nach Häusern in Schönefelde gesucht, deren Einwohner irgendwann mal Verwandtschaft in Belara hatten. Es gab noch zwei weitere Häuser, die infrage kamen."

„Beim ersten Mal gleich ein Treffer", sagte ich zufrieden. „Das fängt doch gut an."

„Genau", sagte Nuria. „Dann kannst du die Suche beginnen. Ich habe hier etwas für dich." Sie reichte mir einen Ordner mit Unterlagen. „Das sind Stadtpläne und eine Liste der Orte, an denen das Elixier versteckt sein könnte. Ich habe mit einem alten Magier gesprochen, der in Belara war und sich sicher war, dass das Elixier an einem dieser Orte sein muss. Du musst sie einfach nur der Reihe nach untersuchen und dann hoffen wir, dass du Glück hast und irgendwo etwas Nützliches findest. Hör dich auf jeden Fall um, ob du noch mehr Orte findest."

„In Ordnung, und was machst du in Schönefelde?", fragte ich erwartungsvoll.

„Ich suche gerade nach alten Stadtplänen", sagte Nuria begeistert. „Früher war Schönefelde viel größer, es war, beziehungsweise ist ja rein formell auch noch, eine Hauptstadt, allein schon wegen Akkanka. Die Magier leben schon seit vielen Jahrhunderten hier und ich suche mithilfe alter Stadtpläne nach Ruinen von bedeutsamen Gebäuden."

„Und dort hoffst du das Elixier zu finden", sagte ich.

„Entweder das Elixier oder einen Zugang, der zu einem Versteck führt. Es ist eine gute Spur und ich glaube, ich finde etwas. Ich würde auch gern mit dir tauschen, Selma. In Belara ist es jetzt noch schön warm, während in Schönefelde gerade der Winter hereinbricht." Nuria lächelte mich an.

„Ich hätte nichts dagegen, wenn wir uns zusammen auf die Suche machen“, sagte ich.

„Ich auch nicht“, sagte sie. „Aber ich muss sicher sein, dass ich nichts übersehe. Ich komme nach Belara nach, sobald ich kann.“

„Gut, also treffen wir uns morgen früh wieder und tauschen aus, was wir erreicht haben?“ Sie sah mich erwartungsvoll an

„Ja“, erwiderte ich, kämmte mir die Haare und fasste sie im Nacken zu einem Zopf zusammen. „Wir sehen uns morgen früh wieder.“

„Du schaffst das, Selma.“ Nuria nickte mir aufmunternd zu und es fühlte sich gut an, mit jemandem zu sprechen, dem es genauso ergangen war wie mir. Gemeinsam gingen wir in das Studierzimmer, dann verabschiedete sich Nuria von mir und verließ die Etage, während Lorenz, Shirley und Liana auf dem Sofa saßen und auf mich warteten.

„Was will Nuria von dir?“, fragte Liana besorgt. „Diese Sache mit dem Heilmittel klingt sehr esoterisch. Ich kann mir das auch gar nicht vorstellen. Da soll jemand wirklich eine ganze Herde Drachen getötet haben, um eine Essenz aus ihrem Blut herzustellen? Das ist doch total gruselig.“ Liana schüttelte sich. „Und außerdem ist es unglaubwürdig. Die Magier lieben die Drachen.“

„Für so ein Heilmittel würden aber einige über Leichen gehen“, sagte Shirley trocken. „Oder eben ein paar Drachen auspressen wie reife Zitronen.“

„Shirley“, sagte Liana empört.

„Nuria will mir nur helfen“, sagte ich.

„Aber ich bin mir nicht sicher, ob es richtig ist, wenn du dich auf die Suche nach diesem Elixier begibst“, sagte Liana. Ihre Skepsis schien immer noch nicht verschwunden zu sein. „Das ist eine ziemlich dünne Geschichte.“

„Aber es ist besser als gar nichts“, sagte ich.

„Also, ich helfe dir natürlich“, sagte Lorenz sofort. „Es war absolut aussichtslos, dass du die Akasha-Chronik findest oder den Gral der Patrizier, aber du hast sie doch in die Hände bekommen. So ein Heilmittel werden wir doch allemal auftreiben, wenn es irgendwo versteckt ist. Du bist nicht allein, vergiss das nicht."

„Das sehe ich auch so", sagte Shirley. „Wir müssen es finden, selbst wenn es unwahrscheinlich ist. Aber nichts zu tun, ist ja ein endgültiges Todesurteil. Diese Sache mit dem Latorios-Drachen ist wirklich übel. Meint ihr, Baltasar hat ihn geschickt?"

„Ich befürchte schon", sagte ich und sah Liana an, die die Lippen fest aufeinandergepresst hatte.

„Was ist los?", fragte ich. Ich sah, wie es in ihr arbeitete.

„Das kommt mir alles total komisch vor", sagte Liana.

„Aber selbst Sedonie und meine Großmutter haben bestätigt, dass es diese Legende von Jericho gibt", sagte ich. „Irgendetwas muss da dran sein."

„Aber sie haben auch gesagt, dass es nur eine Legende ist, keine Tatsache. Gibt es keinen anderen Weg, ihn zu retten?", fragte Liana. „Ich würde mich nicht so sehr auf dieses Elixier versteifen."

„Was soll es denn noch für einen Weg geben?", sagte Lorenz. „Das ist doch außerdem wirklich unglaublich, dass deine Großmutter Sedonie versteckt hat. Diese Frau steckt voller Geheimnisse."

„Nicht nur das", sagte ich. „Das Haus der Gondens hat früher einmal meiner Familie gehört."

„Wirklich?", sagte Lorenz nachdenklich und schien denselben Gedanken wie ich zu haben. „Meinst du, dass dort eine Insignie der Macht versteckt ist?"

„Meine Großmutter glaubt nicht daran, aber ich werde mit Sicherheit meine Augen danach offen halten." Nachdenklich strich ich durch mein Haar.

„Das wird spannend", sagte Lorenz. „Und es ist übrigens eine absolute Unverschämtheit, dass Ladislav Ende die ganze

Sache vertuscht hat. Ich meine, die Torrels sind Patrizier aus einer Königslinie. Hallo? Ich meine, wenn selbst sie nicht mehr sicher vor Verleumdungen sind, dann kannst du dich auf gar nichts mehr verlassen in der Vereinten Magischen Union."

„Konnte man das je?", fragte Shirley. „Ich meine, überlege doch mal, wie es letztes Jahr war. Diese Sache mit der Eheabsichtserklärung. So etwas konnte nur passieren, weil niemand kritisch hinterfragt, was angeordnet wird, und alle hirnlos das machen, was der Anführer ihnen an sinnlosen Parolen zubrüllt. In der Vereinten Magischen Union ist einfach keiner daran gewöhnt, tatsächlich eine Demokratie zu leben. Aber darüber können wir uns jetzt wieder ewig aufregen, das ändert man nicht von heute auf morgen. Ich kann es übrigens kaum erwarten, in die Wüste zu reisen. Das ist so aufregend", sagte Shirley erwartungsvoll und wechselte damit abrupt das Thema.

„Du freust dich", sagte Lorenz vorwurfsvoll, und Shirley zuckte zusammen.

„Schon gut." Ich winkte ab. „Genau das will ich nicht. Ich will nicht, dass ihr rücksichtsvoll um mich herumschleicht. Die Situation ist schon schlimm genug."

„Wir sollten jetzt zur Vorlesung gehen, wenn wir schon beim Thema Normalität sind", sagte Liana. „Das Frühstück haben wir schon verpasst."

„Gut, aber heute Nachmittag gehen wir nach Belara", sagte Lorenz entschlossen.

„Heute Nachmittag habe ich Training und Nuria hat recht, wenn sie sagt, dass wir so normal und unauffällig weiterleben sollten wie vorher. Aber nach dem Abendessen können wir noch einmal gehen. Ich frage Flavius, ob er uns reinlässt." Ich suchte meine Tasche und warf den Ordner von Nuria hinein.

„Gut, ich will ohnehin noch einmal bei Konstantin vorbeisehen."

„Geht es ihm besser?", fragte Shirley und schloss sich Lorenz an, der zur Tür ging. Während die beiden überlegten, wie sie Konstantin Kronworth noch aufheitern konnten, lief Liana neben mir zur Tür.

„Sei vorsichtig", sagte sie eindringlich. „Die Sache mit dem Latorios-Drachen war wirklich gefährlich."

„Es war doch klar, dass Baltasar irgendwann wieder zu Kräften kommen würde und den nächsten Angriff startet", sagte ich und folgte Liana die Wendeltreppe hinab. „Doch noch liegt ein Bannzauber über Schönefelde und auch über Belara. Es kann uns dort nichts passieren. Weder die Morlems noch Baltasar können diese Siedlungen betreten."

„Ich weiß", erwiderte Liana. „Dennoch habe ich ein komisches Gefühl im Bauch. Ich will nicht, dass du dich in eine Sackgasse verrennst."

„Ich habe keine Wahl, Liana, alles ist besser, als nichts zu tun", sagte ich, während wir Lorenz und Shirley einholten und Liana schließlich zögernd nickte.

Die Vorlesungen von Professor Nöll und Professor Borgien zogen an mir vorbei, ohne dass ich recht bei der Sache war. Ich hörte kaum zu, als Herr Professor Nöll ausgiebig über die Bedeutung des Elements Erde in der modernen Bauwirtschaft sprach und an einigen Beispielen erläuterte, wie magische Kräfte eingesetzt werden konnten, um Arbeitsschritte einzusparen. Er erläuterte auch anhand des Beispiels der Tongasse, wie viel Zeit hätte gespart werden können, wenn Magier die Bauarbeiten unterstützt hätten.

Während Herr Professor Nöll sich immer weiter in das Thema vertiefte, begann ich den Ordner von Nuria durchzulesen. Sie musste diese Spur nach Belara schon längere Zeit verfolgt haben. Ich fand etwa zwanzig Gebäude und zehn andere Plätze, die genau beschrieben waren. Es gab auch zu jedem Objekt eine Notiz, wo bereits gesucht worden war und wo es sich noch lohnen würde, genauer hinzusehen. Neben der Beschreibung eines öffentlichen Cafés mitsamt Grundriss aller Etagen zum Beispiel war vermerkt, dass hier schon im Keller und in den öffentlichen Räumen gesucht worden war, aber auf der Dachterrasse ein Besuch lohnen würde.

Während der Vorlesung von Professor Borgien beschäftigte ich mich mit dem Stadtplan von Belara und hörte nur mit halbem Ohr zu, wie Professor Borgien darüber sprach, dass es eine mobile Eingreiftruppe von Magiern gäbe, die immer dann losgeschickt würde, wenn Waldbrände drohten, Siedlungen von Magiern zu vernichten.

„Die Stadt ist nicht sehr groß, Liana", flüsterte ich schließlich nach links.

Lorenz hüstelte neben mir. „Liana hat in Erde neben dir gesessen", sagte er grinsend. „Mann, muss die Lektüre spannend sein. Du hast nicht mal gemerkt, dass dein Banknachbar gewechselt hat."

In diesem Moment stand plötzlich Professor Borgien vor unserem Tisch und sah mich vorwurfsvoll an. Er war ein schlanker, hochgeschossener Mann mit einem bohrenden Blick. „Ich habe Sie jetzt schon zweimal gefragt, was man im Falle eines Waldbrandes für Maßnahmen ergreifen sollte."

Er schien ziemlich empört darüber, dass ich nicht aufgepasst hatte.

„Also, Frau Caspari, was würden Sie jetzt tun?" Er hob die Hände und augenblicklich stand der ganze Vorlesungsraum in Flammen. Wie auf einer Insel saßen wir in den Bänken, während um uns herum die Flammen bis zur Decke züngelten und eine unerträgliche Hitze im Raum herrschte.

Ich wusste, dass Professor Borgien mich bloßstellen wollte, und sah einen Moment an ihm vorbei. Skara und ihre Freundinnen sahen mich erwartungsvoll an, wobei ich sah, dass Skara immer noch ein wenig blass war. Scheinbar hatte sie das, was ich ihr gestern an den Kopf geworfen hatte, nicht entkräften können.

„Zuerst würde ich das Feuer in Bewegung versetzen." Ich schloss die Augen und konzentrierte mich auf die gleißenden Flammen um mich herum und wollte sie in Bewegung setzen. Es war eine spontane Laune, das war mir klar. Ich ließ meinen

Atem in die Flammen fließen, damit sie noch weiter emporsteigen konnten. Dann öffnete ich meine Augen. Ich sah Herrn Professor Borgien an, während es um mich herum ziemlich unverändert brannte, und als seine Haare im funkensprühenden Wirbel orange leuchteten, begriff ich, dass ich nichts ausgerichtet hatte. Siedend heiß fiel mir ein, dass die Stachelfunkienessenz daran schuld war, die ich nach dem Frühstück eingenommen hatte. So langsam sollte ich mich daran gewöhnen, dass ich nicht mehr über dieselben Kräfte verfügte wie noch bis vor Kurzem.

„Tatsächlich", meinte er spöttisch und ließ die Flammen verschwinden. „Mir scheint eher, dass Sie einem Feuer wehrlos gegenüberstehen würden."

„So sieht es wohl aus", erwiderte ich verstimmt.

„Es scheint mir so, als ob Sie vielleicht im Fach Wasser Erstaunliches geleistet haben, aber dass Sie dabei andere Fächer vernachlässigt haben."

„Ja", erwiderte ich kleinlaut.

Den Rest der Vorlesungen konnte ich ohne Unterbrechungen damit verbringen, den Ordner zu Ende durchzulesen. Bis zur Mittagspause hatte ich es geschafft, den Ordner durchzuarbeiten, und mir schon einen Rundgang ausgesucht, den ich heute Abend ablaufen würde, um mir einen Eindruck der vielen Plätze und Gebäude zu verschaffen, die ich durchsuchen wollte.

Während der Spezialisierung am Nachmittag zeigte sich, wie viel Flavius von unserer ersten Übungsstunde profitiert hatte. Voller Enthusiasmus präsentierte er Herrn Professor Pfaff seinen filigranen Frosch, der ihn zu der Aussage verleitete, dass bei Flavius Hopfen und Malz noch nicht verloren waren.

Als er nach dem Unterricht mit stolzgeschwellter Brust aus dem Vorlesungssaal ging, fragte ich ihn, ob er unsere Übungsstunden gern fortsetzen wollte.

„Unbedingt, Selma", sagte er sofort. „Wenn ich meiner

Großmutter erzähle, wie gut es heute gelaufen ist, backt sie dir so viele Torten, wie du im Leben nicht mehr essen kannst."

„Das ist nicht nötig", sagte ich schmunzelnd. „Es reicht mir aus, wenn ich regelmäßig Zugang zu eurer Abstellkammer bekomme. Das reicht völlig aus."

„Ich habe zwar keine Ahnung, was du da willst, aber wenn ich dafür beim Pfaff glänze, ist mir alles recht." Flavius verabschiedete sich von mir und ich machte mich auf den Weg zum Training nach Akkanka.

Gerade als ich mit meiner Sporttasche aus der Eingangshalle treten wollte, kam mir Parelsus entgegen, der mich beinahe umrannte.

„Selma", sagte er in seiner üblichen zerstreuten Art, strich sich ein paar widerspenstige weiße Haare aus dem Gesicht und sah mich durch seine dicke Brille einen Moment nachdenklich an, als ob er mir etwas sagen wollte. „Lauf mir ja nicht hinterher und schnüffle wieder rum!", sagte er schließlich drohend, ohne dass ich ein Wort gesagt hatte.

„Keine Sorge", sagte ich und ging an ihm vorbei. „Ich habe gerade andere Probleme. Außerdem werde ich schon noch rauskriegen, was Sie angestellt haben, damit Sie vom Patrizier zum Plebejer degradiert worden sind."

Ich lief in den Burghof und hörte, wie Parelsus hinter mir nach Luft schnappte. Doch das war mir im Moment egal, ich wollte jetzt nur schnell hinab nach Akkanka und das Training hinter mich bringen. Denn ich konnte es kaum erwarten, nach Belara zu kommen und weiter nach dem Elixier zu suchen. Ich ignorierte Parelsus, der mir etwas hinterherrief, spannte die Flügel im Laufen auf und flog hinab nach Akkanka.

Noch während ich hinabflog, hörte ich Parelsus' Stimme in meinem Kopf: *„Selma, ich möchte mit dir sprechen. Komm wieder zurück."*

„Sie wollen mit mir sprechen?", entgegnete ich ungläubig. *„Das wundert mich aber, ich habe mich schon richtig daran gewöhnt, dass Sie mir immer aus dem Weg gehen."*

„Ja, du hast da etwas erfahren, das unter uns bleiben muss.“ Ich hörte den peinlich berührten Klang in seinen Gedanken, während ich die Tore nach Akkanka öffnete und in das unterirdische Reich trat. Die warme, vom süßen Duft der vielen Blumen und Blüten geschwängerte Luft schlug mir entgegen und ich atmete tief ein.

„Meinen Sie Ihre Degradierung?“, entgegnete ich, spannte meine Flügel wieder auf und flog über Akkanka hinweg zu den Drachenhöhlen hinüber, wo ich die anderen vom Drachenrennteam schon warten sah. *„Da müssen Sie sich ja ein ganz schönes Ding geleistet haben, so schnell hacken sich die Patrizier nicht gegenseitig ans Knie. Wollten Sie den eigenen Stand abschaffen, wie meine Mutter? Haben Sie vielleicht sogar etwas Heldenhaftes getan, um ihr zu helfen?“*

„Nicht direkt“, erwiderte er zerknirscht.

„Aber das Senatorenhaus hat Ihnen ja augenscheinlich vergeben, wenn es Sie sogar in ihr Förderprogramm aufgenommen hat. Ihr neues Labor müssen Sie mir bei Gelegenheit unbedingt mal zeigen. Aber jetzt habe ich leider keine Zeit mehr, ich bin jetzt bei den Drachen.“ Ich landete auf dem Plateau und Gregor König kam mir sofort entgegen.

„Selma, bitte ...“, hörte ich noch, dann verschloss ich meine Gedanken. Parelsus musste warten.

„Schön, dass du da bist“, sagte Gregor König und schüttelte meine Hand. „Wir starten gleich voll in das Training. Es ist zu erwarten, dass der neue Primus nicht lange zögern wird, bis er das erste Drachenrennen auf die Tagesordnung setzt. Er muss sich jetzt bei den Massen beliebt machen, und was zieht die Leute mehr an als ein Drachenrennen?“

„Alles klar“, erwiderte ich noch und begrüßte schnell die anderen aus dem Drachenrennteam. Dann ging es schon los und Gregor König ließ uns aufsitzen und die ersten Runden zum Aufwärmen fliegen.

Parelsus' Geschichte

Vorsichtig schob ich die hölzerne Tür auf und trat in den gleißenden Sonnenschein, der in Belara allgegenwärtig war. Einen Moment lang schloss ich geblendet die Augen und lauschte den fremden Geräuschen. Der warme Wind fuhr leise säuselnd über die Dächer der Lehmhäuser, streifte die Palmen, in denen viele kleine Vögel lärmten, und fuhr dann in die Wüste hinaus, wo er die Dünen streichelte und den Sand geduldig bald in die eine, bald in die andere Richtung trieb.

In Schönefelde war der Winter endgültig hereingebrochen und die ersten Vorbereitungen für das nahende Weihnachtsfest wurden getroffen. In den Straßen hingen funkelnde Girlanden und in den Fenstern leuchtete die Weihnachtsdekoration. Sogar Lorenz hatte sein kleines Häuschen mit Weihnachtskram geschmückt und erging sich voller Hingabe in Kitsch und Kommerz. Ich hatte eine Weile gebraucht, bevor ich das Haus in der Tongasse Nr. 13 wieder hatte betreten können, und noch immer ging ich nicht gern dorthin.

Ich konnte mein Leben leben, solange ich die Stachelfunkienessenz nahm und nicht allzu intensiv an Adam dachte. Es war ein taubes Leben, in dem die Freude keinen Platz mehr hatte und keine Liebe mehr mein Herz wärmte, aber ich funktionierte, und nur das zählte. Alles, was ich tat, war nur noch durch einen einzigen treibenden Gedanken bestimmt: Wo war das Elixier von Jericho?

Es war erbärmlich, das wusste ich selbst. Doch genau dieser Gedanke sorgte dafür, dass ich jeden Morgen Kraft fand aufzustehen, zu den Vorlesungen zu gehen und weiterzumachen.

Im Unterricht war ich theoretisch gut vorbereitet, nur meine praktischen Übungen schaffte ich nur noch unter größter Anstrengung. Keiner der Professoren war mit mir zufrieden, doch meine akademischen Leistungen kümmerten mich im Moment recht wenig, denn meine Gedanken waren allgegenwärtig in Belara.

Gemeinsam mit Shirley und Lorenz hatte ich ein Gebäude nach dem anderen durchsucht und jeden Stein befühlt und begutachtet. Doch keine geheimen Höhlen hatten sich geöffnet, keine verborgene Magie war mir begegnet und dennoch tat es mir gut, in Belara zu sein, weit weg von Schönefelde.

In der kleinen Wüstenstadt hatte das Leben einen anderen Takt, es war ein ruhiger und friedlicher Rhythmus, der durch das monotone Säuseln des Windes bestimmt wurde. Sedonie hatte mir erzählt, dass es lange her war, dass Belara voller Menschen gewesen war. Genau genommen war es die Zeit, als die Gerüchte um das Elixier von Jericho aufgekommen waren. Doch die Leute hatten die Stadt wieder verlassen, nachdem die Goldgräberstimmung verflogen war und niemand das Elixier gefunden hatte.

Seitdem war Ruhe in den Ort eingezogen, viele der zweistöckigen Gebäude aus Lehm standen leer. In der Mitte von Belara sprudelte eine kleine Quelle, die den Ort am Leben hielt und die wenigen Palmen und kleinen Gärten mit Wasser versorgte. Außerhalb der Stadtmauer, die hauptsächlich den Wind abhalten sollte, der unablässig Sandkörner in die engen Gassen trieb, war Belara regelrecht von gelben Sanddünen umzingelt. Niemand fand hierher und niemand wollte hierher, außer ein paar Händlern, die durch die wenigen offiziellen Türen kamen, die Belara mit der Außenwelt verbanden. Diese Türen führten unter anderem nach Südafrika und zu den Ginning-Inseln und waren in dem kleinen Café an der Quelle angebracht, wo man sich oft auf einen Kaffee oder Tee traf.

Die Magie war in Belara zwar allgegenwärtig, aber sie stach einem nicht so offensichtlich ins Auge. Die Gebäude aus Lehm hielten dem Wind ohne Mühe stand und Sedonie versicherte mir lachend, dass sie das schon seit vielen Hundert Jahren taten. Das Wasser aus der Quelle fand ganz allein seinen Weg in die Gärten, die den Ort mit frischem Obst und Gemüse versorgten, und ich schaute manchmal zu, wie die Gärten sich von ganz allein gossen. Auch die Quelle sprudelte unbehelligt von Sand und Wind munter vor sich hin und das tat sie wohl schon seit der Gründung von Belara.

Katzen waren in Belara beliebte Haustiere, ihre Ruhe und Ausgeglichenheit passte gut zu der friedlichen Stimmung im Ort. Auffallend war lediglich, dass die Katzen hier eine ungewöhnliche Größe erreicht hatten. Sie reichten mit ihren Rücken beinahe bis an mein Knie und waren selbst zu schwer und zu groß, um auf die Palmen zu klettern und die kleinen Vöglein zu fangen, die sie immer begehrlich ansahen. Doch mehr als einen Blick schenkten sie ihnen nicht, dann stolzierten sie mit erhobenem Schwanz an den Palmen vorbei und taten so, als ob die Vögel nicht existierten.

Die wenigen Einwohner waren freundliche Menschen, die die Einsamkeit und die monotone Friedlichkeit des vergessenen Ortes schätzten und hier Ruhe gefunden hatten. Ich konnte es verstehen, denn der Gedanke war verlockend, sich in diese friedliche Wüstenstadt zurückzuziehen und in den Dünen zu sitzen und zuzusehen, wie der allgegenwärtige Wind die Sandkörner über die gelben Hügel trieb.

Daheim hielt mich nicht mehr viel, Skara und ihre Freundinnen ließen mich zwar in Ruhe, doch ich wusste nicht, was ich davon halten sollte. Skara schien die Wahrheit einfach zu verleugnen und stürzte sich in die Zerstreuungen, die ihr neuer Status als Tochter des Primus mit sich brachte. Gisella Verpocci hatte Skara zum neuen Gesicht ihrer Frühjahrs-Kollektion gemacht und scheinbar war das Skaras Antwort auf ihre Angst, von Baltasar entführt zu werden. Sie stürzte sich in nichtssagende Arbeit und ließ sich von allen hofieren. Dabei umgab sie sich jedoch permanent mit jemandem, der für ihre Sicherheit sorgen sollte, und das waren meist Torin, Lennox oder Ramon, die Skara zwischen den Vorlesungen begleiteten und auch während der Mahlzeiten an den Türen patrouillierten.

Sie erinnerten mich allgegenwärtig daran, dass einer der vier Brüder fehlte, und jedes Mal, wenn ich an ihnen vorübergegangen war, traf mich der dumpfe Schmerz mitten ins Herz. Ich hatte versucht mit ihnen zu sprechen und sie zu bitten, mich wenigstens einmal zu Adam zu lassen. Doch Torin hatte mir mit einem bedauernden Blick und einem bitteren Zug um die Lippen erklärt, dass seine Mutter Adam quasi rund um die Uhr beobachtete und einen unerklärlichen Hass auf mich hatte. Er sagte, dass es absolut unmöglich wäre, mich bis zu Adam zu schmuggeln, so gern er mir diesen Gefallen auch tun würde. Schließlich hatte ich aufgehört, Torin danach zu fragen, und wir hatten uns darauf beschränkt, uns nur noch im Vorbeigehen zu grüßen, denn mehr gab es nicht zu besprechen.

Der Latorios-Drache wurde von den Journalisten der verschiedenen Zeitungen immer noch totgeschwiegen. Ich hatte sie alle angeschrieben, doch weder „Die Welt der Schwarzen Garde" noch der „Korona Chronikle" oder die „Drachenwelt" hatten sich für die Angelegenheit interessiert. Stattdessen hatte ich Besuch von einem Sekretär aus dem Büro von Ladislav Ende bekommen, der mich nachdrücklich aufgefordert hatte, das Verbreiten von Falschaussagen zu unterlassen, was für mich der endgültige Beweis war, dass sich nach der Wahl des neuen Primus nichts in der Vereinten Magische Union verändert hatte. Nur das Gesicht, das nun regelmäßig von der Titelseite lächelte, wenn der Primus in Erscheinung trat und zum Beispiel die ersten Mieter in der frisch restaurierten Tongasse begrüßte, war ein anderes.

Parelsus schien seit unserem Gespräch im November plötzlich das Bedürfnis zu haben, sein Gewissen mir gegenüber zu erleichtern. Das Verhältnis zwischen uns schien sich beinahe umgekehrt zu haben. Solange ich ihn bedrängt hatte, mir zu erzählen, was er wusste, hatte er sich geweigert, mich freiwillig an seinem Wissen teilhaben zu lassen, und nun, da es mir im Prinzip egal war, wollte er sich mir regelrecht aufdrängen und unbedingt mit mir sprechen. Doch ich ging ihm aus dem Weg und verschloss oft meine Gedanken, damit ich ungestört darüber nachdenken konnte, wo ich in Belara noch nicht nach dem Elixier gesucht hatte. Der Ort, den ich im Moment unter die Lupe nahm, war eine längst versiegte Quelle, in der laut den Unterlagen von Nuria eventuell noch Wasserreste zu finden sein könnten, in denen das Elixier vielleicht gelöst war.

„Wieder zur alten Quelle?", fragte Shirley, die hinter mir aus dem Haus von Sedonie getreten war.

„Da waren wir noch nicht fertig", sagte Lorenz, der nun an meiner anderen Seite stand und sich seine Sonnenbrille auf die Nase schob. Dann wickelte er sich ein Tuch um den Kopf und über Mund und Nase. Shirley und ich besaßen ebensolche Tücher, um uns gegen den gelegentlich auffrischenden Wind zu schützen oder gegen die Hitze, die in der Mitte des Tages noch aufkommen konnte. Auch in Belara war Winter, aber das bedeutete hier, dass die Temperaturen durchaus noch bis auf dreißig Grad Celsius steigen konnten.

„Du spinnst", kicherte Shirley und hielt das Gesicht in die warme Brise, die heute durch die Gasse strich. „Das ist nicht mal der Ansatz eines Sandsturmes. Es ist herrlich warm hier. In Schönefelde hatten wir heute Morgen schon wieder Minusgrade und Schneefall."

„Ich kann es nicht leiden, wenn der Sand zwischen den Zähnen knirscht", murmelte Lorenz hinter seinem Tuch und hakte sich bei mir ein. Dann liefen wir die schmale Gasse entlang, bis wir an einen kleinen, begrünten Platz kamen, in dessen Mitte die Quelle sprudelte, die Belara ihre Lebenskraft gab.

„Und in dieser Quelle ist wirklich nichts drin?", fragte Shirley und besah sich das sprudelnde Wasser, das in einem großen Becken aufgefangen wurde und von dort durch ein kompliziertes System aus Röhren und Rinnen in die kleinen Gärten und die Häuser floss.

„Nein", sagte ich und schlug noch einmal in Nurias Ordner nach. „Diese Quelle wurde von mindestens fünfzig Magiern untersucht und das Wasser von verschiedenen Instituten auf alle seine magischen und nichtmagischen Bestandteile hin überprüft."

„Die Quelle ist also sauber", sagte Lorenz in seiner Agentenmanier und sah mich verschwörerisch an.

„Genau, Sherlock", erwiderte ich. Wir bogen nach rechts in eine Gasse ab, die aus der Stadt hinausführte, und wie üblich folgte uns ein Schwarm der kleinen Vögel, die sich sonst meist in den Palmen an der kleinen Quelle vergnügten.

„Was macht Liana heute eigentlich?", sagte Shirley und griff in ihre Tasche, aus der sie eine Quitsche zog und sie im Gehen auseinanderbrach.

„Sie wollte mit Dulcia eine Spur zu den verschwundenen Mädchen verfolgen", sagte ich zögernd. Unser Verhältnis war wieder etwas komplizierter geworden, denn Liana hielt die Suche nach dem Elixier von Jericho für aussichtslos und wollte ihre Energie lieber in die Suche nach den verschwundenen Mädchen stecken. Dulcia saß nun irgendwie zwischen den Stühlen, doch schließlich hatte sie sich Liana angeschlossen. „Und dann wollte sie sich mit Paul treffen. Heute ist Samstag und die beiden wollten zum Kinoabend. Ich wollte ihr den Spaß nicht verderben und habe mich verzogen. Ich weiß, dass es für sie blöd ist, mit Paul glücklich zu sein, wenn ich daneben im größten Elend meines Lebens stecke."

„Ich finde es wirklich cool, dass du da noch so locker drüber reden kannst", sagte Shirley.

„Finde ich auch", murmelte Lorenz, der hinter seinen Tüchern versuchte, die eine Hälfte der Quitsche zu essen, die Shirley ihm gereicht hatte.

„Ich habe euch die Sache mit den Stachelfunkien doch schon ein paar Mal erklärt", seufzte ich. „Wenn ich alle zwölf Stunden einen Löffel nehme, hebt das meine Stimmung so weit, dass ich funktioniere. Ihr könnt normal mit mir umgehen"

„Und ich finde es trotzdem seltsam", erwiderte Lorenz. In diesem Moment hielt er inne und sah verklärt in die Gegend.

Dann lief er plötzlich rot an und begann zu grinsen.

„Alles klar?“, fragte Shirley mit hochgezogenen Augenbrauen.

„Jaja.“ Lorenz kicherte unterdrückt.

„Gibt es gute Neuigkeiten?“, fragte ich.

„Ähm“, sagte Lorenz gedehnt und sah hilflos zwischen Shirley und mir hin und her.

„Du kannst es Selma endlich sagen“, stöhnte Shirley. „Dann quälst du wenigstens nicht nur mich mit deinem Liebesgesülze.“

„Du hast deinen Traumprinzen gefunden?“, fragte ich, und jetzt war es um Lorenz geschehen.

„Ja, das habe ich“, quietschte er in einem hohen Ton, und zwei sandfarbene Katzen, die am Straßenrand gesessen hatten, fauchten erschrocken und flüchteten schnell in eine dunkle Gasse. „Es ist romantisch, intensiv, leidenschaftlich, lebendig und einfach nur phänomenal.“ Sein Gesicht leuchtete begeistert.

„Wer ist es denn?“, fragte ich und ignorierte den dumpfen Schmerz, der in mir aufbrandete. Ich gönnte Lorenz sein Glück von ganzem Herzen, aber sein Glück erinnerte mich nur allzu intensiv daran, dass meines verloschen war.

„Es ist Etienne“, seufzte Lorenz verliebt. „Er sieht gut aus, hat Stil und Geschmack, Einfühlungsvermögen und eine starke Schulter zum Anlehnen. Außerdem hat er eine unerschöpfliche Fantasie, wenn es um ...“

„So genau will ich es gar nicht wissen“, unterbrach ihn Shirley mit einem gequälten Gesichtsausdruck. „Wir haben schon verstanden, dass du rundum zufrieden bist.“

Lorenz kicherte mit roten Wangen.

„Glückwunsch“, sagte ich. „Ich freu mich für dich.“

Lorenz sah mich prüfend an und ich hoffte, er spürte nicht, wie sehr es mich zerriss, das zu sagen, obwohl ich es doch wirklich meinte.

„Ich weiß“, sagte er mit plötzlichem Ernst in der Stimme.

„Aber es fühlt sich trotzdem falsch an, glücklich zu sein, wenn du es nicht sein kannst.“ Er zögerte kurz. „Wenn du es vermutlich nie wieder sein kannst.“

„Ich weiß“, sagte ich leise und schluckte, während ich gegen die aufbrandende Traurigkeit ankämpfte. „Aber lass dir von mir nicht die Freude verderben. Du hast so lange darauf gewartet. Erzähl mir davon!“

Lorenz nickte mir verständnisvoll zu, dann schlich sich das begeisterte und überschwängliche Lächeln wieder auf sein Gesicht. „Also, es hat die ganze Zeit schon zwischen uns so eine Spannung in der Luft gelegen, und erst haben wir es gar nicht so richtig bemerkt vor lauter Arbeit und dann ging alles ganz schnell, als wir gemeinsam das Haus in der Tongasse eingerichtet haben. Ich meine, wir wollten beide das Wohnzimmer in Zimt streichen. Wie oft ist man sich so schnell über eine so wichtige Entscheidung einig?“ Er sah uns erwartungsvoll an und Shirley stöhnte gequält, während ich zumindest versuchte, verständnisvoll zu nicken.

„Das war so ein richtiger Knall, als wir plötzlich begriffen haben, dass da mehr ist. Ich meine, so richtig leidenschaftlich und intensiv. Das habe ich noch nie erlebt und jetzt verstehe ich das ganze Ding mit der großen Liebe und dem Herzschmerz erst so richtig.“ Er hielt kurz in seinem Redeschwall inne, während Shirley die Augen verdrehte und ich annahm, dass sie die Geschichte schon oft gehört hatte.

„Das klingt super“, sagte ich, doch jetzt hörte selbst ich den heiseren Ton in meiner Stimme.

„Ach, Süße“, sagte Lorenz und legte seinen Arm um mich. „Ich quäl dich nicht mehr mit meinem Glück.“

„Ich will aber, dass du glücklich bist“, erwiderte ich.

„Das bin ich“, sagte Lorenz. „Wir haben jetzt übrigens einen Namen für die Agentur gefunden. Was hältst du davon: Lorienne – Eventagentur – Wir machen jedes Event zum Ereignis.“

„Sehr kreativ“, sagte Shirley.

„Das ist es", erwiderte Lorenz. „Und nachdem der ganze Wahlkram endlich vom Tisch ist, haben wir auch viele nette, kleine Aufträge, die wirklich Spaß machen, genauso, wie wir beide das ursprünglich geplant haben. Jetzt müssen wir nur noch das Heilmittel finden und dann ist alles wieder halbwegs in Ordnung." Er lächelte mir aufmunternd zu und ich nickte automatisch.

„Vielleicht finden wir ja bei dieser Gelegenheit auch die nächste Insignie der Macht", sagte Shirley nachdenklich. „Ich meine, warum sonst sollte eure Familie einen Durchgang nach Belara im Haus gehabt haben?"

Ich seufzte. „Meine Großmutter sagt, dass ein paar entfernte Verwandte von uns hier gelebt haben und es den Durchgang deswegen gab. Das Haus, in dem Sedonie wohnt, gehört übrigens auch meiner Großmutter. Dort wohnte wohl mal eine Großcousine von ihr. Aber mich lässt der Gedanke auch nicht los, dass da mehr dahinterstecken könnte."

„Deine Großmutter ist eine geheimnisvolle Frau", meinte Lorenz mit spitzen Lippen.

„Das stimmt", erwiderte ich. „Aber wenn sie wüsste, wo die Insignie unserer Familie wäre, hätte sie es mir wirklich gesagt. Da bin ich mir sicher."

„Nun ja", meinte Lorenz gedehnt. „Dann können wir nur hoffen, dass uns der Zufall zu Hilfe kommt, und ich habe da so ein gutes Gefühl im Bauch."

„Du bist frisch verliebt", sagte Shirley kritisch. „Im Moment findest du jedes Gefühl in deinem Bauch gut, wunderbar und phänomenal."

„Spielverderber", sagte Lorenz sichtlich beleidigt. „Warte mal ab, bis du verliebt bist."

„Das wird mir nicht passieren", erwiderte Shirley überzeugt.

Mittlerweile waren wir an der vertrockneten Quelle angelangt, die an einem Felsen in der Nähe der Stadtmauer lag. Wir hatten am Vortag schon ein beachtliches Loch in den Boden gegraben, doch über Nacht hatte der Wind einen Teil des Sandes wieder in das Loch zurückgeweht.

„Es wäre viel leichter, wenn der ganze Sand nicht da wäre", seufzte Lorenz und überließ den Rest seiner Quitschen den kleinen Vögeln, die sich begierig darauf stürzten und sich lautstark um die besten Stücke stritten.

„Wir sind in der Wüste", stöhnte Shirley. „Da muss man halt mit Sand und Wind klarkommen."

„Ihr zwei seid doch hier die Spezialisten für das Thema Wind, da fällt auch der Sand gleich mit in euren Aufgabenbereich", sagte ich. „Außerdem wisst ihr, dass ich gerade völlig blockiert bin." Ich hob die Hände und versuchte den Sand allein durch die Kraft meines Willens aus dem Loch hinauszubefördern. Mit einem leisen raschelnden Geräusch folgten die winzigen Körner meinem Willen und begannen aus dem Loch hinauszuschweben. Doch ich schaffte nicht viele und Lorenz und Shirley halfen mir, bis wir nach einer Stunde wieder an demselben Punkt waren wie schon am Vorabend.

„Spürst du etwas?", fragte Lorenz, als ich in das Loch stieg und meine Hände auf den Boden legte.

„Nein", sagte ich und konzentrierte mich stärker. Aber genauso zuverlässig, wie meine Gefühle gedämpft waren, waren auch meine Kräfte gedämpft. Doch plötzlich erinnerte ich mich an die Reise in die Antarktis, als ich das feine Summen des Wassers allgegenwärtig um mich herum gespürt hatte wie eine zarte Melodie. Ich versuchte mich an dieses Gefühl zu erinnern und es doch noch heraufzubeschwören, doch zugleich erinnerte ich mich, wie ich mit Adam gemeinsam in dem kleinen Zelt gesessen hatte, wie wir aneinandergeschmiegt dagelegen und zusammen gegen die Kälte gekämpft hatten. Tränen stiegen in meine Augen, als mich die schmerzhafte Erinnerung überwältigte. So viele Wochen waren vergangen, in denen ich Adams Stimme nicht mehr gehört hatte, seine Haut nicht mehr an meiner gespürt hatte. So viele Wochen, in denen ich allein gewesen war, so unendlich allein.

„Selma, alles klar?", fragte Lorenz besorgt.

„Ich kann nicht“, stotterte ich und wischte mir die Tränen von den Wangen. Dann stieg ich schnell aus dem Loch.

„Ach, Süße“, seufzte Lorenz. „Ich mach das schon.“ Er sprang in das Loch, während er mich besorgt musterte. Doch ich winkte schnell ab und Lorenz nickte verständnisvoll, dann schloss er die Augen und holte tief Luft.

„Nichts“, sagte er nach einer Weile.

„Dann müssen wir tiefer graben“, erwiderte Shirley und stellte sich mit ausgebreiteten Händen neben das Loch. Lorenz kam herausgekrochen und wir begannen gemeinsam das Loch tiefer auszuheben. Immer wenn wir einen halben Meter geschafft hatten, krochen Lorenz oder Shirley hinein und versuchten zu erspüren, ob wir dem Wasser schon näher gekommen waren.

So ging der Tag dahin, und als die Sonne unterging und die Nacht sich wie ein dunkles Tuch über Belara legte, wurde es kühl und wir beendeten unser Tagewerk. Wir packten unsere Sachen ein und sicherten die Baustelle, damit niemand aus Versehen in das Loch stürzte. Ich zog eine dünne Spur aus kleinen Lichtbällen um den Rand und schulterte meine Tasche.

Die Einwohner von Belara kannten uns schon und wussten, dass wir auf der Suche nach dem geheimnisvollen Elixier waren, das so viele vor uns schon gesucht hatten. Am Anfang hatten sie unsere Unternehmungen in Belara noch eine Weile beobachtet. Ein Maler war uns von Haus zu Haus gefolgt und hatte uns erzählt, wer in dem jeweiligen Gebäude schon nach dem Elixier gesucht hatte. Das hatte unsere Laune nicht gehoben und wir reagierten recht einsilbig auf seine Ausführungen. Schließlich war es ihm langweilig geworden und er hatte sich wieder in sein Atelier in einer kleinen Seitengasse zurückgezogen und widmete sich seinen künstlerischen Arbeiten. Nur die nette Dame, die das Café an der Quelle betrieb, machte immer wieder Vorschläge, wo ihrer Meinung nach eine Suche lohnen würde.

Bei ihr holten wir uns jeden Abend nach getaner Arbeit eine Tasse heißen, süßen Pfefferminztee und ließen uns ein wenig abseits von der Stadtmauer auf einer Düne nieder und starrten in den weiten Nachthimmel, der jetzt schwarz und voller Sterne war. Die Kälte der Nacht begann heraufzuziehen und ließ erahnen, wie kalt die Nächte in einer Sandwüste werden konnten.

„Und wieder ein erfolgloser Tag in der Wüste", sagte Lorenz und nippte an seinem Tee.

„Du weißt, dass es auch ein Erfolg ist, zu wissen, wo sich etwas nicht befindet. Das reduziert die Zahl der Orte, an denen das Elixier noch sein könnte", erwiderte ich. Das hatte mir einst Torin beigebracht. Ich hielt mein Gesicht in den kühlen Wind und atmete tief durch, um nicht wieder in eine schmerzhafte Erinnerung hinabzugleiten. Eigentlich kam ich gut durch den Tag und konnte Nuria jeden Morgen berichten, dass ich wieder ein Stück weitergekommen war.

Ein dunkler Schatten trat in diesem Moment aus dem Stadttor heraus und bewegte sich langsam zu uns.

„Sedonie kommt", flüsterte ich. Manchmal gesellte sie sich zu uns und fragte uns, wie unsere Suche gelaufen war. Das Laufen in dem Sand fiel ihr schwer, immer wieder sanken ihre Beine bis zu den Knien in die tiefe Düne ein. Doch schließlich hatte sie sich zu uns hinaufgekämpft und ließ sich schnaufend neben uns nieder.

„Es ist immer wieder wunderschön hier", sagte sie und sah in den Sternenhimmel hinauf. Sie beschwerte sich nie darüber, dass etwas anstrengend war oder dass das Schicksal es nicht gut mit ihr gemeint hatte. Sie sah immer nur das Positive an einer Sache und erwähnte nie die Schattenseite. Vielleicht dachte sie auch nicht einmal darüber nach. Diese Eigenart gefiel mir an ihr und ich bewunderte sie dafür, wie leicht sie mit allen Problemen umging.

„Das ist es", erwiderte ich. „Erst wenn man begreift, wie groß das Universum ist, sieht man, wie unbedeutend man selbst doch darin ist."

„Wahre Worte, Selma", sagte Sedonie. „Doch du vergisst, dass jeder von uns ein wichtiger Teil des Gesamten ist. Jedes Sandkorn ist wichtig, denn nur in ihrer Summe können sie eine Wüste sein."

„Kannst du ihr nicht helfen, endlich aus dem Tief herauszukommen?", fragte Lorenz seufzend. „Ohne diese Funkienessenz wäre sie gar nicht lebensfähig. Das muss doch irgendwann einmal besser werden."

Sedonie lächelte. „Du weißt, dass sie nur aus dem Tief herauskommen kann, wenn sie mit ihren Gefühlen abschließt."

„Und das werde ich nicht tun", sagte ich leise. „Niemals."

„Aber so sind deine magischen Kräfte blockiert und du klappst mir regelmäßig weinend zusammen", warf Lorenz ein. „Es ist unerträglich, dir dabei zuzusehen, wie du dich selbst quälst."

„Ich kann nicht anders", seufzte ich, und das war die Wahrheit.

„Deine Gedanken bestimmen deine Gefühle und du hast beschlossen, dich nicht damit abzufinden, und solange du bei dieser Entscheidung bleibst, wird sich auch an deinem Zustand nichts ändern." Sedonie sah mich nachdenklich an. „Deine Großmutter hat mich gebeten, deine Ausbildung zur Geistläuferin zu übernehmen. Sie sagt, sie kommt mit dir nicht weiter und dass es vielleicht auch an der Umgebung liegen könnte. In Schönefelde erinnert dich zu viel an deine Vergangenheit, aber hier könnte es dir leichter fallen."

Ich sah Sedonie kurz an. Ich hatte mehrmals und erfolglos versucht, Vinnla zu betreten, doch dazu musste ich sehr konzentriert sein und dabei war mir der Schmerz im Weg gewesen. Er ließ mich einfach nicht vorbei.

„Von mir aus. Aber ich kann nicht ohne ihn sein", sagte ich leise und erinnerte mich an meine eigenen Gedanken. „Wir gehören zusammen, wie die Sonne und der Mond, wie die Sterne an den Himmel und das Blut in meine Adern, eine unverrückbare Wahrheit."

„Selma", sagte Shirley gequält. „Wenn ich dich höre, will ich mich wirklich niemals im Leben verlieben."

„Du musst nicht ohne ihn sein", sagte Sedonie. „Deine Liebe wird ihn immer zu einem Teil von dir machen. Eure Seelen werden in Vinnla wieder vereint sein, aber noch bist du im Diesseits und hier hast du noch eine Aufgabe zu erledigen. Du musst die Liebe wieder in dir spüren und sie wird dir helfen, wieder zu dir selbst zurückzufinden und dein Werk zu vollenden. Ihr seid nicht für immer getrennt, Selma. Suche Trost in dem Gedanken, dass euch die Ewigkeit noch bevorsteht."

„Das hast du schön gesagt", seufzte Lorenz. „Selma, hör auf Sedonie, ich glaube, sie kann dir wirklich weiterhelfen."

„Ich weiß nicht", seufzte ich. So viele Wochen waren vergangen, in denen es mir nicht besser gegangen war, und auch meine Großmutter hatte daran nichts ändern können, obwohl sie sich wirklich bemüht hatte. Bei den Versuchen, Vinnla zu betreten, hatte sie schließlich versucht, mich durch meine Gefühle hindurch zu begleiten. Doch meist waren wir dabei gemeinsam in Tränen ausgebrochen. Ihr Verlust war dem meinen zu ähnlich und daher zog ich sie mit hinab in meinen Schmerz. Und dieser Schmerz war so stark, dass selbst die Stachelfunkien nicht mehr halfen, wenn ich mich allzu sehr auf ihn einließ.

Sedonie sah mich herausfordernd an. „Es konnte dir nicht besser gehen, weil du es nicht wolltest. Du musst dir selber wieder erlauben, zufrieden zu sein. Ich verlange nicht, dass du glücklich wirst, aber du musst dich mit der Situation arrangieren, anstatt Tag für Tag im Sand zu graben."

„Ich grabe gern mit Selma im Sand", entgegnete Lorenz tröstend und drückte meine Hand. „Es hat den spröden Charme einer Indianer-Jones-Expedition."

„Ich sage ja nicht, dass es völlig aussichtslos wäre, im Gegenteil, es hat auch eine gewisse therapeutische Wirkung, aber im Prinzip läufst du vor der Realität davon, anstatt dich mit ihr auseinanderzusetzen, Selma. Ich möchte, dass du dir als Erstes immer wieder den Gedanken durch den Kopf gehen lässt, dass Adam in Vinnla auf dich wartet. Ich bin mir sicher, dass er dir vielleicht sogar versprochen hat, dass es genauso sein wird."

„Das hat er", sagte ich leise und erinnerte mich an seine Worte. Als ich verletzt aus Antarktika geflohen war und Adam mich im Geheimen Garten gepflegt hatte, hatte er genau das gesagt.

„Gut", sagte Sedonie. „Dann verinnerliche diese Worte. Versprich es mir! Das wird deine erste Aufgabe als meine Schülerin."

Ich zögerte kurz, dann sah ich in das sanfte Gesicht von Sedonie und dachte darüber nach. Der Gedanke versprach Trost, aber zugleich Schmerz.

„In Ordnung", sagte ich zögernd. „Ich versuche es."

„Ich passe auf, dass sie brav ihre Übung macht", sagte Lorenz ernst und sah mich streng an.

„Sehr gut", lächelte Sedonie.

„Wir sollten uns jetzt auf den Heimweg machen", sagte Shirley fröstelnd.

„Ich weiß nicht", sagte ich. Ich kehrte ungern nach Schönefelde zurück, denn ich wusste nicht, wo ich hin sollte, ohne dass mich an irgendeinem Platz in dieser Stadt der Gedanke daran quälte, dass ich nie wieder mit Adam eine glückliche Stunde verbringen würde.

„Du kannst bei mir pennen", schlug Shirley vor, als ob sie meine Gedanken ahnte. „In meinem Zimmer in der WG ist Adam noch nie gewesen. Erinnerungsfreie Zone." Sie lächelte mich aufmunternd an.

„Danke, Shirley", sagte ich. „Das ist eine gute Idee."

Dann tranken wir unseren Tee aus und machten uns zurück auf den Weg nach Schönefelde.

Während der nächsten zwei Wochen versuchte ich tapfer, mich an den Gedanken heranzutasten, dass Adam nicht für immer verschwunden war, sondern in Vinnla auf mich wartete.

Doch ich hatte meine argen Probleme damit, denn ich hatte nur wenig Vorstellung davon, wie Vinnla war und was mich dort erwartete. Auch wenn mir Sedonie immer wieder davon erzählte und mich ermutigte, einen neuen Versuch zu wagen, Vinnla endlich selbst zu betreten, konnte ich mir die Traumwelt schlecht vorstellen. Da war es tatsächlich viel befreiender, sich immer tiefer in den Sand hineinzugraben. Wenn Shirley und Lorenz keine Zeit hatten, kam ich auch oft allein nach Belara und grub meist mit bloßen Händen immer tiefer. Unser Loch hatte mittlerweile schon beachtliche Ausmaße angenommen. Am Rand führte eine schmale Treppe hinab, die Shirley und Lorenz befestigt hatten, sodass wir mühelos hinabsteigen konnten.

Kurz vor den Weihnachtsferien, als ich wieder einmal allein in Belara war und die Sterne schon hell über mir funkelten, wurde der Sand unter meinen Händen endlich feucht. Einen Moment hielt ich inne, dann grub ich eilig tiefer und schließlich sammelten sich in einer kleinen Kuhle die ersten Tropfen.

Fassungslos starrte ich das Wasser an, das da zusammenlief. Mein Herz schlug schneller und vor Aufregung überschlugen sich meine Gedanken. Sollte Nuria mit ihrer Vermutung recht haben und das Elixier von Jericho war in dem Wasser der versiegten Quelle gelöst? Mit zitternden Händen zog ich eine kleine Flasche aus meiner Jackentasche und füllte sie mit dem Wasser. Dann eilte ich die Stufen hinauf. Die Frau aus dem Café hatte uns versichert, dass so tief noch niemand im Boden gegraben hatte und es durchaus möglich sein könnte, dass wir hier etwas fanden. Selbst der Maler war in den letzten Tagen oft vorbeigekommen, um die Tiefe unserer Baustelle zu begutachten und mit Lorenz darüber zu philosophieren, wie er die Seitenwände und die Treppen stabilisiert hatte.

Ich hastete los und rannte zu Sedonies Haus zurück. Meine Beine trugen mich schon von ganz allein durch Belara, so oft war ich hier gewesen. Ich rannte an dem begrünten Platz vorbei, auf dem die Quelle leise in der Dunkelheit gluckste, dann bog ich in die kleine Gasse ein, in deren Mitte Sedonies zweistöckiges Häuschen stand, das ganz aus Lehm gefertigt war und dessen orange Mauern im Dunkeln fahl leuchteten.

Ich klopfte ungeduldig an die Holztür und endlich öffnete mir Sedonie.

„Ich habe Wasser gefunden“, sagte ich mit zitternder Stimme und zog die Flasche aus meiner Tasche. „Kannst du prüfen, ob Magie in dem Wasser ist?“

„Natürlich“, sagte Sedonie ruhig und verschloss die Tür hinter mir. Dann zog sie mich in das obere Geschoss, wo am Fenster ein Tisch und Stühle standen. Sie entzündete mehrere Feuerbälle und bat mich Platz zu nehmen, während sie eine kleine Schüssel aus einem Regal nahm und ein paar Tropfen des Wassers hineinfließen ließ. Dann legte sie die Hände über die Schale, schloss die Augen und holte tief Luft. Ich sah ihr zu, wie sie versuchte die Magie zu spüren, die in dem Wasser lag, noch immer konnte ich mich gut an das feine Summen erinnern, an die Melodie, die das Wasser in sich trug, und an die Bilder, die diese Melodien immer zu mir gebracht hatten. Ich hörte, wie Sedonie einen Wortzauber sprach, um verdeckte Magie aufzuspüren, doch auch nachdem ihre Worte verklungen waren, änderte sich nichts.

Als mich Sedonie ansah und sachte den Kopf schüttelte, traf mich die Enttäuschung wie ein harter Schlag in den Magen. All die Arbeit der vergangenen Wochen war umsonst gewesen.

„Ich danke dir dennoch“, sagte ich mit düsterer Stimme und erhob mich.

„Selma“, erwiderte Sedonie bittend. „Bleib!“

„Ich kann nicht“, sagte ich. Ich musste weg von hier, weg von der Enttäuschung. Schnell ging ich zur kleinen Kammer und verschwand darin.

Am nächsten Morgen saß ich trübsinnig beim Frühstück in Tennenbode und rührte wieder und wieder in meinem Müsli.

Ich hatte Nuria die schlechte Nachricht schon überbracht. Doch noch wollte sie nicht aufgeben und bat mich, noch eine Wasserprobe zu holen, um sie weiteren Tests zu unterziehen.

„Selma", sagte Lorenz bittend. „Wir machen weiter, es gibt noch viel mehr Ecken, in denen wir nicht gesucht haben."

„Genau", nickte Shirley. „Es sind noch sechs Objekte übrig."

„Vielleicht solltest du das aber auch als Zeichen sehen, dass du auf dem Holzweg bist, und deine Kräfte wieder auf andere Dinge konzentrieren", sagte Liana und zog den „Korona Chronikle" zu sich heran. „Du beschäftigst dich mit nichts anderem mehr. Wann warst du das letzte Mal bei Herrn Lilienstein? Er ist doch inzwischen bestimmt weitergekommen und ..." Liana hielt inne und starrte auf die Zeitung vor sich. „Das kann doch nicht sein", sagte sie heiser.

„Was ist passiert?", fragte ich.

„Der Admiral wurde suspendiert."

„Wie bitte?" Shirley fuhr überrascht zusammen und kippte beinahe ihren Kräutertee um.

„Ja", sagte Liana und überflog die Zeilen. „Er wird wegen Hochverrat und der Gefährdung der allgemeinen Sicherheit angeklagt, und solange die Anklage läuft, wird er von seinen Ämtern entbunden. Es geht um dich, Selma. Ich meine, sie sagen es nicht direkt, aber wer die Geschichte kennt, weiß, dass es um dich geht."

„Um mich?", fragte ich erschrocken. „Was habe ich damit zu tun?"

Liana sah von der Zeitung auf. „Hauptsächlich aufgrund der Aussage einiger weniger Personen wurde Baltasar damals angeklagt, Willibald Werner manipuliert und die Mädchen entführt zu haben. Aufgrund des Geständnisses von Willibald Werner hat der Admiral damals den Primus seiner Ämter entbunden und eine Übergangsregierung gebildet. Ladislav Ende stellt all das infrage. Er bezeichnet diese Personen als Lügner. Sie hätten Willibald Werner manipuliert, diese Dinge zu behaupten, und es war ein Fehler des Admirals, diesen Zeugen Glauben zu schenken, denn bis heute gibt es keine Beweise, die das Vorgehen des Admirals rechtfertigen würden."

„Nein!", sagte ich erschrocken und zugleich empört. „Natürlich gibt es keine Beweise, denn Ladislav Ende hat den Admiral davon abgehalten, nach den Mädchen zu suchen." Ich zog den „Korona Chronikle" zu mir heran und überflog den Artikel, doch Liana hatte tatsächlich recht. Ich sah auf und blickte im Raum umher und in diesem Moment bemerkte ich, dass mich viele Studenten anschauten und wohl gerade denselben Artikel gelesen hatten. Sie wussten natürlich, dass ich es gewesen war, die im letzten Semester Baltasar bloßgestellt hatte. Viele waren in Akkanka dabei gewesen und hatten auch mitbekommen, wie ich mit Adam, Cecilia und Dulcia aus Antarktika zurückgekehrt war. „Das kann Ladislav Ende nicht machen. Es macht all unsere Arbeit kaputt. Cecilia ist gestorben, um Baltasar davon abzuhalten, die Macht im Land zu ergreifen, und nun leugnet Ladislav Ende all das? Er macht es sogar noch viel schlimmer und versucht alle Räder wieder zurückzudrehen. Von dem Neuanfang, den ich mir erhofft hatte, ist nichts geblieben. Wir haben den einen Despoten vertrieben, um dem nächsten Platz zu machen?" Ich ließ meinen Blick über die Studenten gleiten, immer mehr hatten den Kopf gehoben und starrten mich an. Dann sah ich Skara und ich sah das zufriedene Grinsen in ihrem Gesicht, ein selbstherrliches und glückliches Lächeln darüber, dass ich an Glaubwürdigkeit verloren hatte.

Vielleicht hatte ihr Vater in diesem Plan einen Schuldigen gesucht, ein Bauernopfer, dem er alles anhängen konnte, und wer passte da besser ins Bild als ich? Als sie sah, dass mein Blick auf ihr lag und ich begriffen hatte, dass sie über die heutige Schlagzeile mehr als glücklich war, winkte sie Torin zu sich, der an der Tür gestanden hatte und von dort aus Skaras Sicherheit überwachte.

Ich sah den gequälten Ausdruck in seinem Gesicht, als er

zu Skara hinüberging und sie augenscheinlich nach ihren Wünschen fragte. Skara stand auf und hängte sich bei Torin ein, der es mit einem Blick zur Decke über sich ergehen ließ.

Ich sah den beiden fassungslos hinterher, während in mir eine unglaubliche Wut entflammte. Es war ein starkes und wohltuendes Gefühl, das meine Benommenheit milderte. Ich holte tief Luft und sah in diesem Moment zu Dulcia hinüber, die am Nebentisch saß und mit blassem Gesicht in die Zeitung starrte.

„Nein", sagte ich mehr zu mir selbst. „Das darf doch nicht alles umsonst gewesen sein und was veranstaltet sie da überhaupt mit Torin?"

„Das werde ich nicht zulassen", sagte Shirley drohend und stand auf. „Und ich werde Skara auch daran erinnern, dass Torin mein Ehemann werden sollte und sie sich nicht einfach den nächsten Torrel-Bruder anlachen kann. Jetzt hat sie sich endgültig mit der Falschen angelegt."

„Genau", sagte Lorenz. „Zeig es der Giftnatter."

„Ich bin auf deiner Seite", sagte Liana entschlossen.

„Das kann ich nicht einfach so auf mir sitzen lassen", sagte ich nachdenklich. Wie hatte ich Skara nur so unterschätzen können? Sedonie hatte recht. Ich hatte noch etwas zu tun auf dieser Welt, und auch wenn Adam nicht mehr an meiner Seite kämpfen konnte, so konnte ich unsere Sache doch weiterführen und es für andere leichter und besser machen und die Ungerechtigkeit, die immer noch in der Vereinten Magischen Union herrschte, bekämpfen. Ich hatte auch schon eine Idee, wer mir dabei helfen konnte, gegen diese Verleumdungen zu kämpfen. Energisch stand ich auf und folgte Shirley hinaus in die Eingangshalle. Im Augenwinkel sah ich sie gerade mit festen Schritten in den Vorlesungssaal einbiegen, in dem wir heute Morgen eine Vorlesung bei Frau Professor Hengstenberg hatten. Doch ich lief ihr nicht hinterher. Sie würde allein mit Skara klarkommen. Stattdessen bog ich in die tiefer gelegenen Etagen ab. Ich war lange nicht bei Parelsus gewesen und doch hatte ich plötzlich das Gefühl, dass ich ihm schon viel eher hätte zuhören sollen. Wenn jemand wusste, was sich gerade im Senatorenhaus abspielte, dann war er es.

Ich lief mit schnellen Schritten die vielen Treppen hinab, bis ich schließlich an die Tür zur Mediathek gelangte. Schon seit vielen Monaten war ich nicht mehr hier unten gewesen, MUS konnte ich auch von vielen anderen Orten in Tennenbode aus nutzen.

Ohne zu klopfen, schob ich die Tür sachte auf und betrat die Mediathek. Ich lief an dem mächtigen, ständig vibrierenden Stein vorbei, der der Kern von MUS war, und gelangte in den hinteren Teil der riesigen Mediathek, die sich hoch über mir wölbte. Es sah alles aus wie immer, als ich an den riesigen Bücherregalen vorbei in den hinteren Teil schlenderte. Ich lief weiter und nun entdeckte ich einen Unterschied. Da, wo der Raum eigentlich zu Ende gewesen war und eine Wand aus Bücherregalen sein müsste, prangte jetzt eine große Metalltür und daneben ein Kontrollkästchen.

Das musste das neue Labor sein, das letztes Jahr vom Senatorenhaus gestiftet worden war und das den Neid von Herrn Trudig auf sich gezogen hatte. Ich drückte die Klinke hinab, doch die Tür war verschlossen. Also klopfte ich mehrmals kräftig dagegen und lauschte hoffnungsvoll.

Als es im Schloss klickte und die Tür aufgeschoben wurde, atmete ich erleichtert aus.

„Selma?“ Parelsus sah mich überrascht an, doch schnell verwandelte sich seine Überraschung in ein freudiges Lächeln. „Komm rein!“ Er öffnete die Tür, sodass ich eintreten konnte, dann sah er sich prüfend um, ob mir auch niemand gefolgt war.

Während er die Tür mehrfach verriegelte, sah ich mich erstaunt in Parelsus‘ neuem Labor um. Es war ein moderner Raum, groß, mit hellen Wänden und Böden und breiten Arbeitsflächen. Er hätte zweifellos steril gewirkt, wenn Parelsus nicht überall im Labor seine Sachen verteilt hätte, Werkzeuge,

Proben von Steinen und Böden lagen zwischen aufgeschlagenen Büchern, die aussahen, als ob Parelsus eben noch mit ihnen gearbeitet hätte. Und an jedem freien Platz im Raum standen Wurzsauger.

„Sie machen sich immer noch Sorgen, abgehört zu werden?“, fragte ich mit einem Blick zu den Wurzsaugern. Diese Pflanzen waren die einzige Möglichkeit, Greuselratten fernzuhalten.

„Ja“, sagte Parelsus. „Ich habe auch allen Grund dazu, aber hier kommt keine Greuselratte rein, und selbst wenn es eine geschafft haben sollte, so wird es ihr nicht gelingen, wieder herauszukommen und ihr Wissen irgendjemandem preiszugeben.“

„Sie wollten mit mir sprechen“, sagte ich. „Und ich wollte auch mit Ihnen sprechen. Haben Sie die heutige Ausgabe des ‚Korona Chronikle’ schon gelesen?“

„Das brauche ich nicht“, erwiderte Parelsus bitter. „Ich weiß schon seit einer Weile, was Ladislav Ende plant. Greuselratten waren gestern, ich habe ganz nebenbei etwas entwickelt, was noch keiner kennt, und die größte Freude für mich ist es, dass das Senatorenhaus mir die Möglichkeit gegeben hat, die Senatoren auszuspionieren.“

„Darf ich fragen, was Sie entwickelt haben?“

„Nein, tut mir leid, davon weiß niemand etwas, und das soll auch so bleiben.“ Parelsus lief zu einem der Arbeitstische und ich folgte ihm. Er schob ein paar Papiere von einem Stuhl und bot mir den freigewordenen Platz an. „Aber um zu deiner Frage zurückzukommen. Du weißt sicherlich, weswegen Ladislav Ende den Admiral aus dem Weg räumen möchte? Es hat nichts damit zu tun, dass er unbedingt die Wahrheit ans Licht bringen möchte.“

„Nun ja.“ Ich ließ mich auf den Stuhl sinken und sah zu, wie Parelsus einen weiteren Stuhl freiräumte und sich neben mich setzte. „Dann vermute ich, dass es darum geht, dass der Admiral schon einmal einen Primus abgesetzt hat und Ladislav

Ende diese potenzielle Gefahr seiner eigenen Entmachtung aus dem Weg räumen möchte, und weil er etwas brauchte, um den Admiral seiner Glaubwürdigkeit zu berauben, ist er auf die witzige Idee gekommen, einfach meine Geschichte als Hirnspinnerei zu bezeichnen."

„Ganz genau so ist es", sagte Parelsus anerkennend. „Er besetzt die Führungspositionen mit Magiern, die ihm treu ergeben sind, und den Admiral sieht er als eine nicht unerhebliche Gefahr. Du solltest das nicht persönlich nehmen. In diesen Kreisen sieht man das eher wie ein Schachspiel, bei dem Figuren in strategischen Manövern hin- und hergeschoben werden."

„Sehr beruhigend. Aber dennoch ist es wirklich grotesk, dass der Admiral bestraft wird, weil er das einzig Richtige getan hat", sagte ich. „Wenn Sie so genau Bescheid wissen, dann wissen Sie sicher auch, warum Ladislav Ende das alles tut."

„Machtgier", erwiderte Parelsus achselzuckend. „Er hat zu lange in der zweiten Reihe gestanden und jetzt haben ihn Allmachtsfantasien erfasst. Nicht zu vergessen sein ausgeprägter Napoleon-Komplex. Du hast bemerkt, dass er zu kurz geraten ist."

„Ja", erwiderte ich nachdenklich. „Es ist nicht sehr beruhigend, dass das Land von jemandem reagiert wird, der so denkt. Wollten Sie mich eigentlich deswegen sprechen?"

„Ja, Selma, unter anderem. Ich möchte unseren kleinen Rat wieder neu beleben, das politische Klima wird wieder rauer und das, was wir erreicht haben, wird gerade zerstört. Doch das ist nicht der einzige Grund. Ich wollte dich auch warnen."

„Vor was wollten Sie mich warnen?"

„Ich glaube nicht daran, dass das Verfahren gegen den Admiral nur eingeleitet wurde, um die politische Position von Ladislav Ende zu stärken."

„Sie meinen, es steckt mehr dahinter?", fragte ich.

„Ja, das tue ich. Ich denke, dass es irgendetwas mit Helander Baltasar zu tun hat. Im Moment scheint es mir danach auszusehen, dass Ladislav Ende daran arbeitet, seinen alten Freund Helander Baltasar wieder komplett zu rehabilitieren. Ich habe den Verdacht, dass die beiden in Kontakt zueinander stehen und Baltasar wieder irgendetwas vorbereitet, und nach den Entwicklungen in den letzten Monaten musst gerade du damit rechnen, dass Baltasar dich endgültig ausschalten will. Ich möchte einfach nur, dass du das weißt."

„Der Gedanke ist mir auch schon gekommen, als der Latorios-Drache aufgetaucht ist und ..." Ich zögerte und konnte nicht aussprechen, was passiert war.

„Ich weiß schon, der Torrel-Junge", sagte Parelsus. „Es gibt ein Verbot, darüber zu berichten. Der neue Primus soll alles im Griff haben, er hat sogar die Verbrennungsopfer für ihr Stillschweigen bezahlt. Der Burghof ist in Rekordzeit geräumt und gereinigt worden und dann hat man die Wahl fortgesetzt, als ob nichts passiert wäre. Man will das als Bagatelle behandeln, weil eine Wiederholung der Wahl nicht erwünscht war."

„Das ist unglaublich", sagte ich empört.

„Allerdings", sagte Parelsus missmutig. „Die Ignoranz der Senatoren ist grenzenlos. Aber solange die Patrizier an der Macht sind und es eine Zweiklassengesellschaft gibt, wird sich nichts ändern. Und deswegen müssen wir verhindern, dass alle Fortschritte rückgängig gemacht werden. Wir müssen etwas dagegen unternehmen, und zwar schnell, bevor Ladislav Ende allzu fest im Sattel sitzt."

„Wir?", fragte ich. Seit wann waren wir wieder ein Team?

„Ich trete hier auf der Stelle und komme allein nicht weiter. Deswegen brauche ich deine Hilfe. Deine Überzeugungstechniken sind besser als meine."

„Nicht schon wieder", stöhnte ich. „Haben Sie mir nicht schon genug Vorwürfe deswegen gemacht? Ja, ich habe Sie erpresst, und ja, ich war verzweifelt. Es tut mir leid."

„Schon gut. Ich habe das überwunden", sagte Parelsus, obwohl es nicht so klang. „Aber ich brauche deine Hilfe, um Kronworth wieder aufzuwecken. In der Öffentlichkeit ist er unersetzlich, die Leute lieben sogar seine Gedichte voller Todessehnsucht. Wenn er sich dafür einsetzt, dass die Demokratie, die auf dem Papier steht, auch wirklich gelebt wird, dann werden die Leute zuhören."

„Ja, das würden sie", erwiderte ich. „Aber wir haben unser Glück schon ein paar Mal versucht. Er ist kaum ansprechbar."

„Dann denke dir etwas aus, und bei der Gelegenheit kannst du auch gleich mit Cornell sprechen. Er hängt seine Nase nur noch in irgendwelche Ausstellungskataloge, die er sich aus aller Herren Länder schicken lässt."

„Er sucht die Insignien der Macht", erwiderte ich.

„Tatsächlich", sagte Parelsus, und ich hörte den neugierigen Klang in seiner Stimme. „Und hat er sie gefunden?"

„Ich weiß es nicht", sagte ich ehrlich. „Ich habe die letzten Wochen auf der Suche nach dem Elixier von Jericho verbracht."

„Tatsächlich?" Parelsus sah mich an, als ob ich beschlossen hätte, den Osterhasen aufzuspüren.

„Das war mal vor zwanzig Jahren in, da sind alle nach Belara gepilgert, aber das war mehr so ein esoterischer Trend, dachte ich. Die haben alle in der Wüste gesessen und Lieder gesungen. Da gab es Festivals und eine ganze Menge Künstler waren auch dort. Frag mal Konstantin, der war auch dabei."

„Aha!", erwiderte ich. Jeder hielt diese Suche für absolut aussichtslos und ich konnte die Geschichte darüber nicht mehr hören.

„Ist ja auch egal, es hat zumindest niemand etwas gefunden, so weit ich mich erinnere."

„Richtig, bis jetzt hat niemand das Elixier gefunden", bestätigte ich missmutig. „Woran forschen Sie zurzeit? Haben Sie MUS weiterentwickelt, so wie es das Senatorenhaus sich gewünscht hat?"

„Nein", erwiderte Parelsus. „Ich werde dem Senatorenhaus keine Instrumente in die Hand geben, um den Primus noch weiter zu stärken. Ich habe immer gesagt, dass ich daran arbeite, die Macht des Senatorenhauses zu untergraben, und das wird sich auch nie ändern. Ich arbeite an etwas anderem."

„Und das ist was?", fragte ich erwartungsvoll.

„Nicht so wichtig", sagte er schnell.

„Gut, dann erzählen Sie mir doch wenigstens, wie es passieren konnte, dass Sie vom Patrizier zum Plebejer degradiert worden sind."

„Auch das ist nicht so wichtig", erwiderte er eilig und sah mich verschwörerisch an. „Wichtig ist, dass du für dich behältst, dass es überhaupt so ist, und es ist wichtig, dass du Cornell und Konstantin wieder auf Spur bringst."

„Das ist also wichtig", sagte ich gedehnt. Ich dachte, er würde jetzt ehrlich zu mir sein. Doch er wollte mich auch nur benutzen wie eine Schachfigur. „Ich dachte immer, meine Großmutter irrt sich, weil sie glaubte, Sie wären am Schicksal meiner Mutter schuld", sagte ich gedehnt und stand auf. „Aber mittlerweile habe ich den Verdacht, dass Sie meine Mutter benutzt haben, um Ihren eigenen gesellschaftlichen Status wieder in Ordnung zu bringen, und dass Sie jetzt dasselbe mit mir vorhaben. Wenn Sie kein Patrizier sein dürfen, dann sollen es die anderen auch nicht sein. Suchen Sie sich jemand anderen, der Ihnen hilft." Ich sah Parelsus herausfordernd an.

„Selma", sagte Parelsus bittend, als ich aufstand und langsam zur Tür ging. „So ist es nicht."

Ich drehte mich noch einmal um und sah Parelsus durchdringend an. „Seien Sie ehrlich zu mir!", sagte ich ernst. „Ich war immer ehrlich zu Ihnen."

„Also gut", sagte Parelsus gequält. „Komm zurück! Es war meine eigene Schuld, ich habe den falschen Leuten vertraut. Ich war verliebt damals, und weil ich verliebt war, habe ich mich überreden lassen, eine große Dummheit zu begehen."

„Und was für eine Dummheit?", fragte ich vorsichtig.

„Eine sehr große Dummheit, die ich zutiefst bereue. Ich war in Alke Baltasar verliebt, doch sie hatte kein Interesse an mir. Ich dachte immer, es würde daran liegen, dass sie die nächste Königin werden sollte und schon einem anderen versprochen war. Doch nach der Ankündigung, dass die Monarchie abgeschafft werden sollte, dachte ich, ich hätte eine echte Chance bei ihr. Nun, da sie nicht mehr die zukünftige Königin des Landes werden sollte, wären wir uns ebenbürtig. Sie war eine normale Patriziern genauso wie ich auch. Ich habe ihr Avancen gemacht, ihr Blumen geschickt, ich habe ihr Besuche abgestattet und Geschenke gemacht."

„Sie waren in Alke Baltasar verliebt?", fragte ich ungläubig.

„Ja, das war ich. Aber Alke war nicht in mich verliebt. Doch anstatt mir das zu sagen, hat sie mich um einen großen Gefallen gebeten. Sie formulierte es so geschickt, dass ich irgendwie den Glauben gewann, dass sie mich heiraten würde, wenn ich ihr diesen Dienst erwies."

„Und was sollten Sie für Alke erledigen?", fragte ich gespannt. Mein Blick blieb an Parelsus hängen, der sich wieder und wieder nervös durchs Haar fuhr.

„Alke bat mich darum, einen Anschlag auf den neuen Primus auszuführen."

„Wie bitte?" Ich starrte Parelsus entsetzt an. „Sie waren das?"

„Ja", gestand er kleinlaut. „Es war dumm von mir. Am Anfang habe ich nein gesagt. Doch sie hat mich irgendwie um den Finger gewickelt und so, wie sie es erklärte, klang es ganz logisch, dass diese ganzen neuen Entwicklungen rund um die Demokratie eine völlig falsche Entscheidung waren. Sie meinte, ich müsste nur den neuen Primus aus dem Weg schaffen und sie würde dann einfach dafür sorgen, dass die Entscheidungen rückgängig gemacht und die Monarchie wieder eingeführt würde, und dann würden wir gemeinsam glücklich werden."

„Sie hätte Sie nie geheiratet", sagte ich erschüttert. „Ihr Ehemann wurde sicher schon bei ihrer Geburt ausgewählt und niemals hätte sie sich dem widersetzt."

„Das habe ich auch begriffen", erwiderte Parelsus bitter.

„Der Anschlag missglückte, ich wurde schnell überführt. Ich musste eine fünfjährige Strafe im Haebram absitzen und wurde zum Plebejer degradiert. Als ich wieder auf freien Fuß kam, hatte Alke längst geheiratet und Kinder bekommen und sie leugnete, mich jemals näher gekannt zu haben."

„Sie waren im Haebram?", fragte ich zögernd.

Parelsus wurde blasser und sein Gesicht verzog sich in schmerzhafter Erinnerung zu einer gequälten Maske. „Es war die Hölle, als ob man eine Ewigkeit in unendlicher Qual gefangen ist." Er schluckte mühsam und sah nervös auf seine Finger. „Es war mir eine Lehre fürs Leben, mich nie wieder in eine Frau zu verlieben und ihr zu vertrauen. Ich habe versucht, als Plebejer klarzukommen, und ich hasse es. Ich hasse es, meiner Rechte beraubt zu sein und immer wie ein Magier zweiter Klasse behandelt zu werden. Ich hasse die Ungerechtigkeit des Systems und kämpfe dagegen an. Aber ich kann es nicht öffentlich tun. Das Senatorenhaus behält mich im Auge. So, das ist alles." Parelsus verschränkte die Arme vor der Brust und sah mich herausfordernd an, als ob er erwartete, dass ich jetzt gehen und nicht wiederkommen würde.

Ich dachte kurz über seine Geschichte nach. Er hatte einen Fehler gemacht, einen sehr dummen Fehler. Doch er hatte dafür gebüßt und seine Lehren aus dem Vorfall gezogen, und mir stand es nicht zu, ihn deswegen nochmals zu verurteilen. Außerdem stand ihm die Angst vor dem Haebram ins Gesicht geschrieben.

Ich lächelte ihm aufmunternd zu. „Und da beschweren Sie sich monatelang darüber, dass ich Ihnen eine kleine Information abgerungen habe."

„Was ist nun?", fragte Parelsus ungeduldig, der Scherze über seine Vergangenheit nicht lustig zu finden schien.

„Ja, ich versuche, unseren Rat wieder zu mobilisieren", versprach ich. „Sie müssen mir nur noch verraten, was Sie den ganzen Tag in diesem Labor machen."

„Ich glaube, für heute reicht es an Geständnissen", sagte

Parelsus missmutig. „Und behalte das ja für dich. Ich bin nicht stolz auf das, was ich da angerichtet habe.“ Er war aufgestanden und öffnete mir die Tür.

„Versprochen“, sagte ich und verließ das Labor von Parelsus.

Skara im Visier

Ich kam eine halbe Stunde zu spät zur Vorlesung von Frau Professor Hengstenberg, aber ich kam noch genau richtig, um mitzuerleben, wie Skara mit hochrotem Kopf an ihrem Platz saß. Sie warf Shirley, die nicht weit von ihr saß, tödliche Blicke zu, während Frau Professor Hengstenberg vor ihr stand und ihr laut und deutlich sagte, dass auch die Tochter des Primus, und eigentlich besonders die Tochter des Primus, ihrer akademischen Ausbildung Vorrang einräumen sollte und sie nie wieder miterleben wollte, wie sie einer Kommilitonin Gewalt androhte.

Ich schlich mich vorsichtig an Torin vorbei, der bemüht ernst an der Tür stand und dessen Mundwinkel noch verräterisch zuckten. Was hatte Shirley nur getan? Zumindest musste sie Skaras empfindlichste Stelle getroffen haben, wenn sie sich zu einer öffentlichen Drohung hatte hinreißen lassen. Shirley hatte einfach ein gutes Gefühl dafür, wie Skara tickte.

Ich ließ mich neben Lorenz und Liana sinken, die glücklicherweise in der letzten Bankreihe saßen und leise kicherten.

„Was habe ich verpasst?“, fragte ich und schob meine Tasche unter den Stuhl.

„Es war unglaublich“, sagte Lorenz und holte feixend Luft. „Skara hat sich ihre Tasche von Torin an den Platz tragen lassen und dann ist Shirley einfach hingegangen und hat Skara gesagt, sie solle die Hände von ihrem Verlobten lassen.“ Lorenz kicherte erneut und Tränen standen jetzt in seinen Augen, während Frau Professor Hengstenberg Skara vorschlug, die Grundlagen unseres Rechtssystems heute noch einmal durchzunehmen, falls sie da etwas durcheinander gekommen sein sollte.

„Und dann hat sich Skara fürchterlich aufgeregt und hat

gekeift und geschimpft, was Shirley einfalle, und da ist Shirley einfach zu Torin hin und hat ihn geküsst."

„Geküsst?", fragte ich überrascht. Hatte ich richtig gehört?

„Ganz genau. Und wie sie ihn geküsst hat. Leidenschaftlich, hemmungslos und wirklich filmreif. Unfassbar." Lorenz schüttelte den Kopf.

„Das war definitiv filmreif", pflichtete ihm Liana bei. „Torin hat sofort mitgemacht, hat Shirley in seine Arme gerissen, als ob er sich schon seit Monaten nach ihr verzehrt, und dann haben die sich eine halbe Ewigkeit geküsst und Skara ist richtig ausgeflippt."

„Das war Leidenschaft pur", schwärmte Lorenz, der sich jetzt langsam wieder einkriegte. „Ich hätte gar nicht gedacht, dass Shirley so viel schauspielerisches Talent an den Tag legt. Ich bin begeistert. Die beiden sehen toll aus zusammen."

„Ich kann mir vorstellen, dass es Skara nicht gefallen hat, so vorgeführt zu werden", sagte ich. „Doch es wird Zeit, dass jemand ihrer Schreckensherrschaft ein Ende bereitet und sie auf den Boden der Tatsachen holt."

„Eindeutig", erwiderte Liana, während Frau Professor Hengstenberg nach vorn ging und ihre Vorlesungsunterlagen neu sortierte. Tatsächlich hatte sie spontan das Thema für Skara geändert. Sie begann über die rechtlichen Grundlagen der Vereinten Magischen Union zu sprechen und sah dabei immer wieder Skara an und stellte ihr Fragen zum eben Gehörten. Besonders als sie das Strafrecht vorstellte, erläuterte sie kurz die wichtigsten Paragraphen, die die Bestrafung für Mord, Gewalt und Diebstahl festlegten. Skara musste schließlich Paragraph 235 vorlesen, der für Körperverletzung ein Strafmaß von bis zu zehn Jahren Haft im Haebram vorsah.

„Skaras Vater verstößt gegen geltendes Recht", sagte ich, als wir nach der Vorlesung den Raum verließen. Frau Professor Hengstenberg hatte auch die Grundrechte vorgestellt und die beinhalteten in der Vereinten Magischen Union Meinungsfreiheit, Pressefreiheit und Versammlungsfreiheit.

„Mag sein", erwiderte Lorenz. „Aber er verstößt ja nicht offiziell dagegen, das ist mehr so eine langjährig gewachsene Kultur des Leugnens. Und deswegen wirst du ihm auch nichts anhaben können. Ich habe jetzt übrigens eine Freistunde. Viel Spaß beim Poscher!"

„Ja, danke", erwiderte ich nachdenklich. „Das mit dem Aufdecken der Gesetzesverstöße muss ich irgendwie geschickter anstellen", sagte ich nachdenklich zu Liana, doch ich konnte den Gedanken nicht weiterverfolgen, denn in diesem Moment eilten Shirley und Torin an mir vorbei in den Vorlesungssaal von Professor Poscher. Ich wunderte mich kurz, denn eigentlich sollte Shirley jetzt auch eine Freistunde haben. Schließlich war sie schon in der Spezialisierung von Professor Poscher und brauchte die Vorlesung im Grundlagenunterricht sicher nicht mehr. Doch als ich sah, dass Skara ihr kurz darauf folgte, ahnte ich schon, was ihr Lerneifer zu bedeuten hatte. Ich staunte nicht schlecht, als ich sah, wie Shirley ihren Arm fest um Torins Mitte geschlungen hatte. Immer wieder blieben die beiden stehen und versanken in einen innigen Kuss und blockierten Skara den Weg. Währenddessen trug Torin brav Skaras Tasche in den Vorlesungssaal. Ich beeilte mich hinterherzukommen, denn das durfte ich nicht verpassen. Skara setzte jetzt zu einem kleinen Spurt an und überholte Torin und Shirley.

Mit hochrotem Kopf saß sie schließlich an ihrem Tisch, während Shirley und Torin zu ihr schlenderten. Torin stellte ihr die Tasche auf den Tisch und dann zog Shirley ihn wieder in ihre Arme und begann ihn erneut zu küssen. Mit festem Griff zog Torin Shirley an sich, zerwühlte ihr Haar mit seinen Händen, während die anderen im Vorlesungsraum applaudierten. Sie schienen völlig vergessen zu haben, dass ich zum neuen Feind der Nation auserkoren worden war, und ich fiel in das Applaudieren mit ein. Währenddessen schien Skara kurz vor einer gewaltigen Explosion zu stehen.

„Es reicht", schrie sie schließlich, als Torin nach Shirleys

Bein griff und es um seine Hüfte schlang. „Verschwindet! Geht mir aus den Augen, und zwar sofort!"

Torin ließ langsam von Shirley ab und sah Skara mit einem lasziven Augenaufschlag an. „Sie benötigen im Moment also keinen Personenschutz mehr?"

„Verschwindet!", zischte Skara unter Aufwendung größter Beherrschung. Das Strafmaß für Körperverletzungen klang ihr vermutlich noch in den Ohren.

„Wie Sie wünschen, Fräulein Ende", sagte er und zog Shirley mit sich.

„Wahnsinn", sagten Liana und Dulcia zugleich, die inzwischen neben mir standen.

„Wirklich beeindruckend", sagte ich, während Torin und Shirley an mir vorbeigingen und mir verschwörerisch zuzwinkerten.

„Ja", sagte Liana. „Shirley hat ein gutes Gefühl dafür, wo kleine verwöhnte Mädchen schmerzhaft getroffen werden können."

„Das stimmt", erwiderte ich, während wir uns einen freien Platz suchten. „Aber ich befürchte, dass Skara das nicht auf sich beruhen lassen wird. Du kennst sie, sie wird auf Rache sinnen und mittlerweile ist sie mächtig genug geworden, um uns wirklich zu schaden."

„Bitte nehmen Sie Platz", begrüßte uns Professor Poscher in diesem Moment. „Heute beschäftigen wir uns mit einem neuen Thema, nachdem wir in der vergangenen Woche die konzentrierten Windströme abgeschlossen haben, und zwar wird es darum gehen, wie wir verschiedene Luftschichten voneinander trennen können. Bitte suchen Sie in MUS in meinen Vorlesungsunterlagen das Kapitel zum Thema Luftschichten und lesen Sie die Einleitung."

Während alle ihre Hände auf die kleinen grauen Kästchen auf den Tischen legten, ging Herr Professor Poscher nach vorn und begann ein Schaubild zur Thermik vorzubereiten.

Ich legte meine Hand auf das Kästchen und augenblicklich

tauchte ich in die Wissensgebiete von MUS ein und begann die Vorlesungsunterlagen von Professor Poscher herauszusuchen.

„Das wird kompliziert“, seufzte Liana, als wir die Einleitung zu den warmen und kalten Luftschichten, den feuchten und trockenen Winden gelesen hatten.

„Das wird es“, bestätigte ich, als Professor Poscher begann zu erklären, wie die verschiedenen Luftströmungen genutzt werden konnten, um das Wetter zu beeinflussen, Wolken entstehen zu lassen und die offiziellen Flugrouten zu sichern.

Nach der Vorlesung packten wir unsere Sachen ein und wollten uns gerade auf den Weg zum Mittagessen in den Südsaal machen, als ich sah, dass Ramon plötzlich hereinkam und mit wenig begeisterter Miene auf Skara zuging.

„Das kann doch nicht sein“, sagte ich fassungslos. „Sie hat sich einfach den nächsten Torrel-Bruder herbestellt.“

„Wie bitte?“ Liana fuhr erschrocken herum und wir sahen gerade noch, wie Skara mit einem freundlichen Lächeln Ramon ihre Tasche in die Hand drückte.

Dann hakte sie sich bei Ramon ein und ließ sich von ihm zur Tür hinausbegleiten.

„Hinterher!“, sagte Dulcia, die natürlich alles mitbekommen hatte.

Wir folgten den beiden in die Eingangshalle und weiter in die Südhalle. Dort schlenderten wir zu unserem Tisch hinüber, an dem bereits Shirley und Torin saßen und ebenso fassungslos Skara und Ramon anstarrten.

„Das kann doch nicht sein“, sagte Shirley, als wir Platz nahmen und Ramon Skara ihre Tasche überreichte und dann an der Tür Aufstellung nahm.

„Ich sage dir doch, Skara ist eine Landplage“, sagte Torin, und seine braunen Augen blitzten wütend. „Bis jetzt hat noch niemand die Schwarze Garde als Leibgarde für seine persönliche Eitelkeit benutzt. Es gibt keine Gefährdungslage, keine Drohungen oder Kriegserklärungen und trotzdem sind wir gezwungen, ihr hinterherzudackeln. Es ist eine Frechheit.“

„Warum lasst ihr euch das gefallen?", fragte ich.

„Selma", sagte Torin eindringlich und so leise, dass man uns am Nachbartisch nicht hören konnte. „Es hat sich alles geändert, der Admiral wurde abgesetzt und Ladislav Ende persönlich hat das Kommando über die Schwarze Garde übernommen. Er hat einen von seinen ahnungslosen Lakaien eingesetzt, um die tägliche Arbeit zu erledigen, und sonst sind wir da, um Familie Ende persönlich von einem Ort zum nächsten zu begleiten. Wir haben für unser Land gekämpft und Adam hat sich geopfert für diesen Idioten und der Dank ist, dass wir Skara die Tasche tragen dürfen." Torin krempelte sich energisch die Ärmel seines dunklen Shirts hoch und ich sah, wie sich auch um seine Unterarme zahllose Drachen-Tätowierungen wanden. Er ballte die Hände zu Fäusten und die Drachen schienen sich plötzlich zu bewegen. „Niemand spricht von dem Latorios-Drachen. Aus Sicherheitsgründen sollen wir und überhaupt jedermann Stillschweigen über die Angelegenheit wahren. Es ist eine Farce."

„Du hast recht", sagte ich bitter. „Wir müssen endlich etwas dagegen unternehmen und ich weiß schon, wer uns da helfen kann."

„Selma, mach bitte nichts Unüberlegtes", sagte Torin. „Die Situation ist gefährlich im Moment."

Ich zuckte unweigerlich zusammen, als Torin so mit mir sprach, wie es Adam immer getan hatte, und ich sah ihn verwundert an. Es war, als ob plötzlich Wärme aus einer ganz unerwarteten Richtung kam. Es irritierte mich, die liebevolle Fürsorge zu spüren, die ich von Adam immer bekommen hatte, und zugleich schmerzte es unerträglich, wie sich das Echo dieses Gefühls in meinem Brustkorb verstärkte. Ich kämpfte mit meiner Fassung und rang darum, jetzt nicht der Verzweiflung die Kontrolle zu überlassen.

„Hast du geglaubt, ich habe dich nicht im Blick?", erwiderte Torin mit sanfter Stimme. Ihm schienen meine Gefühle völlig klar zu sein oder er las sie aus meiner bestürzten Miene. „Es tut mir leid, wie meine Mutter dich behandelt hat. Wirklich. Aber es war eine Situation ...“, er zögerte kurz und auch ich dachte an den Moment in den Behandlungsräumen meiner Großmutter zurück, „... die für alle schwer zu ertragen war. Die Nerven lagen blank, nicht nur bei dir.“ Er sah mich eindringlich an. „Verdammt noch mal, er ist schließlich mein Bruder.“ Torins Hände ballten sich zu Fäusten. „In Belara bist du sicher, ich weiß, was du dort tust, und ich hoffe von ganzem Herzen, dass du Erfolg bei deiner Suche hast. Die Zeit läuft uns davon, aber noch besteht Hoffnung, dass Adam gerettet werden kann. Ich passe auf Adams Freundin auf, egal ob er wieder leben wird oder im Totenreich bleibt. Er würde dasselbe für mich tun.“

„Danke, Torin“, sagte ich heiser. „Ich will nur in die Villa del Mare, da droht mir keine Gefahr. Ich möchte mit Kronworth reden und versuchen, ihn wieder wachzurütteln. Parelsus hat mich darum gebeten, er möchte den Rat wieder zum Leben erwecken und etwas unternehmen. Er glaubt, dass Baltasar hinter der Absetzung des Admirals stecken könnte.“

„Baltasar?“, sagte Torin und sah mich nachdenklich an. „Das wäre möglich. Umso mehr solltest du aufpassen, dass du dich nicht außerhalb der Bannkreise aufhältst.“

„Ich passe auf“, sagte ich schnell und zugleich verwirrt von seiner fürsorglichen Reaktion.

„Gut, falls Adam doch wieder aufwacht, möchte ich ihm nicht sagen müssen, dass ich nicht für dich da gewesen wäre.“ Torin nickte mir zu und immer noch wie benommen erhob ich mich und verließ den Südsaal.

Mit schnellen Schritten machte ich mich auf den Weg in das Dachgeschoss und betrat über die geheime Tür in einer staubigen Dachkammer die Villa del Mare. Ich schloss die Augen, als ich mit leichtem Rütteln durch die magische Passage trat und schließlich warmen Sonnenschein auf meinem Gesicht spürte. Es war kurz vor Weihnachten und dennoch wehte ein warmes Lüftchen. Ich sah mich nach Konstantin Kronworth um und entdeckte ihn auf seinem Lieblingsplatz an der Brüstung, von wo aus man ungestört auf das Meer hinaussehen konnte. Der warme Wind sorgte dafür, dass meine befangene Stimmung etwas gedämpft wurde. Mir war nicht klar gewesen, dass Torin auf mich aufgepasst hatte. Vielleicht war ich auch mit meinen eigenen Gedanken viel zu abgelenkt gewesen, um es zu bemerken. Doch es klang logisch, Adam hätte dasselbe für Torin getan, wenn ihn dieses Schicksal getroffen hätte, und Torins Fürsorge tat mir überraschenderweise gut, je länger ich darüber nachdachte. Es tröstete mich zu wissen, dass er für mich da war und ich auf ihn zählen konnte, so wie ich immer auf Adam hatte zählen können. Es war nicht dasselbe starke Gefühl, doch es füllte die Leere ein wenig und ließ mich freier atmen. Ich konzentrierte mich auf wieder auf Konstantin Kronworth und beim Näherkommen sah ich, dass er nicht allein war.

„Hey, Lorenz", sagte ich und setzte mich zu ihm und Konstantin Kronworth an den Tisch.

„Selma", erwiderte Lorenz erstaunt und schob seine Sonnenbrille in das braune, sorgsam gestylte Haar hinauf. „Du warst schon lange nicht mehr hier."

„Ja, das stimmt", erwiderte ich. „Du hast eine tolle Einlage von Skara verpasst. Nachdem Torin vergeben war, hat sie sich sofort den nächsten Torrel-Bruder bestellt. Ramon muss jetzt ihre Tasche tragen."

„Bald hat sie alle durch", seufzte Lorenz und winkte dem Kellner zu, damit ich einen Kaffee bestellen konnte.

„Ja, das ist wirklich gruselig." Ich sah Konstantin Kronworth an, der nicht einmal bemerkt zu haben schien, dass ich mich zu ihm an den Tisch gesetzt hatte. Sein dunkelblondes Haar war wirr zur Seite gestrichen und er sah mit starrem Blick auf das Meer hinaus. Mir fiel auf, dass er schmal geworden war, der Ansatz seines Bauches war verschwunden und seine braun gebrannte Haut spannte sich scharf über seinen Wangenknochen. Er trug einfache Kleidung und von dem Glamour, der ihn einst umgeben hatte, war nichts mehr zu erahnen. „Wie geht es ihm?"

„Er redet immer weniger", sagte Lorenz bedauernd. „Ich bin froh, wenn er mich überhaupt noch begrüßt."

„Herr Kronworth", sagte ich leise und legte meine Hand auf seinen Arm. Er sah kurz zu mir, schien mich zu erkennen und wandte seinen Blick wieder dem Meer zu, als ob da draußen irgendetwas Beruhigendes war, von dem er seine Augen nicht abwenden konnte.

„Siehst du", sagte Lorenz achselzuckend. „Er kommt morgens hierher, sieht den ganzen Tag auf das Meer hinaus und geht abends wieder heim, um zu schlafen."

„Konstantin", sagte ich leise und hoffte, dass er auf seinen Vornamen besser reagierte. Es war nur eine Ahnung, dass diese persönlichere Ansprache ihn wohl eher erreichen würde. Und tatsächlich sah er mich erneut an. Dieses Mal schien ein wenig mehr Aufmerksamkeit in seinem Blick zu liegen und ich beeilte mich, mein Anliegen auf den Punkt zu bringen, bevor er sich wieder von mir abwandte. „Ich brauche deine Hilfe!"

„Meine Hilfe?", sagte er gedehnt, als ob es ihm schwerfiel, sich vorzustellen, dass er irgendjemandem von Nutzen sein konnte.

„Erinnerst du dich noch an den Roten Rächer?"

Konstantins Augenbrauen zuckten leicht und Lorenz nickte mir aufmunternd zu.

„Er hat für Meinungsfreiheit gekämpft und er hat gewonnen." Ich holte tief Luft und gab meiner Stimme einen dramatischen Klang. „Der Rote Rächer wird wieder gebraucht, denn alles, wofür er gekämpft hat, wird gerade verleugnet. Die Zeitungen dürfen die Wahrheit nicht drucken ..." Ich zögerte einen Moment.

„Weiter!", sagte Lorenz eindringlich, der auch bemerkt hatte, dass meine Worte bei Konstantin Kronworth angekommen waren. Er sah mich flehend an, meinen Vortrag fortzusetzen.

„Das ist Quatsch", sagte ich, erhellt von einem bahnbrechenden Gedanken.

„Wieso?", fragte Lorenz. „Das war gut, die Sache mit dem Roten Rächer scheint ihn aufzuwecken."

„Das meine ich nicht", erwiderte ich. „Es gibt Meinungsfreiheit in der Vereinten Magischen Union, das steht sogar im Gesetz, aber dennoch druckt der ‚Korona Chronikle' nicht die Wahrheit."

„Wir wissen doch alle, dass der ‚Korona Chronikle' nur das druckt, was das Senatorenhaus vorab genehmigt hat, und das ist mit all den anderen Zeitschriften nicht anders." Lorenz sah mich erwartungsvoll an.

„Richtig", erwiderte ich. „Aber theoretisch dürften die Journalisten schreiben, was sie wollen, sie tun es nur nicht, weil der Chefredakteur des ‚Korona Chronikle' sicher ein alter Sandkastenfreund des Primus ist und sich die Patrizier gegenseitig auf den Rücken klopfen. Dort wird die Monarchie gelebt und nicht die Demokratie, die in den Gesetzestexten steht. Der König befiehlt seinen Untertanen, was zu verkünden ist, und diese folgen brav dem Befehl."

„Genau so ist es", erwiderte Lorenz achselzuckend. „Das ist aber keine bahnbrechende Neuigkeit."

„Das ist es nicht, aber mir war nur nicht klar gewesen, dass die Gesetzeslage ehrlichen Journalismus tatsächlich erlaubt und die Zeitungsschreiber entweder vom Primus und den Senatoren gekauft werden oder bedroht werden." Ich wandte mich Konstantin Kronworth zu, der unser Gespräch genutzt hatte, um sich wieder dem Anblick des Meeres zuzuwenden, über das heute ein leichter Wind trieb und die Wellen anpeitschte, sodass selbst in der Ferne kleine, weiße Gischtkronen zu erkennen waren.

„Konstantin", sagte ich eindringlich und berührte seinen Arm. Er wandte sich mir zu und schien erstaunt zu sein, dass ich immer noch am Tisch saß. „Was hältst du davon, wenn der Rote Rächer eine eigene Zeitung bekommt?"

„Zeitung?", fragte Konstantin Kronworth, als ob sich ihm der Grund nicht erschloss, warum er sich an einer Zeitung beteiligen sollte.

„Zeitung“, sagte indes Lorenz und dehnte das Wort nachdenklich aus.

„Ja, eine Zeitung“, sagte ich entschlossen. „Wir haben einen talentierten Schriftsteller und wir haben einen Buchhändler unseres Vertrauens, der sicher weiß, wie man eine Zeitung herstellt und sie unter die Leute bringen kann. Wir könnten endlich die Wahrheit schreiben über den Drachen, über Adams Unfall und über die entführten Mädchen.“

„Selma“, sagte Lorenz nachdenklich. „Das ist eine brillante Idee, aber ...“ Er zögerte kurz und sah mich eindringlich an. „Aber das wird für den größten Ärger sorgen, der uns jemals begegnet ist. Das ist eine Kriegserklärung an das Senatorenhaus und du weißt mittlerweile, wie skrupellos Ladislav Ende in seinem Machtbestreben ist. Wenn du ihn sabotierst, wird er dich aus dem Weg schaffen wollen.“

„Du meinst, wir sollten das lieber lassen und nichts tun?“, fragte ich bitter. „Nicht mehr lange, und Ladislav Ende rehabilitiert Baltasar komplett und er wird als offizieller Gast nach Schönefelde einmarschieren. Was glaubst du, was das Ergebnis des Verfahrens gegen den Admiral sein wird?“

„Vermutlich wird ihn Theodor Duss schuldig sprechen“, seufzte Lorenz.

„Genau das wird er, und zwar nicht, weil der Admiral schuldig ist, sondern weil Theodor Duss sicher ein guter Freund von Ladislav Ende ist und seinem alten Patrizierfreund einen Gefallen tun wird, und bei dieser Gelegenheit werden sie dann offiziell festlegen, dass ich gelogen habe.“ Ich sah Lorenz an und sah, wie auch ihm klar wurde, was das bedeutete. „Das alles klingt genau nach der Art von perfidem Plan, hinter dem nur Baltasar stecken kann. Er ist wütend, weil ich ihm den Gral der Patrizier vor der Nase weggeschnappt habe, und er ist wütend, weil sein Plan gescheitert ist, mithilfe der Arpadis offiziell wieder in die Vereinte Magische Union einzumarschieren.“

„Vermutlich hängen sie alles dem Admiral an, weil er dem

falschen Zeugen Glauben geschenkt hat“, sagte Lorenz und musterte mich ernst.

„Und wenn ich Pech habe, und es ist abzusehen, dass ich Pech haben werde, dann hängen sie vermutlich alles mir an und liefern mich Baltasar aus.“

„Genauso denkt Baltasar, da bin ich mir sicher“, sagte Lorenz düster. „Ein perfekter Plan in seinen Augen. Aber er weiß nicht, dass wir es durchschaut haben. Noch können wir etwas gegen ihn unternehmen.“ Lorenz funkelte mich verschwörerisch an.

„Die Überraschung in der Antarktis war perfekt“, erwiderte ich missmutig. „Ich hätte nie damit gerechnet, dass Baltasar von Anfang an hinter all dem gesteckt hat.“

„Ja, aber dieses Mal sind wir schlauer“, sagte Lorenz. „Wir wissen, was wir von ihm zu befürchten haben.“

„Oh, ja“, erwiderte ich. „Nur das Schlimmste.“

„Du wirst dich auf einen erneuten Kampf einstellen müssen“, sagte Lorenz ernst und lehnte sich zu mir.

Ich sah ihn an und der besorgte Blick, der in seinen Augen lag, ließ einen kalten Schauer meinen Rücken hinabrieseln. „Ich kann im Moment nicht kämpfen“, erwiderte ich leise. „Meine Kräfte sind blockiert, aber ohne die Stachelfunkienessenz funktioniere ich nicht. Die Traurigkeit frisst mich auf. Sie ist ein gefräßiges Monster, das alles Licht in mir zum Erlöschen bringt, wenn ich nicht aufpasse und sie konsequent aussperre. Manchmal wäre ich dankbar, wenn der Schmerz endlich vergehen würde. Er ist wie ein Schatten, der an mir klebt und vor dem ich nicht davonlaufen kann. Es gibt Tage, da möchte ich auch einfach aufgeben, mich neben Konstantin setzen und so lange auf das Meer hinausstarren, bis die Wellen da draußen jede Erinnerung an mich selbst hinweggespült haben. Aber das darf ich nicht, denn dann gibt es niemanden mehr, der wenigstens versucht, Adam zu retten.“ Ich sah Konstantin an. „Das Vergessen scheint zu funktionieren, zumindest bei ihm. Er kann vielleicht nie wieder in sein normales Leben zurückkehren, aber zumindest ist er zufrieden, und das ist viel mehr, als ich im Moment von meinem Leben erwarten kann."

Während Lorenz mich einen Moment sprachlos ansah und zu überlegen schien, wie er mich trösten konnte, legte mir Konstantin Kronworth plötzlich die Hand auf den Arm und sah mich mit seinen wasserblauen Augen ernst an.

„Es hilft nicht", sagte er mit rauer Stimme und so eindringlich, dass ich zusammenzuckte. „Ich versuche, jeden Tag wieder zu vergessen, was mir passiert ist, aber ich kann es nicht. Du hast recht, es ist wie ein Schatten, und ich werde ihn nicht los, nicht einmal, wenn ich aus der Sonne gehe." Er lachte bitter. „Es gibt einfach nichts, womit ich die Traurigkeit bekämpfen kann."

„Dann müssen wir vielleicht einfach damit leben, dass wir jetzt todtraurige Magier sind", erwiderte ich. „Wir sind nicht mehr dieselben."

„Den Roten Rächer kann es nicht mehr geben, ich habe keine Kraft, noch einmal zu kämpfen." Konstantin Kronworth sah zu, wie der Kellner den bestellten Kaffee auf dem Tisch abstellte und wieder ging.

„Aber wenn wir nicht kämpfen", sagte Lorenz eindringlich, „wer tut es dann? Wollt ihr wirklich aufgeben, denn genau das tut ihr beide gerade, und so langsam kann ich es nicht mehr mit ansehen."

Ich sah Lorenz erstaunt an. Moment mal! Ich war doch gekommen, um Konstantin Kronworth wachzurütteln, und nun saß ich selbst hier und blies mit ihm gemeinsam Trübsal.

„Du hast recht", sagte ich erschrocken und trank einen großen Schluck von meinem Kaffee. Konstantin Kronworth wandte sich wieder dem Meer zu, nun, da ich nicht mehr gemeinsam mit ihm in dunklen Gedanken verharren wollte. „Es ist besser, wenn ich jetzt gehe, sonst bleibe ich den Rest meiner Tage hier sitzen und sehe auf das Meer hinaus. Ich muss verhindern, dass ich Baltasar in die Falle gehe. Sonst kann ich das mit der Suche nach dem Elixier vergessen."

„Ich glaube, ihr braucht alle mal wieder eine ordentliche Aufmunterung, die euch auf andere Gedanken bringt“, sagte Lorenz nachdenklich.

„Vielleicht“, erwiderte ich und stand auf. „Aber Skara in Kleidern von Gisella Verpocci zu sehen, ertrage ich nicht.“

„Ich weiß“, erwiderte Lorenz seufzend und erhob sich ebenfalls. „Skara hat mir diese Designerin absolut verdorben.“

„Dann lasst uns etwas anderes Verrücktes machen“, sagte Lorenz begeistert. „Wir müssen mal raus, nur für einen Tag.“

„Ich weiß nicht“, erwiderte ich seufzend. „Heute ist unser letzter Tag vor den Weihnachtsferien. Nach Wasserlehre muss ich noch einmal nach Belara. Sedonie will heute noch eine Stunde mit mir abhalten, und dann wollte ich auch noch einmal bei Herrn Lilienstein vorbeisehen. Vielleicht hat er eine Idee, wie wir eine Zeitung auf die Beine stellen könnten, die Ladislav Ende den Wind aus den Segeln nimmt.“ Wir traten durch die Tür und standen in der staubigen Dachkammer, aus der wir gekommen waren.

„Na gut, wenn du so beschäftigt bist, dann geht es nicht“, sagte Lorenz bedauernd. „Dann versprich mir wenigstens, dass du in den Ferien mal bei den Drachen vorbeigehst, das hat dir immer sehr gutgetan.“

„Versprochen“, sagte ich. Das war wirklich eine gute Idee und Lorenz lag oft goldrichtig mit seinen kreativen Einfällen.

Doch zu mehr konnte ich mich im Moment nicht durchringen, nicht jetzt, wo mir klar geworden war, dass hinter den neuesten politischen Entwicklungen nur einer stecken konnte.

Fortschritte

Am nächsten Wochenende brachen alle Studenten auf, um die Weihnachtsferien daheim zu verbringen. Auch Cornell Lilienstein hatte ich nicht mehr angetroffen. Er hatte seinen Geist verschlossen und war laut dem Schild, das in der Tür zu seiner Buchhandlung hing, über die Feiertage aus wichtigen persönlichen Gründen verreist. Ich ahnte schon, wohin es ihn verschlagen hatte, vermutlich war er unterwegs, um eine Antiquität genauer unter die Lupe zu nehmen.

Es war ruhig und still geworden in Schönefelde. Ramon und Lennox mussten Skara nach Berlin begleiten, wo sie und ihre Eltern lebten. Nur Torin blieb hier und war verdächtig oft bei Shirley zu Besuch. Nicht nur einmal traf ich ihn auf dem Marktplatz, wenn er aus der WG kam und ich gerade zwischen den Drachenhöhlen in Akkanka und der Wüstenstadt Belara hin- und hereilte. Er unterhielt sich immer kurz mit mir, fragte, ob ich etwas Neues entdeckt hatte und ob ich seine Hilfe benötigen würde, doch ich lehnte sie immer dankend ab. Im Moment wollte ich gern zu viel zu tun haben. Wenn ich nicht in Belara war, um nach dem Elixier von Jericho zu suchen, dann war ich in Akkanka und half Gregor König dabei, die Drachen zu versorgen. Er war froh über die Hilfe, denn seitdem er im letzten Jahr Professor Nöll verboten hatte, das Ausmisten der Drachenställe als Strafarbeit zu verhängen, musste er die Arbeit inzwischen wieder allein bewältigen. Ich half ihm gern und oft, denn ich spürte deutlich, dass mir das ruhige Schnauben der Drachen guttat. Ich verbrachte viel Zeit mit der kleinen Cecilia, die inzwischen aus der separaten Höhle zu den anderen Drachen gezogen war. Sie war rasant gewachsen und verschlang inzwischen riesige Portionen.

Während ich beinahe jeden Tag Drachenmist wegkarrte, erzählte mir Gregor König davon, wie zufrieden er mit ihrer Entwicklung war und dass er kaum erwarten konnte, wenn sie ihre ersten Flugversuche starten würde.

Außerdem erwähnte er immer wieder, dass er enorm erleichtert war, dass die Stadt Schönefelde Ladislav Ende zum Helden des Jahres gekürt hatte und diese unangenehme Last von seinen Schultern genommen worden war. Die Sanierung der Tongasse war bei Weitem eindrücklicher gewesen war als sein Einsatz am Wolfsee im vergangenen Sommer. Auch Gregor Königs grundsolide Fröhlichkeit steckte mich an, und solange ich in Akkanka war, fühlte ich mich oberflächlich wohl und geborgen. Doch ich konnte nicht immer dort bleiben, und damit ich nicht in die Steingasse zurückkehren musste, eilte ich durch das Haus der Gondens hindurch direkt nach Belara.

Meine geschäftige Eile war nur eine Vermeidungsstrategie, um nicht zur Ruhe kommen und darüber nachdenken zu müssen, dass Weihnachten bevorstand und nach Weihnachten Silvester folgen würde. Doch ich erlaubte mir diese Schwäche, denn der Jahreswechsel würde mich auf die bisher härteste Probe stellen. In der Silvesternacht vor drei Jahren hatten Adam und ich das Band zwischen uns so fest geknüpft, dass ich niemals damit gerechnet hätte, dass es jemals reißen würde. Jede Silvesterrakete würde mich daran erinnern, dass all meine Träume und Hoffnungen auf eine gemeinsame und glückliche Zukunft genauso zerplatzt waren, wie es mit meiner Vergangenheit schon längst passiert war. Auf der Insel der Gegenwart war ich umzingelt von dunkler Zeit.

Das Weihnachtsfest verbrachte ich mit meiner Großmutter und Sedonie in Belara. Shirley, Liana und Lorenz feierten mit Etienne in der Tongasse Nr. 13 und hatten mich eingeladen, die Feiertage bei ihnen zu verbringen. Doch ich hielt es dort einfach nicht lange aus. Weihnachten in Belara zu verbringen, war ein guter Kompromiss, die Wärme, die Sonne und die so fremde Umgebung taten mir gut, und das Zwitschern der kleinen Vögel, die mich bei jedem Schritt begleiteten, beruhigte mich. Ganz nebenbei konnte ich ein weiteres leerstehendes Haus untersuchen, während meine Großmutter und Sedonie gemeinsam ausdiskutierten, wie sie meine Ausbildung zum Geistläufer vorantreiben konnten. Währenddessen grub ich geduldig im Keller meines aktuellen Objektes und es fühlte sich gut an, dass mir der Schweiß von der Stirn rann und ich am Abend erschöpft auf mein Lager sank. Sedonie hatte mir auf der Terrasse ihres kleinen Lehmhäuschens eine Schlafgelegenheit aufgebaut und so verlor sich mein Blick jede Nacht im Funkeln der Sterne, bevor ich in einen dunklen Schlaf der Erschöpfung fiel.

Zu Silvester schließlich kamen auch Lorenz und Etienne nach Belara, zu meinem Erstaunen begleitet von Torin und Shirley. Gemeinsam begaben wir uns auf die Terrasse, wo ich neben meiner Matratze einige Kissen und Decken auf den Boden gelegt hatte. Wir aßen und tranken und sahen gemeinsam in den von Sternen übersäten Himmel und unterhielten uns über unwichtige Dinge. Der Vollmond stand hoch am Himmel und spendete uns genügend Licht.

„Seid ihr jetzt zusammen?“, fragte ich Torin und Shirley schließlich das, was im Moment nur allzu offensichtlich war.

„Das sind wir“, sagte Torin und legte besitzergreifend einen Arm um Shirley. In seinem Blick lag eine stürmische Begierde und ich musste schlucken, als Shirley Torins Blick mit demselben innigen Gefühl erwiderte und beide sich küssten.

„Hah“, sagte Lorenz siegessicher. „Und dabei wolltest du dich niemals verlieben, und erst recht nicht in Torin.“

Shirley druckste ein wenig herum. „Das war so nicht geplant, das gebe ich zu. Ich habe das wirklich etwas unterschätzt.“

„Du gibst also endlich zu, dass du die Kraft der einzig wahren Liebe endlich begriffen hast?“, fragte Lorenz mit einer theatralischen Geste.

„Übertreib es nicht“, knurrte Shirley, und Lorenz zuckte zusammen.

„Schon gut“, sagte Torin beschwichtigend. „Wir wissen alle, dass die Liebe nicht planbar ist, aber ich bin froh, heute Abend hier zu sein. Daheim habe ich es ohnehin keinen Augenblick länger ausgehalten.“

„Wie geht es ihm?“, fragte ich und schaffte es, den Satz ohne Zögern auszusprechen.

„Unverändert, Selma, unverändert“, flüsterte Torin und richtete sich auf. „Nur meine Mutter hat sich verändert. Sie ist wütend und lässt ihre Wut an jedem aus, der in ihrer Nähe ist. Mein Vater verlässt, so oft er kann, das Haus und bleibt in unserer Niederlassung in den Staaten. Elsa tut mir leid, sie hilft, wo sie kann, aber wenn meine Mutter noch länger ihren Frust an ihr auslässt, dann wird sie bald kündigen.“

„Vermutlich bin ich noch immer an allem schuld, zumindest in ihren Augen“, seufzte ich.

„Das bist du“, sagte Torin ernst. „Aber mittlerweile ist ihr Ladislav Ende auch ein gewaltiger Dorn im Auge. Sie hat von ihm gefordert, dass Adam die entsprechende Ehre entgegengebracht wird, die ihm geziemt. Schließlich hat er sich für Ladislav Ende geopfert. Doch er reagiert nicht auf ihre Forderungen und ich denke, es ist eine Frage der Zeit, bis meine Mutter explodiert, und dann will ich lieber nicht in ihrer Nähe sein.“

„Ich möchte ihn gern sehen“, sagte ich geradeheraus, dann zögerte ich, selbst erschrocken über meine eigenen Worte. „Ich gebe die Hoffnung nicht auf, das Elixier zu finden, aber falls ich scheitere, möchte ich ihn noch einmal sehen, bevor ...“, ich schluckte und Tränen traten in meine Augen, „... bevor es vorbei ist“, sagte ich schließlich matt.

„Selma“, sagte Torin eindringlich. „Es führt kein Weg an meiner Mutter vorbei. Sie wird dich eigenhändig erwürgen, wenn sie dich in unserem Haus erwischt, und das meine ich ernst. Sie ist wütend, und wenn du in ihre Nähe kommst, wird sie ihrer ganzen Wut freien Lauf lassen, und deine Kräfte sind im Moment ein Witz. Du könntest dich nicht einmal gegen sie wehren."

„Das ist mir die Sache wert", sagte ich.

„Du bist lebensmüde", erwiderte Torin, und ich nickte nur. Was sollte ich ihm schon davon erzählen, wie es mir gerade ging. Vielleicht verstand er es bis zu einem gewissen Grad, schließlich war Adam sein Bruder. Doch wirklich begreifen konnte er nicht, wie mir zumute war.

„Ich würde es auch so wollen", sagte Lorenz. „An deiner Stelle würde es mir genauso gehen." Er warf Etienne einen liebevollen Blick zu und ich musste schlucken, als ich begriff, dass ich heute Abend zwischen lauter glücklichen Paaren gelandet war. Den ganzen Abend war mir das gar nicht aufgefallen, während wir über die Professoren, die Spezialisierungen und darüber, wie wir Konstantin Kronworth helfen konnten, gesprochen hatten.

„Ja", erwiderte ich und sah auf die Uhr. Es war beinahe Mitternacht und plötzlich wollte ich allein sein. Ich kam mir mit meiner Einsamkeit und meinem Schmerz fehl am Platze vor. Ich wollte die anderen nicht damit hinabziehen, aber ich wollte ihr Glück auch nicht länger mitansehen müssen.

Unter dem Vorwand, dass ich mir mal die Füße vertreten müsste, stand ich auf und verließ das Haus von Sedonie. Langsam lief ich durch die dunklen Gassen. In Belara war es still und leer, viele der Einwohner waren zu Silvester an Orte gereist, die mehr Unterhaltung versprachen. Ich hörte das Lachen von Shirley und Lorenz über die Dächer klingen, ein Geräusch von unbefangener Freude, auf das ich in diesem Moment neidisch war. Ja, ich wollte auch wieder glücklich sein, ich wollte die schwere Last der Traurigkeit abwerfen und wieder froh sein. Aber ohne Adam würde ich nie wieder wirklich froh und glücklich sein. Ich lief weiter und weiter, bis ich die Stadtmauer verließ und in der Wüste stand. Ein kühler Wind wehte mir entgegen und ich fröstelte leicht, als ich allein im Dunkeln stand. Der Wind war schwächer geworden, doch noch immer wehte er mit einem leisen, säuselnden Geräusch über die Dünen, über denen das fahle Licht des Vollmondes lag. Ich dachte fest an Adam und versuchte mein Herz zu öffnen, alle Erinnerungen an ihn gingen mir wieder durch den Kopf, wie wir uns schon als Kinder kennengelernt hatten, wie er mein bester Freund und meine seelische Stütze geworden war in all den schweren Zeiten, die hinter mir lagen, und wie wir uns füreinander entschieden hatten, obwohl alles gegen uns sprach. Ich versuchte mich an den Klang seiner Stimme zu erinnern, an seinen Stolz, den brennenden Blick aus seinen tiefblauen Augen, an das warme Kribbeln in meinem Bauch, das seine Nähe immer ausgelöst hatte. Ich versuchte mich an alles zu erinnern, denn ich spürte, dass meine Erinnerungen zu verblassen begannen, und ich konnte und wollte ihn nicht loslassen, auch wenn das bedeutete, dass ich gleichzeitig mit dem Schmerz über sein Fehlen leben musste. Ich stand lange in der Wüste und lauschte dem leeren Flüstern des Windes. Als ich schließlich zu Sedonies Haus zurückging, graute schon der Morgen, und ich konnte kaum glauben, dass ich den Jahreswechsel tatsächlich überstanden hatte.

Die Tage nach Silvester vergingen nur schwer und ich war froh, als die Ferien vorbei waren und der Alltag in Tennenbode wieder begann.

Doch über die Ferien hatte sich wenig geändert. Bereits beim Frühstück saß Skara mit ihren Freundinnen laut kichernd an einem der runden Tische und löffelte ihr Müsli, während Ramon an der Tür auf seinen Einsatz wartete, um Skara die Tasche zur Vorlesung zu tragen.

Torin hatte mir erzählt, dass Ramon es hasste, aber Lennox hatte ihm ein neues Motorrad versprochen, wenn er mitmachen würde. Torin hatte gelacht und gemeint, dass Lennox sich nur aus der Schusslinie bringen würde, denn er hatte schon mitbekommen, dass ihm dasselbe Schicksal drohte, wenn Ramon als Leibwächter ausfiel.

„Sag mal, Dulcia“, sagte Shirley beim Frühstück und beobachtete über den Rand der Zeitung hinweg Skara, die gerade kichernd ihre braunen Haare über die Schultern zurückwarf und Ramon zuzwinkerte, als ob die beiden ein tiefes und inniges Band der Freundschaft verband. „Gibt es Neuigkeiten?“

„Keine großen“, sagte Dulcia kauend, und sah von der Zeitung auf. „Sie kündigen das Drachenrennen an. Ladislav Ende will endlich die Vereinte Magische Union glücklich machen, und zwar schon im Mai, aber das war ja zu erwarten. Gregor König hatte letztens schon geäußert, dass es bald so weit sein würde.“

„Aha“, sagte Shirley und schien sich nicht ein bisschen für das Drachenrennen zu interessieren. „Du findest Ramon doch interessant, oder?“

„Ähm.“ Dulcia lief rot an und sah überrascht von ihrer Zeitung auf. „Schon, aber ich glaube nicht, dass er sich wirklich für mich interessiert.“

„Ach, Quatsch“, sagte Shirley energisch. „Er mag dich, und außerdem wird es Zeit, dass wir Skara den nächsten Dämpfer verpassen.“

„Nein“, sagte Dulcia erschrocken, die wohl ahnte, welchen Plan Shirley für sie ersonnen hatte.

„Warum nicht?“, fragte Shirley.

„Das geht nicht“, erwiderte Dulcia abwiegelnd.

„Warum denn nicht?“, bohrte Shirley. „Ich habe Nachforschungen angestellt und herausgefunden, dass du dich zwar immer wie ein Plebejer benimmst, aber eigentlich Patrizierin bist. Du hast jedes Recht der Welt, da hinzugehen und Ramon zu küssen.“

„Du bist auch Patrizierin“, sagte Lorenz seufzend. „Ich bin umzingelt von Adeligen. Du lieber Himmel.“

Ich sah überrascht auf. „Du bist Patrizierin? Wirklich?“

„Ja, das ist sie“, entgegnete Shirley energisch. „Hast du dich nicht gewundert, warum sie bei der Wahl kein Klemmbrett in der Hand hatte?“

„Stimmt“, sagte ich nachdenklich. Darauf hatte ich nicht

geachtet.

„Shirley!“, sagte Dulcia vorwurfsvoll und sah auf. „Jetzt reicht es aber. Ich mag das nicht an die große Glocke hängen. Wir sind keine vermögende Familie, und ganz ehrlich, keiner in unserer Familie möchte von dem ganzen Firlefanz, den die Patrizier veranstalten, etwas wissen. Ich will keine Bälle besuchen und ich möchte auch nichts geschenkt bekommen, nur weil ich glücklicherweise in eine bessere Gesellschaftsschicht hineingeboren worden bin. Meine Mutter hat immer auf Bescheidenheit geachtet und darauf, dass wir normal aufwachsen, und dafür bin ich ihr dankbar. Ich würde mich selbst hassen, wenn ich so wäre wie Skara.“

„Du hattest glücklicherweise eine Mutter, die dich zu einem vernünftigen Menschen erzogen hat, aber Skara hatte dieses Glück nicht. Sie ist eine verzogene und weltfremde Zicke. Es wird Zeit, dass wir ihr Grenzen aufzeigen und ihr klarmachen, dass sie nicht machen kann, was sie will.“ Shirley sah Dulcia herausfordernd an. „Im Übrigen ist es kein großes Opfer. Du magst Ramon und er mag dich.“

„Nur weil bei euch der Blitz der Liebe eingefahren ist, muss das doch kein Patentrezept für mich sein, und das ist auch überhaupt nicht mein Stil.“ Dulcia faltete missmutig die Zeitung zusammen und sah nachdenklich zwischen Skara und Shirley hin und her. Ich sah genau, wie Shirley sich auf die Lippe biss, um Dulcia nicht weiter zu drängen. Das hätte nicht viel gebracht, das begriff auch Shirley.

Dann nahm Dulcia ihre Tasse Tee in die Hand und trank sie langsam aus, während ihr Blick jetzt zwischen Skara und Ramon hin- und herhuschte. Auch wenn Dulcia in den letzten Wochen eine erstaunliche Wandlung zu einer selbstbewussteren und gar nicht mehr unscheinbaren Frau durchgemacht hatte, sah ich jetzt, dass sie tief in ihrem Inneren immer noch schüchtern war und der Gedanke, zu einem Mann hinüberzugehen und ihn einfach so anzusprechen, für sie nicht infrage kam, geschweige denn, ihn auch noch filmreif zu küssen, so wie Shirley sich das vorstellte. In diesem Moment wanderte Ramons Blick zu uns, streifte unseren Tisch und unsere Gesichter und blieb eine Weile an Dulcia hängen. Seine große und kräftige Statur, ganz in Leder gehüllt und mit derselben geheimnisvollen Aura umgeben, die allen Torrel-Brüdern anhaftete, passte nicht so recht zwischen all die Studenten.

Skara schnipste plötzlich mit den Fingern und winkte Ramon energisch zu sich. Nicht nur ich bemerkte den gequälten Zug in seinen braunen Augen. Ich sah erwartungsvoll zu Dulcia hinüber und plötzlich sah ich ein Leuchten in ihren Augen, ein entschlossenes Funkeln, das vorher noch nicht da gewesen war.

„Du hast recht", sagte sie schließlich entschlossen, und ich sah, wie ihr schüchternes Selbst verschwand wie Nebel im Wind und von etwas anderem eingenommen wurde, einem kämpferischen und zähen Zug. Sie stellte ihre Teetasse ab, während sich Ramon gleichzeitig langsam in Bewegung setzte. Dann stand sie auf und schlenderte ohne Eile in die Mitte des Ostsaales, sodass sie etwa zwei Meter entfernt von Skaras Tisch Ramon in den Weg trat. Es wirkte ganz zufällig, so als ob sie zu dem kleinen Büffet an den Fenstern unterwegs gewesen war, um sich noch eine Quitsche zu holen. Glücklicherweise stand sie nur so weit entfernt von uns, dass wir sie noch gut verstehen konnten.

„Hallo, Ramon", sagte Dulcia und sah zu ihm hinauf. Ein Lächeln breitete sich auf Ramons Gesicht aus, während Skara die Röte in die Wangen stieg. Sie ahnte sofort, weswegen Dulcia hier stand, und warf einen wütenden Blick zu Shirley hinüber, die ihr frech entgegengrinste.

„Ramon, komm sofort her und nimm meine Tasche", fauchte sie und sprang auf. Egonie, Dorina und Alexa sahen Skara erschrocken an, sie hatten gar nicht mitbekommen, dass sich ein erneuter Konflikt anbahnte.

„Es tut mir leid, Skara", sagte Dulcia laut und deutlich. „Aber Ramon muss jetzt mit mir in den Burghof hinausgehen.

Ich habe heute Morgen beim Morgenlauf etwas Verdächtiges gesehen, was er sich unbedingt ansehen muss, und da gerade kein anderer Krieger der Schwarzen Garde abkömmlich ist, muss er sich die Sache ansehen. Deswegen ist er doch hier, oder?“ Sie sah Skara unschuldig an. „Er ist doch hier wegen deiner und unserer Sicherheit?“

Skaras Gesicht hatte eine unnatürliche Röte angenommen und nur die Tatsache, dass in diesem Moment die Professoren den Ostsaal betraten, in den Raum hinein grüßten und zügig an Skara, Dulcia und Ramon vorbei an ihren Tisch am Fenster liefen, hielt Skara vermutlich davon ab, zu explodieren.

„Einem Verdachtsfall muss ich natürlich sofort nachgehen“, sagte Ramon mit seiner tiefen Stimme, und damit war die Sache entschieden. „Deine Tasche kann vielleicht eine deiner Freundinnen tragen.“ Damit drehte er sich um, schob Dulcia vor sich her, und beide verließen den Frühstücksraum.

Skara schäumte vor Wut, nur mit äußerster Mühe konnte sie sich beherrschen und ließ sich wieder auf ihren Platz sinken, wo Dorina, Egonie und Alexa sofort beruhigend auf sie einsprachen.

„Siehst du“, sagte Lorenz und grinste Shirley an. „Du hättest das auch so lösen können. Dulcia hat das stilsicher hingekriegt.“

„Mein Effekt war um einiges besser“, erwiderte Shirley, aber dennoch lächelte sie zufrieden. „Das war eine hervorragende Idee. Jetzt müssen wir Ramon nur immer wieder vor die Tür lotsen, wenn Skara es übertreibt, das wird sie in den Wahnsinn treiben.“

„Und steter Tropfen höhlt den Stein“, kicherte Lorenz und stand auf. „Los, Leute, wir müssen heute bis nach Akkanka hinab.“

„Du kannst doch fliegen“, erwiderte ich. „Das geht schneller und du hast doch jetzt den offiziellen Flugschein in der Tasche.“

„Mmh“, sagte Lorenz gedehnt. „Ich mag das Fliegen nicht

so sehr, das weißt du doch, oder hast du mich seit der Prüfung hier irgendwo rumflattern gesehen?"

„Ich laufe auch lieber", sagte Liana und stand auf. „In dem engen Tunnel fliege ich auch nicht gern, das ist mir viel zu gefährlich."

„Na gut", stimmte Shirley zu und strich sich eine Strähne ihres schwarzen Haares zurück, dann sah sie mich erwartungsvoll an.

„Ich komme gleich nach", sagte ich. „Ich muss noch etwas erledigen."

Shirley nickte mir zu und schloss sich Lorenz und Liana an. Heute Morgen wollte ich mich mit Nuria treffen, damit wir uns gegenseitig auf den neuesten Stand bringen konnten.

Ich versuchte nicht zu Skara hinüberzusehen, während ich meine Jacke und meine Tasche nahm und den Raum verließ. Doch es ließ sich nicht vermeiden, dass ich ihre gezischten Flüche und das wütende Gebaren mitbekam, das auch ihre engsten Freundinnen nicht mehr in den Griff zu bekommen schienen. Schnell lief ich durch die Eingangshalle und schlüpfte durch die schwere Tür hinaus in den Burghof.

Es war Januar und in den letzten Tagen war reichlich Schnee gefallen. Eine Gruppe Faun war im Burghof unterwegs und schob die Wege frei, während es unablässig schneite. Ich zog die Kapuze über meinen Kopf, klemmte die Tasche unter den Arm und eilte geschwind über den festgetretenen Schnee durch den Burghof. Dann lief ich in die Außenlagen. Auf den Bäumen türmte sich der Schnee, wie Arme ragten die weiß gepuderten Äste in den grauen Himmel. Ich erkannte Nuria erst spät, die in einen hellen Mantel gewickelt am Rande des Massivs stand.

„Guten Morgen", sagte ich, als ich näher trat.

„Na, endlich", bibberte Nuria. Ihre dunklen Haare quollen unter der Kapuze ihres Mantels hervor und Schneeflocken verfingen sich darin. „Erzähl, was du in den Ferien geschafft hast."

„Ich habe zwei Häuser untersucht“, sagte ich, zog den Ordner aus der Tasche und zeigte Nuria auf der Karte, wo ich während der Ferien gearbeitet hatte.

„Nur zwei Häuser“, sagte Nuria sichtlich enttäuscht. „Selma, die Zeit läuft uns davon.“

„Ich weiß“, sagte ich ernst und erstaunt über ihren Vorwurf. „Aber ich hatte noch ein paar andere Verpflichtungen. Hast du mir nicht gesagt, dass es wichtig ist, nach außen Normalität zu zeigen.“

„Es waren Ferien“, erwiderte Nuria. „Du hattest keine anderen Verpflichtungen, sondern warst in Akkanka bei den Drachen.“

„Wie bitte?“, sagte ich erstaunt und erschrocken zugleich über ihren Vorwurf.

„Entschuldige“, sagte Nuria sofort, der nicht entgangen war, dass mich ihre heftige Reaktion überrascht hatte und mir so gar nicht gefiel. „Die letzten zwei Wochen waren nicht leicht und es ging mir nicht gut. Es war Weihnachten und ich konnte das Fest wieder nicht mit meinem Sohn verbringen.“

„Ach so“, sagte ich schnell. Nun war mir natürlich klar, woher ihre Eile kam. Ihr war es an den Feiertagen also auch nicht anders ergangen als mir. „Es sind nur noch vier Häuser übrig“, erwiderte ich schnell und zeigte auf die letzten Häuser in einer kleinen Gasse, die in westlicher Richtung aus Belara hinausführte. „Die werde ich bald geschafft haben.“

„Danke“, sagte Nuria mit weicher Stimme, ihr Ärger war verflogen. Ich bemerkte, dass sie müde aussah und erschöpft.

„Ich weiß, dass es schwer ist“, sagte ich. „Mir ging es an den Feiertagen nicht anders. Ich werde mich beeilen, mit der Arbeit fertig zu werden. Doch was ist, wenn ich auch da nichts finde?“

„Es muss aber da sein“, sagte Nuria entschlossen. „Meine Suche in Schönefelde verläuft im Moment nicht sehr erfolgreich. Ich glaube beinahe, dass du auf der richtigen Spur bist und ich auf der falschen.“

„Dann lass uns gemeinsam in Belara weitersuchen“, schlug ich vor. „Ich werde heute Nachmittag wieder dort sein.“

Doch Nuria winkte sofort ab. „Ich komme nach Belara, aber jetzt noch nicht. Ich habe noch eine Spur und die kann ich noch nicht aufgeben, Selma.“ Sie sprach eindringlich und in ihren Augen funkelte es entschlossen. „Ich habe Angst, etwas Wichtiges zu übersehen, und ich darf mir keine Fehler erlauben, verstehst du?“

„Natürlich“, erwiderte ich sofort.

„Ich werde nach Belara kommen, sobald ich zweifelsfrei ausschließen kann, dass in Schönefelde etwas zu finden ist. Bring du die Arbeit zu Ende und dann sehen wir weiter. Ich wünsche dir viel Glück!“

„Ich dir auch“, erwiderte ich.

Nuria winkte mir zum Abschied, und während ich die Mappe in meiner Tasche verschwinden ließ, eilte sie schon im Schneegestöber in die Burganlage zurück.

Ich folgte ihr langsam in den Burghof und betrachtete einen Moment nachdenklich die Schlachtenszenen an der Außenfassade von Tennenbode. Dann zog ich meine Jacke aus, spannte meine Flügel auf und stürzte mich hinab in den Tunnel, der nach Akkanka führte.

Der Unterricht bei Gregor König ging schnell vorbei. Er stellte uns heute Kräuter vor, die in ihrer Wirkung Gegensätzliches bewirkten. Besondere Bewunderung bei allen Studenten fanden das Griff- und das Gruffkraut. Ich kannte die Kräuter schon aus dem Atelier meiner Großmutter, die die Essenzen aus den Pflanzen regelmäßig gewann. Während das Gruffkraut zeitweilig einen Alterungseffekt auslöste, sorgte das Griffkraut dafür, dass man jünger aussah. Ein Tropfen reichte aus, um sich etwa fünf Jahre jünger beziehungsweise älter zu machen. Doch die Herstellung der Tinktur war aufwendig und dauerte lang. Außerdem hielt der Effekt nie länger als eine Woche an. Allzu oft durfte man diese Tinktur ohnehin nicht einnehmen, wenn man keine schweren Nierenschäden davontragen wollte.

Den ganzen Vormittag verbrachten wir damit, die Kräuter klein zu schneiden und die Tinkturen anzusetzen, die in einer Mixtur aus Essig und Wingtäubelgalle eingelegt werden mussten. Erst in zwei Wochen würde die Tinktur fertig sein.

Nachdem wir unsere Arbeit abgeschlossen hatten, machten wir uns auf den Weg zum Mittagessen.

„Wenn die nichtmagischen Bürgerinnen nur von dem Griffkraut wüssten", sagte Lorenz grinsend, während wir im Südsaal Platz nahmen.

„Oh ja", pflichtete ihm Shirley bei. „Das würde eine ganze Schar von Schönheitschirurgen schmerzlich treffen, mal ganz abgesehen von den Herstellern von Anti-Falten-Cremes. Die müssten ihren Beruf an den Nagel hängen."

„Ihr solltet die Sache mit den Nierenschäden ernst nehmen", sagte ich und suchte den Raum nach Skara ab.

„Es gibt sicher Leute, denen das egal wäre, na ja, zumindest zeitweise", sagte Lorenz.

„Du weißt hoffentlich, dass wahre Schönheit von innen kommt", sagte ich und nahm Platz.

„Es spricht aber nichts dagegen, diese innere Schönheit gelegentlich ein wenig zu unterstreichen." Lorenz lächelte versonnen.

„Wo steckt nur Skara?" Ich ließ meinen Blick erneut durch den Raum wandern. Auch Shirley sah sich suchend um. Den Eklat von heute Morgen würde sie nicht einfach so stehen lassen.

„Skara ist nach Schönefelde abgebogen", meinte Liana, die jetzt an den Tisch getreten war und sich neben uns setzte. „Und Ramon und Dulcia untersuchen immer noch die geheimnisvolle Spur. Skara tobt vor Wut und so, wie es aussah, wollte sie ihren Vater sprechen."

„Hoffentlich macht sie nichts Dummes", sagte ich besorgt.

„Hoffentlich macht sie etwas Dummes", erwiderte Shirley prompt und nahm sich von den Platten in der Tischmitte ein Steak und Gemüse. „Damit auch ihr Vater endlich merkt, dass sie ein Problem hat und er ihrem Urteil nicht vertrauen kann. Wir kriegen sie schon noch so weit, dass sie sich selbst lächerlich macht. Die Geschicke des Landes dürfen nicht von einer selbstsüchtigen und verantwortungslosen Person wie Skara mitbestimmt werden. Es macht mir Angst, dass sich ihr Vater von ihr beeinflussen lässt."

„Das ist wirklich beängstigend", stimmte ihr Lorenz zu und belud sich ebenfalls den Teller. Auch ich wollte schon zur Gabel greifen, als einer der Faun an den Tisch trat und mir einen Briefumschlag reichte.

„Danke", sagte ich und sah überrascht in sein freundliches Gesicht.

„Gern", erwiderte er und entfernte sich wieder. Ich sah ihm kurz nach, der Anblick seiner gebogenen Hörner, die aus dem blauschwarzen Haar herausragten, irritierte mich schon lange nicht mehr. Die Faun waren allgegenwärtig in Tennenbode und ihr Anblick war selbstverständlich für mich geworden.

„Wer schreibt dir denn so offiziell?", fragte Lorenz neugierig und betrachtete den Brief in meiner Hand. „Oje, das Senatorenhaus." Jetzt sahen auch Liana und Shirley auf. Ich sah die plötzlich aufkommende Sorge in ihrem Blick und auch mir wurde mulmig zumute. Mir war noch gut in Erinnerung, dass das Senatorenhaus meine Aussagen zu Helander Baltasar anzweifelte und auf dieser Grundlage den Admiral vom Dienst suspendiert hatte. Dieser Brief konnte also nur meine Vorladung zum anstehenden Verfahren sein, in dem meine Aussage noch einmal unter die Lupe genommen werden würde.

Ich holte tief Luft, während ich den Umschlag aufriss und den Brief herauszog.

Unter den gespannten Blicken von Lorenz, Liana und Shirley faltete ich das dicke Papier mit dem offiziellen Briefkopf der Vereinten Magischen Union auseinander und begann leise vorzulesen: „Sehr geehrte Frau Caspari, hiermit teilen wir Ihnen das Ergebnis der Neigungstests mit. Sie gehören zum Kreis der Studenten, bei denen eine Neigung zum fünften

Element festgestellt werden konnte. Hiermit sind Sie berechtigt, Ihr Studium um zwei Semester zu verlängern, sodass Ihrer Neigung Rechnung getragen werden kann. Ihre Professoren wurden über das Ergebnis der Tests ebenfalls informiert und passen Ihre Stundenpläne Ihrem neuen Ausbildungsziel an. Wir wünschen Ihnen auch weiterhin viel Erfolg bei Ihrem Studium." Ich ließ den Brief sinken und sah in die erstaunten Gesichter meiner Freunde.

„Wusste ich es doch", sagte Lorenz stolz zu mir.

„Ich weiß nicht, wie ich das finden soll", sagte ich unentschlossen.

„Du kannst stolz darauf sein", sagte Liana. „Wir erwarten Großes von dir."

„Das tun wir ohnehin, aber jetzt ist es offiziell." Lorenz strahlte mich an.

„Da gibt es nur ein Problem." Ich ließ den Brief sinken. „Die Tests am Anfang des Jahres haben keine Bedeutung mehr. Denn das, was ich da zustande gebracht habe, kann ich nicht mehr. Professor Pfaff ist schon restlos enttäuscht von mir und in den Grundlagenfächern schaffe ich nur mit Mühe und Not die Anforderungen. Am besten bin ich im Moment nur bei Magischer Fauna und Flora, da brauche ich nur Pflanzen schnippeln und Elixiere ansetzen."

„Das ist doch nur zeitweise", sagte Lorenz. „Nur so lange, bis du alles wieder im Griff hast."

„So langsam glaube ich nicht mehr daran, dass ich das zu meinen Lebzeiten noch einmal in den Griff bekomme", sagte ich düster und stand auf. Der Appetit war mir gründlich vergangen. „Vielleicht sollte ich das Studium unterbrechen, bis sich etwas verändert", überlegte ich laut. Doch ich wusste, dass der Brief aus dem Senatorenhaus nicht der einzige Grund für meine Gedanken war. Nurias Kritik, dass ich nicht alle Kräfte in die Suche nach dem Elixier steckte, hatte mich getroffen und ich musste nachholen, was ich in den Ferien nicht geschafft hatte.

„Im Moment ist es eine Quälerei und vielleicht ist es wirklich besser, wenn ich eine Weile aussetze und mich komplett nach Belara verziehe, zumindest bis ...“ Ich zögerte und konnte nicht aussprechen, dass ich warten wollte, bis es endgültig zu Ende gegangen war.

„Selma“, sagte Lorenz streng. „Du weißt selbst, dass es das nicht besser macht, wenn du dich wie ein Eremit in die Wüste verkriechst.“

„Ja, aber im Moment hilft es schon. Ich muss jetzt erst einmal in Ruhe darüber nachdenken, wie es weitergeht“, sagte ich und packte meine Tasche. Den Brief stopfte ich mit hinein. „Ich kann Professor Pfaff heute nicht unter die Augen treten. Er wird denken, dass es ein Irrtum war, dass er mich überhaupt für seine Spezialisierung zugelassen hat.“

„Ich bin mir sicher, er weiß, was du kannst“, sagte Liana.

„Du meinst, was ich konnte“, erwiderte ich bitter. „Ich gehe jetzt, wir sehen uns heute Abend.“

„Ich erwarte dich pünktlich zu unserem Drabellum-Abend“, rief mir Liana hinterher.

Ich wusste, dass es albern war, aber die nächsten zwei Wochen verbrachte ich in Belara bei Sedonie und kam nur zum Schlafen nach Tennenbode zurück. Bei den Professoren hatte ich mich krank gemeldet, und da in Schönefelde ohnehin eine Erkältungswelle eingesetzt hatte und meine Großmutter viel zu tun hatte, um mit ihren diversen Kräutermischungen die Symptome zu lindern, fiel es nicht weiter auf, dass ich nicht da war.

Ich arbeitete hart daran, die Suche nach dem Elixier voranzubringen, und auch meine Ausbildung zur Geistläuferin nahm ich ernster denn je. Ich hatte die Hoffnung, dass ich durch die Techniken, die mir Sedonie beibrachte, wenigstens einen Teil der Kontrolle über meine Kräfte wiedererlangen konnte, solange ich auf die Stachelfunkienessenz nicht verzichten konnte.

Obwohl mich Sedonie die Hälfte des Tages in Beschlag nahm und sich über mein Engagement und meine kleinen

Fortschritte freute, schaffte ich es dennoch, alle Häuser auf dem Plan abzuarbeiten. Nur leider fand ich dort nichts, was mich enttäuschte und mich daran zweifeln ließ, ob wir mit der Suche tatsächlich auf dem richtigen Weg waren. Ich hätte gern mit Nuria darüber gesprochen, um ihr zu zeigen, dass es mir ernst war, und um sie zu fragen, ob sie weitere Hinweise für die Suche hatte.

Aber sie schien ebenfalls krank geworden zu sein, laut Liana war sie zu keiner Vorlesung erschienen. Es passte mir nicht, dass sich die Suche wieder verzögern würde, doch vermutlich lag Nuria genauso wie viele andere mit Fieber und Husten im Bett. Bei unserem letzten Treffen hatte sie schon kränklich ausgesehen und bei dem Erfolgsdruck, unter dem wir beide standen, war das auch kein Wunder, wenn sie irgendwann schlappmachte.

Am letzten Abend, bevor ich nach Tennenbode zurückkehren wollte, saß ich mit Sedonie zusammen und wir tranken heißen Tee.

„Du hast gute Fortschritte gemacht", sagte sie. „Ich denke, du bist in der Lage, dich ausreichend zu konzentrieren, dass wir einen Versuch wagen könnten, Vinnla zu betreten."

„Tatsächlich", sagte ich überrascht und stellte meine Teetasse ab.

„Ja", sagte Sedonie. „Wann hast du das letzte Mal von der Stachelfunkienessenz genommen?"

„Heute Vormittag", sagte ich.

„Gut, dann ist die Wirkung am Abklingen und der Moment ist günstig." Sie stand auf und holte ein paar Decken herbei, die sie auf den Boden legte. Dann ließen wir uns im Lotussitz darauf nieder.

„Wir beginnen wie immer mit den Atemübungen", sagte sie einleitend und ließ die Kerzen im Raum aufleuchten.

Ich nickte, schloss meine Augen und atmete tief in meinen Bauch hinein.

Ich war ganz nah bei mir, fühlte meinen müden Körper auf

der Decke und ich fühlte auch den dumpfen Schmerz, der jetzt, wo ich mich auf ihn konzentrierte, spitzer wurde. Ich vermisste Adam und wünschte mir nichts sehnlicher, als endlich wieder in seiner Nähe zu sein. Doch der Gedanke, dass genau das unmöglich war, erschlug mich regelrecht mit seiner düsteren Kraft.

„Versuche, nicht an Adam zu denken“, sagte Sedonie leise, die meine Gedanken begleitet hatte. „Denke an die Grenze, die du überwinden möchtest. Du musst nach dem Nebel suchen.“

Ich atmete wieder ruhiger und versuchte, an nichts zu denken und meinen Kopf zu leeren. Nach einer Weile war ich ganz entspannt.

„Suche nach dem Nebel“, flüsterte Sedonie.

Es kam mir schon vor, als ob ich diesen Nebel niemals zu Gesicht bekommen würde, als ich plötzlich spürte, wie mein Geist sich bewegte und leichter wurde. Er schien emporzusteigen und ich fühlte Sedonie plötzlich ganz anders in meiner Nähe, wie einen Energiestrom.

Und dann sah ich den Nebel und bewegte mich darauf zu. Das musste der Zugang zur Traumwelt sein.

Ich war mitten in dem Nebel und wollte weiter vordringen, als sich aus dem Nebel eine Gestalt herauszuschälen begann.

Ganz diffus und undeutlich nahm ich sie wahr. Der Nebel nahm immer stärkere Konturen an und plötzlich erkannte ich den Ort wieder und ich begriff auch, wer da vor mir stand. Mein Herz raste und ich spürte meinen hektischen Atem.

Es war Adam, wie er auf der großen Wiese im Geheimen Garten stand. Ein diffuses, spätsommerliches Licht umgab ihn, ein Flirren lag in der Luft und um seine Lippen spielte ein leises, vertrautes Lächeln.

„Adam“, rief ich und lief auf ihn zu. Das Lächeln um seine Lippen wurde strahlender. Er breitete die Arme aus und ich lief hinein.

Doch gerade als ich mich in seine Umarmung fallen lassen wollte, verschwand das Bild und ich fühlte den kalten Lehmboden an meiner Wange.

„Selma“, sagte Sedonie besorgt.

„Alles okay“, erwiderte ich und rappelte mich auf. „Was ist passiert?“

„Ich weiß es nicht“, sagte Sedonie verwirrt. „Du warst kurz in Vinnla, doch nicht bei mir. Ich dachte, ich hätte dich mitgenommen, doch du bist irgendwo anders gelandet. Es hat nicht funktioniert.“

„Aber ich habe Adam gesehen“, erwiderte ich. „Er war da.“

Sedonie betrachtete mich nachdenklich. „Dinge und Lebewesen kannst du erst in Vinnla visualisieren, wenn du einige Übung hast.“

„Aber er war da“, erwiderte ich beharrlich. „War das eine Vision oder ein Traum?“

„Ich denke, eine Art Traum.“ Sedonie betrachtete mich immer noch sehr nachdenklich. „Wir sollten das für heute beenden“, sagte sie schließlich. „Du bist müde und solltest besser schlafen gehen.“

„Ja“, sagte ich nachdenklich und erhob mich. „Das ist vielleicht besser.“

Dann packte ich meine Sachen zusammen und machte mich auf den Weg nach Tennenbode.

„Sie waren aber lange krank“, begrüßte mich Professor Pfaff, als ich am nächsten Tag seine Vorlesung betrat. Es war ein klarer und kalter Winternachmittag Ende Januar.

„Ja“, erwiderte ich gedehnt und hoffte, dass mich die leichte Bronzefärbung meiner Haut nicht verriet. In Belara war es warm und die Sonne schien dort ausdauernd. Ich hatte zwar nicht den ganzen Tag im Freien verbracht, aber dennoch ließ es sich nicht ganz vermeiden, dass ich ein paar Sonnenstrahlen abbekommen hatte. „Aber jetzt bin ich wieder fit“, erwiderte ich und ließ mich auf meinem Platz nieder.

„Das freut mich“, erwiderte er und sah über die halbleeren Bankreihen hinweg. „Sie sind nicht die Einzige, die es so schwer erwischt hat, Nuria García Pérez fehlt schon länger und auch Skara Ende scheint schwer erkrankt zu sein, es ist eine Schande, dass man mit Magie nicht gegen jeden Keim etwas unternehmen kann."

„Ja, aber ich bin mir sicher, irgendwann sind die Druiden so weit, dass sie jede Krankheit heilen können." Zumindest hoffte ich das inständig, denn wenn die Suche nach dem Elixier von Jericho weiter so erfolglos verlief, blieb mir nichts anderes als dieser Gedanke.

„Das hoffe ich", erwiderte Herr Pfaff. „Das hoffe ich." Er ging zu seinem Pult hinab und hob seine Stimme. „Auch wenn viele Studenten leider krank sind, werden wir dennoch weiter daran arbeiten, dass wir das Wissen und Können der Anwesenden erweitern. Nachdem wir uns lange Zeit mit den Koryphäen dieser Fachrichtung beschäftigt haben, werden wir uns heute der allgemeinen Geschichte der Wasserlehre und ihrer Bedeutung in der Vereinten Magischen Union widmen. Dieses Thema wird uns dann bis zum Semesterende beschäftigen und ich rate Ihnen, gut aufzupassen, denn in der Semesterprüfung werde ich dieses Wissen abfragen." Er wippte auf seinen Füßen hin und her, sodass sein großer Schnauzer in Bewegung geriet. „Im praktischen Teil der heutigen Veranstaltung werden wir weiter daran arbeiten, Ihre Feinmotorik zu schulen." Er ging zu dem großen Tisch hinter dem Pult und zeigte auf eine lebensechte Drossel aus Eis, die auf einem Ast hockte. „Wenn Sie dann näher kommen, werden Sie sehen, dass diese Drossel nicht nur täuschend echt aussieht, sondern auch ihr Innenleben naturgetreu nachgestaltet wurde. Diese Aufgabe werden Sie heute in Angriff nehmen und als besonderen Höhepunkt dieser Übungsreihe freue ich mich sehr darauf, dass wir zwei Studenten in unserem Kurs haben, die eine Neigung für das fünfte Element haben. Das wäre zum einen Adam Torrel, der leider nicht anwesend ist, und zum anderen Selma Caspari."

Ich zuckte zusammen, während Professor Pfaff unbeirrt fortfuhr. „Für diese Studenten besteht die besondere Herausforderung darin, ihre nachgebildete Drossel bis zum Semesterende zum Leben zu erwecken, und umso wichtiger ist es, dass anatomisch keine Fehler gemacht werden. Das wird für die Drossel sonst unangenehm." Professor Pfaff lächelte mir erwartungsvoll zu und mir wurde ganz mulmig zumute. Die Nachbildung der Drossel würde ich sicher hinbekommen, auch wenn die anatomisch korrekten Details meine ganze Konzentration erfordern würden, aber die Drossel zum Leben zu erwecken, traute ich mir weder zu noch war ich mir der Tatsache bewusst, dass ich so etwas zustande bringen konnte. Im Moment erschein es mir ohnehin unmöglich, denn meine Gedanken kreisten nur darum, dass auch Adam eine Neigung zum fünften Element haben sollte. Ja, er war schon immer sehr gut gewesen, aber er hatte nie erwähnt, dass in seiner Familie so eine Neigung bestand.

Professor Pfaff begann darüber zu erzählen, wie die Wissenschaft der Wasserlehre begründet wurde und wie sie als akademische Disziplin zunehmend Bedeutung erlangte. Nicht lang, und meine Gedanken schweiften ab, hin zu der Drossel, und ich betrachtete das Tier aus Eis unentwegt und versuchte mir vorzustellen, wie Leben in seine Flügel kam und wie es aussehen würde, wenn die kleinen, blanken Äuglein plötzlich zwinkerten.

Am späten Nachmittag traf ich mich mit Lorenz und Liana und gemeinsam machten wir uns auf den Weg zur Villa del Mare. Ich hatte nicht vergessen, dass ich Parelsus versprochen hatte, Konstantin Kronworth aus seinen trüben Gedanken zurückzuholen. Noch war es mir nicht gelungen, und ehrlich gesagt hatte ich mich auch gescheut, ihn zu treffen, denn so wie es aussah, zog er mich mit in seine seelischen Tiefen hinab, und es tat uns beiden nicht gut, wenn wir uns in unserem Elend suhlten.

Als wir die Villa del Mare betraten, war viel los, die Kellner eilten geschäftig hin und her und aus aller Welt reisten Magier durch die lange Reihe an Türen herbei und drängten sich um die letzten freien Plätze.

„Professor Poscher hat doch noch das Tempo angezogen“, seufzte Lorenz. „Ich träume schon davon, Windströmungen in verschiedene Himmelsrichtungen auszurichten.“

„Das geht uns bei Professor Borgien nicht anders“, erwiderte Liana, während wir uns an ein paar vollen Tischen vorbeischoben, um zur Brüstung zu gelangen, wo Konstantin Kronworth immer saß und auf das Meer hinausstarrte. „Wir arbeiten im Moment daran, ein Feuer zu erschaffen, das keine Hitze produziert.“

„Also ein Lichtball“, sagte Lorenz.

„Nein, ein Lichtball kann nichts entzünden, aber ein kaltes Feuer kann trotzdem noch etwas verbrennen“, erwiderte Liana, als ob sie diese Definition in der letzten Zeit viel zu oft gehört hatte.

„Ich beneide dich nicht“, seufzte Lorenz, während wir kurz warteten, bis ein Grüppchen Faun aufgestanden war und den Weg frei gab. „Wie läuft es bei dir, Selma?“

„Nicht gut“, erwiderte ich bedrückt. „Ich soll bis zum Semesterende eine Drossel aus Eis zum Leben erwecken.“

„Wow!“, sagte Lorenz.

„Das geht aber schnell“, pflichtete ihm auch Liana bei und wollte noch etwas sagen, aber sie verstummte ganz plötzlich.

An dem Tisch, an dem Konstantin Kronworth immer gesessen hatte, saß ein Pärchen und schaute sich verliebt in die Augen.

Abgesehen davon, dass der Anblick Verliebter nach wie vor schwer für mich zu ertragen war, schockierte es mich zutiefst, dass Konstantin Kronworth nicht hier war.

„Es wird ihm doch nichts passiert sein“, sagte Lorenz besorgt.

„Vielleicht ist er wieder in die einsame Hütte gezogen, nachdem ihm der Trubel hier zu viel geworden ist“, sagte Liana und versuchte Lorenz zu beruhigen.

„Das wird es sicher sein“, pflichtete ich Liana bei.

Und so machten wir uns unverrichteter Dinge wieder zurück auf den Weg nach Schönefelde.

Drohungen

Am Ende der Woche war ich mit meinen Kräften am Ende. Ich hatte mich aufs Höchste konzentriert und bis zum Freitag das exakte Ebenbild einer Drossel aus Eis geschaffen. Es war filigran, es war zart und lebensecht und sogar das Innenleben war anatomisch korrekt. Herr Professor Pfaff war am Ende unserer Wasserlehre-Stunde das erste Mal seit Wochen stolz auf mich und zufrieden mit meiner Leistung. Als wir unsere Exponate ins Kühlzimmer brachten, atmete ich erleichtert auf. Die Arbeit war mir nicht leicht von der Hand gegangen, es war mehr ein Kampf mit mir selbst gewesen, den ich Stunde für Stunde erbittert gekämpft hatte, denn ich hatte die Menge an Stachelfunkienessenz ein wenig reduziert, um meine Kräfte wiederzubekommen, doch mit meinen Kräften war auch der lähmende Schmerz gekommen und ich hatte große Mühe gehabt, die Woche zu überstehen.

„Sehr gut, Selma“, sagte Professor Pfaff. „Das war eine hervorragende Leistung, nächste Woche kannst du dann schon beginnen, deiner Drossel Leben einzuhauchen. Ich setze große Hoffnungen in dich.“

„Wie bitte?“, fragte ich heiser. Die Aufgabe dieser Woche hatte ich nur unter Mühsal erbracht und weiter konnte ich mit der Dosierung nicht heruntergehen. „Nächste Woche schon?“

„Für dich gelten jetzt andere Leistungsanforderungen“, sagte Professor Pfaff sichtlich erfreut. „Studenten, die über solch ein Potenzial verfügen, wollen wir natürlich optimal in Tennenbode fördern.“

„Ja, natürlich“, sagte ich und versuchte engagiert zu lächeln, ganz so, wie man es von einem Studenten meines Kalibers wohl erwarten würde. In Wahrheit schlotterten meine Knie, wenn ich daran dachte, was ich nächste Woche für ein Wunder vollbringen sollte. Behutsam stellte ich meine Drossel ab und verkniff es mir, Professor Pfaff zu sagen, dass es mir im Moment unmöglich war, eine Drossel aus Eis zum Leben zu erwecken. Dann band ich ihr ein Namensschild an das Bein.

„Dann bis Montag", sagte Professor Pfaff gut gelaunt an alle gewandt und entließ uns ins Wochenende.

Das flaue Gefühl in meinem Bauch nahm nicht ab, als ich den Vorlesungssaal verließ und in unsere Etage ging, um meine Sachen für das Wochenende einzupacken.

Erst als ich mit Lorenz, Liana und Shirley Tennenbode verließ und auf den Parkplatz vor das Massiv trat, löste sich die Anspannung langsam. Ich sog tief die eiskalte Luft dieses klaren Februartages ein, der Himmel leuchtete blau und dennoch war es kalt und der Schnee war zu hartem Eis gefroren.

„Was habt ihr am Wochenende vor?", fragte ich, als wir zum Marktplatz hinabliefen.

„Ich treffe mich mit Paul", sagte Liana, und ein erwartungsvolles Lächeln schlich sich auf ihr Gesicht. „Seit dem Kinoabend läuft es wieder besser."

„Sag es ihm doch einfach, dann können wir mal wieder gemeinsam etwas unternehmen", sagte Shirley und schob den Riemen ihrer Reisetasche auf die andere Schulter. „Ich meine, es ist sowieso nicht ganz einfach, es immer zu verbergen. Was ist, wenn du im Schlaf redest oder aus Versehen eine Kerze mit einem Gedanken anzündest anstatt mit einem Streichholz?"

„Ich kann es ihm nicht sagen", erwiderte Liana. „Im Moment ohnehin nicht. Es ist politisch keine Entspannung in Sicht. Es ist viel zu gefährlich." Liana strich sich eine blonde Locke aus der Stirn. „Außerdem glaube ich nicht, dass Paul so eine Nachricht verkraftet. Er ist sehr normal und er mag es auch, normal zu sein."

„Du meinst, er ist langweilig", grinste Shirley.

„Nicht jeder braucht einen muskelbepackten, tätowierten Kerl, der Lederjacken trägt und mit einem Schwert umgehen kann", erwiderte Liana sofort. „Was machst du denn am Wochenende?“

„Ich schiebe ein paar Schichten bei Kim Görner, um meine Finanzen noch etwas aufzubessern. Im nächsten Sommer will ich wieder weit weg, und, na ja“, Shirley grinste, „in jeder freien Minute, die dann übrig ist, werde ich mich mit Torin treffen.“

„Paul kommt auch in die WG“, sagte Liana erschrocken. „Dann müsst ihr euch aber zurückhalten.“

„Zurückhalten?“, fragte Shirley, als ob ihr Liana vorgeschlagen hätte, das Wochenende mit Halma-Spielen zu verbringen.

„Das meine ich nicht“, entgegnete Liana und stöhnte genervt. „Ihr sollt nur aufpassen, dass Paul nicht mitbekommt, dass ihr das Nudelwasser zum Kochen bringt, ohne dass ihr den Herd angeschaltet habt.“

„Würden wir nie tun“, erwiderte Shirley empört. „Wir achten auf § 1.“

„Aber genau das habt ihr letztes Wochenende gemacht.“

„Du bist anstrengend“, stöhnte Shirley.

„Das ist nur zu unser aller Sicherheit“, erwiderte Liana und sah zu Lorenz und mir herüber. „Was habt ihr eigentlich vor?“

„Keine Ahnung“, erwiderte ich. „In Belara komme ich im Moment nicht weiter. Ich habe keine Ahnung, wo ich noch suchen soll, und Nuria ist wie vom Erdboden verschluckt. So wie es aussieht, habe ich dieses Wochenende zur Abwechslung mal nichts vor.“ Stattdessen hatte ich mir vorgenommen, noch einmal Vinnla zu betreten und mich der verlockenden Vision von Adam zu stellen.

„Oh“, sagten Liana und Shirley zugleich.

„Nein, nein“, sagte ich sofort. „Ihr müsst euch nicht um mich kümmern. Macht euch ein schönes Wochenende. Ich kann auch zu Sedonie gehen oder zu meiner Großmutter oder ich besuche Lorenz, ich war schon lange nicht mehr in der Tongasse.“ Ich versuchte fröhlich zu klingen, aber ich wusste, dass es mir fast unmöglich war, das Haus Nr. 13 zu betreten, ohne von schmerzhaften Erinnerungen regelrecht überrannt zu werden.

„Ja, komm ruhig vorbei“, sagte Lorenz einladend. „Etienne und ich planen eine große Sache, aber ich könnte dich einweihen.“ Lorenz grinste verschwörerisch, aber ich ahnte schon, dass diese große Sache nur etwas mit dem bevorstehenden Valentinstag zu tun haben konnte. Lorenz hatte diese Woche unentwegt Herzen auf seine Unterlagen gekritzelt und ich wusste genau, dass er in Gedanken eine pompöse und kitschige Party plante, zu der er alle Verliebten einladen wollte.

„Ja, mal sehen“, erwiderte ich abwiegelnd, während wir auf den Marktplatz traten, wo sich unsere Wege trennen würden. Der Gedanke, mit Lorenz und Etienne romantische Überraschungen auszutüfteln, war erstaunlich sperrig. Ich gönnte meinen Freunden ihr Glück von ganzem Herzen, aber dennoch würde ich eine Valentinstagsparty nicht heil überstehen.

„Da fällt mir etwas ein“, sagte ich schnell, als ich sah, dass die mitleidigen und bedauernden Blicke meiner Freunde auf mir lagen und sie überlegten, wie sie mir helfen und mich von meinem Unglück ablenken konnten. „Ich muss noch einmal dringend bei Herrn Lilienstein vorbei.“ Ich warf einen Blick zu seiner Buchhandlung und zu meiner allergrößten Erleichterung sah ich Licht darin brennen.

„Wirklich?“, fragte Lorenz. „Du kannst gern mit zu mir kommen.“

„Das ist nett, aber ich werde in der Steingasse übernachten. Meine Großmutter ertrinkt gerade in Arbeit und sie braucht dringend Hilfe.“

„Na gut, aber wenn du dich einsam fühlst, meldest du dich, okay?“ Lorenz sah mich erwartungsvoll an.

„Das mache ich“, erwiderte ich lächelnd und nahm ihn in den Arm. Dann verabschiedete ich mich auch von Liana und Shirley, die sich auf den Weg in ihre WG machten und dabei anfingen zu diskutieren, wann und wie Magie in ihrer gemeinsamen Wohnung verwendet werden durfte. Ich sah ihnen lächelnd nach und winkte dann noch einmal Lorenz zu, der in die Ziegelstraße eingebogen war. Dann ging ich auf die Buchhandlung von Cornell Lilienstein zu und betrat den kleinen Laden.

Der Duft alter Bücher empfing mich, eine Mischung aus Staub und Erinnerungen. Ein warmes Gefühl begleitete mich und bei meinem vierten Schritt knarrten vertraut die Eichendielen unter meinen Füßen. Ich sah mich um, doch ich konnte Herrn Lilienstein nirgendwo entdecken. Eigentlich sollte er das Klingeln des kleinen Glöckchens an der Eingangstür gehört haben.

Vermutlich war er im Obergeschoß, weil er heute keine Kunden mehr erwartete. Ich stieg über die Kette, die die Treppe nach oben absperrte, und stieg die Stufen empor.

Die Tür stand offen und ich trat in den großen Raum ein, in dem Herr Lilienstein magische Literatur anbot. Zuerst sah ich einen großen Aufsteller, auf dem für Konstantin Kronworths aktuelles Werk „Endzeit" geworben wurde, und gleich dahinter lag ein Stapel Gedichtbände, deren schlichter, dunkler Einband schon versprach, dass die Welt dem Abgrund entgegentaumelte.

„Hallo, Selma", sagte Herr Lilienstein erfreut und stand plötzlich vor mir. Obwohl er im selben Alter wie meine Großmutter war, waren seine Haare noch dunkel und nur wenige silbrige Strähnen mischten sich hinein. Wie üblich hielt er seine streng gescheitelte Frisur mit Pomade in Form. In seinen Augen lag ein fröhliches Lächeln. Er hatte die Arme in die Seite gestemmt und sein Hemd spannte sich leicht über seinem Bauch.

„Hallo", erwiderte ich den Gruß. „Wie geht es Ihnen und wo waren Sie so lange?"

„Ganz langsam." Herr Lilienstein lachte. „Komm erst einmal herein!" Ich trat in den von Bücherregalen gesäumten Raum. Doch mit einem Mal erstarrte ich. An dem runden Tisch, der wie üblich mit Büchern und Notizen übersät war, saß Konstantin Kronworth, die schmale Gestalt eingesunken, das wettergegerbte Gesicht in seine Hände vergraben.

„Konstantin Kronworth ist bei Ihnen?“, fragte ich erfreut und überrascht zugleich.

„Ja, das ist er, und Parelsus wollte auch gleich zu uns stoßen. Dann fehlt nur noch Kim Görner und wir sind komplett.“ Er warf einen Blick auf seine Armbanduhr. „Ich denke, in einer halben Stunde wird auch er hier sein.“

„Ich kann es gar nicht glauben“, sagte ich erfreut und ging zu Konstantin Kronworth hinüber. „Ich bin stolz auf Sie“, sagte ich.

Er hob den Kopf aus seinen Händen und sah mich mit einem wehmütigen Lächeln an. „Das musst du nicht, Selma.“ Er lächelte mir zu und ich bemerkte eine seltsame Regung in seinem Blick. Es dauerte eine Weile, bis ich begriff, dass er Mitleid mit mir hatte. „Ich bin stolz auf dich“, sagte er mit warmer Stimme.

„Wie bitte?“ Ich sah ihn verdutzt an. „Auf mich?“

„Ja, auf dich“, bestätigte er nickend. „Dein Schicksal hat mich wirklich berührt. Du hast so viele schwere Verluste in deinem Leben erlitten und dennoch rappelst du dich immer wieder auf und versuchst stark zu sein und weiterzukämpfen.“

„Tatsächlich“, erwiderte ich ungläubig. Ich kam mir alles andere als stark vor, der Schmerz über Adams Verlust lähmte mich, und gegen die Traurigkeit konnte ich mich nur mühsam wehren, indem ich mich mit einer Kräutermixtur betäubte.

„Weißt du, ein Künstler gibt bei jedem seiner Werke ein Stück von sich selbst preis. Er öffnet sich und lässt die Welt an seinen Gefühlen teilhaben. Das erfordert Mut, man muss über seinen Schatten springen. Manchmal fühlt es sich an, als ob man nackt durch eine Menge Fremder geht. Doch ich hatte immer diesen Mut, denn viele Menschen da draußen lieben meine Kunst. Sie ermutigen mich, offen zu sein und sie an meinen Gedanken teilhaben zu lassen, selbst an meinen dunkelsten.“ Er holte tief Luft und sah zu dem Stapel seiner Werke hinüber. „Wenn man sich so offenbart, dann wird man verletzbar. Als Künstler weiß man um die Kraft der Worte. Worte sind Waffen, man kann mit ihnen kämpfen, leiden, lieben, weinen und verletzen. Doch eben weil man um die Kraft der Worte weiß, kann man sich dieser Kraft nicht verschließen und empfindet Kritik um ein Vielfaches heftiger, als es vielleicht jemand anderes tut, der den Worten nicht so viel Bedeutung beimisst." Er holte tief Luft, als ob er seine Gedanken sammelte. „Doch man schreibt, malt und schafft seine Werke nicht für die, die keinen Zugang dazu finden. Man arbeitet hart und man tut es für die, die das lieben, was man tut. Denn in dieser Liebe fühlt man sich mit ihnen verbunden, und was gibt es Schöneres, als zu lieben und geliebt zu werden?" Er seufzte tief und sah mich ernst an. „Das Verbot meiner Kunst hat mich schwer getroffen. Es war, als ob ich plötzlich stumm war. Das Stummsein hat mich erst wütend gemacht und ich habe mich zurückgezogen. Doch dann habe ich gekämpft, aber ich konnte es nicht selbst tun. Meine Waffen sind Worte und Farben, aber in der Rolle des Roten Rächers konnte ich kämpfen, und der Rote Rächer hat gewonnen und er konnte sich auch freuen, aber ich konnte es nicht mehr. Wenn so ein Verbot einmal möglich ist, dann kann es jederzeit wieder geschehen."

„Ja", erwiderte ich. „Es ist jederzeit wieder möglich."

„Der Gedanke hat mich gelähmt", sagte er leise und zugleich selbst erschrocken über das, was mit ihm geschehen war.

„Ich weiß", sagte ich mit einem beklemmenden Gefühl in der Brust, denn ich konnte seinen Schmerz sehr gut nachvollziehen.

Ein winziges Lächeln schlich sich auf seine Lippen. „Aber du lässt dich davon nicht unterkriegen. Ein Drache schwebt heran und tötet die Liebe deines Lebens, und als ob das nicht grausam genug ist, verschweigt die Regierung die wahren Umstände seines Todes und plant, dich als Lügnerin darzustellen und dich deiner Glaubwürdigkeit zu berauben."

„Ja", erwiderte ich und schluckte. So zusammengefasst klang das wirklich dramatisch und aussichtslos.

„Und was machst du?“ Er sah mich mit einem Funkeln in den Augen an. „Du gehst zu dem depressivsten Zeitgenossen, den du finden kannst, und versuchst ihn davon zu überzeugen, eine Zeitung herauszugeben, die diese Missstände aufdeckt und die deine Ehre und die deines Liebsten wiederherstellt.“

„So sieht es wohl aus“, erwiderte ich stockend und ließ mich auf einen Stuhl neben Konstantin Kronworth sinken. Seine Worte waren wirklich harte Kost, und wenn ich all mein Elend so gebündelt hörte, bekam ich ganz weiche Knie.

„Das hat mich wirklich sehr berührt“, sagte Konstantin jetzt eindringlich, und seine wasserblauen Augen leuchteten. „Und es hat mir klargemacht, dass mein eigenes Schicksal verglichen mit dem deinen wahrlich erträglich ist. Deine Geschichte hat all das, was ich erlebt habe, ins rechte Licht gerückt. Dafür bin ich dir dankbar. Du hast absolut recht, man muss kämpfen und darf sich nicht aufgeben, und das werde ich jetzt tun.“ Er stand auf und reckte das Kinn entschlossen nach oben.

„Wirklich?“, fragte ich erstaunt.

„Ja, natürlich. Deine Mutter hatte schon diesen Kampfgeist, das hat mich immer beeindruckt. Sie konnte damit alle regelrecht um den Finger wickeln. Unglaublich, was sie für ein Talent hatte, andere zu inspirieren. Ich nehme mir an ihr und dir ein Beispiel. Ich werde diese Zeitung in Angriff nehmen und gründe heute offiziell den ‚Roten Rächer', eine Hommage an den Freiheitsgeist, an den Kampf für Recht, Gerechtigkeit und die Macht der Wahrheit.“

„Der ‚Rote Rächer', eine hervorragende Idee“, sagte Herr Lilienstein und nahm ebenfalls am Tisch Platz.

„Wir werden eine große Auflage drucken und wir haben nur einen Grundsatz, und der lautet: Bei uns gibt es die Wahrheit zu lesen und nichts als die Wahrheit“, sagte Konstantin Kronworth und breitete seine Arme aus, als ob er vor einer großen Menge sprechen würde.

„Bravo!“, rief Herr Lilienstein, sprang ebenfalls auf und riss dabei einen Stapel Bücher vom Tisch, der polternd zu Boden fiel. Doch er ließ sich davon nicht beirren, sondern applaudierte Konstantin Kronworth weiter zu, der zufrieden lächelte.

Während beide wieder Platz nahmen und hitzig zu diskutieren begannen, welche Schlagzeile die erste Ausgabe des „Roten Rächer“ zieren sollte, stand ich auf und begann die zu Boden gefallenen Bücher wieder einzusammeln.

Ich stapelte „Geschichte der Vereinten Magischen Union“, ein Wörterbuch der alten Sprache und „Kunstschätze vergangener Zeiten“ aufeinander, als mir plötzlich ein kleines Buch in die Hände fiel, das mir nur allzu bekannt war.

Einen Moment starrte ich verdutzt die Märchen aus aller Welt an, die ich da in den Händen hielt. Es war das Buch, aus dem mir meine Mutter kurz vor ihrem Verschwinden vorgelesen hatte. Herr Lilienstein hatte es im Sommer auf verborgene Zauber untersucht, aber er hatte keine gefunden. Ich hatte es wieder mitnehmen wollen, aber dann hatte ich es vergessen, und seitdem war es hier liegen geblieben.

Wie betäubt stand ich auf und starrte es an. Währenddessen wanderte meine Hand ganz automatisch zu dem goldenen, sternförmigen Anhänger an meiner Halskette, den meine Mutter mir zu meinem achtzehnten Geburtstag geschenkt hatte und den ich seitdem immer trug. Die Erinnerung an meine Mutter überkam mich wie ein unverhoffter Sonnenstrahl, der ganz plötzlich ins Zimmer fällt. Ich sah ihr Lächeln wieder vor mir und ich fühlte erneut den Schmerz, als sie mich alleinließ und nie wiederkam.

Ich schluckte und starrte das Buch an. Es hatte einen unscheinbaren grünen Umschlag, auf dem in goldenen Lettern der Titel des Buches eingeprägt war. Ich schlug die letzte Seite auf, wo immer noch ganz zart geschrieben stand: Die Geschichte ist hier nicht zu Ende.

Nachdenklich strich ich über die Buchstaben, die meine Mutter vor so vielen Jahren hier hineingeschrieben hatte.

„Wir brauchen Selma“, sagte Konstantin Kronworth in diesem Moment energisch, und ich zuckte zusammen. Ich legte die Bücher wieder auf den Tisch und setzte mich mit dem Märchenbuch in der Hand neben Herrn Lilienstein, der mich erwartungsvoll ansah.

„Wofür brauchen Sie mich?“, fragte ich.

„Wir brauchen dich für die erste Seite. Du warst dabei, als der Drache gekommen ist“, sagte Konstantin Kronworth.

„Das stimmt, aber meine Glaubwürdigkeit als Zeuge ist im Moment mehr als fraglich“, erwiderte ich und schlug den Deckel des Märchenbuches auf und wieder zu. „Sie sind derjenige, der die Macht hat, die Magier zu erreichen. Das Senatorenhaus wird es nicht wagen, sich Ihnen in den Weg zu stellen, nicht, nachdem es schon einmal ein Publikationsverbot gegeben hat und die Leute empört gewesen sind.“

„Aber du bist jemand mit Botschaft“, erwiderte Konstantin Kronworth beharrlich.

„Aber die offizielle Botschaft, die mir das Senatorenhaus im Moment in den Mund legen will, ist die, dass ich eine ausgemachte Lügnerin bin, der man keinen Glauben schenken sollte.“ Ich begann unruhig am Einband des Buches zu fummeln.

„Gerade deswegen müssen wir in die Offensive gehen.“

„Nein“, sagte ich und überlegte fieberhaft, was der beste Aufmacher für die Titelseite sein könnte. „Es ist vielleicht am besten, wenn wir Leute suchen, die nicht mehr damit einverstanden sind, dass sie mit etwas Geld zum Schweigen gebracht worden sind. Leute, die sich nicht trauen, gegen das System aufzubegehren. Wenn sie merken, dass ihnen jemand den Rücken stärkt und ihre Geschichte erzählen will, trauen sie sich vielleicht doch, die Wahrheit zu berichten. Meine Großmutter weiß sicher noch genau, wer das gewesen ist. Schließlich hat sie die Brandverletzungen behandelt.“

„Aber wir brauchen auch einen offiziellen Botschafter, jemanden, zu dem die Leute aufschauen können.“ Konstantin Kronworth sah mich bittend an.

„Nein“, entgegnete ich. So jemand war ich nicht und wollte

ich auch nicht sein. Außerdem konnte ich diese Aufgabe im Moment nicht so erfüllen, wie sie erfüllt werden musste. Es war doch eindeutig so, dass ich im Moment keine Kraft hatte, mich zur Gallionsfigur des Widerstandes stilisieren zu lassen. Ich musste das Heilmittel für Adam finden. Die Zeit lief mir davon.

„Verdammt!" Ich sah auf das Märchenbuch hinab. Unbeherrscht wie ich gewesen war, hatte ich das Buch zu weit auseinandergedrückt und die Einschlagseite war eingerissen. „Oh, nein", erwiderte ich bedrückt und legte das Buch auf den Tisch.

„Konstantin", sagte Herr Lilienstein beschwichtigend. „Ich weiß, dass du Selma allerhöchsten Respekt für ihren Kampfgeist entgegenbringst, aber ich halte es auch für klüger, unabhängige Zeugen zu suchen, die dem Senatorenhaus bisher nicht aufgefallen sind. Außerdem sollte Selma damit einverstanden sein, wenn wir über diese Sache berichten. Es ist schließlich eine sehr persönliche Geschichte."

„Mmh", knurrte Konstantin Kronworth und presste die Lippen fest aufeinander.

„Und das ..." Er nahm das Märchenbuch in die Hand und betrachtete es mit fachmännischer Miene. „Das kriegen wir schon wieder hin."

„Danke", sagte ich erleichtert, während sich Herr Lilienstein über den Riss beugte und ihn mit den Fingern vorsichtig auseinanderzog, um zu sehen, wie schlimm der Schaden war, den ich angerichtet hatte.

„Das ist doch selbstverständ...", begann Herr Lilienstein, doch mitten im Wort stockte er und betrachtete plötzlich hoch konzentriert das Märchenbuch vor sich. „Das ist doch nicht möglich", sagte er und ließ mit dem Schnippen einer Hand fünf grelle Lichtbälle erscheinen.

„Was ist los?", fragte ich. Hatte ich dem Buch einen irreparablen Schaden zugefügt?

Herr Lilienstein hob plötzlich den Blick von dem Buch und

sah mich ernst an.

Seine Augen leuchteten und dann begann er herzhaft zu lachen.

Nicht nur ich starrte Herrn Lilienstein verdutzt an, auch Konstantin Kronworth warf ihm verwirrte Blicke zu.

„Was ist los?“, fragte ich, als Herr Lilienstein sich langsam wieder beruhigte.

„Ach, Selma“, sagte er immer noch glucksend. „Deine Mutter war wirklich clever.“

„Wie meinen Sie das?“, fragte ich verunsichert und sah zwischen Herrn Lilienstein und dem Märchenbuch hin und her.

Er holte tief Luft und seufzte, dann reichte er mir das Buch. „Sieh selbst! Da suche ich tagelang nach verborgenen Zaubern und beschäftige mich mit den allerkompliziertesten Möglichkeiten, Geheimnisse zu verbergen, und dann das. Manchmal ist man für das Offensichtliche blind und sieht nicht das, was man direkt vor der Nase hat.“

Ich nahm das Märchenbuch vorsichtig in die Hand und wusste noch immer nicht genau, was Herr Lilienstein meinte.

„Reiß das Papier der Umschlagseite ab!“, sagte er aufmunternd, und jetzt begriff ich endlich.

Mit zittrigen Händen und schnell schlagendem Herzen zog ich vorsichtig die aufgeklebte Seite vom Einband ab. Ich bemerkte, dass die Seite nicht komplett auf den Umschlag aufgeklebt war, sondern nur die Ränder mit Klebstoff benetzt worden waren.

„Die Geschichte geht tatsächlich weiter“, sagte ich mit zitternder Stimme, als ich versteckte Buchstaben entdeckte. Ungeduldig riss ich die Seite weiter ein und dann konnte ich endlich lesen, welche Botschaft meine Mutter mir hinterlassen hatte. Doch es waren nicht viele Worte, zwei Namen und eine französische Adresse standen dort.

Während meine Augen die Namen überflogen, wurde mir mit einem Schlag eiskalt, als ich begriff, was ich hier vor mir hatte.

„Giselle und Phillip Dubrois“, murmelte ich heiser. Meine Stimme hatte kaum noch Klang und meine Gedanken überschlugen sich.

„Weißt du, was es bedeutet?“, fragte Herr Lilienstein und musterte die Adresse. „Das ist ein kleiner Ort nicht weit von den Sybillen entfernt. Es wohnen eine Menge Magier dort. Die beiden kenne ich allerdings nicht. Warum hat deine Mutter diese Namen und die Adresse so gut versteckt?“

„Giselle und Phillip waren Freunde von Catherina und Toni“, sagte Herr Kronworth. „Sie haben sich oft gegenseitig besucht.“

Ich sah Herrn Kronworth erstaunt an und dann begriff ich es plötzlich. „Ich weiß, was es bedeutet“, sagte ich tonlos. „Ich weiß jetzt, wo meine Eltern meine Geschwister versteckt haben.“

„Wie bitte?“, fragte Herr Lilienstein erstaunt.

„Ja, so muss es sein“, erwiderte ich nachdenklich. „An Bord des Flugzeuges waren meine Geschwister und zwei Freunde meiner Eltern. Alle sind verschwunden und gelten als tot. Vermutlich leben sie nicht einmal unter ihrem richtigen Namen dort.“

„Selma“, sagte Herr Lilienstein mitfühlend. „Sei vorsichtig, bevor du deine Hoffnungen in so eine Spur setzt. Diese Adresse kann viel bedeuten, das muss sie aber nicht.“

„Aber warum hätte meine Mutter diese Adresse verstecken sollen, wenn sie nicht irgendetwas Wichtiges bedeutet?“ Ich stand auf.

„Wo willst du hin?“, fragte Konstantin Kronworth erstaunt.

„Ich will an diesen Ort, nach Clamartin.“ Ich betrachtete die Adresse noch einmal und sah dann auf die Uhr.

„Selma, du kannst uns doch jetzt nicht im Stich lassen“, sagte Konstantin Kronworth bestürzt und fuhr sich nervös durch das blonde Haar.

„Ich muss dieser Sache nachgehen“, sagte ich. „Ich werde durch die Tür in Frau Trudigs Reisebüro zu den Sybillen reisen und von dort aus kann es nicht mehr weit sein.“ Eine leichte und freudige Stimmung ergriff mich, sie fühlte sich an wie ein plötzlich aufkommender warmer Wind in einem Winter, der schon viel zu lange angedauert hatte. Ich musste gehen, da gab es keine Frage. An diesem Wochenende gab es nicht viel in Schönefelde zu tun. Die Gelegenheit war perfekt.

„Selma“, sagte Herr Lilienstein eindringlich. „Wir sollten die Sache erst einmal in Ruhe angehen, die Adresse überprüfen und nachforschen, ob wir etwas über Giselle und Phillip herausfinden, was wichtig ist. Ich habe einen alten Bekannten in Clamartin, ich könnte ihn fragen, ob er sich für mich etwas umhört.“

„Nein“, sagte ich entschieden. „Ich warte schon so lange darauf, dass etwas Gutes passiert. Meine Geduld ist aufgebraucht.“ Ich wandte mich der Treppe zu.

„Warte!“, sagte Konstantin Kronworth verzweifelt.

„Nein“, sagte ich matt. „Wissen Sie, wie viel Kraft es mich kostet, jeden Tag aufzustehen und die Hoffnung nicht zu verlieren, dass Adam doch noch gerettet werden kann?“ Ich schlang die Arme um meine Schultern, um mich selbst nicht zu verlieren. „Es ist ein Kampf, Tag für Tag, Stunde für Stunde, Minute für Minute und Sekunde für Sekunde. Ich habe oft gedacht, dass meine Geschwister sicherer sind, wenn ich sie nicht suche und sie nicht in meine Probleme hineinziehe. Aber meine Mutter hat diese Adresse in diesem Buch versteckt, weil sie wollte, dass ich sie finde. Sie wollte, dass ich meine Geschwister finde und dass wir wieder eine Familie sind.“

Konstantin Kronworth schwieg einen Moment und auch Herr Lilienstein sah mich ernst an.

„Geh“, sagte Konstantin Kronworth schließlich leise. „Wir kümmern uns um die Zeitung, versprochen.“ Er nickte mir verschwörerisch zu.

„Ich bringe dich noch nach unten.“ Herr Lilienstein kam zu mir. „Ich gebe dir wenigstens einen Stadtplan mit, unten liegt noch einer.“

„Danke“, erwiderte ich und wollte schon die Treppe hinabsteigen, als ein lauter Knall ertönte.

Erschrocken fuhr ich herum und begab mich sofort in kampfbereite Stellung, die Arme erhoben, um Feuerbälle verschießen zu können.

Gleichzeitig schrie Konstantin Kronworth erschrocken auf und Herr Lilienstein zuckte zusammen. Doch das Geräusch stammte nicht von einem Angriff, wie ich jetzt erleichtert begriff.

Parelsus war in den Raum gestürmt und hatte die Tür dabei so schwungvoll aufgestoßen, dass sie laut gegen ein Bücherregal gedonnert war.

„Parelsus“, sagte Herr Lilienstein vorwurfsvoll und warf seinem Mobiliar besorgte Blicke zu.

Doch während Herr Lilienstein losging, um zu untersuchen, ob ein Schaden entstanden war, sah ich unverwandt in das bleiche Gesicht von Parelsus.

„Was ist passiert?“, fragte ich. Es musste einen Grund für seinen rasanten Auftritt geben.

„Ich habe etwas erfahren“, sagte er atemlos, die Augen weit aufgerissen, die hinter den dicken Brillengläsern noch größer wirkten.

Jetzt sah auch Herr Lilienstein auf und trat näher. „Gibt es Neuigkeiten aus dem Senatorenhaus?“, fragte er, und man hörte, dass er nicht mit guten Nachrichten rechnete. Parelsus nickte sofort.

„Ladislav Ende hat die Zwerge heute Morgen offiziell aufgefordert, den Zauberern den Zugang zu Rannium zu ermöglichen und die Zauber preiszugeben, die sie bei der Bearbeitung des Metalls anwenden.“

„Nein!“, sagte ich mit einem kraftlosen Seufzer.

„Rannium?“, fragte Konstantin Kronworth. „Was ist das?“

„Rannium ist das Metall, aus dem die Waffen der Schwarzen Garde gefertigt werden“, sagte ich tonlos. „Nur die Zwerge sind in der Lage, es aus der Tiefe zu holen. Sie arbeiten einen starken Zauber ein und nur mit diesem ist es möglich gewesen, die Morlems zu vernichten. Die Vereinte Magische Union ist auf diese Waffenlieferungen angewiesen, da unsere Magier solche Waffen nicht herstellen können."

„Und genau das will Ladislav Ende jetzt ändern", sagte Parelsus. „Er will die Vereinte Magische Union unabhängig von den Zwergen machen."

„Aber das werden die Zwerge nicht zulassen", erwiderte ich. Ich hatte einen Schneegnom kennengelernt und wusste genau, wie störrisch und stolz diese Wesen waren. Sie würden sich nicht von einem anderen vorschreiben lassen, was sie zu tun hatten.

„Das tun sie auch nicht. Soeben haben die Zwerge einen Botschafter in das Senatorenhaus gesandt und ausrichten lassen, dass sie die andauernden Provokationen nicht länger dulden. Sie fordern Ladislav Ende auf, die Forderungen zurückzunehmen. Sie haben ihm eine Frist von zwölf Stunden gesetzt, sich zu entschuldigen, anderenfalls werden sie die Magier aus den unterirdischen Räumen vertreiben."

„Wie bitte?", fragte ich verwirrt.

Parelsus nickte langsam. „Sie werden Akkanka fluten, wenn Ladislav Ende nicht einlenkt", sagte er mit kalter Stimme.

„Oh, nein!", hauchte Konstantin Kronworth und hielt sich am Tisch fest, um nicht umzufallen.

Ich sah Parelsus erschrocken an. Akkanka sollte vernichtet werden? Das war unmöglich. „Was sagt Ladislav Ende dazu?", fragte ich heiser. Für mich stand es außer Frage, dass er seinen schrecklichen Fauxpas sofort wieder in Ordnung bringen musste.

„Er hat die Senatoren zu einer Gesprächsrunde geladen und sie beratschlagen gerade, ob die Schwarze Garde der Kampfkraft der Armee der Zwerge gewachsen ist", sagte Parelsus.

„Wie bitte?", fragte ich tonlos. Das wurde ja immer schlimmer. Ich konnte nicht glauben, was ich da gerade gehört hatte. „Ladislav Ende will in einen Krieg gegen die Zwerge ziehen?“

„Genau das will er“, erwiderte Parelsus. „Und der Admiral wäre der Einzige, der auf diplomatischem Weg in der Lage wäre, diesen Konflikt zu lösen, ohne dass jemand zu Schaden kommt.“

Ich schluckte. „Doch den Admiral hat Ladislav Ende schon aus dem Weg geräumt, damit er ihm bei seinen Plänen nicht in die Quere kommt. Er muss das alles geplant haben.“ Ich zögerte kurz. „Er oder ein anderer“, sagte ich schließlich tonlos.

„Dieser Vorstoß trägt tatsächlich die Handschrift von Baltasar“, sagte Herr Lilienstein nachdenklich. „Aber er hat sich nirgendwo gezeigt, nicht einmal Morlems wurden gesichtet.“

„Ich muss nach Akkanka“, sagte ich entschlossen. „Ich gehe nicht davon aus, dass unser Primus die Bevölkerung über diese Entwicklungen rechtzeitig informieren wird. Ich muss Gregor König warnen und ihm helfen, die Leute und die Drachen in Sicherheit zu bringen.“

„Tu das“, sagte Herr Lilienstein. Dann wandte er sich Konstantin Kronworth zu. „Und wir beide werden jetzt eine Eilausgabe des ‚Roten Rächer‘ auf die Beine stellen und die Öffentlichkeit über die Machenschaften ihres Primus informieren.“

„Der ‚Rote Rächer‘ wurde wieder zum Leben erweckt?“, fragte Parelsus und setzte sich an den großen Tisch.

„Nur in Wort und Bild“, erwiderte Herr Lilienstein, doch ich hörte schon nicht mehr zu, wie er begann, Parelsus zu erklären, was die beiden planten.

Ich lief die Treppe hinab und rannte auf den Marktplatz hinaus, so schnell mich meine Beine tragen konnten.

Die Wut der Zwerge

Atemlos erreichte ich den Marktplatz von Akkanka und hielt keuchend inne. Der starke Temperaturwechsel vom winterlichen Schönefelde zum tropischen Akkanka machte mir zu schaffen und der Schweiß stand mir auf der Stirn. Hastig zog ich meine Winterjacke aus und sah mich kurz um. Es war beinahe Abend und jetzt war Gregor König nicht mehr in den Drachenhöhlen. Erst später würde er einen letzten Kontrollgang machen, bevor er ins Bett ging. Doch dafür war es noch zu früh. Was machte ein Lehrer und Drachenpfleger, wenn er Freizeit hatte?

In diesem Moment hörte ich das Schlagen einer Tür und lautes Gemurmel. Lachen und Musik drangen auf den Marktplatz. Die Schummerbar. Natürlich, dort würde er sein. Ich lief schnellen Schrittes über den gepflasterten Markplatz und steuerte auf das zweistöckige Gebäude am anderen Ende zu.

Gerade als ich die Eingangstür öffnen wollte, um in die Bar hineinzugehen, kam um die Ecke eine junge Frau. Sie war klein und zierlich, mit einer zarten, weißen Haut und dunklen Locken, die sie zu einem losen Zopf zusammengebunden hatte.

„Nuria?“, sagte ich erstaunt, als ich sie erkannte. „Ich habe dich schon die ganze Woche gesucht. Wohnst du hier?“

„Ja“, entgegnete sie gedehnt, und ich spürte deutlich, dass sie nicht darüber reden wollte. Die Schummerbar war nicht die beste Adresse und es wunderte mich, dass sie überhaupt hier abgestiegen war. Ihre Familie schien doch reich zu sein. Warum wohnte sie also nicht oben in Tennenbode in einer der Besuchersuiten, in denen sich im vergangenen Jahr auch Anakin standesgemäß einquartiert hatte.

„Entschuldige, dass ich mich diese Woche nicht bei dir gemeldet habe, aber mir ging es sehr schlecht und ich habe nur im Bett gelegen."

„Das tut mir leid", erwiderte ich. „Die Grippe scheint ja wirklich um sich zu greifen. Wenn du eine Kräutermischung brauchst, die es erträglicher macht, kannst du gern bei meiner Großmutter vorbeigehen."

„Nicht nötig, mir geht es schon wieder besser", sagte Nuria schnell, obwohl ich bei genauem Hinsehen die dunklen Augenringe erkannte, die vom Gegenteil zeugten. „Es ist gut, dass wir uns treffen, ich war gerade auf dem Weg zu dir." Nuria sah mich erwartungsvoll an. „Die Zeit läuft uns davon und ich habe einige neue Stellen ausgemacht, an denen du deine Suche in Belara fortsetzen kannst. Das Wochenende steht an und du hast viel Zeit, du könntest sofort loslegen." Sie hielt einen Zettel hoch, auf dem ich den Grundriss von Belara erkannte.

„Ich kann jetzt nicht. Es tut mir leid, Nuria", sagte ich. „Es gibt ein Problem, das viel dringender ist." Flüsternd erzählte ich in kurzen Worten, was ich von Parelsus erfahren hatte. „Und deswegen muss ich jetzt mit Gregor König sprechen und dafür sorgen, dass die Einwohner rechtzeitig von dieser Gefahr erfahren. Wir müssen die Drachen in Sicherheit bringen. Du könntest uns helfen. Wir müssen Akkanka vermutlich evakuieren."

Nuria musterte mich mit einem seltsamen Blick und ich spürte deutlich, dass sie verärgert war. „Sag Gregor König Bescheid", sagte sie schließlich. „Er kann sich darum kümmern. Und dann machst du dich auf den Weg nach Belara!"

„Ich kann jetzt nicht verschwinden", sagte ich entschieden und kämpfte gegen das schlechte Gewissen, das bei Nurias Worten sofort wieder in mir zu wachsen begann. „Ich kann doch die Drachen nicht im Stich lassen und währenddessen im Sand graben." Jetzt begann sich auch in mir Unmut zu regen. „Es ist absolut unwahrscheinlich, dass ich dieses Elixier bald finde, aber die Wahrscheinlichkeit, dass die Zwerge Ernst machen, ist ziemlich hoch, und selbst wenn es so sein sollte, dass wir das Unglück noch abwenden können, dann muss ich erst einmal nach Frankreich. Ich glaube, ich habe endlich meine Geschwister gefunden."

„Deine Geschwister?", fragte Nuria, und jetzt sah ich Interesse in ihren Augen aufblitzen. „Das könnte ich allerdings für dich übernehmen", schlug sie vor. „Gib mir die Adresse und ich kümmere mich darum."

„Nein", sagte ich entschieden. Wie kam Nuria nur auf diese seltsame Idee? „Ich will selbst nach meinen Geschwistern suchen."

„Vertraust du mir etwa nicht?", sagte Nuria vorwurfsvoll. „Ich will dir helfen. Du musst in Belara den neuen Hinweisen nachgehen. Du weißt, Adam wird nicht mehr lange leben."

Betroffen zuckte ich zusammen. „Ich vertraue dir und ich weiß, dass du deinen Sohn retten willst", sagte ich schließlich leise. Der Schmerz brandete wieder in mir auf und mischte sich mit dem Ärger über Nurias Benehmen. „Aber die Sache mit meinen Geschwistern geht nur mich etwas an, und was das Elixier betrifft: Wir suchen nun schon so lange erfolglos, dass es auf ein paar Stunden mehr oder weniger nicht ankommen wird. Ich kann Akkanka nicht seinem Schicksal überlassen, denn genau das hat unser neuer Primus vor. Morgen früh wird sich alles entscheiden und danach gehe ich meine Geschwister suchen. Und wenn ich auch da Gewissheit habe, werde ich wieder nach Belara reisen und weiter im Sand nach dem verdammten Elixier suchen."

Nurias Gesicht veränderte sich schlagartig. Es verzog sich zu einer zornigen Maske, die ich so noch nie bei ihr gesehen hatte. „Nein", sagte sie aufgebracht und ballte die Hände zu Fäusten. „Du wirst sofort nach Belara gehen und weitersuchen."

In diesem Moment wurde die Tür zur Schummerbar wieder aufgerissen und eine blonde Frau drängte sich zwischen uns hindurch. Lachen und Musik ertönten in diesem seltsamen Moment und ich war froh über diese Unterbrechung. Der Gedanke schoss mir durch den Kopf, dass Nuria sonst irgendetwas Unüberlegtes getan hätte, zu dem sie die Wut und die Ohnmacht getrieben hätten. Sie war mir plötzlich fremd und doch begriff ich, wie verzweifelt sie ihren Sohn lieben musste, wenn sie so heftig darauf reagierte, dass ich die Suche unterbrechen wollte.

„Wir werden das Elixier schon noch finden“, sagte ich beschwichtigend und griff nach dem Plan, den Nuria noch immer verkrampft in der Hand hielt. „Sonst geh derweil selbst nach Belara und beginne mit der Suche, ich komme so schnell nach, wie ich kann.“ Und mit diesen Worten ließ ich Nuria stehen und schlüpfte in die Schummerbar. Nurias seltsames Benehmen haftete noch an mir wie ein unangenehmer Geruch, den ich nicht so schnell abschütteln konnte. Doch ich versuchte, nicht länger darüber nachzudenken, und drängte mich durch die volle Bar bis an den Tresen, wo ich Gregor König bei einem Glas Kratzhalmschnaps sitzen sah. Zu meinem Erstaunen saß neben ihm Frau Professor Espendorm und lachte gerade über etwas, das Gregor König erzählt hatte.

Ich zögerte kurz, doch mein Anliegen konnte nicht aufgeschoben werden. Ich trat von hinten an Gregor König heran und tippte ihm vorsichtig auf die Schulter.

„Selma“, rief er erfreut, als er sich umdrehte und mich erkannte. „Setz dich zu uns!“

Ich nickte Frau Professor Espendorm mit einem gepressten Lächeln zu, die nicht so aussah, als ob sie sehr begeistert davon war, mit mir einen Kratzhalmschnaps trinken zu können, geschweige denn davon, dass ich sie hier mit Gregor König überrascht hatte.

„Danke, aber es ist keine Zeit dafür. Ich muss Sie wegen einer dringenden Angelegenheit sprechen. Es ist etwas Dramatisches passiert, etwas, das Sie unbedingt wissen müssen.“ Ich hatte leise gesprochen, damit uns niemand hören konnte, aber es ließ sich nicht vermeiden, dass Professor Espendorm meine Worte vernommen hatte.

„Sicher halb so wild“, meinte Gregor König lächelnd. „Erzähl ruhig!"

„Ja, erzähl uns, was passiert ist", sagte jetzt auch Professor Espendorm mit erstaunlicher Eindringlichkeit. Ich sah sie einen Moment an und überlegte, ob es gut war, sie einzubeziehen. Aber sie war schließlich ebenso für Akkanka und die Drachen verantwortlich und sollte wissen, was Ladislav Ende angerichtet hatte.

Ich beugte mich vor und schob meinen Kopf zwischen den von Gregor König und Frau Professor Espendorm. „Ladislav Ende fordert von den Zwergen den Zugang zu Rannium und das Offenlegen ihrer Zauber, um Waffen zu schmieden", flüsterte ich leise. „Die Zwerge sind wütend, sie verlangen eine Entschuldigung und haben ein Ultimatum gesetzt. Wenn Ladislav Ende nicht nachgibt, werden sie in nicht einmal zwölf Stunden Akkanka fluten. Wir müssen die Einwohner warnen und wir müssen die Drachen rechtzeitig in Sicherheit bringen."

„Woher weißt du davon?", flüsterte Frau Professor Espendorm und sah mich scharf an.

Ich überlegte kurz, aber ich hatte nichts in der Hand, was unter dem kritischen Blick von Frau Professor Espendorm als Beweis gelten würde.

„Das spielt keine Rolle", erwiderte ich leise. „Aber ich dachte, Sie sollten das wissen, und zwar rechtzeitig, denn ich befürchte, Ladislav Ende wird diese Drohung nicht ernst nehmen und versuchen sie totzuschweigen, genauso wie die Sache mit dem Latorios-Drachen. Doch wenn die Zwerge wirklich ernst machen, dann wird es nicht nur ein paar Opfer geben. Soweit ich weiß, wohnen eine ganze Menge Magier hier unten."

„Es sind beinahe zweitausend", sagte Frau Professor Espendorm nachdenklich. Doch sie schien meine Worte ernst zu nehmen und auch in Gregor Königs Miene hatte sich ein bedächtiger Zug geschlichen.

„Wenn das wirklich stimmt, wird es morgen früh eine unsägliche Katastrophe geben", flüsterte er. „Wir besprechen das besser woanders." Er winkte den Wirt herbei und bezahlte die Getränke, dann schob er mich und Frau Professor Espendorm aus der Schummerbar hinaus auf den Marktplatz von Akkanka. Vor der Bar stand ein Grüppchen Faun, die sich hinabgewagt hatten, jetzt, wo die Drachen in ihren Höhlen waren und nicht mehr herauskommen würden.

Gregor König führte uns an ihnen vorbei zwei Häuser weiter und schloss dann die Tür zu einem kleinen, beigen Häuschen auf.

„Hier können wir ungestört sprechen", sagte er, als er die schmucklose Tür hinter uns verschloss und ein paar Lichtbälle in Schalen verteilte. Dann zog er die Vorhänge vor den Fenstern zu und ich sah mich um. Gregor Königs Haus war mit einfachen Holzmöbeln eingerichtet. Die Wände waren weiß gestrichen und es hingen Bilder von Drachen an jeder freien Stelle. Es gab eine kleine Küche auf der rechten Seite, eine Treppe führte ins Obergeschoss und der Rest des Raumes wurde von einem breiten Ledersofa beherrscht, auf das Gregor König nun wies, damit wir Platz nehmen konnten.

„Wir müssen die Einwohner warnen", sagte ich eindringlich, als sich Gregor König einen Stuhl heranzog und sich setzte.

„Ich kann Akkanka nicht auf der Grundlage eines Gerüchtes evakuieren", sagte Frau Professor Espendorm nachdenklich. „Alle Evakuierungspläne, die wir haben, basieren darauf, dass es eine bestätigte Warnung geben muss, um sie auszulösen. Eine echte Gefahr also. Vorher sind mir die Hände gebunden."

„Aber ich glaube kaum, dass Ladislav Ende eine offizielle Warnung herausgeben wird", sagte ich besorgt. „Er scheint mir kein umsichtiger Staatsmann zu sein."

„Er ist ein respektloser Politiker. Schon im Sommer bekamen wir die Anweisung, dass wir nur noch in Tennenbode unterrichten dürfen. Wir mussten den Ort unserer Erinnerung entweihen und erst jetzt verstehe ich, dass das nur der Anfang war. Mittlerweile ist der Admiral entmachtet und Primus Ende zweifelt inzwischen sogar daran, dass die Mädchen überhaupt von Baltasar entführt wurden. Es ist eine Farce."

„Das ist wahr", nickte Gregor König. „Und du bist dir ganz sicher?"

„Absolut", erwiderte ich. „Die Senatoren sitzen im Moment zusammen und beraten, wie sie mit der Drohung der Zwerge umgehen sollen. Vielleicht ringen sie sich noch zu einem öffentlichen Statement durch und im besten Fall geben sie nach. Aber damit rechne ich ehrlich gesagt nicht."

„Ich brauche eine offizielle Warnung", sagte Frau Professor Espendorm entschieden und stand wieder auf.

„Es gibt aber keine offizielle Benachrichtigung", erwiderte ich. „Das kann ich Ihnen leider nicht liefern."

„Tja, dann sind mir die Hände gebunden", erwiderte Frau Professor Espendorm.

„Friedericke", sagte Gregor König eindringlich. „Ich glaube kaum, dass Selma so eine Geschichte erzählt, um sich wichtig zu machen."

„Das habe ich nicht gesagt", erwiderte Frau Professor Espendorm, die bei der persönlichen Ansprache von Gregor König rote Wangen bekommen hatte. „Aber es gilt noch immer: Eine Verdächtigung ohne Beweise ist nichts als dummer Tratsch und bleibt besser ungesagt."

„Aber wenn wir auf eine offizielle Warnung warten, ist es schon zu spät", sagte ich. Panik brandete in mir auf. Frau Professor Espendorms eiserne Prinzipien standen einer schnellen Rettungsaktion im Weg. Ich sah sie flehend an. „Bitte, ich weiß, dass die Sache auf wackeligen Füßen steht, und wenn alles nur ein falscher Alarm war, dann tut es mir schrecklich leid, dass ich Ihnen den Abend verdorben habe. Aber wenn es tatsächlich stimmt, dann können wir das Leben von vielen Magiern retten und auch das Leben der Drachen. Sie kennen Ladislav Ende und können einschätzen, wie ernst die Lage ist."

Frau Professor Espendorm sah mich nachdenklich an.

„Also gut." Sie holte tief Luft. „Ich werde sofort nach Berlin reisen und mich persönlich in das Senatorenhaus begeben. Dann wird sich zeigen, ob Sie Recht haben. Und Sie beide bleiben hier und halten heute Nacht Wache, damit Sie jederzeit die Evakuierung einleiten können. Sie haben doch Kontakt zu den Torrel-Brüdern?" Frau Professor Espendorm sah mich jetzt mit einem verschmitzten Lächeln an. „Vielleicht ist es nicht schlecht, wenn sie auch ganz zufällig schon hier unten sind, falls es schnell gehen muss."

Ich nickte, heilfroh, dass sie meine Warnung ernst genug nahm.

„Ich informiere Sie, sobald ich Neuigkeiten habe, und ich hoffe inständig, Ihre Quelle erweist sich als vertrauenswürdig." Frau Professor Espendorm ging zur Tür.

„Das ist sie", erwiderte ich. Ich wusste, dass ich einen großen Vertrauensvorschuss verlangte.

„Gut, wir bleiben in Kontakt."

Gregor König nickte Frau Professor Espendorm zu, als sie das Haus verließ, dann schloss er wieder sorgfältig die Tür. „Wir brauchen Schlafsäcke und Verpflegung", sagte er und begann einige Dinge einzupacken. „Am besten ist es, wenn wir oben in den Drachenhöhlen bleiben. Dort haben wir einen guten Überblick und können schnell reagieren."

Ich sagte nicht viel, denn ich spürte genau, wie angespannt Gregor König war. Akkanka war seine Heimat und sein Leben. Dass die Stadt, die Einwohner, die Drachen und überhaupt alle Pflanzen und Lebewesen hier unten in Gefahr waren, war für ihn sicher noch viel verstörender als für mich.

Schließlich machten wir uns auf den Weg und schlugen unser Lager in den Drachenhöhlen auf.

Etwa zwei Stunden später kamen Torin, Ramon und Lennox. Ich hatte ihnen Nachrichten geschickt und sie hatten zwar geflucht, dass ich ihnen aufgrund einer unsicheren Quelle den Freitagabend verdarb, aber als Kameraden der Schwarzen

Garde kehrten sie die Sache nicht unter den Tisch.

In Ledermontur und mit Waffen ausgestattet betraten sie die Drachenhöhle.

„Danke, dass ihr kommt", sagte ich. „Professor Espendorm ist gerade in Berlin eingetroffen und versucht jetzt im Senatorenhaus etwas herauszufinden."

„Es ist acht Uhr abends", sagte Ramon. „Da haben die ganzen Bürokraten längst Feierabend und sitzen in der Oper."

„Schön wär's", sagte Gregor König unwirsch. „Frau Professor Espendorm wurde eingelassen, also sind die Türen dort noch längst nicht geschlossen. Die Sache wird mir immer unheimlicher."

„Mit ein paar Zwergen werden wir schon klarkommen", sagte Ramon grinsend und schlug Torin auf die Schulter. Gregor König holte tief Luft und ging, um die Wassertröge für die Drachen noch einmal für die Nacht aufzufüllen.

„Verlass dich lieber nicht darauf, dass sie uns die besten Waffen gegeben haben, die sie herstellen können", erwiderte Torin ernst, und auch Lennox konnte sich nicht zu einem Lächeln hinreißen lassen.

„Was ist los?", fragte Ramon enttäuscht, als seine Brüder nicht auf seinen Spaß eingingen.

„Nach der Sache mit dem Latorios-Drachen traue ich Ladislav Ende alles zu", erwiderte Torin düster. „Der Admiral wüsste, was zu tun ist."

„Der Admiral hätte so etwas gar nicht zugelassen", erwiderte Lennox zornig. „Der hätte Ladislav Ende wegen Kriegstreiberei aus dem Amt geworfen. Selbst unsere Eltern halten ihren Mund, so wie es verlangt wird."

„Das wusste Ladislav Ende ganz genau", erwiderte ich. „Deswegen hat er den Admiral ja rechtzeitig entfernt, damit er ihm nicht mehr in die Quere kommen kann. Warum beschweren sich eure Eltern nicht lauthals, sie haben jedes Recht dazu!"

„Sie sind Patrizier", sagte Ramon achselzuckend, während er eine Decke ausrollte und sich darauf niederließ. „Man beschmutzt nicht das eigene Nest. Dulcia gehört zu den wenigen Patriziern, denen ihre Herkunft egal ist. Normalerweise platzen alle vor Stolz und beglückwünschen sich gegenseitig zu ihrer edlen Herkunft."

„Dulcia?", fragte Lennox argwöhnisch. „Also bist du jetzt mit ihr zusammen, oder was?"

Ramon grinste Lennox breit an und nickte zufrieden. „Sie ist ein feines Mädchen", sagte er lächelnd.

„Du Verräter", zischte Lennox. „Du weißt genau, was Skara jetzt abziehen wird. Das mit dem Motorrad kannst du vergessen."

„Mit der wirst du schon klarkommen", sagte Ramon immer noch zufrieden lächelnd. „Jetzt, wo Torin und ich aus dem Rennen sind, wird sie sich ja zwangsläufig an dich ranschmeißen."

Lennox gab ein wütendes Knurren von sich, das die Drachen aufschrecken ließ. Cecilia gab ein ängstliches Fauchen von sich und Aurora stellte sich schützend vor sie. „Ich werde mich nicht rumkommandieren lassen wie ein kastriertes Eichhörnchen", sagte er zornig.

„Reg dich ab!", sagte ich und ging zu Ariel hinüber, der Lennox erwartungsvoll musterte. „Wir haben jetzt dringendere Probleme." Dann streichelte ich Ariel den Hals und die große Schnauze und er begann beruhigend zu knurren. Er stupste mich mit dem Kopf an, um mich aufzufordern, weiterzumachen. Der rhythmische Klang des Grollens beruhigte mich und ich kraulte ihm den Hals, während sich mein Kopf zu leeren begann.

„Gibt es Neuigkeiten?", fragte Torin, als Gregor König von seinem Rundgang zurückkehrte.

„Friedericke sitzt im Sekretariat und versucht immer noch bis zum Primus zu gelangen. Er ist auf jeden Fall noch im Büro und die Senatoren auch. So viel hat sie schon herausbekommen. Kein gutes Zeichen also. So wie es aussieht, stimmt die Geschichte. Aber etwas Verbindliches weiß sie immer noch nicht."

Torin nickte. „Es ist besser, wenn wir uns jetzt ein wenig hinlegen. Wir wissen nicht, wie die Nacht wird. Sie halten als Erster Wache, in zwei Stunden wecken Sie mich, und dann sehen wir weiter."

„Das ist mir nur recht, im Moment kann ich ohnehin kein Auge zumachen", sagte Gregor König und ging an den Rand der Drachenhöhlen, um zuzusehen, wie die künstliche Sonne von Akkanka ganz langsam verblasste und sich die Dunkelheit schließlich über das unterirdische Land senkte. Ich sah ihn schweigend an und spürte deutlich seine Wehmut. Vielleicht war das der letzte Sonnenuntergang, den Akkanka erlebte, vielleicht würde der hochkonzentrierte Feuerball schon morgen erlöschen, und ewige Dunkelheit würde sich über diese künstliche Höhle senken.

Gregor König entzündete einen schwachen Lichtball und Torin rollte eine Matte aus und legte sich darauf. Ich tat es ihm gleich und packte den Schlafsack aus, den Gregor König mir gegeben hatte, und machte es mir im Kohlenstaub vor Ariels Box so gemütlich, wie es nur ging. Ich wollte mich nur kurz ein wenig hinlegen, um auszuruhen, genauso wie es die anderen taten. Doch es dauerte nicht lang und das harmonische Knurren, das Ariel unentwegt von sich gab, lullte mich ein, verführte mich dazu, meine Gedanken schweifen zu lassen, frei von Erinnerungen, frei von Schmerz und Last. Schließlich schlief ich ein.

Ich wusste, dass ich träumte, doch das war nicht ungewöhnlich. Ich hatte schon einmal an dieser Schwelle gestanden, irgendwo zwischen Traum und Wachsein. Es war eine große Kunst, wach in den eigenen Traum hineinzugehen. Es erforderte Stärke und die hatte ich bisher nicht aufbringen können. Bilder flogen an mir vorbei, ich sah Akkanka, wie es im verblassenden Schein der künstlichen Sonne lag, ich sah Ariel, wie er sich wohlig grollend im Kohlenstaub wälzte, und dann sah ich Adam, wie er auf der großen Wiese im Geheimen Garten stand. Das mir schon gut bekannte diffuse, spätsommerliche Licht umgab ihn, wie goldene Punkte schwirrten kleine Insekten über die Wiese. Auf Adams Lippen lag ein vertrautes Lächeln. Ich erkannte dieses Bild wieder. Doch plötzlich verflog das Lächeln und sein Ausdruck wirkte gequält. Ich erschrak über den tiefen Schmerz, den ich in seinen Zügen lesen konnte.

„Adam", sagte ich leise und ging auf ihn zu. Dieses Mal verflog das Bild nicht. Er blieb stehen, überirdisch schön, nah und fern zugleich. Mein Herz schlug immer heftiger, schmerzhaft und dennoch lebendig.

Er schien mich zu erkennen. „Selma", sagte er, aber seine Stimme klang weit entfernt. „Hilf mir!" Seine Worte waren ein verzweifeltes Flehen und mein Herz zersprang beinahe vor Schmerz. Ich musste ihm helfen, und zwar sofort.

„Wo bist du?", fragte ich mit bebender Stimme.

Doch plötzlich verschwamm das Bild von Adam und ich vernahm das leise Grollen von Ariel. Der Ton fesselte mich, beruhigte mich und begleitete mich wie ein Trommelschlag, der Rhythmus zog mich weiter.

Ich sah an mir herab und bemerkte, dass ich meinen Körper jetzt wahrnahm, etwas, das mir im Traum sonst nie bewusst gewesen war. Ich hielt meine Hände vor mein Gesicht und bewegte sie. Es fühlte sich echt an, viel zu echt für einen Traum.

Ich begriff, was soeben passierte. Es war gelungen, ich hatte es geschafft, Vinnla zu betreten, und war in meinem eigenen Traum gelandet. Schnell versuchte ich mich an die vielen Stunden zu erinnern, in denen Sedonie mir erklärt hatte, was ich tun musste.

Im Moment befand ich mich auf der Wiese, von der ich gerade geträumt hatte. Mein eigener Traum war wie eine Blase, die in einem großen Meer schwamm. Ich konnte diesen Bereich nach meinem eigenen Gutdünken gestalten und ich konnte ihn auch verlassen. Sedonie hatte die Welt außerhalb der eigenen Träume wie einen diffusen Nebel beschrieben, in dem man sich anfangs nur schwer orientieren konnte.

Den Nebel musste man wie ein Energiefeld begreifen, aus dem man Kraft ziehen konnte, denn er speiste sich aus der magischen Kraft aller. Er verband die Magier auf unbewusste Weise, und wenn man hineinhörte, dann vernahm man das Wispern der vielen Träume und die Gedanken der Magier. Aus den Stimmen, die man vernahm, konnte man Prognosen für die Zukunft herauslesen, so wie es die Sybillen oder meine Großmutter taten. Doch das verlangte Übung und Erfahrung.

Nachdem ich mir all das wieder bewusst gemacht hatte, sah ich mich auf der spätsommerlichen Wiese um, auf der ich immer noch stand. Insekten flirrten golden um meinen Kopf. Der träge Wind fuhr warm über meine Haut und bewegte die Blumen und Gräser. Er lenkte mich und ich dachte wieder an Adam. Die Begegnung mit ihm war mir so echt vorgekommen, sein Hilferuf war so verzweifelt gewesen. Ich wollte ihn noch einmal sehen, schloss die Augen und versuchte mir Adam vorzustellen. Doch es wollte mir nicht gelingen, stattdessen hörte ich das rhythmische Knurren von Ariel. Dann öffnete ich die Augen wieder und stand mit einem Mal in einem leeren Zimmer, dessen Wände aus Nebel zu bestehen schienen. Die Wiese war verschwunden.

„Ich bin in Vinnla", flüsterte ich überrascht und näherte mich dem Nebel. Er verflog, je näher ich ihm kam, und schließlich sah ich eine durchsichtige, gebogene Wand, die aus Glas zu bestehen schien. Sie war milchig trüb, sodass ich nicht hindurchsehen konnte, aber das musste das Ende meines Traumes sein. Vorsichtig berührte ich die Wand, entgegen meiner Erwartung war sie weich und warm.

Ich dachte an Sedonie und daran, dass sie mich ermutigt hatte, meinen Traum zu verlassen, wenn ich endlich so weit gekommen war. Vorsichtig berührte ich die weiche Wand und schließlich drückte ich meine Hand dagegen. Die Wand bog sich unter dem Druck, doch dann riss sie ein und mein Arm verschwand darin.

Panik überkam mich in diesem Moment, denn es war ungewiss, was mich auf der anderen Seite erwartete. Ich holte Luft und sprach mir selbst Mut zu, dann schob ich meinen Arm weiter durch die Wand und ließ meinen Kopf und Oberkörper folgen.

Ein lautes Rauschen schlug mir entgegen, als ob ich in einem Wildwasserfluss gelandet war. Es dröhnte hart in meinen Ohren und ich bemerkte erst viel später den milchigen Nebel, der mich umgab. Eine Weile sah ich mich neugierig um. Es war alles in Bewegung um mich, der Nebel floss an mir vorbei und das Rauschen veränderte sich, manchmal hörte ich Stimmen darin und konnte einige Wörter verstehen. Sogar Sätze kamen bei mir an und es ging darin immer um einen drohenden Krieg. Ich spitzte die Ohren und hörte eine tiefe Stimme rufen, dass es die arroganten Magier verdient hätten, durch das Schwert der Zwerge zu Tode zu kommen. Es stünde ihnen nicht zu, sich über die anderen magischen Wesen zu erheben.

Erschrocken über die feindseligen Stimmen, die aus Vinnla zu hören waren, zog ich mich aus der elastischen Wand zurück. Sofort verschloss sich das Loch, das ich hineingebohrt hatte, wieder und ich sank zu Boden. War das der Stoff, aus dem die Prophezeiungen gestrickt wurden? Es musste wohl so sein, denn es war ganz klar, was der Vereinten Magischen Union bevorstand. Und das alles nur, weil sich der Primus zu der Arroganz hinaufschwang, andere zu beleidigen.

Jemand musste zu den Zwergen gehen und ihnen sagen, dass nicht alle so dachten. Anders konnte das drohende Unheil nicht abgewendet werden. Ich schloss die Augen und konzentrierte mich auf das Knurren von Ariel. Ich musste die Traumwelt sofort verlassen. Wenn diese Prophezeiung stimmte, dann konnte auch Professor Espendorm die Katastrophe, die Akkanka drohte, nicht mehr abwenden.

Ich spürte einen Ruck und atmete den herben Geruch von

Drachendung ein. Als ich die Augen aufriss, wusste ich, dass ich wieder zurückgekehrt war. Ich fuhr hoch und sah, wie Torin am Eingang der Drachenhöhle stand und sich leise mit Gregor König unterhielt. Ein Blick auf die Uhr verriet mir, dass es kurz nach Mitternacht war. Ich lauschte den besorgten Stimmen am Eingang. Frau Professor Espendorm hatte noch immer nichts erreicht und in wenigen Stunden verstrich das Ultimatum. Gregor König spielte schon verschiedene Möglichkeiten durch, um die Bevölkerung schnellstmöglich aus Akkanka zu bringen. In zwei Stunden wollten die beiden mit der Evakuierung beginnen, unabhängig davon, ob es aus dem Senatorenhaus eine offizielle Warnung gab oder nicht.

Ich musste etwas tun und ich wusste auch schon, was. Die beiden hatten nicht bemerkt, dass ich aufgewacht war. Ramon und Lennox schliefen nicht weit entfernt von mir und schnarchten leise.

Ich musste unbemerkt verschwinden. Hinten in den Drachenhöhlen lag der Zugang zu den Tunneln, die einem im idealen Fall nach Themallin führten. Doch diese Tunnel führten auch in das Reich der Zwerge, und dort musste ich jetzt hin. Jemand musste den Zwergen sagen, dass nur wenige Magier so dachten wie Ladislav Ende und sie nicht einfach eine ganze Stadt für die Arroganz eines Einzelnen bestrafen konnten.

Doch Torin durfte nicht merken, wie ich mich davonschlich. Er würde die unkalkulierbare Gefahr, in die ich mich begab, nicht gutheißen. Ein bitteres Lächeln schlich sich auf meine Lippen, als ich daran dachte, welchen Zorn ich bei Adam heraufbeschwören würde, wenn er wüsste, dass ich vorhatte, mich in das Reich der Zwerge zu begeben.

Ich wartete, bis Torin und Gregor König noch ein paar Schritte nach vorn traten, dann erhob ich mich leise und stopfte meine Jacke so in den Schlafsack, dass er halbwegs gefüllt aussah. Im Halbdunkel würde hoffentlich niemand merken, dass ich verschwunden war.

Leise schlich ich mich in den hinteren Teil der Drachenhöhle, vorbei an den Boxen von Pico, Salus und Pontos, die nur leise schnaubten, als sie mich bemerkten. Dann bog ich nach links in einen kleinen Gang ein, der in einer Sackgasse zu enden schien. Doch das täuschte, denn genau hier waren meine Großmutter und ich herausgetreten, als wir im vergangenen Jahr aus Themallin gekommen waren. Es war stockfinster in dem Gang, das schwache Schimmern von Gregor Königs Lichtball drang nicht mehr bis hierher. Ich tastete mich an der rauen Felsenwand entlang, bis ich spürte, dass die Oberfläche glatter wurde.

Das war die Tür, durch die ich gehen musste.

„Apperraa!", flüsterte ich in der alten Sprache, und die Tür öffnete sich mit einem leisen, schleifenden Geräusch. Ich trat in die Dunkelheit und drehte mich um.

„Clauterraa!", raunte ich, und die Tür verschloss sich wieder hinter mir. Ich entzündete einen Lichtball und das warme Leuchten beruhigte mich ein wenig. Ich sah, wie der Tunnel sich ein paar Meter voranschlängelte und sich dann das erste Mal teilte. Ich wusste nicht mehr, welchen Weg meine Großmutter vor vielen Monaten mit mir gegangen war, aber ich wusste aus ihren Erzählungen, dass die Zwerge sehr schnell merkten, wenn jemand ihr Territorium unerlaubt betrat. Sobald ich von dem Weg, der nach Themallin führte, abwich, würden sie mich sofort in Gewahrsam nehmen, und genau das wollte ich.

Ich lief eine Weile den Gang entlang und bog an der nächsten Weggabelung willkürlich nach rechts ab. Dieser Weg führte mich tiefer in die Erde hinein und das war gut. An der nächsten Kreuzung bog ich nach links ab und folgte lange einem Gang, der sich langsam weitete und höher zu werden schien.

Und dann endlich, als ich schon eine Weile gelaufen war, sah ich etwas Helles am Ende des Ganges aufleuchten. Ich löschte meinen Lichtball, atmete tief durch und lief festen Schrittes darauf zu. Ich sprach mir Mut zu und dachte an die Drachen, an Gregor König und an Akkanka, das mir so viel bedeutete. All das durfte nicht in den Fluten versinken, wenn ich es verhindern konnte.

Ich erkannte kleine, stämmige Gestalten im matten Schein einer schwachen Lichtquelle und überlegte fieberhaft, wie man Zwerge möglichst höflich ansprach, um sie nicht zu verärgern.

„Ich grüße euch", sagte ich beim Näherkommen. „Bitte entschuldigt, dass ich ungebeten eure Tunnel betreten habe. Ich weiß, dass es mir nicht gestattet ist, das zu tun."

„Dann weißt du sicher auch, dass dich der Tod erwartet", sagte eine dunkle Stimme drohend. Jetzt war ich nah genug, um die Zwerge zu erkennen. Es waren fünf an der Zahl, ähnlich wie die Krieger der Schwarzen Garde in grobes Leder gekleidet und bewaffnet mit Schwertern und Dolchen. Einer trug einen Speer und seine Kleidung war mit einem goldenen Abzeichen geschmückt. Ich nahm an, dass er der Anführer dieser kleinen Gruppe war. Allesamt reichten sie mir nicht höher als bis zum Bauch, doch sie waren breit, stämmig und muskulös, und ich wusste, dass ich ihnen im Zweikampf nicht gewachsen war. Sie trugen lange Bärte und auch ihr Haar war lang, doch es wirkte gepflegt, weil es mit Lederbändern zusammengebunden war. Um sie herum schwebten kleine Lichtbälle, die ein mattes Licht verströmten.

„Der Tod schreckt mich nicht", erwiderte ich reflexartig. „Ich bin gekommen, weil ich um Gnade bitten möchte. Der Primus der Magier beleidigt die Zwerge und ich möchte die Botschaft überbringen, dass dieses Unrecht nicht der Meinung aller Magier entspricht. Wir wollen keinen Krieg."

Der Zwerg, der gesprochen hatte, musterte mich kritisch, dann zog er die buschigen Augenbrauen zusammen. „Bist du ein offizieller Botschafter des Senatorenhauses?"

„Nein", erwiderte ich zerknirscht.

„Dann zählt deine Sicht der Dinge nicht viel", erwiderte der Zwerg achselzuckend. „Bringt sie in das Verließ und morgen werden wir über sie richten."

„Nein", rief ich verzweifelt. Das lief hier gerade mächtig

schief. „Bitte bringt mich zu eurem König, er muss wissen, dass nicht alle Magier so sind wie Ladislav Ende.“

„Zum König?“, fragte der Zwerg spöttisch und grölte laut auf. Die anderen Zwerge fielen in sein hämisches Lachen ein. „Sie will zum König. Habt ihr das gehört?“

Das raue Gelächter der Zwerge dröhnte durch den Tunnel und ich überlegte fieberhaft, wie ich den Zwerg von meinen ehrenhaften Motiven überzeugen konnte. Ihn mit ein paar Feuerbällen zur Vernunft zu bringen, war vermutlich keine gute Idee, zumal ich noch unter der Wirkung der Stachelfunkien stand und meine Feuerbälle nicht sehr beeindruckend waren.

„Bitte bringt mich zu eurem König. Ihr müsst Akkanka verschonen“, flehte ich verzweifelt.

„Zum König“, lachte der Zwerg erneut, richtete einen Speer auf mich und zeigte den Gang entlang. „Da entlang, edle Magierin. Ihr könnt die Wände eurer Zelle um Gnade anflehen.“

„Bitte“, wiederholte ich verzweifelt, während er den Speer in meinen Rücken stieß und mich zum Loslaufen zwang. Zwei der Zwerge gingen voran und ich folgte ihnen widerwillig.

Ruhig bleiben, sagte ich mir, während wir durch endlose Gänge liefen und immer tiefer unter die Erde gelangten. Aus diesem komplizierten Höhlensystem würde ich niemals wieder allein herausfinden.

Schließlich öffnete sich der Tunnel und wir gelangten in eine kleine Höhle. An der Decke schwebten dieselben kleinen und matt leuchtenden Lichtbälle und tauchten die Höhle in ein schummeriges Licht. Ich widerstand meinem Impuls, endlich ein paar konzentriertere Lichtbälle entstehen zu lassen, und kniff die Augen zusammen, um besser sehen zu können. In die Wände der Höhle waren Löcher eingelassen, die Fenster und Türen zu sein schienen. Offenbar wohnten die Zwerge direkt in der Erde und hatten sich ihre Häuser einfach in die Wände der Höhle hineingegraben. Manche der Eingänge waren kunstvoll verziert, andere waren schlicht und schmucklos. Die Zwerge führten mich durch die Höhle hindurch bis zum anderen Ende, wo ein kunstvoll geschmiedetes Tor den Weg versperrte.

Der Anführer der kleinen Gruppe klopfte mit dem Speer gegen das Tor und es wurde von innen geöffnet.

Getuschel drang mir entgegen, als man mich ins Dunkle stieß.

„Wen habt ihr denn aufgegabelt?", fragte eine knarzige Stimme. Ich erkannte einen weiteren Zwerg im Halbdunkel. Meine Augen gewöhnten sich nur langsam an die schlechten Lichtverhältnisse.

„Eine Magierin, die den König sprechen will", lachte der Zwerg mit dem Speer höhnisch, und langsam ergriff mich die Ungeduld. Wenn sie mich tatsächlich in ein Verließ warfen, dann war Akkanka nicht geholfen. Ich hatte noch die Hoffnung gehegt, dass ich die Angelegenheit abwenden konnte, aber im Moment sah es nicht so aus.

Kurzentschlossen hob ich meine Hand und ließ einen Lichtball erscheinen. Erschrockenes Fauchen schien mir zu antworten, doch ich atmete erleichtert durch, als ich endlich etwas erkennen konnte. Etwa zehn Zwerge standen in einer schmalen Halle vor mir.

„Ich bin nicht irgendeine Magierin", sagte ich entschlossen. „Und ich mache auch keine Scherze. Mein Name ist Selma Caspari und ich bin die Enkeltochter von Georgette von Nordenach. Ich bin zu euch gekommen, um um Frieden zu bitten, und nicht, um mich verhöhnen zu lassen. Führt mich zu eurem König oder lasst mich wieder gehen, damit ich wenigstens die Unschuldigen in Sicherheit bringen kann, die mit dem Kräftemessen des Primus nichts zu schaffen haben."

Ich sah die Zwerge erwartungsvoll an, doch sie musterten mich nur verwundert. Dann räusperte sich der Zwerg mit dem Speer in der Hand, der mich aufgegriffen hatte, und ich rechnete damit, dass er den Speer heben und mich gleich an Ort und Stelle hinrichten würde. Mein Herz raste, während die Sekunden vergingen und eine unermessliche Anspannung in der Luft hing.

Schließlich bewegte sich der Zwerg und ich hob schon die Hände, um den Speer abzuwehren. Doch zu meiner großen Verwunderung griff er mich nicht an, sondern neigte vor mir den Kopf.

Verdattert sah ich ihn an.

„Was ...", stotterte ich. Doch anstatt einer Antwort neigten die anderen Zwerge ebenfalls respektvoll den Kopf.

Der Zwerg mit dem Speer erhob sich wieder. „Selma Caspari, es ist uns eine große Freude, dass du bei uns zu Gast bist."

„Wirklich", sagte ich zweifelnd. Das klang doch eben noch ganz anders.

„Wir haben davon erfahren, dass du den Gral der Patrizier gehoben und ihn den Schneegnomen überlassen hast. Alle haben davon erzählt. Er konnte zerstört werden, nachdem seine Macht lange Zeit missbraucht wurde, um die Unseren zu knechten."

„Richtig", sagte ich. Ich hatte nicht geahnt, dass der schlecht gelaunte Schneegnom aus der Antarktis doch noch so positive Worte über mich gefunden hatte und die Kunde von unserem Abenteuer bis nach Schönefelde gelangt war. „Was die Arpadis den Schneegnomen angetan haben, war falsch, und es war mir eine Freude, den Euren zu helfen."

„Ich bringe dich persönlich zu unserem König, er wird dich gern empfangen. Hier entlang, bitte!" Er zeigte auf eine breite Treppe, die nach unten führte, und ging dann voran. Ich folgte ihm zügig und immer noch erstaunt darüber, dass sich die Situation so schnell gewendet hatte.

Nach einer Weile gelangten wir in einen Saal, an dessen Stirnseite ein riesiger Thron aus dunklem Metall stand, kunstvoll verziert und so schwer, dass es vermutlich hundert Zwerge brauchte, um ihn zu bewegen.

In der Mitte des Saales stand ein großer Tisch aus dunklem Holz, um den etwa zwanzig Stühle standen. Vermutlich hielten die königlichen Zwerge hier ihre Beratungen ab und feierten Feste. Man führte mich vor den Thron und es dauerte nicht lange, bis ein weißhaariger Zwerg hereintrat. Genauso wie die Krieger war er in Leder gekleidet, er unterschied sich von ihnen nur durch den dunkelroten Umhang, den er über dem Leder trug, und durch den klugen und stechenden Blick aus seinen beinahe schwarzen Augen.

„Selma Caspari", murmelte er und betrachtete mich eingehend, während er sich auf dem Thron niederließ. Er strahlte eine kalte Autorität aus und ich konnte mir gut vorstellen, wie sehr ihn die Provokationen von Ladislav Ende in seinem Stolz gekränkt hatten. „Ich hatte gehofft, dass die Umstände, unter denen wir einst zusammentreffen würden, bessere wären."

„Ja, das wünschte ich auch", erwiderte ich und trat vor. „Ich bin gekommen, u..." Er hob die Hand und schnitt meine Worte entzwei.

„Ich weiß, weswegen du gekommen bist", knurrte er. „Doch ich kann dir deinen Wunsch nicht erfüllen. Ich bin dir zweifelsohne dankbar für den Dienst, den du den Zwergen und Schneegnomen erwiesen hast. Den Gral der Patrizier den Magiern zu entwenden und ihn den Schneegnomen zurückzugeben, damit diese ihn vernichten konnten, war etwas, was noch kein Magier zuvor für die Unseren getan hat. Die Insignien der Macht sollten einst dafür sorgen, den Krieg zu beenden. Sie waren nicht gedacht, um die Macht eines Einzelnen über Gebühr zu vermehren."

Erstaunt betrachtete ich den König der Zwerge. Er wusste über die Insignien der Macht Bescheid und das verwunderte mich. „Die Zwerge und Schneegnome dürfen nicht geknechtet werden", erwiderte ich schließlich diplomatisch. „Die Arpadis hatten kein Recht dazu und genauso wenig hat Ladislav Ende das Recht, Forderungen an euch zu stellen. Ich bin gekommen, um euch zu sagen, dass nicht alle Magier so denken wie er. Wir wollen keinen Krieg mit den Zwergen, wir wollen in Frieden miteinander leben, Handel treiben und voneinander profitieren."

„Das klingt alles nett, aber die Worte eures Anführers waren andere, und schließlich zählt sein Wort, denn er spricht für sein Volk, und nicht du." Der König der Zwerge umfasste die Lehnen seines Thrones und sah zu mir hinab. „Er hat die Zwerge schon einmal beleidigt und ihnen vorgeworfen, den Seidenpiranhas zur Flucht verholfen zu haben und ein Erdbeben ausgelöst zu haben. Doch weder mit dem einen noch mit dem anderen hatten wir etwas zu tun."

„Wirklich?", sagte ich überrascht.

„Wir halten uns an das gegebene Wort und brechen es nicht. Nur den schmeichelnden Worten eures Admirals war es zu verdanken, dass ich mich beschwichtigen ließ. Doch jetzt ist es genug. Wir werden den Magiern keinen Zugang zu unseren unterirdischen Minen gewähren und die Zauber zur Bearbeitung von Rannium sind das Geheimnis unseres Volkes, das seit Jahrtausenden gewahrt wird. Eher werden wir im Krieg sterben, als es den Magiern zu verraten." Die Stimme des Königs schwoll an und erfüllte den ganzen Saal.

Alle Zwerge, die um mich herum standen, brachen in lautes Grölen aus und bejubelten ihren König. Ich begriff, wie aussichtslos mein Unterfangen war, ich konnte es den Zwergen nicht einmal verübeln, dass sie wütend auf Ladislav Ende waren. Sein hitziger Vorstoß brachte einen Frieden in Gefahr, der viele Jahre zu beiderseitigem Vorteil bestanden hatte.

„Gibt es keine Möglichkeit, uns zu einigen?", fragte ich vorsichtig.

„Die Zeit des Redens ist vorbei", sagte der König mit tiefer Stimme. „In weniger als zwei Stunden läuft die Frist ab und bis jetzt gibt es keine offizielle Entschuldigung eures Anführers. Wir werden die unterirdische Höhle fluten, die wir den Magiern überlassen haben, genauso wie wir es angekündigt haben. Ein Zwerg steht zu seinem Wort."

„Bitte“, sagte ich eindringlich. „Dann gewährt wenigstens einen Aufschub, damit die in Sicherheit gebracht werden können, die unschuldig sind. Die Magier wissen nichts davon, dass ihr Primus solche Forderungen stellt. Sie schlafen in ihren Betten und werden sterben, ohne zu wissen, weshalb.“

Der König musterte mich nachdenklich, während ich in die Knie gegangen war und ihn flehend ansah.

„Sie wissen nichts davon?“, fragte er schließlich argwöhnisch.

„Nein“, erwiderte ich. „Der Primus hat diese Forderungen an euch gestellt, ohne das Volk davon zu unterrichten.“

„Ich töte meine Feinde im Kampf“, erwiderte er schließlich stolz. „Auge in Auge mit einem ebenbürtigen Gegner. Unschuldige im Schlaf zu töten, ist ehrlos und feige.“ Immer noch nachdenklich sah er mich an, während ich still flehte, dass er wenigstens meiner Bitte um eine Fristverlängerung nachgeben würde.

Die Zwerge um mich herum murmelten unzufrieden.

„Also gut“, knurrte der König nach einer Weile. „Ich gewähre dir einen Aufschub von zwölf Stunden. Bring alle Unschuldigen in Sicherheit, und wenn sich euer Anführer bis zum Ablauf dieser Frist nicht offiziell entschuldigt, dann werden wir unsere Gebiete wieder in Besitz nehmen.“

„Danke“, sagte ich erleichtert und stand auf. Die Zeit drängte und ich hatte zumindest etwas erreicht.

„Bringt sie zurück zu den Ihren“, rief der König den Zwergen zu, die mich hergebracht hatten.

„Vielen Dank für eure Gnade“, sagte ich und wollte mich schon zum Gehen wenden, als mir etwas einfiel. „Ich suche in Belara das Elixier von Jericho“, sagte ich bedächtig.

„Tatsächlich“, sagte der König der Zwerge. „Wir haben uns schon gefragt, was du so tief in der Erde willst. Die Unseren haben dich im Auge.“

„Oh!“, sagte ich erstaunt. „Ich hoffe, ich habe nichts Verbotenes getan.“

„Du hast rechtzeitig aufgehört, bevor du das Abkommen von Randanistan verletzt hast.“ Der König lächelte gnädig, als er meine betretene Miene sah.

„Ist das Elixier unter der Erde?“, fragte ich.

Der Zwergenkönig sah mich nachdenklich an, als ob er darüber nachdachte, ob er mir diese wertvolle Information tatsächlich geben wollte.

„Ich beantworte dir diese Frage. Mit diesem Rat und den anderen Gefallen, die wir dir getan haben, ist unsere Schuld getilgt. Von nun an werden wir dich nicht anders behandeln als andere Magier.“

„Schuld?“, erwiderte ich gequält. Schon der Schneegnom in Antarktika war besessen von dem Gedanken, die gegenseitige Schuld auszulöschen. Plötzlich hatte ich eine Idee.

„Ich bin damit einverstanden“, sagte ich gedehnt. „Wenn ihr mir verratet, was ihr über den Verbleib der übrigen Insignien der Macht und den von den Morlems entführten Töchtern der Magier wisst.“

„Was?“, dröhnte die Stimme des Zwergenkönigs ungläubig durch den Raum. „Glaubst du nicht, wir hätten die Insignien der Macht nicht längst selbst wieder zurückerobert, wenn wir Näheres wüssten. Sie sind nirgendwo unter der Erde versteckt worden.“

„Was ist mit den Mädchen?“, bohrte ich weiter.

Er sah mich eine Weile misstrauisch an. „Meinetwegen“, sagte er schließlich. „Aber dann ist unsere gegenseitige Schuld endgültig getilgt.“

„Einverstanden“, sagte ich.

„Also“, begann er. „Wir kennen den Boden und alles, was darin verborgen ist, und wir wissen auch, wo wertvolle und mächtige Dinge verborgen sind. Das Elixier von Jericho befindet sich nicht unter der Erdoberfläche. Dort brauchst du nicht zu suchen. Du verschwendest nur deine Zeit. Die Mädchen, die du suchst, sind allerdings unter der Erde versteckt, und zwar in einer Höhle in der Nähe von Lincolnville, wie es die nichtmagischen Bürger nennen. Nun geh!“ Der König erhob sich und damit war das Gespräch beendet.

Der Zwerg mit dem Speer schob mich aus dem Saal, während sich die Gedanken in meinem Kopf noch überschlugen. Endlich hatte ich einen Hinweis darauf, wo die Mädchen versteckt waren. Liana und Dulcia würden vor Freude ganz aus dem Häuschen sein. Dann war noch die Sache mit dem Elixier. Monatelang hatte ich völlig umsonst im Sand gegraben, hatte gehofft und wieder gehofft, dass ich dem Elixier nah war und die Rettung von Adam nicht mehr fern. Doch die ganze Arbeit war umsonst gewesen, weil ich immer an der falschen Stelle gesucht hatte.

Während die Zwerge mich durch die Gänge zurück nach Akkanka führten, überlegte ich fieberhaft, wo genau in Belara das Elixier versteckt sein sollte.

Clamartin

Als ich die Drachenhöhle wieder betrat, war ich noch immer zu keiner Lösung gekommen. Zähe Dunkelheit lag über Akkanka, doch es konnte nicht mehr lange dauern, bis die künstliche Sonne wieder erstrahlen würde. Das Tor zu den Höhlen der Zwerge schloss sich mit einem schleifenden Geräusch hinter mir. Vorsichtig tastete ich mich durch den Gang, bis ich neben der Box von Pontos stand, der mich mit einem leisen Schnauben begrüßte. Ich streichelte ihn kurz und erleichtert, dass ich heil wieder zurückgekommen war, dann eilte ich nach vorn, wo Gregor König und Torin beinahe unverändert am Eingang der Drachenhöhle saßen und sich still unterhielten.

„Gibt es Neuigkeiten?", fragte ich hastig und setzte mich zu ihnen. „Hat Frau Professor Espendorm etwas erreicht?"

„Nein", sagte Gregor König zerknirscht. „Man hat sie vor einer Stunde weggeschickt. Sie musste das Senatorenhaus verlassen"

„Man könnte auch sagen, dass sie rausgeschmissen wurde", knurrte Torin.

„Sie ist immer noch in Berlin und will es in ein paar Stunden noch einmal probieren. Wir müssen jetzt reagieren, sonst gibt es Tote und Verletzte." Gregor Königs Stimmer klang heiser und nervös. Er sah Torin an, der stumm nickte und schon aufstehen wollte, um die Evakuierung zu beginnen.

„Warte!", sagte ich schnell. „Setz dich wieder, wir haben etwas Zeit gewonnen."

„Wie soll das möglich sein?", sagte Torin, doch er ließ sich wieder zu Boden sinken und sah mich ernst an. „Es hat sich nichts geändert."

„Doch, es hat sich etwas geändert", sagte ich schnell. „Ich

war bei dem König der Zwerge und habe erreicht, dass die Frist noch einmal um zwölf Stunden verlängert wird."

„Wie bitte?", sagte Torin laut, und Ramon fuhr verschlafen hoch. Doch er grunzte nur verwirrt und ließ sich wieder auf sein Lager fallen, als ihn niemand zum Einsatz rief. „Bist du von allen guten Geistern verlassen?", zischte Torin leiser, und seine Augen sprühten wütende Funken. „Die Zwerge sind angriffslustig. Wer ihre Höhlen betritt, muss mit dem Tod rechnen."

„Ich weiß", erwiderte ich. „Doch ich hatte noch etwas bei den Zwergen gut, deswegen haben sie mich verschont und mir diese Bitte gewährt."

„Das ist verrückt", schnaufte Torin. „Hast du dich jetzt eben gerade weggeschlichen?"

Ich nickte betreten.

„Und ich habe es nicht einmal mitbekommen." Er sah mich fassungslos an. „Kein Wunder, dass Adam immer so überreagiert hat, wenn es um deine Sicherheit ging. Ich habe ja immer gedacht, er übertreibt maßlos, aber du bist absolut unberechenbar und hast scheinbar Todessehnsucht. Falls er je wieder aufersteht, werde ich ihm nie wieder Vorwürfe wegen seiner übertriebenen Vorsicht machen. Du hast keine Ahnung, in welche Gefahr du dich da gerade begeben hast."

„Das spielt doch keine Rolle", sagte ich unwirsch. „Das Einzige, was zählt, ist, dass ich einen Aufschub erreicht habe. Sobald die Sonne wieder aufgeht, habt ihr den ganzen Tag Zeit, um in Ruhe Akkanka zu evakuieren."

„Danke, Selma", sagte Gregor König, der im Gegensatz zu Torin ruhig geblieben war. „Ich bin zwar auch fassungslos, in welche Gefahr du dich da begeben hast, aber ich bin dir sehr dankbar dafür."

„Wie wollen Sie das machen mit der Evakuierung?", fragte ich, an Gregor König gewandt, und ignorierte den vorwurfsvollen Blick von Torin.

„Wir haben uns da etwas überlegt", sagte Gregor König.

„Eine offizielle Evakuierung wegen den Zwergen darf ich nicht vornehmen, weil es noch immer keine Anweisung dazu aus dem Senatorenhaus gibt. Aber in meiner Macht steht es, Akkanka zu evakuieren, wenn es durch Tiere und Pflanzen zu einer Gefährdung der Einwohner kommt."

„Gute Idee", sagte ich.

„Ja, ich denke, das wird funktionieren. Die Einwohner von Akkanka können vorübergehend in Tennenbode und Schönefelde untergebracht werden. Ich habe das bereits mit Frau Professor Espendorm besprochen. Auch für die Drachen haben wir eine Lösung gefunden. Frau Professor Espendorm kann für kurze Zeit im Burghof von Tennenbode Platz anbieten, das reicht erst einmal, um alle in Sicherheit zu bringen."

„Gut", sagte ich erleichtert und heilfroh. Jetzt spürte ich die Müdigkeit ganz deutlich. Der Druck fiel regelrecht von mir ab.

„Leg dich noch kurz hin", sagte Torin, der gesehen hatte, wie meine Schultern plötzlich nach unten gesackt waren. „Wir beginnen mit der Evakuierung, sobald wir wieder Licht haben, und dann besprechen wir alles Weitere."

„Gute Idee", erwiderte ich müde und ging zu meinem Schlafsack. Ich legte mich hin und war im selben Augenblich schon eingeschlafen.

Ich wurde davon geweckt, dass mich jemand mehr oder weniger sanft in die Seite stieß. Noch halb im Schlaf gefangen blinzelte ich und sah in die neugierigen Diamantaugen von Ariel.

„Soll ich etwa aufstehen?", fragte ich müde, und Ariel stupste mich wie zur Bestätigung noch einmal in die Seite.

Ich grinste und spürte zugleich einen verzehrenden Schmerz in meinem Herz. Genau in diesem Moment fiel mir wieder alles ein, die Zwerge, die Evakuierung, die drohende Flutung von Akkanka. Ich riss die Augen auf und sprang auf die Füße. Erst viel zu spät merkte ich, dass ich noch in meinem Schlafsack steckte und jetzt vermutlich aussah wie eine Made, die auf Wanderschaft gehen wollte.

„Na, endlich ausgeschlafen?“, hörte ich Torins grinsende Stimme. Mein Anblick war vermutlich göttlich. Ich fuhr herum und sah ihn gemeinsam mit Shirley am Eingang der Drachenhöhle sitzen. „Es ist gleich Mittagszeit und du hast schon einiges verpasst.“

„Warum habt ihr mich nicht geweckt?“, fragte ich vorwurfsvoll und streifte den Schlafsack ab.

„Du hast dir etwas Erholung verdient“, sagte Torin. „Unglaublich, dass du den Zwergen eine Fristverlängerung abgerungen hast.“

„Heute Nacht fandest du das aber noch völlig unvernünftig und lebensgefährlich“, erwiderte ich und ließ mich neben Shirley sinken, die mir eine Quitsche und meine Flasche mit der Stachelfunkienessenz reichte. „Danke“, sagte ich und nahm einen kleinen Schluck. Dann wartete ich kurz und spürte, wie der Schmerz dumpfer und erträglicher wurde.

Shirley tätschelte Torins Arm „Ich habe ihm erklärt, dass er in deiner Nähe mit so etwas rechnen muss, und mittlerweile hat er selbst begriffen, wie wertvoll die zusätzlichen Stunden sind. Wenn man etwas erreichen will, dann muss man auch ein Risiko eingehen.“

„Ich habe das nicht einfach so leichtsinnig entschieden“, sagte ich. „Ich bin in die Traumwelt gelangt und habe dort gehört, wie die Zwerge über die Magier dachten, ich meine, über alle Magier. Ich musste einfach hingehen und ihnen erklären, dass nicht alle so sind.“

„Das wird ja immer verrückter“, stöhnte Torin.

„Du bist endlich in die Traumwelt gelangt“, sagte Shirley erfreut. „Glückwunsch.“

„Ja, es war aufregend, aber auch irgendwie verstörend, diese vielen Stimmen ...“ Ich sah zu Boden. Noch verstörender war meine Begegnung mit Adam, der mich doch eindeutig um Hilfe gebeten hatte. Ich musste bald mit Sedonie oder meiner Großmutter darüber reden. „Was ist nun passiert? Was habe ich alles verpasst?"

„Also." Torin räusperte sich. „Gregor König hat gleich zum Tagesanfang den Notstand ausgerufen, mit der Begründung, dass ein Gelege Feuerschwanzpythoneier abhandengekommen ist und die Tiere außer sich vor Wut sind und Magier angegriffen hätten. Super Idee. Einem wild gewordenen Feuerschwanzpython wollte kein Magier freiwillig über den Weg laufen. Innerhalb einer Stunde hatten alle ihre Sachen gepackt und haben Akkanka wohlgeordnet und auf leisen Sohlen verlassen, um die Pythons nicht aufzuschrecken."

„Es hat funktioniert", sagte ich erleichtert.

Torin nickte. „Wir warten jetzt darauf, dass Frau Professor Espendorm im Burghof die Wärmezelte für die Drachen aufgestellt hat, und dann werden wir sie auch nach oben bringen."

„Frau Professor Espendorm ist wieder hier?", sagte ich enttäuscht. „Also hat sie nichts im Senatorenhaus erreicht?"

„Das musste sie nicht", sagte Torin mit einem breiten Grinsen und zog eine dünne Zeitung aus seiner Hosentasche. Er hielt sie mir hin und mit großen Augen nahm ich die erste Ausgabe des „Roten Rächer" in die Hand. Die Schlagzeile lautete: „Ladislav Ende – Kriegstreiber!"

„Diese Zeitung haben heute Morgen alle Magier frei Haus bekommen und jetzt weiß jeder, welche Forderung er an die Zwerge gestellt hat und dass er den Admiral suspendiert hat, um sich jeglicher Kontrolle zu entziehen. Selbst die Patrizier sind empört. Einen Krieg mit den Zwergen will keiner."

„Und jetzt?", fragte ich mit großen Augen.

„Jetzt gibt es zwar immer noch keine offizielle Warnung aus dem Senatorenhaus, aber der Admiral wurde vor einer halben Stunde als Befehlsoberhaupt der Schwarzen Garde wieder eingesetzt."

„Na, so was", sagte ich erstaunt.

In diesem Moment erstarrte Torin und ich wusste, dass er eine Nachricht empfangen hatte.

Schließlich wandte er sich mir zu. „Der Admiral nimmt

jetzt die Verhandlungen mit den Zwergen auf", sagte er besorgt. „Er hat schon von deinem Einsatz gehört, Selma. Aber er empfiehlt uns, die Drachen planmäßig zu evakuieren. Solange die Zwerge sich nicht beruhigt haben, kann es jederzeit passieren, dass sie ihre Drohung wahr machen. Das hängt jetzt auch davon ab, wie Ladislav Ende sich äußern wird."

„Es bleibt also alles ungewiss", sagte ich seufzend und aß meine Quitsche. „Jetzt hängt alles von den anderen ab und wir können nur abwarten, wie die Verhandlungen laufen."

„So ist es", sagte Torin.

In diesem Moment erschien Gregor König am Eingang der Drachenhöhlen. „Es ist so weit", sagte er lediglich. „Selma, ich brauche dich jetzt. Wir fliegen paarweise die Drachen nach oben."

Ich stand sofort auf und setzte mich in Bewegung.

Wir begannen mit Ariel und Pico, und als diese in den warmen Zelten im Burghof einquartiert waren, holten wir nach und nach die anderen Drachen, bis schließlich alle sicher die Unterwelt verlassen hatten. Ich half Gregor König noch, die Drachen zu versorgen, die aufgeregt waren und ihre neue Umgebung misstrauisch musterten. Doch nach einer Weile beruhigten sie sich und auch die kleine Cecilia begann vergnügt im herumliegenden Kohlenstaub zu wühlen.

Als ich sicher war, dass die Drachen gut versorgt waren, und mir bewusst wurde, dass ihre Rettung und die der Einwohner von Akkanka gelungen war, schoss ein Gedanke in meinen Kopf, den ich in der vergangenen Nacht völlig verdrängt hatte.

Clamartin. Ich musste wissen, was sich hinter dieser Adresse verbarg, und zwar so schnell wie möglich. Ich verabschiedete mich von Gregor König und machte mich auf den Weg zu Herrn Lilienstein, um das Märchenbuch zu holen. Außerdem stand noch meine Tasche bei ihm, denn gestern hatte ich völlig überstürzt die Buchhandlung verlassen.

Als ich den Marktplatz von Schönefelde betrat, staunte ich

nicht schlecht. Vor der Buchhandlung von Herrn Lilienstein stand eine Traube von Menschen. Sie diskutierten und beim Näherkommen bemerkte ich, dass sie über den „Roten Rächer“ sprachen und sich fragten, ob es morgen wieder eine Ausgabe geben würde. Ich drängelte mich durch die Menge hindurch und gelangte unter großer Kraftanstrengung bis zu Herrn Liliensteins Verkaufstresen. Er stand lächelnd dahinter und erteilte geduldig Auskünfte.

„Ja“, sagte er zu einem älteren Herrn mit Glatze und rotem Schal. „Die erste Ausgabe haben wir kostenlos verteilen lassen. Quasi als Werbung, aber wenn Sie den ‚Roten Rächer‘ weiterhin beziehen möchten, dann können Sie ihn gern abonnieren. Tragen Sie sich dazu einfach dort drüben in eine der Listen ein.“ Er zeigte hinüber zu dem Regal mit zeitgenössischer Literatur, über dem lange Listen hingen, in die sich schon viele Leute eingetragen hatten. „Der ‚Rote Rächer‘ erscheint ab sofort wöchentlich und kostet zwei Euro.“

„Danke, das werde ich machen.“ Der Mann nickte und ging hinüber zu den Listen, um sich einzutragen. Ich drängelte mich schnell zu Herrn Lilienstein vor.

„Hallo“, sagte ich lächelnd. „Glückwunsch zur ersten Ausgabe. Wie haben Sie die so schnell auf die Beine gestellt?“

„Selma.“ Herrn Liliensteins Augen leuchteten. „Ach, das war gar nicht so kompliziert. Die Texte haben wir noch am selben Abend geschrieben und Etienne hat uns die Adresse einer Agentur gegeben, die den Druck und den Vertrieb übernommen hat. Das ging erstaunlich einfach und auch wahnsinnig schnell. Aber jetzt müssen wir damit Geld verdienen, andernfalls müssen wir den ‚Roten Rächer‘ wieder einstellen. Ich habe meine ganzen Ersparnisse in diese erste Ausgabe gesteckt.“

„Das wird schon“, sagte ich mit einem Blick zu den gut gefüllten Listen. In diesem Moment drängelte sich eine junge Frau an den Tresen und fragte, ob das wirklich stimmte, was da im „Roten Rächer“ stand.

Ich bat Herrn Lilienstein noch schnell, mir meine Tasche zu geben, die er glücklicherweise schon unter dem Tresen bereitgestellt hatte, und dann verließ ich die Buchhandlung schnellen Schrittes. Als ich auf dem Marktplatz stand, warf ich einen Blick in mein Gepäck. Das Märchenbuch lag obenauf und mehr brauchte ich nicht.

Ich nahm meine Tasche und ging entschlossen auf das Reisebüro von Frau Trudig zu. Doch bevor ich so weit gekommen war, sah ich plötzlich eine junge Frau mit langen, blonden Locken auf mich zulaufen.

„Selma, warte!“, rief sie und blieb keuchend vor mir stehen. „Torin hat mir erzählt, was gestern passiert ist. Das war unglaublich.“

„Ja, das war es“, erwiderte ich. „Ich bin so froh, dass der Admiral wieder im Amt ist, denn seinen fähigen Händen vertraue ich.“

„Ja, ich auch. Wo willst du eigentlich hin?“ Liana sah zu meiner Tasche hinab.

Ich stellte sie wieder auf dem Kopfsteinpflaster ab und sah Liana in die taubenblauen Augen. „Gestern ist noch etwas passiert“, sagte ich ernst. „Ich glaube, ich weiß endlich, wo meine Geschwister sind. Meine Mutter hat in einem Buch eine Adresse in Frankreich versteckt. Ich nehme an, dass sie dort sind. Ich war gerade auf dem Weg dorthin, um die Sache zu überprüfen.“

Liana sah mich einen Moment nachdenklich an. Sie wirkte nicht überrascht oder erstaunt, wie ich es vermutet hatte, sondern sie sah mich ganz ruhig an, als ob sie angestrengt über etwas nachdachte.

„Ich komme mit“, sagte sie schließlich entschlossen und in einem Tonfall, der keine Widerrede duldete.

„Sicher?“, fragte ich lediglich.

„Sicher.“ Liana nickte.

„Prima“, sagte ich. „Es gibt da nämlich etwas, das ich dir erzählen muss.“

„Was denn?“, fragte Liana.

„Ich war bei den Zwergen und sie haben mir eine wichtige Information gegeben. Die verschwundenen Mädchen sollen in einer Höhle bei Lincolnville sein.“

Liana blieb stehen und sah mich mit großen Augen an. „Lincolnville?“, sagte sie schließlich.

„Ich weiß noch nicht, wo genau das liegt und ob es uns etwas nutzen wird“, sagte ich und sah Liana besorgt an, die immer noch nichts sagte.

„Ich auch nicht“, erwiderte sie schließlich. „Aber darum kümmern wir uns sofort, wenn wir wieder zurück sind.“ Mit diesen Worten hakte sie sich bei mir unter und gemeinsam betraten wir das Reisebüro von Frau Trudig.

Clamartin war ein kleines Örtchen, nicht weit vom Meer entfernt. Sanfte Hügel umschlossen es von einer Seite und ein hellblauer Himmel spannte sich über dem malerischen Ort.

Wir hatten ein Taxi genommen und stiegen jetzt mit meiner Reisetasche vor dem Haus aus, dessen Adresse in dem alten Märchenbuch stand.

Als das Taxi davonfuhr, wurde mir mulmig zumute, obwohl die Sonne hell schien und ein warmes Lüftchen durch den Ort wehte. Von der eiskalten Februarluft, die jetzt noch durch Schönefelde wehte, war hier nicht viel zu bemerken. Plötzlich war ich froh, dass Liana mitgekommen war. Allein hätte ich mich hier ziemlich verloren gefühlt.

Wir standen eine Weile vor dem Grundstück, das mit einer kleinen Mauer eingefasst war, und betrachteten die Zitronenbäume, die im Garten standen und sanft im Wind schaukelten.

„Na los“, sagte Liana schließlich. „Gib dir einen Ruck!“

Ich nickte und ging zur Haustür, bereit und gefasst auf alles, auf die Enttäuschung, dass hier niemand mehr wohnte, der Giselle und Phillip kannte, und auch bereit, einen Teil meiner Familie wiederzusehen.

Mit klammen Fingern klopfte ich und wartete darauf, dass

sich hinter der Tür etwas regte.

Schließlich hörte ich Schritte und mein Herz begann zu rasen. Liana drückte meine Hand, während sich die Tür langsam öffnete.

Eine Frau stand vor mir mit dunklen, kurzen Haaren und hellen, grauen Augen.

„Bonjour“, sagte sie in einem weichen Französisch, und dann sah sie mich an und verstummte. Auch ich war wie blockiert und verharrte bewegungslos.

Liana stieß mich mit dem Ellenbogen an und ich riss mich wieder zusammen.

„Hallo“, sagte ich mit dünner Stimme. „Sind Sie Giselle?“

Doch anstatt einer Antwort sah sie sich nur um, ob uns jemand gefolgt war, dann zog sie uns ins Haus.

„Selma“, sagt sie mit einem warmen Klang in der Stimme, als die Tür hinter uns ins Schloss gefallen war. „Du siehst Catherina zum Verwechseln ähnlich.“ Sie zog mich in ihre Arme.

„Ja“, sagte ich zitternd und begriff noch nicht so recht, dass ich Giselle tatsächlich gefunden hatte. Natürlich sah ich meiner Mutter zum Verwechseln ähnlich und sie hatte mich gleich an der Türschwelle erkannt. Natürlich wusste sie, dass ich mich vermutlich irgendwann auf die Suche nach meinen Geschwistern machen würde.

„Sind sie da? Geht es ihnen gut?“, fragte ich mit bebender Stimme.

„Es geht ihnen gut“, seufzte Giselle und entließ mich aus ihrer Umarmung. „Kommt erst einmal rein. Dann erzähle ich euch alles.“ Sie führte uns in eine helle Küche, durch deren bodentiefe Fenster Licht in den Raum fiel. „Jetzt brauche ich erst einmal einen starken Kaffee.“ Sie lachte und ihre Augen leuchteten fröhlich. „Mögt ihr auch eine Tasse?“ Sie zeigte auf ein paar Barhocker an einer Küchentheke und schaltete einen Kaffeeautomat an.

„Ja, gerne“, sagte ich, und auch Liana nickte, während wir auf den Barhockern Platz nahmen.

„Wie hast du mich gefunden?“, fragte Giselle, während sie die Kaffeemaschine bediente.

„Meine Mutter hat die Adresse sehr gut versteckt“, erwiderte ich. „Ich hatte immer mit einem magischen Versteck gerechnet, einem Zauber oder einem Rätsel, aber sie hat die Adresse in dem Einband von dem Buch versteckt, aus dem sie mir zuletzt vorgelesen hatte.“

„Sehr geschickt“, sagte Giselle und balancierte drei Kaffeetassen auf den Tisch vor uns.

„Du musst Liana sein, nicht wahr?“, fragte sie. „Du hast nebenan gewohnt. Ihr zwei habt schon als Babys miteinander gespielt. Es ist schön, dass ihr immer noch füreinander da seid.“

„Das sind wir“, sagte Liana und sah mich mit festem Blick an.

„Ja, das sind wir“, bestätigte ich nickend. Dann wandte ich mich wieder Giselle zu. „Erzähl mir von Lydia und Leandro! Wo sind sie? Wissen sie schon, dass sie Magier sind? Wissen sie etwas von ihrer Familie? Wissen sie von mir?“ Die letzten Worte kamen nur zögernd über meine Lippen.

„Es geht ihnen gut, Selma“, sagte Giselle ruhig und nippte an ihrem Kaffee. „Sie sind mit Phillip unterwegs und besuchen Freunde. Sie werden erst heute Abend wieder hier sein.“

Ich fühlte die Enttäuschung sofort. Ich würde die beiden jetzt nicht kennenlernen.

„Erzähl mir, wie es dir bei deiner Großmutter ergangen ist!“, bat Giselle.

Ich sah sie eine Weile nachdenklich an. Sie schien keine Ahnung zu haben, was in meinem Leben passiert war, was überhaupt in Schönefelde passiert war. Nun gut, wenn sie nur den „Korona Chronikle“ gelesen hatte, dann war die Wahrheit natürlich in großen Teilen an ihr vorbeigegangen. Es schien mir fast, als ob Giselle mit meinen Geschwistern hier ein friedliches und beschauliches Leben gelebt hatte, nicht ahnend, was in den letzten Jahren passiert war. Ich zweifelte plötzlich, ob es richtig war, in ihre Leben einzubrechen und all die Tragödien mitzubringen.

„Nun erzähl ihr schon alles!“, sagte Liana, die mein Zögern bemerkt hatte.

„Bist du sicher?“, fragte ich und wechselte in den Gedankenaustausch. *„Siehst du nicht, wie friedlich und glücklich sie hier leben. Ich sollte die Adresse verbrennen und nie wiederkommen. Dann werden sie auch in Zukunft noch friedlich weiterleben. Wenn Baltasar sie bis jetzt nicht gefunden hat, dann wird er es auch in Zukunft nicht tun.“*

„Du kannst ihnen doch die Wahrheit nicht vorenthalten!“, erwiderte Liana.

„Alles in Ordnung?“, fragte Giselle.

„Nein, das ist es nicht“, erwiderte ich. „Bevor ich dir etwas aus meinem Leben erzähle, muss ich wissen, ob du jemals vorhast, Lydia und Leandro etwas über ihre Herkunft und unsere Familie zu erzählen?“ Ich holte tief Luft. „Ich habe nichts dagegen, wenn du ihnen die Wahrheit verschweigst und sie ihr Leben in Frieden weiterleben und unbehelligt bleiben von den Problemen, die mich belasten. Vermutlich werden sie glücklicher, wenn sie niemals erfahren, dass sie Magier sind.“

„Ach, Selma“, seufzte Giselle. „Sie werden es erfahren, und zwar bald, sie sind schon achtzehn Jahre alt und werden ihre Schulausbildung dieses Jahr abschließen. Es muss nun entschieden werden, wie es für sie weitergehen soll, und deine Mutter hat ausdrücklich gewollt, dass sie Magie studieren sollen. Wir wollten sie hier in Frankreich an die Uni geben. Wir haben es ein wenig hinausgezögert, ihnen davon zu erzählen. Eigentlich hätten wir sie zu ihrem achtzehnten Geburtstag schon einweihen müssen. Aber es ist kompliziert und der richtige Zeitpunkt war noch nicht da. Auch ihre Aufnahme in die Vereinte Magische Union steht noch an.“

„Wirklich?“, fragte ich heiser. „Sie werden also alles erfahren.“

„Ja, das werden sie, aber ich möchte dich bitten, mir den Zeitpunkt zu überlassen, wenn ich ihnen davon erzähle. Es wird für sie ein großer Schock sein. Sie werden nicht nur erfahren, dass wir nicht ihre Eltern sind, sondern auch, dass sie magische Kräfte haben und ihr Leben nicht so verlaufen wird, wie sie das bisher angenommen hatten, und auch noch, dass sie in Schönefelde eine Familie haben, die sie gern wiedersehen möchte."

„Natürlich", erwiderte ich. Das war ziemlich viel auf einmal. Ich erinnerte mich noch gut daran, wie meine Welt aus den Angeln gehoben worden war.

„Deshalb bin ich so zögerlich, Selma, nicht, weil ich nicht möchte, dass ihr wieder vereint seid. Ich möchte, dass sie von ihrer Schwester erfahren und sie kennenlernen, aber die Geschichte von Catherina und Toni ist keine leichte. Ich gebe zu, dass ich mich bis jetzt davor gedrückt habe, sie damit zu konfrontieren." Giselle seufzte und ich konnte sie nur allzu gut verstehen. „Es wird nichts mehr sein, wie es war, wenn die Wahrheit einmal gesagt ist. Du weißt vielleicht nicht, wie die Geschichte deiner Eltern wirklich ausgegangen ist, aber es gab kein Happy End."

Ich sah Giselles besorgte Miene einen Moment lang an. Mir war klar, dass sie nichts mehr von meiner Mutter gehört hatte, seitdem sich ihre Wege vor vielen Jahren getrennt hatten.

„Ich weiß sehr genau, wie ihre Geschichte ausgegangen ist, Giselle", sagte ich eindringlich und mit tonloser Stimme.

„Woher solltest du davon wissen?", erwiderte Giselle verwundert.

„Ich war in der Antarktis", flüsterte ich, und Giselle wurde blass. „Ich habe meine Mutter gefunden. Sie ist tot, genauso wie mein Vater. Helander Baltasar hat ihn gleich bei der Landung getötet, seine Leiche ist verschollen, meine Mutter wollte er zu seiner magischen Partnerin machen. Doch sie verhinderte es, indem sie sich selbst umbrachte. Ich war bei ihr, ich habe sie gesehen."

„Nein", keuchte Giselle, und ich sah den entsetzten Ausdruck in ihren grauen Augen. Es bereitete ihr Mühe, zu begreifen, was ich da gerade gesagt hatte. „Das ist unmöglich“, flüsterte sie. „Wie kommst du dahin? Deine Mutter wollte dich vor alldem beschützen.“

„Das hat auch viele Jahre funktioniert“, erwiderte ich. „Doch mit meinem Eintritt in die Vereinte Magische Union hat sich alles geändert. Baltasar hat herausgefunden, dass ich seine nächste magische Partnerin sein werde, und er hat Jagd auf mich gemacht. Meine Großmutter hat versucht, mich zu beschützen, so gut es ging, doch das Schicksal musste vermutlich einfach seinen Lauf nehmen.“

„Selma, ich wusste nichts von alledem.“ Giselle nahm meine Hand und drückte sie mit ihren eiskalten Fingern fest. „Erzähl mir alles, von Anfang an“, sagte sie eindringlich.

Und so begann ich zu erzählen, von meiner Kindheit in Schönefelde, von meinem Eintritt in die Vereinte Magische Union, von Adam und unserer verbotenen Liebe, und wie ich die Spuren entdeckte, die meine Mutter mir hinterlassen hatte, und wie ich beschloss, ihr Werk fortzuführen. Ich erzählte auch von der Prophezeiung der Sybillen und wie ich schließlich zur Akasha-Chronik gelangt war und ich den Entschluss fasste, die Insignien der Macht zu finden und zu zerstören.

Giselle hörte mir schweigend und mit großen Augen zu, während ich die Erlebnisse meiner ersten beiden Studienjahre schilderte und erzählte, wie ich schließlich nach Antarktika gelangt war und dort auf die Familie Arpadi traf und die Geheimnisse um den Gral der Patrizier lüftete. Ich erzählte davon, wie es mir gelang, den Gral zu vernichten, und wie ich die Wahrheit über das Schicksal meiner Mutter erfuhr und alles in einem Kampf mit Baltasar endete. Schließlich schloss ich meine Erzählung mit dem Angriff des Latorios-Drachen, der mir Adam genommen hatte, und wie ich mich seitdem verzweifelt auf der Suche nach dem Elixier von Jericho befand.

„Selma“, sagte Giselle sichtlich erschüttert, als ich mit den aktuellen Ereignissen rund um den drohenden Krieg mit den Zwergen geendet hatte. „Ich hatte ja keine Ahnung.“

„Wie auch“, erwiderte ich und trank von meinem mittlerweile kalt gewordenen Kaffee. „Diese Dinge stehen nicht in der Zeitung, na ja, zumindest bis jetzt. Ich denke, der ‚Rote Rächer’ hat eine neue Ära im Journalismus der Vereinten Magischen Union eingeläutet.“

„Du bist deiner Mutter wirklich ähnlicher, als ich es je gedacht hätte“, sagte Giselle nachdenklich. „Ich hatte dich bei deiner Großmutter in Sicherheit gewähnt, aber wenn du dich dafür entschieden hast, den Weg deiner Mutter weiterzugehen, dann liegt die Sache natürlich ganz anders.“

„Wenn ich mich nicht in Adam verliebt hätte, sondern in einen Plebejer, dann wäre vielleicht auch alles ganz anders gekommen“, sagte ich leise. „Dann wäre ich glücklich und zufrieden mit meiner Rolle in der Vereinten Magischen Union und hätte nie so viel in Frage gestellt, aber so ist es eben nicht gekommen, und ich bin froh darüber.“

„Deine Mutter wäre stolz auf dich“, sagte Giselle und lächelte. „Ich bin es jedenfalls. Deine Geschwister werden eine wunderbare große Schwester bekommen.“

„Ich will sie nicht in Gefahr bringen, du weißt jetzt, was ich für ein Leben in Schönefelde führe. Sie werden stark sein müssen, denn es wird sich nicht verhindern lassen, dass sie mit meinen Problemen in Kontakt kommen, selbst wenn sie weit entfernt von Schönefelde sind. Baltasar wird erfahren, dass sie aufgetaucht sind, und allein das ist schon ein Risiko.“

„Wir haben sie zu starken Persönlichkeiten erzogen“, sagte Giselle. „Sie werden an diesen Herausforderungen wachsen, da bin ich mir sicher.“

„Kann ich ein Foto von ihnen sehen?“, fragte ich.

„Natürlich.“ Giselle stand auf und ging in den Nebenraum. Kurz darauf kam sie mit einem Fotoalbum wieder. Sie schlug es auf und ich sah in die Gesichter zweier Fremder. Ich stutzte einen Moment, als ich mich bei dem Gedanken erwischte, dass das zwar meine Geschwister waren, ich aber nichts von ihnen wusste und ich sie nicht kannte.

„Sie haben dunkle Haare so wie Toni“, sagte Giselle. „Und sie haben dieselben meergrünen Augen wie deine Mutter und du.“

„Ja“, erwiderte ich und betrachtete ihre lächelnden, offenen Gesichter. Sie ähnelten meinem Vater mehr als mir oder meiner Mutter. „Was sind sie für Menschen?“

„Lydia ist ein liebes Mädchen, sehr hilfsbereit und mit einem warmen Herz. Sie ist schüchtern und zurückhaltend. Wir müssen sie oft ermuntern, sich etwas mehr zuzutrauen. Leandro hingegen ist ein Hitzkopf, ihn müssen wir bremsen, damit er sich nicht zu sehr in eine Idee verrennt. Er hat ein stürmisches Gemüt und gerät leicht in Zorn, aber eigentlich ganz tief in seinem Herzen will er mit allen gut auskommen. Beide sind sehr sportlich. Sie gehen leidenschaftlich gern zum Bogenschießen.“

„Bogenschießen?“, fragte ich lächelnd.

„Ja, Phillip hat sie damit angesteckt“, lachte Giselle.

„Es ist gut, wenn sie sich verteidigen können“, erwiderte ich. „Haben sich schon magische Kräfte bei ihnen gezeigt?“

„Bei Leandro schon. Wenn er einen Wutanfall hat, kann es vorkommen, dass plötzlich ein Sturm durch den Garten fegt. Bei Lydia hat sich noch nichts gezeigt, aber sie ist auch so sanftmütig, dass mich das nicht wundert.“

„Wie werden sie die Sache aufnehmen?“, fragte Liana.

„Das kann ich mir schon vorstellen“, sagte Giselle lachend. „Leandro wird begeistert sein und sich kopfüber in sein neues Abenteuer stürzen. Manchmal denke ich, er ahnt schon, dass er anders ist. Lydia hingegen wird es wohl erst einmal Angst machen.“

„Ich kann es kaum erwarten, die beiden kennenzulernen“, seufzte ich.

„Das wirst du“, entgegnete Giselle. „Sie machen bald ihren Abschluss und dann ist endgültig die Zeit gekommen, sie in alles einzuweihen. Doch ich möchte nichts kaputt machen und behutsam vorgehen, vor allem bei Lydia.“

„Ich verstehe das schon“, erwiderte ich.

„Am besten, du erzählt uns noch mehr über die beiden“, sagte Liana. „Etwas aus ihrer Kindheit.“

„Oh, ja“, stimmte ich zu, und Giselle begann ein paar Geschichten zu erzählen, darüber, wie Lydia und Leandro ihre Begeisterung für das Bogenschießen entdeckt hatten und dass ihr zehnter Geburtstag in einem einzigen Durcheinander geendet hatte, weil sich die Zwillinge auf dem Dachboden versteckt hatten, um in Ruhe die geschenkten Süßigkeiten zu verspeisen, während alle voller Sorge nach den beiden gesucht hatten.

Es war schon später Nachmittag, als wir wieder auf die Uhr sahen.

„Wir sollten jetzt gehen“, sagte Liana.

„Wo seid ihr hergekommen?“, fragte Giselle.

„Wir haben den Durchgang bei den Sybillen benutzt“, erwiderte ich.

„Dann bringe ich euch wieder dorthin“, bot Giselle an. „Das ist das Mindeste, was ich für euch tun kann.“

Dankbar nahmen wir das Angebot von Giselle an, denn es verschaffte mir zusätzliche Minuten, in denen ich Giselle nach Details aus dem Leben von Lydia und Leandro ausfragen konnte.

Als wir uns voneinander verabschiedeten, war es beinahe so, als ob ich mich von jemand trennen musste, den ich schon seit Jahren zu kennen meinte.

„Wir sehen uns bald wieder, Selma“, sagte Giselle eindringlich und nahm mich fest in den Arm. „Und bis dahin hören wir voneinander. Ich werde gleich mit deiner Großmutter in Kontakt treten und ihr von deinem Besuch hier erzählen. Wir müssen uns dringend austauschen, wenn die Lage so kompliziert ist in Schönefelde. Außerdem musst du mich über alles informieren, was in deinem Leben passiert. Erzähl mir, wie du mit der Suche nach dem Elixier vorankommst und wie es Adam geht.“

Ich sah sie erstaunt an, doch in ihren Augen lag eine Entschlossenheit, die mir sagte, dass sie das absolut ernst meinte.

„Ja“, sagte ich verdutzt. Dann winkte ich ihr ein letztes Mal und trat durch die Tür zurück nach Schönefelde.

Valentinstag

Eine knappe Woche später war die politische Situation unverändert. Der Admiral bewies sein Können, indem er eine großzügigere Verlängerung der Frist herausgehandelt hatte, und ich wartete Tag für Tag darauf, dass der Primus sich endlich zur Lage äußerte und sich für seinen Vorstoß entschuldigte. Währenddessen waren Ramon und Dulcia aufgebrochen, um dem Hinweis der Zwerge nachzugehen.

„Die Stadt Lincolnville gibt es allein in Nordamerika neunmal", sagte Liana. Wir saßen am Valentinstag in der Küche ihrer WG. „Hätte sich der Zwerg nicht etwas genauer ausdrücken können."

„Es tut mir leid, Liana", sagte ich. „Aber ich kann nicht noch einmal hingehen. Ich habe meinen Bonus aufgebraucht."

„Ich weiß schon", sagte sie gedehnt und betrachtete die Landkarte über dem Herd, auf der sie rote Nadeln verteilt hatte, um alle Orte mit dem Namen Lincolnville zu markieren, die es gab. „Ich würde am liebsten selbst aufbrechen und mir die Sache ansehen." Ungeduldig lief sie in der kleinen Küche auf und ab.

„Ich weiß", erwiderte ich. „Aber wir haben uns darauf geeinigt, dass Ramon und Dulcia allein gehen, damit es nicht auffällt, dass wir die Suche nach den Mädchen allein fortführen. Wenn wir alle plötzlich verschwinden und Ramon, Torin und Lennox mitnehmen, wird das Senatorenhaus stutzig werden. Die beiden kriegen das schon hin, und sobald sie einen Verdacht haben, melden sie sich sofort."

„Ich weiß", stöhnte Liana, dann setzte sie sich mir gegenüber, nahm die Zeitung hervor und studierte sie eine Weile.

„Schreibt der ‚Korona Chronikle' etwas Neues?", fragte ich.

„Bis jetzt hat er kein Wort darüber verloren, dass Ladislav

Ende ein Kriegstreiber sein soll. Das heißt, sie ignorieren immer noch konsequent, dass es den ‚Roten Rächer' überhaupt gibt." Liana legte die Zeitung wieder beiseite und goss sich eine neue Tasse Tee ein.

Ich nickte nachdenklich. Der „Korona Chronikle" äußerte sich nicht zu den Vorwürfen, die der „Rote Rächer" vorgebracht hatte, und die Evakuierung von Akkanka hatte er in einem winzigen Artikel auf der achten Seite damit erklärt, dass es Probleme mit den Feuerschwanzpythons gegeben hatte und die vorübergehende Situation bald beendet werden würde. Viele Studenten waren irritiert von der gegensätzlichen Berichterstattung und wussten nicht so recht, was sie glauben sollten. Falko Görner und ein paar seiner engsten Freunde hingegen verteilten die aktuelle Ausgabe des „Roten Rächer" überall in Tennenbode, und da Frau Professor Espendorm ihn nicht davon abhielt, nahmen wir an, dass es in ihrem Sinne war, die Studenten über die wahren Ereignisse aufzuklären.

„Was sagt denn deine Großmutter zu den Ereignissen?", fragte Liana, stand wieder auf und verstaute ihre Landkarte in einem Karton.

Ich seufzte. Meine Großmutter hatte die sich überstürzenden Ereignisse mit erstaunlicher Gelassenheit hingenommen. „Sie sagt, dass sie von Ladislav Ende nichts anderes erwartet hat. Aber im Moment ist sie ohnehin bei Giselle und Phillip zu Besuch. Die Politik ist ihr im Moment ziemlich egal. Dass ich Lydia und Leandro gefunden habe, ist viel wichtiger, und das kann ich gut verstehen."

„Ich freu mich wirklich für dich", sagte Liana und schob den Karton in ein Regal. „Und das Rätsel um Lincolnville werden wir schon noch lösen."

„Das werden wir ", sagte ich. „Und bis Dulcia und Ramon sich melden, lenken wir uns ab. Ich bin ohnehin ständig in Gedanken in Belara. Ich habe keine Ahnung, wo Nuria schon wieder steckt. Alle Gebäude, die sie mir aufgeschrieben hat, habe ich erfolglos durchsucht. Die Flecken, von denen sie meinte, dass es sich lohnen würde, dort zu graben, konnte ich getrost auslassen. Wir müssen uns Gedanken machen über das, was die Zwerge gesagt haben. Aber Nuria meldet sich einfach nicht mehr und ich laufe im Prinzip ziemlich planlos durch die Gassen und hoffe darauf, dass der Zufall mir irgendwie weiterhilft." Ich seufzte. „Ich kenne schon jeden Winkel in dieser Stadt, und die vielen Katzen auch."

„Hast du mit Sedonie darüber gesprochen, warum du immer wieder Adam siehst?", fragte Liana, und ich zuckte ganz unvermittelt zusammen, als sie seinen Namen nannte.

„Ja", sagte ich und nickte ganz langsam. Die Visionen von Adam waren erschreckend echt gewesen und der hilflose Klang seiner Worte hallte mir immer wieder in den Ohren. Er entfachte den Schmerz wieder aufs Neue, wie eine Glut, die frische Nahrung bekam, und so hatte ich die Dosis an Stachelfunkienessenz wieder erhöht.

„Denkst du, er hat dir eine Botschaft geschickt?" Liana flüsterte fast.

Ich zögerte lange, dann nickte ich. „Ja", sagte ich mit tonloser Stimme. „Genau das glaube ich. Er braucht meine Hilfe. Aber Sedonie sieht das anders. Sie ist sehr vorsichtig mit dem, was sie sagt. Sie meint, dass es vermutlich nur ein Traum ist. Aber wirklich Gewissheit haben wir erst, wenn ich es wieder in die Traumwelt schaffe und wir uns diesen Traum noch einmal gemeinsam ansehen."

„Also ist es dir nicht noch einmal gelungen?"

„Nein", erwiderte ich. „Aber Sedonie ist geduldig. Sie sagt, wenn ich es einmal geschafft habe, dann wird es mir auch wieder gelingen. Mit den Drachen wäre es vermutlich kein Problem, aber Sedonie besteht darauf, dass es auch ohne Drachen funktionieren muss."

„Du kannst dir ja einen Drachen ausborgen. Die Faun bringen sie dir bestimmt gern vorbei", grinste Liana, und ich spürte genau, dass sie mich von dem schwierigen Thema wegleiten wollte.

Ich nickte schnell und versuchte ihr Lächeln zu erwidern, obwohl der Gedanke an Adam das schmerzhafte Pochen wieder verstärkt hatte. Ich gab mir Mühe, an die Drachen zu denken und besonders an die kleine Cecilia, die mit echter Zuneigung an mir hing, genauso wie ich an ihr.

Die Drachen fühlten sich in ihren Übergangszelten im Burghof wohl, zumal sie jetzt auch viel öfter Besuch bekamen. Nur die Faun machten einen weiten Bogen um den Burghof und verfluchten die geflügelten Ungeheuer. Die Studenten hingegen waren begeistert von der Anwesenheit der Drachen und gingen oft an den Zelten vorbei und blieben gern stehen, um die Drachen zu kraulen oder sie mit kleinen Leckerbissen zu füttern.

„Gregor König wäre es auch lieber, wenn die Drachen an einen anderen Ort gebracht werden", sagte ich. Im Mai stand das nächste Drachenrennen an und er befürchtete, dass die Drachen außer Form geraten würden, wenn sie nicht bald wieder ihr Training aufnehmen konnten. Die Sorge um Akkanka trieb ihn außerdem unentwegt um und er war kaum bei der Sache, wenn er seinen Unterricht in Magische Fauna und Flora hielt, der in einen der großen Vorlesungssäle verlegt worden war.

„Ich frage mich eher, wann Skara wieder auftaucht", sagte Liana nachdenklich. „Sie ist immer noch krank." Sie betonte das Wort „krank" mit spitzen Lippen.

„Es hat sich inzwischen herumgesprochen, dass Dulcia und Shirley Skara ihre Leibgarde abspenstig gemacht haben", sagte ich schmunzelnd.

„Oh ja", grinste Liana. „Die Wetten laufen heiß, ob Skara bald mit Lennox an ihrer Seite in Tennenbode auftaucht oder ob sie allein kommt. Ich glaube ja nicht daran, dass sie es wagt, noch einen Torrel-Bruder zu ihrem Schoßhündchen zu machen", sagte Liana.

In diesem Moment polterte es an der Tür und Lorenz kam mit einem zufriedenen Lächeln auf den Lippen herein. Er trug einen eleganten weißen Smoking mit einer pinken Fliege und war in allerbester Stimmung.

„Hallo, ihr Süßen“, sagte er. „Der Valentinstag kann beginnen.“

„Ohne mich“, sagte ich abwehrend.

„Keine Widerworte“, sagte Lorenz streng, und ich seufzte gequält.

Ich musste zugeben, dass ich ein wenig unterschätzt hatte, in welcher Größenordnung Lorenz dieses Event konzipiert hatte. Erst als Mitte der Woche der Kartenvorverkauf in der Tongasse Nr. 13 begonnen hatte und die Studenten scharenweise den Vorlesungen am Nachmittag fernblieben, um noch eine Karte zu ergattern, begriff ich, dass Lorenz und Etienne neue Maßstäbe angelegt hatten. Professor Pfaff war wenig begeistert von dieser Einstellung zu seinem Fach gewesen und hatte mit uns Verbliebenen umso verbissener geübt und das Seminar um eine Viertelstunde überzogen. Während meine Kommilitonen weiter an der Fertigstellung ihrer lebensechten Kopien einer Drossel gefeilt hatten und Professor Pfaff immer exaktere Details verlangte, hatte ich geduldig probiert, meine Drossel zum Leben zu erwecken. Doch unter den kritischen Blicken von Professor Pfaff wollte es mir nicht gelingen, auch nur eine Feder des Vogels in Bewegung zu setzen.

„Du musst in das Eis hineintauchen“, hatte Professor Pfaff immer wieder gesagt. „Du musst es hören und fühlen. Es ist eine Frage der Konzentration und des Willens. Du musst Besitz über das Eis ergreifen wollen und dann gelingt es dir auch.“ Wie zum Beweis, dass es möglich war, hatte er mir diese Übung immer wieder an dem Modell einer Katze vorgeführt, die er bereits für die nächsten Stunden vorbereitet hatte. Er betrachtete das Tier aus Eis mit konzentriertem Blick, hob dann die Hände, als ob er sich in die Katze hineinstürzen wollte, und plötzlich zuckten die zarten und filigranen Schnurrhaare, der Kopf neigte sich vorsichtig und die Katze schlug die Augen auf. Sich wenig wundernd über das, was sie hier tat, reckte und streckte sie sich, sprang vom Tisch und begann dann schnurrend um unsere Beine zu streichen. Genauso wie Professor Pfaff dem Tier Leben einhauchen konnte, konnte er auch bestimmen, was die Katze, neben dem ihr arteigenen Benehmen, tat.

„Je näher das Modell am Original ist", hatte er gesagt, „umso besser können Sie Ihr Geschöpf einschätzen und lenken. Denn auch Geschöpfe aus Eis haben einen eigenen Willen so wie jedes Lebewesen. Aber einen Hund mit dem Kopf eines Adlers sinnvoll zu lenken, wird schwierig, auch wenn es diese Experimente in der Vergangenheit immer wieder gegeben hat. Allerdings regelt das Gesetz zur Ausübung des fünften Elementes inzwischen sehr genau, wie mit diesen Kräften verfahren werden darf. Gemäß § 36 ist nur das Erschaffen von möglichst identischen Kopien von Lebewesen erlaubt. Alle anderen Geschöpfe müssen wieder zerstört werden. Sie sollten sich mit den Sie betreffenden Gesetzen auf jeden Fall noch einmal intensiv beschäftigen, denn das Senatorenhaus verfolgt streng die Einhaltung dieser Regeln."

Ich hatte Herrn Professor Pfaff versichert, mich damit zu befassen, obwohl ich nicht mehr daran glaubte, dass ich überhaupt so weit kommen würde, dass das Gesetz auf mich Anwendung fand, solange ich meine magischen Fähigkeiten mit Kräutermixturen betäubte.

„Das Rathaus ist zwar keine optimale Location", unterbrach Lorenz meine Gedanken und lehnte sich an den Türrahmen. „Aber ich denke, wir haben das Beste daraus gemacht." Ursprünglich hatten Lorenz und Etienne die große Party in Akkanka feiern wollen. Aber wegen der ständig bestehenden Gefahr einer Überschwemmung hatten die beiden noch einmal umgeplant und sich schließlich dazu entschieden, den Rathaussaal anzumieten und eine nichtmagische Party zu feiern. „Und jetzt putzen wir dich heraus", sagte er und beorderte mich ins Bad hinüber, wo schon ein smaragdgrünes Kleid für mich bereitlag. Ich zog es über und nahm dann auf einem

Hocker Platz, wohl wissend, dass ich Lorenz nicht mehr entkam.

„Es kommen zweihundert Leute zu eurer Party?", fragte ich ungläubig, während Lorenz mit geschickten, heißen Winden eine neue Frisur auf meinen Kopf zauberte.

„Ja, Süße", erwiderte er konzentriert, während er noch ein paar Strähnen von rechts nach links zupfte. „Ich hätte auch locker zweihundert Karten mehr verkaufen können, aber laut der Brandschutzverordnung, unter die das Rathaus als öffentliches Gebäude fällt, hat Helmut Neufried darauf bestanden, dass es nicht mehr als zweihundert Gäste sein dürfen."

„Tatsächlich", erwiderte ich und zupfte an dem Saum des Spitzenkleides. „Es kommen doch haufenweise Magier, die einen Brand notfalls löschen könnten."

„So habe ich auch argumentiert, aber Vorschrift ist eben Vorschrift, meint der Bürgermeister, und wenn der Amtsschimmel wiehert, dann helfen auch keine logischen Argumente mehr weiter", erwiderte er seufzend. „Ich weiß, dass du keine Lust hast. Und ich weiß auch, dass der Valentinstag nicht der perfekte Anlass für dich ist, wieder unter Leute zu gehen, aber es wird dir guttun. Glaub mir." Er zupfte noch einmal an meinen Haaren und trat einen Schritt zurück. „So, fertig."

„Ich weiß nicht", erwiderte ich unschlüssig und erhob mich.

„Aber ich weiß es", erwiderte Lorenz entschlossen und hielt mir seinen Arm hin, damit ich einhaken konnte. „Du kannst doch dem Gastgeber keine Absage erteilen." Er sah mich vorwurfsvoll an.

„Geht es jetzt endlich los?", fragte Liana ungeduldig aus dem Flur.

„Jaja", erwiderte ich. „Ich komme ja schon." Am Arm von Lorenz trat ich aus dem Bad.

„Wow", sagte Liana, und auch Paul, der inzwischen gekommen war und in einem dunklen Anzug neben ihr stand, nickte anerkennend. „Gut siehst du aus. Nach den vielen Monaten, in denen ich dich nur in Jeans und Schlabberpulli gesehen habe, hatte ich ganz vergessen, dass du auch atemberaubend schön sein kannst."

„Danke", erwiderte ich zerknirscht. Ich wusste selbst, dass ich seit Adams Unfall meinem Äußeren keine Aufmerksamkeit mehr geschenkt hatte.

„Jetzt lass mal Selma in Ruhe", sagte Paul verständnisvoll und reichte mir meine Jacke. „So einen Schicksalsschlag verarbeitet man nicht innerhalb von ein paar Tagen und dafür, dass Adam seit dem Autounfall im Koma liegt, hältst du dich wirklich gut. Ich wüsste nicht, ob ich meinen Alltag so gut hinkriegen würde wie du, wenn mir so etwas passiert wäre."

„Ähm, ja", sagte ich düster und war froh, dass ich vorhin noch einen Löffel Stachelfunkienessenz genommen hatte. „Ist ja nicht mein erster Schicksalsschlag. So langsam bekomme ich Übung im Trauern und Verzweifeln."

„Das meine ich", sagte Paul grinsend und hielt uns die Tür auf. „Im Angesicht der Tragödie noch Galgenhumor zu beweisen, das schafft nicht jeder."

„Wenn du wüsstest", murmelte ich leise.

„Genug jetzt", sagte Lorenz und schob mich zur Tür hinaus. „Jetzt gehen wir aus."

Gemeinsam traten wir auf den Marktplatz, der Schnee war mittlerweile geschmolzen und eine feuchte Kälte lag in der Luft, die davon kündete, dass der Frühling nicht mehr weit war.

Während wir über den Marktplatz schritten und die Absätze unserer Schuhe auf dem Kopfsteinpflaster klapperten, drang uns vom Rathaus schon Musik und Lachen entgegen. Alle Fenster waren hell erleuchtet und aus den Straßen und Gassen strömten elegant gekleidete Pärchen dem großen Gebäude zu.

„Hallo", rief ein schlanker junger Mann und eilte zu uns. Er trug denselben weißen Smoking mit pinker Fliege wie Lorenz und sein hellblondes Haar war ähnlich wirr gestylt.

„Hallo Etienne", sagte Lorenz mit einem breiten und glücklichen Grinsen, aber dennoch ließ er mich nicht los. Wir wussten beide, dass er seine Beziehung zu Etienne geheim halten musste, denn es waren viele Magier auf der Party, die auch ein Auge darauf werfen würden, ob die gesellschaftlichen Regeln eingehalten wurden.

„Wo steckt eigentlich Shirley?“, fragte ich und sah mich um.

„Sie kommt nach“, erwiderte Lorenz. „Irgendwas hat sie mit Torin ausgetüftelt, aber frag mich nicht, was.“ Er zuckte mit den Schultern, winkte uns alle am Einlass durch und schob mich zur Rathaustür hinein. Selbst die Gänge waren schon voll, aber das machte nichts, denn schon hier umfing mich die zauberhafte Dekoration aus rosa Herzen und glitzernden Sternen, die an der Decke leuchteten. Auf den ersten Blick sah es aus, als ob jemand, ohne auf die Stromrechnung zu sehen, eine endlose Zahl an bunten Lampen an der Decke befestigt hatte. Doch bei genauerem Hinsehen bemerkte ich, dass dort oben kleine Lichtbälle schwebten, die geschickt in Form gebracht worden waren.

„Wow!“, sagte Paul und sah erstaunt nach oben. „Irre Lichtinstallation. Ich hatte ja keine Ahnung, was du technisch alles drauf hast, Lorenz.“

„Ich bin halt ein Naturtalent“, grinste Lorenz schief und zwinkerte Liana zu, die nervös hin und her sah. Sie hatte lange überlegt, ob sie mit Paul hierherkommen konnte, aber es war Paul nicht entgangen, was für eine Party im Rathaus gefeiert wurde, und er hatte darauf bestanden, seine Freundin zu dieser Party auszuführen.

Wir waren zwar alle der Meinung, dass die Sittenwächter bei einer so großen Veranstaltung gar nicht so genau hinsehen konnten und würden, aber Liana ängstigte die Situation dennoch.

„Kommt, ich zeige euch die Bar, die wir oben vor dem Rathaussaal aufgebaut haben!“, sagte Etienne und ging die breite Treppe voran, die auf der rechten Seite nach oben führte. Vor dem Rathaussaal war ein kleiner Empfangsbereich und dort stand tatsächlich ein Tresen, der komplett aus Glas zu bestehen schien. Doch ich war mir ziemlich sicher, dass er aus Eis war. Er war geschickt mit blauem Licht ausgeleuchtet worden und ich hatte den Verdacht, dass jemand blaue Lichtbälle in das Eis eingebaut hatte.

„Wahnsinn!“, murmelte Paul, und nicht nur er starrte den Tresen aus Eis erstaunt an. Ich entdeckte Helmut Neufried in der Ecke des Foyers, der wild in Richtung von Lorenz und Etienne gestikulierte.

„Mmh“, meinte Etienne und grinste Lorenz an, während Paul an die Bar herantrat und sie möglichst unauffällig näher zu untersuchen begann. „Mir scheint, der Bürgermeister ist mit der Anpassung unseres Konzeptes nicht zufrieden.“

„Ein magisches in ein nichtmagisches Event umzuwandeln, ist nicht so einfach, und ich konnte nicht auf all die genialen Effekte verzichten. Das wäre absolute Verschwendung gewesen. Komm“, sagte Lorenz an Etienne gewandt. „Wir werden den Guten mal etwas beruhigen, bevor er uns noch die Party sprengt.“ Etienne nickte und gemeinsam gingen sie mit einem gewinnenden Lächeln auf Helmut Neufried zu und begannen gestenreich auf ihn einzureden. Währenddessen folgte Liana Paul an die Bar und versuchte ihn zu überreden, Getränke für alle zu bestellen und sich später in Ruhe von Lorenz erklären zu lassen, wo er die Kabel versteckt hatte, um die Bar zum Leuchten zu bringen.

„Das geht doch nicht“, hörte ich Helmut Neufried gedehnt sagen, doch seine Stimme klang schon nicht mehr empört, sodass Lorenz ihn fast überzeugt zu haben schien, dass alles ganz unauffällig und auch für nichtmagische Bürger leicht zu erklären war.

Ich musste lachen, als ich Lorenz in Aktion sah, dann warf ich einen Blick in den Rathaussaal, dessen Decke ebenso wie die Gänge und das Foyer in einem Lichtermeer aus Sternen und Herzen erstrahlte. Ein sanfter, goldener Glitzerregen schien im Rathaussaal auf die Tanzenden hinabzurieseln und ich stellte es mir traumhaft vor, darunter zu tanzen.

In diesem Moment erkannte ich Torin und Shirley auf der Tanzfläche, die harmonisch zu einem langsamen und melodischen Stück tanzten, eng umschlungen, Kopf an Kopf, den Blick innig in den des anderen vertieft.

Sie sahen so glücklich und zufrieden aus, so verliebt und voller Hoffnung, wie ich es einst gewesen war. Der Schmerz traf mich ganz unvermittelt und mitten ins Herz. Ich sah, wie Torins starke Arme um Shirleys schmaler Taille lagen, wie er sie mit einem seligen Lächeln auf den Lippen stark und vorsichtig zugleich über die Tanzfläche führte. Er beugte sich zu ihr und flüsterte ihr etwas ins Ohr, woraufhin Shirley leise lachte.

Ich wandte mich ab. Ich hatte geglaubt, dass ich damit klarkommen konnte, dass ich den Schmerz mit Hilfe von Kräutern im Griff hatte. Doch es war ein dummer Irrtum. Der Schmerz wuchs immer stärker, wurde beißend und intensiv, und ich hatte das Gefühl, dass sich in mir alles quälend verknotete. Ich bekam keine Luft mehr und lief einfach los, während ich die Beherrschung verlor und die Tränen in meine Augen schossen.

Ich würde nie vergessen, wie glücklich ich mit Adam gewesen war, diese Lücke in meinem Leben war eine klaffende, schmerzende Wunde, die niemals verheilte. Auch wenn ich mich betäubt hatte und versuchte, mich mit dem Gedanken zu trösten, dass Adam im Totenreich auf mich warten würde, so wusste ich doch immer, dass es nur ein schaler Trost war. Er war in diesem Moment nicht da. Er war nicht am Leben, und das wollte ich doch, ich wollte mit ihm leben, ihn lieben und spüren. Ich wollte wieder frei atmen und das lebendige und warme Kribbeln spüren, das seine Anwesenheit verlässlich in mir ausgelöst hatte, und all das wollte ich jetzt, und nicht irgendwann einmal, wenn ich selbst gestorben war. Wer wusste überhaupt, was uns da erwartete, es würde nicht mehr das Leben sein und es wäre mit Sicherheit nicht dasselbe.

Ein Schluchzen entrang sich meiner Kehle, während ich irgendeine Treppe hinaufhastete. Ich wollte nur kurz allein sein und mich wieder sammeln. Ich stieß eine Tür auf und fand mich in einem dunklen Konferenzzimmer wieder.

Das Schluchzen ließ sich nicht mehr aufhalten. Ich ließ mich an einer Wand neben einem Schrank zu Boden sinken und legte erschöpft meinen Kopf auf meine Knie, während ich versuchte, meine Fassung wiederzugewinnen und gegen die heftigen Schluchzer anzukämpfen, die mich schüttelten. Doch der Gedanke, Adam nie wiederzusehen, bohrte sich in mein Herz wie ein vergifteter Pfeil und schien in diesem Moment jedes Atmen sinnlos zu machen. Was zählt die Liebe, wenn der Tod sie doch zu trennen vermag? Was zählt das Glück, wenn es nicht ewig währt?

Die Gedanken umzingelten mich wie eine dunkle Armee und ich konnte ihnen nichts Hoffnungsvolles mehr entgegensetzen. Meine Tränen versiegten und eine lähmende Traurigkeit machte sich in mir breit, während ich stumm in die Dunkelheit starrte.

Ich wusste nicht, wie lange ich dort gesessen hatte, als ich plötzlich Stimmen vernahm, die sich mir näherten. Auf dem Gang kam jemand in meine Richtung und dieses Geräusch sorgte dafür, dass ich mich schließlich doch bewegte.

Ich sah mich hektisch um. Es war nicht gut, wenn der Bürgermeister mich dabei erwischte, wie ich in einen seiner Arbeitsräume eingedrungen war. Erst jetzt begriff ich, dass es keine gute Idee gewesen war, in den erstbesten Raum zu stürzen.

Das Senatorenhaus würde mich sicherlich sofort der Spionage bezichtigen. Hektisch sah ich mich um und riss die Schranktür neben mir auf. Erleichtert stellte ich fest, dass der Schrank bis auf eine Kleiderstange voller Bügel leer war.

Kurzentschlossen hockte ich mich hinein und zog die Schranktüren hinter mir zu. Gerade noch rechtzeitig, denn schon vernahm ich Stimmen, und Licht wurde angeschaltet.

„Hier können wir ungestört sprechen", sagte Helmut Neufried, und ich hörte, dass mehrere Personen am Schrank vorbeigingen. „Der Raum ist sicher, er wurde mit Wurzsaugern ausgestattet.“

„Das nutzt scheinbar nichts mehr“, sagte eine weitere Männerstimme, die mir entfernt bekannt vorkam. „Das Senatorenhaus ist ebenfalls mit Wurzsaugern ausgestattet, aber irgendwie ist die Information doch ans Tageslicht gelangt, dass der Primus Forderungen an die Zwerge gestellt hat.“

„Das können auch die Zwerge selbst gewesen sein, Herr Senator“, sagte Helmut Neufried.

„Ich weiß“, knurrte der Senator, und ich spitzte die Ohren. „Ich habe Lilienstein einen Besuch abgestattet. Aber er legt seine Quellen nicht offen und in seinen Geist konnte ich auch nicht eindringen. Ein störrischer Zeitgenosse. Ich habe ihm nahegelegt, das Schmierblatt einzustellen, aber er weigert sich. Außerdem ist dieser Künstler Konstantin Kronworth auch noch mit von der Partie und sorgt dafür, dass sein Name permanent in diesem Blättchen steht. Die Leute lieben ihn und wir können ihn nicht einfach verschwinden lassen, vor allem nicht, nachdem das Publikationsverbot gegen ihn aufgeflogen ist. Nach Lilienstein würde niemand suchen, aber bei Kronworth und seinen Fanscharen müssen wir aufpassen, dass es nicht zu dummen Fragen kommt.“

„Die Angelegenheit mit dem ‚Roten Rächer' wird sich sicher bald wieder totlaufen, warten Sie nur ab, bis die Leute das Interesse an dieser Zeitung verlieren“, erwiderte Helmut Neufried schmeichelnd. „Das ist nur ein kurzes Strohfeuer.“

„Das hoffe ich“, erwiderte der Senator übellaunig. „Diese unangenehme Geschichte muss bald ein Ende haben.“

„Was soll das heißen?“, sagte eine scharfe Frauenstimme in diesem Moment, und ich zuckte zusammen, als ich erkannte, wem sie gehörte. Es war Adams Mutter, die da saß, und mein Herz begann zu rasen. Was wollte sie hier? „Dieser Eklat mit den Zwergen muss endlich zu Ende gebracht werden, entweder auf die eine oder auf die andere Weise. Es ist gut, wenn jemand das Thema auf den Tisch bringt."

„Timea", sagte eine Männerstimme beruhigend, die der von Ramon sehr ähnelte. Das musste Adams Vater sein.

„Nein, es reicht mir endgültig", zischte Timea Torrel wütend. „Die Politik von Ladislav Ende ist untragbar. Wir haben seine Wahl unterstützt und auch Helmut Neufried empfohlen, sein Bestes zu geben, damit Ladislav Ende die Wahl gewinnt und Willibald Werner würdig ersetzt. So war es vereinbart und deswegen hat Ladislav Ende die Unterstützung aller Patrizier erhalten. Es war nie die Rede davon, dass er im Alleingang und eigenmächtig Kriege provoziert und das Ansehen der Vereinten Magischen Union schädigt."

„Noch gibt es keinen Krieg", sagte der Senator beschwichtigend. „Es gibt lediglich eine Provokation und die führt auch zum Ziel. Und ich darf vielleicht anmerken, dass die Senatoren die Kandidatur von Ladislav Ende ebenfalls unterstützt haben. Wir haben den ‚Korona Chronikle' angewiesen, sein Bestes zu geben, damit Ladislav Ende in einem guten Licht erscheint. Keiner der anderen Kandidaten hatte eine Chance. Sie haben auf den Richtigen gesetzt."

„Das bezweifle ich mittlerweile, denn jetzt ist er zu weit gegangen", zischte Timea Torrel. „Ich kann verstehen, dass der Angriff des Latorios-Drachen während der Wahl nicht in die Öffentlichkeit durfte, und schweren Herzens habe ich darauf verzichtet, dass meinem Sohn die gebührende Ehre erwiesen wurde, obwohl er sein Leben im Kampf für den Schutz des Primus geopfert hat. Aber mit den Zwergen einen Krieg zu beginnen, halte ich für ausgesprochen dumm. So einen Vorstoß zu wagen, ist unhaltbar. Ich werde meine Söhne in keinen Krieg schicken, der aus so niederen Motiven begonnen wurde. Solche Entscheidungen darf Ladislav Ende nicht im Alleingang treffen."

„Der Primus will die Vereinte Magische Union stärken und unabhängiger machen", sagte der Senator. „Und von Krieg ist keine Rede, er verleiht unseren Forderungen lediglich etwas

Nachdruck."

„Herr Senator", sagte Timea Torrel schneidend. „Sie wissen genau, dass der Vorstoß des Primus aussichtslos ist. Die Zwerge werden den Magiern den Zugang zu Rannium niemals gestatten. Jeder Magier, der sich halbwegs mit diesen Wesen auskennt, weiß von ihrem Stolz. Lieber sterben sie, als sich zu unterwerfen. Sie schärfen die Waffen und bereiten sich auf einen Krieg vor und für diesen Weg verweigere ich meine Unterstützung, und Sie wissen, was alles an meinem Wort hängt."

„Frau Torrel", sagte der Senator schmeichelnd. „Es wird schwer, den Primus von seinem Weg abzubringen. Vier der Senatoren stehen fest hinter ihm und folgen jeder seiner Entscheidungen."

„Ganz genau", erwiderte Timea Torrel triumphierend. „Und die restlichen fünf Senatoren folgen Ihrer Meinung, Herr Johnson."

Ich zuckte in meinem Schrank erstaunt zusammen, als ich bemerkte, dass dort auf der anderen Seite Gustav Johnson saß, der Senator für Kinder- und Jugendangelegenheiten, der meine Aufnahme in die Vereinte Magische Union vorgenommen hatte.

„Ich habe die Absetzung des Admirals hingenommen", fuhr Timea Torrel wütend fort, „damit Sie dieses unsägliche Mädchen endlich vor Gericht stellen können. Wäre sie nicht gewesen, wäre meinem Sohn dieses Unglück niemals passiert. Aber dann zerstört der Primus diesen wunderbaren Plan, indem er den Zwergen vor den Kopf stößt. Ich bitte Sie, das grenzt schon an debile Blödheit. Akkanka ist nach wie vor evakuiert und die Drachen hocken in Zelten im Burghof. Das ist eine einzige Farce."

„Frau Torrel", sagte Herr Johnson tadelnd, während meine Knie in dem Schrank zu zittern begannen. Adams Mutter hatte diese Sache eingefädelt? Ich konnte es kaum glauben. Ich hatte immer vermutet, dass Baltasar hinter diesem Vorstoß stecken würde, aber Adams Mutter hatte ich das ehrlich gesagt nicht zugetraut.

„Wagen Sie es ja nicht, mich zu verurteilen“, sagte Frau Torrel drohend. „Sie haben keine Ahnung, welches Leid ich tagtäglich ertragen muss, und jemand wird dafür büßen, und wenn es nicht dieses Mädchen ist, dann werde ich Ladislav Ende dafür verantwortlich machen und die Geschichte mit dem Latorios-Drachen öffentlich machen. Ich habe bereits mit Lilienstein gesprochen. Er will die Sache gerne bringen. Und wenn das nicht reicht, werde ich den nächsten Schritt unternehmen und öffentlich machen, wie Ladislav Ende die Wahl gewonnen hat, nämlich nur mit meiner finanziellen Hilfe, und die werde ich ihm dann als Nächstes streichen.“

„Sie kooperieren mit Lilienstein?“, rief Gustav Johnson empört. Ein Stuhl klapperte und ich nahm an, dass der Senator aufgesprungen war.

„Das werde ich. Mir ist jedes Mittel recht, um meine Rache zu bekommen.“ Frau Torrels Stimme war jetzt laut geworden. „Richten Sie das Ihrem Primus aus und es hilft ihm auch nicht, mich zu ignorieren, so wie er es in den letzten Wochen getan hat. Er hat wohl vergessen, wer ihm auf diesen Thron geholfen hat. Er soll sich bewusst werden, dass ich ihn auch wieder von dort vertreiben kann.“

„Timea, bleib ruhig“, ermahnte sie ihr Mann mit beschwichtigender Stimme. Doch damit hatte er ganz offenbar die falschen Worte gewählt.

„Ich hasse die Ruhe“, rief Frau Torrel. „Die Ruhe in meinem Haus schnürt mir die Kehle zu.“ Ein heiseres Keuchen entwich ihr und ich hörte sie gequält aufstöhnen. „Warum musste es gerade Adam treffen? Warum ihn? Er war noch so jung und voller Leben, und alles nur, um diesen Dummkopf von einem Primus vor einem Angriff zu beschützen, an dem nur dieses Mädchen Schuld hat. Wer sonst hat den Latorios-Drachen hierher gelockt.“ Sie stöhnte heiser.

„Timea, wir sollten jetzt besser gehen“, sagte Herr Torrel beschwichtigend.

„So jung und so schön“, wisperte sie, und der heisere Klang ihrer Stimme wurde leiser. Ich hörte Stühle rücken und die Tür öffnete und schloss sich wieder.

Ich wollte schon die Schranktür wieder aufdrücken und aus dem Raum verschwinden, als ich ein Räuspern vernahm und erschrocken innehielt.

„Meinen Sie, sie macht mit ihrer Drohung ernst?“, fragte Helmut Neufried Senator Gustav Johnson.

„Im Moment ist sie zu allem fähig“, sagte Gustav Johnson düster. „Aber das war nicht mehr als eine leere Drohung. Ich kenne Timea, Leute wie Lilienstein verabscheut sie zutiefst, selbst in ihrer dunkelsten Stunde. Ich werde es darauf ankommen lassen müssen. Der Primus ist im Moment ohnehin schwer zu überzeugen, diese Idee fallen zu lassen. Er gefällt sich in der Rolle des Welteneroberers.“

„Aber wäre es nicht besser, den drohenden Krieg zu beenden, bevor er beginnt?“, fragte Helmut Neufried vorsichtig.

„Sicher, sicher“, entgegnete Gustav Johnson. „Aber der Primus wird erst dann die Situation beenden, wenn es unvermeidbar ist oder wenn er es ohne Gesichtsverlust tun kann.“

„Natürlich“, erwiderte Helmut Neufried verständnisvoll.

„Kommen Sie“, sagte Gustav Johnson jetzt, und ich hörte wieder das Rücken von Stühlen. „Wir werden uns noch ein wenig unters Volk mischen. Wann hat man schon einmal Gelegenheit, im Rathaus von Schönefelde zu feiern. Tolle Idee übrigens mit der Valentinstagsparty. Das schafft Bürgernähe und sichert Ihnen Wählerstimmen. Zu dieser Idee kann ich Sie nur beglückwünschen Wie hieß diese Agentur noch einmal, die Sie da engagiert haben?“

„Ähm“, sagte Helmut Neufried kurz und schien zu überlegen, ob er das ungerechtfertigte Lob annehmen oder ablehnen sollte.

„Die Agentur heißt Lorienne, sie haben auch die Wahlkampfpartys von Ladislav Ende organisiert. Sehr engagierte junge Herren, sie haben immer tolle Ideen und die Bürger sind begeistert."

„Stellen Sie mir die beiden doch einmal vor", sagte Gustav Johnson, und ich hörte seine Stimme leiser werden, während er von einer misslungenen Gartenparty seiner Frau erzählte.

Endlich schien ich allein zu sein und atmete tief durch. Sicherheitshalber blieb ich noch einen Moment im Schrank sitzen und lauschte in den Konferenzraum. Doch er schien leer zu sein und so wagte ich es und öffnete langsam die Tür.

Mit schnellen Schritten und klopfendem Herzen ging ich in den Flur und sah die Treppe hinab. Doch weder Helmut Neufried noch Gustav Johnson waren zu sehen. Möglichst unauffällig huschte ich die Treppen hinab und verschwand in den Waschräumen. Dort richtete ich mein verschmiertes Make-up, so gut es ging, und atmete tief durch. Die Anschuldigung als Lügnerin verdankte ich also Adams Mutter. Ich hatte mit vielem gerechnet, aber nicht damit. Aber ich hatte noch etwas Wichtiges erfahren, etwas, mit dem ich den Konflikt mit den Zwergen schnell beenden konnte.

„Guten Abend", sandte ich einen Gedanken an Herrn Lilienstein.

„Selma, nanu?", entgegnete er. *„Ist alles in Ordnung? Ist etwas in Akkanka passiert?"*

„Nein", erwiderte ich. *„Ich habe gerade ein sehr brisantes Gespräch belauscht."* In kurzen Worten fasste ich das eben Gehörte zusammen.

„Timea Torrel hat mit mir Kontakt aufgenommen", bestätigte Herr Lilienstein nachdenklich. *„Ich will diese Geschichte natürlich drucken, vor allem für dich und um zu demonstrieren, wie der Primus mit Informationen umgeht. Inzwischen habe ich auch genug unvoreingenommene Zeugen gefunden, die den Vorfall bestätigen und die ich zitieren darf. Doch weil es eben um Adam geht, habe ich mich noch zurückgehalten. Schließlich wird diese Sache Wogen schlagen."*

„Das soll sie auch", sagte ich. *„Drucken Sie die Geschichte mit dem Latorios-Drachen."*

Herr Lilienstein zögerte kurz. *„Dann wird der Primus denken,* *dass Timea Torrel ihre Drohungen wahr gemacht hat.“*

„Das wird er, und er wird fürchten, dass das nur der Anfang war und sie ihm als Nächstes das Geld streicht, und dann wird er seine Forderung gegenüber den Zwergen zurücknehmen“, entgegnete ich entschlossen.

„Und das wird den Krieg beenden.“ Ich sah regelrecht das triumphierende Lächeln von Herrn Lilienstein vor mir. *„Ich mache mich sofort an die Arbeit. Danke für den Tipp, Selma.“*

Ich lächelte ebenfalls und verabschiedete mich von Herrn Lilienstein, dann schlüpfte ich aus den Waschräumen und machte mich auf die Suche nach Liana, um ihr von den Neuigkeiten zu erzählen. Ich lief durch das Foyer, das voller Leute war, grüßte ein paar Bekannte aus der Schule und wollte schon in den Rathaussaal gehen, als mich eine feste Hand am Arm packte. Erschrocken fuhr ich herum.

„Torin“, sagte ich erschrocken und sah in sein ernstes Gesicht. „Ist etwas passiert?“

„Nicht direkt“, entgegnete er ausweichend. „Komm mit!“ Er zog mich weiter die Treppe hinab und ich folgte ihm verdutzt. Als wir das Rathaus verließen, wunderte ich mich, doch Torin redete nicht mit mir, sondern eilte nach draußen. Er war dabei wachsam und sah sich immer wieder um, als ob er dachte, es würde uns jemand folgen.

„Was ist denn los?“, fragte ich, als wir schließlich draußen auf dem Marktplatz waren und Torin zielstrebig auf die Kastanienallee zusteuerte.

Endlich ließ er meinen Arm los, doch er unterbrach nicht seinen schnellen Schritt, sondern sah mich nur verschwörerisch an.

„Meine Eltern sind auf der Party“, entgegnete er.

„Ich weiß“, sagte ich und wollte schon ausholen und ihm von dem Gespräch erzählen, das ich belauscht hatte.

Doch Torin unterbrach mich. „Das ist das erste Mal seit letztem Herbst, dass sie gemeinsam das Haus verlassen haben. Elsa ist allein und passt auf Adam auf. Du wolltest ihn doch sehen. Wenn, dann jetzt. Shirley lenkt meine Eltern noch eine

Weile ab und verschafft uns ein paar Minuten Zeit." Er sah auf seine Uhr. „Elsa bereitet gleich das Abendessen vor und Adam wird eine Viertelstunde unbeobachtet sein. Das ist die Gelegenheit. Bist du bereit?" Er sah mich ernst an, während er mich in eine dunkle Ecke des Marktplatzes zog. Mit einem leisen Rascheln erschienen seine Flügel auf dem Rücken, während er mich immer noch forschend ansah. Ich wollte ihm eigentlich von dem Gespräch mit seiner Mutter erzählen und dass wir den Krieg mit den Zwergen abwenden könnten, wenn Herr Lilienstein die Geschichte von Adam und dem Latorios-Drachen auf die Titelseite nahm, aber das war alles plötzlich ganz unwichtig und weit weg von mir. So weit, dass es kaum noch eine Bedeutung hatte.

„Jetzt oder nie!", flüsterte Torin eindringlich.

Mein Atem stand still, und nicht nur das, die ganze Welt schien für eine endlose Sekunde stillzustehen, während ich langsam Torins Worte begriff, dass ich Adam jetzt wiedersehen konnte.

Schließlich nickte ich hastig, schloss die Augen und atmete tief durch. Mit einem scharfen Reißen durchbrachen meine Flügel den Stoff des smaragdgrünen Kleides. Lorenz würde schimpfen, dass ich das teure Stück ruiniert hatte, aber er würde verstehen, dass ich keine Zeit mehr hatte, mich umzuziehen, denn schon erhob sich Torin in den Nachthimmel, und ich folgte ihm schnell.

Mein Atem ging hektisch, als wir auf dem schmalen Balkon landeten, der sich an Adams Zimmer anschloss. Dunkle und helle Gedanken waren während des kurzen Fluges immer wieder in meinem Kopf gekreist. Ich hatte Adam seit dem Tag der Wahl nicht mehr gesehen, ich hatte versucht, sein Gesicht nicht aus meinen Gedanken zu verlieren, und mir immer wieder die Details seines Aussehens ins Gedächtnis gerufen, doch sein Bild war mir mehr und mehr entglitten, je länger die Zeit ohne ihn angedauert hatte.

„Wir haben nur ein paar Minuten, vergiss das nicht!“, sagte Torin eindringlich und legte die Hand an die Balkontür. Der Riegel bewegte sich leise im Inneren des Schlosses. „Wenn ich dich rufe, müssen wir sofort gehen und von hier verschwinden.“

Ich nickte hastig und ließ meine Flügel verschwinden. Dann drückte Torin gegen die Balkontür und sie gab mit einem leisen Klacken nach. „Los jetzt, geh!“ Er schob die Tür auf.

Ich fühlte meine Beine plötzlich nicht mehr und dennoch spürte ich, wie ich mich in Bewegung setzte. Ich trat in den dunklen Raum mit weichen Knien, leerem Kopf und meinem vor Verzweiflung brennenden Herzen.

„Adam“, flüsterte ich leise. Der rote Schimmer eines Feuers lag über dem Raum und mit einem Schlag überkamen mich alle Erinnerungen. Vor dem Kamin hatte sich Adam das erste Mal offenbart und mir seine schwarzen Flügel gezeigt. In dem von einem dunkelroten Baldachin bespannten Bett hatten wir uns das erste Mal geliebt. Ich dachte mit einem sanften Lächeln an die Flammen, die wir jedes Mal entzündet hatten, wenn wir uns nahgekommen waren. Langsam trat ich an das Bett heran, dessen Vorhang herabgelassen war, wie zum Schutz gegen einen kühlen Wind. Ich zögerte kurz, als ich die Hand auf den schweren Stoff legte, versuchte mein Herz zu beruhigen und meinen Atem zu zähmen.

Ich schob den Vorhang zur Seite und trat an das Bett heran, bevor ich es mir noch einmal anders überlegen konnte. Ein Schluchzen entrang sich meiner Kehle. Adam lag still und ruhig auf einem weißen Kissen, seine Züge waren friedlich, sein Atem ging flach und langsam. Er war es, ich erkannte die dunklen Haare, die sich leicht bis zu seinem Nacken lockten, ich erkannte seine weichen, vollen Lippen wieder, die mich oft so stürmisch und ungeduldig geküsst hatten, und dennoch war es nicht Adam, der hier vor mir lag. Ich kannte jeden Finger, er war mir so vertraut wie mein eigener Körper, aber wie er vor mir lag, war er mir zugleich so fremd, wie ich es nicht kannte.

Es dauerte eine Weile, bis ich es begriff, aber dann erschlug es mich regelrecht. Es war kein Leben in ihm. Da lag nur Adams leere Hülle, nicht mehr und nicht weniger. Ich nahm seine Hand in meine, sie war warm und weich, doch es kribbelte nicht in meinem Bauch, das warme und heftige Pulsieren stellte sich nicht ein. Adam war weit weg von mir, so weit, dass wir keinen Kontakt mehr miteinander hatten. Unser Band war zerrissen, unsere unendliche Liebe war verloren. Die Prophezeiung hatte sich erfüllt und es gab keine Hoffnung mehr, das Schicksal umzukehren. Die Worte klangen mir plötzlich wieder in den Ohren, höhnisch und spöttisch kamen sie mir mit einem Mal vor.

Deine Liebe ist ein Weg, sein Ziel ist die Wahrheit. Dein Glück macht dich stark und wird dir den Weg weisen, wenn es dunkel wird um dich herum. Alles ist miteinander verwoben und große Gefahren stehen dir bevor. Eure Liebe bringt den Tod.

Sie hatten alle recht gehabt, die Sybillen, meine Großmutter, und wer sonst noch von der Prophezeiung gehört hatte. Und ich hatte wirklich geglaubt, ich könnte mich darüber erheben, ich hatte geglaubt, dass ich das Glück festhalten konnte und über den Tod triumphieren würde. Doch dem Schicksal konnte man nicht entkommen.

Demut überkam mich, als ich begriff, wie oft ich die vielen Gefahren leichtsinnig herausgefordert hatte und wie oft ich nur durch Zufall knapp entkommen war. Ich hätte vorsichtiger sein müssen, ich hätte mich mit Adam im Geheimen Garten verstecken sollen. Dann wären wir jetzt noch zusammen, ich könnte Adams Stimme hören und fühlen, wie er den Druck meiner Hand erwiderte.

Langsam strich ich über seinen Handrücken und wartete einen endlosen Moment darauf, dass er sich regte, dass er auf mich reagierte. Selbst ein kleines Zucken hätte mir den Funken von Hoffnung gegeben, dass doch noch nicht alles verloren war.

„Adam", flüsterte ich mit erstickter Stimme und sah ihn

erwartungsvoll an. „Adam", flüsterte ich erneut, und dann brach meine Stimme, verlor ihren Klang und ihre Kraft gänzlich. Nicht einmal seine Pupillen zuckten hinter den Augenlidern, es war nichts mehr von dem Mann übrig, den ich liebte, seine Seele war weit entfernt von meiner, so weit, dass nicht einmal ich sie zurückholen konnte.

„Selma", zischte Torin in diesem Moment. „Komm!"

Ich sprang erschrocken auf und hörte selbst schon die Schritte hinter der Tür. Mit schnellen Schritten hastete ich auf den Balkon und genau in dem Moment, in dem Torin die Balkontür zuschob, betrat Elsa den Raum und hinter ihr kam Adams Mutter herein, einen gequälten und gepeinigten Ausdruck auf den Lippen. Ich starrte wie gebannt den Schmerz in ihren Zügen an und stellte fest, dass es auch mein Schmerz war, den ich da las. Auch wenn sie mich hasste und mich für alles verantwortlich machte, so verband uns dieser alles verzehrende Schmerz doch miteinander.

„Los!", zischte Torin und erhob sich flügelschlagend hinauf in den Nachthimmel. „Weg von hier."

Ich zögerte kurz und warf der verstörenden Szene hinter der Balkontür einen letzten Blick zu, Elsa stand über Adam gebeugt und richtete das Kissen unter seinem Kopf, während seine Mutter erstarrt vor seinem Bett stand und in ihrer ganzen Haltung verzweifelt fragte, warum gerade sie das Schicksal so hart treffen musste. Das Bild brannte sich in meinen Kopf und ließ mich nicht mehr los, genauso wie die Verzweiflung, die angefacht durch dieses hohle Wiedersehen hell aufloderte. Ich ließ meine Flügel herausbrechen und wandte mich ab, dann erhob ich mich in die dunkle Nacht und folgte Torin zurück in die Stadt.

Wahrheiten

Die Dunkelheit ließ mich nicht mehr los in dieser Nacht. Während Torin zurück zur Party ging, um Shirley zu treffen, flog ich weiter in die Steingasse. Das Haus war leer und ich wollte jetzt allein sein. Ich landete im Garten und schlich mit schweren Schritten ins Haus. In meinem Zimmer angekommen, legte ich mich auf mein Bett und starrte die Decke an. Doch die Stille brachte jeden Moment meines Wiedersehens mit Adam zurück, jedes Detail entfaltete sich zu ungeahnter Kraft. Sein flacher Atem, seine kraftlosen Finger in meiner Hand, sein Kopf, der akkurat in der Mitte des Kissens gelegen hatte, wie er sich selbst nie hingelegt hätte, wenn er es aus eigener Kraft vermocht hätte. Mit einem Mal fühlte sich jeder Atemzug so sinnlos an, die Verzweiflung war kaum noch zu ertragen und ich wusste, dass ich an einem neuen Tiefpunkt angekommen war.

Die Nacht verging, ohne dass ich Schlaf fand, nicht einmal, nachdem ich von der Stachelfunkienessenz genommen hatte, die gegen diesen starken Schmerz nicht mehr anzukommen schien. Immer wieder spulte sich die Szene in Adams Zimmer vor meinen Augen ab und die Leere dieser Begegnung und die Leblosigkeit, die Adam verströmt hatte, erdrückten mich.

Als der Morgen graute, hörte ich Geräusche im Flur. Der Schlüssel wurde herumgedreht und Schritte näherten sich. Doch ich konnte mich nicht dazu ermuntern, aufzustehen. Selbst wenn Baltasar gekommen wäre, um mich zu töten, wäre es mir in diesem Moment erschreckend egal.

„Du solltest nicht allein hier sein“, sagte meine Großmutter und setzte sich an den Rand meines Bettes.

„Du bist schon zurück“, stellte ich kurz fest. Meine Stimme klang leblos.

„Das bin ich, deine Freunde haben sich bei mir gemeldet und gesagt, dass du nicht auf ihre Nachrichten reagieren würdest."

„Und deswegen brichst du gleich deine Reise ab", erwiderte ich ohne großes Erstaunen. Ganz unbewusst hatte ich mich vermutlich gänzlich von der Welt abgeschottet.

„Shirley hat mir berichtet, dass du gestern bei Adam warst", sagte meine Großmutter zögernd. „Ich habe mir vorstellen können, wie es dir geht. Es ist nicht gut für dich, jetzt allein zu sein, und deswegen bin ich gleich heute Morgen zurückgekommen."

Ich richtete mich ein wenig auf und sah meine Großmutter an. „Es war schlimm, so schlimm", erwiderte ich und rieb mir mit den Händen über das Gesicht. Plötzlich war ich froh, dass ein lebendiges Wesen in meiner Nähe war und mich davon abhielt, mich tiefer in die Verzweiflung fallen zu lassen.

„Steh auf", sagte meine Großmutter eindringlich. „Ich mache uns etwas zu essen und außerdem habe ich gute Nachrichten!"

Sie schlenderte hinüber in die Küche und ich hörte sie am Herd hantieren, die Kaffeemaschine lief und ein verlockender Geruch begann sich in meinem Zimmer auszubreiten. Mein Magen knurrte plötzlich und ich wunderte mich über dieses lebendige Geräusch, das mein Körper verlauten ließ.

Als der Hunger nicht verging, gab ich nach. Mit einem Schwung erhob ich mich und lief in die Küche hinüber. Meine Großmutter hatte inzwischen den Tisch gedeckt und lächelte mir zu, als ich mich auf meinen Lieblingsplatz setzte, von dem aus man den besten Blick in den Garten hatte. Die Erdbeerbeete wölbten sich braun und kahl im schalen Licht des Februarmorgens.

„Hier", sagte meine Großmutter und schob mir eine Zeitung zu. „Die hat mir Herr Lilienstein gerade in die Hand gedrückt, druckfrisch und soeben auf dem Weg in fast alle Haushalte der Vereinten Magischen Union."

Ich zog die Ausgabe des „Roten Rächer“ heran und vertiefte mich in den Leitartikel.

Kriegstreiber und Lügner – Ladislav Ende vertuscht tödlichen Angriff

Wie der Redaktion des *Roten Rächers* von mehreren Zeugen bestätigt wurde, fand am Wahltag im vergangenen Jahr ein Angriff eines Latorios-Drachen auf Ladislav Ende statt. Bei diesem Angriff wurde ein Kamerad der Schwarzen Garde so schwer verletzt, dass er bis heute nicht wieder zu Bewusstsein gekommen ist. Es handelt sich dabei um den allseits bekannten und beliebten Adam Torrel, über den die *Welt der Schwarzen Garde* gern und oft berichtet hat. Die Heilerin Georgette von Nordenach sowie die Druiden von Themallin sind sich einig, dass Adam Torrel das Bewusstsein nicht wiedererlangen wird. Sie rechnen damit, dass er innerhalb der kommenden drei Monate versterben wird.

Doch von alledem wissen die Magier der Vereinten Magischen Union nichts, schon seit Monaten werden sie in Ungewissheit über die wahren Ereignisse gelassen, die direkt vor ihrer Haustür geschehen. Wie ist das möglich, fragten wir uns und gingen der Sache auf die Spur.

Hauptursächlich ist die Berichterstattung des *Korona Chronikle* und seiner angeschlossenen Medien. Diese beschränkte sich in der Vergangenheit lediglich auf eine kleine und verschleierte Randbemerkung der Ereignisse.

Eine Untersuchung des Vorfalls durch die Schwarze Garde fand ebenfalls nicht statt. Weder die Herkunft des Latorios-Drachen ist geklärt noch weswegen er den angehenden Primus während seines Urnenganges angriff.

Stattdessen sorgte der amtierende Primus bereits am Wahltag dafür, dass die Ereignisse schnell unter den Tisch gekehrt wurden. Er ließ Zeugen und Opfer bestechen, sodass die Ereignisse nirgendwo Erwähnung fanden.

Besonders bedauerlich ist das für Adam Torrel, der sein

Leben gab, um seinen Primus zu schützen, und dessen Opfer von den Senatoren und dem Primus selbst nicht gewürdigt wurde. Die Frage, die sich jeder nun stellen muss, liegt auf der Hand. Wissen Sie, wen Sie wirklich gewählt haben? Wissen Sie auch, wessen Berichterstattung Sie wirklich vertrauen können?

Vermutlich ohne es zu ahnen, haben Sie einen Kriegstreiber und Lügner an die Spitze der Vereinten Magischen Union gewählt, der Sie über die wahren politischen Geschehnisse im Ungewissen lässt. Und wenn Sie zu der bedauernswerten Mehrheit der Vereinten Magischen Union gehören, die nicht einmal das Recht hat, wählen zu gehen, sollten Sie sich fragen, warum das so ist. Schreiben Sie dem Senatorenhaus und der Redaktion des *Korona Chronikle*, was Sie davon halten. Der Primus freut sich über offene Meinungen sicher sehr, wenn er schon selbst nicht ehrlich ist.

Ich sah zu meiner Großmutter auf. „Gibt es schon eine Reaktion?“, fragte ich erwartungsvoll.

„Die Zeitung ist soeben erst erschienen“, sagte meine Großmutter und hielt mir das Körbchen mit den frischen Brötchen hin. „Außerdem ist Samstag. Die Amtsgeschäfte ruhen.“ Meine Großmutter zog den „Korona Chronikle“ hervor. „Die Titelgeschichte dieser Zeitung ist heute eine Home-Story von Skara Ende, die uns ihre Modellsammlung von Gisella Verpocci vorstellt inklusive der passenden Schuhe. Ich denke, das spricht Bände. Morgen ist Sonntag, da erscheint der ‚Korona Chronikle' nicht. Aber ich denke, dass sie am Montag irgendwie darauf reagieren müssen. Der Druck, den Cornell aufbaut, ist beachtlich. Das hätte ich ihm gar nicht zugetraut.“

„Ja, das stimmt, gemeinsam mit Konstantin Kronworth und Parelsus sind sie ein wirklich gutes Team.“ Ich sah meine Großmutter erstaunt an, als ich den bewundernden Tonfall in ihrer Stimme vernahm. Bisher hatte sie sich meist abschätzend über Cornell Lilienstein geäußert.

„Nicht nur die drei“, erwiderte meine Großmutter, stand

auf und schenkte zwei Tassen Kaffee ein, die sie nun zum Tisch balancierte. „Auch Kim Görner hat seinen Teil dazu beigetragen. Er ist Wirt. Wenn jemand weiß, was in der Stadt los ist, dann er."

„Ja, stimmt", erwiderte ich und schnitt mein Brötchen auf, dann bestrich ich es dick mit der Erdbeermarmelade meiner Großmutter und biss hungrig hinein.

„Von welcher guten Nachricht hast du eigentlich gesprochen?", fragte ich, als ich mein Frühstück verspeist hatte.

„Ich habe lange mit Giselle und Phillip gesprochen", sagte meine Großmutter lächelnd.

„Hast du Lydia und Leandro kennengelernt?", unterbrach ich sie ungeduldig.

„Nein, noch nicht", entgegnete meine Großmutter. „Die beiden waren in der Schule, aber ich stimme Giselle absolut zu, dass sie sehr behutsam vorgehen muss, wenn sie den beiden offenbart, was sie für eine Familiengeschichte erwartet. Aber ich habe eine andere Überraschung für dich."

„Und welche?", fragte ich erstaunt und trank meine Tasse Kaffee leer.

„Dein Besuch hat einen starken Eindruck auf Giselle gemacht. Sie haben eine wichtige Entscheidung getroffen und wollen gemeinsam mit Lydia und Leandro nach Schönefelde ziehen", sagte meine Großmutter strahlend. „Lydia und Leandro werden in Tennenbode studieren."

Ich brauchte einen Moment, um zu realisieren, was das bedeutete. Giselle war mir sofort sympathisch gewesen, es würde gut sein, einen so positiven und entschlossenen Menschen in meiner Nähe zu haben, und nicht nur sie, auch Phillip und Lydia und Leandro würden bald ganz in meiner Nähe sein.

„Das ist noch nicht alles", lächelte meine Großmutter. „Ich habe ihnen angeboten, dass sie hier bei uns in der Steingasse wohnen können. Nur, wenn es dir recht ist, natürlich. Ich denke, Catherina und Toni hätten nichts dagegen, wenn die vier oben in die Etage einziehen."

Während meine Großmutter gesprochen hatte, war ein Lächeln auf meine Lippen gehuscht, wie ich es noch vor einer Stunde nicht für möglich gehalten hatte.

„Ich habe nichts dagegen“, sagte ich. „Im Gegenteil, das sind wunderbare Nachrichten.“ Ich würde einen Teil meiner Familie wiederbekommen, und zwar nicht nur gelegentlich und aus der Ferne. Wir würden hier in der Steingasse zusammen wohnen und wir würden gemeinsam in Tennenbode studieren. Wir würden wieder richtige Geschwister sein und konnten etwas von dem nachholen, was uns Baltasar gestohlen hatte.

„Wann kommen sie her?“, fragte ich ungeduldig.

„Das kommt darauf an, wie die beiden auf die Neuigkeiten reagieren. Giselle meint, dass sie im Mai ihre Abschlussprüfungen haben, und danach wird sie Lydia und Leandro schonend in alles einweihen. Und zum Ende des Sommers werden die vier dann umsiedeln, damit sich Lydia und Leandro noch in Schönefelde einleben können. Das war zumindest Giselles Plan, es hängt natürlich alles von den beiden ab.“ Meine Großmutter lächelte mich an. „Ich habe ihnen gesagt, dass sie hier in Schönefelde sicherer sind, und Giselle war absolut meiner Meinung.“

„Das stimmt“, erwiderte ich, und plötzlich ergriff mich eine treibende Ungeduld. „Ich mache mich gleich auf den Weg, um Liana die gute Nachricht zu überbringen.“

„Ja“, sagte meine Großmutter. „Tu das!“

Ich wollte ihr noch beim Aufräumen helfen, aber sie scheuchte mich aus der Küche und ich machte mich schnell auf den Weg zu Liana in die WG.

Das Wochenende verging schnell, Liana und Shirley waren begeistert von den Neuigkeiten und freuten sich mit mir. Gemeinsam verbrachten wir ein paar halbwegs unbeschwerte Stunden mit Paul und Torin. Ich tat das, was schon seit dem vergangenen Jahr gut funktionierte, und versuchte nicht mehr an die Nacht der Valentinstagsparty zu denken. Ich schob den schmerzhaften Gedanken einfach so weit wie möglich von mir fort, denn ich wusste, dass er mich sonst in die Knie zwingen würde. Stattdessen versuchte ich mich an dem hoffnungsvollen Gedanken festzuhalten, meine Geschwister bald wieder in der Nähe zu haben, und das funktionierte erstaunlich gut. Paul war ein begeisterter Koch und zauberte am Sonntag mit unser aller Hilfe ein Ratatouille zum Abendessen, das sogar Torin zu einem Lob hinriss. Als auch noch Lorenz und Etienne zum Essen vorbeikamen, war die WG voll und die Stimmung bestens. Ich versuchte daran teilzuhaben, obwohl es mir immer vorkam, als wenn eine Trennwand zwischen mir und den anderen gezogen war und unsere Freude niemals wieder dieselbe sein konnte. Liana plünderte die Weinvorräte in der Küche und bald lachten und kicherten alle ausgelassen und ich freute mich still mit ihnen. Es war gut, dass wir durch die Anwesenheit von Paul keines der Themen anschneiden konnten, die uns im Moment tatsächlich belasteten. Wir saßen auf einer kleinen glücklichen Insel, während um uns die Wellen immer höher schlugen.

Als wir am Montag nach Tennenbode zurückkehrten, war meine Stimmung immer noch erstaunlich stabil, und so ging ich mit Liana und Shirley zum Frühstücken in den Ostsaal.

Doch im selben Moment, in dem ich mich mit den beiden an einen der runden Tische sinken ließ, war es vorbei. Die Montags-Ausgabe des „Korona Chronikle“ lag auf dem Tisch und sofort war alles wieder da. Die Schlagzeile des „Roten Rächer“, der Adams Schicksal endlich öffentlich gemacht hatte, die Nacht auf der Valentinstagsparty, in der ich das Gespräch zwischen Timea Torrel, Gustav Johnson und Helmut Neufried belauscht hatte. Während ich eine Zeitung zu mir zog, strömte all das ungebremst auf mich ein.

Es musste etwas passiert sein, der Primus musste reagieren und der Gerechtigkeit musste endlich Genüge getan werden. Ich warf einen Blick auf die Titelseite des „Korona Chronikle“ und hielt den Atem an.

„Das Drachenrennen findet in Belara statt?“, sagte ich fassungslos und starrte das Bild von Ariel an, das auf der Titelseite prangte. Er war gut getroffen und schaute verwegen in die Kamera, aber das war nicht das, was ich erwartet hatte.

„Das ist unmöglich“, murmelte ich entsetzt. Der „Korona Chronikle“ konnte doch nicht all das, was geschehen war, so offensichtlich ignorieren.

„Unglaublich“, murmelte Shirley und begann aus dem Artikel vorzulesen. „Mit großer Freude hat Ladislav Ende die Einladung der Stadt Belara angenommen, die in diesem Jahr das Drachenrennen ausrichten möchte. Neben dem Tennenboder Team hat Belara auch das südafrikanische Team zu diesem freundschaftlichen Wettbewerb eingeladen. Unser allseits geschätzter Primus Ladislav Ende übernimmt persönlich den Vorsitz des Organisationskomitees, das alle Vorbereitungen in die Wege leiten wird, damit jeder Bürger der Vereinten Magischen Union kostenlos und ohne große Mühe an dem Großereignis teilnehmen kann.“ Shirley sah auf.

„Was ist los?“, fragte Lorenz, der soeben an den Tisch getreten war und sichtlich irritiert in unsere erschrockenen Mienen sah.

„Der ‚Korona Chronikle‘ reagiert auf die Geschehnisse am Wochenende damit, dass er die Details rund um das Drachenrennen bekannt gibt und schon einmal großzügige Spenden ankündigt“, erwiderte Shirley schnaubend. Neben unserem Tisch vernahm ich erfreute Gespräche von den Studenten, die die Nachricht ebenso vernommen hatten und zu spekulieren begannen, wie man die Drachen aus Tennenbode bis nach Belara transportieren konnte, ohne Aufsehen zu erregen.

Nur einige starrten ebenso erstaunt in den „Korona Chronikle“ und suchten eine Stellungnahme. Die anderen waren von den guten Nachrichten so begeistert, dass sie ganz vergessen hatten, wie der „Rote Rächer“ den „Korona Chronikle“ provoziert hatte, und vermutlich war auch genau das die Absicht dieser Schlagzeile.

„Und was ist nun mit Adam Torrel passiert?“, hörte ich zwei Mädchen aus dem ersten Semester am Tisch nebenan reden. „Ist er wirklich angegriffen worden und liegt im Sterben?“

„Ich kann mir das nicht vorstellen. Darüber würde doch der ‚Korona Chronikle' etwas berichten oder ‚Die Welt der Schwarzen Garde'“, entgegnete das Mädchen neben ihr überzeugt.

„Es ist wahr!“, rief Shirley genervt zu ihnen hinüber, und die beiden fuhren erschrocken herum. „Geht ihn doch besuchen, dann werdet ihr es selbst sehen.“

Schnell wandten sich die beiden Mädchen von unserem Tisch ab und begannen erschrocken zu tuscheln.

„Wartet mal“, sagte ich schnell und begann den „Korona Chronikle“ durchzublättern. „Wusste ich es doch“, sagte ich kurz darauf triumphierend.

„Was wusstest du?“, fragte Shirley missmutig und sah die beiden Mädchen immer noch feindselig an. „Ich fasse es nicht, dass sich alle so schrecklich dumm stellen und sich weigern, die offensichtliche Wahrheit zu akzeptieren.“

„Niemand gibt freiwillig sein heiles Leben auf. Da müssen einen die Beweise schon erschlagen, bis man sich aus seinem Komfortbereich wagt“, erwiderte ich und studierte den unteren Teil der achten Seite des „Korona Chronikle“.

„Hier steht es“, sagte ich schließlich. „Sie haben Stellung genommen, aber sie haben es wieder einmal an versteckter Stelle getan, und sie haben die schlechten Nachrichten mit guten kaschiert.“

„Was schreiben sie denn?“, fragte Liana, nahm sich Müsli und goss Milch hinein.

Lorenz blätterte zu der Seite und riss die Augen auf. „Mit Bedauern gibt der Primus bekannt, dass Adam Torrel, ein Mitglied der Schwarzen Garde, im Dienst für die Vereinte Magische Union schwer verletzt worden ist. Aus Rücksicht auf die Privatsphäre der Familie Torrel hat man bisher auf eine Bekanntmachung des Vorfalls verzichtet. Doch der Primus besteht darauf, dass Adam Torrel für seinen beispiellosen Einsatz gewürdigt werden muss, und überträgt ihm die Ehrung als Held des Jahres, die ihm von der Stadt Schönefelde verliehen worden ist. Der wahre Held, teilte Ladislav Ende mit, ist Adam Torrel und er hat diese Würdigung bei Weitem mehr verdient als ich. Seine Gedanken sind bei der Familie Torrel und er wünscht allen viel Kraft, diesen Schicksalsschlag zu ertragen."

„Eine recycelte Ehrung? So eine Frechheit. Und von den Zwergen schreiben sie nichts?", fragte Shirley verächtlich.

„Doch, das tun sie", erwiderte ich. „Hier unten links steht, dass der Primus eine kleinere Auseinandersetzung mit den Zwergen gütlich beendet hat."

„Das ist alles?", fragte Shirley entsetzt.

„Ja", erwiderte ich. „Ich denke, das bedeutet, dass der Primus sich bei den Zwergen entschuldigt und seine Forderungen zurückgenommen hat."

„So wird es sein", erwiderte Shirley nachdenklich, nahm sich eine zappelnde Quitsche und brach sie auseinander.

„Was habt ihr erwartet?", sagte ich düster. „Zumindest ist der Krieg jetzt erst einmal abgewendet, und das ist es doch, worauf es jetzt ankommt."

„Selma hat recht", erwiderte Liana entschlossen und schob den „Korona Chronikle" beiseite. „Der Krieg ist abgewendet und das verdanken wir eigentlich vielen Leuten, Herrn Lilienstein, dem Admiral und dir auch, Selma." Sie zwinkerte mir zu. „Aber jetzt sollten wir uns auch mal wieder um uns kümmern. In zwei Wochen stehen die Semesterprüfungen an und die werden nicht einfach. Wie kommst du mit der Drossel voran?", fragte mich Liana, und ich zuckte betroffen zusammen.

„Keine Veränderung", erwiderte ich seufzend. „Sie zuckt mit keiner Feder und ich bin weit davon entfernt, sie zum Leben zu erwecken."

„Vielleicht probierst du es auch erst einmal mit etwas Kleinerem, wie einer Fliege", schlug Shirley vor.

„Gute Idee“, seufzte ich. In diesem Moment trat ein Faun an mich heran und reichte mir einen Brief.

„Wer schreibt dir denn jetzt schon wieder?“, fragte Shirley argwöhnisch, und auch ich betrachtete den Brief mit Unbehagen.

Ich öffnete den Umschlag und zog einen kleinen Zettel heraus, auf dem nur wenige Zeilen notiert waren. „Der Brief ist von Nuria“, sagte ich stirnrunzelnd. „Sie schreibt, dass sie im Moment daheim gebraucht wird, weil es ihrem Sohn schlechter geht, und sie nach Tennenbode zurückkehren wird, sobald sich sein Zustand verbessert hatte. Sie ermahnt mich aber, trotzdem weiterzuarbeiten und unser Ziel nicht aus den Augen zu verlieren.“

Ich ließ den Brief sinken. Ich hatte mein Ziel nicht aus den Augen verloren, aber all ihre Pläne und Hinweise waren bis jetzt nutzlos gewesen und hatten uns nicht wirklich weitergebracht. Es wäre besser, wenn wir uns endlich wiedersehen würden und gemeinsam nach Belara gingen, um zu überlegen, wie wir weiterkommen konnten. Der Hinweis, den uns die Zwerge gegeben hatten, nutzte uns bis jetzt nichts.

„Alles in Ordnung?“, fragte Liana.

„Nein“, sagte ich entschieden. „Nuria benimmt sich seit einer Weile wirklich seltsam. Sie ist kaum noch hier, und wenn sie da ist, ist es um ihre Laune nicht zum Besten bestellt.“ Ich dachte an unser letztes Zusammentreffen in Akkanka zurück. „Und jetzt schickt sie mir einen Brief? Ich meine, wir sind Magier? Warum schickt sie mir nicht einfach eine Nachricht?“ Ich drehte den Brief in den Händen hin und her und betrachtete die spanische Adresse darauf.

„Mir kam die Sache von Anfang an komisch vor“, sagte Liana. „Ich meine, sie ist nie dabei und schickt dich immer los, um zu arbeiten.“

Nachdenklich sah ich auf das Papier in meinen Händen. „Also entweder stimmt etwas mit Nuria nicht, oder es geht ihrem Sohn so schlecht, dass sie manchmal nicht sie selbst ist.“

Ich zögerte kurz, denn diesen Zustand kannte ich nur allzu gut. Wenn die Verzweiflung, die Trauer und der Schmerz überhandnahmen, dann konnte es schon sein, dass man sich selbst verlor und nicht mehr wusste, wer man war.

„Soll Torin Nuria mal durchchecken?“, fragte Shirley behutsam. „Er macht das sicher gern für dich.“

Ich sah auf und betrachtete sie nachdenklich. Dann nickte ich langsam.

„Vielleicht ist es besser so“, sagte ich, und widersprüchliche Gefühle ergriffen mich. Ich hatte ein schlechtes Gewissen, weil ich Nuria misstraute, aber andererseits kam mir ihr Verhalten immer seltsamer vor, und ich konnte nicht riskieren, Adams Rettung in die falschen Hände zu legen.

Direkt nach dem Frühstück machten wir uns auf den Weg zur Vorlesung von Magische Fauna und Flora. Gregor König war glänzender Laune und teilte uns mit, dass die Feuerschwanzpythons wieder unter Kontrolle waren und wir den Unterricht nach den Semesterferien in Akkanka fortsetzen würden. Die Bewohner von Akkanka hatten ebenso in ihre Häuser zurückkehren dürfen wie die Drachen in ihre Höhlen.

Dann wechselte er zügig zum Thema Prüfungsvorbereitung und ich stellte fest, dass er genauso wie Liana der Meinung war, dass es bald ernst wurde. In MUS hatte er eine Übersicht der Pflanzen und Tiere vorbereitet, über die wir Bescheid wissen mussten. Neben den Drachen, die wir ausgiebig behandelt hatten, fanden sich dort allerlei Heilpflanzen, mit denen wir uns ebenfalls beschäftigt hatten. Jodkakteen waren dabei, genauso wie das Griff- und Gruffkraut, das wir hergestellt hatten. Aber auch Pflanzen, an die ich mich nur verschwommen erinnerte und über deren Verwendung ich mir nicht mehr im Klaren war.

„Die Details über Anbau, Pflege und Ernte aller Pflanzen müssen Sie beherrschen“, erklärte Gregor König. „Genauso wie die jeweils wichtigsten fünf Eigenschaften, unterschieden nach Aussehen und Wirkung. Auch möchte ich von Ihnen wissen, wie die jeweilige Pflanze verarbeitet werden muss, um daraus eine für Magier heilsame Tinktur herzustellen. Bei den magischen Tieren erwarte ich die Einordnung in die jeweilige Gattung und Gefährdungsklasse sowie die wichtigsten Merkmale bezüglich Aussehen, Verhalten und magischen Eigenschaften." Als Einstimmung begann Gregor König noch einmal die wichtigsten Themenbereiche zu wiederholen, und als wir die Vorlesung verließen, brummte mein Kopf.

„Das wird viel Arbeit", sagte Liana und seufzte, als wir zur Vorlesung von Professor Nöll gingen.

Professor Nöll war allerdings der Meinung, dass uns noch ein wenig mehr Arbeit nicht schaden würde, und umriss ebenfalls den großen Bereich, den er in der Prüfung abfragen würde. Im schriftlichen Teil wollte er die umfassende Kategorisierung aller Gesteinsarten und deren Merkmale und Verwendungsmöglichkeiten abfragen und im theoretischen Teil kündigte er an, dass er die Bearbeitung größerer Steinmengen vorgesehen hatte, er es aber offen ließ, was er sich darunter vorstellte. Das machte natürlich alles möglich und bedeutete, dass wir im Prinzip den Stoff der gesamten bisherigen Studienzeit beherrschen mussten.

„Ich werde untergehen", sagte Lorenz gequält, als wir beim Mittagessen saßen und eine Fächerwaldwurmsuppe löffelten.

„Iss", sagte ich nicht minder deprimiert. „Das gibt uns Kraft für den Nachmittag."

„Das hoffe ich", seufzte Liana. „Professor Pfaff erwartet auch im Grundlagenfach die naturgetreue Nachbildung von Tieren und das kriege ich einfach nicht hin. Dieses Wassergepansche liegt mir nicht. Ich hoffe, Professor Borgien sucht ein paar leichtere Themen für die Prüfung aus."

Doch Lianas Hoffnung war vergebens. Als wir uns am Abend im Studierzimmer trafen, um gemeinsam zu beratschlagen, wie wir uns gegenseitig bei der Prüfungsvorbereitung helfen konnten, war sie genauso schlecht gelaunt wie wir alle. Scheinbar hatten sich die Professoren abgesprochen und ein einheitlich hohes Niveau angelegt.

Seufzend ließ ich mich in einen der Sessel fallen und sah müde in das flackernde Kaminfeuer. Eigentlich musste ich anfangen, die Unterlagen für Magische Fauna und Flora durchzuarbeiten, aber seit dem Morgen dachte ich immer wieder an Nuria und wartete ungeduldig darauf, dass Torin sich meldete.

„Na los“, sagte Lorenz müde. „Machen wir uns an die Arbeit.“

„Ich weiß gar nicht, wo ich anfangen soll“, entgegnete Liana.

„Ich werde den Ordner einfach unter mein Kopfkissen legen und darauf warten, dass das Wissen über Nacht allein den Weg in meinen Kopf findet“, meinte Shirley schließlich.

„Toller Plan“, erwiderte Lorenz. „Da werde ich vermutlich im Sitzen schlafen. So viele Ordner, wie ich unter mein Kissen legen müsste.“

Shirley kicherte und genau in diesem Moment klopfte es leise an die Tür.

Wir sahen uns überrascht an, denn eigentlich erwarteten wir heute keinen Besuch mehr.

„Herein“, rief Lorenz, und ich hoffte, dass es Torin war, der irgendwelche Neuigkeiten brachte. Doch stattdessen betrat Dulcia das Studierzimmer.

„Du bist zurück“, sagte ich, doch als ich den Ausdruck auf ihrem Gesicht erkannte, wusste ich sofort, dass sie keine guten Nachrichten brachte.

„Hallo“, sagte Dulcia, und ich machte ihr auf dem Sofa vor dem Kamin Platz, damit sie sich zu uns setzen konnte.

„Erzähl“, sagte Liana gespannt. „Habt ihr etwas herausgefunden?“

„Also“, begann Dulcia. „Wir haben uns alle Orte angesehen, die Lincolnville heißen, und auch die Umgebung haben wir genauer unter die Lupe genommen.“ Sie zögerte und sah in unsere erwartungsvollen Gesichter. „Es ist uns nichts Seltsames aufgefallen, das einen Hinweis darauf geben könnte, dass dort irgendwo unter der Erde eine Höhle sein könnte."

„Das heißt?", fragte ich.

„Das heißt, man müsste nun anfangen, unter der Erde weiterzusuchen", sagte Dulcia. „Aber das ist nicht so einfach."

„Warum nicht?", fragte Shirley.

„Weil das auffällt, wenn wir anfangen, mitten in einem Feld ein Loch in die Erde zu graben", entgegnete Dulcia. „So etwas könnten wir auf Dauer nicht vor dem Senatorenhaus geheim halten. Auch in Nordamerika gibt es eine ganze Menge Magier, die zur Vereinten Magischen Union gehören. Vor allem Ramon darf sich dort nicht erwischen lassen. Der Admiral ist gerade wieder im Amt und es würde auf ihn zurückfallen, wenn ein Krieger der Schwarzen Garde weiter nach den Mädchen sucht, obwohl es keinen offiziellen Befehl dazu gibt."

„Das stimmt allerdings", sagte Lorenz.

„Deswegen müssen wir es langsam angehen lassen und immer mal wieder nachts ein paar Stellen absuchen", sagte Dulcia. „Und wir dürfen auch nicht zu fünft oder zehnt anrücken, sondern immer nur zu zweit oder höchstens zu dritt."

„Und Ramon würde das machen?", fragte ich.

„Ja, er und Lennox haben sich schon einen Plan ausgedacht, um möglichst effizient alles abzusuchen." Dulcia ließ sich müde in das Sofa sinken. „Wir brauchen jetzt einfach nur Zeit und Geduld."

„Wie immer", sagte ich seufzend und sah in die dunkle Februarnacht hinaus.

„Hast du tatsächlich geglaubt, dass wir einfach in den ersten Ort marschieren und sofort etwas finden?", sagte Dulcia leise.

„Nein", erwiderte ich seufzend. „Es hätte mich nur wirklich gefreut, wenn es so gewesen wäre."

„Es gibt schon einen Grund, weswegen die Mädchen bisher nicht gefunden worden sind", sagte Shirley, und in diesem Moment erstarrten wir gleichzeitig.

„Hallo, ihr zwei", hörte ich Torins Stimme. *„Also, ich habe jetzt Nuria Garcia Perez anhand der Adresse durchgecheckt. Das stimmt alles. Ich war dort und habe ihren Mann getroffen. Sie wohnt wirklich da und hat einen kleinen Sohn, der krank ist. Er hat mir die Geschichte bestätigt und gesagt, dass sie flachliegt und gerade mal wieder nicht mit der Situation klarkommt."*

„Danke, Torin", erwiderte ich, und mein schlechtes Gewissen floss über. Wenn ich nicht regelmäßig alle zwölf Stunden die Stachelfunkienessenz nehmen würde, würde es mir vermutlich ganz genauso gehen.

„Gut", sagte Shirley und erklärte den anderen kurz, was Torin herausgefunden hatte.

Liana legte die Stirn in Falten, doch dann lächelte sie wieder. „Fein", sagte sie zu mir gewandt. „Jetzt, wo das geklärt ist, und du auch keine Geistesblitze mehr hast, wo das Elixier versteckt sein könnte, kannst du die Zeit jetzt auch nutzen, um dich ganz dem Lernen zu widmen."

„So sieht es aus", sagte ich seufzend und holte meine Unterlagen hervor.

Bis zu den Prüfungen blieb uns tatsächlich keine Zeit mehr, an irgendetwas anderes zu denken als an Jodkakteen, Luftströmungen, dem korrekten Vorgehen beim Löschen eines Waldbrandes oder der richtigen Futterzusammenstellung für einen Drachen.

Am Morgen des ersten Prüfungstages lagen die Nerven schließlich bei allen Studenten unseres Jahrganges blank. Beim Frühstück saßen nicht nur Liana, Lorenz, Shirley, Dulcia und ich mit blassen Gesichtern und schlechtem Appetit an den runden Tischen und lasen immer wieder in ihren Notizen. Selbst Falko Görner, der sonst immer absolut gelassen war, wenn es um akademische Leistungen ging, fuhr sich immer wieder unruhig durch die Haare und schälte akribisch ein Wingtäubelei, von dem er dann nicht einen Bissen anrührte, weil er sich in seinen Vorlesungsunterlagen festlas.

Dorina, Alexa und Egonie blieben unter sich, seit der Home-Story ihrer besten Freundin und Tochter des Primus hielten sie sich noch mehr denn je für etwas Besseres und sprachen selten mit den anderen Studenten. Eigentlich taten sie es nur, um Befehle zu erteilen, die aber niemand ausführte, da Skara als treibende Kraft hinter dem Quartett immer noch fehlte. Wenn man nach ihr fragte, erwiderten sie schnippisch, dass sich Skara eben nur langsam von der erlittenen Grippe erholte und zurzeit am Meer war, um wieder zu genesen, und dass das nichts mit den Torrel-Brüdern zu tun hatte.

Der Prüfungstag begann für alle mit den theoretischen Prüfungen in Magische Fauna und Flora bei Gregor König, gefolgt von Magische Theorie bei Frau Professor Hengstenberg. Nach den jeweils zweistündigen Prüfungen trafen wir uns beim Mittagessen im Südsaal wieder und die Stimmung war zumindest ein wenig entspannter. Dennoch schlangen in der halbstündigen Pause alle nur schnell ihr Mittagessen hinunter, um die theoretischen Prüfungen in den Grundlagenfächern hinter sich zu bringen.

Zu meinem Erstaunen kam ich gut durch alle Prüfungen. Weder in Wind- noch in Feuerlehre hatte ich große Probleme bei der Aufzählung wichtiger Persönlichkeiten und ihrer Errungenschaften für das jeweilige Fach. Wahrscheinlich hatte ich bei Lorenz, Liana und Shirley so viel von ihrem Lehrstoff aufgeschnappt, dass tatsächlich genug hängengeblieben war. Nur bei Erdlehre hatte ich so meine Probleme, aber das konnte auch daran liegen, dass Professor Nöll während der gesamten einstündigen Prüfung wie ein Raubtier um die Studenten schlich, weil er befürchtete, jemand würde in der Prüfung betrügen und seine hohen Durchfallquoten senken, auf die er so stolz war.

Als er die Prüfungsbögen schließlich einsammelte und uns entließ, untersuchte er gründlich jeden Arbeitsplatz, um Reste von Spickzetteln aufzuspüren. Doch zumindest an diesem Tag fand er keine. Ich war mir nicht sicher, ob meine Leistung gereicht hatte. Doch ich hatte mein Bestes gegeben und musste mich nun auf den nächsten Tag konzentrieren.

Gleich am Morgen des zweiten Prüfungstages standen die theoretischen Prüfungen in unseren Spezialisierungen an, und damit wir gar nicht dazu kommen konnten, erleichtert aufzuatmen, folgte der praktische Teil direkt danach.

Während ich die Theorie gut hinter mich brachte, ging ich mit einem schlechten Gefühl in die praktische Prüfung. Innerhalb von zwei Stunden sollten wir eigenständig die anatomisch korrekte Kopie eines Tieres aus Eis anfertigen. Dazu musste jeder Prüfling einen Zettel ziehen, auf dem unser Prüfungsobjekt stand. Ich hatte einen Waschbären gezogen, während Flavius Gonden eine Katze anfertigen musste. Ich nickte ihm aufmunternd zu. Seit meinem Nachhilfeunterricht hatte er gut aufgeholt. Es fehlte ihm jetzt oft nur an genügend Selbstbewusstsein, um seiner eigenen Arbeit zu vertrauen. Er nickte mir entschlossen zu und griff zu der anatomischen Zeichnung, anhand derer er seine Katze entstehen ließ.

Bei mir war es nicht mit etwas Selbstbewusstsein getan. Meine Kräfte waren betäubt und nur durch äußerste Konzentration würde es mir gelingen, innerhalb der vorgegebenen Zeit von zwei Stunden meine Aufgabe zu erledigen. Doch ich hatte es nicht gewagt, die Stachelfunkienessenz wegzulassen, aus Angst, ich würde unter dem Prüfungsstress komplett zusammenbrechen.

Auch ich wandte mich meinem Waschbären zu und führte während der ganzen Stunden die Atemübungen aus dem Buch von Mantao durch, damit meine Konzentration erhalten blieb und meine magischen Kräfte nicht plötzlich versagten. Völlig erschöpft, aber stolz übergab ich Professor Pfaff am Ende der Prüfungszeit meinen fast perfekten Waschbären.

„Wenn er zu mir auf den Tisch gesprungen wäre, wäre es sofort eine Eins gewesen", raunte er mir zwinkernd zu. „Im nächsten Semester schaffen Sie das", sagte er schließlich aufmunternd und beendete die Prüfung.

Beim Mittagessen überkam mich eine quälende Müdigkeit und Shirley schob mir eine Tube Blutwurzpaste zu. „Hat mir Torin für die Prüfung gegeben, aber du brauchst sie dringender als ich", sagte Shirley, doch ich starrte die Tube nur an.

Wir hatten die Blutwurzpaste bei unserer ersten Reise in die Antarktis benutzt, um unsere Kräfte zu stärken.

„Alles klar, Selma?", fragte nun auch Liana.

„Ja, ja", erwiderte ich und nahm die Tube. Die Erinnerungen an Adam hatten mich eiskalt erwischt und einen Moment waren die Szenen in der Antarktis wieder vor meinem inneren Auge wachgeworden, wie wir eng aneinandergeschmiegt in dem kleinen Zelt gesessen hatten, wie Adam und Torin mich aus der Antarktis gerettet hatten. Wie uns die Vertrautheit immer umgeben hatte, wie ein wärmendes starkes Band, und wie kalt und trostlos die Einsamkeit war, die mir geblieben war.

Ich vertrieb den Gedanken mühsam wieder, sonst würde ich hier sitzen bleiben und die Prüfungen würden mir immer gleichgültiger werden. Ich dachte an meine Geschwister und dass ich in Tennenbode bald für sie verantwortlich sein würde. Dieses Gefühl erdete mich sofort. Ich schraubte die Tube mit der Blutwurzpaste auf und leerte sie schnell. Sofort spürte ich, wie mir Energie in die Adern floss, wie mein Gehirn davon überflutet wurde und die Müdigkeit sofort verschwand.

„Danke, Shirley", sagte ich ernst. „Das war Rettung in letzter Sekunde."

„Dafür sind Freunde doch da", entgegnete sie mit einer für sie ungewohnten Fürsorglichkeit. „Los jetzt, sonst kommen wir zu spät."

Gemeinsam machten wir uns auf den Weg zu den Vorlesungssälen und vertieften uns in die Tabelle, die an der Tür hing. Ein ausgeklügelter Plan bestimmte die Zeiten der praktischen Prüfungen so, dass man nicht lange warten musste. In Erdlehre war ich gemeinsam mit Flavius als erste Gruppe dran und nach zehn Minuten hatten wir die Prüfung schon hinter uns gebracht. In schnellem Tempo hatte uns Professor Nöll aufgefordert, verschiedene Übungen durchzuführen. Dank der Blutwurzpaste bereitete mir keine davon große Probleme. Ich konnte aus einem Haufen Sand die steinerne Figur eines Adlers herstellen, genauso wie ich Mineralien aus einem Haufen Erde extrahierte. Ich sortierte sie sogar noch ordentlich nach Sorten, was Herrn Professor Nöll ein missbilligendes Schmunzeln abrang, als er die kleinen Haufen aus Gold, Silber und Kupfer betrachtete. Flavius Gonden ließ sich von meinen guten Leistungen anstecken und lieferte ebenfalls eine gute Prüfung ab. Professor Nöll entließ uns zügig, ohne uns zu verraten, ob wir gut abgeschnitten hatten. Man sah ihm an, dass er es lieber gesehen hätte, wenn die erste Gruppe an seiner zugegebenermaßen schwierigen Aufgabenstellung gescheitert wäre.

Auch die Prüfungen in Windlehre und Feuerlehre liefen gut, und als wir am Abend wieder im Studierzimmer saßen, herrschte eine entspannte und heitere Stimmung, die wir nach den vielen angestrengten Tagen unverschämt genossen.

Liana und Dulcia spielten mit Lorenz eine Party Drabellum, während ich mit Shirley auf dem Sofa saß und wir in den lauen Märzabend hinaussahen und einfach genossen, dass wir nichts tun mussten. Der Himmel färbte sich gerade zartrosa, als die Sonne langsam unterging.

„Was macht ihr in den Ferien?", fragte Lorenz.

„Geld verdienen", erwiderte Shirley gähnend und legte die Füße auf den Tisch. „Meine Reisekasse für den Sommer muss weiter aufgefüllt werden."

„Ich werde gleich morgen nach Belara gehen", kündigte ich an. „Ich werde mich mit einer Extraration Blutwurzpaste ausrüsten und noch einmal jeden Winkel absuchen."

„Warum Blutwurzpaste?", fragte Shirley. „Was hast du vor?"

„Ich möchte etwas ausprobieren", erwiderte ich. „Die Blutwurzpaste hat mich auf eine Idee gebracht. Sie scheint die Nebenwirkungen der Stachelfunkienessenz etwas zu dämpfen."

„Du meinst, sie stellt dich zumindest zeitweise wieder her“, meinte Liana und packte ihre Drachen in die feuerfeste Tasche. Dann ließ sie sich neben mich sinken.

„Genau das hoffe ich“, erwiderte ich. „Und ich hoffe auch, dass ich dann ein paar magische Verstecke aufspüren kann. Ich muss mir noch einmal von Torin den Zauber dazu sagen lassen. In der Antarktis hatten sie da einen speziellen, um etwas Verborgenes aufzuspüren.“

„Dass du immer noch nicht aufgibst, ist wirklich erstaunlich“, sagte Shirley. „Selbst Nuria scheint dich ja hängen zu lassen.“

„Sie hat sicher ihre Gründe und ich gebe erst auf, wenn Adam wirklich nicht mehr zu retten ist“, sagte ich bitter und betrachtete das Märchenbuch meiner Mutter, das auf dem Tisch lag. Ich hatte die Spur zu meinen Geschwistern auch nur mit viel Geduld und Glück gefunden. Warum sollte es bei anderen Dingen anders sein. Ich nahm das Buch in die Hand und schlug es auf.

„Was ist das?“, fragte Shirley und sah neugierig auf das Märchenbuch hinab. In dem Buch lag eine Liste, die mir noch gar nicht aufgefallen war.

„Das muss von Herrn Lilienstein sein“, sagte ich nachdenklich und sah sie mir genauer an. „Er muss sie mir in das Märchenbuch gelegt haben, als er mir mein Gepäck gegeben hat.“ Ich dachte an den turbulenten Tag zurück, als ich mit Liana nach Clamartin aufgebrochen war. Wir hatten gar keine Zeit mehr gehabt, darüber zu reden, und seit Herr Lilienstein den „Roten Rächer“ herausgab, stand er ohnehin ständig unter Zeitdruck. „Das ist die Liste mit den Antiquitäten, unter denen die Insignien der Macht sein müssen.“ Ich betrachtete die Gegenstände, die aufgelistet waren. Herr Lilienstein hatte die Antiquitäten scheinbar aus dem Gedächtnis nachgezeichnet und sie daneben beschrieben. Es waren zehn Stück, die übrig geblieben waren.

„Zeig mal“, sagte Shirley und las die Liste vor. „Ein goldener Ring, eine silberne Halskette mit einer Perle, ein rosa Diamant, ein mit Rubinen besetztes Collier, ein bronzenes Armband, ein Kettenhemd aus Silber, ein Haarreif aus Bronze, eine goldene Figur eines Drachen, eine Goldmünze, geprägt mit dem Bildnis von Edita Torrel, und ein hübsch verzierter Silberteller mit den Initialen der Königinnen, die die Vereinte Magische Union gegründet haben."

Ich betrachtete die Zeichnungen eingehend. „Mir kommt nichts davon bekannt vor", sagte ich bedauernd und reichte den anderen die Liste, die sie ebenfalls interessiert betrachteten.

„Mir sagt das auch nichts", sagte Liana bedauernd. „Und noch ein unlösbares Rätsel. Zumindest weißt du jetzt, wonach du in Belara Ausschau halten musst. Wenn dir eines dieser Schmuckstücke über den Weg läuft, dann könnte es eine Insignie der Macht sein."

„Sehr motivierend", seufzte ich. Doch bevor ich weitersprechen konnte, vernahm ich eine Botschaft in meinem Kopf. Sie war von Gregor König und ich hörte ihn sagen: *„Selma, ich brauche dich ab morgen. Das Senatorenhaus hat angeordnet, dass die Drachen schon jetzt nach Belara gebracht werden sollen, damit sie sich an das Klima dort gewöhnen können. Der Primus legt ein irres Tempo hin bei seinen Vorbereitungen für das Drachenrennen. Jedenfalls werde ich mit dir und noch ein paar anderen Jockeys die Drachen überführen. Wir kriegen sogar Geleitschutz. Morgen früh um acht Uhr geht es los."*

„Das mit dem Elixier und der Insignie der Macht fällt erst einmal flach", sagte ich resigniert und erzählte den anderen davon, wie ich den Beginn der Semesterferien verbringen würde.

„Torin, Ramon und Lennox machen den Geleitschutz", sagte Shirley in diesem Moment. „Er meint, sie brauchen zwei Wochen dafür, bis alle Drachen da unten sind. Das bedeutet, dass Lennox und Ramon die Suche nach den verschwundenen Mädchen auch unterbrechen müssen."

„Na, das wird ja lustig", meinte ich resigniert.

Bereits am nächsten Morgen musste ich allerdings feststellen, dass es keineswegs lustig, sondern einfach nur anstrengend werden würde. Die Drachen waren wenig begeistert, ihre warmen Höhlen in Akkanka verlassen zu müssen, um bei in ihren Augen eisigen Temperaturen größere Strecken zurückzulegen. Lieber wären sie nach Akkanka zurückgekehrt.

Aus Sicherheitsgründen mussten wir sehr weit oben fliegen, sodass die Drachen unter Zuhilfenahme eines Illusionszaubers als Vögel durchgingen. Doch sie flogen nicht schnell, denn der kalte Gegenwind behagte ihnen gar nicht. Torin und Lennox fluchten permanent und trieben die Drachen immer wieder an, während Gregor König und Ramon ihre Späßchen über die langsame Tour machten. Wir übernachteten in kleinen Zelten, die wir immer wieder in möglichst unbewohnten Gegenden aufstellten, und kamen nur langsam voran. Jeden Morgen war es ein endloser Kampf, die Drachen aus ihren Zelten zu treiben, sie zu füttern und zum Start zu bewegen. Aus den geplanten zwei Wochen, die Gregor König großzügig für den Transport der Drachen veranschlagt hatte, wurden erst drei und schließlich vier Wochen. Doch je weiter wir nach Süden kamen, umso wärmer wurde es, und als wir das Mittelmehr in einem schier endlosen Nachtflug überquert hatten, bewegten sich die Drachen endlich freiwillig schneller.

An einem warmen Aprilabend landeten wir endlich auf einer Düne vor Belara.

Der Vorteil unserer langen Reise war der, dass wir schon eine perfekt vorbereitete Infrastruktur in Belara vorfanden. Ich erkannte die Stadt kaum wieder. Für die Drachen waren hinter der Stadtmauer große Stallungen gebaut worden, die mit eigens antransportiertem Kohlenstaub ausgestreut waren. Der mischte sich zwar bald mit dem Sand darunter, aber die Drachen waren begeistert. Auch in Belara selbst hatte sich einiges geändert. In den größten Teil der verlassenen Häuser war Leben eingekehrt. In einem war das Reisezentrum eingezogen, das mit Parallelrahmen ausgestattet worden war, sodass von der ganzen Welt

Magier anreisen konnten, um an dem großen Ereignis teilzunehmen. Als ich am Morgen nach unserer Ankunft in Belara Sedonie einen Besuch abstattete, erzählte sie begeistert von den vielen Verkaufsständen, die eingezogen waren, um die erwarteten Mengen zu verköstigen. Außerdem kamen schon jetzt erheblich mehr Touristen in die Stadt, um sich den Aufbau der Rennstrecke und der Ehrentribüne vor der Stadtmauer anzusehen. Auch die südafrikanischen Drachen wurden in den nächsten Tagen hier erwartet und mit ihnen natürlich ein ganzer Trupp an Betreuungspersonal. Zerknirscht stellte ich fest, dass es die Suche nach dem Elixier von Jericho nicht vereinfachen würde, wenn die Stadt voller Magier war. Doch Nuria hatte sich ohnehin noch nicht gemeldet, und außer gestärkt durch Blutwurzpaste durch die Gassen zu streifen, war mir keine bessere Idee gekommen.

Sedonie sprach mir wie immer Mut zu. „Es ist doch ein wertvoller Hinweis, den dir die Zwerge da gegeben haben, und auch die Idee mit der Blutwurzpaste finde ich gut“, sagte sie, als wir bei einer Tasse Pfefferminztee zur Mittagszeit im Schatten ihres Hauses saßen. Die Temperaturen in Belara stiegen jetzt über die Mittagszeit schon ziemlich weit nach oben und bald würde es in der Mittagshitze unerträglich heiß werden. Ich wollte noch kurz verschnaufen, bevor ich mich auf den Weg nach Schönefelde machen würde, um mir nach der vierwöchigen Reise eine Dusche und saubere Kleidung zu gönnen. Ich konnte es kaum erwarten, wieder eine Nacht in meinem Bett zu schlafen.

Während mich diese Hitze schon jetzt lähmte, waren die Drachen begeistert. Selbst bis zu Sedonies Haus hörte ich ihr ausgelassenes Schreien und Rufen. Im Moment gestattete ihnen Gregor König gerade eine zusätzliche Freiflugstunde, bevor er sie dem Trupp aus Pflegern überlassen würde, die das Senatorenhaus großzügigerweise bereitgestellt hatte, damit Gregor König sich wieder Akkanka und der Unterrichtsvorbereitung für das nächste Semester widmen konnte.

„Ich wünschte, ich könnte dir da irgendwie helfen, aber ich lebe schon so lange in Belara, dass für mich alles so vertraut ist und ich kaum einen verborgenen Zauber auffinden könnte. Wenn, dann hätte er sich mir auch schon längst offenbart“, sagte Sedonie und nippte an ihrem Tee. Eine große, sandfarbene Katze strich um ihre Beine und sie kraulte ihr geistesabwesend den riesigen Kopf. In diesem Moment flog die Tür zu der kleinen Kammer auf, die zurück nach Schönefelde führte.

Erschrocken fuhren Sedonie und ich herum. Die Katze fauchte und sprang erschrocken zur Seite. Ich erhob automatisch die Hände in Angriffshaltung. Doch schnell erkannte ich, dass meine Großmutter nach Belara gekommen war, und ließ die Hände wieder sinken.

Als ich das Gesicht meiner Großmutter sah, wurde mir plötzlich kalt. Irgendetwas stimmte nicht.

Ohne uns zu begrüßen, kam sie schnell durch das Zimmer gelaufen. „Sedonie“, sagte sie eindringlich. „Du musst deine Sachen packen. Sofort. Wir müssen dich von hier wegbringen. Ich kann nicht mehr für deine Sicherheit garantieren.“

„Was ist passiert?“, fragte ich erschrocken von dem ernsten Ton, den meine Großmutter angeschlagen hatte.

„Der Primus hat mich aufgefordert, alle Bannzauber aufzuheben. Diejenigen, die über Schönefelde liegen, und auch die, die über Belara liegen.“

„Warum denn das?“, fragte ich erschrocken. „Dann könnte Baltasar ja wieder nach Schönefelde marschieren.“

„Das habe ich auch gesagt, aber wie mir der Primus mitteilen ließ, ist in einem nicht öffentlichen Verfahren festgestellt worden, dass die Aussage des Admirals nicht belegbar ist, weil ihr juristisch belastbare Quellen fehlen. Der Bannzauber gegen Baltasar ist also hinfällig.“

„Das ist absurd“, erwiderte ich.

„Das sehe ich auch so, aber ich muss die Weisung des Primus ausführen, so bestimmt es das Gesetz, und deswegen bringe ich dich an einen anderen Ort, wo du sicherer bist. Selma, du wirst mich begleiten."

„Wo willst du Sedonie hinbringen?", fragte ich beunruhigt.

„Wir fliegen nach Kileandros", sagte meine Großmutter. „Wir müssen schnell sein und wir müssen unbemerkt bleiben."

Sie beorderte Sedonie nach nebenan und ließ sie ein paar Sachen zusammenpacken. Dann traten wir in die kleine Kammer und reisten gemeinsam zurück nach Schönefelde.

Respekt

So oft schon war ich auf der kleinen Insel vor der griechischen Küste gelandet, doch noch nie hatte mich ein so wehmütiges Gefühl begleitet wie dieses Mal. Es fiel mir schwer, meine Füße auf den Sandstrand zu setzen, denn sofort überfielen mich Erinnerungen. Schon als Kind hatten meine Eltern mit mir und meinen Geschwistern sorglose Wochen hier verbracht. Das letzte Mal war ich im vergangenen Sommer hier gewesen und hatte unbeschwerte Tage mit Adam auf Kileandros verbracht.

Bis jetzt war es mir gelungen, nicht einmal daran zu denken, wie viele schöne Momente ich mit Kileandros verband. Doch nun, da ich wieder hier stand und der warme Wind den Duft der Pinien zu mir herübertrug, waren die Erinnerungen sofort wieder da. Derselbe Wind hatte unsere gebräunte Haut gestreichelt, zart und verlockend sanft. Genauso wie Adams Berührungen immer gewesen waren. Doch nun lag seine Hand leer und kraftlos in Schönefelde auf weißen Laken und würde mich nie wieder berühren.

In mir verknotete sich alles schmerzhaft.

„Selma", ermahnte mich meine Großmutter. Sie hatte Sedonie gestützt, die schwer atmend in die Knie gegangen war.

„Oje", rief ich erschrocken und eilte zu ihr, um ihr aufzuhelfen. Sedonie war das Fliegen nicht gewohnt. Wir waren zwar mit der Hilfe von Frau Trudigs Reisebüro bis nach Athen gelangt, aber bis zu der Insel im Mittelmer waren es noch zwei Stunden Flug gewesen.

Gemeinsam halfen wir Sedonie auf, die die Lippen fest zusammengepresst hatte und nichts von der Mühe verlauten ließ, die es sie gekostet hatte, bis nach Kileandros zu gelangen.

„Es ist nur vorübergehend", sagte meine Großmutter, während wir langsam den Strand hinaufliefen, bis der Sand fester wurde und wir auf einem umgekippten Baum kurz rasteten. Erst jetzt wurde mir klar, dass es für Sedonie nicht nur eine körperlich anstrengende Reise sein musste. Schließlich hatte sie über zwanzig Jahre in dem kleinen Haus in Belara gewohnt und es nur selten verlassen, um sich in dem kleinen Ort zu bewegen, der von der Wüste umschlossen war. „Wenn das Drachenrennen vorbei ist und der Trubel sich wieder gelegt hat, kann ich die Bannzauber sicher wieder anbringen und du kannst in dein Haus zurückkehren. Doch im Moment ist es besser so. Ich weiß nicht, ob Baltasar dahintersteckt oder nicht. Aber ich kann es nicht ausschließen."

„Du meinst, Baltasar hat etwas damit zu tun?", fragte ich besorgt.

„Ich weiß es nicht", erwiderte meine Großmutter und strich sich eine Strähne ihres grauen Haares hinters Ohr. „Es ist mehr so eine Ahnung, dass er dahinterstecken könnte. Und bisher habe ich mit meinen Ahnungen immer ganz gut gelegen. Lieber sorge ich mich einmal zu viel, als mir dann Vorwürfe zu machen, nicht vorsichtig genug gewesen zu sein."

„Es ist in Ordnung für mich", sagte Sedonie und sah meine Großmutter ernst an. „Ich danke dir für alles, was du für mich tust, Georgette. Das kann ich nicht wiedergutmachen."

„Das ist selbstverständlich", erwiderte meine Großmutter nicht minder ernst. „Ich will dich in Sicherheit wissen."

„Danke, Georgette", erwiderte Sedonie, und ich betrachtete erstaunt, wie sich die beiden tief in die Augen sahen, und spürte die enge Verbundenheit und das Vertrauen, das zwischen ihnen herrschte.

„Es gibt etwas, das ich dir noch sagen muss." Meine Großmutter räusperte sich. „Erinnerst du dich noch daran, dass ich davon erzählt habe, dass der Tempel der Akasha-Chronik zerstört wurde?"

„Ja, natürlich erinnere ich mich noch daran", erwiderte Sedonie, und ich spürte sofort, wie sich ihr ganzer Körper anspannte und sie scheinbar erschrocken zusammenfuhr. Sogar nach all den Jahren schienen sie die Geschehnisse um den Tempel noch aufzuregen.

„Gut, ich habe dir damals berichtet, dass die Akasha-Chronik zerstört wurde und dass die Heiligen Jungfrauen geflüchtet sind."

„So ist es", erwiderte Sedonie tapfer. „Ich weiß auch, dass mein eigener Bruder in diese Ereignisse verstrickt gewesen ist. Worauf willst du hinaus, Georgette? Sag es mir einfach, ich werde die Wahrheit schon ertragen."

Meine Großmutter nickte entschlossen und ich fragte mich ebenfalls, was sie genau erzählen wollte. „Also gut, ich mache es kurz", sagte sie. „Helander hat eine der Heiligen Jungfrauen getötet, nachdem sie ihm offenbart hatte, dass Selma seine nächste magische Partnerin sein würde." Meine Großmutter zögerte kurz, als sie sah, wie Sedonie zusammenzuckte und kreidebleich wurde. „Daraufhin haben die anderen Heiligen Jungfrauen sofort verängstigt den Tempel verlassen, denn sie fürchteten um ihr Leben. Sie haben sich auf die Flucht begeben. Ich habe durch Zufall in Vinnla davon erfahren und mich sofort auf den Weg gemacht, um sie in Sicherheit zu bringen."

„Du?", fragte ich überrascht und sah meine Großmutter erstaunt an. Was für Geheimnisse hatte sie noch all die Jahre vor mir verborgen gehalten?

„Ja", sagte meine Großmutter entschlossen und kämpferisch. „Ich bin die Einzige, die davon weiß. Es war zu ihrem Schutz nötig, Stillschweigen zu bewahren. Sie befinden sich in einem kleinen Tempel oben auf dem Kamm der Insel."

„Sie sind hier auf Kileandros?", fragte ich mit großen Augen. Das wurde ja immer besser. Jeden Sommer war ich hier gewesen und hatte nichts davon bemerkt?

„Mir war schon klar, dass du mit Adam keine langen Wanderungen unternehmen würdest und ich in Verlegenheit kommen würde, erklären zu müssen, was es mit dem Tempel auf sich hat." Meine Großmutter schmunzelte.

Verlegen sah ich den Strand entlang. Nicht weit von hier stand ein kleines, weißes Häuschen am Küstenwald, und wenn ich es genau bedachte, hatten Adam und ich den Strand, das Häuschen und den nahen Pinienwald tatsächlich nie verlassen. Wir waren baden gegangen und hatten unbeschwerte Stunden am Strand verbracht.

„Sie sind also hier und wir werden sie jetzt treffen?“, fragte Sedonie respektvoll.

„Du kannst gern hier unten bleiben“, sagte meine Großmutter und zeigte zu dem Häuschen hinüber. „Es ist ja nur für eine kurze Zeit. Aber ich dachte, du solltest wissen, dass die anderen Heiligen Jungfrauen hier sind und du auch zu ihnen gehen kannst. Du musst nicht allein sein.“

Sedonie schien das Gesagte eine Weile zu überdenken. Mittlerweile war sie wieder zu Atem gekommen und auch ihre Haut hatte wieder eine gesunde Färbung angenommen.

„Ich möchte zu den Heiligen Jungfrauen gehen“, sagte sie entschlossen und stand auf. „Ich war lange genug allein.“

„Also gut, dann gehen wir“, sagte meine Großmutter.

Sedonie erhob sich und so liefen wir los. Wir folgten einem gewundenen Pfad, der uns von der Küste weg in das Innere der Insel führte. Die Pinien machten Olivenbäumen Platz, zwischen die sich Orangen- und Zitronenbäume drängten. Die Luft roch würzig und ich merkte kaum, wie der schmale Weg immer weiter anstieg, bis wir schließlich nach einer halben Stunde Fußmarsch den Gipfel der kleinen Landmasse erreicht hatten. Geschützt von knorrigen Eichen stand hier ein flaches, weißes Gebäude, das mich an einen Tempel erinnerte.

Breite Stufen führten zu einem Säulengang, der um das Gebäude herum führte.

Während Sedonie zögerte, schritt ich mit meiner Großmutter die Stufen empor, bis wir ein großes Portal erreichten. Meine Großmutter wandte sich um und winkte Sedonie zu sich, die jetzt Mut fasste und uns folgte. Auf das vorsichtige Klopfen meiner Großmutter hin öffnete sich die schwere Tür und wir traten ein.

Die helle Sonne hatte mich geblendet, sodass ich in dem dunklen Innenraum nichts sah. Erst nach und nach schälten sich Konturen aus dem Dunkel heraus. Ich stand in einem großen Raum und vor mir hatten sich vier Gestalten aufgestellt. Weiße, lange Roben flossen an ihren Körpern herab wie ein Wasserfall. Die Gesichter der vier Heiligen Jungfrauen waren von Schleiern verhüllt, durch die ich nichts erkennen konnte, selbst als ich nah genug herangetreten war.

Sedonie neben mir erstarrte regelrecht bei diesem Anblick und ich konnte mir vorstellen, dass es für sie eine beängstigende Zeitreise war, die hier stattfand.

Sie verbeugte sich neben mir tief vor den verschleierten Gestalten, machte dann einen rituell anmutenden Schritt nach vorn und ging vor den Heiligen Jungfrauen in die Knie.

Eine Weile sah ich die Szene mit einem befremdeten Gefühl an. Ich kam mir plötzlich wie ein Eindringling in eine mir gänzlich fremde Welt vor und sah meine Großmutter verunsichert an. Ich bemerkte, dass sie ganz versonnen immer wieder von einer Heiligen Jungfrau zur anderen sah und begriff, dass hier gerade ein ganzes Gespräch stattfand, an dem ich nicht teilhaben konnte.

Geduldig wartete ich eine Weile und schließlich trat eine der Heiligen Jungfrauen vor und legte Sedonie sanft die Hand auf die Schulter. Diese erhob sich darauf und nickte meiner Großmutter und mir mit einem erleichterten Lächeln zu, was ich als Abschied begriff.

Und genauso war es auch. Meine Großmutter nahm mich am Arm und zog mich aus dem Tempel heraus. Als wir die Stufen hinabliefen und unter den knorrigen Eichen stehen blieben, amtete sie erleichtert aus.

„Sie haben Sedonie wieder aufgenommen“, sagte sie erleichtert.

„Das sollten sie auch“, erwiderte ich. „Schließlich war es nicht ihre Schuld, dass sie damals aus dem Tempel geworfen wurde. Alke Baltasar hat sie schließlich so stark unter Druck gesetzt."

„Das ist wahr, aber auch wenn Sedonie jung war, so haben die Heiligen Jungfrauen doch richtig gehandelt. Sie hatten keine andere Wahl, als Sedonie zu verstoßen."

„Sie hätten ihr helfen können", schlug ich vor.

„Sie waren doch damals selbst noch Kinder", erwiderte meine Großmutter. „Sie standen unter der Aufsicht des Primus."

„Aber es ist dennoch ungerecht", erwiderte ich, während wir den schmalen Weg zum Strand wieder hinabliefen. Doch was war schon gerecht, überlegte ich weiter.

Eigentlich war das Leben selten gerecht, es nahm nicht von den Bösen und gab nur den Guten. Es schien alles ein großes Spiel des Zufalls zu sein, in dem das Glück die größte Rolle spielte. Wäre Adam an diesem Tag zu einem anderen Dienst eingeteilt gewesen, dann wäre er unten in Akkanka gewesen, als der Drache kam. Er wäre nicht angegriffen und verletzt worden, sondern einen anderen hätte dieses tragische Schicksal getroffen. Die Sinnlosigkeit dieses Gedankens quälte mich.

„Die eigentliche Schuld trifft nur eine Person, und das ist Alke Baltasar", sagte ich missmutig. „Seit ihrer Geburt hat sie Sedonie und Helander dazu erzogen, ihr zu gehorchen und jeden noch so dummen Befehl widerspruchslos auszuführen, damit die Ehre der Familie gerettet wird und die Baltasars doch noch an die Macht gelangen. Das war alles, was gezählt hat, und diesem Ziel hat sie sogar das Glück ihrer Kinder untergeordnet."

Doch meine Großmutter stimmte mir nicht zu, sondern sagte: „Sedonie war sehr auf ihre Mutter fixiert, das stimmt. Es war schwer, ihr zu erklären, dass sie nicht versagt hatte, sondern dass es richtig gewesen war, dass sich die Wege der beiden getrennt haben." Meine Großmutter seufzte schwer. „Es ist gut, dass Alke sich zurückgezogen hat, seitdem Helander sogar so weit gegangen ist, eine der Heiligen Jungfrauen zu töten. Vielleicht hat sie endlich begriffen, dass sie nur Hass und Leid gesät hat mit ihrer Einstellung. Selbst wenn man berücksichtigt, dass auch sie immer nur versucht hat, den Erwartungen ihrer Familie zu entsprechen, so hat doch jeder Mensch oder Magier immer die Möglichkeit, selbst über sein Handeln zu entscheiden. Selbst Sedonie hätte sich dagegen entscheiden können, die Wünsche ihrer Mutter zu erfüllen. Es ist immer schwer, sich gegen die Vorstellungen anderer aufzulehnen, vor allem wenn es die eigenen Eltern sind und man das, was sie sagen, für eine unverrückbare Wahrheit hält, aber es ist nicht unmöglich zu erkennen, was richtig und falsch ist."

„Was passiert jetzt mit Sedonie?", fragte ich besorgt.

„Keine Sorge", erwiderte meine Großmutter schmunzelnd. „Die Heiligen Jungfrauen nehmen Sedonie gern wieder in ihrer Mitte auf. Am Anfang war das nicht so, deshalb hatte ich den Plan schnell verworfen, dass die Heiligen Jungfrauen in Belara besser aufgehoben sind. Nachdem ich sie hierher gebracht hatte, hatte ich erst gedacht, ich könnte sie nach einiger Zeit der Umgewöhnung vielleicht doch noch überreden, ein ganz normales Leben zu führen. Doch während Sedonie schon relativ zeitig aus dem Tempel ausgeschieden ist und zumindest irgendwann bereit war, einen Neuanfang zu wagen, so konnte ich die Heiligen Jungfrauen nicht überzeugen, ihr Leben noch einmal neu auszurichten. Schon seit Jahrzehnten leben sie ihren strengen Tagesablauf. Sie verbringen mehr Zeit in Vinnla als in der Echtwelt und sie haben einfach keine Beziehung mehr zu der Lebensrealität eines normalen Magiers. Sie wollten hier unter sich bleiben und gemeinsam haben wir diesen Tempel errichtet, der ihrem alten Zuhause ähnelt. Nach einigen Jahren der Einsamkeit waren sie aber zumindest bereit, Sedonie hier aufzunehmen und ihr den Verrat zu vergeben."

„Und womit verbringen sie den Tag?", fragte ich neugierig. Ich stellte es mir unsäglich langweilig vor, tagaus, tagein in diesem Tempel zu wohnen.

„Du würdest staunen", erwiderte meine Großmutter. „Die

Heiligen Jungfrauen haben einen strengen Tagesablauf, er besteht im Wesentlichen aus Arbeit und Meditation. Nicht weit von hier bewirtschaften sie ein Feld. Außerdem haben sie es geschafft, sich nur von den Früchten der Insel zu ernähren. Ich hatte ihnen angeboten, Lebensmittel zu bringen, aber sie bestehen darauf, sich aus eigener Kraft zu ernähren und mir nicht zur Last zu fallen. Wenn sie also keine Früchte ernten oder das Feld bewirtschaften, sind sie in Vinnla."

„Und was tun sie in Vinnla?", fragte ich neugierig. Wir waren am Strand angekommen und meine Großmutter spannte ihre Flügel auf. Seidig grau schimmerten sie in der warmen Aprilsonne.

„Das musst du sie bei Gelegenheit einmal selbst fragen", meinte meine Großmutter lächelnd und schwang sich in die Lüfte. „Geh in die Traumwelt und finde es selbst heraus."

Ich seufzte kurz, dann spannte ich meine Flügel auf und folgte ihr schnell.

Als ich am ersten Tag nach den Semesterferien in den Burghof trat, sah alles verändert aus. Die Zelte, in denen die Drachen vorübergehend gelebt hatten, waren verschwunden. Ein zartes Grün lag über der Wiese und den Bäumen im Innenhof und überall drängten sich Frühlingsblüher ans Licht. Tulpen und Narzissen leuchteten bunt in der Morgensonne und eine ungewohnte leichte Stimmung überkam mich bei ihrem Anblick. Ich schob es darauf, dass ich Giselle am Vorabend mein Herz ausgeschüttet hatte und es gutgetan hatte, einfach zu sagen, dass es mir nach wie vor nicht gut ging, und auch wenn es immer wieder helle Momente gab, doch ständig und immer eine dunkle Färbung über allem lag, was ich tat, dachte oder erlebte. Es fühlte sich an, als ob ich seit Adams Unglück mitten in einem Schatten lebte, der manchmal heller, manchmal dunkler war. Beinahe so, als ob die Sonne vom Himmel verschwunden wäre und ich in der Dunkelheit einem Irrlicht nach dem anderen hinterherliefe.

Vertieft in meine Gedanken lief ich in Richtung der Eingangstür und bemerkte erst mitten im Burghof, dass nicht nur die Frühlingsblumen an dem veränderten Aussehen von Tennenbode schuld waren. Überrascht betrachtete ich die Außenfassade. Die Reliefs der Schlachtenszenen waren verschwunden und stattdessen waren die Außenmauern glatt wie Papier und schimmerten in einem hellen und reinen Weiß.

Entweder hatte Konstantin Kronworth seine künstlerische Tätigkeit wieder aufgenommen oder Frau Professor Espendorm hatte jemanden gefunden, der die Wände zumindest halbwegs bearbeiten konnte.

Ein Grüppchen Studenten aus dem achten Semester lief an mir vorbei und ich schloss mich ihnen schnell an, um nicht zu spät zu kommen.

Zum Frühstück war ich schon zu spät dran, deswegen machte ich mich direkt auf den Weg zur Vorlesung von Herrn Professor Nöll. In der Eingangshalle machte ich kurz vor einer großen Tafel halt, an der die Prüfungsergebnisse aushingen. Ich suchte eine Weile, bis ich meinen Namen in den langen Listen fand.

„Na, hast du alles bestanden?“, fragte Dulcia plötzlich neben mir.

„Es sieht gut aus“, sagte ich erleichtert mit dem Finger auf der Zeile mit meinem Namen. „In Wasserlehre eine Drei, in Feuerlehre auch, in Wind- und Erdlehre eine Vier. Und auch in den anderen Fächern bin ich mit einer Drei durchgekommen. Dafür, dass ich das Meiste erst kurz vor der Prüfung gelernt habe, ist es in Ordnung. Hauptsache bestanden. Wie ist es bei dir gelaufen?“ Ich sah Dulcia an, die mich zerknirscht ansah.

„Du siehst das ja locker, ich habe überall Dreien“, erwiderte sie seufzend, und ich zögerte, bevor ich antwortete. Als sie und Cecilia gemeinsam gelernt hatten, hatten die beiden immer und in jedem Fach Bestnoten gehabt. Als magisches Paar waren sie mühelos den anderen in jeder Übung überlegen gewesen. Doch ohne Cecilia war Dulcia scheinbar aus dem Gleichgewicht geraten, obwohl ich überzeugt war, dass sie auch allein gute bis sehr gute Leistungen vollbringen konnte. Doch auch meine Leistungen waren im Vergleich zum Vorjahr viel schlechter geworden, und auch bei mir war der Grund, wenn nicht derselbe, dann doch zumindest ähnlich wie bei Dulcia. Ich war sicher die Letzte, die ihr gute Ratschläge erteilen konnte.

„Wir kriegen das bestimmt bald wieder besser hin“, sagte ich.

„Sicher“, erwiderte Dulcia. „Komm, wir müssen zur Vorlesung vom Nöll, wir sind schon spät dran.“

„Ja“, sagte ich, froh über den Themenwechsel, aber bevor wir loslaufen konnten, hörte ich plötzlich laute Stimmen aus dem Ostsaal. Die Eingangshalle war mittlerweile voll und ich sah über viele Köpfe hinweg, um etwas zu erkennen. Studenten, die vom Frühstück kamen, mischten sich mit denen, die von oben aus den Türmen zu den Vorlesungssälen liefen. Auch aus dem Burghof kamen die Letzten hereingeeilt, um nicht zu spät zu kommen. Viele blieben so wie ich noch einmal kurz vor der Tafel mit den Prüfungsergebnissen stehen und mitten in diesen Tumult schallte nun eine helle und empörte Frauenstimme und die Türen zum Ostsaal flogen auf. Jetzt erkannte ich Skara, die mit hochrotem Gesicht in die Eingangshalle stürmte, dicht gefolgt von Lennox.

„Du bist eingeteilt, um für meinen Schutz zu sorgen, und du darfst nicht einfach einen Befehl verweigern. Ich werde meinen Vater darüber unterrichten“, schrie Skara wütend, während alle Stimmen in der Eingangshalle verstummten und die Studenten Platz machten.

„Ich sorge für deinen Schutz“, sagte Lennox laut, und ich hörte, dass er so richtig in Fahrt war. Spott und Empörung mischten sich in seiner Stimme zu einem gefährlichen Knurren. Doch im Gegensatz zu Skara schrie er nicht und wirkte dadurch eher gefährlich als lächerlich. „Ich stehe in deiner Nähe bereit, und sobald dich jemand körperlich angreift, werde ich ihn töten." Er funkelte Skara angriffslustig an. „Aber ich werde nicht ... und das sage ich auch gern deinem Vater ... ich werde nicht deine Tasche tragen und ich werde auch nicht als dein Begleiter zu einem Ball gehen." Seine Stimme klang dunkel und hart durch die ganze Eingangshalle. „Hast du das verstanden, Skara Ende?" Sein Blick bohrte sich in ihren und Skara zuckte zusammen, als ob er sie geschlagen hätte. „Ich bin ein Krieger der Schwarzen Garde, ich kämpfe gegen Morlems, gegen Drachen und sonstige Geschöpfe, um mein Land, mein Volk und meine Familie zu schützen. Egal, ob mein Primus dieses Opfer entsprechend würdigt oder nicht. Du bist doch Adam hinterhergelaufen und jetzt, wo er im Sterben liegt, interessierst du dich keinen Deut mehr für ihn. Warst du ihn einmal besuchen? Oder hast du dich dafür bedankt, dass er dein Leben und das deines Vaters beschützt hat?" Seine Augen sprühten jetzt Funken und Skara schien immer kleiner und leiser zu werden unter seinen donnernden Worten. „Nein, das hast du nicht", fuhr Lennox fort. „Stattdessen versuchst du einen von seinen Brüdern an deine Seite zu locken wie in eine klebrige und giftige Falle. Ich tue meinen Dienst, weil es für mich eine Frage der Ehre ist, meinem Volk zu dienen. Doch du nimmst das alles nicht ernst. Den Respekt, den du von deiner Umgebung erwartest, musst du dir erst verdienen." Seine Stimme wurde ruhiger und alle Blicke hingen an ihm. „Also, Skara Ende, Tochter des Primus. Ich stehe hier bereit, und sollte dir eine Gefahr drohen, werde ich dein Leben verteidigen, aber wage es nicht noch einmal, mich wie einen Dienstboten oder einen drittklassigen Liebesdiener zu behandeln." Er spie ihr die Worte vor die Füße und Skara lief knallrot an. Dann stellte sich Lennox schweigend und mit hartem Blick an der Tür des Ostsaales auf, die Arme vor der Brust verschränkt. Seine Ansprache war beendet und alle Augen richteten sich nun auf Skara, die immer noch mit glühendem Kopf in der Eingangshalle stand und fieberhaft zu überlegen schien, wie sie halbwegs würdevoll aus dieser Situation entkommen konnte.

„Geh", zischte sie schließlich unterdrückt. „Ich entlasse dich aus deinem Dienst und werde meinen Vater über dein Verhalten unterrichten."

Lennox nickte starr, und ohne ein weiteres Wort an Skara zu verschwenden, drehte er sich auf den Hacken um und verließ mit festem Schritt die Eingangshalle.

Skara wandte sich würdevoll um, und als ob nichts von Bedeutung passiert wäre, schlenderte sie gemächlich in Richtung der Vorlesungssäle davon, während Alexa, Egonie und Dorina ihr schnell folgten.

„Das war genial", sagte Dulcia begeistert, als sich ein Summen in der Eingangshalle erhob und die Studenten sich alle gleichzeitig in Bewegung setzten. „Das muss ich sofort Ramon erzählen." Ihr Blick verlor sich, während wir den Gang hinabliefen.

„Ramon ist begeistert", sagte sie kichernd. „Er meint, das hätte Skara schon längst verdient. Ich muss weiter zu Wasserlehre, bis später." Dulcia eilte den Gang entlang und ich betrat den Vorlesungssaal von Professor Nöll.

In der letzten Reihe lief ich durch die Stuhlreihen und nahm schließlich neben Liana, Shirley und Lorenz Platz, die sich schon eifrig über den Vorfall in der Eingangshalle unterhielten.

„Endlich hat es mal jemand laut genug gesagt", sagte Lorenz zufrieden.

„Ja, dazu kann man Lennox nur beglückwünschen", kicherte Shirley. „Und das werde ich auch noch tun", setzte sie hinzu.

Ich wollte mich schon in das Gespräch einklinken, aber in diesem Moment erkannte ich Nuria vor mir. Ich tippte ihr vorsichtig auf die Schulter, offenbar war sie völlig in Gedanken versunken und schien mich nicht bemerkt zu haben.

Überrascht fuhr sie herum und lächelte mich dann an. Trotz des Lächelns sah sie nicht gut aus, ihre Haut war blass und dunkle Augenringe hatten sich hineingegraben, die wie

Blutergüsse aussahen. Sie wirkte zart und zerbrechlich, nur aus ihren Augen strahlte eine unablässige Stärke.

„Hallo“, flüsterte ich, denn Professor Nöll hatte jetzt den Vorlesungsaal betreten. „Gut, dass du wieder da bist. Wie geht es deinem Sohn?“

„Nicht gut“, erwiderte sie und biss sich mit einer verzweifelten Miene auf die blassen Lippen. Das schlechte Gewissen über mein Misstrauen ihr gegenüber ließ mir kurz den Atem stocken. „Aber er ist im Moment stabil und deswegen bin ich wieder aufgebrochen. Die Spur, die ich in Schönefelde verfolgt habe, hat sich als Niete erwiesen. Ich werde mit dir nach Belara gehen und dort können wir zusammen weitersuchen.“

„Das ist gut“, erwiderte ich erleichtert. Es würde viel einfacher werden, gemeinsam zu suchen. In kurzen Worten flüsterte ich Nuria zu, was ich von den Zwergen erfahren hatte.

„Interessant“, murmelte sie und strich sich eine dunkle Lockensträhne hinter das Ohr. Dann ließ sie sich von mir erzählen, welche Orte oberhalb der Erde ich bereits nach dem Elixier abgesucht hatte.

„Das ist wirklich kniffelig“, erwiderte sie. „Lass mich eine Weile darüber nachdenken und heute Nachmittag können wir dann nach Belara reisen. Frau Trudig hat jetzt Parallelrahmen für das Drachenrennen und das erspart uns komplizierte Umwege.“

„In Ordnung, ich muss aber erst zum Training“, sagte ich. Gregor König hatte schon angekündigt, dass wir bis zum Drachenrennen dreimal die Woche trainieren würden, und zwar Montag, Mittwoch und Freitag. „Aber in der Zeit kannst du dich ja schon einmal umschauen.“

„So machen wir es“, erwiderte Nuria sichtlich motiviert.

„Was gibt es dann da zu besprechen?“, fragte Professor Nöll in diesem Moment mit schneidender Stimme, und ich zuckte zusammen. „Wenn ich mir Ihre Leistungen ansehe, Frau Caspari, dann sollten Sie konzentriert zuhören und sich nicht die Zeit mit Gesprächen vertreiben. Glauben Sie nicht, dass die Prüfungen in diesem Semester einfacher werden."

Ich schwieg und sah konzentriert auf den Tisch vor mir. Dabei versuchte ich ruhig zu bleiben und mich nicht hinreißen zu lassen, etwas zu der Benotung von Professor Nöll zu sagen. Ich hatte in der praktischen Prüfung alle Aufgaben korrekt erledigt und konnte mir die Vier, die da in meiner Spalte gestanden hatte, eigentlich nicht wirklich erklären. Doch ich hatte bestanden und nur das zählte im Moment, denn inzwischen waren andere Dinge viel wichtiger.

Professor Nöll wartete einen Moment vor meinem Tisch, als ob er gern Widerworte von mir gehört hätte, und auch wenn ich versucht war, meiner Empörung Luft zu machen, so atmete ich doch einfach ruhig ein und aus und schwieg. Ich würde ihm nicht den Gefallen tun und mich auf einen Streit mit ihm einlassen, den ich nur verlieren konnte.

Mit einem missmutigen Knurren drehte sich Professor Nöll schließlich wieder um und schritt zu seinem Pult nach vorn und begann seine Vorlesung.

Während er begann, die Formen und verschiedenen Arten von Magma zu erklären und die Funktionsweise verschiedener Vulkane erläuterte, hörte ich konzentriert zu und erlaubte mir keine Unaufmerksamkeit mehr, denn ich wusste, dass die Augen von Professor Nöll aufmerksam auf mir lagen und er mich sicher im folgenden Seminar zu dieser Vorlesung auffordern würde, einen Vulkan aus Stein herzustellen, aus dessen Mitte Magma sprudeln sollte.

Und genauso war es auch, doch dank der Tatsache, dass ich aufgepasst hatte, gelang es mir gut, die Übung auszuführen, während Skara scheinbar so unkonzentriert gewesen war, dass ihr die Aufgabe arge Probleme bereitete. Doch bei ihr schien Professor Nöll plötzlich verständnisvoll zu sein und half ihr, die Aufgabe zu lösen, und gratulierte ihr im Nachhinein auch noch zu ihrer guten Leistung.

„Es ist absolut ungerecht", sagte ich empört, als wir zum Mittagessen in den Südsaal gingen.

„Du kennst doch den Nöll“, seufzte Liana. „Wenn jemand obrigkeitshörig ist, dann er. Da hast du als Plebejer keine Chance, und du gleich gar nicht.“

„Ich weiß schon“, erwiderte ich nüchtern, während Skara mit hoch erhobenem Haupt an uns vorbeischwebte. „Meint ihr, die Sache mit Lennox hat ein Nachspiel?“, fragte ich besorgt, als mir die Szene vom Morgen wieder einfiel.

„Keine Ahnung“, sagte Liana achselzuckend. „Was denkst du, Shirley? Hat Torin Lennox nicht davor gewarnt, auszurasten?“

„Das hat er oft genug“, erwiderte Shirley besorgt. „Und so sehr ich Skara die öffentliche Schmach gönne, so ist das nicht ganz ohne. Es kommt darauf an, was Skara jetzt macht und ob sie die Sache jetzt an die große Glocke hängt oder sich einfach ein neues Opfer sucht, das sie quälen kann. Torin ist schon bei Lennox und rückt ihm den Kopf gerade.“

„Also gehen wir ihr besser aus dem Weg und provozieren sie nicht weiter“, schlug ich vor, und die anderen nickten schnell.

Als ich wenige Stunden später in die heiße Sonne von Belara trat, atmete ich tief durch, froh, dass ich den Tag ohne weitere Katastrophen überstanden hatte. Von Frau Trudigs Reisebüro aus gelangte man direkt in eines der ehemals leerstehenden Häuser, in das nun ein Reisebüro eingezogen war, das die Gäste aus der ganzen Welt überschwänglich in Belara, der Stadt des Drachenrennens, begrüßte. Ich hatte mich schnell an den höflichen Damen vorbeigedrängelt und sah mich jetzt um.

Nuria trat gleich hinter mir durch die Tür und das Lächeln, das auf ihrem ausgezehrten Blick lag, war triumphal.

„Bist du so froh, in Belara zu sein, oder bist du froh, dass es nur noch eine Spur ist, der wir folgen sollen?“, fragte ich, als ich sah, wie sie staunend in den weichen Sand trat.

„Beides“, erwiderte sie zufrieden. „So, jetzt machen wir erst einmal einen Rundgang, damit du mir zeigen kannst, wo du überall schon gesucht hast."

Ich nickte und führte Nuria durch die kleine Wüstenstadt mit ihren niedrigen Lehmhäusern, erklärte ihr, welche der Häuser ich durchsucht hatte und wo ich schon gegraben hatte. Nuria lobte mich und doch musste ich ihr eingestehen, dass ich bei den letzten Malen, die ich nach dem Elixier gesucht hatte, mehr oder weniger planlos durch die Gassen gestreift war in der Hoffnung, der Zufall würde mir irgendwie zu Hilfe kommen, und dass ich als Nächstes geplant hatte, mithilfe von Blutwurzpaste mein Wahrnehmungsvermögen zu stärken.

„Das ist eine gute Idee mit der Blutwurzpaste", sagte sie nachdenklich und warf einen Blick auf die Uhr. „Du bist spät dran. Gregor König wartet schon auf dich."

„Kommst du allein klar?", fragte ich.

„Kein Problem", sagte Nuria. „Ich sehe mich noch einmal in Ruhe um."

„Gut", sagte ich und verabschiedete mich. Nuria lief allein weiter durch die schmalen Gassen, wild entschlossen, das Wunder zu vollbringen und das Elixier aufzustöbern.

Schnell machte ich mich auf den Weg zu den Drachen, wo Gregor König und die anderen Jockeys aus dem Drachenrennteam auf mich warteten.

Das Training lief gut, allerdings waren die Drachen kaum zu zügeln. Ihre neue Umgebung behagte ihnen sichtlich und die Hitze spornte sie schnell zu Höchstleistungen an, während mir schon nach kurzer Zeit der Schweiß in Strömen vom Körper lief. Im Winter war es in Belara angenehm gewesen, aber nun, da der Sommer nahte, stiegen die Temperaturen immer weiter nach oben, und ich hätte viel dafür gegeben, wenn das Drachenrennen zu einer anderen Jahreszeit stattgefunden hätte. Ich war nicht die Einzige, die mit der Wärme zu tun hatte, auch die anderen Jockeys stiegen schwitzend von den Drachen, als das Training zu Ende war.

Gregor König ermahnte uns, schnell mit dem Klima klarzukommen, denn Ende Mai würde es hier noch wärmer werden.

Wir versprachen, unser Bestes zu geben, und während sich die anderen auf den Rückweg nach Tennenbode machten, lief ich zu der Quelle in der Mitte von Belara, wo ich mich mit Nuria treffen wollte. Das Training hatte länger gedauert und die Temperaturen sanken jetzt am frühen Abend endlich, als ich mich an der plätschernden Quelle sinken ließ, ein wenig von dem Wasser schöpfte, es in die Luft warf und als Schneeflocken über meinen Kopf rieseln ließ.

Das Training hatte mich geschafft und ich würde schlafen wie ein Stein. Ich überlegte kurz, ob ich noch einmal loslaufen sollte, um Nuria zu suchen, aber da kam sie schon durch die enge Gasse geeilt.

„Da bist du ja endlich“, sagte ich. „Hast du etwas herausgefunden?“

Nuria lächelte zufrieden und das konnte nur etwas Gutes bedeuten.

„Ja“, sagte sie, während wir zum Reisebüro liefen. „Es war sehr hilfreich zu wissen, dass wir nicht weiter unter der Erde suchen müssen, so konnte ich mich vollends auf die Umgebung konzentrieren. Ich habe lange überlegt und versucht, irgendwo Magie zu erspüren. Es ist etwas hier, man spürt es ganz deutlich, aber es ist allgegenwärtig, mal etwas stärker, mal etwas schwächer, genauso wie der Wind.“

„Der Wind“, sagte ich nachdenklich. „Natürlich, das Elixier wurde nicht im Wasser versteckt, sondern in der Luft.“

„Genau das vermute ich auch“, erwiderte Nuria frohlockend. „Man kann auch Flüssigkeit fein zerstäuben und sie in der Luftfeuchtigkeit verbergen. Viel kann nicht mehr von dem Elixier übrig sein, also warum sollte jemand nicht die letzten Tropfen in der Luft versteckt haben.“

„Das ist eine hervorragende Idee“, erwiderte ich und öffnete die Tür zum Reisebüro, wo uns die freundlichen Mitarbeiterinnen schon entgegenkommend zulächelten.

„Zweimal nach Schönefelde, bitte“, sagte ich, und die Reisebüromitarbeiterin programmierte den Parallelrahmen für uns.

„Am besten kommen wir gleich morgen wieder und probieren aus, ob wir etwas erreichen", sagte Nuria, während wir kurz warteten.

„Das machen wir", sagte ich entschlossen, und ein Hochgefühl überkam mich. Nach den vielen Wochen, in denen ich keine Fortschritte bei der Suche gemacht hatte, schienen wir endlich weiterzukommen.

Dann traten wir durch den Parallelrahmen und reisten zurück nach Schönefelde.

Vinnla

Hoch motiviert ging ich mit Nuria am folgenden Nachmittag an die Arbeit. Direkt nach den Vorlesungen machten wir uns auf den Weg nach Belara und traten voller Tatendrang in den heißen Sonnenschein. Doch so leicht, wie Nuria die Sache angedacht hatte, wurde es nicht. An verschiedenen Stellen im Ort extrahierten wir Wasser aus der Umgebungsluft, sammelten die wenigen Tropfen, die wir mühsam gewinnen konnten, und nahmen sie mit nach Schönefelde, wo sie Nuria in ihrem Zimmer genauer untersuchte und in verschiedenen Flakons sammelte, alle ordentlich beschriftet mit dem Ort, an dem wir sie eingefangen hatten. Und das taten wir nun jeden Tag aufs Neue, denn unsere Ausbeute war immer nur minimal.

Auch Lorenz, Liana und Shirley leisteten uns oft Gesellschaft. Selbst Etienne und Dulcia kamen gelegentlich vorbei und sahen sich neugierig in der Wüstenstadt um. Belara füllte sich ganz unmerklich Tag für Tag, Souvenirstände kamen hinzu, die allerlei Kram verkauften, auf denen die Drachenköpfe der Tennenboder und der südafrikanischen Mannschaft prangten. Man konnte auch Feuerzauber erwerben, bei denen aus kleinen Döschen Drachen aus Feuer aufstiegen und ein lebensechtes Gebrüll von sich gaben. Ich fand ja, dass Ariels Stimme nicht gut getroffen war, aber Liana war von dem Effekt begeistert und machte sich einen Spaß daraus, Lorenz bei jeder Gelegenheit mit dem brüllenden Feuerdrachen zu erschrecken.

Mehrere Hotels eröffneten und vor den Stadttoren von Belara entstand ein regelrechtes Dorf aus Unterkünften, Stallungen und Verpflegungseinrichtungen.

Als Ende April die südafrikanische Mannschaft nach Belara übersiedelte, wurde Gregor König nervös. Unsere Leistungen im Training hatten sich nicht wesentlich gebessert und die Hitze wurde mit jedem Tag drückender. Uns machte auch der Temperaturwechsel immer mehr zu schaffen. In Schönefelde herrschte kühles Frühlingswetter und zu Ostern hatte es sogar noch ein paar letzte Schneeschauer gegeben. Währenddessen gab es in Belara selten Temperaturen unter 35 Grad und der heiße Wind blies uns trockene Sandstürme ins Gesicht. Der Flug auf den Drachen fühlte sich nicht selten an, als ob man in einen Sandstrahler geraten war.

Die zunehmende Hitze und die Trockenheit machten es auch nicht einfacher, Feuchtigkeit aus der Luft zu gewinnen. Meist verschoben wir das in die frühen Abendstunden, wenn die Luft kühler wurde.

„Wir brauchen mehr Tropfen", sagte Nuria dennoch an einem Freitagmorgen Ende April entschlossen zu mir, als wir gerade auf dem Weg zur Vorlesung von Frau Professor Hengstenberg waren.

„Ich weiß", erwiderte ich seufzend. „Aber das sollte kein Problem darstellen. Gregor König hat heute Morgen angeordnet, dass die Jockeys des Drachenrennteams ab sofort nach Belara übersiedeln, damit wir uns endlich an die klimatischen Bedingungen gewöhnen können. Ich ziehe heute nach dem Unterricht um und kann dann auch früh am Morgen sammeln oder spät am Abend. Da müsste die Ausbeute höher sein."

„Sehr gut", sagte Nuria zufrieden und eilte an mir vorbei in den Vorlesungsraum.

„Was ist sehr gut?", fragte Liana gähnend und fuhr sich durch ihre blonde Mähne. „Ist deine Sklaventreiberin mit dir zufrieden? Sie lässt dir ja kaum mal eine freie Minute, damit du eine Mahlzeit einnehmen kannst. Beim Drabellum-Abend warst du nicht mehr und selbst an den Wochenenden bist du nur noch in Belara unterwegs. Wenn ich dich nicht besuchen kommen würde, würde ich dich kaum noch zu Gesicht bekommen."

„Wir stehen kurz davor, das Elixier zu finden", sagte ich. „Ich habe ein gutes Gefühl bei der Sache. Außerdem läuft mir die Zeit davon. Du weißt, dass meine Großmutter Adam maximal ein dreiviertel Jahr gegeben hat. Bis jetzt ist sein Zustand mehr als stabil und sie sagt, dass es auch länger gehen kann. Aber ich habe nicht ewig Zeit, um etwas zu erreichen, und Nuria geht es genauso."

Liana nickte mit einem plötzlichen Ernst in den Augen. „Schon gut", sagte sie. „Wenn ich dir helfen kann, dann lass es mich wissen. Lennox und Ramon wollen weiter nach den Mädchen suchen und Dulcia, Shirley, Lorenz und ich halten derweil die Augen offen, ob wir irgendwo über eine der Antiquitäten stolpern, die Herr Lilienstein auf die Liste geschrieben hat."

„Danke, Liana. Ich verspreche dir, dass ich mich wieder mehr um alles kümmern werde, wenn ..." Ich zögerte, doch ich konnte den Gedanken nicht weiterdenken, denn er führte in eine dunkle Sackgasse.

„Schon gut", sagte Liana energisch. „Du meinst, wenn du Erfolg gehabt hast."

Ich nickte schnell. „Vermutlich werde ich dann am meisten Hilfe brauchen, um den Stoff nachzuholen, den ich bald verpassen werde. Gregor König hat heute Morgen die Erlaubnis von Frau Professor Espendorm bekommen, das Drachenrennteam vom Unterricht freizustellen. Ich ziehe heute Nachmittag nach Belara. Er möchte, dass wir uns endlich an die klimatischen Bedingungen anpassen, denn dieses Hin und Her zwischen Sauna und Gefrierschrank ist nicht direkt leistungssteigernd." Ich schob mich durch die letzte Reihe und nahm am linken Rand neben Lorenz und Shirley Platz.

„Du ziehst auch nach Belara?", sagte Shirley mit großen Augen.

„Wie, auch?", fragte ich und ließ meine Tasche unter dem Stuhl verschwinden. „Also nicht nur ich ziehe bis zum Drachenrennen dorthin, auch die anderen aus dem Team."

„Das meinte ich nicht", erwiderte Shirley nachdenklich. „Torin hat gerade erfahren, dass er nach Belara abgeordnet worden ist und mit ihm Lennox und Ramon. Das heißt, die Suche nach den Mädchen fällt schon wieder flach."

„Aus Sicherheitsgründen kann ich mir das schwer vorstellen", erwiderte ich. „Es sind zwar ein paar mehr Touristen da als üblicherweise, aber das rechtfertigt noch lange nicht die permanente Anwesenheit der Schwarzen Garde. Das Personalaufgebot, das Ladislav Ende nach Belara geschickt hat, reicht locker, um auf alle aufzupassen.

„Also verdanken sie diese Verbannung Skara", sagte Shirley mit einem gefährlichen Funkeln in den Augen. „Ich habe mich ja schon lange gefragt, ob sie sich noch etwas einfallen oder die Sache mit Lennox auf sich beruhen lässt."

„Das heißt, sie müssen jetzt zwei Wochen in der Wüste hocken, bis das Rennen stattfindet?", fragte ich ungläubig. Das würde Lennox nicht gefallen und auch Torin und Ramon würden davon nicht allzu begeistert sein.

„So sieht es aus", erwiderte Shirley.

„Geh doch zu Herrn Lilienstein und besprich das mit ihm", sagte ich. „Das könnte eine gute Schlagzeile für die morgige Ausgabe geben und du weißt, wie sehr er provokative Überschriften mag. Ich würde ja selbst gehen, aber ich bin jetzt ebenfalls in den Sand verbannt, und Gregor König versteht auch keinen Spaß mehr, falls jemand zu spät kommt. Jetzt geht es um die Ehre des Drachenrennteams und da wird es auch für ihn bitterernst."

„Gute Idee", murmelte Shirley und sah versonnen auf. „Das würde gut wirken."

Auch ich sah es schon förmlich vor mir, denn mittlerweile hatte sich uns erschlossen, weshalb die Wände von Tennenbode weiß waren. Konstantin Kronworth benutzte sie als Untergrund für die aktuellen Schlagzeilen des „Roten Rächer".

Eine brillante Idee, wie wir fanden, jeden Tag prangte eine andere Überschrift aus der aktuellen Ausgabe an den weißen Wände und man kam nicht umhin zu erfahren, dass Ladislav Ende das Budget für das aktuelle Drachenrennen mehrfach überzogen hatte und eine Haushaltsschieflage befürchtet wurde, oder dass das Senatorenhaus, ohne die Öffentlichkeit zu informieren, den Verbrecher Helander Baltasar komplett rehabilitiert hatte und die Suche nach den verschwundenen Mädchen offiziell eingestellt wurde, da es keine Hinweise auf ihren Verbleib gab. Manche Schlagzeilen schlugen Wellen und wurden den ganzen Tag beim Essen und in den Pausen diskutiert. Skara war angesichts dieser kritischen Berichterstattung aus dem Senatorenhaus still geworden und hielt sich mit Feindseligkeiten gegen andere Studenten zurück. Sie beschränkte sich darauf, sich mit ihren Freundinnen emsig auszutauschen und giftige Blicke zu versenden. Ich hatte schon vermutet, dass sie irgendwelche Intrigen gesponnen hatte, und die Verbannung der Torrel-Brüder passte gut zu ihr.

Liana seufzte plötzlich neben mir. „Ich wünschte, ich könnte Paul davon erzählen. Es wird immer komplizierter, irgendwelche Ausreden zu erfinden. Er fand es schon seltsam, dass ich auf dem Valentinstagsball nicht mit ihm getanzt habe, sondern nur mit Lorenz. Und dass Lorenz sich immer auf Abstand von Etienne gehalten hat, obwohl er doch wusste, dass die beiden zusammen sind. Und er wundert ihn auch sehr, dass ich sage, ich müsste noch in die Bibliothek, und am Abend habe ich Sand am Körper. Dieses verfluchte Zeug klebt überall. So langsam ist er mies gelaunt deswegen und ich kann es ihm nicht einmal übel nehmen."

„Ich weiß, Liana", sagte ich leise, während Frau Professor Hengstenberg hereinkam und ihre Unterlagen auf dem Pult ordnete. „Aber du hast keine andere Wahl."

„Ich wusste ja, worauf ich mich einlasse", erwiderte Liana seufzend. „Aber dennoch ist es schwer, und eine Wahl habe ich im Moment natürlich nicht."

In diesem Moment begrüßte uns Frau Professor Hengstenberg und der Klang ihrer melodischen Stimme schwebte durch den Raum wie eine Melodie und weckte verborgene Bilder in mir. Schon lange hatte ich mich der Musik verschlossen, aber in diesem kleinen Moment begriff ich, dass ich zum einen voller Mitgefühl für Liana war, und zum anderen, dass ich heute Morgen die Stachelfunkienessenz nicht genommen hatte. Der Klang von Frau Professor Hengstenbergs Stimme führte mich weg von dem Vorlesungsraum und Bilder stiegen in mir auf. Durchscheinende Schmetterlinge flatterten vor meinen Augen und zartblaue Blumen bildeten einen Teppich. Feen flogen darüber hinweg und sangen ein schmerzend schönes Lied von der Liebe und dem Tod.

Ich kam zu mir, als zwei Arme mich anhoben und ich gerade dabei war, vom Stuhl zu rutschen. Liana und Shirley sahen mich erschrocken an, doch dann schien Liana zu begreifen, was soeben passiert war.

„Ich dachte, du hast das schon lange im Griff", sagte sie vorwurfsvoll. „Jag mir nie wieder so einen Schrecken ein."

„Die Musiksache also", sagte Shirley und atmete erleichtert auf, während ich mich wieder gerade hinsetzte und mich darauf konzentrierte, worüber Frau Professor Hengstenberg gerade sprach. Als ich klar vernahm, wie sie aus aktuellem Anlass einen Exkurs machen wollte und heute über Belara sprechen würde, einer der ersten Siedlungen überhaupt und Partnerstadt von Schönefelde, wagte ich es, wieder zu Liana zu sehen, ohne befürchten zu müssen, gleich wieder vom Stuhl zu rutschen.

„Alles okay?", fragte nun auch Lorenz. „Du solltest mal ein paar Tage frei machen, um wieder zur Ruhe zu kommen. Vielleicht hilft dir auch eine Party weiter. Etienne und ich entwickeln gerade Konzepte für Mottopartys. Das romantische Blumendinner oder die Eisparty sind nichts für dich, aber wir haben auch das Konzept einer explosiven Feuershow entwickelt. Da kommst du garantiert auf andere Gedanken, wenn die Böller um dich herum explodieren. Dulcia hat uns reichlich Tipps gegeben, ihre Großmutter hatte da ja ein Händchen dafür."

„Im Moment nicht", sagte ich nachdenklich und lauschte eine Weile Frau Professor Hengstenberg und ihrem Vortrag.

„Belara wurde bereits vor der Gründung der Vereinten Magischen Union als Siedlung gegründet. In seinen Anfängen war es eine Oase, die besonders von durchreisenden Händlern genutzt wurde, um eine Rast einzulegen, doch bald stieg der Anteil der Magier, die die Stadt bewohnten und die Ruhe und Abgeschiedenheit schätzten. Man entschloss sich schließlich, die Stadt Belara zu einer Siedlung zu machen, die nur von Magiern bewohnt wird, und damit ist Belara eine der wenigen Städte auf der Welt, in denen sich Magier frei bewegen können, ohne § 1 ständig im Hinterkopf haben zu müssen“, sagte sie, während mich ein Gedanke nicht mehr losließ. Die Musik hatte mich immer abgleiten lassen und dieses Abgleiten konnte ich auch benutzen, um Zugang zu Vinnla zu finden. Ja, es wäre eine Krücke, eine Hilfe, die echte Geistläufer nicht brauchten, aber warum sollte ich diese Hilfe nicht in Anspruch nehmen, um noch einmal nach Vinnla zu gelangen. Schon einmal hatte mir der Besuch in der Traumwelt einen wertvollen Hinweis beschert. Ich hatte die Hoffnung, dass das noch einmal passieren könnte und ich erfahren würde, wo genau das Elixier von Jericho versteckt war oder ob tatsächlich eine Insignie der Macht in Belara versteckt war, wie ich noch immer vermutete.

Der Gedanke ließ mich den ganzen Tag nicht mehr los, und als ich am Nachmittag mit meinen gepackten Taschen nach Belara aufbrach, steckte ich kurzentschlossen meinen geladenen MP3-Player mit ein. Es war schon sehr lange her, dass ich mich mittels eines Musikstückes so weit hatte fallen lassen, dass ich das Bewusstsein verlor, so wie es mir im ersten Jahr auf Tennenbode passiert war, als mich die Elfenstimme von Frau Professor Hengstenberg überrascht hatte.

Eigentlich hatte ich es als Fortschritt verbucht, dass es mir nicht mehr passiert war, doch vielleicht hatte ich damit eine Möglichkeit übersehen, Zugang zu Vinnla zu finden.

Gregor König bot mir an, in das Sportlerzentrum vor den Stadtmauern von Belara zu ziehen, doch ich zog es vor, für die Zeit meines Aufenthaltes das Haus von Sedonie zu bewohnen, das sie mir gern überlassen hatte. Zum einen konnte ich so unbemerkt durch die Gassen von Belara streifen, ohne unter den wachsamen Augen des Personals von Ladislav Ende zu stehen, die das Sportlerdorf immer gut im Auge behielten, und zum anderen hatte ich einen direkten Zugang zu Schönefelde, den ich zu jeder Tageszeit benutzen konnte, ohne dass ich auf die offiziellen Türen angewiesen war, die das Reisen auf ihre Öffnungszeiten beschränkten.

Als ich nach dem Training noch eine Weile mit Nuria durch Belara gelaufen war und an verschiedenen Orten Tropfen in kleinen Phiolen gesammelt hatte, versprach ich ihr, am Wochenende das Sammeln in den frühen Morgen- und späten Abendstunden fortzusetzen. Dann verabschiedeten wir uns im Reisebüro und ich machte mich auf den Weg zu Sedonies Haus.

Unterwegs holte ich mir eine Fächerwaldwurmsuppe bei einem der vielen Imbissstände, die jetzt kurz vor dem Drachenrennen geöffnet hatten, und schließlich schloss ich die Tür fest hinter mir, packte in Ruhe meine Sachen aus und richtete mich für meinen mehrwöchigen Aufenthalt in Belara ein. Als alles erledigt war und ich langsam zur Ruhe kam, holte ich meinen MP3-Player hervor und dachte noch eine Weile unschlüssig über mein Vorhaben nach. Ich wusste nicht, ob ich den Sprung aus der Vision heraus schaffte und mein Bewusstsein mobilisieren konnte, wach zu bleiben, was die grundlegende Fähigkeit eines Geistläufers war, und etwas damit zu tun hatte, wie stark man in der Lage war, sich zu konzentrieren und die Kontrolle über seinen Geist zu übernehmen.

Ich kramte in meiner Tasche nach meinen Notizen, die ich im vergangenen Jahr dem Buch von Mantao entnommen hatte, und las mir den Abschnitt über die Ausbildung zum Geistläufer noch einmal durch. Dann begann ich mit den Atemübungen, die die Konzentration stärkten. Ich atmete tief ein und aus, ein und aus, tief in den Bauch hinein, tief ein und aus.

Ich wollte einfach nur wissen, ob es in Vinnla etwas über

das Elixier von Jericho zu erfahren gab. Waren wir auf dem richtigen Weg oder verschwendeten wir gerade unsere Zeit und unsere Energie?

Das Atmen beruhigte mich und ich spürte mein Herz ruhiger schlagen, spürte die Müdigkeit auf meine Augen drücken, spürte die Wärme, die in der Luft lag, die Hitze und die Feuchtigkeit, die mir zu schaffen machten, an die ich mich jedoch bald gewöhnen würde, wenn ich eine Weile hier war. Das wusste ich plötzlich ganz deutlich. Ich schloss meine Augen und wollte noch einen Schritt weitergehen, weiter hinein in die Traumwelt. Eine Weile atmete ich und versuchte jeden Gedanken aus meinem Kopf zu verbannen, versuchte leer zu sein, um den Schritt zu schaffen, denn nur durch die Leere hindurch würde ich nach Vinnla gelangen. Doch bald stieg etwas Dunkles in mir auf wie ein schwarzer Nebel, schlang sich um meine Gedanken und trieb mir die Tränen in die Augen. Adams Seele war im Totenreich und auch sein Körper würde bald sterben. Dann war es endgültig und unumkehrbar und jede Hoffnung, so klein sie auch sein mochte, war erloschen.

Plötzlich stieg ein Bild in mir auf und ich sah Adam, wie er auf der großen Wiese im Geheimen Garten stand. Warmes Licht spielte in seinen Haaren und es ringelte sich weich. In seinen Augen lag ein trauriger Ausdruck und er sah mich flehend an.

„Hilf mir!“, rief er, und die Verzweiflung in seiner Stimme ließ mir das Blut in den Adern gefrieren. „Hilf mir!“, rief er erneut, dann verflog seine Gestalt im Wind, während ich allein auf der Wiese stehen blieb.

Die Begegnung mit Adam verwirrte mich gänzlich. Es war so echt und doch war es nicht möglich. Ich versuchte, sein Bild erneut heraufzubeschwören, doch es gelang mir nicht mehr, stattdessen spürte ich die Dunkelheit wieder in mir. Ich versuchte, meinen Kopf zu leeren, um endlich nach Vinnla zu gelangen, aber es funktionierte nicht.

Ich wusste nicht, wie lange ich da gesessen und die Leere zu spüren versucht hatte. Doch es mussten Stunden gewesen sein, in denen ich gegen die anschwellende Dunkelheit in mir angekämpft hatte. Am Anfang war ich noch guter Dinge, dass ich es schaffen konnte, meinen Kopf zu leeren, doch immer wieder stieg der dunkle Nebel vor meinem inneren Auge auf, unbarmherzig, klebrig und zäh ließ er sich nicht von mir lösen, sondern zog mich unerbittlich in sich hinein, sodass meine Gedanken um nichts anderes kreisen konnten, als dass Adam tot war und so weit entfernt von mir wie noch nie. Ich war allein und der Schmerz stieg wieder unerbittlich in mir empor, und weil nichts da war, was mich davon ablenken konnte, durchfuhr er mich ganz und gar. Er brauchte meine Hilfe und ich war dabei, völlig zu versagen. So viel Zeit war schon vergangen, in der ich nichts erreicht hatte.

Als ich es schließlich schaffte, die Augen zu öffnen, war mein Gesicht nass, und das dunkle Gefühl, das auf meiner Brust lag, nahm mir den Atem. Ich gab es auf. Dunkelheit war inzwischen hereingebrochen und die Temperaturen fielen endlich. Ich holte mir eine Decke, verkroch mich darunter und kramte den MP3-Player hervor. Dann schaltete ich Beethovens Mondscheinsonate an und innerhalb von Sekunden zog mich die traurige Klaviermusik hinweg und ich schlief ein.

Ich lief im fahlen Mondschein durch dunklen Morast, morsche Äste knackten feucht unter mir. Der Schlamm, durch den ich watete, zog an meinen Füßen, als ob Hände nach mir griffen und mich hinabziehen wollten. Ich wusste nicht, wohin ich lief, ich wusste nur, dass ich hier weg musste, weil sonst etwas Schreckliches passieren würde. Das Herz donnerte in meiner Brust, Adrenalin schoss mir ins Blut und meine Lunge wollte zerbersten, während ich vorwärtsdrängte und doch nicht vorwärtskam. Ich lief auf der Stelle und sank mit jedem Schritt tiefer und tiefer, während mich Verzweiflung überkam.

Doch plötzlich hielt ich inne und mich überkam ein Gedanke. War das nur ein Traum oder war es die Realität. Ich wusste es plötzlich nicht mehr, ich wusste nur, dass ich hier raus musste, sonst würde ich bald ertrinken.

Ich steckte mittlerweile bis zur Hüfte im Schlamm und mit jeder kleinen Bewegung sank ich tiefer. Um mich herum lastete eine trübe und schier endlose Dunkelheit, durch die kein Laut drang.

Verzweiflung überkam mich und mein Atem ging pfeifend, während mich die Angst gefangen hielt. Einen Moment erstarrte ich. Ich war doch ein Magier, wurde es mir bewusst, und konnte gegen Schlamm ankämpfen und war ihm nicht hilflos ausgeliefert. Ich strengte meine magischen Kräfte an und vertrieb das Wasser aus meiner Nähe. Mit Erstaunen stellte ich fest, dass es funktionierte. Der Schlamm wich von mir und an den Stellen, an denen er verschwand, begann es zu leuchten.

Es war nur ein Traumbild, begriff ich plötzlich. Ich lauschte in mich hinein und vernahm die leise Melodie der Mondscheinsonate. Ich war in einem Traum und die Tatsache, dass ich es wusste, bedeutete, dass ich mit Hilfe des MP3-Players in die Traumwelt gelangt war.

Ich konzentrierte mich darauf, dass der Traum weichen sollte, doch so einfach war es nicht. Die dunkle Melodie zog mich immer wieder hinab und der Schlamm floss zurück, umfloss mich kalt und trieb die Verzweiflung zurück in mein Herz. Plötzlich verstand ich, warum Sedonie darauf bestanden hatte, dass ich die Traumwelt nur aus eigener Kraft betrat. Diese Kraft benötigte ich jetzt, um Gewalt über die Träume zu bekommen, und das würde vermutlich nur funktionieren, wenn ich die dunklen Details, die mich hier gefangen hielten, daraus vertrieb. Es wäre auch nicht schlecht gewesen, wenn der MP3-Player einfach ausgehen würde und nicht in einer Endlosschleife weiterlief. Ich konzentrierte mich auf das Leuchten und atmete tief ein und aus. Wärme breitete sich aus und der Schlamm wich wieder von mir. Als ich Lichtbälle aufspannte, hob sich der düstere Nebel schließlich. Es wurde immer heller um mich herum, bis ich wieder in einem leeren

Raum stand, dessen Wände aus Nebel zu bestehen schienen. Es hatte geklappt. Ungläubig sah ich mich um. Ich hatte Vinnla betreten, obwohl es vermutlich nicht sehr elegant gewesen war. Doch das spielte jetzt keine Rolle.

Eilig trat ich auf den Nebel zu, der verflog, und wieder gelangte ich an die glasgleiche, elastische Außenhaut meiner persönlichen Traumwelt. Ich steckte eine Hand hindurch und dann meinen Kopf und tauchte in das Rauschen der Gedanken ein. Dieses Mal erschrak ich nicht, als ich das Gewirr der Stimmen vernahm. Nebel floss an mir vorbei und ich zwängte mich weiter durch das schmale Loch, um genauer zu hören, was die Stimmen zu sagen hatten. Satzfetzen flogen an mir vorbei, ich hörte immer wieder die Namen der Drachen. Es waren freudige Stimmen, die vom Drachenrennen in Belara sprachen, doch es waren auch kritische Stimmen dabei, die über die Verschwendungssucht des Primus sprachen und die ihn einen dilettantischen Dummkopf schalten. Ich traute meinen Ohren kaum, als ich diese Stimmen vernahm. Sonst hörte man nur selten etwas davon, dass jemand mit der Politik von Ladislav Ende nicht zufrieden war. Doch ich begriff, dass es viele waren, die so dachten, und dass sie sich nur nicht trauten, darüber zu sprechen.

Ich lauschte eine Weile zufrieden dem missmutigen Murmeln, das sich in die erwartungsvollen Stimmen mischte. Dann erinnerte ich mich an die vielen Lehrstunden bei Sedonie.

„Wenn du etwas von Vinnla wissen willst, dann frage einfach", hatte sie immer wieder gesagt, und dabei hatten wir festgestellt, dass das von Parelsus entwickelte MUS am Konzept von Vinnla angelehnt hatte. Doch während MUS sein Wissen aus den eingespeisten Büchern bezog, konnte man in Vinnla auf das Wissen der Magier und der magischen Geschöpfe zugreifen, wenn man es denn geschafft hatte, bis hierher zu kommen. Allerdings, und auch davor hatte mich Sedonie gewarnt, schwebte in Vinnla nicht nur das Wissen der Magier, sondern auch deren Unwissen, die Lügen und Stimmungen.

Und zu entscheiden, welche Informationen nützlich waren und welche nicht, war nicht immer einfach.

„Wo ist das Elixier von Jericho?“, fragte ich daher leise in den Nebel hinein und lauschte gespannt. Eine Weile wiederholten sich die Stimmen, die über das Drachenrennen nachsannen, die die Politik von Ladislav Ende kritisierten und auch die, die seine Politik lobten, genauso wie es der „Korona Chronikle“ immer ausführlich tat.

Ich überlegte schon, meine Frage noch einmal lauter und mit mehr Nachdruck zu stellen, doch dann hörte ich plötzlich eine leise Stimme, die sagte: „Das Elixier von Jericho ist in Belara.“

Ich wollte schon frustriert aufstöhnen, doch ich hielt mich mit meiner Äußerung zur Qualität dieser Mitteilung zurück. „Wo genau in Belara?“, fragte ich.

„In Belara, mal hier, mal da“, antwortete die Stimme. Dann drangen wieder andere Stimmen an mein Ohr und ich erfuhr, dass Skara in dem purpurnen Kleid von Gisella Verpocci aussah wie ein Walross.

Jetzt stöhnte ich frustriert auf und erntete ein leises Kichern. Plötzlich verstand ich, warum die Sybillen manchmal so seltsame florale Verse von sich gaben. Ohne brauchbaren Inhalt blieb einem nichts anderes übrig, als zu improvisieren, und sie taten es ja wenigstens auf eine unterhaltsame Weise.

Ich wollte mich schon zurückziehen und auf den Rückweg machen. Hier konnte ich heute nichts Brauchbares erfahren. Doch plötzlich entstand in meinem Kopf ein Gedanke, der nur aus wenigen Wörtern bestand. Bevor ich die Lippen zusammenpressen konnte, hatten sich die Worte schon auf den Weg gemacht.

„Wo ist Adam Torrel?“, hörte ich mich flüstern.

Es dauerte nicht lange und ich hörte Stimmen, die Adam einen Helden nannten, jemand wollte ihn heiraten und Kinder mit ihm bekommen, eine andere Stimme beklagte die Ungerechtigkeit, die ihm widerfahren war, und dass er ein besseres

Los verdient hatte. Doch dann bemerkte ich, dass sich der Nebel unter mir lichtete und Dunkelheit zu mir heraufdrang.

Angst überkam mich, doch zugleich spürte ich auch Neugierde aufsteigen.

„Adam?“, flüsterte ich erneut und schob mich ein wenig aus meiner Traumwelt hinaus, um besser erkennen zu können, was da unten war. Ich spürte etwas und das irritierte mich. Ganz nebenbei bemerkte ich, wie ich mich weiterschob, wie erst meine Hüften und dann meine Beine den Raum verließen und ich hinabzutauchen begann. Er war hier, er musste hier sein. Seine Seele war in Vinnla, ich spürte, wie es in meiner Brust zu beben begann, je tiefer ich nach unten sank. Dieses Gefühl war so warm und lebendig, dass es mich fassungslos machte und ich an nichts anderes mehr denken konnte.

Das warme Kribbeln, das ich so viele Monate vermisst hatte, begann mich zu erfassen. Er konnte nicht mehr weit sein. Hier irgendwo war er, ich spürte es ganz deutlich. Ich fühlte, wie lebendig das Blut durch meine Adern schoss, ich spürte seine Nähe und die Kraft, die mich plötzlich durchfloss. Kein anderer Gedanke hatte mehr Platz in meinem Kopf.

Ich sank tiefer und die Dunkelheit umgab mich schließlich gänzlich, der weiße Nebel war weit entfernt. Doch das war mir egal, denn ich folgte wie bei einem Tauchgang nur dem warmen Pulsieren in meiner Brust.

Nicht mehr weit, dann würde ich Adam wiedersehen. Der Gedanke pochte heftig in meinem Kopf. Nicht mehr weit. Nur noch ein Stück.

Doch plötzlich griffen feste Hände nach mir, packten mich und zogen mich zurück. Ich wehrte mich, das war der falsche Weg, doch sie ließen mich nicht los und zerrten an mir, zogen mich nach oben, wo es heller wurde und ich wieder in den Nebel eintauchte und das Gewirr der Stimmen vernahm.

„Wie konntest du nur?“, hörte ich eine vorwurfsvolle Stimme. Verwundert sah ich nach den Armen, die nach mir gegriffen hatten.

„Sedonie", sagte ich erstaunt, doch schon wurde ich durch eine gläserne Wand gezogen. Hier sah alles ganz heimelig aus, wie in einem lichtdurchfluteten Sommergarten. Eine weiße, gusseiserne Bank stand da umgeben von weißen Stauden und einem plätschernden Wasserspiel. Um alles herum wogte ein heller, geheimnisvoller Nebel, genauso wie in meiner Traumwelt.

„Wo bin ich?", fragte ich erstaunt Sedonie, neben der jetzt ein paar andere Gestalten erschienen waren. Die Heiligen Jungfrauen. Sie alle trugen weiße Gewänder, ebenso wie Sedonie, doch hier in Vinnla waren ihre Gesichter nicht verschleiert, sie trugen ihr Haar offen und sahen mich alle mit demselben vorwurfsvollen Blick an.

„Was ist passiert?", fragte ich.

„Du bist auf dem Weg ins Totenreich gewesen", sagte Sedonie scharf, und es war das erste Mal, dass sie nicht sanft und verständnisvoll war. „Wie konntest du das nur tun?"

„Ins Totenreich?", sagte ich gedehnt und begriff erst jetzt so richtig, was passiert war. „Ich wollte nur wissen, wo Adam ist", sagte ich kleinlaut. „Du hast doch gesagt, ich soll Vinnla meine Fragen stellen. Ich habe nicht geplant, bis ins Totenreich hinabzusteigen, und ehrlich gesagt habe ich auch nicht angenommen, dass es so einfach sein würde."

„Du weißt, wo Adam ist", entgegnete Sedonie immer noch wütend, obwohl ich sah, dass sich in die Wut auch Angst mischte. Um sie herum bauten sich die anderen Heiligen Jungfrauen auf und betrachteten mich ebenfalls mit vorwurfsvollem Blick. „Er ist im Totenreich und du wolltest zu ihm. Das ist der entscheidende Unterschied. Das Totenreich ist kein Platz für Lebende, die Toten können es nicht verlassen und sie können auch von dort aus keinen Kontakt zu dir aufnehmen. Halte dich einfach fern davon. Vinnla erfüllt deinen Wunsch, die Magie wirkt, aber sie urteilt nicht in gut oder schlecht, in vernünftig oder unvernünftig, und das, was du getan hast, war sehr unvernünftig."

„Das wusste ich nicht", sagte ich, doch ich konnte keine Reue empfinden. Das Echo der Wärme pochte noch in meiner Brust und ich fühlte mich davon berauscht.

„Ich weiß schon", sagte Sedonie jetzt sanfter. „Du wolltest nur Adam wiedersehen. Ich kenne deinen Schmerz, aber du musst ihn bändigen. Vinnla ist kein Spiel, Selma. Es ist ein mächtiger Ort, der auch sehr gefährlich werden kann. Zumindest für dich. Die meisten Magier finden sich mit dem Verlust eines geliebten Menschen ab und lassen ihn gehen. Sie haben nicht das Bedürfnis, sich hinab ins Totenreich zu stürzen und ihr eigenes Leben zu beenden."

„Ich wäre gestorben?", fragte ich jetzt mit doch aufkeimender Nervosität.

„Ja, Selma", sagte Sedonie deutlich. „Wenn du in das Totenreich hinabsteigst, trennst du die Verbindung mit deinem Körper. Du stirbst."

Ich sah Sedonie nachdenklich an.

„Denk einmal darüber nach, was du alles aufgegeben hättest", sagte Sedonie. „Du lebst nur einmal auf dieser Welt, die Ewigkeit im Totenreich läuft dir nicht davon. Und nebenbei bemerkt sind Geistläufer, die den Zugang zu Vinnla finden, eigentlich stark genug, um gegen diese Bedürfnisse anzukämpfen. Sie konzentrieren sich auf das Ritual, das sie in Vinnla durchführen wollen, oder lauschen auf die Stimmen und versuchen Zukunftsprognosen aus ihnen herauszulesen. Manche verbringen auch einfach nur Zeit in ihren Traumwelten und meditieren."

„Ja", erwiderte ich einsilbig. Ich war mir überhaupt nicht im Klaren gewesen, was ich soeben getan hatte, sondern war einfach meinem Gefühl gefolgt, so wie ich es schon so oft getan hatte.

„Es ist besser, wenn du jetzt zurückkehrst", sagte Sedonie sanft.

„Vermutlich", entgegnete ich.

„Du solltest vorerst Vinnla nicht mehr betreten", sagte eine der Heiligen Jungfrauen zu mir, und es klang wie ein Urteil. „Du bist noch nicht so weit. Übe dich in den Techniken, und erst wenn du stark genug bist, darfst du wiederkehren."

Ich wollte protestieren und sagen, dass es meine Angelegenheit war. Doch ich sah, wie Sedonie nur stumm den Kopf schüttelte, und fühlte es selbst. Es lohnte sich nicht, zu diskutieren, nicht jetzt in diesem Moment.

Ich nickte stumm, schloss die Augen und kehrte zu meinem Körper zurück.

Schlechte Nachrichten

Ich betrat Vinnla nicht mehr, nicht in dieser Nacht und auch nicht in den folgenden. Meine Großmutter hatte mit mir gesprochen und mir ebenfalls verboten, noch einmal in die Traumwelt zu gehen, und so langsam begriff ich, was dort geschehen war. Die Leichtfertigkeit, mit der ich beinahe mein Leben aufgegeben hatte, machte mir Angst. Auch Sedonie hatte noch einmal mit mir geredet und mir klargemacht, wie knapp meine Rettung gewesen war. Wäre ich noch tiefer hinabgeglitten, hätten die Heiligen Jungfrauen mir nicht mehr folgen können, ohne sich selbst in Gefahr zu bringen.

So gab ich die Idee auf, nützliche Informationen aus Vinnla zu bekommen, und versuchte dem verlockenden Gefühl zu widerstehen, das ich auf dem Weg in das Totenreich hinab empfunden hatte. Er war da gewesen, ich hatte es gespürt, ich hatte ihn gespürt. Der Gedanke war wie ein süßes Gift, verlockend und gefährlich zugleich. Es kostete mich viel Kraft, dagegen anzukämpfen.

Es war auch gut, dass Gregor König uns zweimal am Tag trainieren ließ, denn dieses Training erschöpfte mich so sehr, dass ich am Abend völlig kraftlos auf mein Bett sank und der Versuchung leicht trotzen konnte.

Bereits in den frühen Morgenstunden stand ich wieder auf, um in der frischen Morgenluft Wassertropfen zu extrahieren. Ich hatte herausgefunden, dass kurz vor fünf Uhr morgens die Luftfeuchtigkeit am höchsten war und wir die beste Ausbeute erzielten. Nuria kam, sobald die Türen im Reisebüro geöffnet hatten, und holte die Tropfen ab, die ich am Morgen gesammelt hatte. Nach den Vorlesungen untersuchte sie dann die Ausbeute und versuchte aus der gesammelten Luftfeuchtigkeit die magische Essenz herauszufiltern, die wir suchten.

Doch die Tage bis zum Drachenrennen vergingen, ohne dass sie etwas fand.

„Guten Morgen“, sagte Gregor König, als ich am Morgen des Drachenrennens im Stall stand und Ariel kraulte. In seinem Gesicht lagen Anspannung und Unruhe.

„Guten Morgen“, entgegnete ich nachdenklich. In Gedanken war ich noch immer bei der Luftfeuchtigkeit und an welchem Ort sie zu welcher Zeit wohl am höchsten war.

„Du schaffst das schon“, sagte Gregor König, der meine Nachdenklichkeit wohl für Nervosität hielt. Ich sah auf und achtete auf meine Umgebung. Tatsächlich lag eine leichte Unruhe über den Drachenställen und die Vorfreude war mit den Händen zu greifen. Aus den benachbarten Ställen des südafrikanischen Teams hörte ich die schrillen Rufe der Drachen, auf die Ariel mit einem Schnauben reagierte.

„Ja, natürlich“, sagte ich. Seitdem Bert im vergangenen Jahr sein Studium abgeschlossen hatte, hatte sich unser Team verändert. Um Bert zu ersetzen, hatte Gregor König Dylan aus dem vierten Semester in das Drachenrennteam aufgenommen, der sich anfangs gut angestellt hatte, dessen Leistungen aber seit einem guten halben Jahr stagnierten. Doch überraschenderweise war er es gewesen, der mit den Temperaturen hier in Belara in den letzten beiden Wochen am besten klargekommen war, und neben Ariel und mir zählte Dylan auf Salus daher zu den Favoriten unseres Teams.

„Wir schaffen das schon“, sagte ich tapfer.

„Das erwarte ich auch von dir“, sagte Gregor König schmunzelnd. „Gut, dass du schon da bist, bis heute Nachmittag haben wir noch einiges zu tun, und sobald zum Mittag der offizielle Teil losgeht, kann man in der Stadt sowieso nicht mehr treten. Jedes Mal so eine Aufregung. Komm, ich habe für alle Jockeys Frühstück gemacht. Das stärkt unseren Teamgeist, und dann machen wir uns an die Arbeit und gewinnen ein Rennen.“ Gregor König nahm mich am Arm und zog mich mit sich.

Nach dem Frühstück begannen wir damit, die Ställe zu reinigen und die Drachen abzuschrubben. Ich stürzte mich mit vollem Eifer in die Arbeit und versuchte an nichts zu denken. Doch ein Gedanke schlich sich immer wieder in meinen Kopf und ließ sich nicht aussperren. Nuria musste etwas finden, irgendetwas, wenigstens die Spur des Elixiers, damit wir wussten, dass wir auf dem richtigen Weg waren. In einer Pause schlich ich mich schnell zu Sedonies Haus und nahm einen Löffel Stachelfunkienessenz, damit ich für das Rennen gewappnet war.

Endlich gingen wir auf die Rennstrecke und bereiteten die Plätze vor, an denen die Drachen während des Rennens platziert wurden. Auch die Jockeys und Betreuer des südafrikanischen Teams waren eifrig mit Vorbereitungsarbeiten beschäftigt. Wir hatten ein gutes und freundschaftliches Verhältnis zueinander, und obwohl jedes Team den Sieg erringen wollte, herrschte zwischen uns keine Feindschaft, und im Gegensatz zum Rennen gegen das antarktische Team rechneten wir nicht damit, dass es zu Rangeleien kommen würde.

Als wir zur Mittagszeit in unsere knallorangefarbenen Anzüge schlüpften, konnte ich es nicht erwarten, dass es endlich losging. Von draußen hörte man das Gemurmel vieler Stimmen, die Tennenboder Studentenband spielte auf und die Volksfeststimmung übertrug sich auch auf die Drachen, die aufgeregt im Kohlenstaub wühlten und unruhig in ihren Boxen hin und her trabten.

Gerade als ich immer wieder erfolglos versuchte, Ariel seinen Kopfschmuck anzulegen, tauchten im Zelt plötzlich Lorenz, Liana und Shirley auf.

„Wir wollten dir noch viel Glück wünschen“, sagte Lorenz breit grinsend.

„Das kann ich gut gebrauchen“, erwiderte ich. „Was ist draußen los?“, fragte ich.

„Es sind wahnsinnig viele Leute da“, erwiderte Lorenz mit großen Augen. „Unglaublich, was die Südafrikaner für einen

Fanclub haben. Es ist gut, dass in der Wüste genug Platz ist. Akkanka wäre längst aus allen Nähten geplatzt und Gregor König hätte sich Sorgen um seine ganzen Tiere und Pflanzen gemacht. Hier kann nichts kaputt gehen."

„Und du müsstest mal sehen, was Ladislav Ende alles großzügig spendiert", sagte Liana, und ihre Wangen leuchteten vor Aufregung ganz rosig. „Das Essen war ja schon immer kostenlos, aber dieses Mal gibt es nicht einfach nur einen Imbiss, er hat richtig gute Sachen vorbereiten lassen, italienische Cafés und Eisspezialitäten, deren Namen du noch nie gehört hast, Fitnessecken für die Gesundheitsfreaks, da gibt es Quitschen, Quirxen, Fächerwaldwurmsuppe und Tuben mit Blutwurzpaste, um sich zu stärken. Es gibt einen Grilltempel, und ich hatte ja keine Ahnung, was man alles so grillen kann. Jedenfalls gibt es auch überall Klimaecken, dort schneit oder regnet es, oder es ist einfach nur kalt, falls es jemandem zu heiß wird in der Sonne. Es gibt Fanpakete für alle und heute Abend schmeißen sie noch eine Riesenparty, egal wer gewinnt."

„Das kostet ein Vermögen", erwiderte ich leise. „Aber Frau Torrel steht ja als Sponsorin wieder zur Verfügung."

„Das mit der Geldverschwendung hat der ‚Rote Rächer' jetzt schon dreimal auf die Titelseite genommen", sagte Shirley. „Aber wenn es um das Drachenrennen geht, interessiert das irgendwie keinen. Skara ist auch schon da und schüttelt fleißig mit ihrem Vater die Hände aller Offiziellen und sie gratulieren sich gegenseitig zu der großartigen Veranstaltung."

In diesem Moment ertönte ein hohler, dröhnender Ton.

„Wir müssen zur Rennstrecke", sagte Liana aufgeregt. „Ich kann es kaum erwarten, das südafrikanische Team in echt zu sehen. Viel Glück, Selma!" Sie drückte mich schnell. Dann zog sie Lorenz und Shirley mit sich und die drei verschwanden wieder aus dem Zelt. Ariel stupste mich sofort an und ich hörte das wohlige Grollen aus seiner Kehle.

„Bald geht es los", flüsterte ich, und schon hörte ich Gregor König kommen und das Drachenrennteam zusammentrommeln, um mit der Aufstellung zu beginnen.

Als wir mit den Drachen über die Rennstrecke von Belara einflogen, erhob sich ein ohrenbetäubendes Jubeln. Unter uns spannte sich eine endlose Menge an Menschen auf. Die Fahnen der Südafrikaner wehten neben denen der Vereinten Magischen Union im heißen Wüstenwind und auch in der Menge wurden Flaggen in den Nationalfarben Lila und Schwarz geschwenkt. Es war wirklich gut gewesen, die Veranstaltung vor die Stadttore zu verlegen, stellte ich staunend fest, als ich die Menge bis zum Ende überflog. Die Zahl der Magier, die hierhergekommen waren, hätte Belara und auch Akkanka gesprengt, doch nun konnte sich alles in die Dünen hinausverlagern, wo endlos Platz war. Da das Drachenrennen ohnehin in der Luft stattfand, war es auch von den umgebenden Dünen gut zu erkennen. Als wir über die letzten Köpfe hinweggeglitten waren, wendeten wir, um zurück zur Ehrentribüne zu fliegen. Ich ließ meinen Blick in die Wüste schweifen und erkannte etliche Kilometer entfernt eine Art Nebel, der die Sicht versperrte. Beim genaueren Hinsehen sah es aus wie ein Sandsturm, der nur bis zu einem gewissen Punkt vordrang, und ich begriff, dass es das Ende der Sicherheitszone sein musste. Genauso wie in Tennenbode Regenwolken als Sichtschutz verwendet wurden, um der nichtmagischen Bevölkerung den Blick zu versperren, benutzte man hier Sandstürme, um die Magier vor dem Blick der Menschen zu verbergen.

Durch Lautsprecher hörte man die Studentenband von Tennenbode die Nationalhymne der Vereinten Magischen Union spielen und wir flogen im Formationsflug über die Köpfe tausender Magier zurück. Es war ein erhebendes Gefühl, doch ebenso spürte ich den hohen Erwartungsdruck, der auf uns lastete, als wir vor der Ehrentribüne landeten.

Ich bekam nur lückenhaft mit, wie der Bürgermeister von Belara eine Rede hielt über die große Ehre, die der Stadt zuteil geworden war, hier das nächste Drachenrennen austragen zu dürfen. Er erging sich lange im Vorstellen der Mannschaften, doch ich konnte nicht so recht zuhören, sondern musterte unentwegt die Drachen des gegnerischen Teams. Wir hatten keine Ahnung, wie gut sie waren, denn für das Training hatte es immer strenge Auflagen gegeben. So durfte die gegnerische Mannschaft beim Training des Konkurrenten nie dabei sein und deswegen hatten wir uns mit Spekulationen über das Leistungsniveau des südafrikanischen Teams begnügen müssen. Jetzt musterte ich die Drachen und auch die Jockeys gespannt und versuchte herauszufinden, was von ihnen zu erwarten war. Auffallend war, dass die Jockeys allesamt sehr durchtrainiert waren und auch die Drachen absolut in Bestform waren.

Nur fetzenweise drang die Rede des Bürgermeisters bis zu mir, während er nun die Aufstellung ausloste. Ich holte tief Luft, als ich feststellte, dass ich als Erste fliegen sollte, und zwar gegen einen erdbraunen Drachen namens Ada, der von einem Jockey namens Frederick geflogen wurde.

Die Tennenboder Studentenband spielte auf, während Gregor König zu mir geeilt kam.

„Gleich den Joker zuerst“, sagte er schmunzelnd, während Ariel unruhig umhertrampelte und seinen Wassertrog dabei umstieß. „Ich hätte es lieber gesehen, wenn du als Letzte geflogen wärst, aber jetzt macht Dylan das Schlusslicht, und vielleicht ist das auch gut so. Du machst das schon, bleibe ruhig und behalte den Gegner im Blick. Viel Erfolg!“

Ich stülpte mir den Helm über und Gregor König tätschelte Ariel noch einmal. Das war sein Startschuss. Ungestüm lief er zur Startlinie, wo Ada gerade Aufstellung nahm. Ariel musterte sie ausgiebig und beschnüffelte sie freundschaftlich. Doch Ada war wohl in Wettbewerbsstimmung und fauchte Ariel nur missmutig an.

Doch bevor die beiden sich weiter miteinander beschäftigen konnten, erklang die Stimme des Bürgermeisters, und jetzt, wo ich konzentriert zuhörte und auch konzentriert zusah, wie er das Mikrofon an seinen Mund hielt, kam er mir sehr vertraut vor.

Er war der Maler, dachte ich verdutzt, während er die Hand hob und einen blauen Lichtball erscheinen ließ. Er war jetzt festlich gekleidet, rasiert und ähnelte den anderen Würdenträgern. Aber wenn man genau hinsah, dann erkannte man ihn wieder. Jetzt fiel mir auch ein, dass Adam vor langer Zeit schon einmal von ihm erzählt hatte. Er war selbst bei der Schwarzen Garde gewesen, und nun war mir auch klar, warum Torin immer so genau gewusst hatte, was ich in Belara tat. Der Maler war nicht zufällig immer in unserer Nähe gewesen, sondern Torin hatte ihn beauftragt, auf mich aufzupassen. Ich wusste nicht so recht, was ich davon halten sollte. Mit einem Zischen schoss der Lichtball in die Luft und Ariel donnerte los.

Der Gedanke an den Maler verflog in dem Moment, als mir der heiße Wind entgegendonnerte und ich das erste Mal froh war, dass ich den knallorangefarbenen Rennanzug samt Helm trug. Auch wenn es unter dem Stoff heiß war, spürte ich wenigstens die feinen Sandkörner nicht mehr.

Ariels Start war hervorragend. Das Wetter war perfekt für ihn, der Himmel war makellos blau und die Sonne schien unbarmherzig herab und in der brütenden Mittagshitze fühlte er sich besonders wohl. Ariel raste auf die erste Wende zu und schien Ada ohne Probleme abgehängt zu haben. Ich klammerte mich an seinem Rücken fest und schmiegte mich so glatt wie möglich an ihn, um dem Wind keinen Widerstand zu leisten. In der Kurvenlage waren wir ein perfektes Team. Ariel beschrieb eine für seine Masse optimale Kurve und ich unterstützte ihn, indem ich mein Gewicht gut verlagerte, so wie wir es oft genug geübt hatten. Hoch motiviert gingen wir in die lange Gerade und ich hatte ein wirklich gutes Gefühl, während wir über die Menschenmassen donnerten, die frenetisch jubelten.

Doch plötzlich schob sich von der Seite ein erdbrauner Kopf an mir vorbei und das Jubeln unter mir kam plötzlich aus einer anderen Richtung. Der südafrikanische Fanclub mobilisierte alle Kräfte und das Brüllen und Schreien unter uns wurde immer lauter, je weiter sich Ada vorarbeitete. Jetzt wurde Ariel sein Kampfgewicht zum Verhängnis. Wir konnten nur noch gewinnen, wenn wir als Erste in die Kurve gingen. Ariel gab alles. Er wollte gewinnen, doch kurz vor der Kurve geschah es, dass Ada sich weit genug an uns vorbeischob und als Erste in die Kurve ging.

Ich fluchte unterdrückt, während Ariel holpernd die Kurve nahm und in die Zielgerade ging. Die rote Linie, die über der Ehrentribüne in der Luft schwebte, lockte mich verheißend. Ariel war Ada direkt auf den Fersen und wir hatten noch eine Chance. Ich stieß Ariel meine Fersen in die Seite und er holte auf. Zentimeter für Zentimeter arbeitete er sich aus purer Entschlossenheit an Ada heran, während wir in irrsinniger Geschwindigkeit über die Magier schossen.

Wie bei jedem Rennen hatte Gregor König Ariel eine Extraportion Wingtäubel versprochen, wenn er als Sieger über die Ziellinie ging. Und mit Essen war Ariel immer zu locken.

Er schnaufte gefährlich, als wir an Ada herankamen. Jetzt war zu spüren, dass auch den erdbraunen Drachen die Kräfte langsam verließen und er das hohe Tempo nur kurze Zeit durchhalten konnte. Ariel holte auf. Doch bis zur Ziellinie war es nicht mehr weit. Ariels Kopf schob sich am Jockey vorbei. Gleich waren wir auf selber Höhe. Nur noch wenige Meter. Ariel gab alles und holte weiter auf.

In gleicher Höhe schossen wir über die Ziellinie und ich konnte nicht sagen, wer von uns nun gewonnen hatte. Die Menge unter uns tobte, während wir landeten. Ariel hielt erschöpft seinen Kopf in seinen Wassertrog und trank ihn in einem Zug leer. Sofort kam jemand vom Betreuungsteam und füllte ihn wieder auf.

„Ein spannender Auftakt“, rief der Bürgermeister, der wohl die ganze Zeit das Rennen kommentiert hatte. Doch unter dem Helm hatte ich kein Wort verstanden. „Jetzt sind unsere Schiedsrichter gefragt, die das Rennen auswerten werden. Wir sehen uns gleich wieder, wenn Felicita gegen Simone ins Rennen gehen wird.“

Das Mikrofon verstummte und ich sah, wie die Schiedsrichter auf der Ehrentribüne zusammentraten. Währenddessen spielte die Tennenboder Studentenband auf und Karl machte sich für sein Rennen auf Felicita fertig.

„Sehr gutes Rennen“, sagte Gregor König zu mir. „Du hast es der Favoritin des südafrikanischen Teams nicht leicht gemacht.“

„Sie war die Favoritin“, erwiderte ich erstaunt. Das erklärte natürlich, warum das Rennen so verbissen gewesen war.

„Ja, und du hast dich wacker geschlagen. Jetzt müssen wir ohnehin abwarten, wie die Schiedsrichter entscheiden. Bring Ariel aus der Sonne raus und ruhe dich auch etwas aus. Es kann sein, dass ihr noch einmal fliegen müsst, wenn es unentschieden ist.“

„In Ordnung“, erwiderte ich und zog Ariel an seinem Kopfschmuck mit mir. Er schnüffelte noch ein wenig Simone hinterher, die sich auf den Weg zu den Startplätzen machte und im Gegensatz zu Ada nicht abgeneigt schien, mit Ariel Freundschaft zu schließen. Doch dann folgte er mir brav und wir gingen zurück in die Stallungen, wo sich Ariel zufrieden in den Kohlenstaub warf und sich ausgiebig darin wälzte.

Ich ließ mich am Rand nieder und verfolgte weiter das Rennen. Die Lautsprecher dröhnten so laut, dass ich ohne Probleme auch in den Stallungen alles verstand.

Karl auf Felicita hatte nicht so viel Glück und verlor sein Rennen, während Janina auf Pico einen grandiosen Start hinlegen konnte und das Rennen schon an der Startlinie entschieden hatte. Damit hatte niemand gerechnet, denn Janina war erst seit einem knappen Jahr dabei. Umso größer war der Jubel, als sie wieder landete und bald darauf aufgeregt in die Stallungen kam und ihr Glück kaum fassen konnte. Doch die Glückssträhne hielt nicht an und Erwin auf Diana verlor sein Rennen. Obwohl er gut gestartet war und als Erster in die Kurve ging, überholte ihn sein Gegner auf der langen Geraden und er konnte den Vorsprung nicht mehr einholen.

Als Letztes gingen Dylan und Salus an die Startlinie. Dylan war siegessicher, die Leute lachten, als er vermutlich einen Scherz machte, und sogar der Bürgermeister merkte an, dass man viel von Dylan und Salus erwarten konnte.

Doch die Enttäuschung folgte auf dem Fuß. Der Start misslang Dylan völlig, denn er hatte sich nicht richtig festgeklammert und stürzte unter erschrockenen Rufen der Zuschauer zu Boden. Auch in den Stallungen hielten wir alle den Atem an, bis der Bürgermeister verkündete, dass Dylan lebte und sich scheinbar nur eine Verletzung am Arm zugezogen hatte. Die Druiden nahmen ihn sofort in ihre Obhut. Und daraufhin verkündete der Bürgermeister, dass der Sieg an den südafrikanischen Jockey ging, der den Drachen Liop geflogen hatte.

Gregor König brachte Salus in die Stallungen und seine Miene sprach Bände, während die Tennenboder Studentenband einen schnellen Titel spielte.

„Viel zu übermütig, der Junge", sagte Gregor König missmutig und nahm Salus den Kopfschmuck ab. „Er hätte das Rennen machen können, Liop war kein starker Gegner. Stattdessen winkt er irgendeinem hübschen Mädchen hinterher und fällt vom Drachen." Er stieß verächtlich die Luft aus. „Jetzt kommt es auf dich an, Selma, und darauf, wie die Schiedsrichter entscheiden."

Während wir die Entscheidung abwarteten, taten wir allerlei Dinge, nur um beschäftigt zu sein. Wir reinigten den Kopfschmuck der Drachen und verpackten die orangefarbenen Rennanzüge, die nicht mehr benötigt wurden.

Schließlich hielt Gregor König inne und bat uns kurz ruhig zu sein, während er die offizielle Botschaft der Schiedsrichter empfing. Ich sah bereits an seinem Gesichtsausdruck, wie die Entscheidung ausgefallen war. Am Anfang noch erwartungsvoll, machte sich ein immer deprimierterer Gesichtsausdruck in seinen Zügen breit.

„Ada wird der Sieg zugesprochen", sagte er schließlich düster. „Damit gibt es auch keine Wiederholung des Rennens."

„Verdammt", sagte ich unterdrückt. Doch mehr gab es dazu nicht zu sagen. Die Hoffnungen des Teams ruhten jetzt auf Janina, und zwar nur auf ihr. Sie war der einzige Jockey aus unserem Team, der in der ersten Runde einen Sieg davongetragen hatte. Ich sah, wie sie ihren Helm fester unter den Arm klemmte und unter ihren hellen, braunen Locken blass wurde.

Es war egal, was ich jetzt zu ihr sagte, ihre Anspannung würde das kaum mindern. Gregor König legte ihr den Arm um die Schulter und sprach beruhigend auf sie ein. Dann machten sich die beiden mit Pico auf den Weg zur Startaufstellung.

Ich vergewisserte mich noch einmal, dass es den Drachen gut ging, dann folgte ich den beiden. Karl und Erwin blieben hier im Stall. Sie sagten, sie wollten sich den Triumph der südafrikanischen Mannschaft nicht antun.

Ich suchte mir ein ruhiges Plätzchen neben den Drachenställen, wo auch Torin, Ramon und Lennox es sich gemütlich gemacht hatten, um das Rennen zu verfolgen.

„Nein", knurrte Torin, und ich hörte gerade noch, wie der Bürgermeister verkündete, dass die Schiedsrichter Ada als Gewinnerin aus dem ersten Rennen ermittelt hätten und sie mit der besten Zeit direkt ins Finale kommen würde.

Den Kampf um den weiteren Finalplatz mussten die verbliebenen Jockeys unter sich ausmachen.

„Was ist los?", fragte ich besorgt, doch Torin schwieg mit verschränkten Armen.

„Dann redest du eben nicht mit mir", sagte ich achselzuckend und sah nach oben.

Jetzt starteten die beiden südafrikanischen Jockeys, die sich einen Spaß aus dem Rennen zu machen schienen. Ich nahm an, dass sie vorher abgesprochen hatten, wer von den beiden gewinnen sollte, um die besten Chancen auf den Sieg zu haben.

Dann startete Janina auf Pico, die gegen Liop antreten würde. Begeistert jubelten die Fans des Tennenboder Drachenrennteams, als Pico schon beim Start an Liop vorbeischoss und innerhalb kürzester Zeit einen beachtlichen Vorsprung herausflog. Es wurden die Fahnen in den Nationalfarben geschwenkt und Sprechchöre feuerten Janina an, die hoch konzentriert auf Pico saß.

Gregor König hatte recht gehabt mit der Einschätzung der Leistung von Liop. Er war kein allzu starker Drache und schaffte es nicht, den Vorsprung zu Pico wieder einzuholen. Janina flog als Erste durchs Ziel und sah sich selbst verwundert um, als ob sie nicht damit gerechnet hätte, Liop wirklich hinter sich gelassen zu haben. Als die Tennenboder Studentenband wieder aufspielte, um die Zeit zum nächsten Rennen zu überbrücken, in dem Pico und ein Drache namens Aline aufeinandertreffen würden, um zu entscheiden, gegen wen Ada im Finale antreten würde, betrachtete ich wieder Torin.

„Hast du etwas gefunden?“, fragte er, als er meinen Blick bemerkte, und seine Stimme klang seltsam kalt.

„Du meinst, ob wir das Elixier gefunden haben?“, fragte ich, und Torin nickte angestrengt.

„Nein“, sagte ich bedauernd. Auch in der Probe vom heutigen Morgen hatte Nuria nichts finden können. Torins Miene verfinsterte sich und mich wunderte seine heftige Reaktion.

„Hier gibt es nur Sand und Sonne“, zischte er wütend. „Hier gibt es nichts, was Adam wieder auf die Beine helfen kann. Es gibt nirgendwo etwas.“ Dann drehte er sich um und lief eilends in Richtung der Stadtmauer davon.

„Ist etwas passiert?“, fragte ich tonlos und sah Ramon und Lennox hilfesuchend an. In diesem Moment schossen Pico und Aline über den Himmel und ich sah hinauf. Ich beobachtete gerade noch, wie Aline in der ersten Kurve Pico aus dem Weg drängelte. Er schubste ihn regelrecht aus der Bahn, was die Menge mit Buhrufen quittierte. Doch das Rennen ging weiter und Janina versuchte ihr Bestes, um noch an ihrem Konkurrenten vorbeizukommen. Aber egal, was sie tat, er schob sich immer wieder vor sie, sodass sie keine Chance hatte, sich vorbeizudrängen.

Als Aline als Erste über die Zielgerade schoss, entwich mir ein bitteres Zischen. Das Rennen war verloren.

„Mist“, sagte Lennox, runzelte die Stirn und sah mich nachdenklich an.

„Was ist nun?“, fragte ich, und ein ungutes Gefühl überkam mich. Der Ausgang des Drachenrennens war mir plötzlich egal.

„Nun sag schon, ich erfahre es sowieso von Shirley“, sagte ich drohend. „Oder von Dulcia.“ Ich sah Ramon herausfordernd an, der mit den Schultern zuckte.

„Wir sollen es für uns behalten“, sagte Ramon schließlich. „Aber Adams Zustand hat sich heute dramatisch verschlechtert. Deine Großmutter und die Druiden sind jetzt bei ihm. Sein Herz hat wohl ein paar Mal ausgesetzt. Es geht zu Ende.“ Seine Stimme war düster und es war, als ob sie meinen Körper mit eiskaltem Wasser flutete.

„Wie lange noch?“, fragte ich heiser. Meine Stimme war plötzlich ohne Klang und Kraft.

„Sie wissen es nicht“, sagte Lennox, der meine starre Miene bemerkt hatte. „Im Moment ist er wieder stabil, aber es kann jetzt jeden Tag so weit sein, dass sein Körper aufgibt. Wir können nichts tun und weg dürfen wir hier auch nicht, und dabei haben wir nicht einmal eine richtige Aufgabe zugeteilt bekommen. So wütend habe ich Torin noch nie gesehen. Skara sollte ihm besser nicht über den Weg laufen. Aber wir können ohnehin nichts machen, selbst wenn wir bei ihm wären.“

„Jeden Moment also“, sagte ich mit lebloser Stimme, es kostete mich unendliche Kraft, jedes Wort auszusprechen.

„Selma“, sagte Lennox einfühlsam. „Ich weiß, dass du noch Hoffnung hattest, aber ehrlich gesagt haben wir uns schon vor einer Weile von Adam verabschiedet. Es war von Anfang an klar, dass er nicht wieder aufwachen wird. Es ist besser, du findest dich damit ab. Torin muss das auch endlich tun.“

„Abfinden?“, sagte ich tonlos und sah Lennox an. „Ich werde mich niemals damit abfinden.“

Dann wandte ich mich von den beiden ab und verschwand mit wackeligen Beinen im Drachenstall, während der Schmerz in meiner Brust zu neuer und ungekannter Stärke aufbrandete.

Das Lied der Wüste

An die nächsten Stunden erinnerte ich mich nur bruchstückhaft. Eine Weile saß ich bei Ariel, dann lief ich wieder von panischer Angst erfasst durch die Gassen von Belara und hoffte auf irgendein Wunder. Doch nichts geschah. Der Tag verging und der Abend kam, und schließlich kehrte ich erschöpft zu den Drachenställen zurück und war froh, dass Gregor König meine Hilfe zu brauchen schien.

Ich musste irgendetwas tun, bevor mich der Schmerz zerriss, und im Drachenstall gab es genug Arbeit.

Die große Abschlussfeier des Drachenrennens bereitete in dieser Nacht noch eine ganze Menge Probleme. Während draußen gefeiert wurde und ein Feuerwerk nach dem anderen explodierte, fanden die Drachen den Krach und das Getümmel gar nicht lustig. Unruhig tobten sie in ihren Ställen herum, so verbrachte ich die Nacht mit Gregor König und den anderen Jockeys im Stall, wo wir versuchten, die Drachen so gut es ging zu beruhigen. Auch von den vielen Helfern war plötzlich nichts mehr zu sehen. Jetzt, wo das Rennen verloren war, schien Ladislav Ende seine großzügige Unterstützung plötzlich eingestellt zu haben.

Dieser Verdacht bestätigte sich auch am nächsten Morgen, als wir nach nur wenigen Stunden unruhigen Schlafes feststellten, dass der größte Teil der Helfer abgereist war und wir mit dem Aufräumen und dem Abbau ziemlich allein dastanden. Auch die Verpflegungsstände schlossen, die vielen Zelte verschwanden und das südafrikanische Team befand sich samt seinen Drachen bereits am Nachmittag auf der Heimreise, während wir noch Wassertröge zusammenräumten und die Ausrüstung verpackten.

Am Sonntagabend schloss das Reisebüro um achtzehn Uhr

und auch die letzten Besucher verließen Belara an diesem Abend, denn es war unklar, wie lange das Reisebüro noch geöffnet haben würde. Das Drachenrennen war vorbei und das Senatorenhaus beendete damit auch ganz eindeutig seine Unterstützung. Die großen Katzen eroberten die Stadt zurück und beobachteten uns neugierig, während sie auf der Stadtmauer entlangbalancierten.

Janina, Erwin und Karl arbeiteten am Sonntag noch lange mit und selbst Dylan mit seinem bandagierten Arm half, so gut er konnte. Doch am Sonntagabend mussten auch sie abreisen, da Frau Professor Espendorm einer weiteren Verlängerung der Unterrichtsfreistellung nicht zugestimmt hatte.

„Wenn wir gewonnen hätten, hätte uns Ladislav Ende medienwirksam bis nach Tennenbode begleitet", sagte ich, als ich spät am Abend mit Gregor König, Torin, Lennox und Ramon an einem kleinen Feuer vor dem Drachenstall saß. Ich würde erst morgen früh durch die Tür in Sedonies Haus nach Schönefelde zurückkehren. So konnte ich Gregor König noch dabei helfen, die Drachen für ihren Abflug bereit zu machen.

„Vermutlich", erwiderte Gregor König missgelaunt. „Sie lassen uns fallen wie eine heiße Kartoffel. Ich kann es immer noch nicht fassen, wie wenig Ehrgefühl der Primus hat."

„Wenn Lennox brav die Tasche von Skara getragen hätte, würden wir jetzt schon zu Hause sein", sagte Torin spöttisch. „Dann hätten die Helfer von Ladislav Ende sicher den Rücktransport der Drachen übernommen, damit sie ihn schneller wieder in ihrer Nähe hat."

„Was willst du denn zu Hause?", fragte Lennox bitter, und Torin schwieg.

Ich hatte den Gedanken an Adam so gut verdrängt, wie ich nur konnte, während ich ohne Unterbrechung gearbeitet und mir dabei fieberhaft den Kopf zerbrochen hatte, wo das Elixier noch versteckt sein konnte. Doch Lennox' Worte waren wie ein Hieb und ich hatte sofort das Bild vor Augen, wie Adam bewegungslos und sterbend in seinem Bett lag, und alle nur dabei zusehen konnten, wie es ihm immer schlechter ging. Mir wurde übel und ich spürte, wie sich in mir alles vor Schmerzen wand und ich am liebsten zusammenbrechen und nie wieder aufstehen wollte. Ich hatte nicht einmal Lust, die Stachelfunkienessenz zu nehmen, deren Wirkung mittlerweile verflogen war. Wozu auch? Es schien sinnlos, die Suche noch weiter fortzusetzen.

Abrupt stand ich auf.

„Wo willst du hin?“, fragte Torin sofort. „Es ist schon Mitternacht, du solltest lieber ins Bett gehen.“

Ich antwortete nicht, sondern lief in den Stall zu den Drachen. Ariel begrüßte mich mit einem heiseren Grollen. Der Ton vibrierte in meinem Bauch und beruhigte mich.

Er stupste mich an, als ob er spürte, wie es mir ging, und das Summen wurde lauter und intensiver. Ich ließ mich darauf ein und spürte die beruhigende Wirkung des Tones. Mein Atem wurde langsam und der Schmerz dumpfer, ganz ohne Stachelfunkienessenz.

Der volle Mond war aufgegangen und ein warmer Wind strich über die Dünen. Fahles, weißes Licht hatte sich über die einsame Landschaft gelegt und jetzt, wo die Zelte, die Menge der Leute und die ganze Aufregung des Drachenrennens verschwunden waren, war wieder Stille eingekehrt.

Nachdenklich trat ich aus dem Zelt und lief eine Weile in die Dünen hinein. Der weiche Sand gab unter meinen Füßen nach und in der Ferne hörte ich Ramon schallend lachen. Ich war noch nie allein in der Wüste gewesen, obwohl ich so oft in Belara gewesen war, dass es mir schon fast wie ein zweites Zuhause vorkam. Doch genau in diesem Moment lockte mich die Einsamkeit der endlosen Sandlandschaft und ich wollte tief hineingehen, so tief, bis ich gänzlich allein war. Ich lief weiter, bis auch Ramons Lachen verklang und ich niemanden mehr hörte.

Ich ließ mich auf einer hohen Düne nieder und besah die malerische Landschaft, während ich Sand durch meine Hand rieseln ließ. Das weiße Licht gab den Dünen das Aussehen von Schneewehen und der Wind, der darüberstrich und den Sand leise raschelnd in Bewegung setzte, verstärkte diesen Eindruck noch. So weit waren die Eiswüsten der Antarktis von der Dünenlandschaft rund um Belara nicht entfernt, dachte ich versunken. Der sanfte Schwung der Dünen hatte eine beruhigende Wirkung auf mich und ich lauschte lange dem Wehen des Windes.

Und mitten in diesem Nichts vernahm ich plötzlich ein leises Flüstern.

Es fiel mir anfangs gar nicht auf, fast so, als ob es die ganze Zeit schon um mich gewesen war und ich es einfach gar nicht wahrgenommen hatte, wie ein Hintergrundgeräusch, an das man sich so sehr gewöhnt hatte, dass es einem nicht mehr ins Bewusstsein drang.

Ganz langsam schlichen sich Stimmen in mein Ohr, ein melodisches Flüstern, fast ein Singen, und ich erinnerte mich plötzlich, dass mir der Wind oft Erinnerungen gebracht hatte, dass ich das Lied der Elemente hatte hören können. Das Knacken und Knistern des Feuers hatte eine Melodie und einen Rhythmus und brachte Bilder zu mir, die vom Schmieden des Metalls tief unter der Erde berichteten. Ich hatte die Szenen gesehen, lange bevor ich begriff, woher sie kamen und was sie bedeuteten, und auch das Summen und Klingen des Wassers war mir nicht fremd. In Themallin hatte ich das warme Pulsieren der Erde gespürt. Denn genauso wie meine Großmutter hatte ich eine sensible Beziehung zur Musik und konnte mich ihr so weit hingeben, dass ich mich darin verlor. Lange hatte ich das nicht mehr getan und bei meinem letzten Versuch war ich zwar in Vinnla gelandet, aber beinahe ins Totenreich hinabgeglitten.

Doch jetzt war es etwas anderes, da war nichts Düsteres, was auf mich wartete. Ich atmete ruhig durch und konzentrierte mich auf das, was der Wind mir zu sagen hatte, und plötzlich hörte ich ein Lied. In dem Ton, in dem der Wind über die Dünen pfiff, lag eine Melodie und ich konnte sie hören. Die Wüste sang ein Lied und das Lied brachte Bilder mit sich. Die Vision einer wunderschönen Frau stieg vor meinen Augen auf. Ihre langen, blonden Haare fielen ihr leicht um die Schultern und sie stand in einem Blumenregen und sagte dabei immer wieder drei Worte: „Merrum se liri."

Langsam wurde mir bewusst, dass ich in ein Lied hinabgezogen wurde, und ich kam langsam wieder zu mir.

Sprachlos saß ich auf der Düne, während der volle Mond bleich und unverändert leuchtete, als wenn nichts geschehen wäre. Was sollte das bedeuten? Ich wusste, dass die Elemente eine Melodie hatten und oft Visionen brachten. Ich lauschte wieder auf das Lied und jetzt, wo ich darauf achtete, konnte ich es wieder vernehmen. „Merrum se liri." Ich lauschte. Es war die ganze Zeit da gewesen. Vom ersten Tag an, an dem ich Belara betreten hatte. Doch mir war nicht klar, was es zu bedeuten hatte.

„Das Lied der Wüste", flüsterte ich und wiederholte die Worte, um mir ihre Bedeutung zu erschließen. Doch ich beherrschte die alte Sprache nicht gut genug und es war schon viel zu spät, um noch jemanden aus dem Bett zu holen.

Schwerfällig erhob ich mich und lief zurück zum Drachenstall. Auf halbem Weg kam mir Torin entgegen, als ob er rein zufällig einmal nachsehen wollte, was ich da gerade getrieben hatte.

„Alles in Ordnung?", fragte er ganz beiläufig.

„Ja", sagte ich heiser und lief auf das Lagerfeuer zu, das noch immer vor den Drachenställen brannte. Gregor König und Ramon waren schon ins Bett gegangen. Nur Lennox saß noch allein am Feuer und starrte missmutig in die Flammen.

„Hast du sie wieder eingefangen?", fragte er, als wir bei ihm angelangt waren, und sah mich zwinkernd an. „Dann können wir ja jetzt endlich ins Bett gehen. Das letzte Mal ein halbwegs vernünftiges Bett, bevor wir nur noch in Schlafsäcken übernachten werden." Lennox stand auf und streckte sich, dann wollte er sich auf den Weg in das Schlafzelt machen, das neben dem Stall stand.

„Du hast doch irgendetwas“, sagte Torin, und Lennox hielt inne. „Tut mir leid, dass ich so ausgerastet bin, Selma.“ Er sah mich entschuldigend an.

„Schon gut“, erwiderte ich. „Ich habe nur eine Vision gehabt, das kommt vom Wind. Sprecht ihr vielleicht die alte Sprache und wisst, was ‚Merrum se liri‘ bedeutet?“

Torin schüttelte den Kopf. „Keine Ahnung. Klingt wie ein Zauberspruch.“

„Genau das dachte ich auch“, sagte ich nachdenklich.

„Nur wofür wird er verwendet?“, fragte Torin.

„Ich weiß es nicht“, entgegnete ich. „Aber ich werde Belara erst verlassen, wenn ich es herausgefunden habe.“

„Meinetwegen“, sagte Lennox. „Wir reisen morgen früh ab, Torin. Du weißt, dass wir die Drachen dieses Mal allein zurückbringen müssen, ohne Gregor König. Der muss seinen Unterricht halten und verschwindet morgen früh. Das Gepäck wird auch morgen früh abgeholt und vermutlich demontieren sie dann gleich noch den Parallelrahmen. Wir sitzen dann mit den Drachen in der Wüste fest.“

„Ich weiß“, erwiderte Torin zögernd und sah mich nachdenklich an.

„Ihr müsst nicht auf mich warten“, sagte ich scharf und löschte das Feuer. „Ich kriege das auch allein hin.“ Dann machte ich mich auf den Weg zu Sedonies Haus, wo ich mich schlafen legen wollte.

Es blieb bei dem Wunsch, zu schlafen, denn ich kam nicht zur Ruhe. Immer wieder lauschte ich auf den Wind und vernahm die Melodie. Und immer wieder ließ ich mich in die Vision hineinziehen und hörte mir die drei Worte an, die das blonde Mädchen aufsagte. Doch auch nach dem zwanzigsten Mal wurde ich aus den Worten nicht schlauer.

Als der Morgen graute, stand ich schnell auf und machte

mir einen Kaffee, um wach zu bleiben. Routiniert nahm ich einen Löffel Stachelfunkienessenz dazu und merkte erst viel zu spät, dass ich mir dadurch den Zugang zu der Vision genommen hatte. Doch das störte mich nicht, ich hatte mir alles ganz genau eingeprägt. Gegen sechs Uhr morgens schickte ich eine Nachricht an Nuria, die ich über meine Entdeckung in der vergangenen Nacht informierte. Ungeduldig wartete ich auf Antwort, doch sie schien ihren Geist verschlossen zu haben.

Ungeduldig lief ich eine Weile in Sedonies Haus herum, streichelte die große sandfarbene Katze, der meine Unruhe nicht gefiel und die bald durch ein Fenster aus dem Haus verschwand. Dann beschloss ich, dass es an der Zeit war, meine Großmutter zu wecken.

„Es sind Wort aus der alten Sprache“, meinte meine Großmutter. *„Sie bedeuten: Komm zu mir! Ich kann dir nicht sagen, ob sie etwas bedeuten oder nicht.“*

„Ich werde sie überall in Belara ausprobieren“, sagte ich. Ich konnte jetzt nicht nach Tennenbode zurückkehren und mich in eine Vorlesung setzen. Der Schmerz brandete wieder auf bei dem Gedanken, dass mir jetzt endgültig die Zeit davonlief.

„Tu das“, sagte meine Großmutter, die wohl ahnte, wie ich mich fühlte. *„Ich komme vorbei, sobald ich hier wegkomme.“*

Ich trank meinen Kaffee aus und verließ das Haus. Sedonies sandfarbene Katze schloss sich mir wieder an und begleitete mich, während ich durch die Gassen von Belara lief und immer wieder dieselben Worte sprach. „Merrum se liri.“

Als ich kurz vor acht Uhr am Reisebüro vorbeikam, trat Nuria plötzlich aus der Tür. Sie sah wieder kränker aus, unter ihren Augen lagen tiefe Schatten.

Im selben Moment kam Gregor König geeilt, der scheinbar verschlafen hatte.

„Wir sehen uns gleich zur Vorlesung“, rief er mir zu. Doch bevor ich erklären konnte, dass ich nicht nachkommen würde, war er schon im Reisebüro verschwunden. An dessen Tür entdeckte ich eine Information, dass das Reisebüro heute Abend um achtzehn Uhr endgültig geschlossen werden würde und man sich für die gute Zusammenarbeit bedankte.

„Und?“, fragte Nuria in diesem Moment. „Ist schon etwas passiert?“

„Du hast meine Nachricht also bekommen?“, sagte ich.

„Ja, natürlich, und ich bin so schnell gekommen, wie ich konnte.“

„Es ist noch nichts passiert“, sagte ich. „Ich laufe jetzt so lange durch Belara und sage diesen Spruch auf, bis etwas passiert.“

„Gut, wenn du nichts dagegen hast, würde ich mich bei der Quelle noch etwas ausruhen. Ich bin nicht wirklich fit und vor lauter Aufregung war ich heute Morgen die ganze Zeit auf den Beinen. Ruf mich doch einfach, wenn du etwas herausfindest.“

„Kein Problem“, sagte ich, und eigentlich war es mir ganz recht, dass Nuria noch etwas Ruhe haben wollte, denn mir stand der Sinn jetzt nicht nach Smalltalk, und es war mir lieber, wenn ich ungestört herumlaufen konnte. In diesem Moment hörte ich von Weitem, wie sich Lennox und Ramon lautstark stritten.

„Die Torrel-Brüder sind noch da?“, fragte Nuria und zog missbilligend eine Augenbraue hoch.

„Ja“, entgegnete ich. „Sie transportieren die Drachen nach Schönefelde.“

„Richtig“, sagte Nuria und gähnte. „Entschuldige, mir geht es nicht gut.“

„Leg dich hin“, sagte ich.

„Danke, Selma, tut mir leid, wenn ich mich manchmal danebenbenehme. Ich stehe nur ziemlich unter Druck und ich weiß, dass du das als Erste verstehen kannst.“

„Das tue ich.“ Ich nickte eifrig, das Gefühl, unter Druck zu stehen, kannte ich nur allzu gut.

Ich begleitete Nuria bis zur Quelle in der Mitte von Belara, wo sie sich im Schatten einer Palme niederließ. Oben in den

Blättern zwitscherten munter die kleinen Vögel, als ob sie all das nichts anginge, während sie von zwei großen, schwarzen Katzen fasziniert beobachtet wurden, die im Schatten des Cafés saßen. In diesem Moment hörte ich das missmutige Fauchen von Ariel.

Schnell lief ich die schmale Gasse entlang und verließ die Stadtmauer. Da, wo gestern noch Zelte und Behausungen gestanden hatten, erhob sich nur noch ein einziges Gebäude einsam aus dem Sand. Und aus diesem drang wütendes Fauchen.

„Alles klar?“, fragte ich und öffnete die Tür zum Stall. „Wolltet ihr nicht schon längst unterwegs sein?“

„Ja“, entgegnete Lennox wütend, während er und Ariel sich angriffslustig in der Box gegenüberstanden. Auch die anderen Drachen fauchten und wüteten in ihren Boxen, und selbst Torin und Ramon standen ziemlich hilflos im Stall herum.

„Dein Drache weigert sich, den Stall zu verlassen, und alle anderen machen es ihm nach. Aber sie müssen den Stall verlassen, damit wir abbauen können. Eigentlich sollte das längst erledigt sein“, fuhr Lennox missmutig fort.

„Was ist los?“, fragte ich sanft, und die Drachen hoben die Köpfe und beobachteten genau, was ich tat.

Lennox indes sah mich verständnislos an. „Das habe ich dir doch gerade erklärt“, fauchte er, sichtlich genervt.

„Ich meinte nicht dich“, sagte ich seufzend, und Lennox winkte ab. „Ich meinte Ariel. Also, Dicker.“ Ich trat auf ihn zu. „Was ist los mit dir?“ Ich strich ihm über die Schnauze und er schien sich langsam zu beruhigen. „Willst du nicht nach Hause? Aurora wartet auf dich und die kleine Cecilia auch.“

Als ich die Namen seines Weibchens und seiner Tochter erwähnte, hielt er inne und schien sich die Sache noch einmal zu überlegen.

„Ich weiß, dass du es hier schön findest, aber es ist Zeit, heimzukehren.“

Ariel grollte missmutig, aber dann ließ er die Schnauze sinken und stupste mich an. Im Augenwinkel sah ich, wie uns

Lennox verständnislos anstarrte, während ich die Box öffnete und Ariel aus dem Stall führte.

„Mit Gefühl", flüsterte ich ihm grinsend zu, doch er verdrehte nur die Augen. Doch ich sah, wie mich Torin angrinste und zur Box von Pico ging.

Nachdem Ariel den Stall verlassen hatte, ließen sich auch die anderen Drachen bereitwillig aus dem Stall führen, und nachdem wir eine windstille Kuhle zwischen zwei Dünen gefunden hatten, wo sie sich alle fünf zufrieden in den heißen Sand wühlten, machten wir uns daran, den Stall auszuräumen und den Rest der Utensilien in Kartons zu verpacken.

Nun stand nur noch das leere Gebäude im Sand und ich sah Lennox erwartungsvoll an.

Der hob die Hände und augenblicklich stand der Stall in Flammen und war innerhalb von Sekunden zu Asche zerfallen.

Erschrocken sprang ich zurück, während der Wind die Asche davontrug und die Wüste aussah, als ob hier nie ein Drachenrennen mit Tausenden Magiern stattgefunden hatte.

„Was war das denn?", fragte ich erschrocken und sah Lennox fassungslos an.

„Einwegbehausungen", sagte er achselzuckend und sammelte ein paar Seile ein, die liegen geblieben waren. „Der neueste Hit aus der Forschungsabteilung des Senatorenhauses. Schnell aufgebaut und noch schneller abgebaut. Der neue Geheimtipp auf jeder Großveranstaltung."

„Toll", erwiderte ich trocken. „Davon muss ich unbedingt Lorenz erzählen." Dann half ich Lennox, Ramon und Torin, die verbliebenen Kartons zum Reisebüro zu bringen, wo wir sie einen nach dem anderen zu Frau Trudig schafften, wo sie ein Trupp Faun entgegennahm, der sie nach Akkanka brachte.

„So", sagte Torin und trat auf den kleinen Platz bei der Quelle. „Alles erledigt. Jetzt brauchen wir nur noch die Drachen nach Schönefelde schaffen."

„Tut das", sagte ich. „Ich werde weiter das Rätsel dieser Botschaft lösen."

Doch Torin bewegte sich nicht, sondern beobachtete mich, wie ich mich an die Quelle stellte und die drei Worte sprach.

Aus einer Gasse trat in diesem Moment der Bürgermeister, der wieder in seine übliche Kleidung geschlüpft war und mir verschmitzt zuzwinkerte, als ob er sich im Klaren war, dass ihm mit seinem Doppelleben eine gute Überraschung gelungen war. Mit seinen hellen Haaren, der wettergegerbten Haut und den Farbflecken auf seiner Hose sah er wieder aus wie der Aussteiger und Maler, als den ich ihn kennengelernt hatte. Doch mittlerweile kannte ich seine Verbindung zur Schwarzen Garde und genau genommen beruhigte mich seine Anwesenheit deswegen noch mehr.

Ich betrachtete die Quelle und sagte die Worte lauter. Erwartungsvoll sah ich mich um, doch nichts passierte. Nur Nuria schreckte hoch und rappelte sich wieder auf. Meine Großmutter trat in diesem Moment aus dem Reisebüro und die beiden Mitarbeiterinnen waren jetzt ebenfalls vor die Tür getreten und betrachteten mich neugierig.

Ich ging ein paar Schritte weiter und sprach die Worte erneut. Doch wieder geschah nichts.

Nur ein kleines Vöglein flatterte zu mir hinab, umflog meinen Kopf und schien mich ermuntern zu wollen, weiterzusprechen. Ich tat ihm den Gefallen und wiederholte die Worte, während ich die Umgebung beobachtete. Vielleicht ging irgendwo ein Tor auf oder ein Flammenzauber verbarg das Elixier ganz in der Nähe.

Ich bemerkte am Rande, dass das kleine Vöglein zu meiner Hand geflogen war und sich zutraulich darauf niederließ. Es pickte an meinen Fingern und ich sah verwirrt zu meiner vor Entschlossenheit geballten Faust. Er schien sich auf meiner Hand niederlassen zu wollen, doch mich interessierte der Vogel jetzt wenig. Noch einmal wiederholte ich die Worte, während der kleine Vogel unablässig gegen meine Finger pickte.

Als wieder nichts passierte, sah ich resigniert auf meine Finger hinab, öffnete meine Faust und betrachtete, wie der kleine, unscheinbare Vogel mit dem graubraunen Gefieder sich darauf niederließ. Es war ein Sperling, wie es sie zu Tausenden gab. Doch der hier schien besonders zutraulich zu sein. Er schmiegte sich an meine Handfläche und ich sagte die Worte noch einmal, denn es fühlte sich in diesem Moment richtig an.

Das Vöglein zwitscherte vergnügt und kuschelte sich in meine Hand, während ich es erstaunt betrachtete, und plötzlich begann der kleine Vogel zu zittern und zu beben. Er schien zu würgen und zuckte seltsam. Dann öffnete er den Schnabel, als wenn er einen Wurm hervorbringen wollte, um seine Jungen zu füttern. Doch statt eines Wurmes kam aus seinem Schnabel etwas Silbernes. Es wurde länger und länger und ich begriff, dass es eine Kette war, die er gerade aus seinem Magen würgte. Schließlich blieb sie in meiner Handfläche liegen und der kleine Vogel flog davon.

Fassungslos starrte ich in meine Hand und begriff noch nicht so recht, was gerade passiert war.

„Eine Kette“, flüsterte ich und betrachtete sie. Sie war fein gearbeitet aus Silber und an ihr hing eine einzelne Perle. Irgendwie kam sie mir bekannt vor.

„Das ist nicht möglich“, sagte ich heiser. Diese Kette mit der Perle sah genauso aus wie das Schmuckstück auf der Liste von Herrn Lilienstein. Plötzlich begriff ich es.

„Das ist eine Insignie der Macht“, flüsterte ich fassungslos und sah zu meiner Großmutter hinüber, die eilends zu mir gelaufen kam.

„Eine Insignie der Macht?“, fragte sie skeptisch und betrachtete die Kette eingehend.

„Diese Kette war auf der Liste von Herrn Lilienstein“, sagte ich, als ob das als Erklärung reichen würde.

„Aber das muss doch noch nichts bedeuten“, erwiderte meine Großmutter und ich hörte die Skepsis in ihrer Stimme.

„Aber warum sonst sollte sich jemand so viel Mühe machen und die Kette so gut verstecken, wenn sie nur ein altes Schmuckstück ist. Da muss mehr dahinterstecken. Überlege doch einmal, es passt alles zusammen." Ich sah meine Großmutter erwartungsvoll an. „Nur wir beide konnten durch diese Tür in Sedonies Haus gehen. Vermutlich, weil wir Königsblut in unseren Adern haben. In unserer Familie haben wir eine enge Beziehung zu den Elementen und können eine Melodie in den Elementen hören. Du hast einmal gesagt, dass du das auch kannst, und ich wette mit dir, dass diese Neigung in unserer Familie häufig vorgekommen ist. Es kann doch durchaus sein, dass deine Großmutter die Kette hier versteckt hat und den Hinweis auf das Versteck im Wind verborgen hat."

„Mmh", sagte meine Großmutter nachdenklich. Doch sie schien noch nicht ganz überzeugt zu sein.

„Ich fasse es nicht", sagte Torin und trat zu mir.

Ich ließ die Kette durch die Finger gleiten. „Aber ich habe keine Ahnung, was sie für Kräfte hat", sagte ich nachdenklich und versuchte etwas zu spüren. Doch nichts regte sich. Aber das entmutigte mich nicht, denn der Gral der Patrizier hatte auch keine offensichtliche Magie verströmt, genauso wenig wie die Akasha-Chronik. „Vielleicht muss man einen Zauber sprechen oder sie eine Weile am Körper tragen, damit sie ihre Kraft zeigt."

„Das kriegt man doch sicher raus", sagte Torin, und ich hörte die Aufregung in seiner Stimme mitschwingen.

„Mit Sicherheit", sagte ich und öffnete den Verschluss.

„Warte", sagte Nuria in diesem Moment.

„Warum?", fragte ich.

„Weil ich weiß, was diese Kette für eine Macht hat." Sie hatte langsam und entschlossen gesprochen, und doch hatten ihre Worte eine einschlagende Wirkung. Ich sah Nuria erstaunt an.

„Was für eine Kraft hat die Kette?", fragte ich heiser, und gleichzeitig fragte ich mich, woher Nuria davon wusste.

Sie zögerte kurz, doch dann sagte sie: „Diese Kette ist eine Insignie der Macht. Das hast du richtig herausgefunden. Aber sie ist nicht nur ein machtvolles Schmuckstück", sagte Nuria leise, und ich lauschte gespannt ihren Worten. „Sie ist gleichzeitig auch das Elixier von Jericho."

„Nein", sagte ich tonlos und starrte Nuria an. „Es ist eine Kette und keine Flüssigkeit."

„Richtig", erwiderte Nuria. „Aber die Perle an dieser Kette ist keine Perle. Sieh sie dir genau an! Es ist ein Tropfen des Elixiers."

Ich betrachtete die Perle genauer und begriff, dass Nuria recht hatte. Es war keine richtige Perle, sondern eine Flüssigkeit, die durch einen einfachen Zauber in eine runde Form gezwungen worden war. Ich sah, wie die perlmuttfarbene Flüssigkeit sich unter meiner Berührung bewegte.

Der Gedanke brauchte eine Weile, bis er seinen Weg in meinen Kopf fand, und dann löste er ein einziges Durcheinander aus.

Ich war euphorisch und schockiert zugleich. „Es war meine Familie, die eine ganze Herde Drachen abgeschlachtet hat, um an ihr Blut zu gelangen." Meine Stimme klang heiser. „Meine Familie hat so ein Blutbad angerichtet."

„Es war unsere Familie", sagte meine Großmutter ebenso leise und betrachtete noch immer die Kette, als ob sie ihr ihr Geheimnis durch einen intensiven Blick entlocken konnte.

„Ich kann es noch gar nicht begreifen", erwiderte ich. Ich wollte lachen, weil ich Adams Rettung in den Händen hielt, und ich wollte weinen, weil ich daran dachte, welches Leid diese Rettung verursacht hatte.

„Für mich spielt es keine Rolle, woher das Elixier kommt", sagte Nuria. „Die Vergangenheit können wir ohnehin nicht mehr ändern, aber dieser Tropfen wird zumindest die Zukunft retten."

„Ich fasse es nicht." Ein schwereloses Gefühl breitete sich in mir aus und ließ den Schock verblassen. Die unbändige Freude gewann endlich die Überhand. Erleichterung durchfuhr mich augenblicklich. Doch dann zögerte ich. „Es ist nur eine Perle. Heißt das, es ist nur noch ein letzter Tropfen übrig?" Ich sah Nuria an und sah einen entschlossenen Zug in ihrem glücklichen Blick.

Meine Großmutter legte mir den Arm um die Schulter. Dann sah sie zu Nuria auf und erstarrte plötzlich neben mir. Gleichzeitig stieß sie einen erschrockenen Laut aus. Verwundert sah ich sie an und bemerkte den nachdenklichen und zugleich schockierten Ausdruck, der jetzt in ihrem Gesicht lag.

„Das kann nicht sein", sagte sie verblüfft, und ich bemerkte, dass auch Nuria steif geworden war, während die beiden sich anstarrten.

„Was kann nicht sein?", fragte ich verwirrt. Irgendetwas stimmte plötzlich nicht. Anstatt Erleichterung lag plötzlich eine angespannte Stimmung in der Luft. Zwischen Nuria und meiner Großmutter geschah etwas und ich hatte keine Ahnung, was.

„Jetzt wird mir so einiges klar", erwiderte meine Großmutter und richtete sich auf.

Ich sah den völlig verwirrten Ausdruck in den Augen von Torin, der die Szene befremdet musterte. Auch Lennox und Ramon waren jetzt aufgestanden und traten näher.

„Ich weiß nicht, was Sie meinen", erwiderte Nuria verwirrt und sah mich hilfesuchend an.

„Spiel nicht die Ahnungslose", sagte meine Großmutter scharf. „Wie konnte ich nur so dumm sein, das zu übersehen."

„Selma, du musst mir helfen", sagte Nuria verzweifelt.

„Erklärst du mir jetzt bitte, was hier los ist!", sagte ich zu meiner Großmutter, doch die schien mich nicht so recht zu bemerken.

„Du hast Griffkraut genommen, nicht wahr?", sagte meine Großmutter jetzt forschend. „Doch du musstest mindestens zehn Tropfen nehmen, damit du wieder zwanzig sein kannst. Du weißt, dass du dir damit die Nieren kaputt gemacht hast. Das erklärt zumindest, warum du so elend aussiehst."

„Griffkraut?", sagte ich verwirrt und versuchte mich zu erinnern. Man benutzte es, um jünger auszusehen. Wir hatten die

Essenz im Unterricht von Gregor König hergestellt. Langsam überkam mich ein ungutes Gefühl. „Was ist los?“, fragte ich erneut und hörte, dass meine Stimme kalt klang.

„Gib mir das Elixier, Selma“, bat Nuria jetzt und sah mich flehend an. „Ich muss meinen kleinen Sohn retten.“

„Gib ihr gar nichts“, fuhr mich meine Großmutter an, und ich umschloss die Kette in meiner Hand fester. „Sie ist nicht die, für die sie sich ausgibt.“

„Was soll das bedeuten?“, fragte ich und sah Nuria nun direkt an.

Der flehende Ausdruck in ihrem Gesicht verflog mit einem Mal. Es war, als ob ein Schatten darüber hinweghuschte und das Nette und Verletzliche aus ihren Zügen wischte. Ein strenger Ausdruck lag plötzlich um ihre Lippen.

„Gib mir das Elixier!“, fuhr sie mich jetzt an, und mir fiel ein, dass sie schon einmal so mit mir gesprochen hatte, als wir uns in Akkanka getroffen hatten.

„Nein“, sagte ich und umklammerte die Kette fester.

In Nurias Augen funkelte es gefährlich und ich spürte, wie Torin noch ein wenig näher an mich herantrat.

„Gib sie mir“, wiederholte Nuria. „Und niemandem hier wird etwas passieren.“ Der drohende Klang in ihrer Stimme ließ mich zusammenzucken.

„Wie bitte?“, fragte ich erschrocken und begriff immer noch nicht, was hier vorging.

„Sag ihr ruhig, dass du sie die ganze Zeit an der Nase herumgeführt hast“, sagte meine Großmutter drohend. „Sag ihr, wer du wirklich bist, denn sonst werde ich es tun.“

Nuria holte tief Luft, ihre Nasenflügel bebten zornig und sie warf einen gierigen Blick auf die Kette in meinen Händen, an der der letzte Tropfen des Elixiers von Jericho hing.

Ich sah zwischen meiner Großmutter und Nuria hin und her und konnte nicht glauben, was hier gerade passierte. Ich hatte das Elixier von Jericho gefunden und wollte eigentlich auf dem Weg zu Adam sein, um sein Leben zu retten. Es war ein glücklicher Moment, der alles ändern sollte, und nun stand ich hier in einer grotesken und völlig unerwarteten Situation.

„Sag mir endlich, wer sie ist“, bat ich matt.

„Bitteschön“, sagte meine Großmutter verächtlich. „Selma, vor dir steht keine geringere als Alke Baltasar höchstpersönlich.“

Entscheidungen

Die Worte meiner Großmutter lösten ein entsetztes Erstaunen aus. Auch die beiden Mitarbeiterinnen des Reisebüros musterten uns mit erschrockenen Blicken. Torin keuchte und Ramon und Lennox rissen die braunen Augen vor Schreck auf.

„Nein", sagte ich heiser und starrte Alke an, die bis eben noch Nuria für mich gewesen war. Während um mich herum alles wie in Zeitlupe erstarrt zu sein schien, überschlugen sich meine Gedanken regelrecht, während ich alle Begegnungen mit Nuria Revue passieren ließ und mir dabei vorstellte, dass ich die Mutter meines schlimmsten Feindes so nah an mich herangelassen hatte. Der kleine Sohn namens Adrian, von dem sie immer gesprochen hatte, konnte kein anderer als Helander Baltasar sein. Der Mann, mit dem wir uns in der Antarktis ein erbittertes Gefecht geliefert hatten. Wir hatten ihn in der Antarktis also doch so schwer verletzt, dass sein Leben noch immer auf der Kippe stand und nicht ohne Weiteres zu retten war. Ich dachte an die vielen Male, in denen ich vermutet hatte, dass Baltasar hinter einem politischen Schachzug steckte, doch er konnte es niemals gewesen sein.

„Oh doch, ich bin es", entgegnete Alke nun mit einem diabolischen Zug auf den Lippen und zerstörte in mir die letzte Hoffnung, dass alles nur ein großer Irrtum gewesen war. „Es gab keinen anderen Weg, um dich dazu zu bringen, das Elixier zu suchen. Ich wusste, dass du es schaffen würdest. Du hast schon die Akasha-Chronik gefunden und auch den Gral der Patrizier. Irgendwie hast du Glück auf der Suche nach solchen Gegenständen und scheinst intuitiv zu wissen, was du als Nächstes zu tun hast. Vielleicht ist deine magische Seite eine Art Wegweiser. Ich habe keine Ahnung, woran es liegt, aber das ist auch egal. Hauptsache, es funktioniert, und das hat es.

Wenn jemand dieses Elixier auftreiben konnte, dann Selma von Nordenach."

„Nein", hauchte ich. Das durfte nicht wahr sein.

„Sei nicht so entsetzt", erwiderte Alke barsch. „Wenn du und deine Freunde Helander nicht verletzt hätten, dann wäre es gar nicht so weit gekommen."

„Richtig", entgegnete ich barsch, „denn dann wäre ich längst tot. Er wollte mich umbringen."

„Er wollte dich nicht umbringen, sondern dich zu seiner magischen Partnerin machen. Wenn du dich gefügt hättest, wäre niemandem etwas passiert", entgegnete Alke.

„Ich füge mich niemandem, der das Ziel hat, meine Mitmenschen zu unterjochen", entgegnete ich entschlossen.

„Dann solltest du vorsichtiger sein, wem du vertraust", entgegnete sie, und jetzt schlich sich ein kleines Lächeln auf ihre Lippen, während mir kalt wurde. „Ich musste nur dein Vertrauen gewinnen, damit du mir meine Geschichte glaubst, und das war wirklich einfach. Du hast ja das dringende Bedürfnis, alle hilflosen Geschöpfe zu retten, die dir über den Weg laufen, und musst unbedingt Gerechtigkeit in die Welt bringen. Ich musste dich nur glauben lassen, dass ich ein wehrloses Wesen bin, das deine Hilfe dringend braucht."

„Das ist unfassbar", entgegnete ich, als ich begriff, wie leicht ich Alke in die Falle gegangen war. „Aber Torin hat dich überprüft."

„Glaubst du nicht, dass ich darauf vorbereitet war?", sagte Alke lächelnd. „Ich habe eine ganze Menge Leute manipulieren müssen, aber Nuria García Pérez existiert."

„Ich fasse es nicht", sagte ich wütend über mich selbst.

„Glaube es ruhig", erwiderte Alke. „Das war die einfachste Sache. Es war viel schwerer, den Bannzauber von Georgette zu unterwandern, damit ich überhaupt bis nach Tennenbode kommen konnte. Es hat mich Wochen gekostet, doch schließlich ist es mir für einen winzigen Moment gelungen. Wenn diese widerlichen Seidenpiranhas nicht ausgebrochen wären, hätte niemand etwas davon bemerkt. Doch ich konnte den Verdacht schnell auf die Zwerge lenken, bevor sich jemand näher mit der Problematik beschäftigt hat. Diese Schnüffler von der Schwarzen Garde waren ja ohnehin nicht da. Es war lästig, dass sie überall auf der Welt herumgekrochen sind und beinahe ein paar delikate Dinge aufgedeckt hätten, doch in diesem Moment hat es mir geholfen, unbemerkt nach Schönefelde zu kommen. Doch dann war es an der Zeit, etwas gegen sie zu unternehmen, um sie abzulenken. Durch das Erdbeben konnte ich die Herren Politiker endgültig davon überzeugen, dass die Schwarze Garde nach Tennenbode gehört. Es war auch hilfreich, dass Theodor Duss so ein guter Freund von Helander und mir ist. Er hat immer gern meine Ratschläge angenommen und seine Kollegen im Senatorenhaus in die richtige Richtung gelenkt. Er hat alles hervorragend vorbereitet, sodass Helander dann gleich nach seiner Heilung die Regierungsgeschäfte übernehmen kann, und dann ist er endlich an der Stelle, die er verdient hat, die unsere Familie verdient hat."

„Wegen dir sind die Seidenpiranhas geflohen?", fragte ich erstaunt und versuchte der Reihe nach zu begreifen, welchen Lügen ich geglaubt hatte. „Und das Erdbeben hast du auch verschuldet?"

„Natürlich", sagte meine Großmutter gequält, als ob sie ganz plötzlich etwas begriff, das ihr lange Zeit verborgen geblieben war.

„Das Erdbeben brauchte ich außerdem, um mich wirksamer als Opfer in Szene zu setzen", sagte Alke mit einem gewissen Stolz in der Stimme. „Doch dein Mitleid reichte noch nicht, um dich dazu zu bringen, das Elixier mit der richtigen Hartnäckigkeit zu suchen. Mein bester Streich war der Angriff des Latorios-Drachen. Nur um deinen Freund zu retten, hättest du alles gegeben. Es war gefährlich, das wusste ich. Auch der richtige Moment war wichtig, aber glücklicherweise gab es ja sehr genaue Einsatzpläne, und ich wusste daher, wann ich den Drachen losschicken musste, um Adam an der richtigen

Stelle anzutreffen. Es hat wunderbar geklappt. Der Biss hätte ihn auch komplett töten können und mein Plan hätte nicht mehr funktioniert. Aber ich habe auf Georgette und ihre Fähigkeiten als Heilerin vertraut und darauf, dass sie Adam schon noch in der letzten Sekunde retten würde. Und sie hat mich nicht enttäuscht."

„Nein", sagte ich, und das Wort war mehr ein Wimmern. „Der Angriff war kein Zufall, kein Missgeschick?"

„Nein, Selma", sagte Alke hart. „Ich habe meine Leute nach Belara geschickt, und sie haben hier alles auf den Kopf gestellt, um das Elixier zu finden. Aber es war zu gut versteckt und es hätte mir auch wenig genutzt, Wochen zu verschwenden, um an den Bannzaubern von Georgette vorbeizukommen, damit ich mich selbst hier umsehen kann. Du siehst selbst, wie kniffelig das Elixier versteckt war. Ich brauchte einen anderen Plan, einen besseren Sucher, als ich es gewesen wäre, und das warst du. Ich habe dem Drachen befohlen, Adam zu verletzen, und zwar hauptsächlich ihn, denn ich wollte dich dazu bringen, dieses Elixier zu finden, und das hättest du nicht getan, wenn du keinen guten Grund dafür gehabt hättest. Es ging immer nur darum, dich auf die richtige Fährte zu locken, denn du warst am besten geeignet für diese Aufgabe. Wer sonst?" Sie lächelte. „Außerdem gefiel mir die Ironie, dass du das Heilmittel für deinen ärgsten Widersacher suchst und Adam leider leer ausgehen wird, während Helander bald wieder zu vollen Kräften kommen wird. Die Insignie eurer Familie war wirklich gut versteckt."

„Richtig, das wusstest du auch", sagte ich entsetzt.

„Natürlich", entgegnete Alke lachend. „Es gibt da ein paar private Familienaufzeichnungen, die von einer erstaunlichen Spontanheilung eines Familienmitgliedes der von Nordenach erzählen. Meine Familie weiß schon lange davon. Ich kannte den Durchgang im Haus in der Kieselstraße und wusste, dass es über Jahrhunderte euer Familiensitz war. Wo sonst hättet ihr eure Insignie der Macht verstecken sollen. Ich kenne sie alle,

alle fünf." Sie sah mich ernst an und ich verfluchte mich dafür, dass ich heute Morgen die Stachelfunkienessenz genommen hatte und meine magischen Kräfte noch immer blockiert waren. Ich wäre zu gern in ihren Geist eingedrungen und hätte ihr dieses Geheimnis entlockt.

„Du brauchst mich gar nicht so ansehen", sagte sie spöttisch. „Ich werde dir keinen Hinweis geben, wo du die übrigen findest."

Ich spürte, wie ich zu beben begann und wie mich eine irre Wut durchfloss.

„Die Zeit wäre mir beinahe davongelaufen", fuhr Alke siegessicher fort. „Es geht Helander nicht gut. Es ist ein Wunder, dass er überhaupt so lange durchgehalten hat. Aber jetzt hast du es ja noch rechtzeitig geschafft. Und nun gib mir das Elixier!"

„Nein!", entgegnete ich sofort.

Alke funkelte mich wütend an. „Helander ist nicht der Einzige, der das Buch von Mantao studiert hat", sagte sie drohend, und ich hörte, wie meine Großmutter neben mir hart die Luft ausstieß. „Auch ich beherrsche den Blutzauber und kann dir schneller das Leben nehmen, als du zwinkern kannst. Aber ich will dich nicht töten, wenn es nicht unbedingt sein muss, denn vielleicht nutzt du mir eines Tages noch etwas."

Jetzt räusperte sich meine Großmutter. „Ich sollte also die Bannzauber aufheben, damit du Belara endlich betreten kannst? Und das hat nichts damit zu tun, dass Sedonie hier war?", fragte sie scheinheilig, und ich sah, wie Alke zusammenzuckte. Also hatte sie doch kein Herz aus Stein, sondern empfand durchaus noch etwas für ihre Tochter.

„Ich habe seit Jahrzehnten keine Tochter mehr", entgegnete Alke ohne den Hauch von Emotionen in ihrer Stimme. „Und es hilft auch nicht, mich abzulenken, um meine Konzentration zu stören, Georgette. Also, Selma", sie sah mich herausfordernd an. „Das ist deine letzte Chance, mir das Elixier freiwillig zu geben."

Einen Moment blieb ich starr stehen und überlegte fieberhaft, was ich tun konnte. Und dann hatte ich eine Idee.

„Und du tust wirklich niemandem etwas, wenn ich es dir gebe?“, fragte ich zaghaft.

Alke sah mich gutmütig an, während Torin einen missbilligenden Laut ausstieß.

„Fang die Kette, wenn ich sie dir zuwerfe, und rette Adam“, schickte ich Torin einen Gedanken zu, während Alke mit ausgestreckter Hand einen Schritt auf mich zu tat.

„Ich tue niemandem etwas“, sagte Alke leise. „Gib mir die Kette!“

„In Ordnung“, sagte ich und streckte die Hand aus. Dann drehte ich mich blitzschnell um, und bevor Alke zugreifen konnte, warf ich die Kette Torin zu, der etwa drei Meter neben mir stand.

Ohne überrascht zu sein, dass etwas auf ihn zuflog, fing Torin die Kette auf und rannte auf das Reisebüro zu. Im gleichen Moment hob ich die Hände und wollte Alke mit einem heftigen Wind von den Füßen reißen.

Doch so weit kam ich nicht.

Das Reisebüro explodierte regelrecht in einer gewaltigen Feuerblase. Die Druckwelle riss alle von den Füßen. Um mich herum sah ich nur noch Flammen und eine fatale Hitze brannte in der Luft. Torin flog in hohem Bogen rückwärts, die Kette fest umklammert. Die beiden Mitarbeiterinnen des Reisebüros lagen neben dem leblosen Bürgermeister wimmernd am Boden. Ramon und Lennox waren etwas weiter entfernt und wurden ebenso zu Boden gedrückt wie meine Großmutter und ich. Ich wollte aufstehen, doch die Druckwelle war so stark, dass meine Knie regelrecht zusammenklappten und ich die Arme einen Moment nicht heben konnte.

Während wir am Boden lagen, stieg Alke unbehelligt über uns, als ob ihr die Flammen nichts anhaben könnten, die über unsere Köpfe donnerten. Eine Hand hatte sie erhoben, um die starke Feuersbrunst aufrechtzuerhalten und uns auf den Boden zu zwingen. Schockiert sah ich, dass Torin sich immer noch nicht regte, sondern bewusstlos am Boden lag. Er musste viel zu heftig auf den Boden aufgeschlagen sein, seine Hand umklammerte noch immer die silberne Kette, doch der Druck seiner Finger war schwach, und Alke stand schon neben ihm.

Ich schrie in das Flammeninferno hinein und versuchte auf die Beine zu kommen. Doch bevor es mir gelang, bewegte meine Großmutter neben mir die Hände und schlagartig waren die Flammen verschwunden. Noch am Boden liegend donnerte sie einen hochkonzentrierten Wind in die Richtung von Alke und riss sie von den Füßen. Ich sah, wie sie rückwärts nach hinten flog. Schnell rappelte ich mich auf und half meiner Großmutter auf die Beine. Auch Ramon und Lennox hatten sich schon in kampfbereite Stellung begeben.

Doch ich achtete kaum darauf, sondern sah nur wie gebannt zu Torin, der sich jetzt wieder regte, sich den Kopf hielt und verwirrt hin und her sah.

„Das Elixier ist weg“, sagte ich panisch und sah mich um.

Ich hörte ein heiseres Lachen und sah Alke über mir schweben, die mit aufgespannten Flügeln davonflog und die Kette gerade um ihren Hals legte. Das durfte nicht wahr sein. Ich hatte das Elixier gehabt und nun sollte ich es schon wieder verloren haben. Panik ergriff Besitz von mir und eine ungeheure Wut.

Ich dachte nicht nach, sondern beinahe reflexartig rissen meine Flügel ein Loch in mein T-Shirt, und schon erhob ich mich in die Luft. Doch Alke war schnell und hatte einen nicht unerheblichen Vorsprung.

Ich hörte, wie mir Ramon und Lennox folgten, und das war gut. Fieberhaft überlegte ich, wie ich Alke beikommen konnte, um das Elixier zurückzuerobern. Ich musste es schaffen. Einen anderen Gedanken ließ ich nicht zu.

In der Luft fliegend hob ich die Hände und ein Wind toste auf und fuhr Alke in die Flügel. Ich erinnerte mich krampfhaft an alles, was ich über Thermodynamik in der Vorlesung von

Professor Poscher gelernt hatte, und steuerte meine Winde so geschickt, dass Alke nicht mehr schnell genug vorwärtskam. Wenn ich schon nicht genügend Kraft in meinen Wind stecken konnte, dann konnte ich ihr vielleicht wenigstens mit Geschicklichkeit beikommen.

Ich holte auf und hörte auch Ramon und Lennox näher kommen. Ich sah mich um und bemerkte, dass uns noch jemand folgte.

Meine Großmutter hatte sich ebenfalls in die Lüfte erhoben und folgte uns schnell.

In diesem Moment hielt Alke vor mir inne, flog in die Höhe und drehte sich um. Vermutlich hatte sie begriffen, dass sie uns auf diesem Weg nicht entkommen konnte. Im selben Augenblick hatte sie schon die Hände gehoben und ein gleißender, roter Feuerstrahl schoss uns entgegen. Ich hob reflexartig die Hände und schuf ein Schild aus Wind, doch ich spürte sofort, dass meine Kräfte zu schwach waren, um Alke wirklich etwas entgegensetzen zu können. In diesem Moment verfluchte ich die Stachelfunkienessenz. Dann wich ich mit einem Schlenker aus und zog mich zurück.

Dass ich Alkes perfidem Plan auf den Leim gegangen war, machte mich immer zorniger, und dieser Zorn mobilisierte einige meiner Kräfte. Inzwischen schossen auch Ramon und Lennox Feuerbälle auf Alke, die ihr jedoch nichts auszumachen schienen, genauso wie es bei ihrem Sohn im vergangenen Jahr gewesen war. Es brauchte stärkere Magie, um Alke Baltasar zu besiegen. Doch wie Dulcia und Cecilia bewiesen hatten, war es nicht unmöglich.

Plötzlich spürte ich, wie ich zur Seite gedrückt wurde. Ich wusste gar nicht, wie mir geschah, doch mit einem Mal schoss ein heller Energiestrom an mir vorbei und direkt auf Alke zu. Hastig blickte ich mich um, erstaunt darüber, woher die starke Magie kam.

Verdutzt registrierte ich, dass es meine Großmutter war, die Alke jetzt angriff, doch die parierte ihren hellen Energiestrahl sofort mit dem ihren und lenkte ihn ab. Meine Großmutter schrie wütend auf, während ich weiter zur Seite gedrückt mit aufgerissenen Augen verfolgte, wie sich Alke und meine Großmutter einen erbitterten Kampf lieferten. Feuerbälle zischten durch die Luft und verwandelten die Wüste in ein Schlachtfeld.

Meine Großmutter hob beide Hände und der Sand der Wüste begann sich zu erheben. Fassungslos taumelte ich zurück, während die feinen Körnchen sich zu einem riesigen Wesen formten, und ich erkannte, dass meine Großmutter einen Feuerschwanzpython aus Sand entstehen ließ. Doch nicht nur das. Der riesige, dreiköpfige Python begann sich zu bewegen, fauchte aus seinen drei Mäulern und griff Alke an. Riesige Feuersalven schossen aus seinem Rachen und Alke parierte sie schnell. Doch für einen Moment hielt sie dann erstaunt inne, als ob sie meiner Großmutter genauso wie ich so eine machtvolle Magie nicht zugetraut hatte.

Aber meine Großmutter nutzte die Zeit sofort, um drei weitere Feuerschwanzpythons zu schaffen, die ebenfalls angriffslustig auf Alke zukrochen und aus ihren Mäulern Flammen stießen. Meine Großmutter schien vorzuhaben, eine ganze Armee dieser Ungeheuer entstehen zu lassen.

Ein riesiges Getöse erhob sich mit einem Mal und ein starker Wind kam auf, wirbelte den Sand empor und aus dem Sturm, der allen die Sicht nahm, schälten sich riesige Wölfe heraus, deren Leiber aus dem Sandsturm geformt waren.

Die Wölfe stürzten sich auf die Feuerschwanzpythons und die riesigen Tiere bekämpften sich mit aller Gewalt. Feuersalven flogen umher, die Erde bebte und der Wind entwickelte sich zu einem Orkan. Ich warf mich zu Boden, um nicht davongeweht zu werden, während ich im Sandsturm meine Großmutter und Alke nur unscharf erkannte, die sich mit erhobenen Armen gegenüberstanden.

Ich riss mich wieder zusammen und begann nun, ebenfalls Feuerbälle auf Alke zu werfen, genauso wie es Ramon und

Lennox von irgendwoher zu tun schienen.

Das wütende Heulen der Sandwölfe mischte sich mit dem Fauchen der Feuerschwanzpythons, die sich immer wieder aufeinanderstürzten und sich gegenseitig zerstörten, um kurz darauf wieder aufzuerstehen und von Neuem zu kämpfen.

Minutenlang ging es so weiter, ohne dass es eine von beiden schaffte, über die andere zu triumphieren.

Doch mit einem Mal war etwas anders, ein Schatten legte sich über uns.

In meinem Herz krampfte sich alles kalt zusammen, als ich quälend langsam nach oben sah.

Der Latorios-Drache schwebte über uns, riesig und dunkel. Seine roten Augen leuchteten selbst im Sandsturm und die schwarzen Zacken auf seinem Rücken schimmerten matt.

Er stieß ein heißeres Schreien aus, öffnete das Maul und eine alles vernichtende Flamme donnerte mir entgegen.

Die heiße Sonne stand schon tief, als ich meine Augen wieder öffnete. Es musste bereits Abend sein. Verwirrt sah ich mich um. Ich lag im Schatten einer Palme, neben mir plätscherte leise eine Quelle und ich fühlte mich leicht und leer.

Nur langsam tröpfelte in mein Gehirn, dass etwas Schreckliches passiert sein musste. Etwas Wichtiges war mir abhandengekommen und ich überlegte eine Weile, während ich noch zwischen Traum und Wirklichkeit hin und her taumelte.

Doch plötzlich fuhr ich hoch, als es mir wieder einfiel, und gleichzeitig durchfuhr mich ein beißender Schmerz und ich schrie auf.

„Bleiben Sie ganz ruhig“, sagte eine nervöse Frauenstimme. „Der Umschlag aus Priselglöckchen wird Ihre Verbrennungen bald heilen.“ Ich sah zu meinen Armen und Beinen hinab und merkte, dass sie in einem gummiartigen, grünen Umschlag steckten.

„Danke“, sagte ich mit trockenem Hals. „Es geht schon.“ Unter fürchterlichen Schmerzen erhob ich mich und sah mich um. Ramon und Lennox steckten in ebensolchen Verbänden wie ich, doch auch sie waren aufgestanden und liefen schon wieder umher.

Nur meine Großmutter lag noch am Boden, bewegungslos und ohne Bewusstsein. Die gummiartigen Verbände waren nicht nur an ihren Armen und Beinen, sondern auch auf ihrem Gesicht. Torin hockte neben ihr mit einem weißen Verband um den Kopf und sprach leise mit dem Bürgermeister von Belara.

„Wie geht es ihr?“, fragte ich heiser.

„Nicht gut“, erwiderte Torin besorgt. „Wir müssen sie hier wegschaffen. Dummerweise ist das Reisebüro zerstört.“ Er sah zu den Ruinen des Gebäudes hinüber.

„Wo ist Alke?“, stellte ich die alles entscheidende Frage. „Was ist mit dem Elixier passiert?“ Meine Stimme klang heiser und jedes Wort ging mir nur mühsam über die Lippen, da ich nicht wusste, ob ich die Antwort auf meine Frage wirklich hören wollte.

Torins Miene wurde eisig. „Sie konnte fliehen“, sagte er schnell. „Der Latorios-Drache hat euch alle zu Boden gerissen. Sie ist auf ihm davongeflogen. Das Elixier ist verloren. Wir konnten ihr nicht folgen. Wir mussten uns erst einmal um eure Verletzungen kümmern, sonst hättet ihr nicht überlebt.“

Ich nickte tapfer, doch in mir breitete sich eine kalte Leere aus.

„Deiner Großmutter geht es sehr schlecht, sie braucht Hilfe“, sagte Torin ernst, und ich griff dankbar nach der dringlichen Aufgabe, die mich jetzt davon ablenken würde, über das Geschehen nachzudenken.

„Ich kann sie nach Schönefelde bringen und euch auch“, sagte ich schnell und dachte an den Durchgang in Sedonies Haus.

„Wir müssen heute Nacht auch noch die Drachen wegbringen. Sie hocken noch immer total verängstigt zwischen den Dünen und bewegen sich keinen Zentimeter“, sagte Torin besorgt.

„Gregor König muss kommen und er soll einen Trupp Faun mitbringen“, sagte ich. „Meine Großmutter bringen wir zu den Druiden.“

Ich schloss die Augen und verschickte eine Nachricht an Gregor König.

„Er macht sich auf den Weg“, sagte ich. „Wir müssen meine Großmutter jetzt zu dem Haus dort drüben bringen.“ Ich zeigte auf die Gasse, wo Sedonies Haus stand.

Torin nickte und hob die Hände. Durch geschickte ausbalancierte Winde transportierte er meine Großmutter bis zu Sedonies Haus. Dort brachten wir sie in das obere Geschoss. Torin nahm sie vorsichtig auf den Arm und wir traten in die kleine Kammer.

Sobald sich die Tür schloss, veränderte sich der Raum und wir standen in der Abstellkammer von Frau Gonden zwischen verstaubten Konserven.

Torin machte große Augen, aber er sagte nichts. Dieser Durchgang war sicher das, was am heutigen Tage am wenigsten seltsam war.

Ich öffnete hastig die Tür und Frau Gonden, die gerade in der Küche stand und Fleisch anbriet, entfuhr ein entsetzter Laut, als ich hinter ihr auftauchte und gleich darauf Torin mit meiner verletzten Großmutter auf dem Arm neben mir stand.

„Um Himmels willen“, entfuhr es ihr. Doch weiter kam sie nicht, da die Türklingel läutete.

Eilig liefen wir zur Eingangstür und dort stand schon Gregor König mit drei Faun. Er nickte mir kurz zu und warf meiner Großmutter einen besorgten Blick zu. „Du schuldest mir dann eine etwas längere Erklärung“, sagte er seufzend, und ich spürte die Angst in seiner Stimme. „Heute Morgen war doch noch alles in Ordnung?“

„Das war, bevor Familie Baltasar wieder zugeschlagen hat“, sagte Torin eisig, und Gregor König wurde blass.

„Kommen Sie, hier entlang“, sagte ich und ging voran in

die Küche der Gondens.

„Ich erkläre es Ihnen, und dann bringen wir die Drachen heim“, sagte Torin an Gregor König gewandt, als wir die Tür der Speisekammer hinter uns schlossen.

„Ich gehe mit meiner Großmutter mit“, sagte ich, als ich die beiden in Belara verabschiedete, und dann kehrte ich nach Schönefelde zurück.

„Ich verstehe das alles nicht. Die Baltasars sollen Georgette angegriffen haben?“, sagte Frau Gonden aufgelöst, die schon in der Küche auf mich wartete und immer noch nicht fassen konnte, welches Drama sich plötzlich in ihrem Haus abspielte.

„Frau Gonden“, sagte ich eindringlich. „Ihr Mann hat doch Kontakt zu den Druiden von Themallin?“

„Ja, doch“, sagte sie und rang ihre Hände.

„Sagen Sie ihm doch bitte, er soll sofort die Druiden rufen, damit sie in Akkanka meine Großmutter mitnehmen können, wir sind in wenigen Minuten dort.“

Frau Gonden nickte eilig und schloss die Augen.

„Wir bringen sie nach Akkanka in die Drachenhöhlen“, sagte ich zu den Faun, die meine Großmutter inzwischen behutsam auf eine mitgebrachte Trage gelegt hatten.

Dann machten wir uns auf den Weg. Ich achtete auf nichts, während wir zum Marktplatz eilten und schnell das Massiv betraten, um nach Akkanka hinabzusteigen. Auch meine Gedanken standen still. Ich dachte nur daran, dass meine Großmutter gerettet werden musste und ich diese Aufgabe zu Ende bringen würde.

Die Faun zögerten kurz, als wir Akkanka betraten. Es herrschte schon Nacht hier und die künstliche Sonne war untergegangen. Ich entzündete schnell einige Feuerbälle, doch ich sah schon die Druiden in ihren weißen Gewändern auf dem Marktplatz stehen. In der Dunkelheit leuchtete ihre Kleidung wie ein Signal. Als die Faun erkannten, dass sie nicht bis in die Drachenhöhlen gehen mussten, beeilten sie sich. Zügig liefen wir durch den Wald von Akkanka und trafen auf dem Marktplatz die Druiden, die mit ruhigen und besorgten Blicken die Trage übernahmen und meine Großmutter zum Übergang nach Themallin brachten.

Als die Druiden gegangen waren und auch die Faun sich verabschiedeten, nachdem ich ihnen gedankt hatte, stand ich plötzlich ganz allein auf dem Marktplatz von Akkanka und starrte auf das Kopfsteinpflaster, das im matten Schein meiner Lichtbälle golden schimmerte.

Das fröhliche Flackern gefiel mir nicht und ich löschte das Licht um mich herum und stand nun in der Dunkelheit. Ich hatte alles getan, um meiner Großmutter zu helfen, und jetzt gab es nichts mehr zu tun. Die Aufgabe war erledigt. Nichts lenkte mich jetzt von den Gedanken ab, die in meinen Kopf stiegen wie ein giftiges Gas. Selbst der Schmerz der Verbrennungen war verklungen und es gab nichts mehr, was mich von meiner Verzweiflung abhalten konnte. Nicht einmal eine Flasche mit Stachelfunkienessenz hatte ich greifbar, und jetzt wollte ich sie auch nicht mehr nehmen. Ich wollte den Schmerz fühlen, viel zu lang war ich vor ihm davongerannt.

Die Rettung von Adam war misslungen. Die Enttäuschung fraß sich schmerzhaft in mich hinein und raubte mir den Atem. Alke war mit dem Elixier entkommen und würde nun Helander heilen, und damit war Adams Schicksal entschieden. Es gab keine Rettung mehr für ihn, und auch seine körperliche Hülle würde bald sterben. Alles war umsonst gewesen, all die Arbeit der vergangenen Monate, die endlose Suche nach dem Elixier, die Hoffnung, die ich gehegt hatte, ihn noch retten zu können. Selbst das Glück, dass ich zugleich eine Insignie der Macht in meinen Händen gehalten hatte, war nichts mehr wert.

Ich hatte gekämpft bis zum letzten Moment, und ich hatte verloren. Der Schmerz wallte auf, entriss mir die Kontrolle und schlug über mir zusammen. Ich hatte das Gefühl, zu ertrinken und gleichzeitig zu verbrennen. Die undurchdringliche Dunkelheit umschloss mich wie ein schwarzer Mantel und das Gedicht „Reigen der Finsternis“ von Konstantin Kronworth kam mir in den Sinn.

Ganz langsam nur regte sich der Gedanke in mir, eine Idee, die wuchs und schnell an Kraft gewann. Langsam und schwerfällig lief ich los.

Meine Füße führten mich hinauf zu den Drachenhöhlen. Es war Nacht und die wenigen Drachen, die noch hier waren, hatten sich schon zum Schlafen zusammengerollt.

Cecilia schnaubte ein wenig, als sie mich bemerkte, und ich streichelte ihr geistesabwesend den Kopf. Es gab eine entscheidende Frage, die ich mir jetzt beantworten musste. Und vor dieser Frage war ich all die Monate davongelaufen, hatte mich hektisch mit der Suche nach dem Elixier beschäftigt. Doch diese Frage war wichtig und sie entschied darüber, wie es jetzt mit mir weitergehen würde.

Konnte ich ohne Adam leben? Konnte ich mit meiner Liebe zu ihm abschließen und noch einmal neu anfangen?

War eine Welt ohne ihn überhaupt denkbar, in der ich nicht mehr tun konnte, als die Erinnerungen an unsere gemeinsame Zeit lebendig zu halten?

Ich ließ den Gedanken zu und spürte, wie mir schwindelig wurde, wie ich das Gefühl hatte, dass das Herz in meiner Brust sich unter unerträglichen Schmerzen wand. Der Atem wich mir aus der Lunge und meine Schultern sackten zusammen.

Adam und ich gehörten zusammen wie Licht und Schatten, unsere Seelen waren verwandt und nur mit ihm konnte ich durch das Leben gehen. Nur mit ihm hatte ich Kraft gefunden, weiterzugehen und zu kämpfen. Schon als Kinder waren wir uns so nah, wie es zwei Menschen nur sein konnten. Wir konnten nicht ohne einander sein und die Antwort auf die Frage, der ich so lange ausgewichen war, wurde mir immer klarer. Ich hatte versucht, mich damit zu trösten, dass wir irgendwann in Vinnla wieder vereint sein würden. Aber der Gedanke war nie ein Trost gewesen.

Ich berührte den sternförmigen Anhänger, der an meiner Halskette hing. Was würde meine Mutter jetzt tun? Sie hatte alles riskiert, für ihre große Liebe und ihre Kinder, und letztlich hatte sie sogar ihr Leben geopfert, damit ich und meine Geschwister in einer besseren Welt großwerden konnten.

Doch Adam und ich hatten keine Kinder, so weit war es nie gekommen, und meine Geschwister waren mittlerweile selbst erwachsen und mussten ihren eigenen Weg gehen. Was hielt mich noch hier in dieser Welt?

Helander Baltasar würde wohl bald wieder in Erscheinung treten und Jagd auf mich machen, um mich doch noch zu seiner magischen Partnerin zu machen. Ich wusste, dass ich keine Kraft mehr hatte, gegen ihn zu kämpfen.

Es war besser, wenn ich nicht mehr hier war. Die Entscheidung war gefallen. Ein Leben ohne Adam wollte und konnte ich nicht führen. Ich hatte meinen Kampf gegen die Macht der Patrizier und gegen Baltasar immer nur ausgefochten, um unsere Liebe möglich zu machen, und ohne diese Liebe konnte ich nicht mehr kämpfen, konnte ich nicht mehr sein.

Ich strich Cecilia noch einmal über den Kopf, dann wandte ich mich ab. Mit einem hohlen Gefühl im Bauch nahm ich einen Schlafsack und rollte ihn am Boden aus. Dann legte ich mich darauf und ließ meinen Gedanken freien Lauf. Ich ließ alles los, meine Trauer überrollte mich, die Scham, dass mich Alke so hinters Licht geführt hatte, erfüllte mich gänzlich und ich spürte Wut in mir aufsteigen.

Ich war wütend auf Alke, ich war wütend auf mich selbst, weil ich so dumm und vertrauensselig gewesen war, dass ich wieder den Falschen vertraut hatte. Und dann spürte ich meinen Gefühlen weiter nach und drang tiefer. Ich fühlte mich leer, weil mir Alke den letzten Strohhalm aus den Händen gerissen hatte, an den ich mich mit verzweifelter Kraft geklammert hatte.

Ich ließ die Trauer und die Verzweiflung zu und ich ließ auch die Liebe zu, die immer noch in mir pochte, wild, heftig, ungezähmt und verzweifelt. Ich wollte nicht allein sein, ich wollte bei Adam sein. Ich konnte und wollte mich mit seinem

Tod nicht abfinden. Wenn ich das für möglich gehalten hätte, dann hätte ich das schon vor Monaten getan und hätte mein Leben weitergelebt. Doch das war nicht möglich, und das begriff ich jetzt mit aller Kraft.

Es gab noch eine letzte Möglichkeit, wieder mit Adam zusammen zu sein, und der Moment war gekommen, diesen Weg zu gehen. Ich war ganz nah bei mir, es war alles absolut klar in meinem Kopf, als mir bewusst wurde, was ich jetzt tun musste. Ich schloss die Augen, atmete tief ein und betrat Vinnla, als ob ich nie etwas anderes getan hätte.

Dunkelheit

Meine Hand glitt auf den Nebel zu, der das Ende meiner Traumwelt umriss. Ich berührte die glatte Oberfläche beinahe liebevoll, während ich die Stille genoss, die in mir herrschte. Ich war endgültig bereit für diesen Schritt.

Der Gedanke, Adam wiederzusehen, erfüllte mich mit der Ruhe und der glücklichen Zufriedenheit, die ich so lange vermisst hatte.

Gemächlich fuhr ich mit der Hand durch die milchige Abgrenzung und folgte dann mit dem Kopf hinaus. Sofort tauchte ich wieder in den rauschenden Nebel ein. Wortfetzen schossen an mir vorbei und die Stimmen vermischten sich. Ich achtete nicht weiter darauf, denn die Gedanken drehten sich hauptsächlich um den Ausgang des Drachenrennens.

Ich rief leise Adams Namen und wartete darauf, dass Vinnla mir wieder die richtige Richtung zu ihm wies.

„Wo bist du, Adam?“, flüsterte ich erneut, und plötzlich sah ich, wie die Helligkeit unter mir wich und die Dunkelheit größer wurde. Ich schob mich aus meiner Traumwelt hinaus und versuchte, das feine Summen aufzuschnappen, das mir die richtige Richtung wies.

„Warte!“, sagte jemand ganz unvermittelt, und ich sah mich verwirrt um. Die lichthelle Gestalt meiner Großmutter war plötzlich neben mir erschienen.

„Wie geht es dir?“, fragte ich besorgt.

„Meinem Körper geht es noch nicht gut, aber das tut jetzt nichts zur Sache. Sedonie hat mich gerufen.“

„Warum?“, fragte ich argwöhnisch.

„Weil du eine Entscheidung getroffen hast“, sagte sie. „Sie hat es in Vinnla vernommen.“

„Es ist meine Sache“, sagte ich.

„Ich weiß“, sagte meine Großmutter zu meinem Erstaunen. „Es ist dein Leben und du kannst darüber entscheiden. Aber es gibt etwas, das du wissen solltest.“

„Und das wäre?“, fragte ich.

„Komm“, sagte sie anstatt einer Antwort und nahm meine Hand. Wir glitten eine Weile durch den rauschenden Nebel, dann zog sie mich durch eine der Nebelwände. Es sah hier genauso leer aus wie in meiner eigenen Traumwelt.

„Du erinnerst dich vielleicht daran, dass wir vor einer ganzen Weile darüber gesprochen haben, woher ich das Buch von Mantao habe“, sagte meine Großmutter, und ich fragte mich erstaunt, warum sie gerade jetzt mit mir darüber reden wollte. Jetzt sollten wir uns eigentlich voneinander verabschieden, denn es war Zeit für mich zu gehen. Meine Sehnsucht nach Adam war auf ein unerträgliches Maß angeschwollen, und dass die Möglichkeit bestand, irgendwie bei ihm zu sein, bestimmte all mein Denken.

„Ja“, sagte ich gedehnt und erinnerte mich mühsam, denn meine Gedanken wollten jetzt in eine andere Richtung gleiten. „Wir haben in der Küche gesessen und du wolltest es mir nicht verraten.“

Meine Großmutter hob die Hände und der leere Raum verwandelte sich in die Küche unseres Hauses in der Steingasse. Hinter der Terrassentür lag der Garten in seinem spätsommerlichen Kleid. Meine Großmutter hatte uns einfach in diesen Moment zurückversetzt. „Ich weiß, dass du jetzt keine Lust hast, lange Gespräche mit mir zu führen, aber glaube mir, das, was ich dir zu sagen habe, ist wichtig.“ Sie sah mich bittend an und zeigte auf den Küchentisch.

Obwohl es mir nicht recht war, bremste diese Geste meine Eile, auch die gemütliche Umgebung unserer Küche dämpfte meinen Schmerz so weit, dass ich mich darauf einlassen konnte, einen Moment zu verharren.

„Also gut“, seufzte ich und nahm Platz.

Auch meine Großmutter setzte sich und nahm dabei meine

Hand in ihre. „Du erinnerst dich, dass ich dir von Erinn erzählt habe und seiner Geschichte?", begann sie langsam.

„Ja", erwiderte ich und betrachtete, wie meine Hand in der ihren lag. Sie wollte nicht, dass ich ging, und ich wollte ihr nicht wehtun, aber der Schmerz war zu schlimm und die Sehnsucht zu stark. Ich hatte aufgegeben und ich würde meine Entscheidung nicht rückgängig machen. Langsam entzog ich meiner Großmutter meine Hand und lehnte mich zurück. „Es ging darum, woher du davon erfahren hast, wo das Buch von Mantao versteckt ist", sagte ich bedachtsam.

„Genau", nickte meine Großmutter. „Die Zeit drängte sehr und ich habe dringend versucht, etwas über Erinn und seine Geschichte herauszufinden." Sie sah mich nachdenklich an. „Aber ziemlich schnell begriff ich, dass mir niemand darüber Auskunft geben konnte, nun ja, zumindest kein Lebender." Meine Großmutter zögerte. „Also habe ich mich an die gewandt, die wirklich wussten, wie man stärkere Kräfte erweckt ..." Sie zögerte kurz, sah mich mit einem forschenden Blick an und mir wurde kalt, als ich ihre Worte erahnte.

„Du warst schon im Totenreich", flüsterte ich tonlos, und eine unnatürliche Stille lag plötzlich im Raum. Obwohl die Sonne schien und draußen lustig die Vögel zwitscherten, war die Idylle wieder fern. Angst machte sich in mir breit und ich konnte nichts dagegen tun.

„Das war ich, Selma", sagte sie mit einem leisen Wispern. „Ich bin zu den Toten hinabgestiegen, um etwas über diese starke Magie zu erfahren, zu der wir ja augenscheinlich fähig waren."

„Das ist unmöglich", sagte ich schwach und hatte das Gefühl, dass die Temperatur im Raum um mindestens zehn Grad gefallen sein musste.

„Es ist möglich, das hast du selbst schon erfahren", sagte meine Großmutter leise.

„Aber wie bist du zurückgekehrt?", fragte ich ungläubig. „Ich dachte, das wäre unmöglich."

„Das ist es“, sagte meine Großmutter ernst. „Aber es ist eben nur beinahe unmöglich.“

„Woher wusstest du davon, dass das funktionieren würde?“, fragte ich.

„Ich wusste es nicht“, sagte meine Großmutter leise und sah mich mit festem Blick an. „Ich habe es vermutet.“

„Wie bitte?“, fragte ich entsetzt. „Du ermahnst mich mein Leben lang, vorsichtig zu sein und immer gut auf mich achtzugeben, und dann tust du so etwas? Du steigst auf gut Glück in das Totenreich hinab? Das wird ja immer besser.“

„Ich habe lange nach anderen Lösungen gesucht“, sagte meine Großmutter. „Aber es gab keine mehr. An einem dunklen Winterabend kurz vor Weihnachten habe ich erfahren, dass das Senatorenhaus die Festnahme deiner Mutter vorbereitet. Da habe ich reagiert und es getan. Ganz spontan. Ich sah in dieser Nacht keinen anderen Ausweg.“

„Was genau hast du getan?“, fragte ich tonlos.

„Ich habe mich von meinem Körper gelöst und bin tiefer und tiefer in die Traumwelt eingedrungen. Tief hinab in die dunkelsten Winkel habe ich mich gewagt und dort verwischt die Grenze zwischen den Lebenden und den Toten. Ich habe nach Erinn gesucht oder irgendjemanden, der ihn kannte. Ich habe die Männer gesucht, deren Geschichten im Relief von Tennenbode verewigt sind“, sagte meine Großmutter stockend. „Denn von ihnen habe ich mir Antworten erhofft.“

„Und du hast sie bekommen“, sagte ich leise.

„Das habe ich, wie du weißt. Erinn wollte etwas erzählen. Er kam sofort, als ich ihn gerufen habe, und dann hat er mir sein ganzes Leid geklagt, selbst die Jahrtausende haben seine Wut nicht bezähmen können. Er hat Heldentaten vollbracht, für die er ewigen Ruhm wollte. Dass die Erinnerung an ihn, seine Kämpfe und Opfer nicht geehrt wurden und er schon kurz nach seinem Tod vergessen worden ist, hat eine unendliche Wut in ihm entfesselt. Doch er hatte Freunde, die ihm diese Ehre unbedingt erweisen wollten. Sie haben die Erinnerung an ihn, seine Feinde und Kameraden auf dem Relief von Tennenbode für immer festgehalten.“

„Und dann?“, fragte ich.

„Die Magier damals waren in den Techniken der Geistläufer sehr wohl bewandert. Tennenbode ist unzerstörbar, das Gebäude ist mittlerweile über zweitausend Jahre alt, und auch heute wirst du es nicht schaffen, auch nur einen Turm einzureißen. Die einzige Möglichkeit, etwas zu verändern, ist es, die Fassade mittels Magie ein wenig zu bearbeiten, aber es erfordert Geschick, und das haben wenige. Aber die Veränderungen halten auch nicht lange. Die Fassade ist wie ein Gummi, der über kurz oder lang immer wieder in seine ursprüngliche Form zurückrutscht.“

„Weiß Frau Professor Espendorm überhaupt, warum sie die Fassade bearbeiten lässt?“, fragte ich und wunderte mich selbst, wie meine Großmutter es geschafft hatte, mich in ihre Geschichte hineinzuziehen, der ich plötzlich gespannt lauschte.

„Nein“, seufzte meine Großmutter. „Ich bin mir relativ sicher, dass sie es einfach nur tut, weil es schon immer getan wurde. Sie ist eine rationale Person und würde die Sache nur dann hinterfragen, wenn es hundertprozentig belegbare Beweise dafür gibt, dass es unsinnig ist.“

„Ja, das stimmt“, erwiderte ich. „Was hat dir Erinn noch verraten?“

„Nachdem er sich ausgiebig darüber ausgelassen hat, dass die Magier doch noch einen Weg gefunden hatten, die Masse vergessen zu lassen, hat er sich beruhigt. Ich habe ihm versichert, dass ich von ihm und seinen Heldentaten erfahren habe, weil ich seinen Namen auf dem Relief fand. Das hat ihn beruhigt und er hat angefangen, davon zu erzählen, wie das Leben war, bevor die Vereinte Magische Union gegründet worden ist. Es war unglaublich, was ich da erfahren habe, doch es klang so logisch, dass es wahr sein musste. In diesem Moment war ich außer mir vor Glück. Es gab eine Möglichkeit, Catherina zu retten, ich musste ihr nur dieses Wissen zugänglich machen, und schon konnte ihr keiner aus dem Senatorenhaus etwas anhaben. Erinn erzählte mir von dem Buch von Mantao. Über Jahrhunderte hatte er den Weg des Buches mitverfolgt, und zwar bis zur letzten Königin."

„Bernadette von Neckelsheim", sagte ich nachdenklich. Die Ahnentafeln der Königsfamilien kannte ich nach den endlosen Recherchen mittlerweile auswendig.

„Ganz genau", erwiderte meine Großmutter. „Sie musste die Entscheidung treffen, was mit diesem Wissen getan werde sollte, und sie hat sich dafür entschieden, es dem Senatorenhaus nicht zu übergeben, sondern es an einem geheimen Ort zu verwahren. Doch das Versteck des Buches von Mantao hat sie niemandem verraten, und so ist dieses Wissen mit ihr gestorben. Nun ja, bis sie in das Totenreich kam und Erinn sie danach fragte. Und ihn wiederum habe ich gefragt."

„Er war sicher außer sich vor Freude, dass du das Wissen wiederbeleben wolltest, und das auch noch im Kampf gegen das Senatorenhaus", sagte ich.

„Genau so war es. Ich musste ihn nicht überreden, mir zu verraten, wo ich das Buch finden konnte." Meine Großmutter stand auf.

„Und wie bist du wieder zurückgekommen?", fragte ich.

Meine Großmutter verharrte kurz. „Das war sehr schwer", sagte sie schließlich zögernd.

„Warum?"

„Weil wir nicht mehr allein waren", sagte sie. „Ich hatte lange mit Erinn gesprochen und das hatte andere Seelen angelockt, die auch noch etwas zu erzählen hatten. Es wurden immer mehr und mehr und sie begannen alle mit mir zu reden. Dann sah ich deinen Großvater zwischen all den Gesichtern und plötzlich ..." Sie zögerte und sah angestrengt aus dem Fenster. „Plötzlich wollte ich nicht mehr zurück. Natürlich hatte ich gewusst, dass er da war, aber ich war gekommen, um Catherina zu retten. Doch als wir endlich wieder zusammen waren, verblasste der Gedanke daran, dass ich noch etwas erledigen wollte. Das Reich der Toten lag viel näher als das der Lebenden."

„Was ist dann passiert?", fragte ich mit angehaltenem Atem.

„Wir haben uns lange im Arm gehalten. Er fragte mich, was ich hier tue, und als ich seine Stimme hörte, waren alle Gefühle wieder da. Ich wollte tot sein und nie wieder zurückgehen, doch er fragte mich wieder und wieder, was ich hier tue, und ich musste mich zwingen, mich zu erinnern, dass ich wegen unserer gemeinsamen Tochter hier war. Ich erzählte ihm davon, dass ich sie retten wollte und deswegen so weit gegangen war."

„Und dann?"

„Dann sagte er mir, dass ich zurückkehren müsse und nicht hierbleiben konnte. Er würde auf mich warten und dann hätten wir die Ewigkeit für uns, aber jetzt wäre es noch zu früh. Er schickte mich wieder zurück, um Catherina zu retten."

„Und du bist gegangen?", fragte ich.

„Ja", sagte meine Großmutter mit schwerer Stimme. „Ich habe in diesem Moment meinen Frieden mit der Situation gemacht. Ich weiß, dass wir wieder vereint sein werden, wenn meine Zeit gekommen ist. Ich schaffte es mit aller Kraft, mich zu lösen und den Rückweg anzutreten. Es war eine unerklärliche Qual, wieder ins Leben zurückzukehren. Das Totenreich gibt keine Seele freiwillig wieder her. Dann sah ich das Zeichen, das meine Freundin mir gab, und so fand ich überhaupt den Weg zurück. Sie war mir in die Traumwelt gefolgt und ihre Anwesenheit zog mich wieder zurück, wie ein Anker zur Realität. Ohne sie wäre ich nicht zurückgekommen."

„Kenne ich sie?", fragte ich leise

„Ja", sagte meine Großmutter. „Es ist Sedonie. Sie ist ungefähr so alt wie deine Mutter und war damals schon eine erfahrene Geistläuferin."

„Sedonie?", fragte ich laut, und die Vision unserer Küche verflog. Wir befanden uns wieder in einem leeren, hellen Raum, umgeben von weißem Nebel, und mit ihm verschwand die warme Stimmung, die mich kurze Zeit eingelullt hatte. Glasklar war mein Entschluss wieder da.

„Es gibt nur einen Grund, aus dem du mir das erzählt hast“, sagte ich ruhig.

„Ja“, sagte meine Großmutter. „Ich weiß, dass du hinab möchtest, um bei Adam zu sein. Ich weiß auch, dass deine Entscheidung feststeht, und ich werde nicht versuchen, dich davon abzubringen.“ Sie zögerte kurz und ich sah den gequälten Gesichtsausdruck auf ihren Lippen. „Aber ich möchte dich bitten, dass du aus dem Totenreich zurückkommst und nicht dort bleibst.“

Ich presste die Lippen fest aufeinander und sah meine Großmutter lange an.

„Rede mit Adam und mache deinen Frieden mit ihm, verabschiede dich in Ruhe und dann komm wieder zurück zu mir. Deine Geschwister brauchen dich noch. Ich brauche dich noch“, sagte sie flehend.

„Ich kann nicht“, sagte ich matt. So lange hatte ich tapfer gekämpft und versucht, gegen den Schmerz anzukommen, meine Kräfte waren am Ende, meine Reserven aufgebraucht. Ich wollte nicht mehr kämpfen. Es war vorbei.

„Du kannst“, sagte sie eindringlich. Ihre Stimme zitterte, und Tränen standen in ihren Augen. „Versprich mir, zurückzukommen. Du weißt jetzt, dass es möglich ist.“

Lange Zeit verharrte ich, während es in meiner Brust riss und drängte. „Ich versuche es“, sagte ich schließlich.

Meine Großmutter nickte und nahm mich in den Arm.

„Ich gehe jetzt“, sagte ich. Den Abschied unnötig hinauszuzögern, machte es uns nicht leichter. „Ich liebe dich“, sagte ich. „Danke für alles, was du für mich getan hast.“

„Es ist kein Abschied“, sagte sie mit fester Stimme. „Wir sehen uns bald wieder.“ Sie strich mit der Hand über meine Wange und dann rief sie nach Sedonie. Es dauerte nicht lang und sie trat aus dem Nebel. Die beiden wechselten einen eindringlichen Blick und ich hatte das Gefühl, dass sie alles schon besprochen hatten.

Meine Großmutter winkte mir ein letztes Mal, dann zog sie sich in den Nebel zurück, als ob sie den Abschied nicht länger ertrug. Ich sah ein letztes Mal zurück, dann nahm mich Sedonie bei der Hand und zog mich mit sich in den rauschenden Nebelstrom hinein, und zwar nach unten.

„Ich werde dein Anker sein", sagte sie, während wir hinabglitten. „Das ist das Mindeste, was ich tun kann, nach all dem Leid, das meine Mutter dir angetan hat."

„Danke, Sedonie", erwiderte ich.

„Du musst konzentriert bleiben, wenn du zurückkehren willst, und davon gehe ich fest aus", sagte sie eindringlich. „Ich werde dir folgen, so weit ich kann, aber ich kann nur bis zu einem gewissen Punkt gehen, sonst werde ich nicht zurückkehren können, und dann stecken wir beide im Totenreich fest."

„Verstanden", sagte ich entschlossen.

„Also gut", erwiderte Sedonie. „Ruf immer wieder seinen Namen. Bei dir wird es kein Problem sein, hinabzukommen. Rede mit ihm, verabschiede dich, lass dir Zeit. Und dann komm zurück, konzentriere dich darauf, dass du in deinem Leben noch etwas zu erledigen hast. Denke an deine Freunde, an deine Geschwister und an deine Großmutter, denk an die Drachen und das Fliegen, und was dir sonst noch etwas bedeutet."

Ich nickte schwach, da gab es einiges. Aber waren diese Dinge wichtig genug? Sie hielten mich schließlich nicht davon ab, hinabzugehen.

„Bist du bereit?", fragte Sedonie und nahm meine Hand.

„Ja", erwiderte ich entschlossen. Ich war mehr als bereit.

„Dann rufe seinen Namen, wie du es beim letzten Mal getan hast. Vinnla wird dir den Weg weisen."

Ich nickte noch einmal, dann dachte ich an Adam. Nicht an sein Äußeres, sondern ich rief mir in Erinnerung, wie sich das warme Kribbeln in meinem Bauch anfühlte, wenn er in der Nähe war.

„Wo bist du, Adam?“, flüsterte ich und drückte fest Sedonies Hand. „Adam!“, rief ich jetzt lauter, und schon geschah es. Ich spürte, wie ich mich langsam in Bewegung setzte, wie mich etwas zog, wie die Nadel eines Kompasses, die nach Norden gelenkt wurde.

Sedonie hielt ich an der Hand fest, während wir in den wirbelnden Nebel hinabglitten und das Stimmengewirr meine Ohren umflirrte. Tiefer und tiefer tauchten wir, bis die Stimmen leiser wurden und die Helligkeit abnahm. Wie eine Dämmerung legte sich die Dunkelheit um uns und die Stimmen verstummten schließlich gänzlich, während das warme Kribbeln in mir erwachte. Ich spürte ihm nach, fühlte, wie es mich durchdrang und alle Sorgen von mir abwusch, wie es mich mit Kraft durchflutete und ich nicht erwarten konnte, mehr davon zu bekommen. Nach einer Weile wurde das Gleiten langsamer und zäher.

„Es ist bald so weit“, flüsterte Sedonie, und auch ich spürte, dass mich etwas Zähes zurückhielt, wie ein Gummiband, an dem ich hing. „Du musst diese Verbindung kappen“, sagte Sedonie eindringlich und drückte meine Hand.

Ich spürte, wie das Ziehen stärker wurde.

„Wir müssen uns jetzt trennen“, sagte Sedonie und entzündete einen Lichtball. Dann ließ sie meine Hand los und blieb hinter mir. „Ich bleibe hier und warte auf dich. Denk daran, dass du zurückkehren musst. Vergiss das nicht!“

Ich murmelte ein Ja, dann flüsterte ich Adams Namen und spürte wieder das Ziehen. Doch die Verbindung, die mich noch hielt, schmerzte jetzt wie eine überdehnte Sehne. Ich konzentrierte mich auf das stärker werdende Kribbeln in meinem Bauch und darauf, weiter hinabzugleiten. Der Gedanke, schon bald wieder bei Adam zu sein, war stark und zog mich weiter.

Mit einem Mal riss etwas schmerzhaft. Ich schrie kurz auf und wurde tiefer hinabgeschleudert. Einen Moment erschreckte mich der Gedanke, dass es jetzt passiert war. Ich hatte meine

Seele von meinem Körper getrennt und war auf dem Weg hinab ins Totenreich. Um mich herum herrschte absolute Finsternis und die Stille und die Einsamkeit wurde mir mit Erschrecken bewusst.

Ich sah mich noch einmal um, doch von dem Licht, das Sedonie entzündet hatte, war nichts mehr zu sehen.

Panik überkam mich mit einem Mal. Ich schwebte mitten in einer undurchdringlichen Dunkelheit und hatte keinerlei Orientierung.

„Adam", flüsterte ich, und das warme Ziehen wurde mir wieder bewusst. Es zog mich und wies mir die Richtung.

Man konnte durchaus vergessen, dass man überhaupt existierte. Ich sah und hörte nichts und ich wusste auch nicht, wie viel Zeit verging und ob ich überhaupt noch in Bewegung war.

Ich vertiefte mich immer mehr in Erinnerungen an Adam, an unsere Kindheit und die glückliche Zeit, die wir gemeinsam im Eichenhain verbracht hatten, an den Halt, den er mir gegeben hatte, daran, wie heftig ich mich in ihn verliebt hatte, obwohl mir meine Großmutter doch alle Erinnerungen an ihn genommen hatte.

Die vielen schönen und glücklichen Stunden, die wir auf Kileandros verbracht hatten, kamen mir in den Sinn. Ich rief mir alles in Erinnerung und jedes Detail wurde wieder lebendig.

Ich hatte keine Ahnung, wie lange ich schon so vor mich hindachte und schwebte, doch mit einem Mal sah ich unter mir ein kleines, warmes Licht.

Erst jetzt, wo ich wieder eine Orientierung im Raum hatte, merkte ich, dass ich mich doch recht schnell vorwärtsbewegte und das Licht immer größer wurde.

Ich flüsterte noch einmal Adams Namen und spürte, wie mir warm wurde, wie das Kribbeln überhandnahm und ich anfing zu lächeln. Er musste hier irgendwo sein. Das Licht war nicht mehr weit weg und jetzt sah ich, dass es eine unebene Fläche beleuchtete. Ich sank tiefer und konzentrierte mich auf den Boden. Dann landete ich sanft darauf und es fühlte sich richtig an, hier zu sein.

„Adam?“, flüsterte ich und sah auf. Das warme Licht schwebte über dem Boden, es war winzig und klein und jetzt sah ich, dass darunter jemand stand. Die Gestalt kam mir vertraut vor und ich richtete mich auf und trat näher.

Im zarten Licht erkannte ich Adams schemenhafte Züge und starrte ihn nur ungläubig an, als ob ich mich selbst noch davon überzeugen müsste, dass es tatsächlich passiert war.

„Selma?“ Der fragende Klang von Adams Stimme löste ein Erdbeben in mir aus. Ich wollte lachen und weinen zugleich, doch nur ein mattes Schluchzen entwich meiner Kehle. Er trat auf mich zu, wie er es so viele Male getan hatte, und nahm mich tröstend in den Arm, während ich das unwirklich berauschende Gefühl genoss, so nah bei ihm zu sein. Auch wenn wir im Totenreich waren, fühlte ich mich plötzlich wieder lebendig. Meine Seele begann zu heilen und das Glück kam zu mir zurück. Ein Lächeln schlich sich auf meine Lippen. Ich war nicht mehr allein und nur langsam begriff ich es. Alles war wieder an seinem Platz, alles war wieder richtig.

Eine schiere Unendlichkeit standen wir so nah aneinander geschmiegt und verharrten in dem Glück, wieder zusammen zu sein. Doch etwas war anders, wie ich nach einer Weile bemerkte.

Meine körperliche Reaktion auf ihn spielte sich nur in meinem Kopf ab und sie war nicht von derselben Intensität, wie ich unsere Berührungen in Erinnerung hatte.

Doch das war mir in diesem Moment absolut gleich.

Denn ich war wieder bei ihm, und nur das zählte.

„Ich liebe dich“, flüsterte ich.

„Nicht so sehr, wie ich dich liebe“, entgegnete er, und ich hörte das glückliche Lächeln in seiner Stimme.

„Weißt du, wo wir sind?“, fragte ich und lehnte mich zurück, um in dem matten Schein des kleinen Feuerballs seine Züge zu mustern, sein markantes Kinn, den perfekten

Schwung seiner vollen Lippen und den Bogen, den seine Wangenknochen beschrieben. Er sah so aus, wie ich ihn in Erinnerung hatte.

„Das Letzte, woran ich mich wirklich erinnere, ist, dass mich der verdammte Drache gebissen hat und dass ich versucht habe, mich an deinem Blick festzuhalten. Du warst so verzweifelt und ich wollte die Verzweiflung aus deinen Augen vertreiben.“ Er musterte mich lächelnd. „Jetzt ist es viel besser. Dieses glückliche Strahlen habe ich vermisst.“ Er fuhr mit einem Finger über meine Lippen und ich schloss kurz die Augen, um den dumpfen Nachhall der Erinnerung zu empfinden, die diese Geste auslöste.

„Du weißt also nicht, wo wir gerade sind“, sagte ich.

„Doch“, entgegnete Adam düster. „Ich weiß genau, wo ich bin. Der Biss des Drachen hat mich getötet. Aber ich frage mich, was du hier tust?“

„Das ist eine sehr lange Geschichte“, sagte ich.

„Da wir im Totenreich sind und Zeit keine Rolle mehr zu spielen scheint, kannst du sie mir gern erzählen.“ Noch immer hatte er mich schützend im Arm und er sah mich erwartungsvoll an.

Ich seufzte. „Also gut“, sagte ich und begann mit dem Angriff des Latorios-Drachen und wie meine Großmutter Adams Körper gerettet hatte. Dann fuhr ich mit Nuria fort und unserer Suche nach dem Elixier, mit dem ich Adam retten wollte. Auch meine Geschwister ließ ich in der Erzählung nicht aus und wie sich die Ereignisse in Belara schließlich zugespitzt hatten und Alke sich zu erkennen geben musste. Ich endete damit, wie Alke auf der Flucht mit dem Elixier uns alle verletzt hatte. „Und dann habe ich entschieden, ins Totenreich hinabzusteigen, weil ich ohne dich nicht mehr leben kann.“

„Das hast du nicht getan!“, sagte Adam, und ich sah den altbekannten Zorn in seinen Augen blitzen. „Ich will nicht, dass du dein Leben wegwirfst, nur weil ich nicht mehr da bin. Ich möchte, dass du glücklich bist.“

„Aber ohne dich kann ich nicht glücklich sein“, protestierte ich. „Ich habe nur gelebt, um dich zu retten. Ich habe dich um Hilfe rufen hören“, sagte ich leiser, und Adam verstummte plötzlich. „Es war nicht mein Traum oder eine Vision. Das warst du, oder?“

Adam schwieg eine Weile, dann nickte er.

„Da war eine Verbindung zwischen uns. Ich konnte dich hören oder fühlen oder was auch immer“, sagte ich eindringlich. „Wenn du nicht mit mir zusammen sein möchtest, dann gehe ich wieder, aber dann sag es mir ehrlich ins Gesicht.“

Adams Lippen wurden zu einem schmalen Strich. Seine Augen brannten regelrecht und sein Blick war voller Wut, voller Liebe und voller Schmerz.

„Selma“, sagte er gequält.

„Schick mich fort“, flüsterte ich heiser. „Wenn du nicht möchtest, dass ich bei dir bin, dann schicke mich fort.“

„Ich kann das nicht von dir verlangen“, sagte er, und in seinen schönen Zügen lag ein gepeinigter Ausdruck. „Ich liebe dich, Selma. Ohne dich zu sein, ist wie eine endlose Verdammnis, die Dunkelheit treibt mich in den Wahnsinn, das Alleinsein und die Sorge um dich lassen mich nicht zur Ruhe kommen. Aber ich kann nicht von dir verlangen, dass du mir dein Leben opferst. Das ist zu viel.“

„Für dich ist mir nichts zu viel“, sagte ich lächelnd.

„Nein“, sagte Adam entschieden. „Geh wieder zurück!“

„Auf keinen Fall“, sagte ich mindestens genauso entschieden.

Während wir uns stumm und mit entschlossenem Blick anfunkelten, entdeckte ich plötzlich zwei kleine Lichter nicht weit von mir, die schnell näher kamen.

„Wer ist da?“, fragte ich besorgt in die Dunkelheit, während sich Adams Arm ganz intuitiv enger um meine Taille schloss, als er spürte, dass Angst in mir aufstieg.

„Selma“, sagte eine warme Stimme fragend, und ganz entfernte Erinnerungen wurden in mir wach. Diese Stimme hatte mir jeden Abend vor dem Zubettgehen eine Geschichte vorgelesen, diese Stimme hatte mich sanft getröstet und in den Schlaf gewiegt. Diese Stimme hatte mich verlassen, als ich erst vier Jahre alt gewesen war.

„Mama?“, fragte ich erstickt in die Dunkelheit. Ich hatte gar nicht daran gedacht, meiner Mutter hier zu begegnen.

„Selma“, sagte die Stimme voll ungläubigem Erkennen, und jetzt sah ich im Schein der blassen Lichtbälle zwei Gestalten nähertreten, die sich fest an den Händen hielten.

Und plötzlich stand ich meiner Mutter gegenüber, die genauso aussah, wie ich sie von Bildern kannte, ihre langen, roten Haaren flossen weich um ihr schmales Gesicht, aus dem mich ein paar meergrüne Augen neugierig musterten. Vermutlich sahen wir uns im Moment zum Verwechseln ähnlich. Sie lächelte und mir war, als ob ich in einen Spiegel sah, und gleichzeitig überkam mich ein tröstendes Gefühl, fast so als ob sich eine Wunde endlich schloss und verheilte. Zaghaft erwiderte ich das Lächeln.

Doch sie zögerte nicht, sondern zog mich in die Arme und drückte mich fest an sich. Dann bemerkte ich, dass jemand neben mir stand.

„Papa“, sagte ich erstaunt und sah in sein lächelndes Gesicht, das dem von Leandro so unglaublich ähnlich sah. Der Ton ihrer dunklen Haare war genau derselbe. Dann zog auch er mich in die Arme und flüsterte erleichtert meinen Namen.

„Was tust du hier?“, fragte meine Mutter.

Ich seufzte schwer. „Adam wurde von Alke Baltasar schwer verletzt, sein Körper liegt leblos in Schönefelde und seine Seele ist schon seit Monaten im Totenreich. Ich habe versucht, ihn zu retten und seinen Körper und seine Seele wieder miteinander zu verbinden, aber die letzte Chance ist vertan und sein Tod endgültig besiegelt. Ich liebe ihn und kann nicht ohne ihn sein, und deswegen bin ich hier. Ich möchte für immer bei ihm bleiben.“

„Du hast dein Leben aufgegeben?“, sagte meine Mutter

missbilligend.

„Ja, das hat sie“, sagte Adam unwirsch. „Und das war wieder einmal eine absolut unüberlegte Aktion. Jetzt sind wir beide tot.“

„Du hast mir aus dem Totenreich Hilferufe geschickt“, erinnerte ich ihn, während ich seinen fürsorglichen Zorn mit einem zufriedenen Lächeln genoss. Wie hatte mir das gefehlt. „Und endgültig tot sind wir genau genommen auch nicht. Unsere Körper leben noch, aber vermutlich nicht mehr lange.“

Meine Mutter sah abwechselnd zwischen uns hin und her, als ob sie über etwas nachzudenken schien.

„Und du hast Adams Hilferufe erhalten?“, fragte meine Mutter.

„Ja, das habe ich“, bestätigte ich.

„Dann könnte es funktionieren“, sagte mein Vater, und ich sah ihn verdutzt an, während ich das vertraut wirkende Lächeln auf seinen Lippen erstaunt betrachtete.

„Was könnte funktionieren?“, fragte ich neugierig.

„Eure Verbindung ist sehr stark“, sagte meine Mutter zu mir. „Kehre zurück und nimm Adam mit.“

„Aber das ist unmöglich“, sagte ich. Zumindest hatte ich es bisher angenommen, weil Sedonie mir genau das erzählt hatte. Ich zögerte kurz. Sie hatte auch gesagt, dass man keinen Kontakt zur Außenwelt aufnehmen konnte, wenn man im Totenreich war. Doch da hatte sie sich geirrt, schließlich war Adam genau das gelungen.

„Es ist unmöglich, wenn es keinen Körper mehr auf der anderen Seite gibt, denn wohin soll die Seele dann gehen. Aber ihr habt noch eine Verbindung zur Welt der Lebenden, und die müsst ihr nutzen“, sagte meine Mutter eindringlich

„Meinst du wirklich, das funktioniert?“, fragte Adam ungläubig. „Ich habe doch versucht von hier wegzukommen, aber ich habe es nicht geschafft.“

„Du bist kein Geistläufer“, sagte meine Mutter einfach. „Du wärst von allein nicht einmal hierhergekommen, aber meine kleine Tochter hier", sie legte den Arm um mich, „scheint eine Geistläuferin zu sein."

„Georgette hat die Ausbildung mit mir begonnen", sagte ich. „Außerdem wartet Sedonie auf mich und wird mir helfen, den Weg zurückzufinden."

„Probiert es", sagte mein Vater eindringlich. „Und zwar jetzt."

„Ja, natürlich." Ich nickte und sah die beiden wehmütig an.

Sie lächelte mir aufmunternd zu. „Kehre zurück, deine Zeit ist noch nicht gekommen. Wenn du dein Leben zu Ende gelebt hast, dann haben wir genug Zeit, um in der Ewigkeit darüber zu sprechen, was dir alles widerfahren ist."

Ich umarmte sie fest. „Ich würde gern bei dir bleiben", sagte ich.

„Noch nicht", erwiderte sie und schob mich von sich fort. „Ich warte hier auf dich."

„Du solltest jetzt besser gehen", sagte mein Vater eindringlich und sah sich um. Erst jetzt bemerkte ich, dass viele Lichtbälle um mich herum näher kamen.

„Was passiert hier?", fragte ich erschrocken.

„Keine Angst", sagte mein Vater. „Es sind all die, die gespürt haben, dass du gekommen bist, dein Großvater Edgar ist da drüben und dort sind meine Eltern, die dich als Baby kennengelernt haben. Sie kommen, um dich in ihrer Mitte aufzunehmen. Doch wenn du beginnst, mit allen zu reden, dann kommst du nie von hier fort. Also spute dich."

„Ich liebe euch", sagte ich mit schwerem Herzen.

„Wir lieben dich auch", sagte meine Mutter mit besorgtem Blick. „Nur eine Frage noch. Geht es Lydia und Leandro gut?"

Ich nickte schnell. „Sie sind schon achtzehn Jahre alt und kommen diesen Herbst nach Tennenbode."

Meine Mutter lächelte erleichtert. Dann winkte sie mir noch einmal zum Abschied und ich sah zu, wie die beiden Lichtbälle, die meine Eltern begleiteten, in der Dunkelheit verschwanden. Ich wandte mich Adam zu.

„Wir schaffen das“, sagte er eindringlich. „Du schaffst das.“

Ich wusste, dass er mir Mut zusprechen wollte, doch ich hatte keine Ahnung, ob ich das wirklich konnte. Mittlerweile waren die Lichter näher gekommen und ich erkannte Cecilia, die mir zuwinkte.

Ich wollte sie gern umarmen und mich bei ihr entschuldigen für alles, aber ich konzentrierte mich nur auf Adam, wohl wissend, dass wir sonst für immer hierbleiben würden.

„Lass uns gehen“, sagte Adam angespannt, denn ich wusste, dass er keine Ahnung hatte, wie das funktionieren sollte. Jetzt kam es auf mich an.

Ich umfasste fest seine Hände und schloss die Augen. Dann amtete ich tief ein und aus und konzentrierte mich, während ich alles verinnerlichte, was mir Sedonie und meine Großmutter beigebracht hatte.

Ich leerte meinen Kopf und dachte nur noch daran, dass ich zu Sedonie zurück wollte. Sie war mein Anker und der nächste Punkt, den ich ansteuern musste. Ich visualisierte sie und stellte mir ihre Gestalt vor. Dann dachte ich an die vielen Dinge, deretwegen ich zurückkehren wollte, an meine Geschwister, an meine Großmutter und an meinen Körper, der in den Drachenhöhlen lag und auf mich wartete. Der Gedanke an die Drachen durchströmte mich lebendig.

„Wo bist du, Sedonie?“, sagte ich und versuchte sie zu erspüren. „Sedonie“, rief ich, doch ich spürte nichts.

Ich umfasste Adams Hände noch fester und rief noch einmal nach Sedonie, dann sprang ich einfach in die Höhe. Es war schwer und es tat weh, ich fühlte mich plötzlich zu den Lichtbällen am Boden hingezogen. Mein Kopf schmerzte und ich riss die Augen wieder auf. Doch ich konzentrierte mich weiter auf das Gesicht von Sedonie und rief immer wieder ihren Namen.

„Komm“, sagte ich zu Adam, und meine Stimme klang gehetzt. „Wir müssen zurück. Deine Brüder brauchen dich und ich brauche dich.“

Ich dachte an alles, was mir im Leben etwas bedeutete. Meine Geschwister, meine Großmutter, meine Freunde, Gregor König und die Drachen, und ich spürte, wie ich mich langsam in Bewegung setzte. Es kostete mich unendliche Kraft, nach oben zu steigen, der Schmerz wurde immer stärker. Adam zog schwer an meiner Hand.

„Hilf mir, Adam“, keuchte ich. „Denk an alles, weswegen du zurück willst. An deine Brüder, an deine Ehre, deine Rache. Egal was, nur tue es jetzt.“ Der Schmerz in meinem Kopf schwoll unerträglich an.

„Sieh mich an“, sagte Adam, und ich öffnete die Augen. „Ich denke an unsere Zukunft, an unsere Liebe und an die Kinder, die wir haben werden.“ Mein Blick verlor sich in seinem und das heftige, warme Glück pulsierte zwischen uns, stark und rein, kräftig und lebendig. Der Kopfschmerz wurde schwächer.

„Sedonie“, rief ich erneut und spürte die Bewegung. Der kleine Lichtball, der Adam bisher begleitet hatte, löste sich langsam von ihm, blieb zurück und sank zu Boden.

Die Lichtbälle verblassten langsam. Jetzt waren wir in der absoluten Dunkelheit angelangt, in der nicht zu erkennen war, wo oben und unten war. Nur eines spürte ich deutlich, und das war der feste Händedruck von Adam und ich spürte die vertraute Nähe zwischen uns.

„Sedonie“, rief ich erneut, während wir uns durch die Dunkelheit bewegten und ich verzweifelt nach ihrem Licht Ausschau hielt. Das Zeitgefühl entglitt mir und die Angst, im Nirgendwo verloren zu gehen, wurde immer stärker.

„Wir schaffen das“, sagte ich.

„Gemeinsam schaffen wir alles“, sagte Adam voller Überzeugung, und seine Worte gaben mir wieder Mut.

Wieder und wieder rief ich Sedonies Namen und hoffte, dass wir auf dem richtigen Weg waren.

„Ich liebe dich“, sagte Adam leise.

Der Kopfschmerz wurde wieder stärker und ich spürte, wie

es Adam schlechter ging, wie der Druck seiner Hand schwächer wurde und er immer einsilbiger antwortete. Panik stieg in mir auf und ich rief immer wieder verzweifelt nach Sedonie. Und dann sah ich ein kleines Licht.

„Da ist Sedonie“, sagte ich aufgeregt und zeigte hinauf zu dem kleinen Punkt. „Wir schaffen das, Adam, wir schaffen das.“ Er wurde immer schwerer an meiner Hand, aber langsam und stetig wurde der helle Punkt größer und größer. Ich spürte, wie ich am Ende meiner Kräfte angelangt war.

„Gleich haben wir es geschafft“, sagte ich wieder.

Bald waren wir so nah gekommen, dass ich eine Gestalt neben dem Lichtball erkennen konnte und das weiße Gewand erkannte, in das sich Sedonie hüllte, seitdem sie zu den Heiligen Jungfrauen gezogen war.

„Endlich“, hörte ich sie erleichtert sagen und nach mir greifen. „Du warst eine Ewigkeit verschwunden.“

„Jetzt bin ich ja wieder da“, sagte ich matt, als wir nach oben schossen und das Licht wiederkehrte. Die Dunkelheit wich und ich umfasste Adams Hand fester, um ihn nicht zu verlieren. Ich sah zu ihm und sah, dass er mich schwach angrinste.

„Wir müssen nach oben, um das Ritual durchzuführen und eure Körper wieder mit euren Seelen zu verbinden“, sagte Sedonie knapp und wirkte gehetzt.

Ich spürte, wie ich immer müder wurde, während wir in den Nebel eindrangen und der Fluss der Worte mich umspülte und Satzfetzen an mein Ohr schleuderte.

Das Rauschen wurde lauter und lauter und plötzlich wurde es hell und leise und ich sah die Heiligen Jungfrauen auf uns warten.

Doch ich war mit einem Mal so müde und spürte, wie ich meine Augen kaum noch offen halten konnte. Das Letzte, was ich fühlte, war, wie mir der schwache Druck von Adams Händen endgültig entglitt und besorgte Stimmen an mein Ohr drangen. Dann wurde alles wieder dunkel.

Das Erwachen

Ich schlug die Augen auf und sah an die Decke meines Zimmers in der Steingasse. Die Vögel zwitscherten fröhlich vor den weit geöffneten Fenstern und der Wind trug eine sanfte Sommerbrise herein, in der der Duft von Blumen lag.

Es war so echt und schön, dass ich tief Luft holte und fasziniert aus dem Fenster sah, wie der Wind in die Blätter der Rotbuche fuhr. Eine Biene summte laut in mein Zimmer, drehte eine Runde um die Deckenlampe und brummte wieder hinaus.

Ich fasste mit den Händen nach dem Bettlaken und es fühlte sich echt an. Nirgendwo war Nebel oder zu viel Licht.

Vorsichtig setzte ich mich auf und stöhnte plötzlich, weil ein scharfer Schmerz in meinen Kopf schoss. Ich hörte leise Schritte nahen und meine Großmutter kam herein.

„Bin ich in einem Traum oder ist das echt?“, fragte ich heiser, als ob das jetzt von besonderer Wichtigkeit wäre.

„Es ist echt“, sagte sie. Ich nickte träge und ließ mich zurück auf mein Kissen sinken.

Es gab nur eine Sache, die jetzt wirklich wichtig war, und das war, ob sich mein Einsatz gelohnt hatte.

„Lebt Adam noch?“, fragte ich und sah meine Großmutter verzweifelt an, während meine Augenwinkel nervös zuckten.

Die Zeit, in der meine Frage verklang und meine Großmutter langsam den Mund öffnete, um mir eine Antwort zu geben, schien sich zu einer quälenden Ewigkeit auszudehnen. Ich wollte es hören und doch fürchtete ich die Antwort. Einen Moment lang zog ich es sogar in Betracht, einfach hinauszurennen und das Wissen um die Wahrheit noch eine Weile hinauszuzögern.

Doch obwohl meine Beine zuckten, blieb ich in meinem

Bett liegen.

„Er lebt noch“, sagte meine Großmutter, und ich stieß keuchend die Luft aus.

„Und ist seine Seele in seinen Körper zurückgekehrt?“, fragte ich atemlos.

Meine Großmutter nickte schnell. „Ja, das ist sie. Er ist letzte Woche aufgewacht und erholt sich ganz langsam wieder.“

Die Worte perlten durch mich hindurch wie ein erquickendes Labsal, meine Mundwinkel zogen sich ganz automatisch nach oben und Tränen der Erleichterung schossen in meine Augen.

Ich spürte, wie meine Hände vor Aufregung zitterten und wie ich keine Worte mehr fand.

„Er ist hier“, sagte sie schließlich leise. „Er ist seit Tagen hier und wartet darauf, dass du endlich aufwachst. Adam“, rief sie in Richtung der Küche, und ich hörte erneut Schritte.

Mit großen Augen sah ich in Richtung des Flurs, mein Herz raste plötzlich, und als Adam im Türrahmen erschien, groß, dunkelhaarig und atemberaubend schön, entwich mir ein heiseres Keuchen. Er war schmaler geworden, Schatten lagen unter seinen Augen, doch ich sah nur seinen leuchtenden und brennenden Blick.

Mit wenigen Schritten durchmaß er den Raum und ließ sich auf meiner Bettkante nieder, während ich ihn unablässig ansah. Meine Großmutter schloss leise die Tür, ließ uns allein und er legte sich ganz vorsichtig neben mich.

„Adam“, flüsterte ich matt und mit schwerer Stimme. Ich zwinkerte ungläubig, weil mir immer noch nicht ganz klar war, ob ich wach war oder träumte oder vielleicht sogar in einer täuschend echten Vision gefangen war. Auch er war erstarrt, genauso wie ich, so als ob wir beide fürchteten, dass dieser Moment nicht real war. Ich bemerkte eine Tiefe und einen Schmerz in seinen Augen, die vorher nicht da gewesen waren. Er sah aus, wie ich ihn in Erinnerung hatte, jedes Detail war unverändert, der Schwung seines Kinns, der Bogen seiner

Stirn, und selbst der besorgte Zug um seine Lippen war noch derselbe. Er lag neben mir, ohne mich zu berühren, groß und verlässlich, wie er es immer für mich gewesen war.

„Selma“, flüsterte er, und als er meinen Namen sagte und ich tatsächlich seine Stimme hörte, begann ich zu zittern. Er nahm meine Hand in seine und wir verharrten kurz, während ich die Wärme seiner Berührung auf meiner Haut spürte.

Ich wollte mich aufrichten, doch ich zuckte vor Schmerz zusammen, und ein gequälter Laut entwich mir.

„Bleib liegen“, sagte Adam besorgt.

Ich sank wieder auf mein Kissen zurück und schloss erschöpft meine Augen.

Als ich meine Augen das nächste Mal öffnete, mussten Stunden vergangen sein. Das Licht kam aus einer anderen Richtung und ich stellte fest, dass ich mich schon viel besser fühlte, kräftiger, und auch der Kopfschmerz schien verklungen zu sein. Die Nachmittagssonne fiel durch das dichte Blätterdach der Bäume und tauchte mein Zimmer in ein warmes Licht. Ich verharrte eine Weile und beobachtete das Schattenspiel an der Wand, das eine so schlichte Schönheit hatte, dass ich meinen Blick nicht abwenden konnte. Ich sah mich um und bemerkte, dass ich allein war. Die Tür zu meinem Zimmer stand offen und aus der Küche drang leise und besorgt Adams Stimme zu mir. Er war da. Ich lächelte still. Dann erhob ich mich mühsam und spürte deutlich, wie wackelig ich noch war.

Doch ich schaffte es, aufzustehen, und tapste ins Bad hinüber. Ich brauchte eine heiße Dusche und einen starken Kaffee, dann würde ich schon wieder auf die Beine kommen.

Während das heiße Wasser über meinen Rücken floss, schloss ich die Augen und genoss dieses Gefühl, als ob ich das erste Mal in meinem Leben eine Dusche nehmen würde. Nach einer gefühlten Ewigkeit verließ ich die Dusche wieder, zog mir eine Jeans und ein grünes T-Shirt über und stellte fest, dass es mir schon viel besser ging.

Dann ging ich zurück in mein Zimmer und war nicht mehr allein. Adam saß auf der Kante meines Bettes und sah mich mit einem überwältigenden Lächeln an. Er lächelte so strahlend, dass ich einen Moment vergaß, zu atmen. Doch ich wurde schnell wieder daran erinnert, als er aufstand und zu mir kam.

„Endlich“, flüsterte er erleichtert.

„Bist du es wirklich?“, fragte ich ungläubig.

„Es fühlt sich zumindest sehr real an“, sagte er schmunzelnd und kam noch ein wenig näher, sodass ich seinen warmen Atem auf meiner Wange spüren konnte. Die Empfindung kam nicht plötzlich und dennoch keuchte ich überrascht, als mir das Kribbeln in den Kopf und in den Bauch schoss. Ganz unwillkürlich breitete sich ein ungläubiges Lächeln auf meinem Gesicht aus.

„Es ist das Beste, was ich je gefühlt habe“ sagte ich leise. „Dich zu verlieren, war ...“ Ich zögerte und versuchte Worte für das Leid zu finden, das ich gefühlt hatte. „Es war das tiefste Tal, das ich je durchschritten habe. Der dunkelste Punkt in meinem bisherigen Leben, und ich habe schon einige tiefschwarze Stellen vorzuweisen.“

„Es ist vorbei“, sagte Adam sofort, und sein ernster Blick vertrieb das dunkle Gefühl wieder.

„Ja“, sagte ich schnell. „Es ist endlich vorbei.“

„Wir konntest du das nur tun?“, flüsterte er. Doch er sagte es ohne den Vorwurf, dass es nicht richtig gewesen wäre. Sein Blick bannte mich, fesselte mich mit seiner tiefen Intensität. „Es war unverantwortlich, du bist gestorben, um bei mir zu sein.“

„Wie ich das tun konnte?“, sagte ich, nahm seine Hand und schmiegte sie an meine Wange. Dann genoss ich die Lebendigkeit, die mich immer mehr und mehr durchströmte. „All die Monate habe ich nur gelebt, weil ich die Hoffnung hatte, dass du bald wieder zu mir kommen würdest“, sagte ich ehrlich. „Nur dieser Gedanke hat mich all die Monate davon abgehalten, zu verzweifeln. Als Alke mit dem Elixier geflüchtet ist, war diese Hoffnung unwiederbringlich zerstört. Ich wusste, dass ich ohne dich nicht leben konnte und wollte. Es gab nur diesen Weg." Ich sah ihm tief in die Augen. „Ich musste wieder mit dir zusammen sein, und wenn es in diesem Leben nicht sein sollte, dann wäre ich lieber im Totenreich mit dir zusammen gewesen als gar nicht."

„Ich liebe dich, Selma", sagte Adam eindringlich und beugte sich näher zu mir hinab. „Du hast mir dein Leben geschenkt. Mehr kann man nicht geben für den, den man liebt. Ich liebe dich dafür, dass du mich nicht aufgegeben hast, und auch dafür, dass du dich selbst nicht aufgegeben hast. Du hättest dir von deiner Großmutter Knollenbeeren geben lassen können, um den Schmerz zu vergessen und dein Leben weiterführen zu können."

„Ich hätte dich aufgeben sollen?", sagte ich ungläubig und empört.

Adams Mundwinkel zuckten. „Ich liebe dich dafür, dass du all das für mich getan hast", sagte er wieder ernst. „Auch wenn es das Irrsinnigste, Gefährlichste und Dümmste war, was du je angestellt hast." Er überwand die letzten Zentimeter, zog mich fest in seine Arme und küsste mich. Sein Kuss war nicht sanft, sondern stürmisch und verzehrend. Ich spürte seinen Körper überall und ich spürte meine heftige Reaktion auf seine Nähe. Mir wurde schwindelig und zugleich fühlte ich mich leicht und schwerelos, während seine Lippen auf meinen lagen, und ich wollte, dass dieser Moment niemals endete, dieser perfekte Moment.

„Ich liebe dich", flüsterte ich, als wir Luft holten. „Du darfst mich nie wieder verlassen. Noch einmal überstehe ich das nicht."

Adam hob die Hand und die Tür zu meinem Zimmer fiel zu und das Schloss verriegelte sich. Dann zog er mich zu meinem Bett hinüber und wir ließen uns darauf nieder, eng aneinandergeschmiegt.

„Ich hatte nie vorgehabt, dich allein zu lassen", sagte er düster und ohne unseren Körperkontakt zu unterbrechen. „Der Angriff des Latorios-Drachen kam absolut überraschend. Ich habe nicht damit gerechnet, dass er in Tennenbode auftauchen würde, und dass Alke Baltasar hinter alldem steckt, ist natürlich besonders bitter."

„Es ist bitter, dass sie mich hereingelegt hat", sagte ich. „Es ist auch bitter, dass ich ihr das Wundermittel geliefert habe, um Baltasar wieder zu heilen. Wie konnte ich nur so dumm sein und ihr überhaupt vertrauen."

„Selma", sagte Adam und zog mich fester in seine Umarmung. „Ihr Plan war so perfide, dass man schwer damit rechnen konnte. Es ist nicht deine Schuld. Es ist allein ihre Schuld."

Ich seufzte. „Es ist so viel passiert. Ich weiß gar nicht, wo ich anfangen soll, dir davon zu erzählen."

„Torin hat mir schon ausführlich von allem berichtet", sagte Adam leise. „Ich bin schon eine Woche vor dir aufgewacht und wir hatten genug Zeit, alle Details durchzugehen, während ich darauf gewartet habe, dass du endlich wieder zu dir kommst. All die Monate habe ich verpasst. Doch darum geht es mir gar nicht. All die Monate warst du allein und ich konnte dich nicht beschützen." Daran, wie er die Lippen zusammenpresste, wurde mir augenblicklich klar, dass ihn das am meisten störte.

„Torin hat auf mich aufgepasst und er hat sich nicht schlecht geschlagen", sagte ich schmunzelnd. Dann wurde meine Miene ernst.

„Ist alles in Ordnung?", fragte Adam sofort besorgt.

„Ja", entgegnete ich. „Und auch nein. Es war alles so knapp, so riskant, es war ein absoluter Zufall, dass ich mit dir gemeinsam aus dem Totenreich zurückkehren konnte."

„Du hast wieder einmal dein unschlagbares Talent bewiesen, zur richtigen Zeit am richtigen Ort zu sein und unbeschadet aus all dem Chaos hinauszuspazieren", sagte Adam, und seine Augen funkelten.

„Ich hatte unheimlich viel Glück und es haben mir auch viele Leute geholfen“, sagte ich.

„Nein“, sagte Adam eindringlich. „Mittlerweile glaube ich nicht mehr daran, dass das alles Glück gewesen sein soll. Selbst Alke Baltasar ist ja aufgefallen, dass du ein besonderes Geschick dabei hast, Gegenstände aufzustöbern und Geheimnisse zu lösen.“

„Es kann auch alles Zufall gewesen sein“, widersprach ich. „Aber ich glaube kaum, dass da noch mehr dahintersteckt. Es kommt doch auch oft auf die richtige Motivation an. Auf der Suche nach dem Elixier von Jericho hätte ich doch schon viel eher aufgeben können und dann hätte ich es nie gefunden. Doch ich habe nie aufgegeben, auch wenn ich manchmal daran gezweifelt habe, ob es wirklich dort versteckt ist. Ich stecke einfach so viel Energie in diese Dinge, weil ich einen wichtigen Grund habe, und der bist du.“ Ich sah Adam tief und ernst an und schob eine Strähne seines dunklen Haares aus seiner Stirn.

„Vermutlich ist das die Erklärung“, sagte er nachdenklich, doch ich spürte, dass er diesen Gedanken weiterverfolgen würde. Dann wechselte er plötzlich das Thema. „Ich muss mich für das Verhalten meiner Mutter bei dir entschuldigen. Torin hat mir erzählt, dass sie dich für alles verantwortlich machen wollte und dass sie dich sogar beim Senatorenhaus angeschwärzt hat. Es tut mir wirklich leid. Ich habe ihr unmissverständlich klargemacht, dass ich dich liebe und dass ich es dir verdanke, dass ich überhaupt noch am Leben bin.“ Er seufzte erneut und ich ahnte schon, dass Adams Mutter kein offenes Ohr für dieses Gespräch gehabt haben konnte. „Die Ereignisse haben sie sehr schockiert und sie hat einen Schuldigen für alles gesucht, den sie hassen konnte.“

„Ihr habt ihr sicher von Alke erzählt“, erwiderte ich. „Damit hätte sie doch endlich einen Schuldigen für all das Elend.“

„Natürlich haben wir ihr davon erzählt“, erwiderte Adam, ließ sich auf mein Bett sinken und zog mich in seiner Umarmung mit hinab. „Doch sie hat sich schon im vergangenen Sommer geweigert zu glauben, dass ich Baltasar im Kampf gegenübergetreten bin. Vermutlich kann sie nicht verstehen, dass ein ehrwürdiges Mitglied einer der Königsfamilien zu so einem Verhalten fähig ist. Sie hat beschlossen, dass das alles eine riesige Lüge sein muss. Sie glaubt nicht einmal Torin, Ramon oder Lennox. Sie hat den Druiden für meine Heilung gedankt. Natürlich haben die Druiden und auch deine Großmutter dafür gesorgt, dass mein Körper überhaupt so lange am Leben bleibt, aber das Entscheidende haben nicht sie vollbracht, sondern du." Er küsste mich zart, dann wurde sein Kuss drängender und ich spürte, wie er mich fester an sich zog, wie sein Herz ganz nah an meinem schlug.

„Ich habe dich so sehr vermisst", seufzte ich, während seine Lippen an meiner Wange entlang zu meinem Hals wanderten und die zarte Spur sanfter Küsse ein süßes Beben in mir auslöste.

„Ich werde nicht mehr von deiner Seite weichen", versprach er. „Nie wieder."

„Versprich nicht etwas, was du nicht halten kannst", sagte ich leise.

Adam hielt inne und sah mich mit einem leidgeplagten Blick an.

„Ich wünschte, ich hätte dir all das ersparen können", sagte er leise und strich mit einem Finger sanft über meinen Arm. „Ich wünschte, ich könnte es auslöschen und ungeschehen machen."

„Das steht weder in deiner noch in meiner Macht", sagte ich bedauernd.

In diesem Moment hörte ich Stimmen im Flur.

„Wer ist das?", fragte ich, denn ich wollte den Moment mit Adam nicht unterbrechen.

Adam seufzte. „Ich bin nicht der Einzige, der darauf gewartet hat, dass du wieder aufstehst." Er setzte sich auf. „Außerdem sollten wir aufstehen, du musst etwas essen, damit du wieder zu Kräften kommst."

In diesem Moment erkannte ich die Stimmen von Lorenz und Shirley in der Küche, Geschirr klapperte und Liana lachte.

Ich stand auf und ging gemeinsam mit Adam in die Küche hinüber.

„Hi", sagte ich leise, als ich in die Küche trat. Lorenz und Shirley saßen schon am Tisch, Liana holte gerade eine Flasche Milch aus dem Kühlschrank und meine Großmutter hantierte noch an der Kaffeemaschine. Doch meine leise Begrüßung ließ alle erstarren.

„Na, endlich", sagte meine Großmutter erleichtert, kam zu mir und schloss mich fest in ihre Arme.

„Es geht mir gut", sagte ich und erwiderte ihre Umarmung.

„Ja", entgegnete sie. „Und das ist ehrlich gesagt ein Wunder."

„Ich weiß", sagte ich. „Ich habe unglaublich viel Glück gehabt."

„Nicht nur Glück", sagte meine Großmutter. „Dieses Mal kannst du es nicht darauf schieben. Du bist nicht nur selbst aus dem Totenreich zurückgekehrt. Du hast auch noch Adam mitgebracht. Das erfordert Können und Kraft, und außerdem ist es ein Wunder."

„Ja", sagte ich nachdenklich, während meine Großmutter mich aus ihrer Umarmung entließ und die Kaffeemaschine anschaltete. „Es war tatsächlich ein Wunder." Während der Gedanke durch meinen Kopf rauschte, wie knapp Adam und ich dem Tod entkommen waren, stellte ich zugleich einige ungewöhnliche Dinge fest, die mir beim Aufwachen nicht bewusst geworden waren.

Das Drachenrennen war Mitte Mai gewesen und auch wenn ich schon zwei Wochen in Belara verbracht hatte, so war in Schönefelde erst der Frühling zu Ende gegangen. Doch draußen im Garten blühten schon die ersten Sommerstauden und die Blätter hatten ihr helles Grün gegen einen dunkleren Ton getauscht.

„Welcher Tag ist heute?“, fragte ich heiser, als ob das jetzt von besonderer Wichtigkeit wäre.

„Der zwanzigste Juni“, sagte Liana, als ob sie froh war, eine einfache Antwort geben zu können.

„Fast ein Monat ist vergangen“, sagte ich erschrocken.

Adam war sofort bei mir und zog mich zu sich auf einen Stuhl.

„Ach, Süße“, sagte Liana und nahm meine Hand.

„Wie konntest du nur?“, sagte Lorenz vorwurfsvoll. „Ich habe den Schock meines Lebens bekommen und gedacht, wir sehen uns nie wieder.“

„Ich hatte keine Wahl“, sagte ich entschuldigend, während mich alle erwartungsvoll ansahen.

„Du hast dich einfach ins Totenreich davongestohlen, ohne jemandem Bescheid zu sagen“, sagte meine Großmutter. „Gregor König hat dich am nächsten Vormittag leblos und völlig unterkühlt gefunden.“

„Am nächsten Vormittag?“, fragte ich ungläubig.

„Ja“, sagte Shirley grinsend. „Er meinte, die Drachen wären die Strecke in Rekordzeit und in einem Zug durchgeflogen. Sie waren wohl sehr beunruhigt über die Begegnung mit dem Latorios-Drachen und konnten es nicht erwarten, sich wieder in Akkanka in Sicherheit zu bringen.“

„Wirklich?“ Ich musste schmunzeln, als ich mir vorstellte, mit welchem Unglauben Gregor König diese sportliche Höchstleistung quittiert haben musste, und das, nachdem die Drachen beim Hinflug so getrödelt hatten.

„Das war keineswegs lustig“, sagte meine Großmutter ernst. „Gregor König hat mich sofort gerufen. Er war außer sich vor Sorge, als er dich dort so gefunden hat. Glücklicherweise war wenigstens ich wieder bei Bewusstsein und mein Zustand war halbwegs stabil.“

Adam legte seinen Arm um mich und ich sah ihn lange an. „Ich konnte nicht anders“, sagte ich leise.

Dann sah ich zu meiner Großmutter hinüber. „Ohne deinen Hinweis hätte ich das nicht geschafft", sagte ich, und meine Großmutter erstarrte regelrecht. „Ich danke dir."

„Du hast sogar Adams Seele retten können", wiederholte sie ungläubig. „Ich habe immer noch keine Ahnung, wie du das angestellt hast. Ich hatte keine Ahnung, dass das überhaupt möglich ist."

„Es war Mamas Idee", sagte ich, und jetzt lächelte ich, als ich an die Begegnung mit ihr zurückdachte. „Ich habe sie beide getroffen, Mama und Papa."

Die Wangen meiner Großmutter färbten sich jetzt rosa.

„Natürlich", murmelte sie. „Sie haben sicher deine Anwesenheit gespürt. Aber es ist mir immer noch nicht klar, wie das funktioniert hat."

„Es war nur ein sehr kurzes Wiedersehen, aber Mama hatte die Idee, dass wir noch eine Verbindung zu unseren Körpern haben und beide zurückkehren können. Außerdem meinte sie, die Verbindung zwischen Adam und mir wäre sehr stark, und als angehender Geistläufer könnte es mir vielleicht sogar gelingen, ihn mitzunehmen."

„Mmh", meinte meine Großmutter nachdenklich. „Das wäre möglich, aber du musstest das Doppelte der Kraft aufwenden, um euch da herauszuholen. Es ist eigentlich nicht möglich, auch Sedonie begreift nicht, wie dir das gelingen konnte."

„Es hat aber funktioniert", erwiderte ich. Ich wusste doch auch nicht, warum das Unmögliche geklappt hatte.

„Du warst schon sehr schwach", warf meine Großmutter ein. „Euer beider Leben hing an einem seidenen Faden, Sedonie hat eure Seelen in letzter Sekunde wieder mit euren Körpern verbunden. Die Anstrengung war beinahe zu viel für dich. Seit einer Woche warten wir nun schon darauf, dass du wieder zu Bewusstsein kommst. Es ist gut, dass du aufgewacht bist, sonst hätte ich dich bald nach Themallin gebracht."

„Kein Wunder, dass ich mich so wackelig auf den Beinen fühle", erwiderte ich. Als ob das ihr Stichwort war, schob mir Shirley eine Tube Blutwurzpaste zu und meine Großmutter stand auf, um Rührei zu braten und Marmeladenbrötchen für mich zu schmieren.

„Habt ihr etwas von Baltasar erfahren?“, fragte ich.

„Nein“, sagte Adam gepresst, und ich hörte die unterdrückte Wut in seiner Stimme. „Niemand hat ihn gesehen, weder ihn noch Alke oder die Morlems. Auch der Latorios-Drache wurde nirgendwo gesichtet. Sie sind wie vom Erdboden verschluckt.“

„Wir wissen also nicht, ob das Elixier von Jericho ihn geheilt hat?“

„Nein“, sagte Liana und schüttelte den Kopf.

„Ich fasse es immer noch nicht, dass Nuria eigentlich Alke gewesen ist“, sagte Lorenz mit großen Augen. „Sie hat uns allesamt hinters Licht geführt.“

„Das hat sie allerdings“, sagte meine Großmutter und stellte einen vollen Teller vor mich. „Aber sie ist allen aus dem Weg gegangen, die sie hätten erkennen können. Vermutlich hat sie deshalb sogar in Akkanka gewohnt, wo ihr Parelsus nicht begegnen konnte.“

„Allerdings“, erwiderte ich und begann hungrig von den Marmeladenbrötchen zu essen. „Er hätte sie mit Sicherheit erkannt.“

Während ich kaute, fiel mir auf, wie echt sich alles anfühlte, der Hunger, der Geschmack der Erdbeermarmelade in meinem Mund, der in tausend Aromen zerstob. Meine Zeit im Totenreich schien nicht spurlos an mir vorbeigegangen zu sein.

„Torin hat gesagt, das Elixier wäre gleichzeitig eine Insignie der Macht, stimmt das?“, fragte Lorenz.

Ich nickte langsam. „Es passt alles zusammen. Das Elixier ist eine Insignie der Macht, oder es ist zumindest eine gewesen. Wenn Baltasar die letzte Perle genommen hat, dann ist es aufgebraucht, und damit hat er es selbst zerstört, was mein einziger Trost ist. Auf dem Weg, die Macht der Patrizier zu brechen, sind wir einen Schritt weitergekommen.“

„Und es war die Insignie eurer Familie?“, fragte Liana.

„Das war sie“, sagte meine Großmutter, die bislang an der

Spüle gelehnt hatte. „Und das, obwohl so viele von dem Elixier wussten und danach gesucht haben."

„Aber sie haben es nie gefunden", sagte ich leise. „Nur jemand aus unserer Familie, der ein so enges Verhältnis zu Musik hat wie wir, konnte das Lied der Wüste hören. Aber es geht mir immer noch nicht in den Kopf, dass es meine eigene Familie gewesen ist, die dieses Verbrechen an den Drachen begangen hat."

„Nicht nur dir", seufzte meine Großmutter.

„Ich bin auch noch völlig durcheinander", sagte Lorenz in diesem Moment. „Ich bin total schockiert von dem, was Alke getan hat, von dem Kampf, den ihr in Belara ausgefochten habt, und davon, dass du ins Totenreich hinabgestiegen bist, und gleichzeitig freue ich mich unbändig, dass ihr wieder hier seid, dass die nächste Insignie der Macht zerstört ist und dass wir einen Hinweis haben, wo wir nach den Mädchen suchen müssen. Ich kann das noch alles gar nicht sortieren."

„So geht es mir auch, Lorenz", sagte ich leise. „Ganz genau so."

„Nicht nur dir", sagte Shirley schnaubend. „Glaubst du, mir geht es anders, ich könnte ständig abwechselnd lachen und heulen. Alke, das Biest, hat uns reingelegt, und zwar richtig hinterlistig. Aber die nächste Insignie ist zerstört. Aber Baltasar lebt vermutlich wieder. Aber ihr zwei seid aus dem Totenreich zurück, aber, aber, aber. Das könnte ich den ganzen Tag fortsetzen."

„Ich glaube, wir brauchen alle etwas Zeit, um das zu verdauen", sagte ich langsam, denn nachdem ich meine Mahlzeit beendet hatte, spürte ich, wie mich eine bleierne Müdigkeit übermannte und ich herzhaft gähnte.

„So ist es." Liana stand lächelnd auf. „Leg du dich mal wieder brav ins Bett."

„Das ist eine gute Idee", pflichtete Adam ihr bei und half mir aufzustehen. Die Müdigkeit hatte sich bis in meine Beine ausgebreitet und selbst die wenigen Schritte bereiteten mir

Probleme.

Als ich wieder ins Bett sank, fiel ich augenblicklich in einen tiefen und traumlosen Schlaf und spürte nur noch weit entfernt, wie Adam mir einen Kuss auf die Wange hauchte.

Bauarbeiten

Ein warmer Wind wehte durch die weit geöffneten Fenster des Studierzimmers und brachte heiße Luft herein. Es war Ende Juli und die Level-3-Prüfungen lagen endlich hinter uns. Heute Vormittag hatten wir die letzten praktischen Tests absolviert und packten nun langsam und gebremst durch die Hitze unsere Sachen zusammen, um in die wohlverdienten Semesterferien aufzubrechen.

Es war erstaunlich einfach gewesen, wieder in den Alltag in Tennenbode einzutauchen. Ich hatte es sogar als heilsam empfunden, gleich am nächsten Montag zurückzukehren und mich nicht länger in dem Gedanken zu verlieren, wie knapp Adam und ich dem Totenreich entronnen waren. Während Adam den Rest des Semesters freigestellt worden war, hatte ich darauf bestanden, den verpassten Stoff aufzuholen und meine Prüfungen wie geplant zu absolvieren.

Die Ereignisse in Belara hatten nach außen hin erst einmal keine hohen Wellen geschlagen. Das Senatorenhaus hatte natürlich davon erfahren. Parelsus wusste über alles genau Bescheid, denn der Bürgermeister von Belara war sofort nach Berlin gereist, um von den Ereignissen zu berichten. Das Wiederauftauchen des Latorios-Drachen hatte Ladislav Ende in Panik versetzt und er hatte nicht nur in Schönefelde und Belara alle Bannzauber wieder errichten lassen, sondern auch in allen anderen Orten, an denen er und seine Familie verkehrten. Überhaupt hatte sich seine Politik etwas relativiert, was vermutlich auch daran lag, dass der „Rote Rächer“ sich als Zeitung etabliert hatte und inzwischen genauso oft wie der „Korona Chronikle“ gelesen wurde. Und nicht nur das. Die Magier schätzten die offene Berichterstattung ihres Lieblingsschriftstellers Konstantin Kronworth, der außerdem Auszüge seiner

Werke mittlerweile nur noch exklusiv im „Roten Rächer“ veröffentlichte.

„Mach doch das Fenster zu“, sagte Shirley mürrisch. „Und dann kühle ich den Raum runter.“

„Nein“, sagte Lorenz entschlossen und schlenderte in Bermudas und Tanktop durch den Raum. „Heute Abend gibt es die exklusive Eis-Party in der Tongasse Nr. 13 und die kann man natürlich nur entsprechend genießen, wenn man vorher viel zu sehr geschwitzt hat.“

„Wenn mein Gehirn nicht kochen würde, könnte ich deiner seltsamen Logik vielleicht folgen“, sagte Shirley unmutig und ging ins Bad hinüber, um noch einmal kalt zu duschen.

„Du kommst aber“, sagte Lorenz und sah mich erwartungsvoll an.

„Natürlich“, erwiderte ich und wischte mir den Schweiß von der Stirn. Seit zwei Wochen brütete eine Hitzewelle über Schönefelde und hatte Lorenz zu dem Thema seiner Semesterabschlussparty inspiriert. Dann schlug ich den „Korona Chronikle“ zu, in dem ich gerade gelesen hatte.

„Und?“, fragte Liana, die auf dem Sofa lag und immer, wenn Lorenz nicht hinsah, das Wasser in ihrem Becher gefrieren ließ und ihn an ihre Stirn hielt. „Gibt es Neuigkeiten?“

„Keine öffentlichen“, erwiderte ich. Nachdem Lennox, Ramon und Torin dem Admiral von den Ereignissen in Belara berichtet hatten und auch die Verwicklungen von Alke Baltasar erklärt hatten, war der Admiral wieder dazu übergegangen, die Suche nach den vermissten Mädchen aufzunehmen und die Baltasars aufzustöbern. Dank des Hinweises der Zwerge konnte er die Suche jetzt auf die in Nordamerika verteilten Orte namens Lincolnville begrenzen. Doch dieses Mal stellte er es geschickter an und sendete immer nur kleine Trupps aus, um nach Spuren zu suchen. Währenddessen war die Schwarze Garde an allen wichtigen Punkten präsent, sodass niemand den Verdacht hegen konnte, dass dem Admiral die Sicherheit vor der eigenen Haustür weniger wichtig war als die weltweite Jagd nach zwei Verbrechern, die offiziell nicht einmal Verbrecher waren. „Weder von Helander Baltasar noch von Alke Baltasar ist die Rede in dieser Zeitung. Dabei hat Parelsus gestern Abend erzählt, dass in der Senatssitzung sehr wohl darüber geredet wurde, welche Gefahr von den beiden und ihrem Drachen ausgeht. Der Admiral macht den Senatoren ordentlich Angst."

„Aber er hat doch recht, wenn er sagt, dass der Latorios-Drache oder die Morlems jederzeit wieder irgendwo auftauchen könnten", sagte ich und stand auf. „Wir wissen nicht einmal, ob das Elixier von Jericho ihn wirklich geheilt hat und ob die eine Perle gereicht hat. Auch Alke ging es gesundheitlich sehr schlecht. Ohne das Elixier oder schnelle medizinische Hilfe kann sie kaum noch am Leben sein, meint meine Großmutter. Und bei den Druiden hat sie sich nicht gemeldet, das wüssten wir."

„Also bleibt alles ungewiss", sagte Liana seufzend.

„Nein", erwiderte ich. „Ladislav Ende weiß jetzt, dass Baltasar irgendwo wieder auftauchen wird, und er hat auch Respekt vor dem Admiral, was sicher auch daran liegt, dass Herr Lilienstein ihn öffentlichkeitswirksam unterstützt."

„Du weißt, dass ihnen klar ist, dass sie belauscht werden", sagte Liana.

Ich nickte eifrig. „Ja, und ich weiß auch, dass sie auf der Suche nach dem Loch sind, durch das all diese Informationen sickern. Parelsus ist da etwas sehr Wirkungsvolles gelungen. Auch wenn er immer noch nicht mit der Sprache herausrücken will, wie er das angestellt hat. Aber seitdem die Senatoren wissen, dass sie ihre Äußerungen bald im ‚Roten Rächer' nachlesen können, agieren sie erstaunlich umsichtig und verantwortungsbewusst."

„Jetzt passiert allerdings erst einmal gar nichts weiter", sagte Lorenz. „Die Sommerpause startet und die Ballsaison beginnt. Da hat keiner mehr Zeit für Politik. Im ‚Korona Chronikle' wird sich alles nur noch darum drehen, wer welches Kleid auf welchem Ball getragen hat. Skara ist schon abgereist, um sich von den Prüfungen zu erholen und sich auf ihre öffentlichen Auftritte vorzubereiten."

„Es geht also wieder einmal um die wirklich wichtigen Dinge im Leben", sagte ich spöttisch. „Gregor König ist schon in hellem Aufruhr. Die Drachen sind immer noch scheu und werden Akkanka vermutlich nicht freiwillig verlassen."

„Skara wird das egal sein", sagte Lorenz schmunzelnd. „Sie hat heute Morgen beim Frühstück nur noch über ihre Regenbogenkollektion bei Gisella Verpocci gesprochen. Und dabei ist Gisella Verpocci ja so was von out, sage ich euch."

Shirley kam aus dem Bad und fröstelte leicht, was Lorenz mit einem befremdeten Gesichtsausdruck quittierte.

„Nicht schummeln!", ermahnte er Shirley. „Bis heute Abend wird geschwitzt."

Shirley nickte schnell und zog die Tür zum Badezimmer schnell hinter sich zu, aus dem verdächtig kalte Luft strömte.

„Ich bin heilfroh, wenn ich Skara nicht mehr sehen muss", sagte sie. „Morgen reisen wir ab."

„Geht ihr auf Weltreise wie geplant?", sagte ich.

„Ja", erwiderte Shirley nachdenklich. „Aber ich werde mit Torin nur eine verkürzte Version der Weltreise unternehmen. Wir treffen uns dann in Nordamerika wie geplant."

„Ich werde mit Dulcia schon morgen abreisen. Von mir aus könnte es jetzt schon losgehen", sagte Liana.

„Nichts da", sagte Lorenz. „Morgen könnt ihr alle losfahren. Heute Abend gibt es eine exklusive Party gestaltet von Lorienne, der Eventagentur, die Partyträume wahr macht." Lorenz zog seine schwere Tasche aus der Tür seines Zimmers. „Und das ist erst der Auftakt in einen fulminanten Partysommer. Wir sind ausgebucht."

„Ihr habt einen neuen Slogan?", fragte ich.

„Man muss aktuell bleiben", sagte Lorenz und lächelte zufrieden, dann schulterte er seine Tasche und begab sich zur Tür. „Wir sehen uns heute Abend zur Eisparty, und nicht schummeln."

„Ja", sagten wir im Chor, und Lorenz winkte uns noch einmal, dann verließ er das Studierzimmer.

Sofort stand Liana auf, schloss die Fenster und ließ einen kalten Wind durch das Zimmer wehen. Das kühle Lüftchen mobilisierte mich und auch ich stand auf.

„Ich werde auch losgehen", sagte ich und warf einen Blick auf mein Gepäck, das schon neben dem Sofa bereit stand. „Meine Großmutter will noch einmal mit mir nach Vinnla reisen. Ich soll bald mein erstes Ritual durchführen."

„Ich komme gleich mit", sagte Liana und holte ebenfalls ihre Tasche aus ihrem Zimmer.

Auch Shirley schloss sich uns an und gemeinsam verließen wir Tennenbode und stiegen die Treppen hinab nach Schönefelde. Dann verabschiedeten wir uns am Marktplatz voneinander und ich machte mich auf den Weg in die Steingasse. Ich freute mich darauf, nach Hause zu kommen, die letzte Prüfungswoche war anstrengend gewesen und ich hatte viel zu wenig Zeit für Adam gehabt. Doch jetzt waren die Prüfungen überstanden und vor uns lagen über zwei Monate freie Zeit.

Beschwingt öffnete ich das eiserne Gartentor, hinter dem sich ein breiter Weg durch den sommerlichen Garten schlängelte, in dem von Efeu umrankt unser Haus stand. Es strahlte eine ruhige Behaglichkeit aus, wie es neben den stämmigen Buchen stand, und das erste Mal verspürte ich nicht das Bedürfnis, Schönefelde im Sommer zu verlassen. Jetzt, wo ich wusste, dass wir auf Kileandros nie wirklich allein gewesen waren, fand ich es seltsam, dorthin zu fliegen. Sedonie hatte versucht, die Heiligen Jungfrauen zu überreden, nach Belara zu ziehen und zumindest ein wenig am sozialen Leben teilzunehmen. Doch sie konnte sie nicht damit locken und so war sie schließlich selbst dortgeblieben.

Nachdenklich öffnete ich die Eingangstür und trat in den kühlen Flur des großen, zweistöckigen Hauses.

Ich spürte sofort, dass da etwas war, und das Gefühl hatte

sich noch weiter verstärkt. Seitdem Adam wieder bei mir war und ich die Stachelfunkienessenz nicht mehr nehmen musste, waren meine Kräfte in rasanter Geschwindigkeit zurückgekehrt, und das war ein berauschendes und beruhigendes Gefühl zugleich.

Auch die Ausbildung zum Geistläufer hatte meine Sensibilität erhöht, die durch meinen Abstieg in das Totenreich ohnehin auf einem dauerhaft hohen Level lag.

Die Professoren waren in den praktischen Prüfungen mit mir sehr zufrieden gewesen, obwohl ich bisher noch keine Drossel zum Leben erweckt hatte. Doch das lag eher daran, dass ich es noch nicht probiert hatte, denn vor dieser Übung hatte ich wirklich Respekt.

Ich spürte in das Haus hinein, doch Adam war nicht unten. Ich stellte meine Tasche im Flur ab und lief die Treppe zum Obergeschoss hinauf.

Als ich die Tür öffnete, staunte ich nicht schlecht. Der Flur leuchtete weiß und aus der offenen Küche drang mir Kaffeegeruch entgegen.

„Da bist du ja endlich“, sagte Adam erfreut, als er mich sah, stand auf und schloss mich fest in seine Arme. Er trug eine Jeans und ein dunkles T-Shirt, das eng an seiner muskulösen Brust anlag. „Wie waren die Prüfungen?“

„Du hast mir gefehlt“, seufzte ich wohlig, und trotz der Hitze genoss ich die Wärme seines Körpers. „Die Prüfungen sind gut gelaufen. Dieses Mal kann der Nöll nicht meckern, ich habe alle Aufgaben hervorragend erledigt. Ich habe alle Gesteinsarten aus dem Wasser herausgefiltert, die er versteckt hat. Selbst das Mikrogramm Goldstaub habe ich gefunden.“

„Ich bin stolz auf dich und neidisch bin ich auch“, sagte er schmunzelnd. „Du durftest wenigstens Level 3 mit echter Leistung erwerben, während mir Frau Professor Espendorm diesen Abschluss ehrenhalber verleiht.“

„Sei doch froh“, erwiderte ich. „Dann musst du das Jahr nicht wiederholen und wir haben auch weiterhin gemeinsam unsere Vorlesungen, schließlich gehörst du auch zu dem Kreis der Auserwählten, die das fünfte Element beherrschen."

„Das ist das einzig Gute daran", seufzte Adam und trat zu der frisch eingebauten Küchenzeile. Eine Kaffeemaschine stand schon bereit und er schenkte mir eine Tasse Kaffee ein und reichte sie mir.

„Wir kommst du voran?", fragte ich und sah mich um. Der Raum war frisch gestrichen, Folien lagen herum und Farbkleckse klebten überall. „Wenn du mit Magie arbeiten würdest, wärst du längst fertig."

„Das stimmt", erwiderte er langsam. „Aber es tut mir gut, zu arbeiten. Es hilft mir, meine Gedanken zu sortieren."

Ich nickte, ohne viel dazu zu sagen, denn ich wusste genau, was er meinte. Unser Aufenthalt im Totenreich hallte immer noch nach und bei Adam noch bei Weitem mehr als bei mir. Wir hatten beide im vergangenen Jahr Schlimmes erlebt und das hatte Spuren hinterlassen. Immer wieder versanken wir ganz unverhofft in Gedanken. Während Adam mit der Verzweiflung konfrontiert wurde, die er im Totenreich empfunden hatte, dachte ich immer wieder an die Zeit zurück, in der ich glaubte, dass ich Adam für immer verloren hatte. Wir waren beide noch lange nicht darüber hinweg, doch unsere Beziehung hatte dadurch noch mehr Tiefe gewonnen. Wir verstanden uns ohne Worte und wir genossen jeden Moment, den wir miteinander verbrachten, so intensiv, wie es nur möglich war.

„In zwei Wochen werde ich fertig sein. Dann können deine Geschwister einziehen und danach können auch wir nach Nordamerika aufbrechen. Wir werden dann gemeinsam mit Torin eintreffen."

„Ich kann dir nicht genug dafür danken, dass du das für uns tust", sagte ich und sah mich noch einmal um. „Dabei solltest du dich eigentlich noch schonen."

„Es geht mir schon wieder ganz gut", seufzte Adam. „Die Druiden haben hervorragende Arbeit geleistet. Die vielen Monate, in denen ich gelegen habe, haben mir nicht viel angehabt.

Doch der Admiral will mich erst wieder einsetzen, wenn ich absolut gesund bin. Auch Frau Professor Espendorm ist der Meinung, dass es besser für mich ist, wenn ich mich noch von meiner langen Krankheit erhole."

„Du meinst, du braucht diese Schonung gar nicht", sagte ich schmunzelnd.

„Zumindest nicht so viel davon", knurrte Adam missmutig. „Ich bin fit genug, um am normalen Leben teilzunehmen. Das Nichtstun liegt mir nicht und das Renovieren beschäftigt mich, aber es erfüllt mich nicht." Ich betrachtete Adams angespannte Züge und musste dennoch lächeln, so froh war ich einfach nur über die Tatsache, dass wir hier standen und gemeinsam Kaffee trinken konnten.

„Es ist nur für eine kurze Zeit", sagte ich. „Ich verstehe, dass du nach der langen Zeit ungeduldig bist. Aber wenn du jetzt den Morlems gegenübertreten würdest, wäre es ein Leichtes für sie, dich zu töten, und nach all der Mühe, die es gekostet hat, dich aus dem Totenreich zu befreien, kann ich nicht riskieren, dich so schnell wieder zu verlieren."

Adam zögerte kurz, dann nickte er langsam. „Du hast recht", erwiderte er sanft, und der dunkle Klang seiner Stimme war wie eine Melodie in meinem Ohr, von der ich niemals genug bekommen würde, egal wie oft ich sie hörte.

„Natürlich habe ich das", sagte ich lächelnd und sah ihn an. Seine dunkelblauen Augen leuchteten, und ehe ich es mich versah, lag ich in seinen Armen und seine Lippen verschlossen meine mit einem ungeduldigen Kuss.

Epilog

Kleine blaue Drachen aus Licht ringelten sich in der Luft und tobten durch das Schneegestöber im großen Wohnzimmer. Sie rasten ein paar Runden um Lorenz‘ Kopf, der in einen schillernden eisblauen Anzug gekleidet zufrieden in die staunenden und begeisterten Gesichter seiner Gäste blickte, deren Blicke den Lichtwesen fasziniert folgten. Dann hob er die Hände und Musik erklang.

Es waren schnelle Rhythmen und tiefe Bässe, die das Haus erbeben ließen und schnell viele Tänzer auf die Tanzfläche in der Küche lockten.

„Und was sagst ihr?“, fragte Lorenz und setzte sich neben mich und Adam an die Bar aus Eis, die er zwischen Küche und Wohnzimmer aufgebaut hatte.

„Es ist nicht so kalt, wie ich erwartet hatte“, sagte ich und ließ ein paar von den Schneeflocken durch meine Finger rieseln. Sie fühlten sich kühl an, aber nicht so kalt, wie es Schneeflocken normalerweise taten, und außerdem schmolzen sie nicht auf meiner Haut.

„Alles eine Frage des richtigen Wortzaubers“, sagte Lorenz. „Etienne ist extra nach Australien gereist. Dort sind die Bewohner von Antarktika ja untergekommen. Er hat sich beraten lassen, wie er das hinbekommt, und freundlicherweise haben sie ihm den Zauber verraten. Bei der Valentinstagsparty haben wir es das erste Mal ausprobiert und seitdem haben wir es noch etwas weiterentwickelt.“ Lorenz fasste in den Schneewirbel und griff nach ein paar Flocken.

„Es ist wirklich beeindruckend“, gab Adam zu.

„Ein Lob des dunklen Recken“, sagte Lorenz mit hochgezogenen Augenbrauen. „Wie komme ich denn zu der Ehre? Etienne, komm her! Vielleicht bekommen wir ja einen Abschiedskuss.“ Lorenz kicherte und Adams Stirn verfinsterte sich sichtlich.

„Übertreib es nicht“, knurrte er, und Lorenz hickste erschrocken.

„Wie in alten Zeiten“, seufzte ich, während Etienne zu Lorenz hinüberkam und ihm lächelnd den Arm auf die Schulter legte.

„Na, Lorenz, versuchst du wieder, Adam ans andere Ufer zu locken“, fragte Etienne, der die Situation sofort erfasst hatte. „Das ist aussichtslos, sieh es doch ein.“

„Einen Versuch war es wert“, sagte Lorenz seufzend und stand auf. „Darf ich bitten?“ Er hielt Etienne seinen Arm hin und beide gingen zur Tanzfläche hinüber.

„Es ist nicht so ganz wie in alten Zeiten“, sagte Adam nachdenklich und betrachtete den über beide Ohren strahlenden Lorenz, der von Etienne über die Tanzfläche geführt wurde. „Es hat sich doch viel geändert und an manche Dinge werde ich mich noch gewöhnen müssen.“ Er ließ seinen Blick durch den Raum schweifen und meine Augen folgten ihm. Alle unsere Freunde waren gekommen, ich sah Shirley und Torin eng umschlungen in einer Ecke stehen, lachen und reden, so eng beieinander, wie es möglich war. Ich sah Dulcia mit Ramon am Büfett stehen und die Blicke, die sich beide zuwarfen, sprachen von der tiefen Zuneigung, die die beiden füreinander empfanden. Doch ich sah auch Liana, die in einem Sessel saß und mit der Dekoration an ihrem Cocktailglas spielte. Paul hatte sie nicht zu dieser magischen Party einladen können und ich wusste, dass die Stimmung zwischen beiden nicht zum Besten stand.

„Es hat sich viel geändert“, stimmte ich zu. „Aber Leben ist Veränderung.“

„So ist es“, sagte Adam und beugte sich zu mir, um mir ins Ohr flüstern zu können. „Und deswegen ist jeder glückliche Moment mit dir heilig für mich. Jede Erinnerung werde ich in Ehren halten und sie für immer in meinem Herzen verwahren.“ Er umfasste meine Hand, stand auf und zog mich mit sich. „Komm!“, sagte er. „Es ist Zeit für uns zu gehen.“

„Wo willst du hin?“, fragte ich erstaunt. Doch als mich Adam die Treppe nach oben zog und einen herzförmig verzierten Schlüssel hervorzog, wurde mir schnell klar, was er vorhatte. Mit leichten Schritten folgte ich ihm die Stufen hinauf und betrat mit ihm den Geheimen Garten.

Auch wenn sich bei unseren Freunden viel geändert hatte, so war hier alles beim Alten geblieben. Es war Nacht im Geheimen Garten und das Licht war leicht gedämpft. Mein Fuß sank in das weiche Moos und ich hörte das leise Klingen meiner Schritte, als ich vorwärtseilte, bis wir zu der großen Blumenwiese kamen.

Ein Himmelbett stand dort und ein sanfter, warmer Wind blähte die weißen Vorhänge zur Seite.

„Hier wird immer alles beim Alten bleiben“, sagte ich nachdenklich, während Adam von hinten an mich herantrat und seine Arme um mich legte.

„Du weißt, dass wir jederzeit hierbleiben können“, sagte er und küsste sanft meinen Nacken.

„Ich weiß“, erwiderte ich. „Und der Gedanke ist wirklich verlockend und tröstend. Aber das Leben da draußen“, ich sah zu der Tür hinüber, die in die Tongasse Nr. 13 führte, „will ich nicht missen. Meine Geschwister kommen bald nach Schönefelde und ich kann es nicht erwarten, sie endlich kennenzulernen. Ich fühle mich für sie verantwortlich und werde auf sie aufpassen. Der Gedanke, dass Baltasar irgendwo da draußen ist, gefällt mir nicht.“

„Ich weiß“, sagte Adam. „Und ich werde dich nicht mehr darum bitten, dich mit mir zu verstecken. Stillstand ist für keinen von uns gut, und wenn niemand mehr bleibt, der gegen eine Ungerechtigkeit kämpft, dann gewinnt das Böse.“

„Und es ist ein immerwährender Kampf“, sagte ich.

„Mit dir an meiner Seite“, sagte Adam und drehte mich in seinen Armen herum, sodass ich ihm in die Augen sehen konnte, „werde ich jede Herausforderung mit einem Lächeln annehmen.“

„Du weißt, dass wir die Suche nach den letzten beiden Insignien der Macht fortsetzen müssen. Die Farce rund um Ladislav Ende hat mir gezeigt, wie wichtig das ist. Wir haben die Liste von Herrn Lilienstein und das schränkt unsere Suche doch schon einmal gravierend ein.“

„Natürlich“, sagte Adam lächelnd. „Und ich werde dich dabei unterstützen, so gut ich kann. Du weißt, dass ich für immer in deiner Schuld stehe.“

„Keine Schuld“, sagte ich schnell. „Du hättest dasselbe für mich getan. Außerdem kam es mir nicht sehr mutig vor. Es schien mir eher die einzige Sache zu sein, die ich tun konnte. Ein Leben ohne dich ist unvorstellbar für mich. Ohne dich war es dunkel und kalt. Die Einsamkeit war kaum zu ertragen. Wie soll man im Dunkeln leben können, wenn man einmal das Licht erblickt hat?“

„Ich werde mich deines Opfers würdig erweisen, Selma von Nordenach“, sagte Adam, nahm meine Hand und küsste sanft meinen Handrücken.

„Gut, Adam Torrel“, erwiderte ich im selben Ton. „Wir müssen die Mädchen endlich finden und befreien. Auch wenn die Suche eingeschränkt ist, ist sie noch immer schwierig.“

„Wir werden uns um all das kümmern“, sagte Adam. „Gemeinsam sind wir stark und diese Stärke kann uns niemand nehmen, nicht einmal der Tod hat uns trennen können, und dieses Wissen bewahre ich tief in meinem Herzen. Ich liebe dich, Selma, für immer und ewig.“ Er nahm mein Gesicht in seine Hände und küsste mich zart.

„Für immer und ewig“, wiederholte ich leise und ergriffen. Die Bedeutung dieser Worte war eine ganz andere, denn ich wusste jetzt ohne Zweifel, dass wir füreinander bestimmt waren und die Ewigkeit noch vor uns lag.

Wie geht es weiter?

Die Königsblut-Saga ist eine fünfteilige Fantasy-Saga rund um Selma und ihre magische Liebesgeschichte.

Bereits erschienen:
Band 1: „Königsblut – Die Akasha-Chronik“
Band 2: „Königsblut – Land aus Eis“
Band 3: „Königsblut – Lied der Wüste“

Es erscheinen noch:
Band 4 im Winter 2015/2016
Band 5 im Herbst 2016

Danksagung

Die Königsblut-Saga ist mein absolutes Herzblut-Projekt und ich liebe jede einzelne Figur in dieser Welt. Egal ob Lorenz, Shirley, Liana, der Drache Ariel oder Herr Lilienstein – Sie sind mir alle ans Herz gewachsen. Ich hoffe, dass man diese Liebe spüren kann und es mir gelungen ist, so viel Gefühl in den Zeilen dieser Bücher zu verstecken, wie es die Geschichte verdient hat.

Dass diese Welt so weit wachsen konnte und mittlerweile der dritte Band erschienen ist, verdanke ich ganz allein meinen Lesern.

Euch möchte ich danken, denn ohne euch wäre die Geschichte von Adam und Selma vermutlich in einer Schublade liegengeblieben.

Danke für die Chance, die ihr einer unbekannten Autorin gegeben habt.

Danke für die vielen wunderbaren Rezensionen, die ihr geschrieben habt.

Danke für die begeisterten Nachrichten, die ich immer wieder erhalte und die in den langen und einsamen Monaten des Schreibens ein absoluter Lichtblick für mich sind und mich motivieren, weiterzuarbeiten.

Danke an alle Blogger, die meine Bücher vorstellen und weiterempfehlen.

Danke an alle Leser, die meine Bücher ehrlich kaufen und es so möglich machen, dass die Geschichte weitergeschrieben werden kann.

Ich danke euch von ganzem Herzen und freue mich über jede Nachricht, die ihr mir zukommen lasst, egal ob Rezension, Email oder Facebook-Like.

IMPRESSUM

Hrsg.: Kerstin Schubert
Autorencentrum.de
Ein Projekt der BlueCat Publishing GbR
Gneisenaustr. 64
10961 Berlin
E-Mail: bluecatmedia@web.de
Tel.: 030 / 61671496
Pakete werden nicht angenommen

5953049R00325

Printed in Germany
by Amazon Distribution
GmbH, Leipzig